JOY FIELDING

Am seidenen Faden

Buch

Bis vor kurzem noch war Kate Sinclair stolz auf ihr geregeltes Leben. Ihr Erfolg als Familientherapeutin, eine lange, glückliche Ehe, zwei gesunde Töchter und ein hübsches Heim im sonnigen Palm Beach sprachen dafür. Dann aber zeigen sich Risse in ihrer perfekten Welt: Die siebzehnjährige Tochter beginnt mit aller Gewalt gegen sie zu rebellieren. Ihre Mutter terrorisiert im Alterswahn die Umwelt. Und ihr Mann zieht sich unmißverständlich auf den Golfplatz zurück. Aber der wahre Alptraum beginnt für sie, als ihre exzentrische Halbschwester vor aller Welt verkündet, sie werde demnächst einen Mann heiraten, der wegen Mordes an dreizehn Frauen vor Gericht steht. Ohne es zu wissen, sind Kate und ihre ganze Familie längst in ein diabolisches Spiel verwickelt, dessen Regeln im Hochsicherheitsgefängnis von Florida festgelegt werden. Und schließlich hängt alles nur noch am seidenen Faden …

»Wahrlich meisterhaft spielt Joy Fielding mit unseren geheimen Erwartungen und tiefsten Ängsten.«

Autorin

Joy Fielding liegt das Schreiben im Blut. Schon mit acht Jahren schickte sie ihre erste eigene Story an ein Magazin – allerdings ohne Erfolg. In der High-School- und College-Zeit verfolgte sie ihr Ziel weiter. Mit dem Psychothriller »Lauf, Jane, lauf« gelang ihr schließlich der internationale Durchbruch. Joy Fielding lebt mit ihrem Mann und ihren beiden Töchtern in Toronto.

Von Joy Fielding außerdem bei Goldmann erschienen:

Ein mörderischer Sommer (42870), Flieh, wenn du kannst (43262), Lauf, Jane, lauf (41333), Lebenslang ist nicht genug (42869), Sag Mami Goodbye (42852), Schau dich nicht um (43087)

Joy Fielding

Am seidenen Faden

Roman

Aus dem Amerikanischen
von Mechtild Sandberg-Ciletti

GOLDMANN

Die Originalausgabe erschien unter dem Titel
»Missing Pieces«
bei Doubleday, New York.

Umwelthinweis:
Alle bedruckten Materialien dieses Taschenbuches
sind chlorfrei und umweltschonend.

Der Goldmann Verlag
ist ein Unternehmen der Verlagsgruppe Bertelsmann.

Einmalige Sonderausgabe März 2001

Umschlaggestaltung: Design Team München
Umschlagfoto: Thomas Krüsselmann (Tina 4)
Druck: Elsnerdruck, Berlin
Made in Germany · Titelnummer: 44929

ISBN 3-442-44929-4

www.goldmann-verlag.de

1

Wieder ist eine Frau verschwunden.

Sie heißt Millie Potton und wurde das letzte Mal vor zwei Tagen gesehen. Der Zeitung zufolge ist Millie groß und schlank und hinkt etwas. Sie ist vierundfünfzig Jahre alt, was nicht überrascht. Nur Frauen über fünfzig haben heutzutage noch Namen wie Millie.

In dem kurzen Bericht auf Seite drei des Lokalteils der *Palm Beach Post* heißt es, daß sie zuletzt gesehen wurde, als sie im Bademantel die Straße hinunterging. Die Nachbarin, die sie gesehen hat, fand daran offenbar nichts Besonderes. Millie Potton, heißt es weiter, leide seit langem an Zuständen geistiger Verwirrung, was wohl bedeuten soll, daß diese Zustände an ihrem Verschwinden schuld sind und wir uns deshalb nicht weiter Gedanken darüber machen müssen.

Mehr als zwei Dutzend Frauen sind in den letzten fünf Jahren in der Gegend von Palm Beach verschwunden. Ich weiß es, weil ich die Fälle verfolgt habe, nicht bewußt zunächst, aber als sie sich allmählich zu häufen begannen, setzte sich eine ungefähre Zahl in meinem Bewußtsein fest. Die Frauen sind zwischen sechzehn und sechzig Jahre alt. Einige hat die Polizei als Ausreißerinnen abgetan, vor allem die jungen Mädchen wie Amy Lokash, siebzehn Jahre alt, die eines Abends um zehn bei einer Freundin wegging und danach nie wieder gesehen wurde. Andere Fälle, und zweifellos wird der Millie Pottons zu ihnen zählen, hat man aus diversen unbestreitbar logischen Gründen ad acta gelegt, obwohl die Polizei sich bei Amy Lokash getäuscht hatte.

Aber solange nicht irgendwo eine Leiche gefunden wird, in einem Müllcontainer hinter dem Burger King Restaurant wie die von Marilyn Greenwood, 24, oder mit dem Gesicht nach oben in einem Sumpf bei Port Everglades treibend wie Christine

McDermott, 33, kann die Polizei im Grunde nichts tun. Behauptet sie jedenfalls. Frauen, so scheint es, verschwinden einfach immer wieder.

Es ist still im Haus heute morgen. Alle sind weg. Ich habe viel Zeit, meinen Bericht auf Band aufzuzeichnen. Ich nenne es einen Bericht, aber eigentlich ist es nichts so klar Definiertes. Es ist eher eine lose Folge von Erinnerungen, wenn auch die Polizei mich gebeten hat, so präzise und systematisch wie möglich vorzugehen, darauf zu achten, daß ich nichts auslasse, ganz gleich, wie unbedeutend – oder wie persönlich – es mir erscheinen mag. Sie werden entscheiden, was wichtig ist und was nicht, haben sie mir erklärt.

Ich weiß nicht recht, was das Ganze für einen Sinn haben soll. Was geschehen ist, ist geschehen. Ich kann das Rad nicht zurückdrehen und den Lauf der Dinge verändern, so sehr ich mir das wünschte. Ich habe versucht einzugreifen, solange es noch möglich schien, aber ich habe gegen Windmühlenflügel gekämpft. Ich wußte es damals schon. Ich weiß es heute. Es gibt nun mal Dinge, über die wir keine Macht haben – das beste Beispiel dafür ist das Verhalten anderer. So wenig es uns gefällt, wir müssen die anderen ihren eigenen Weg gehen, ihre eigenen Fehler machen lassen, auch wenn wir das heraufziehende Verhängnis schon in aller Klarheit sehen. Sage ich nicht genau das stets meinen Klienten?

Es ist natürlich viel einfacher, gute Ratschläge zu geben, als sie selbst zu befolgen. Vielleicht ist das einer der Gründe, weshalb ich Familientherapeutin geworden bin, obwohl es gewiß nicht der Grund war, mit dem ich mich damals um die Aufnahme ins College bewarb. Ich schilderte vielmehr, wenn mich mein Gedächtnis nicht im Stich läßt, was es leider mit zunehmender Häufigkeit tut, meinen intensiven Wunsch, anderen zu helfen, meinen Ruf unter Freunden, ein Mensch zu sein, dem man sich stets mit all seinen Schwierigkeiten anvertrauen könne, meine persönlichen Erfahrungen mit einem dysfunktionalen Familiensystem, obwohl es das Wort dysfunktional zu der Zeit, als ich 1966 mein Studium aufnahm, noch gar nicht gab. Heute ist es so geläufig, so sehr Teil der Alltagssprache, daß schwer vorstellbar ist, wie wir so lange ohne es auskommen konnten, obwohl es ja im wesentlichen gar nichts sagt. Was ist denn letztlich Dysfunktion? Welche Familie hat keine Probleme? Ich bin sicher, meine eigenen Töchter könnten Ihnen da einiges erzählen.

Also, wo soll ich anfangen? Das fragen meine Klienten immer, wenn sie das erstemal zu mir kommen. Mit argwöhnischen Blicken treten sie in meine Praxis, die sich in der zweiten Etage eines vierstöckigen pillenrosa Gebäudes am Royal Palm Way befindet, lassen sich an ihrem Ehering drehend auf der äußersten Kante der grau-weißen Polstersessel nieder, die Lippen erwartungsvoll geöffnet, die Zunge schon gespitzt, um ihrer Wut, ihren Ängsten, ihrer Unzufriedenheit Ausdruck zu geben, und das erste, was ihnen über die Lippen kommt, ist stets die gleiche Frage: Wo soll ich anfangen?

Im allgemeinen fordere ich sie auf, mir das Ereignis zu schildern, das sie bewogen hat, mich aufzusuchen, den sprichwörtlichen Tropfen, der das Faß zum Überlaufen brachte. Sie überlegen ein paar Sekunden, dann beginnen sie langsam, bauen ihre Beweisführung auf wie ein neues Haus, schichten wie Bausteine Detail auf Detail, immer eines auf das andere, eine Demütigung neben die andere, empfundene Kränkung über unterschwellige Drohung, und schließlich sprudeln die Worte nur so hervor, daß ihnen kaum Zeit bleibt, sie alle im begrenzten Raum einer Stunde unterzubringen.

Ich habe eine Baumetapher gewählt – das würde Larry amüsieren. Larry ist der Mann, mit dem ich seit vierundzwanzig Jahren verheiratet bin, er ist Bauunternehmer. Einen guten Teil der spektakulären neuen Häuser, die überall in Palm Beach County an den Golfplätzen aus dem Boden schießen, hat er gebaut. Die beruflichen Möglichkeiten waren der angebliche Grund, daß wir vor sieben Jahren von Pittsburgh hierher, nach Florida, gezogen sind, aber ich habe immer den Verdacht gehabt, daß hinter Larrys Drängen, hierherzuziehen, zumindest teilweise der Wunsch stand, meiner Mutter und meiner Schwester zu entkommen. Er bestreitet das, aber da es für mich der Hauptgrund war, dem Umzug zuzustimmen, habe ich seinem Leugnen niemals recht geglaubt. Doch es erübrigt sich, darüber zu streiten, da meine Mutter uns kaum ein Jahr später folgte, und wenige Monate danach auch meine Schwester.

Meine Schwester heißt Jo Lynn. So wird sie jedenfalls genannt. Getauft wurde sie auf den Namen Joanne Linda. Aber unser Vater rief sie Jo Lynn, als sie noch ein Kind war, und der Name ist ihr geblieben. Er paßt zu ihr. Sie sieht aus wie eine Jo Lynn, groß und blond und vollbusig, mit einem ansteckenden Lachen, das irgendwo tief in ihrer Kehle beginnt und schließlich wie goldflirrender Blütenstaub ihren Kopf umschwebt. Selbst die honigsüße schleppende Sprechweise, die sie sich angewöhnt hat, seit sie in Florida lebt, wirkt bei ihr passender, echter irgendwie, als die platten kühlen Töne des Nordens, in denen sie sich den größten Teil ihrer siebenunddreißig Jahre ausgedrückt hat.

Ich sagte vorhin, unser Vater. Tatsächlich war er nur Jo Lynns Vater, nicht meiner. Mein Vater starb, als ich acht Jahre alt war. So wie meine Mutter es mir erzählte, stand er eines Tages vom Eßtisch auf, um sich ein Glas Milch zu holen, bemerkte beiläufig, er habe plötzlich höllische Kopfschmerzen, und lag im nächsten Moment tot auf dem Boden. Ein Aneurysma, stellte der Arzt später fest. Meine Mutter verheiratete sich im folgenden Jahr wieder, und Jo Lynn wurde im Jahr darauf geboren, wenige Wochen nach meinem zehnten Geburtstag.

Mein Stiefvater war ein gewalttätiger und manipulativer Mensch, der sich mehr auf seine Fäuste als auf seinen Verstand verließ, sofern man annehmen will, daß er überhaupt Verstand besaß. Ich bin überzeugt, es ist ihm zu danken, daß Jo Lynn sich ihr Leben lang gewalttätige Männer suchte, auch wenn er zu ihr, die ganz klar sein Liebling war, immer sehr zärtlich war. Seine Wut ließ er an meiner Mutter aus. Mich bedachte er hin und wieder mit ein paar gutplacierten Kopfnüssen, sonst ignorierte er mich meistens. Wie dem auch sei, meine Mutter verließ ihn, als Jo Lynn dreizehn war. Ich war damals schon aus dem Haus und mit

Larry verheiratet. Mein Stiefvater starb im folgenden Jahr an Bauchspeicheldrüsenkrebs. Jo Lynn war die einzige von uns, die um ihn trauerte.

Und heute weine ich um meine Schwester, wie ich das im Lauf der Jahre so oft getan habe. Strenggenommen ist sie natürlich nur meine Halbschwester, und die zehn Jahre Altersunterschied in Verbindung mit ihrem sprunghaften Verhalten haben es uns schwergemacht, einander nahezukommen. Aber niemals werde ich den Morgen vergessen, an dem meine Mutter mit ihr aus dem Krankenhaus kam. Mit dem kleinen goldenen Bündel im Arm trat sie zu mir und legte es mir behutsam in die Arme. Jetzt, sagte sie, hätte ich ein richtiges Baby, das ich mit ihr zusammen versorgen könne. Ich erinnere mich, daß ich oft stundenlang an Jo Lynns Kinderbett stand, wenn sie schlief, und aufmerksam nach sichtbaren Zeichen des Wachstums Ausschau hielt, während aus dem Säugling unaufhaltsam ein Kleinkind wurde. Sie war ein so bezauberndes Kind, so eigenwillig und voller Selbstvertrauen, mit der unerschütterlichen Gewißheit des kleinen Kindes, in allem absolut recht zu haben, daß es mir noch heute schwerfällt, dieses Bild mit dem Menschen in Einklang zu bringen, der dann aus ihr geworden ist, eine verlorene Seele, einer jener Menschen, die ziellos durch das Leben irren, immer überzeugt, daß Glück und Erfolg gleich hinter der nächsten Ecke warten. Nur daß sie immer wieder von ihrem Weg abkam, vergaß, in welche Richtung sie eigentlich wollte, um die falsche Ecke bog und in einer Sackgasse landete.

Manchmal erinnert mich meine ältere Tochter Sara an sie, die auch alles auf dem Weg bitterer Erfahrung lernen muß, und das macht mir angst. Vielleicht ist das der Grund, warum ich ständig etwas an ihr auszusetzen habe, wie sie erklärt. Das heißt, Sara erklärt nie etwas – sie brüllt einfach los. Sie ist der Meinung, daß man bei einer Auseinandersetzung nur gewinnen kann, wenn man immer wieder dasselbe sagt, nur jedesmal lauter als zuvor. Wahrscheinlich hat sie recht; entweder gibt man am Ende nach oder man läuft schreiend aus dem Zimmer. Ich habe beides häufiger getan, als ich gern zugebe. Meine Klienten wären mit Recht entsetzt.

Sara ist siebzehn und knapp einen Meter achtzig groß. Sie hat wie Jo Lynn große grüne Augen und einen Wahnsinnsbusen. Ich weiß nicht, woher sie den hat. Um ehrlich zu sein, ich weiß eigentlich nicht einmal, wie ich zu ihr gekommen bin. Manchmal, wenn sie mitten in einer ihrer Tiraden ist, starre ich sie an und frage mich: Ist den Leuten im Krankenhaus vielleicht ein Irrtum unterlaufen? Kann dieses hochgewachsene, großäugige, großbusige Geschöpf, das da vor mir steht und kreischt wie ein Jochgeier, wirklich meine Tochter sein? Es gibt Tage, da sehe ich sie an und denke, daß sie das schönste Geschöpf auf Gottes Erdboden ist. Dann wieder gibt es Tage, da finde ich, daß sie aussieht wie Patricia Krenwinkel. Sie erinnern sich an sie – sie gehörte zu Charles Mansons Mörderbande, eine minderjährige Killerin mit finsterem Gesicht, das lange braune Haar in der Mitte gescheitelt, in den Augen einen Blick, der leer ist und doch unversöhnlich, der gleiche Blick, den ich manchmal in Saras Augen sehe. Sara trägt Sachen, die ich vor fünfundzwanzig Jahren ausrangiert habe, diese formlosen, durchsichtigen indischen Gewänder, die ich längst fürchterlich finde. Ganz anders Michelle, meine Vierzehnjährige, die nur Markenkleidung trägt und jeden Familienkrach aufmerksam aus der Kulisse verfolgt, um später ihren Kommentar dazu zu geben wie ein spilleriger, pubertärer griechischer Chor. Oder eine zukünftige Familientherapeutin.

Ist das der Grund, warum ich relativ wenig Schwierigkeiten mit meiner jüngeren Tochter habe? Möchte ich, wie meine Große unzählige Male behauptet hat, daß jeder so ist wie ich? »Ich bin nicht du«, brüllt sie mich an. »Ich bin ein eigener Mensch.« Und habe ich sie nicht genau dazu erzogen? War ich auch so rebellisch, so ungezogen, so schlichtweg ekelhaft? frage ich meine Mutter, die rätselhaft lächelt und mir versichert, ich sei vollkommen gewesen.

Jo Lynn, fügt sie müde hinzu, war da ganz anders.

»Ich wünsch dir eine Tochter, die genauso ist wie du«, höre ich noch heute meine Mutter erbittert Jo Lynn zurufen, und mehr als einmal mußte ich mir auf die Zunge beißen, um nicht das gleiche zu meiner Tochter zu sagen. Aber ob nun aus Trotz oder Furcht, meine Schwester ist in drei gescheiterten Ehen kinderlos geblieben, und die Tochter, die Jo Lynns Ebenbild ist, wurde mir beschert. Ich finde das ungerecht. Ich war diejenige, die sich immer an die Regeln gehalten hat, die, wenn sie überhaupt rebellierte, dies innerhalb der vorgeschriebenen Grenzen tat. Ich machte die Schule fertig, ich studierte, ich rauchte nicht, ich trank nicht, ich nahm keine Drogen und heiratete den ersten Mann, mit dem ich je geschlafen hatte. Jo Lynn hingegen fing ihr Studium nur an, um es gleich wieder an den Nagel zu hängen, und war früh und häufig mit Männern zugange. Ich wurde Familientherapeutin; sie wurde der Alptraum jeder Familientherapeutin.

Warum ich das alles so ausbreite? Sind das denn Dinge, die die Polizei für relevant halten wird? Ich weiß es nicht. Um die Wahrheit zu sagen, ich weiß eigentlich überhaupt nichts mehr. Mein ganzes Leben erscheint mir wie eines dieser Riesenpuzzles, für die man ewig braucht, um dann, gerade wenn man zum Ende kommt, wenn man meint, endlich alles richtig zu haben, zu entdecken, daß alle Schlüsselteile fehlen.

Mit dem Alter kommt die Weisheit; ich erinnere mich deutlich, das in meiner Jugend gehört zu haben. Ich glaube es aber nicht. Mit dem Alter kommen Falten, wollte man wohl sagen. Und Blasenprobleme und Arthritis und Hitzewellen und Gedächtnisschwund. Ich komme mit dem Alter nicht sehr gut zurecht, was mich überrascht, da ich immer überzeugt war, ich wäre eine der Frauen, die einmal mit Würde alt werden. Aber die Würde geht einem leicht verloren, wenn man alle zehn Minuten zur Toilette rennen muß und jedesmal, wenn man sich gerade fertig geschminkt hat, einen Schweißausbruch bekommt.

Alle sind jünger als ich. Mein Zahnarzt, meine Ärztin, die Lehrer und Lehrerinnen meiner Töchter, meine Nachbarn, die Eltern der Freundinnen meiner Kinder, meine Klienten. Selbst die Polizeibeamten, die mich befragten, sind alle jünger als ich. Es ist merkwürdig, weil ich immer das Gefühl habe, jünger zu sein als alle anderen, und dann stelle ich fest, daß ich nicht nur älter bin, sondern *Jahre* älter. Und ich bin die einzige, die das überrascht.

Es passiert mir immer wieder. Ich mache mich zurecht, fühle mich glänzend, finde, ich sehe großartig aus, und dann sehe ich unerwartet mein Spiegelbild in einem Schaufenster und denke, wer ist denn das? Wer ist diese alte Schachtel? Das kann doch nicht ich sein. Ich habe doch nicht solche Säcke unter den Augen; das sind doch nicht meine Beine; das ist doch nicht mein Hintern. Es ist wirklich erschreckend, wenn das Selbstbild nicht mehr dem Bild entspricht, das man im Spiegel sieht. Und es ist noch erschreckender, wenn man merkt, daß andere Menschen einen kaum noch wahrnehmen, daß man unsichtbar geworden ist.

Vielleicht erklärt das die Geschichte mit Robert.

Wie sonst könnte ich sie erklären?

Na bitte, jetzt ist es schon wieder soweit, ich schweife ab, komme vom Hundertsten ins Tausendste. Larry behauptet, das täte ich dauernd. Ich erkläre, daß ich mich langsam zum springenden Punkt vorarbeite; er behauptet, ich wolle ihn umgehen. Wahrscheinlich hat er recht. Zumindest in diesem Fall.

Gleich wird mich wieder eine Hitzewelle packen. Ich weiß es, weil ich eben dieses gräßliche Beklemmungsgefühl hatte, das diesen Wallungen immer vorausgeht, so ähnlich, als hätte mir jemand ein Glas Eiswasser die Kehle hinuntergeschüttet. Es füllt meine ganze Brust und sammelt sich in einer kalten Lache um mein Herz. Eis, dem Feuer folgt. Ich weiß nicht, was schlimmer ist.

Anfangs glaubte ich, diese Beklemmungsgefühle hätten mit dem Chaos um mich herum zu tun. Ich gab meiner Mutter die Schuld, meiner Schwester, Robert, dem Prozeß. Allem und jedem. Aber allmählich wurde mir klar, daß dieser überfallartigen Angst jedesmal unverzüglich alles überschwemmende Hitzewellen folgten, die von meinem Bauch zu meinem Kopf hochschwappten und mich schwitzend und atemlos zurückließen, als wäre ich in Gefahr zu implodieren. Ich kann es kaum fassen, wie stark diese Anfälle sind, wie ohnmächtig ich ihnen gegenüber bin, wie wenig ich mein eigenes Leben im Griff habe.

Mein Körper hat mich verraten; er folgt einem eigenen geheimen Fahrplan. Ich trage jetzt eine Lesebrille; meine Haut verliert ihre Geschmeidigkeit und knittert wie billiger Stoff; um meinen Hals ziehen sich Ringe wie die Altersringe eines Baums. Unerwünschte Gewächse wuchern in mir.

Kürzlich war ich zu einer Vorsorgeuntersuchung. Bei der Routineuntersuchung der Gebärmutter entdeckte Dr. Wong, die klein und zierlich ist und aussieht wie höchstens achtzehn, mehrere Polypen, die, wie sie sagte, entfernt werden müßten. »Wie sind die dahin gekommen?« fragte ich. Sie zuckte die Achseln. »So was passiert, wenn wir älter werden.« Sie ließ mir die Wahl: Ich könne einen Termin für eine Operation mit Narkose in einigen Wochen haben, oder sie könne die Wucherungen sofort herausschneiden, gleich hier, in ihrer Praxis, ohne Betäubung. »Wozu raten Sie mir?« fragte ich, von beiden Möglichkeiten wenig begeistert. »Wie hoch ist Ihre Schmerzschwelle?« entgegnete sie.

Ich entschied mich dafür, die Polypen gleich entfernen zu lassen. Ein paar Minuten starker Krämpfe, fand ich, wären einer Narkose, einem Eingriff, gegen den ich immer schon eine Abneigung hatte, vorzuziehen. Die ganze Sache war, wie sich erwies, relativ einfach und dauerte keine zehn Minuten, in denen die Ärztin mir klar und deutlich und detaillierter, als mir im Grunde lieb war, erklärte, was sie tat. »Jetzt werden Sie vielleicht gleich das Gefühl haben, dringend zur Toilette zu müssen«, sagte sie, Sekunden bevor mein Bauch sich in einer Folge von Krämpfen zusammenzuziehen begann.

Als Dr. Wong fertig war, hielt sie mir einen kleinen Glasbehälter vor die Nase. Darin befanden sich zwei kleine rote Kügelchen, ungefähr von der Größe großer Preiselbeeren. »Sehen Sie«, sagte sie beinahe stolz. »Das sind Ihre Polypen.«

Zwillinge, dachte ich benommen, dann brach ich in Tränen aus.

Ich sollte zwei Wochen später bei ihr anrufen, um nachzufragen, ob es Probleme gäbe. Ich kann mich jetzt nicht erinnern, ob ich es getan habe. Ich war mitten drin in diesem ganzen Wahnsinn. Es ist durchaus möglich, daß ich es vergessen habe.

Drüben auf der anderen Straßenseite tut sich was. Ich kann es von meinem Fenster aus sehen. Ich sitze an meinem Schreibtisch im Arbeitszimmer, einem kleinen Raum voller Bücher im vorderen Teil des Hauses. Ob die Polizei wohl eine Beschreibung des Hauses haben möchte? Ich werde auf jeden Fall eine beifügen, obwohl sie das Haus bestimmt bestens kennen. Sie waren oft genug hier; sie haben genug Fotos gemacht. Aber der Ordnung halber: Das Haus ist ein relativ großer Bungalow mit sechs Zimmern. Die Zimmer der Mädchen sind rechts von der Haustür, unser Schlafzimmer ist links hinten. Dazwischen sind der Salon und das Eßzimmer, vier Badezimmer und ein großer offener Raum mit Küche, Frühstücksecke und dem Wohnzimmer, dessen Rückwand aus einer Reihe großer Fenster und Glasschiebetüren mit Blick auf den nierenförmigen Swimmingpool im Garten besteht. Die Räume sind hoch, an den Decken verteilt sind Ventilatoren wie der, der sich gerade leise summend über meinem Kopf dreht; die Böden sind aus Keramikfliesen. Nur die Schlafzimmer und das Arbeitszimmer sind mit Teppich ausgelegt. Die vorherrschende Farbe ist Beige, mit Akzenten in Braun, Schwarz und Pflaumenblau. Larry hat das Haus gebaut; ich habe es eingerichtet. Es sollte unsere Zuflucht sein.

Ich glaube, ich weiß, was drüben, auf der anderen Straßenseite, vorgeht. Es passiert nicht das erste Mal. Mehrere große Jungen schikanieren zwei kleinere, damit sie zu uns herüberlaufen und an die Tür klopfen. Die Großen lachen, machen sich über die Kleinen lustig, puffen und stoßen sie, nennen sie herausfordernd Feiglinge. Ihr braucht nur zu läuten und sie zu fragen, kann ich sie hören, obwohl außer ihrem grausamen Gelächter kein Laut mich erreicht. Na los, läutet bei ihr, dann lassen wir euch in Ruhe. Die beiden Kleinen – ich glaube, der eine ist der sechsjährige Ian McMullen, der am Ende der Straße wohnt – straffen die Schultern und fixieren das Haus. Noch ein Stoß, und sie stolpern vom

Bürgersteig auf die Fahrbahn, schleichen den Gartenweg herauf, die kleinen Finger schon zum Läuten ausgestreckt.

Und dann sind sie plötzlich weg, rennen wie gejagt die Straße hinunter, obwohl die großen Jungen sich bereits abgewandt haben und in der anderen Richtung davonlaufen. Vielleicht haben sie bemerkt, daß ich sie beobachte; vielleicht hat jemand sie gerufen; vielleicht hat am Ende doch die Vernunft gesiegt. Wer weiß? Was immer sie auch veranlaßt hat, kehrtzumachen und davonzulaufen, ich bin froh darüber, obwohl ich schon halb aus meinem Sessel aufgestanden bin.

Das erstemal passierte es, kurz nachdem die Geschichte auf den Titelseiten erschienen war. Die meisten Leute waren sehr zurückhaltend, aber es gibt immer einige, die mit dem, was sie zu lesen bekommen, nicht zufrieden sind, die mehr wissen wollen, die der Meinung sind, sie hätten ein Recht darauf. Die Polizei hat es geschafft, uns die meisten dieser Leute vom Leib zu halten, aber ab und zu ist es kleinen Jungen wie diesen doch gelungen, zu unserer Haustür vorzudringen.

»Was wollt ihr denn?« höre ich mich in der Erinnerung fragen.

»Ist es hier passiert?« erkundigen sie sich mit nervösem Gekicher.

»Was denn?«

»Sie wissen schon.« Pause, sensationslüsterne Blicke, Versuche, an meiner unverrückbaren Gestalt vorbeizuspähen. »Können wir mal das Blut sehen?«

Etwa zu diesem Zeitpunkt schlage ich ihnen die Tür vor den neugierigen Nasen zu, wenn ich auch zugeben muß, daß es mich auf eine perverse Art lockt, sie höflich hereinzubitten, durch das Haus nach hinten zu geleiten wie eine Fremdenführerin und mit gedämpfter Stimme auf jenes Stück Boden im Wohnzimmer hinzuweisen, das einst mit Blut bedeckt war und selbst jetzt noch, nach mehreren professionellen Reinigungen, einen Hauch feiner Röte zeigt. Wahrscheinlich werde ich diese Fliesen austauschen lassen müssen. Einfach wird es nicht werden. Die Herstellerfirma hat vor mehreren Jahren Pleite gemacht.

Also, wie ist das alles gekommen? Wann begann mein einst stabiles und gesetztes Leben außer Kontrolle zu geraten wie ein Auto ohne Bremsen, das auf einer abschüssigen Bergstraße immer schneller wird und schließlich in den Abgrund stürzt und in Flammen aufgeht? Wann genau war der Moment, als Humpty Dumpty von der Wand gefallen und in tausend kleine Stücke zersprungen ist, die keiner mehr zusammenfügen oder ersetzen kann?

Es gibt natürlich keinen solchen Moment. Wenn ein Teil deines Lebens in Stücke geht, sitzt der Rest deines Lebens nicht einfach däumchendrehend da und wartet geduldig ab, bis es weitergeht. Das Leben läßt dir nicht die Zeit, dich erst einmal zu fassen, nicht den Raum, dich auf die neuen Gegebenheiten einzustellen. Es fährt einfach fort, ein verwirrendes Ereignis auf das andere zu häufen, wie ein Verkehrspolizist, der durch die Gegend rast, um sein Kontingent an Strafzetteln zu verteilen.

Bin ich theatralisch? Vielleicht. Aber ich finde, ich habe ein Recht darauf. Ich, die immer die Zuverlässige war, die Praktische, die, die mehr Vernunft als Phantasie besitzt, wie Jo Lynn einmal behauptete, ich habe ein Recht auf meine melodramatischen Momente, finde ich.

Soll ich ganz am Anfang beginnen, mich in aller Form bekanntmachen – Guten Tag, mein Name ist Kate Sinclair? Soll ich berichten, daß ich vor siebenundvierzig Jahren an einem ungewöhnlich warmen Apriltag in Pittsburgh geboren wurde, daß ich einen Meter siebenundsechzig groß bin und sechsundfünfzig Kilo wiege, daß ich hellbraunes Haar habe und Augen, die eine Nuance dunkler sind, einen kleinen Busen und schöne Beine und ein etwas schiefes Lächeln? Daß Larry mich liebevoll Funny Face nennt, daß Robert sagte, ich sei schön?

Es wäre viel einfacher, am Ende zu beginnen, Fakten aufzuzählen, die bereits bekannt sind, die Toten zu nennen, das Blut ein für allemal wegzuwischen, anstatt den Versuch zu unternehmen, nach Motiven, Erklärungen, Antworten zu suchen, die vielleicht niemals gefunden werden.

Aber das will die Polizei nicht. Sie kennen die grundlegenden Fakten bereits. Sie haben das Resultat gesehen. Sie wollen Einzelheiten, und ich habe mich bereit erklärt, sie nach bestem Wissen zu liefern. Ich könnte mit Amy Lokashs Verschwinden beginnen, oder mit dem ersten Besuch ihrer Mutter in meiner Praxis. Ich könnte mit den Ängsten meiner Mutter beginnen, sie werde verfolgt, oder mit dem Tag, an dem Saras Lehrerin mich anrief, um mir ihr wachsendes Unbehagen über das Verhalten meiner Tochter mitzuteilen. Ich könnte von Roberts erstem Anruf erzählen oder von Larrys plötzlicher Reise nach South Carolina. Aber ich denke, wenn ich einen Moment vor allen anderen wählen müßte, dann wäre es der an jenem Samstagmorgen im vergangenen Oktober, als Jo Lynn und ich friedlich am Küchentisch saßen und unsere dritte Tasse Kaffee tranken, als meine Schwester die Morgenzeitung aus der Hand legte und seelenruhig verkündete, daß sie beabsichtige, einen Mann zu heiraten, dem gerade wegen Mordes an dreizehn Frauen der Prozeß gemacht wurde.

Ja, ich denke, damit werde ich anfangen.

2

Ich erinnere mich, daß es ein sonniger Tag war, einer jener prachtvollen Tage, an denen der Himmel so blau ist, daß er fast künstlich erscheint, die Luft angenehm warm, der Wind nur ein flüsternder Hauch. Ich trank den Rest Kaffee, der noch in meiner Tasse war, mit dem gleichen Genuß wie eine Kettenraucherin den Rauch ihrer letzten Zigarette einzieht, und blickte durch das hintere Fenster zu der hohen Kokospalme hinaus, die sich über das Schwimmbecken hinweg zum Terrakottadach des Hauses neigte. Es war ein Bild wie auf einer Ansichtskarte. Der Himmel, der Rasen, selbst die Baumrinden leuchteten in so kräftigen Farben, daß sie zu pulsieren schienen. »Was für ein herrlicher Tag«, sagte ich.

»Hm«, brummte Jo Lynn hinter der Morgenzeitung versteckt.

»Schau doch mal raus«, drängte ich, obwohl ich wirklich nicht wußte, wozu ich mir die Mühe machte. Suchte ich Bestätigung oder Gespräch? Hatte ich das nötig? »Sieh doch nur, wie blau der Himmel ist.«

Jo Lynns Blick hob sich kurz über den Rand des Lokalteils der *Palm Beach Post*. »Stell dir mal einen Pulli in dieser Farbe vor«, sagte sie träge.

So eine Antwort hatte ich nun eigentlich nicht erwartet, aber für Jo Lynn, für die die Natur immer nur Kulisse war, war sie typisch. Ich hüllte mich wieder in Schweigen, überlegte, ob ich mir noch eine Tasse Kaffee eingießen sollte, entschied mich dagegen. Drei Tassen waren mehr als genug, auch wenn mir mein Morgenkaffee noch so sehr schmeckte – mein einziges Laster, pflegte ich immer zu sagen.

Ich dachte an Larry, der seit acht mit ein paar möglichen Kunden draußen auf dem Golfplatz war. Er spielte erst seit kurzem wieder. Auf dem College hatte er ein bißchen gespielt, war ziemlich gut gewesen, wie er sagte, hatte es aber damals aufgegeben, weil er weder Zeit noch Geld dafür hatte. Jetzt, da er von beidem mehr als genug hatte und Kunden und Geschäftsfreunde ihn immer wieder zu einer Runde aufforderten, hatte er wieder damit angefangen, obwohl er es nicht ganz so entspannend fand, wie er es in Erinnerung hatte. Am vergangenen Abend hatte er fast eine Stunde lang vor dem Ankleidespiegel im Bad geübt, um den mühelos lockeren Schlag seiner Jugend wiederzufinden. »Ich hab's gleich«, sagte er immer wieder, während ich im Bett auf ihn wartete und schließlich mit einem leichten Kribbeln der Frustration in den unteren Regionen einschlief.

Als ich aufwachte, war er schon weg. Ich stand auf, schlüpfte in einen kurzen pinkfarbenen Baumwollmorgenrock, trottete in die Küche, kochte eine große Kanne Kaffee und setzte mich mit der Morgenzeitung hin, die Larry netterweise hereingebracht hatte, ehe er losgefahren war. Die Mädchen schliefen noch und würden voraussichtlich frühestens in ein paar Stunden aufstehen. Michelle war mit ihren Freundinnen bis nach Mitternacht unterwegs gewesen. Sara hatte ich nicht einmal nach Hause kommen hören.

Ich las gerade die Filmbesprechung und schlürfte meine zweite Tasse Kaffee, als Jo Lynn aufkreuzte. Statt einer Begrüßung teilte sie mir mit, es gehe ihr mies, zum Teil, weil sie nicht gut geschlafen hatte, vor allem aber, weil sie am Abend zuvor versetzt worden war. Der Mann, mit dem sie verabredet gewesen war, ein ehemaliger Footballspieler, der jetzt Sportartikel verkaufte und Jo Lynns Behauptung zufolge wie ein Brad Pitt mit Patina aussah, hatte in letzter Minute mit der Begründung abgesagt, daß er Hals- und Gliederschmerzen habe. Sie war daraufhin allein in eine Kneipe gegangen, und wer kam zur Tür herein, frisch und munter wie ein Fisch im Wasser? Na, den Rest kannst du dir denken, sagte sie, goß sich eine Tasse Kaffee ein und ließ sich häuslich nieder.

Da war sie also, in weißen Shorts und gewagtem Oberteil, sah trotz der schlaflosen Nacht toll aus wie immer, die schulterlangen blonden Locken malerisch zerzaust – den »frisch-gefickt-Look« nannte sie es, obwohl nun wirklich nichts dergleichen passiert war, wie sie mißmutig sagte. Da geht's dir nicht besser als mir, hätte ich beinahe gesagt, aber ich tat es nicht. Es war mir noch nie eingefallen, mit Jo Lynn über mein Liebesleben zu sprechen, zum einen, weil ich mich bei ihr nicht auf Diskretion verlassen konnte, zum anderen und vor allem, weil es da nicht viel zu erzählen gab. Ich lebte seit fast einem Vierteljahrhundert in einer monogamen Beziehung. Für Jo Lynn war Monogamie gleich Monotonie. Ich hatte es längst aufgegeben, ihre Auffassung ändern zu wollen. In letzter Zeit klangen meine Worte selbst in meinen Ohren ziemlich hohl.

Jo Lynn ihrerseits war immer mehr als bereit, ja sogar begierig darauf, die Geheimnisse ihres Liebeslebens mit mir zu teilen. Plastische Details ihrer Abenteuer flossen ihr so munter von den Lippen, wie das Wasser einen Gebirgsbach hinunterplätschert. Ich versuchte immer wieder, ihr klarzumachen, daß ihr Intimleben nur sie allein etwas anging, aber das war ein Gedanke, den sie offensichtlich nicht verstand. Ich versuchte, sie daran zu erinnern, daß Reden Silber und Schweigen Gold ist; sie sah mich an, als wäre ich nicht ganz dicht. Ich versuchte, sie vor Krankheiten zu warnen; sie runzelte finster die Stirn und sah weg. Ich erklärte ihr, mich interessiere das alles nicht sonderlich; sie lachte nur. »Natürlich interessiert es dich«, pflegte sie zu widersprechen. Und natürlich hatte sie recht. »Dann sprich wenigstens nicht vor den Mädchen darüber«, bat ich, aber natürlich ohne Erfolg. Jo Lynn liebte Publikum. Sie genoß ihre Wirkung auf meine Töchter, die sie offen anhimmelten, besonders Sara. Manchmal rotteten sie sich gegen mich zusammen, machten sich über meine angeblich konservative Art lustig, redeten davon, mich in einer dieser gräßlichen Talk-Shows vorzuführen, die sie sich manchmal ansahen. »Junge Frau, Sie müssen gründlich überholt werden!« rief Jo Lynn dann wohl mit der schrillen Stimme Rolandas oder Ricki Lakes, und Sara krümmte sich vor Lachen.

»Der ist ja süß«, murmelte Jo Lynn jetzt, so tief in die Zeitung vergraben, daß ich nicht sicher war, richtig gehört zu haben.

»Was hast du gesagt?«

»Ich hab gesagt, der ist süß«, wiederholte sie, deutlicher diesmal. »Schau dir nur mal dieses Gesicht an.« Sie breitete die Zeitung auf der Glasplatte des runden Küchentisches aus. »Den Mann heirate ich«, erklärte sie.

Ich blickte auf die Titelseite des Lokalteils. Drei Männer waren zu sehen: der Präsident der Vereinigten Staaten, der zu einem Gespräch mit Lokalpolitikern nach Florida gekommen war; ein katholischer Priester, der einer geplanten Demonstration von Schwulen und Lesben seine Unterstützung zugesichert hatte; und Colin Friendly, des Mordes an dreizehn Frauen angeklagt, der in einem Gerichtssaal in West Palm Beach saß. Ich wagte nicht zu fragen, welchen der drei sie meinte.

»Im Ernst«, sagte sie und tippte mit langem orangelackierten Fingernagel auf das Foto des Mordverdächtigen. »Schau dir nur mal das Gesicht an. Er hat eine gewisse Ähnlichkeit mit Brad Pitt, findest du nicht?«

»Er sieht aus wie Ted Bundy«, entgegnete ich, obwohl ich gar nicht erkennen konnte, wie er aussah. Ich hatte meine Lesebrille abgenommen, und die ganze Zeitung war nur ein verschwommenes Flimmern.

»Setz deine Brille auf«, befahl sie mir und schob mir die Brille mit den Halbgläsern zu. Die körnigen schwarzen und weißen Punkte der Fotografie fügten sich augenblicklich zu einem scharfen Bild zusammen. »Was siehst du?«

»Ich sehe einen kaltblütigen Killer«, sagte ich und wollte meine Brille wieder abnehmen. Doch sie hinderte mich daran.

»Wer sagt, daß er jemanden umgebracht hat?«

»Jo Lynn, liest du eigentlich die Zeitung oder siehst du dir nur die Bilder an?«

»Ich hab den Bericht gelesen, Frau Superschlau«, versetzte sie, und mit einem Schlag waren wir beide zehn Jahre alt, »und nirgends steht ein Wort davon, daß er ein Mörder ist.«

»Jo Lynn, er hat mindestens dreizehn Frauen getötet …«

»Er wird *beschuldigt*, sie getötet zu haben, aber das heißt noch lange nicht, daß er es auch getan hat. Ich meine, klär mich auf, wenn ich mich täusche, aber ist das nicht der Grund für den Prozeß?«

Ich wollte protestieren, überlegte es mir dann aber anders und sagte nichts.

»Und was ist mit ›unschuldig bis zum Beweis der Schuld‹, hm?« fuhr sie fort, wie ich es geahnt hatte. Mit Schweigen war bei Jo Lynn nie etwas auszurichten.

»Du hältst ihn also für unschuldig«, sagte ich, auf eine Technik zurückgreifend, die ich oft im Gespräch mit meinen Klienten anwende. Anstatt zu widersprechen, anstatt zu versuchen, sie umzustimmen, anstatt ihnen Antworten zu liefern, die vielleicht richtig sind, vielleicht aber auch nicht, wiederhole ich ihnen einfach ihre eigenen Worte, manchmal, indem ich sie positiver formuliere, um ihnen Zeit zu geben, die Antwort selbst zu finden, manchmal nur, um ihnen zu zeigen, daß ich sie gehört habe.

»Ich halte es auf jeden Fall für sehr gut möglich. Ich meine, schau dir doch nur mal dieses Gesicht an. Es ist schön.«

Widerstrebend betrachtete ich die Fotografie. Colin Friendly saß zwischen zwei Anwälten, zwei gesichtslosen Männern, die hinter seinem Rücken miteinander konferierten, und schaute leicht vorgebeugt mit leerem Blick in die Kamera. Ich sah einen Mann Anfang dreißig mit dunkelbraunem, welligem Haar, das ordentlich aus dem feingemeißelten Gesicht gekämmt war, einem Gesicht, das ich unter anderen Umständen vielleicht als gutaussehend bezeichnet hätte. Ich wußte, weil ich schon andere Bilder von ihm gesehen hatte, daß er über einen Meter achtzig groß war, schlank, beinahe drahtig. Seine Augen waren den Berichten zufolge blau, allerdings nie einfach blau, sondern immer durchdringend blau oder tiefblau, wenn auch die Fotografie dieses Tages nichts dergleichen offenbarte. Aber es fiel mir schwer, diesen Menschen objektiv zu sehen, selbst damals schon.

»Findest du ihn nicht toll?«

Ich schüttelte den Kopf.

»Das kann nicht dein Ernst sein. Er sieht aus wie Brad Pitt, nur daß sein Haar dunkler und seine Nase länger und schmäler ist.«

Ich starrte die siebenunddreißigjährige Frau an, die mir gegenüber saß. Erst hatte sie sich angehört wie eine aggressive Zehnjährige, jetzt redete sie wie ein verknallter Teenager. Würde sie jemals erwachsen werden? Werden wir überhaupt je erwachsen? Oder werden wir nur alt?

»Okay, vielleicht sieht er Brad Pitt ja auch gar nicht so ähnlich, aber du mußt zugeben, daß er gut aussieht. Charismatisch. Ja, genau – charismatisch. Das mußt du wenigstens zugeben.«

»Tut mir leid, aber ich kann jemanden, der dreizehn Frauen und Mädchen gequält und ermordet hat, nicht toll oder charismatisch finden. Das schaff ich nicht.« Ich dachte an Donna Lokash, eine meiner Klientinnen, deren Tochter Amy vor fast einem Jahr verschwunden war; sie war ein mögliches Opfer Colin Friendlys, obwohl man bisher keine Leiche gefunden hatte.

»Du mußt die beiden Dinge auseinanderhalten«, sagte Jo Lynn, und ich hätte beinahe gelacht. Ich war diejenige, die immer predigte, man müsse Birnen und Äpfel auseinanderhalten. »Die

Tatsache, daß er gut aussieht, hat nichts damit zu tun, ob er jemanden umgebracht hat oder nicht.«

»Ach nein?«

»Nein. Das eine hat mit dem anderen nichts zu tun.«

Ich zuckte die Achseln. »Was siehst du, wenn du ihn anschaust?« fragte ich. »Abgesehen von Brad Pitt.«

»Ich sehe einen kleinen Jungen, der verletzt worden ist.« Jo Lynns Stimme war ernst und aufrichtig.

»Du siehst einen Jungen, der verletzt worden ist«, wiederholte ich und sah Jo Lynn als kleines Mädchen vor mir, wie sie ein streunendes Kätzchen, das sie irgendwo aufgelesen hatte, zärtlich auf ihrem nackten Bauch wiegte. Sie hatte sich eine Scherpilzflechte von ihm geholt. »Wo? Wo siehst du das?«

Der knallige orangerote Fingernagel zog einen kleinen Kreis um Colin Friendlys Mund. »Er hat so ein trauriges Lächeln.«

Ich sah mir das Foto genauer an und stellte überrascht fest, daß sie recht hatte. »Findest du es nicht merkwürdig«, fragte ich, »daß er unter den gegebenen Umständen überhaupt lächelt?«

»Das ist doch nur jungenhafte Verlegenheit«, erklärte sie, als hätte sie Colin Friendly ihr Leben lang gekannt. »Ich finde es liebenswert.«

Ich stand auf, ging zur Anrichte hinüber und schenkte mir noch eine Tasse ein. Ich brauchte sie jetzt. »Können wir uns vielleicht über was andres unterhalten?«

Jo Lynn drehte sich auf ihrem Stuhl herum und hielt mir ihre Tasse hin. Sie streckte ihre langen sonnengebräunten Beine aus. »Du nimmst mich einfach nicht ernst.«

»Jo Lynn, laß uns doch jetzt nicht ...«

»Laß uns nicht was? Über was reden, was mir wichtig ist?«

Ich starrte in meinen Kaffee und wünschte mich zurück ins Bett. »Das ist dir wichtig?« fragte ich.

Jo Lynn setzte sich gerade und zog ihre Beine zurück. Sie verzog ihre Lippen zu einer Bardot-Schnute, die die meisten Männer anziehend finden, die mich aber immer schon bis zur Weißglut gereizt hatte. »Ja, es ist mir wichtig.«

»Na schön, wohin soll ich das Hochzeitsgeschenk schicken?« fragte ich, bemüht, die Sache mit Humor zu nehmen.

Das kam bei Jo Lynn nicht an. »Natürlich, mach dich nur über mich lustig. Für dich bin ich ja immer nur ein Witz!«

Ich trank einen Schluck Kaffee. Es war das einzige, was mir einfiel, um zu verhindern, daß ich gleich ins nächste Fettnäpfchen trat. »Jo Lynn, was soll ich denn sagen? Was möchtest du denn?«

»Ich möchte, daß du aufhörst, so verdammt abschätzig daherzureden.«

»Entschuldige, ich war mir nicht bewußt, daß ich abschätzig bin.«

»Eben! Das ist ja das Problem. Du merkst es nie.«

Meine Fehler waren nicht gerade das Thema, das ich an diesem Morgen behandeln wollte. »Hör mal, können wir uns nicht einfach darauf einigen, daß wir unterschiedlicher Meinung sind? Es ist ein herrlicher Tag. Ich möchte ihn wirklich nicht mit einem Streit über einen Mann verschwenden, dem du nie begegnet bist.«

»Das wird sich ändern.«

»Was?«

»Ich werde ihn kennenlernen.«

»Was?«

»Ich werde ihn kennenlernen«, wiederholte sie eigensinnig. »Ich setze mich nächste Woche in diesen Gerichtssaal und werde ihn kennenlernen.«

Meine Geduld war fast erschöpft. Das war ja schlimmer als eine Auseinandersetzung mit Sara. »Du willst in den Gerichtssaal ...«

»Richtig. Ich setze mich in den Gerichtssaal. Gleich am Montag.«

»Und was glaubst du, daß du damit erreichst?« fragte ich, ohne auf die leise Therapeutenstimme im Hintergrund zu hören, die mir riet, den Mund zu halten und Jo Lynn quasseln zu lassen, bis ihr einfach der Dampf ausging. »Die lassen dich doch nicht mit ihm reden.«

»Vielleicht doch.«

»Bestimmt nicht.«

»Dann setze ich mich eben einfach in den Saal und hör mir alles an. Nur um für ihn dazusein.«

»Um für ihn dazusein«, wiederholte ich fassungslos.

»Zu seiner Unterstützung, ja. Und wiederhol nicht dauernd alles, was ich sage. Das geht mir unheimlich auf den Keks.«

Ich versuchte es mit einer anderen Taktik. »Ich dachte, am Montag wolltest du auf Arbeitsuche gehen.«

»Ich bin seit zwei Wochen Tag für Tag auf Arbeitsuche. Ich habe meine Bewerbungen in der ganzen Stadt verteilt.«

»Hast du mal irgendwo mit einem Anruf nachgehakt? Du weißt, man muß hartnäckig sein.« Der Klang meiner Stimme widerte mich genauso an wie Jo Lynn, deren Gesicht Bände sprach. »Und du kannst ja weiß Gott hartnäckig sein, wenn du willst.«

»Vielleicht will ich aber nicht«, gab sie schnippisch zurück. »Vielleicht hab ich's satt, für einen Hungerlohn für einen Haufen minderbemittelter Idioten zu arbeiten. Vielleicht mach ich mich selbständig.«

»Als was denn?«

»Das weiß ich noch nicht. Vielleicht mach ich ein Fitneßstudio auf oder eine Hundepension, irgend so was.«

Ich gab mir die größte Mühe, keine Miene zu verziehen, während ich diese Neuigkeiten zu verarbeiten suchte. Jo Lynn hatte nie in ihrem Leben einen Fitneßklub aufgesucht; sie wohnte in einem Mietshaus, in dem Haustiere nicht erlaubt waren.

»Du glaubst natürlich, ich schaff das nicht.«

»Ich bin überzeugt, du schaffst alles, was du dir vornimmst«, antwortete ich aufrichtig. Im Moment war es gerade das, was mir die größten Sorgen machte.

»Aber du findest die Idee blöd.«

»Das habe ich nicht gesagt.«

»Brauchst du auch gar nicht. Ich seh's dir an.«

Ich wandte mich ab und sah mein Gesicht im dunklen Glas des Backrohrs. Sie hatte recht. Selbst in dem getönten Glas konnte ich erkennen, daß mein Gesicht blaß geworden war, daß meine

Mundwinkel herabhingen. Es war natürlich nicht gerade von Vorteil, daß mir das Haar wie ein nasser Mop um den Kopf hing und die Tränensäcke unter meinen Augen im hellen Morgenlicht besonders gut zur Geltung kamen. »Um sich selbständig zu machen, braucht man Geld«, begann ich, wiederum die kleine Therapeutin ignorierend, die mir mit Fäusten aufs Gehirn trommelte.

»Das Geld krieg ich schon.«

»Ach ja? Woher denn? Wann?«

»Wenn Mama stirbt«, antwortete sie und lächelte so traurig wie der Killer in der Morgenzeitung.

Einen Moment war ich wie vom Donner gerührt. Hastig stellte ich meine Kaffeetasse auf die Anrichte und krampfte eine zitternde Hand in die andere. »Wie kannst du so was sagen!«

Sie begann plötzlich zu lachen. Ihr Gelächter schoß in lauten Juchzern in die Luft, die wie riesige Lassos meinen Kopf umkreisten und herabzufallen, meine Kehle zu umschlingen drohten, um mich erbarmungslos zur Decke emporzureißen, bis ich nur noch hilflos mit den Beinen strampeln konnte. »Nimm doch nicht alles gleich so ernst. Merkst du nicht, wenn jemand einen Scherz macht?«

»Einen Scherz mit der Wahrheit«, entgegnete ich und hätte mir am liebsten auf die Zunge gebissen. Unsere Mutter sagte das immer.

»Ich hab nie verstanden, was das heißen soll«, sagte Jo Lynn gereizt.

»Es heißt, daß man scherzt, aber in Wirklichkeit doch nicht scherzt. Sondern es ernst meint.«

»Ich weiß, was es heißt«, sagte sie.

»Ist ja auch egal«, versetzte ich. »Mama ist erst fünfundsiebzig, und es geht ihr bestens. Ich würde mich an deiner Stelle nicht darauf verlassen, daß sie so bald das Zeitliche segnet.«

»Bei ihr konnte ich mich noch nie auf was verlassen«, sagte Jo Lynn.

»Wo kommt denn das plötzlich alles her?« fragte ich.

Jetzt war es Jo Lynn, die mich ungläubig anstarrte. »So war es immer. Wo bist du eigentlich die ganze Zeit gewesen?«

»Und wie lang soll das so weitergehen? Du bist erwachsen. Wie lange willst du ihr noch Vorwürfe machen für Dinge, die sie vor zwanzig Jahren vielleicht getan oder nicht getan hat?«

»Du brauchst es gar nicht so herunterzuspielen!«

»Ja, was zum Donnerwetter hat sie dir denn angetan?«

Jo Lynn schüttelte den Kopf, schob das blonde Haar zurück und zupfte an dem goldenen Ring, der in ihrem rechten Ohr hing. »Nichts. Sie hat alles richtig gemacht. Sie war die perfekte Mutter. Vergiß es einfach.« Wieder schüttelte sie den Kopf. Das blonde Haar fiel ihr wieder ins erhitzte Gesicht. »Das ist nur PMS-Geschwätz.«

Das konnte mich nicht besänftigen. »Hast du mal dran gedacht, daß es so was wie PMS gar nicht gibt und du eben einfach so bist?«

Jo Lynn kniff die Augen zusammen und starrte mich an, als dächte sie ernsthaft daran, über den Tisch zu springen und mir eine runterzuhauen. Dann weiteten sich ihre Augen plötzlich, die orange gemalten Lippen öffneten sich, und sie lachte wieder, nur war das Gelächter diesmal echt und herzlich, und ich konnte einstimmen.

»Das war echt komisch«, sagte sie, und ich genoß dankbar ihr unerwartetes Wohlwollen.

Das Telefon läutete. Es war unsere Mutter. Wie auf Kommando. Als hätte sie unser Gespräch gehört. Als wüßte sie über unsere geheimsten Gedanken Bescheid.

»Sag ihr, daß wir gerade über sie gesprochen haben«, flüsterte Jo Lynn so laut, daß man nicht umhin konnte, sie zu hören.

»Wie geht es dir, Mama?« sagte ich statt dessen und sah sie vor mir, wie sie am anderen Ende am Telefon saß, schon geduscht und angezogen, das kurze, gelockte Haar, das ihr schmales Gesicht umgab, frisch gekämmt, in den dunkelbraunen Augen blitzende Vorfreude auf den kommenden Tag.

Ihre Stimme war im ganzen Zimmer zu hören. »Glänzend«,

erklärte sie. Das sagte sie immer. Glänzend – Jo Lynn sprach das Wort lautlos mit. »Und wie geht es dir, Kind?«

»Gut, danke.«

»Und den Mädchen?«

»Oh, denen geht es bestens.«

»Und mir auch«, rief Jo Lynn laut.

»Oh, ist Jo Lynn bei dir?«

»Ja, sie ist auf eine Tasse Kaffee vorbeigekommen.«

»Grüß sie von mir«, sagte unsere Mutter.

»Grüß zurück«, sagte Jo Lynn trocken.

»Hör mal, Kind«, fuhr meine Mutter fort, »ich rufe an, weil ich das Rezept für den Pfirsenkuchen nicht mehr finden kann. Hast du vielleicht eine Kopie davon?«

»Pfirsenkuchen?« wiederholte ich.

»Ja«, sagte sie. »Du weißt doch, ich habe dir erst vor ein paar Wochen einen gebacken, und er hat dir so gut geschmeckt.«

»Ach, du meinst den Pfirsichkuchen?«

»Ja«, antwortete sie. »Hab ich was andres gesagt?«

»Du hast ... Ach, laß. Es ist nicht wichtig. Ich schau nachher gleich mal nach und ruf dich dann zurück. Ist dir das recht?«

Einen Moment blieb sie still. »Ja, aber laß mich nicht zu lange warten.« Ein Anflug von Erregung hatte sich in ihre Stimme geschlichen.

»Ist irgend etwas?« fragte ich und dachte, lieber Gott, laß alles in Ordnung sein. Schon begann der Tag sich zu trüben, der Himmel zusehends blasser zu werden.

»Nein, nein«, beruhigte sie mich eilig. »Es ist nur wegen Mr. Emerson von nebenan. Er ist mir aus irgendeinem Grund böse. Ich habe keine Ahnung, warum, aber er war in den letzten Tagen ziemlich unfreundlich, weißt du.«

»Unfreundlich? Inwiefern denn?« Ich kannte Mr. Emerson, einen liebenswürdigen, weißhaarigen alten Herrn, ein wenig gekrümmt vom Alter, aber immer noch gewandt und umgänglich. Seit meine Mutter vor zwei Jahren in das Palm Beach Lakes Seniorenheim übergesiedelt war, lebte er in dem Apartment neben dem ihren. Er war der ideale Nachbar, rücksichtsvoll, freundlich, im Vollbesitz seiner geistigen und körperlichen Kräfte. Er näherte sich allerdings den Neunzigern, da konnte natürlich alles mögliche geschehen.

»Ich wollte ihm einen Pfirsichkuchen backen, als Friedensangebot«, fuhr meine Mutter fort. »Aber jetzt kann ich das Rezept nicht finden.«

»Ich seh nach, ob ich es habe, und ruf dich später an«, versprach ich ihr. »Mach dir inzwischen keine Gedanken. Was es auch sein mag, er wird mit der Zeit darüber wegkommen.«

»Wieviel Zeit hat er denn noch?« scherzte meine Mutter, und ich lachte.

»Sag ihr, daß ich heirate«, rief Jo Lynn, als ich gerade auflegen wollte.

»Was? Sie heiratet wieder?«

»Du wirst begeistert sein von ihm«, sagte Jo Lynn, während ich meiner Mutter hastig zuflüsterte, es sei nur ein Scherz.

Jo Lynn war wütend. Wieder kniff sie die grünen Augen zusammen. »Wieso hast du das gesagt? Warum mußt du sie immer schonen?«

»Warum mußt du sie immer verletzen?«

Eine Ewigkeit, wie mir schien, starrten wir einander wortlos an, und unsere unbeantworteten Fragen hingen wie Staubkörnchen zwischen uns in der Luft. Was ist nur los mit dir? hätte ich sie am liebsten angeschrien. Du willst doch diesen Colin Friendly nicht im Ernst kennenlernen? Hast du nicht endlich genug davon, dich von egoistischen Männern mißbrauchen zu lassen? Wen willst du eigentlich bestrafen?

»Hey, was ist denn hier los?« klang es irgendwo hinter uns verschlafen. Als ich mich umdrehte, sah ich Sara mit bloßen Füßen in die Küche trotten. Ihr Amazonenkörper steckte in einem blauseidenen Hemdchen und Boxershorts. In *meinem* Hemdchen und *meinen* Boxershorts, erkannte ich und begriff, warum ich die Sachen seit Wochen vergeblich suchte. Die Augen unter ihrem langen wirren Haar kaum geöffnet, tastete sie sich wie eine

Blinde mit ausgestreckten Armen zum Kühlschrank vor, öffnete die Tür. Sie nahm den Karton mit dem frischgepreßten Orangensaft heraus und hob ihn an die Lippen.

»Bitte, laß das«, sagte ich so ruhig wie möglich.

»Mach keinen Streß«, entgegnete sie, einen dieser wunderbaren Teenagerausdrücke benutzend, die ich hasse wie die Pest.

»Im Schrank stehen Gläser«, sagte ich.

Sara stellte den Saft ab, und machte den Schrank auf, nicht ohne dabei demonstrativ die Augen zu verdrehen. »Also, was war das hier vorhin für ein Krach? Ihr habt so laut gelacht, daß ich davon aufgewacht bin.«

Im ersten Moment hatte ich keine Ahnung, wovon sie sprach. Es schien so lange her zu sein.

»Deine Mutter hat tatsächlich mal was Komisches gesagt«, erklärte Jo Lynn, als wäre ich normalerweise ein Ausbund an Humorlosigkeit. »Es war was über PMS. Wie war es gleich wieder?«

»Na ja, das ist nicht auf meinem eigenen Mist gewachsen«, schränkte ich ein. »Ich hab's mal in einer Comedy-Sendung gehört.«

»Und was war es?« Sara füllte das hohe Glas mit Orangensaft, spülte ihn geräuschvoll in einem Zug hinunter und stellte dann Karton und leeres Glas auf die Anrichte.

»Moment mal!« protestierte ich. »Den Karton in den Kühlschrank, das Glas in die Spülmaschine.«

Erneutes Augenrollen, die Türen von Kühlschrank und Geschirrspüler klappten. »Laß nur, interessiert mich nicht mehr«, sagte sie, kam zum Tisch und warf einen Blick auf die Zeitung. Der Präsident, der Priester und Colin Friendly blickten sie an. »Der ist ja süß«, bemerkte sie kurz und machte sich auf den Rückweg in ihr Zimmer.

»Den heirate ich«, rief Jo Lynn ihr nach.

»Cool«, sagte Sara, ohne stehenzubleiben.

3

Der Montag kam. Ich hatte Klienten von morgens um acht bis abends um sechs, mit einer Dreiviertelstunde Mittagspause.

Meine Praxis liegt mitten in Palm Beach, nur ein paar Straßen vom Meer entfernt. Sie besteht aus zwei kleinen Zimmern und einem noch kleineren Warteraum. Die Zimmerwände sind zartrosa, die Möbel überwiegend grau. Stapel aktueller Zeitschriften füllen mehrere große Körbe zu beiden Seiten zweier gepolsterter Bänke im Wartezimmer. Ich achte darauf, stets die neuesten Ausgaben zu haben, seit einmal eine meiner Klientinnen mit Tränen in den Augen und einer *Newsweek* in den Händen in mein Zimmer kam und fragte, ob ich wüßte, daß Steve McQueen Krebs habe. Steve McQueen war zu diesem Zeitpunkt bereits viele Jahre tot.

Die Wände schmückt ein kunterbuntes Sortiment von Bildern: eine Schwarzweiß-Fotografie von einem Eisbären, der mit seinem Jungen spielt; ein Aquarell von einer Frau, die im Schatten eines riesigen Banyanbaums sitzt und liest; eine Reproduktion von einem weltberühmten Toulouse-Lautrec-Plakat – Jane Avril, das Bein zum Tanz erhoben. Im Hintergrund plätschert klassische Musik, nicht zu laut, aber hoffentlich laut genug, um die manchmal erhobenen Stimmen hinter den geschlossenen Türen meines Zimmers zu übertönen.

Drinnen sind drei grauweiße Polstersessel um einen rechteckigen niedrigen Glastisch gruppiert. Weitere Stühle können, wenn nötig, hereingeholt werden. Ein paar Grünpflanzen sind da, die echt aussehen, aber aus Plastik sind, da ich mit Pflanzen keine gute Hand habe und es eines Tages leid war, immer wieder zusehen zu müssen, wie die echten welkten und starben. Außerdem schienen mir die welken Pflanzen symbolisch gesehen ein schlechtes Licht auf meine therapeutischen Fähigkeiten zu werfen.

Auf dem Couchtisch habe ich immer eine kleine Schale Kekse,

einen großen Schreibblock und eine noch größere Schachtel Papiertücher. In einer Ecke ist eine Videokamera, mit der ich manchmal Sitzungen aufzeichne – natürlich nur mit Erlaubnis der Klienten. An der Wand hinter meinem Kopf hängen eine Uhr und mehrere Drucke berühmter Impressionisten: Monets Seerosen; ein friedliches Pissarro-Dorf; ein apfelwangiges Renoir-Mädchen auf einer Schaukel.

Im hinteren Zimmer sind mein Schreibtisch, das Telefon, die Akten, ein kleiner Kühlschrank, mehrere Extrastühle und eine Tretmühle, für mich ein perfektes Symbol unserer Zeit: Die Leute rennen sich die Lunge aus dem Leib und kommen doch nirgends hin. Dennoch versuche ich, mindestens zwanzig Minuten jeden Tag auf diesem gräßlichen Gerät zu verbringen. Es soll meinen Geist entspannen und gleichzeitig meine Muskeln stählen. Tatsächlich geht es mir nur auf die Nerven. Aber dieser Tage geht mir so ziemlich alles auf die Nerven. Ich schreibe es meinen Hormonen zu, die sich, wie alle Zeitschriften mir erklären, in einer ständigen Bewegung befinden. Diese Artikel gehen mir genauso auf die Nerven. Und es ist kein Trost, daß »Frauen in einem gewissen Alter«, wie die Franzosen das angeblich nennen, in den begleitenden Illustrationen stets als vertrocknete kahle Äste eines einst blühenden Baums dargestellt werden.

Wie dem auch sei, es war Montag, ich hatte den ganzen Morgen Klienten gesehen, und mein Magen sehnte knurrend das Ende der letzten Sitzung vor der Mittagspause herbei. Das Paar, das mir gegenübersaß, war hilfesuchend zu mir gekommen, weil es mit seinem vierzehnjährigen Sohn, der so trotzig und schwierig war, wie man sich das bei einem Teenager nur vorstellen kann, nicht mehr fertig wurde. Nach zwei Sitzungen hatte er sich geweigert wiederzukommen, seine Eltern jedoch blieben bei der Stange und bemühten sich tapfer um einen Kompromiß, mit dem alle leben konnten. So ein Kompromiß hat natürlich nur Erfolg, wenn alle Beteiligten sich an ihn halten, und daran dachte der Sohn der beiden überhaupt nicht.

»Er hat sich wieder heimlich rausgeschlichen, nachdem wir zu

Bett gegangen waren«, berichtete Mrs. Mallory gerade, während ihr Mann steif und schweigend an ihrer Seite saß. »Wir hätten nicht einmal gemerkt, daß er weg war, wenn ich nicht aufgewacht wäre, weil ich zur Toilette mußte. Da habe ich in seinem Zimmer Licht gesehen und bin rübergegangen, um nach ihm zu sehen. Sie werden es nicht glauben, er hatte sein Bett mit Kissen ausgestopft, um den Anschein zu erwecken, er läge drin und schliefe, genauso wie in diesen Gefängnisfilmen, die man im Fernsehen sieht. Er ist morgens um drei nach Hause gekommen.«

»Wo war er?« fragte ich.

»Das hat er uns nicht gesagt.«

»Wie haben Sie reagiert?«

»Wir haben ihm gesagt, was für Sorgen wir uns gemacht haben …«

»*Du* hast dir Sorgen gemacht«, korrigierte ihr Mann kurz.

»Sie nicht?« fragte ich ihn.

Jerry Mallory schüttelte den Kopf. Er war ein gepflegter Mann, fast immer im dunkelblauen Anzug mit konservativ gestreifter Krawatte, während seine Frau meistens aussah, als hätte sie sich das nächstbeste Kleidungsstück übergeworfen, das gerade aus dem Wäschetrockner gefallen war. »Das einzige, was mir Sorgen macht, ist, daß eines Tages die Polizei bei uns vor der Tür stehen wird.«

»Ich weiß nicht mehr, was ich tun soll.« Jill Mallory blickte von mir zu ihrem Mann, der stur geradeaus starrte. »Ich bin nur noch ein Nervenbündel. Ich kann nicht schlafen; ich schreie jeden an. Jenny hab ich heute morgen auch wieder angeschrien. Ich habe ihr dann zu erklären versucht, daß es nichts zu bedeuten hat; daß ich sie liebhabe, auch wenn ich zur Zeit dauernd herumbrülle.«

»Sie haben sich also selbst die Erlaubnis gegeben, sie weiterhin anzuschreien«, sagte ich so behutsam wie möglich. Sie sah mich an, als hätte ein Pfeil ihr Herz durchbohrt.

Jill, Jerry, Jenny, Jason, leierte ich im stillen herunter und fragte mich, ob diese Folge von Js bewußt gewählt war. Jo Lynn, fügte ich unwillkürlich hinzu. Sofort sah ich sie in einem vollen Gerichtssaal in West Palm Beach sitzen und hoffte doch gleichzeitig, sie sei so vernünftig gewesen, zu Hause zu bleiben.

»Gibt es nicht ein Mittel, Jason zur Therapie zu zwingen?« fragte die Mutter. »Vielleicht wenn wir einen Psychiater ...«

Ich erklärte ihr, daß ich das für zwecklos hielt. Jugendliche sind vor allem aus zwei Gründen schlechte Therapiekandidaten: Erstens haben sie keine Einsicht in die Ursachen ihres Handelns, und zweitens interessieren sie die Ursachen ihres Handelns gar nicht.

Als die Stunde um war und die Mallorys sich verabschiedet hatten, ging ich ins andere Zimmer, nahm mir ein Thunfischsandwich aus dem Kühlschrank und hörte meinen Anrufbeantworter ab. Sieben Nachrichten warteten auf mich: drei von Leuten, die Termine haben wollten; eine vom Studienberater an Saras Schule mit Bitte um Rückruf; zwei von meiner Mutter mit der Bitte, mich so bald wie möglich zu melden; und einer von Jo Lynn, die mir mitteilte, daß sie den ganzen Morgen beim Prozeß gewesen sei, daß Colin Friendly in natura noch besser aussehe als auf den Fotos, daß sie mehr denn je von seiner Unschuld überzeugt sei und daß ich am Mittwoch, meinem freien Tag, unbedingt mitkommen müsse, um mich mit eigenen Augen zu überzeugen. Ich schloß einen Moment die Augen, holte tief Luft und rief dann meine Mutter an.

In ihrer Stimme schwang ein Unterton der Verzweiflung, den ich an ihr nicht kannte. »Wo bist du nur gewesen?« fragte sie. »Ich habe den ganzen Morgen angerufen. Immer hat sich nur dieser blöde Anrufbeantworter gemeldet.«

»Was ist denn los, Mama? Ist was passiert?«

»Ach, es ist dieser verdammte Mr. Emerson.«

»Was ist denn mit Mr. Emerson?«

»Er behauptet, ich hätte ihn mit dem Pfirsichkuchen, den ich ihm gebacken habe, vergiften wollen. Er sagt, er sei die ganze Nacht aufgewesen und habe sich übergeben. Ich bin außer mir, wirklich. Allen im Haus erzählt er, ich hätte ihn vergiften wollen.«

»Ach, Mama, das tut mir aber leid. Ich kann mir vorstellen, wie enttäuscht du bist. Da hast du dir extra solche Mühe gemacht.« Ich stellte sie mir vor, wie sie, über die Arbeitsplatte in ihrer kleinen Küche gebeugt, die Pfirsichscheiben in ordentlichen Reihen auf dem Teig anordnete. »Denk einfach nicht daran. Es nimmt ihn bestimmt keiner ernst.«

»Könntest du nicht mal mit Mrs. Winchell sprechen?« fragte sie. »Ich bin zu erregt dazu, und ich weiß, wenn du sie anrufen und ihr alles erklären würdest ...«

»Ach, ich glaube nicht, daß das nötig ist, Mama.« Mrs. Winchell war die Leiterin des Altenheims, und ich hielt es für überflüssig, sie da hineinzuziehen.

»Bitte!« Wieder dieser mir so fremde, verzweifelt drängende Ton.

»Na schön. Hast du die Nummer da?«

»Die Nummer?«

»Schon gut.« Meine Mutter war offensichtlich nicht in der Verfassung, an solche Details zu denken. »Ich suche sie mir selbst raus.«

»Und du rufst gleich an?«

»Sobald ich kann.«

»Tausend Dank, Kind. Sei mir nicht böse, daß ich dir so zur Last falle.«

»Du fällst mir nie zur Last. Ich melde mich später.« Ich legte auf, biß ein paar mal in mein Brot und blätterte in meinem Adreßbuch nach Mrs. Winchells Telefonnummer. Aber vorher wollte ich noch in Saras Schule anrufen. Der Studienberater meldete sich genau in dem Moment, als mir ein Riesenstück Thunfisch am Gaumen kleben blieb.

»Sara versäumt in letzter Zeit häufig den Unterricht«, erklärte er mir ohne Umschweife. »In den vergangenen zwei Wochen hat sie viermal in Mathematik gefehlt und zweimal in Spanisch.«

Du lieber Gott, dachte ich. Geht das schon wieder los. Hatten wir das nicht erst letztes Jahr?

»Ich werde mit ihr reden«, sagte ich und kam mir vor wie eine komplette Versagerin, obwohl ich wußte, daß dies natürlich Saras Problem war und nicht meines. Eine tolle Familientherapeutin, dachte ich, während ich die letzten Bissen meines Brots verschlang, die wie schwere Klumpen in meinen Magen fielen.

Dann rief ich Mrs. Winchell an, erklärte ihr rasch mein Anliegen und fragte, ob sie nicht einmal mit Mr. Emerson sprechen könne. Vielleicht, meinte ich vorsichtig, habe er ein Alter erreicht, wo er ein Heim brauche, das mehr Betreuung bot. Erst einmal blieb es einen Moment still. Ich ertappte mich dabei, daß ich den Atem anhielt, obwohl ich selbst nicht wußte, warum ich das tat.

»Ganz so einfach ist das nicht«, begann Mrs. Winchell und brach ab. Ich versuchte, sie mir am anderen Ende der Leitung vorzustellen, aber ihr Schweigen war verwirrend. Ich brauchte mehrere Sekunden, um ihr Bild heraufzubeschwören, das einer Frau, die etwa zehn Jahre älter war als ich, mit ebenholzschwarzer Haut, gutaussehend trotz des leicht fliehenden Kinns, mit kurzem schwarzem Haar und einem sympathischen Lächeln. »Ich hatte sowieso vor, Sie anzurufen.«

»Gibt es ein Problem?« fragte ich widerstrebend.

»Wir hatten Klagen von einigen anderen Bewohnern«, begann sie.

»Klagen? Über Mr. Emerson?«

»Über Ihre Mutter«, entgegnete sie.

»Über meine Mutter?«

Eine lange Pause folgte. Dann: »Es hat in den letzten zwei Monaten einige Schwierigkeiten gegeben.«

»Was für Schwierigkeiten?«

Wieder Schweigen. Mrs. Winchell war offensichtlich eine Frau, die sich ihre Worte überlegte, eine Eigenschaft, die ich bei anderen immer bewundert habe, vielleicht weil ich selbst sie nicht besitze. Ich warf einen Blick auf meine Uhr, dann auf meinen Terminkalender. In der 13-Uhr-Spalte stand der Name Donna Lokash.

»Sie wissen ja sicher, wie gern Ihre Mutter backt …«

»Ja, natürlich. Sie ist eine hervorragende Köchin.«

Mrs. Winchell ging darauf nicht ein. »Und sie hat ihre Freunde und Nachbarn immer mit kleinen Leckerbissen überrascht ...«

Komm endlich zur Sache, hätte ich am liebsten geschrien, tat es aber nicht, sondern stopfte mir statt dessen ein vergessenes Plätzchen, das ich auf meinem Schreibtisch entdeckte, in den Mund.

»Aber wenn sie in letzter Zeit etwas gebacken hat, sind die Leute hinterher jedesmal krank geworden.«

Ich zog die Brauen zusammen. Was wollte diese Frau mir sagen? Daß meine Mutter absichtlich ihre Nachbarn vergiftete, wie Mr. Emerson behauptet hatte. »Ich verstehe nicht ganz, worauf Sie hinauswollen«, sagte ich.

Wieder trat eine längere Pause ein. Ich stellte mir die Frau vor, wie sie sich in ihrem Büro umsah, über ihre krausen schwarzen Locken fuhr, sich die Nasenspitze rieb. »Wahrscheinlich ist es einfach so, daß diese alten Mägen immer empfindlicher werden und so schweres Essen nicht mehr vertragen«, erklärte sie vorsichtig, »aber ich dachte, Sie könnten vielleicht Ihre Mutter bitten, vorläufig einmal nichts für andere zu backen.«

Schon sah ich den verletzten Blick meiner Mutter, wenn ich ihr Mrs. Winchells Bitte übermitteln würde, und es brach mir fast das Herz. »Gut, ich werde mir ihr sprechen«, sagte ich.

»Da ist noch etwas«, fuhr Mrs. Winchell fort.

Ich wartete schweigend.

»Es geht um die Beschuldigungen, die Ihre Mutter gegen einen unserer Angestellten vorgebracht hat.«

»Bitte? Ich verstehe nicht.«

»Sie hat Ihnen nichts davon gesagt?«

Ich schüttelte den Kopf: »Nein.«

»Ich glaube, am Telefon können wir das nicht besprechen. Es ist zu schwierig. Es wäre besser, wir treffen uns. Vielleicht könnten wir uns bald einmal zusammensetzen, Sie, Ihre Mutter und ich. Ach, und Sie haben doch eine Schwester, nicht wahr?«

Prompt hörte ich Jo Lynns Stimme auf meinem Anrufbeantworter: ›Du mußt diesen Mann sehen, Kate. Er sieht noch besser aus als auf den Fotos, und ich bin absolut überzeugt, daß er unschuldig ist.‹ »Ja, ich habe eine Schwester«, antwortete ich.

»Ich denke, es wäre gut, wenn sie auch zu dieser Besprechung käme. Dann können wir alles gründlich durchsprechen und den Dingen hoffentlich auf den Grund kommen.«

Meine Mutter, Jo Lynn und ich, dachte ich und stellte mir Jo Lynn im Gerichtssaal vor, ein Ein-Frau-Jubel-Kommando. Bestimmt hatte sie aufs Mittagessen verzichtet, um einen Platz in der Nähe des Angeklagten ergattern zu können, wenn die Nachmittagssitzung begann. Sie würde wie gewöhnlich ganz in Weiß gekleidet sein, um ihre goldbraune Haut ins rechte Licht zu setzen, und ein kurzes Röckchen tragen, um ihre Beine zur Geltung zu bringen. Ganz zu schweigen von dem knappen kleinen Oberteil. Unmöglich, daß Colin Friendly Jo Lynn Baker nicht bemerken würde. Dafür würde sie sorgen.

»Mein einziger freier Tag ist der Mittwoch«, sagte ich zu Mrs. Winchell, während ich schon überlegte, wie ich es schaffen sollte, Jo Lynn zu überreden, mich zu begleiten.

»Würde es Ihnen am Mittwoch um zwei passen?« fragte Mrs. Winchell sofort.

»In Ordnung.«

»Gut. Bis Mittwoch also.«

Sie legte auf. Ich blieb einen Moment mit dem Hörer am Ohr sitzen und fragte mich, was da vorging. Meine Mutter war keine Unruhestifterin und hatte in ihrem Leben nie geklagt, selbst wenn sie berechtigten Anlaß dazu gehabt hatte. Jahrelang hatte sie sich von meinem Stiefvater kujonieren lassen, ohne ein Wort darüber zu verlieren, nur darauf bedacht, meine Schwester und mich vor Dingen zu schützen, die wir bereits wußten. War das immer noch so? Versuchte sie auch jetzt noch, uns zu schützen?

Ich schüttelte den Kopf und mußte unwillkürlich an Sara denken. Hörte eine Mutter je auf, ihr Kind schützen zu wollen?

Ich erledigte die restlichen Anrufe, dann tauschte ich mein blaues Kleid und meine Ballerinaschuhe gegen einen grauen Trainingsanzug und Turnschuhe und stellte mich auf die Tretmühle. Ganz langsam steigerte ich das Tempo, bis ich mit flotten sechs Kilometern pro Stunde dahinmarschierte, die Arme im Takt zu beiden Seiten schwingend, den Kopf angenehm leer. Es dauerte allerdings nicht lange, bis meine Angehörigen sich zu mir gesellten, sich mir an Arme und Beine hängten wie Gewichte, die meinen Schritt verlangsamten und mich niederzogen.

Laßt mich in Ruhe, schimpfte ich lautlos und versuchte sie alle abzuschütteln. Diese Zeit gehört mir allein. Ich brauche sie, um abzuschalten, mich zu entspannen, zu erfrischen, neue Kraft zu gewinnen. Mit euren Problemen befasse ich mich später.

Doch anstatt sich diskret zurückzuziehen, wurden sie zudringlicher. Meine Mutter stieg wie ein Geist aus der Flasche vor mir auf, schob ihr Gesicht ganz dicht an meines und umklammerte mich mit beiden Armen in erstickender Umschlingung; meine Tochter sprang mir auf den Rücken, klemmte ihre Beine um meine Taille und ihre Arme um meinen Hals wie ein kleines Kind, das Huckepack reitet, und beide, Mutter und Tochter, engten mich so stark ein, daß ich kaum noch Luft bekam. Warum schwänzte meine Tochter die Schule? Was war mit meiner Mutter los? Und wieso waren das *meine* Probleme? Wieso hockte ich da mittendrin?

Von mir brauchst du keine Hilfe zu erwarten, warnte Jo Lynn und hängte sich mit unsichtbaren Händen an meine Füße, so daß ich das Gefühl hatte, mühsam durch tiefen Schnee zu stapfen. Du warst nie für mich da; weshalb sollte ich jetzt dir helfen?

Ich bin immer für dich da, versetzte ich nach ihr tretend und wäre beinahe über meine eigenen Füße gestolpert. Wer hat dir denn beigestanden in den Dauerkatastrophen mit Andrew, mit Daniel, mit Peter, mit all den Männern, die dir wiederholt die Knochen gebrochen und dein Selbstbewußtsein zerstört haben?

Okay, aber was hast du in letzter Zeit schon für mich getan? fragte sie, fester zupackend.

Kümmre dich nicht um sie, forderte Sara.

Du kannst dich später mit ihr befassen, sagte meine Mutter.

Ich zuerst, sagte Sara.

Nein, ich, insistierte meine Mutter.

Ich.

Ich.

Ich. Ich. Ich. Ich. Ich.

Ich schloß die Augen vor der beklemmenden Angst, die sich wie eine Zwangsjacke um mich legte. »Diese Zeit gehört mir«, sagte ich laut. »Um euch kümmere ich mich später.«

Die Beklemmung löste sich plötzlich. Ich lächelte und atmete tief durch. Na also, sagte ich mir, manchmal braucht man diese Gedanken nur laut auszusprechen. Aber sofort folgte dem Beklemmungsgefühl eine Hitzewelle von solcher Intensität, als hielte mir jemand eine Lötlampe ans Hirn. Schweiß durchtränkte mein Sweatshirt; meine Stirn wurde feucht; das Haar klebte mir im Gesicht. »Na wunderbar, das hat mir gerade noch gefehlt«, murmelte ich, verlangsamte die Geschwindigkeit der Tretmühle, drehte sie zu schnell herunter und wäre, als sie anhielt, beinahe auf die Nase gefallen.

Ich holte mir eine Limonade aus dem Kühlschrank und drückte die kühle Dose an meine Stirn, bis das Zimmer aufhörte, sich zu drehen, und die Hitzewallung nachließ. Als ich das nächstemal auf die Uhr schaute, war es fast Viertel nach eins, und ich war immer noch im Trainingsanzug. Schnell warf ich einen Blick in den Warteraum, aber Donna Lokash war noch nicht da. Ich war erleichtert, aber auch etwas besorgt. Es war nicht Donnas Art, zu spät zu kommen.

Das Telefon läutete genau in dem Moment, als ich mit dem Kopf in meinem Sweatshirt steckte. Ich riß es ganz herunter und griff nach dem Hörer.

Donnas Stimme klang tränenerstickt. »Bitte entschuldigen Sie. Ich weiß, ich bin zu spät dran. Aber gerade als ich gehen wollte, hat das Telefon geklingelt.«

»Was ist denn los, Donna? Ist was passiert? Geht es um Amy?«

Donnas Tochter Amy war seit beinahe einem Jahr verschwunden. Der Fall berührte mich besonders, da Amy mit Sara auf eine

Schule gegangen war und einige Kurse mit ihr gemeinsam besucht hatte. Ich erinnerte mich an den Tag, an dem Donna Lokash das erste Mal zu mir gekommen war. Es war einige Monate nach Amys Verschwinden gewesen. Hager, mit eingefallenem Gesicht und vom Weinen geschwollenen Augen war sie zaghaft zur Tür hereingekommen. Sie kenne mich von den Elternsprechtagen, hatte sie leise gesagt. Sie brauche Hilfe. Sie werde allein mit Amys Verschwinden nicht fertig.

»Die Polizei hat eben angerufen«, sagte sie jetzt. »Man hat eine Leiche gefunden. Es ist möglich, daß es Amy ist.«

»O Gott!«

»Ich soll zur Gerichtsmedizin kommen. Sie schicken mir einen Wagen. Sie haben gesagt, ich soll mit einem Freund oder einer Freundin kommen. Aber ich weiß niemanden.«

Ich wußte, daß Donna sich seit Amys Verschwinden immer weiter von ihren Freunden entfernt hatte und daß ihr geschiedener Mann in New York lebte. Er war unmittelbar nach Amys Verschwinden nach Florida gekommen und mehrere Wochen geblieben. Als danach noch immer jede Spur von Amy fehlte, war er nach New York zurückgekehrt. Er war wieder verheiratet und hatte eine Familie, um die er sich kümmern mußte. Donna hatte keinen Menschen.

»Soll ich mit Ihnen hinfahren?«

»Wäre das möglich?« fragte sie dankbar. »Wir müßten aber jetzt gleich fahren, das heißt, Sie müßten Ihre anderen Termine absagen. Ich würde Sie selbstverständlich für Ihre Zeit und Ihre Mühe bezahlen. Keinesfalls würde ich Sie bitten, das unentgeltlich für mich zu tun.«

»Nun machen Sie sich deswegen mal kein Kopfzerbrechen. Heute ist sowieso kaum was los«, log ich und strich im Geist die restlichen Termine des Tages. »Sagen Sie mir, wo ich Sie treffen soll.«

»Im gerichtsmedizinischen Institut in der Gun Club Road. Westlich vom Kongreß. Vor dem Gefängnis.«

»Ich bin schon unterwegs.« In aller Eile sagte ich meine Nachmittagstermine ab, klebte einen Zettel für diejenigen an die Tür, die ich nicht erreicht hatte, und machte mich auf den Weg zum städtischen Leichenschauhaus.

4

Zwanzig Minuten später fuhr ich durch das große Tor des Justizgebäudes von Palm Beach County, eine imposante Ansammlung sandfarbener Bauten, zu denen unter anderen die Behörde des Sheriffs, mehrere Verwaltungsgebäude und das Gefängnis gehörten, ein zurückgesetztes Hochhaus, das den Spitznamen Gun Club Hilton trug. Wäre nicht der Stacheldraht über dem Gefängnistor gewesen, so hätte man es leicht für ein ganz gewöhnliches Verwaltungsdomizil halten können.

Das gerichtsmedizinische Institut, ein plumper Flachbau, der dem Komplex vorgelagert war, wirkte nicht recht dazugehörig, eher wie ein alter Schulpavillon, der aus Raumgründen einer nagelneuen Schule angefügt wurde, notwendig, aber unharmonisch. Ich fand ganz in der Nähe einen Parkplatz und schaltete den Motor aus, blieb jedoch im Wagen sitzen und blickte zu dem Teich hinaus, der neben der Straße lag, während meine Phantasie mir vorauseilte in einen sterilen Raum, in dem ein vager Geruch nach Chemikalien hing. Ich sah mich schräg hinter Donna stehen, den Blick abgewandt, meine Hände an ihren Armen, um sie zu stützen, während der Coroner ein weißes Laken von einem Stahltisch zurückzog, um ihr das graue Gesicht eines jungen Mädchens, möglicherweise ihrer Tochter, zu zeigen. Ich hörte sie aufschreien, fühlte sie schwanken, hielt sie, als sie mir in die Arme fiel. Das ganze schreckliche Gewicht ihres Schmerzes fiel auf mich, drückte sich wie ein Kissen gegen meine Nase und meinen Mund, raubte mir die Luft und nahm mir den Atem. Ich schaffe das nicht, dachte ich.

»Wenn sie es schafft, schaffst du es auch«, wies ich mich selbst laut zurecht, stieg aus dem Wagen und eilte auf dem betonierten Fußweg zur Seitentür des häßlichen Gebäudes. Ein neues, unerwünschtes Bild folgte mir, grausiger noch als das erste: wie der Coroner das Laken zurückschlug und mir den leblosen Körper meines eigenen Kindes zeigte. »Sara«, sagte ich und schrie unwillkürlich auf.

Ein lautes, durchdringendes »Quak« zerschmetterte das Bild wie ein Stein eine Fensterscheibe, und ich drehte den Kopf nach dem Geräusch. In einer Ecke des Gebäudes, nahe bei der Tür, hockte eine dicke Moschusente und wachte über eine kleine Schar frisch geschlüpfter Küken. Die zerbrochenen Schalen der Eier, aus denen sie ans Licht gekrochen waren, lagen noch im Gras um sie herum. Erstaunt betrachtete ich das überraschende Bild, ohne mich näher heranzuwagen, da ich die Entchen und ihre Mutter nicht erschrecken wollte. Einen Moment lang gedachte ich der erstaunlichen Zerbrechlichkeit und Unverwüstlichkeit des Lebens, dann holte ich tief Atem und öffnete die Tür zum Tod.

Donna Lokash saß auf einem der zwei Stühle aus Stahl und Plastik an der cremefarbenen Betonwand des kleinen Empfangsraums. Neben ihr wartete ein uniformierter Polizeibeamter. Sie war seit unserem letzten Zusammentreffen noch dünner geworden, und unter ihren braunen Augen lagen dunkle Schatten. Das braune Haar war in einem Pferdeschwanz zusammengebunden, eher praktisch als schick. Sie sprang auf, als sie mich sah, und eilte mir entgegen.

»Haben Sie die jungen Entchen gesehen?« fragte sie impulsiv, in einem Ton, der etwas Hysterisches hatte.

»Ja, die habe ich gesehen.«

»Das ist doch ein gutes Omen, meinen Sie nicht?«

»Ich hoffe es«, antwortete ich. »Wie geht es Ihnen?«

Sie sah sich mit unsicherem Blick um und senkte die Stimme. »Mir ist ein bißchen übel«, flüsterte sie.

»Versuchen Sie, tief durchzuatmen«, riet ich ihr und tat selbst das gleiche.

Der uniformierte Beamte trat auf uns zu und bot mir die

Hand. Er war mittelgroß, mit rotblondem Haar und breitem Brustkorb. »Mrs. Sinclair, ich bin Officer Gatlin. Danke, daß Sie gekommen sind.«

Ich nickte. »Wie geht es jetzt weiter?«

»Ich sage drinnen Bescheid, daß Sie hier sind.«

»Und dann? Bleibe ich hier, oder gehe ich mit Mrs. Lokash hinein?« Ich wies mit dem Kopf zu dem hinteren Raum.

»Da hinten darf niemand rein«, erklärte Officer Gatlin.

»Wieso? Das verstehe ich nicht.«

»Es ist nicht so, wie es immer im Fernsehen gezeigt wird«, erklärte Gatlin freundlich. »Wir lassen nie jemanden die Toten sehen. Es gibt ein paar moderne Einrichtungen, die besondere Besichtigungsräume mit gedämpfter Beleuchtung haben, wo man den Leichnam durch eine Glasscheibe besichtigen kann. Aber das hier ist ein altes Gebäude und klein dazu. Wir haben weder den nötigen Platz noch die Möglichkeiten.«

»Aber wie ...?« Ich schwieg.

»Man wird Ihnen eine Fotografie zeigen.«

»Eine Fotografie?«

»Sie wollen mich mein eigenes Kind nicht sehen lassen«, sagte Donna.

»Wir wissen ja noch gar nicht, ob es wirklich Amy ist«, bemerkte ich.

»Sie lassen mich nicht einmal das Foto sehen«, fuhr Donna fort, als hätte ich nichts gesagt. Sie drückte ihre zitternde Hand auf ihren Mund.

»Was soll das heißen?«

»Die nächsten Angehörigen bekommen die Fotografie nie zu sehen«, erklärte Gatlin. »Es wäre zu traumatisch. Deshalb bitten wir sie, entweder einen Geistlichen oder einen Freund der Familie mitzubringen, jemanden, der das Opfer gekannt hat ...«

»Aber ich habe sie nicht gekannt«, protestierte ich, als mir plötzlich aufging, daß man von mir erwartete, die Tote zu identifizieren. »Ich meine, ich bin ihr nur ein paarmal begegnet. Ich weiß nicht, ob ich ...«

»Ich hatte keine Ahnung, daß ich sie nicht sehen darf«, sagte Donna weinend. »Ich weiß nicht, was ich tun soll. O Gott, ich weiß nicht, was ich tun soll. Ich weiß nicht, wen ich sonst bitten kann. Es tut mir so leid, daß ich Sie da hineingezogen habe, Kate. Bitte verzeihen Sie mir. Ich hatte ja keine Ahnung, daß ich sie gar nicht sehen darf.«

»Ich werde mir das Bild ansehen«, sagte ich schnell. Wie oft hatte Donna bei mir in der Praxis gesessen und in ihren Familienalben geblättert, um mir Bilder ihrer Tochter zu zeigen: Amy als blonder Säugling; Amy als dralles kleines Mädchen; Amy in ihrem ersten Abendkleid, das lachende Gesicht von hellbraunen Locken umrahmt; Amy mit blitzenden braunen Augen an ihrem siebzehnten Geburtstag, nur Wochen vor ihrem Verschwinden. Ich faßte Donnas Hand und drückte sie. »Ich müßte sie eigentlich erkennen können.«

Gatlin nickte kurz und ging zu der Glastür, die den Warteraum vom Empfangsraum trennte. »Bitte Knopf drücken«, stand auf einem kleinen Schild neben einem dicken schwarzen Knopf. Er drückte auf den Knopf und sagte der Frau am Empfang, daß ich jetzt bereit sei.

»Setzen wir uns doch«, schlug ich Donna vor und zog einen der vier Stühle heran, die um einen runden Resopaltisch in der Mitte des Raums standen. Nachdem sie Platz genommen hatte, setzte ich mich neben sie und versuchte, mich auf die Einrichtungsgegenstände in dem kleinen Raum zu konzentrieren – eine weinrote Fußmatte, die vor der Tür auf dem Linoleumboden lag, eine Jalousie vor dem Fenster, ein Wasserspender in einer Ecke, zwei Automaten, der eine für alkoholfreie Getränke, der andere für Süßigkeiten, an zwei Wänden indirekte Neonbeleuchtung, deren Licht auf ein kleines, wenig beeindruckendes Landschaftsbild fiel, ein Schild mit der Aufschrift »Es wird gebeten, nicht zu rauchen« in fünfzehn verschiedenen Sprachen, ein weiteres kleines Schild, auf dem stand, »Manchmal sind es gerade die kleinen Dinge, die man tut, die die große Wirkung haben« –, um die wachsende Panik abzuwehren.

Ich habe noch nie einen Toten gesehen und, außer in den Fernsehnachrichten, auch nie Bilder von Toten. Ich wußte nicht, wie ich auf den Anblick eines toten jungen Mädchens im Alter meiner eigenen Tochter reagieren würde, selbst wenn ihr Tod mir durch das distanzschaffende Objektiv der Kamera zu Gesicht gebracht wurde. Ein schrecklicher Gedanke kam mir plötzlich. »Ist das Gesicht verletzt?« fragte ich und bemühte mich krampfhaft, ruhig und sachlich zu sprechen.

»Wenn das der Fall wäre, würden wir Ihnen das Bild nicht zeigen«, antwortete Gatlin.

»Wie ist das Mädchen ums Leben gekommen?« fragte Donna Lokash. Sie saß reglos auf ihrem Stuhl und starrte auf die Tür, die nach hinten führte, doch ihr Blick war leer, wahrscheinlich sah sie überhaupt nichts.

»Sie wurde durch mehrere Stichwunden getötet«, antwortete Gatlin leise, als könnte er dadurch die Wirkung seiner Worte mildern.

»O Gott!« stöhnte Donna.

»Wann?« fragte ich.

»Wahrscheinlich vor mehreren Tagen. Eine Gruppe junger Leute hat die Leiche heute morgen in einem Park in Stuart gefunden.«

»Aber Amy ist vor fast einem Jahr verschwunden«, entgegnete ich. »Wie kommen Sie darauf, daß sie es sein könnte?«

»Sie entspricht der allgemeinen Beschreibung«, antwortete er.

»Und was geschieht, wenn ich sie nicht eindeutig identifizieren kann?«

»Dann müssen wir es mit den Unterlagen ihres Zahnarztes versuchen, wenn welche da sind«, erklärte Gatlin. »Oder wir müßten Mrs. Lokash bitten, uns Amys Haarbürste zu bringen, irgend etwas, auf dem noch ihre Fingerabdrücke vorhanden sind, dann die Abdrücke sichern und sie mit denen der Toten vergleichen.«

Die Tür zum hinteren Raum wurde plötzlich geöffnet. Ein großer, gutaussehender Mann mit graumeliertem Haar, das er glatt aus dem Gesicht gekämmt trug, kam mit einer Fotografie in der Hand herein.

»O Gott, o Gott«, jammerte Donna leise, während sie sich, die Arme um ihren Körper geschlungen, auf ihrem Stuhl hin und her wiegte.

»Das ist Fred Sheridan, einer der Pathologen«, stellte Gatlin vor. Ich stand auf. »Sind Sie bereit, Mrs. Sinclair?«

»Ich weiß es nicht«, antwortete ich wahrheitsgemäß.

»Lassen Sie sich ruhig Zeit«, sagte Fred Sheridan gedämpft.

Zögernd ging ich auf ihn zu. Ich schluckte, schloß die Augen, sprach ein lautloses Gebet. Bitte gib, daß ich es klar erkenne, betete ich und versuchte, das Bild Amys heraufzubeschwören, wie ich sie zuletzt gesehen hatte, vergrößerte es im Geist, konzentrierte mich auf jeden einzelnen Aspekt ihres Gesichts: die Grübchen zu beiden Seiten ihres runden Mundes; die Sommersprossen auf dem Rücken ihrer leicht aufgeworfenen Nase; die weit auseinanderliegenden, glänzenden braunen Augen. Sie war ein hübsches Mädchen, mittelgroß und mittelschlank, was wahrscheinlich bedeutete, daß sie selbst sich für zu klein und zu dick hielt. Ich schüttelte den Kopf und öffnete die Augen. Wenn sie nur wüßten, wie schön sie wirklich sind, dachte ich und war in Gedanken bei meiner Tochter Sara, als ich auf die Fotografie in Fred Sheridans Hand blickte.

»Sie hatte eine rote Spange im Haar«, sagte Donna Lokash unvermittelt.

»Was?« Ich drehte mich nach ihr um, ehe ich Zeit hatte, das Bild richtig wahrzunehmen.

»Als sie an dem Abend wegging, hatte sie eine rote Spange im Haar. Es war nur so ein Plastikding, ziemlich albern, ein kleiner Cupido, der auf einer Reihe roter Herzchen saß, aber sie hat es geliebt. Eines der Kinder, bei denen sie regelmäßig gebabysittet hat, hat ihr die Spange geschenkt, und sie hatte sie verlegt und war sehr traurig deswegen, bis ich sie eines Morgens beim Aufräumen wiederfand. Die Spange war hinter die Kommode gefallen. Amy war ganz aus dem Häuschen, als ich sie ihr zeigte. Sie hatte sie im

Haar, als sie an dem Abend wegging. Sie sagte, sie wäre ihr Talisman.« Abrupt brach Donna ab. Schweigend starrte sie zu Boden.

»Ist das Amy?« fragte Fred Sheridan leise und lenkte mit seiner Frage meine Aufmerksamkeit wieder auf die Fotografie.

Das Gesicht, in das ich starrte, war jung und rund und wirkte überraschenderweise wie unberührt. Keine Lachfältchen zupften an den Augenwinkeln; keine Kümmernis hatte ihre Mundwinkel herabgezogen. Ein unbeschriebenes Blatt, dachte ich. Sie hatte nicht einmal die Chance zu leben gehabt. Tränen sprangen mir in die Augen. Ich wandte mich ab.

»Sie ist es nicht«, flüsterte ich.

Donna stieß einen erstickten Schrei aus. Ich eilte sofort zu ihr. Sie klammerte sich an meine Hand und neigte schluchzend ihren Kopf darüber. Ihre Tränen berührten warm und feucht meine Haut.

»Sind Sie sicher?« fragte Gatlin.

»Ja.«

Das Mädchen auf der Fotografie mochte eine gewisse Ähnlichkeit mit Amy haben, doch ihre Nase war gerade, nicht aufgeworfen, und ihre Unterlippe war schmaler, weniger voll. Auf der aschfarbenen Haut waren keine Sommersprossen.

Sie hatte keine rote Spange im Haar.

»Und was geschieht jetzt?« fragte ich.

»Wir werden weiter versuchen herauszubekommen, wer sie ist«, antwortete Gatlin, während Fred Sheridan schon wieder auf dem Weg hinaus war. »Und wir werden weiter nach Amy suchen.«

»Meine Tochter ist nicht durchgebrannt«, erklärte Donna mit Entschiedenheit.

»Ich fahre Sie nach Hause, Mrs. Lokash«, sagte der Polizeibeamte.

»Nein, schon gut, ich bringe sie heim«, entgegnete ich.

Donna lächelte dankbar. »Ich weiß nicht, ob ich überhaupt aufstehen kann«, sagte sie.

»Lassen Sie sich Zeit«, sagte ich zu ihr, wie zuvor Fred Sheridan zu mir gesagt hatte.

»Was ist mit Ihnen?« fragte sie, als ich ihr aufhalf. »Wie fühlen Sie sich?«

»Machen Sie sich meinetwegen keine Sorgen.«

Gatlin öffnete uns die Tür, und wir traten in die Sonne hinaus. Ins Land der Lebenden, dachte ich. »Oh, schauen Sie«, sagte Donna und deutete zu der Stelle, wo vor weniger als einer halben Stunde die Moschusente mit ihrer Kinderschar gesessen hatte. Nur noch die zersprungenen Eier waren da. »Wo sind sie denn hin?«

»Die Mutter hat sie wahrscheinlich zum Teich rübergeführt«, meinte Gatlin. »Hinten brütet noch eine Ente. Ich glaube, da werden die Jungen auch bald ausschlüpfen. Sie können es sich ruhig mal ansehen.«

»Tun wir das?« fragte mich Donna wie ein kleines Kind.

»Wenn Sie möchten.«

Wir verabschiedeten uns von Officer Gatlin und gingen um das Haus herum nach hinten. Dort saß in einer schattigen Ecke eine weitere dicke Moschusente mit ihren Eiern um sich herum.

»Schauen Sie«, sagte Donna und zeigte mit ausgestrecktem Arm. »Das hier hat schon einen Sprung. Das Kleine wird sicher gleich ausschlüpfen.«

»Ja, sieht so aus.«

»Können wir ein paar Minuten bleiben und zusehen?«

»Ja, gern.« Ich setzte mich ins Gras und zog die Knie hoch, so daß mein langer blauer Jeansrock in losen Falten um mich herabfiel. Mehrere Minuten lang saßen wir so, still wie die Eier, die wir beobachteten. Keine von uns sprach, beide waren wir in unsere eigenen Gedanken versunken. Ich dachte an Sara und Michelle, daran, wie dankbar ich war, daß es ihnen gutging. Ich sehnte mich danach, sie an mich zu drücken, ihnen zu sagen, wie sehr ich sie liebte. Hatten sie überhaupt eine Ahnung davon? Sagte ich es ihnen häufig genug? »Wie fühlen Sie sich?« fragte ich schließlich.

»Ich weiß es nicht«, antwortete Donna. Ihre Stimme war so hilflos, daß ich wieder an das Bild des toten Mädchens denken mußte. »Einerseits bin ich so erleichtert, daß ich es kaum sagen kann.« Sie seufzte tief. »Aber andererseits wäre es beinahe eine Erlösung gewesen, wenn es Amy gewesen wäre, denn dann hätte ich ein für allemal gewußt, was ihr zugestoßen ist. Ich hätte Gewißheit gehabt, es wäre eine Art Abschluß gewesen. Nicht mehr dieses ständige Warten«, erklärte sie in einem Ton, der etwas Gehetztes bekommen hatte. »Dauernd warte ich darauf, daß das Telefon läutet, daß Amy zur Tür hereinkommt oder daß man sie irgendwo findet und ihren Mörder schnappt. Ich weiß nicht, wie lange ich das noch aushalten kann.«

»Ja, das muß sehr schwer sein«, antwortete ich und wünschte, ich könnte mehr sagen, irgend etwas sagen, was ihren Schmerz lindern würde.

»Und durch den Prozeß wird es noch schwerer«, fuhr sie fort, und mir war sofort klar, daß sie von dem Prozeß gegen Colin Friendly sprach. »Jeden Tag les ich in der Zeitung, was dieses Ungeheuer den Frauen angetan hat, und frage mich, ob er es mit meiner Tochter genauso gemacht hat. Ich kann es wirklich kaum noch ertragen.«

Ich rückte näher zu ihr hin und nahm sie in den Arm.

»Wußten Sie, daß er ihnen die Nasen bricht?« fragte sie.

»Was?«

»Er bricht ihnen die Nasen. Das ist sozusagen seine persönliche Note. Er tötet sie offenbar nicht immer auf dieselbe Weise, aber er bricht ihnen jedesmal die Nase. Das habe ich in der Zeitung gelesen.«

Ich erinnerte mich an Colin Friendlys Fotografie in der *Palm Beach Post.* (»Was siehst du, wenn du ihn ansiehst?« hatte ich meine Schwester gefragt. »Ich sehe einen kleinen Jungen, der verletzt worden ist«, hatte sie gesagt.)

»Manchmal möcht ich am liebsten in diesen Gerichtssaal stürzen und mir diesen Kerl selbst vorknöpfen«, sagte Donna. »Damit er mir sagt, ob er Amy getötet hat. ›Los, sagen Sie es mir‹, würde ich am liebsten schreien. ›Sagen Sie es mir, damit ich endlich Gewißheit habe und mich damit auseinandersetzen und mein Leben wiederaufnehmen kann.‹ Und dann denke ich sofort, nein, ich könnte es nicht ertragen, wenn er mir sagen würde, daß er sie getötet hat. Was bleibt mir denn noch vom Leben, wenn ich weiß, daß sie tot ist?«

Ich sagte nichts. Schweigend beobachteten wir die Ente, die aufgestanden war, prüfend ihr Gelege beäugte und sich dann etwas weiter rechts wieder niederließ.

»Unablässig muß ich an den Abend denken, an dem sie verschwunden ist«, sagte Donna. »Wir hatten Streit, bevor sie wegging. Wußten Sie das? Hab ich Ihnen das erzählt?«

»Nein, ich glaube nicht.«

»Das dacht ich mir schon. Ich hab es keinem Menschen erzählt. Ich schäme mich so.«

»Wofür schämen Sie sich?«

»Ach, es war so ein alberner Streit. Es hat geregnet. Ich wollte sie zwingen, einen Schirm mitzunehmen; sie erklärte, sie brauche keinen. Ich sagte, sie benähme sich wie ein kleines Kind; und sie erwiderte, ich solle endlich aufhören, sie so zu behandeln.«

»Donna«, unterbrach ich, »quälen Sie sich doch nicht so.«

»Aber es war das letzte, was ich zu ihr gesagt habe. Warum mußte ich wegen eines blöden Schirms so einen Wirbel machen?«

»Weil Ihnen ihr Wohl am Herzen lag. Weil Sie sie liebhatten. Und das wußte sie auch.«

»Manchmal, wenn wir gestritten haben, und es ging immer um Lappalien, nie um irgend etwas Wichtiges, aber in dem Moment schien es immer ungeheuer wichtig zu sein, ich weiß nicht, vielleicht weil ich alleinerziehend war und immer das Gefühl hatte, ich müßte an ihr gutmachen, daß sie keinen Vater hatte, ich weiß nicht, ich weiß überhaupt nicht mehr, was ich dachte, aber ich erinnere mich, o Gott, soll ich Ihnen etwas wirklich Furchtbares sagen? Ich erinnere mich, daß ich manchmal dachte, es wäre mir alles zuviel, daß es vielleicht besser wäre, wenn sie bei meinem geschiedenen Mann leben würde, einfacher für mich, wenn sie gar nicht da wäre. O Gott, o Gott, wie konnte ich nur so was denken?«

»Jeder, der Kinder hat, kommt manchmal auf solche Gedanken«, versicherte ich ihr, um sie zu beruhigen, und dachte an meine Mutter und Jo Lynn, an mich selbst und Sara. »Deswegen sind Sie noch lange kein schlechter Mensch. Und deswegen sind Sie auch keine schlechte Mutter.«

Wie auf ein Stichwort zersprang plötzlich das Ei, das wir beobachtet hatten, und ein kleines Geschöpf, das nur Haut und Knochen zu sein schien, drängte mit wackelndem Köpfchen, das von feuchtem Flaum verklebt war, ans Licht. Mit weit aufgerissenem Schnabel und fest zugedrückten Augen schüttelte es ungeduldig die schützende Hülle ab, dann fiel es von der Anstrengung erschöpft auf die Seite und blieb reglos auf dem Boden liegen.

»Ist es tot?« rief Donna erschrocken.

»Nein, es ist nur noch zu schwach, um sich zu bewegen.«

Donna starrte fasziniert auf das erschöpft daliegende Entchen. »Ich muß wissen, was Amy zugestoßen ist«, sagte sie.

Ich erwiderte nichts. Meine Gedanken waren bei Sara. Kinder können dich verrückt machen, dachte ich, können dir manchmal das Leben wahrhaftig zur Hölle machen. Aber wenn sie erst einmal zu deinem Leben gehören, gibt es kein Leben ohne sie.

Mehr als alles andere bewog dieser Gedanke mich, Jo Lynn am Mittwoch in den Gerichtssaal zu begleiten.

5

Ich kam am Mittwochmorgen kurz vor acht vor dem Gericht an. Jo Lynn war schon lange da, fast am Anfang der langen Schlange, die sich durch das Foyer des prächtigen neuen pfirsichfarbenen Marmorgebäudes im Herzen von West Palm Beach wand. Sie hatte mir natürlich gesagt, daß man mindestens zwei Stunden vor Öffnung des Saals da sein müsse, wenn man noch einen Platz bekommen wolle, aber ich hatte mich geweigert, vor acht zu kommen, und sie hatte sich schließlich bereit erklärt, mir einen Platz freizuhalten. So handelte ich mir eine Menge böser Blicke ein, als ich mich einfach vordrängte.

»Nächste Woche mußt du aber früh kommen«, sagte Jo Lynn. »Ich halt dir nicht wieder einen Platz frei.«

Ich lachte spöttisch. »Das ist das erste und das letzte Mal für mich.«

Jo Lynn lächelte nur, während sie lässig einen grellen fuchsienroten Schal durch ihre blonden Locken zog und mit einer neckischen kleinen Schleife auf der Seite band. Das Tuch hatte die gleiche Farbe wir ihr Lippenstift und ihre hochhackigen Sandalen. Dazu trug sie ein hautenges, tief ausgeschnittenes weißes Jerseykleid mit einem Schlitz an der Seite, der weit übers Knie reichte. Neben ihr kam ich mir in meinem konservativen, wenn auch durchaus modischen, beigefarbenen Calvin-Klein-Kostüm wie eine alte Spießerin vor, die altjüngferliche Tante und strenge Richterin, die an allem, was die Jugend tut, etwas auszusetzen hat. Leute gingen vorüber und nickten Jo Lynn lächelnd zu; mich nahm keiner wahr.

Genauso war es, wenn ich mit Sara irgendwohin ging. Die Männer machten lange Hälse, um einen besseren Blick auf meine Tochter zu erhaschen, während sie mich einfach ausblendeten. Wieso verschwendete ich mein Geld an teure Designerkleidung, wenn es doch offensichtlich überhaupt keine Rolle spielte, wie ich aussah? Mich bemerkte ohnehin keiner.

Als ich aus dem Haus gegangen war, hatte Sara noch im Bett gelegen, das hieß, daß sie wieder zu spät zur Schule kommen würde. Aber ihr Zuspätkommen am Tag zuvor war schließlich meine Schuld gewesen, wie sie behauptete. Ich hatte ja den Streit angefangen, ich hatte mich unbedingt in ihre Angelegenheiten einmischen müssen. Als ich gesagt hatte, daß es nicht mehr allein ihre Angelegenheit sei, wenn ich Anrufe von der Schule bekäme, hatte sie wie so oft erwidert, ich solle doch nicht solchen Streß machen. Trotz der Einsichten, die mir der Besuch im gerichtsmedizinischen Institut gebracht hatte, trotz der guten Vorsätze und Entschlüsse, artete die Diskussion von diesem Moment an zum handfesten Streit aus. Er endete damit, daß Sara die Haustür zuknallte. Ihre Abschiedsworte hallten laut durch die stille Straße: »Danke, daß ich Ihretwegen jetzt zu spät zur Schule komme, Frau Therapeutin!«

Ein Mann näherte sich uns, mittelgroß, in abgewetzten Jeans und einem dunkelblauen Baumwollpulli. Er teilte Jo Lynn mit, er gehe »rüber«, um sich eine Tasse Kaffee zu holen, und fragte, ob er ihr etwas mitbringen könne.

»Ein Kaffee wäre prima, Eric«, antwortete sie. »Und du, Kate, willst du auch was?«

»Einen Kaffee«, sagte ich mit einem dankbaren Lächeln. Er bemerkte es gar nicht.

»Sahne und zwei Stück Zucker, richtig?« fragte er Jo Lynn.

»Genau.«

»Für mich schwarz«, warf ich ein, aber er war schon weg. »Und wer ist Eric?« fragte ich meine Schwester.

Sie zuckte die Achseln. »Ach, den hab ich hier kennengelernt. Er kommt jeden Tag, seit der Prozeß angefangen hat.«

Der Prozeß befand sich in der zweiten Woche. Den Zeitungsberichten zufolge erwartete man, daß er sich bis Weihnachten hinziehen würde. Ich sah mich um und musterte die Gesichter der Leute, die hinter mir warteten. Ganz gewöhnliche Zeitgenossen, stellte ich fest, die sich die Gelegenheit, einen Blick ins finstere Herz des Bösen zu tun, nicht entgehen lassen wollten. Es waren mehr Junge als Alte; mehr Frauen als Männer; vor allem junge Frauen, zweifellos angezogen von der mächtigen Kraft des schaurigen Schönen. Kamen sie her, weil es ihnen das Gefühl gab, sicherer zu sein, alles unter Kontrolle zu haben? Wollten sie ihren eigenen schlimmsten Ängsten ins Auge sehen, mit ihren Blicken die Dämonen vertreiben? Oder waren sie, wie meine Schwester, hergekommen, um dem Dämon einen Heiratsantrag zu machen?

Ich war zum erstenmal in dem neuen Gerichtsgebäude, das im Mai 1995 fertiggestellt worden war. Ich musterte das Foyer und versuchte, es so zu sehen, wie Larry es vielleicht sehen würde, mit dem Auge des Bauunternehmers, der das Detail würdigen kann, aber das einzige, was ich sah, war ein Haufen Glas und Granit. Vielleicht war ich zu nervös. Vielleicht bedauerte ich bereits meinen Entschluß, hierhergekommen zu sein.

Eric kam mit unserem Kaffee. Meiner enthielt wie Jo Lynns Sahne und genug Zucker, um ein Diabetikerkoma auszulösen. Ich nahm den Becher mit einem Lächeln des Dankes entgegen und ließ das untrinkbare Zeug in meinen Händen kalt werden. Wenigstens hatte Eric sich daran erinnert, daß ich hier war.

Ungefähr eine Stunde später erschien wie aus dem Nichts eine große Schar Männer und Frauen und fegte an uns vorbei durch eine Glastür. »Die Presse«, flüsterte Jo Lynn wohlinformiert, während ich der Gruppe nachblickte und insbesondere einen Mann ins Auge faßte, der mir irgendwie bekannt vorkam. Er war etwa fünfzig, schlank, vielleicht einen Meter fünfundsiebzig groß, mit braunem Haar, und trug einen offensichtlich teuren Maßanzug. Mein Blick begleitete ihn durch die Schranke der Metalldetektoren, bis er hinter einer Ecke verschwand.

»Zu schade, daß der Richter keine Fernsehkameras im Saal erlaubt«, bemerkte Jo Lynn, die wirklich bestens über das ganze Verfahren informiert zu sein schien. »Aber wenn Kameras zugelassen wären, müßt ich mir natürlich eine komplett neue Garderobe kaufen. Weiß kommt im Fernsehen nicht gut raus.«

»Na, da hast du ja Glück gehabt«, bemerkte ich sarkastisch, während ich überlegte, ob sie ihre Bemerkung ernst gemeint hatte.

Sie sah mich wütend an. »Mach dich nur über mich lustig!«

Wir sprachen kein Wort mehr miteinander, bis wir durch die Metalldetektoren geschleust worden waren und uns im überfüllten Aufzug zum Gerichtssaal im obersten Stockwerk befanden.

Ich wußte nicht, was mich erwartete, und war erstaunt, als ich mich beim Aussteigen aus dem Aufzug einer riesigen Glaswand gegenübersah, die einen spektakulären Blick auf die Stadt, den Küstenkanal und den Ozean dahinter bot. Eine Landschaft wie ein Traum, dachte ich, während ich den langen Korridor hinunterging und schon wußte, daß ich auf dem Weg in einen Alptraum war.

Vom Gerichtssaal aus, dessen ganze östliche Wand aus Fenstern bestand, hatte man den gleichen prachtvollen Blick. Der Prozeß fand im Raum 11a statt, dem größten Verhandlungsraum im Gebäude. Ich war nie zuvor in einem Gerichtssaal gewesen und war erstaunt, wie vertraut mir das alles vorkam. Film und Fernsehen mit ihren zahllosen Gerichtsdramen sowie die relativ neu eingeführte Direktübertragung von Prozessen auf besonderen Fernsehkanälen hatten dafür gesorgt, daß die Realität greifbarer wurde, man sich in ihr fast wie zu Hause fühlte. Da war der Richtertisch mit Flaggen zu beiden Seiten, dort der Zeugenstand, auf der Seite die Geschworenenbank, dem Podium mit dem Richtertisch gegenüber der Zuschauerraum, der etwa fünfundsiebzig Personen Platz bot, alles genau da, wo ich es erwartet hatte.

»Colin sitzt dort.« Jo Lynn wies mit einer Kopfbewegung zu dem langen dunklen Eichentisch der Verteidigung, hinter dem drei schwarze Ledersessel standen. »In der Mitte.« Sie hockte ganz vorn auf der Kante ihres Stuhls, weit vorgebeugt, um besser sehen zu können, obwohl es bis jetzt noch gar nichts zu sehen gab. Wir waren in der dritten Reihe des Mittelteils, direkt hinter der Anklage und den beiden Stuhlreihen, die für die Familien der Opfer reserviert waren.

»Von hier können wir Colin besser sehen«, erklärte sie.

Ich wünschte, sie würde aufhören, von diesem Menschen, der zahlreicher Morde angeklagt war, zu sprechen, als wäre er ein naher Freund von ihr.

»Warte nur, bis du siehst, wie gut er aussieht«, sagte Jo Lynn. Die Schultern der Frau, die direkt vor uns saß, strafften sich, ihr Rücken wölbte sich wie der einer Katze. Ich lief rot an vor Scham und Verlegenheit und wandte mich ab. Ohne weiter auf Jo Lynn zu hören, starrte ich durch die Fensterwand zum wolkenlosen blauen Himmel hinaus.

Erst nach einigen Sekunden merkte ich, daß jemand mich anstarrte. Es war der Mann, der mir schon draußen aufgefallen war, der Mann mit dem braunen Haar und dem teuren Maßanzug. Im

Profil hatte er schmal und kantig gewirkt, angespannt und unzugänglich; von vorn gesehen erschien er wohlwollender, weicher, weniger abweisend. Die Haut seines gutgeschnittenen Gesichts hatte unter dem Einfluß von allzuviel Sonne etwas von ihrer Geschmeidigkeit verloren, sein voller Mund und die hellbraunen Augen waren von feinen Fältchen umgeben.

Woher weiß ich, daß er hellbraune Augen hat, fragte ich mich und wandte meinen Blick ab, nur um ihn gleich wieder anzusehen, ungeniert anzustarren und staunend zuzusehen, wie die Jahre von ihm abfielen wie Farbschichten, die von den Mauern eines Hauses entfernt waren. Der erwachsene Mann verschwand; ein Junge von achtzehn nahm seinen Platz ein. Er trug ein weißes Trikot mit einer knallroten Zwölf auf der Brust, und der Schweiß des Siegers nach seinem letzten Rennen rann ihm über die Wangen in den lächelnd geöffneten Mund, während er die Glückwünsche der jubelnden Menge entgegennahm. ›Tolles Rennen, Bobby! Hey, das hast du großartig gemacht!‹

»Robert?« flüsterte ich vor mich hin.

Jo Lynn stieß mich mit dem Ellbogen in die Rippen. »Das ist der Staatsanwalt, Mr. Eaves, der da gerade hereinkommt. Ich hasse ihn. Der hat's echt auf Colin abgesehen.«

Widerstrebend kehrte ich aus der Vergangenheit in die Gegenwart zurück und richtete meine Aufmerksamkeit auf den Staatsanwalt und seine Mitarbeiter, die einen Gang auf der linken Seite des Saals heraufkamen und ihre Plätze vor uns einnahmen. Diverse Aktentaschen wurden geöffnet und geschlossen, Papiere und Bücher klatschten auf den Tisch, die Herren trafen ihre Vorbereitungen geräuschvoll und ohne auf ihre Umgebung zu achten. Eaves war ein Mann mit ernstem Gesicht, schütterem Haar und einem runden Bauch, über dem das Jackett seines dunkelblauen Anzugs spannte. Er öffnete den obersten Knopf, als er sich setzte. Seine Mitarbeiter, ein Mann und eine Frau, jung genug, um seine Kinder zu sein, und einander ähnlich genug, um Geschwister zu sein, trugen gleichermaßen ernste Mienen zur Schau. Ihre Kleidung war schlicht und unauffällig. Ähnlich wie meine, wurde mir jäh bewußt, und ich dachte, ich hätte einen Schal tragen sollen, um das Kostüm ein bißchen aufzupeppen, und fragte mich gleichzeitig, wieso mir gerade jetzt solche nichtigen Gedanken durch den Kopf gingen. Langsam ließ ich meinen Blick in den hinteren Teil des Saals zurückkehren.

Der Junge im weißen Trikot des Leichtathleten war verschwunden. Zurück war der erwachsene Mann im teuren Anzug, jetzt in ein ernstes Gespräch mit dem Mann neben ihm vertieft. Ich wartete darauf, daß er sich wieder in meine Richtung wenden würde, aber nach ein paar Minuten unterhielt er sich immer noch mit seinem Nachbarn. Zweifellos hatte ich mich geirrt. Robert Crowe war ein Junge, mit dem ich in der High-School befreundet gewesen war und den ich nicht mehr gesehen hatte, seit er mit seinen Eltern aus Pittsburgh weggezogen war. Ich erinnerte mich, wie dankbar ich damals gewesen war – durch diesen Umzug war ich etwas leichter darüber hinweggekommen, daß er mir den Laufpaß gegeben hatte. Was sollte Robert Crowe ausgerechnet hier zu tun haben?

Ich schüttelte ärgerlich über mich selbst den Kopf und zwang mich, meinen nervös wippenden Fuß stillzuhalten. Das Herz schlug mir unerklärlich schnell. Mehr als dreißig Jahre waren vergangen, seit ich Robert Crowe das letzte Mal gesehen hatte. War es möglich, daß er noch immer eine solche Wirkung auf mich hatte?

»Da! Jetzt kommt er«, erklärte mir Jo Lynn eifrig. Sie drehte sich auf ihrem Stuhl direkt am Mittelgang nach außen und schlug ein Bein über das andere, um die Wirkung ihres lang geschlitzten Rocks zu maximieren.

Gespanntes Schweigen senkte sich über den Raum, als Colin Friendly durch eine Tür im vorderen Teil des Saals eintrat und von einem bewaffneten Polizeibeamten zu seinem Platz geführt wurde. Seine Anwälte standen auf, um ihn zu begrüßen. Friendly trug einen konservativen blauen Anzug, dazu ein pfirsichfarbenes Hemd und eine Krawatte mit Paisleymuster. Das wellige schwarze Haar war ordentlich gekämmt. Ich sah, wie sein Blick durch den Saal schweifte, wie der eines Jägers auf der Suche nach Beute, dachte ich schaudernd, als er einen Moment lang Jo Lynn fixierte.

»Mein Gott, hast du das gesehen?« flüsterte sie und packte meine Hand so fest, daß ihre langen Nägel sich in mein Fleisch bohrten. »Er hat mich direkt angesehen.«

Ich schnappte nach Luft und bekam keine. Mühelos hatte Colin Friendly den ganzen Sauerstoff im Saal eingesogen.

»Hast du das gesehen?« wiederholte Jo Lynn drängend. »Er hat mich bemerkt. Er weiß, daß ich seinetwegen hier bin.«

Die Frau, die direkt vor uns saß, drehte sich wütend um und wandte sich gleich wieder ab.

»Was ist denn mit der los?« fragte Jo Lynn empört.

»Herrgott noch mal, Jo Lynn«, versetzte ich. »Du solltest dich mal reden hören. Ist dir eigentlich klar, was du da sagst?«

»Und was ist mit *dir* los?«

Der Richter betrat den Saal einige Minuten später. Pflichtschuldigst standen wir alle auf und nahmen dann wieder Platz. Richter Kellner wirkte mit seinem weißen Haar angemessen richterlich.

Nach ihm kamen die Geschworenen, sieben Frauen, fünf Männer, zwei weitere Frauen als mögliche Ersatzleute. Alle trugen sie kleine Abzeichen, die sie als Geschworene auswiesen. Von den vierzehn waren acht weiß, vier schwarz, zwei irgend etwas dazwischen. Sie waren alle ordentlich gekleidet, wenn auch überraschend lässig. Zumindest ich war überrascht. Aber ich war natürlich außer den Anwälten und dem Angeklagten die einzige im Saal, die ein korrektes Ensemble trug. Und außer Robert Crowe.

Wieder drehte ich den Kopf nach hinten. Diesmal trafen sich unsere Blicke. Robert Crowe lächelte. »Kate?« Er formte das Wort lautlos mit seinem Mund.

Mein Herz schien einen Schlag auszusetzen, plötzliches Erschrecken raubte mir den Atem wie eine dichte Rauchwolke. Es gibt keinen Grund zur Angst, sagte ich mir. Nur weil du dich zufällig im selben Raum mit einem möglichen Massenmörder und einem alten Schwarm aus der Schule befindest, brauchst du nicht gleich aus dem Häuschen zu geraten.

Im nächsten Moment war es, als hätte jemand mich innerlich angezündet. Ich hatte das Gefühl, alle meine inneren Organe gingen plötzlich in Flammen auf. Schweiß brach mir auf Stirn und Oberlippe aus. Ich riß am Kragen meiner beigefarbenen Bluse und überlegte, ob ich meine Jacke ausziehen sollte.

»Es ist wahnsinnig heiß hier drinnen«, flüsterte ich Jo Lynn zu.

»Überhaupt nicht«, entgegnete sie.

Der Gerichtsdiener rief den Saal zur Ordnung, und der Richter forderte die Anklage auf, ihren ersten Zeugen zu rufen. Die Temperatur im Raum wurde wieder normal. Jo Lynn rutschte aufgeregt auf ihrem Stuhl hin und her, während eine ernsthaft aussehende junge Frau namens Angela Riegert vereidigt wurde.

»Schau dir die doch mal an«, murmelte sie unterdrückt. »So was von dick und häßlich. Die hätte doch nichts lieber als einen Mann wie Colin.«

Als hätte er sie gehört, drehte Colin Friendly langsam seinen Kopf in Richtung meiner Schwester. Ein dünnes Lächeln spielte um seine Mundwinkel.

Jo Lynn beugte sich noch weiter vor. »Wir stehen zu dir, Colin«, flüsterte sie.

Sein Lächeln wurde breiter, dann wandte er sich ab und richtete seine Aufmerksamkeit wieder auf den Zeugenstand.

»Ich geb ihm später meine Telefonnummer.« Jo Lynn kramte schon in ihrer weißen Strohtasche nach einem Stück Papier.

»Bist du verrückt?« Am liebsten hätte ich ihr eine Ohrfeige gegeben, um sie zur Vernunft zu bringen.

Genau wie der gute alte Dad, dachte ich angewidert und halb entsetzt über meine eigene Primitivität. Ich hatte nie in meinem Leben jemanden geschlagen und würde damit auch jetzt nicht anfangen, ganz gleich, wie sehr es mich reizte. Zornig starrte ich auf Colin Friendlys Hinterkopf. Er sprach offensichtlich meine besten Zeiten an.

Jo Lynn war schon dabei, ihren Namen und ihre Telefonnummer auf einen Fetzen Papier zu kritzeln. »Ich geb sie ihm in der nächsten Pause.«

»Wenn du das tust, dann geh ich. Verlaß dich drauf, ich marschiere einfach raus.«

»Dann fahr ich aber auch nicht mit dir ins Altenheim«, entgegnete sie und drückte einen Finger auf ihre Lippen, um mich zum Schweigen zu mahnen.

Damit hatte sie mir den Wind aus den Segeln genommen. Nur mit meinem Versprechen, sie ins Gericht zu begleiten, hatte ich sie dazu überreden können, an dem mit Mrs. Winchell vereinbarten Gespräch am Nachmittag teilzunehmen, und überdies hatte sie noch darauf bestanden, den Termin auf vier Uhr zu verlegen, weil sie, wie sie es formulierte, »Colin nicht im Stich lassen« wollte, bevor das Gericht sich vertagte. Sie wußte nicht, daß ich da bereits beschlossen hatte mitzukommen. Mir war immer noch nicht wirklich klar, was ich eigentlich in diesem Gerichtssaal tat. Glaubte ich im Ernst, ich könnte hier etwas erfahren, das Donna Lokash helfen würde? Oder wollte ich über meine Schwester wachen, sie vor Colin Friendly und sich selbst beschützen? Oder hatte schlichte Neugier mich hierher geführt? Ich weiß es nicht. Ich werde es wahrscheinlich nie wissen.

»Bitte nennen Sie Ihren Namen und Ihre Anschrift«, sagte der Gerichtsdiener zu der Zeugin, einer kleingewachsenen, etwas korpulenten jungen Frau, die nervös wirkte und sich gar nicht wohl zu fühlen schien. Sie vermied es beharrlich, zum Verteidigertisch hinüberzublicken.

»Angela Riegert«, antwortete sie kaum hörbar.

»Ich muß Sie bitten, etwas lauter zu sprechen«, sagte Richter Kellner freundlich.

Angela Riegert räusperte sich und nannte nochmals ihren Namen. Sie sprach auch das zweite Mal kaum lauter. Kollektives Vorbeugen bei den Zuschauern, die unbedingt alles mitbekommen wollten. Als Adresse gab sie die Olive Street 1212 in Lake Worth an.

Der Staatsanwalt war aufgestanden. Er schloß den obersten Knopf seiner dunkelblauen Anzugjacke, genauso, wie man es im Fernsehen immer sieht. »Miss Riegert, wie alt sind Sie?« begann er.

»Zwanzig«, antwortete sie mit einer Miene, als wäre sie nicht ganz sicher.

»Und wie lange haben Sie Wendy Sabatello gekannt?«

»Wir waren seit der vierten Schulklasse befreundet. Sie war meine beste Freundin.«

»Wer ist Wendy Sabatello?« fragte ich leise.

»Eines der Opfer«, zischte Jo Lynn aus dem Mundwinkel.

Ich starrte zu Boden, unsicher, ob ich noch mehr hören wollte.

»Und können Sie mir sagen, was am Abend des siebzehnten März neunzehnhundertfünfundneunzig geschah?«

»Wir waren auf einer Party bei einer Freundin. Ihre Eltern waren verreist, und sie hatte einen Haufen Leute eingeladen.«

»Um welche Zeit sind Sie dort angekommen?«

»Gegen neun.«

»Und da war das Fest schon in vollem Gange?«

»Es fing gerade an zu laufen. Es waren jede Menge Leute da; die Musik war sehr laut.«

»Kannten sie alle, die da waren?«

»Nein. Viele hatte ich noch nie gesehen.«

»Haben Sie den Angeklagten dort gesehen?«

Widerstrebend warf Angela Riegert einen Blick auf Colin Friendly und sah sofort wieder weg. »Zuerst nicht«, flüsterte sie.

»Verzeihen Sie, aber könnten Sie das wiederholen?«

»Ich habe ihn erst später gesehen.«

»Aber Sie haben ihn gesehen?«

»Ja, er war hinten im Garten. Ich hab ihn gesehen, als wir rausgegangen sind, um frische Luft zu schnappen.«

»Haben Sie mit ihm gesprochen?«

»Er hat mit mir gesprochen.«

»Das wünschst du dir wohl«, zischte Jo Lynn verächtlich.

»Was hat er gesagt?«

»Nicht viel. ›Nette Party‹, ›Schöner Abend‹, so was in der Richtung.«

»War Wendy Sabatello da mit Ihnen zusammen?«

»Ja. Sie fand ihn attraktiv.«

»Einspruch, Euer Ehren«, rief einer der Verteidiger aufspringend. »Kann die Zeugin Gedanken lesen?«

»Sie hat es zu mir gesagt«, erklärte Angela Riegert deutlich.

»Einspruch«, konterte der Anwalt. »Hörensagen.«

»Abgelehnt.«

Die Zeugin machte ein verwirrtes Gesicht, als wäre sie nicht sicher, was da vorging. Sie war nicht die einzige.

»Hat sie sonst noch etwas über ihn gesagt?«

Angela Riegert nickte. »Sie hat gesagt, er hätte tolle Augen.«

»Und was war Ihre Meinung?«

»Ich fand ihn auch ganz attraktiv, er war ein bißchen älter als die meisten anderen Jungs auf dem Fest.«

»Was geschah dann?«

Die Zeugin schluckte, biß sich kurz auf die Unterlippe. »Wir sind wieder reingegangen.«

»Haben Sie danach noch einmal mit Friendly gesprochen?«

»Nein, ich nicht, aber später sagte Wendy zu mir, sie würde rausgehen, um sich mit ihm zu unterhalten.«

»Und?«

»Danach habe ich sie nicht mehr gesehen.«

»Sie ist nicht wieder hereingekommen?«

»Nein. Als ich sie später gesucht habe, um ihr zu sagen, daß ich nach Hause fahren wollte, war sie weg.«

»Und der Angeklagte?«

»Der war auch nicht mehr da.«

Der Ankläger lächelte. »Ich danke Ihnen, Miss Riegert.« Er nickte der Verteidigung zu. »Ihre Zeugin.«

Der Verteidiger stand schon, knöpfte, wie erwartet, sein Jakkett zu. Er war ein athletisch wirkender Mann, mit einem dicken Hals. Die Muskeln seiner Oberarme waren durch das grauseidene Jackett deutlich zu sehen.

»Miss Riegert«, sagte er mit einer gewissen Schärfe, »wurde auf dieser Party getrunken?«

Angela Riegert schien ein wenig zu schrumpfen. »Ja.«

»Drogen?«

»Drogen?« wiederholte sie offensichtlich durcheinander.

»Marihuana? Kokain?«

»Ich hab niemanden gesehen, der gekokst hat.«

»Haben Sie getrunken?« hakte der Anwalt nach.

»Ich hab ein paar Bier getrunken, ja.«

»Waren Sie betrunken?«

»Nein.«

»Haben Sie Marihuana geraucht?«

»Einspruch, Euer Ehren«, meldete sich Eaves. »Die Zeugin steht hier nicht vor Gericht.«

»Es geht um die Feststellung, in was für einer Verfassung sich die Zeugin befand, Euer Ehren. Ob sie überhaupt fähig war, meinen Mandanten zu identifizieren.«

»Einspruch abgelehnt. Bitte beantworten Sie die Frage, Miss Riegert.«

Sie zögerte, schien den Tränen nahe. »Ja, ich hab ein paar Züge geraucht«, bekannte sie.

»Ein paar Züge von einer Marihuanazigarette und einige Gläser Bier, meinen Sie?« wiederholte der Verteidiger.

»Ja.«

»Waren Sie high?«

»Nein.«

»Aber Sie sind hinausgegangen, um frische Luft zu schnappen.«

»Im Haus war es sehr heiß und sehr voll.«

»Und draußen?«

»War es besser.«

»War es dunkel?«

»Wahrscheinlich, ja.«

»Es war also dunkel«, stellte der Verteidiger fest und pflanzte sich direkt vor der Geschworenenbank auf, »es war dunkel, Sie hatten Marihuana geraucht und getrunken ...« Er legte eine Pause ein, um die Wirkung seiner Worte zu erhöhen. »Und dennoch behaupten Sie, daß Sie meinen Mandanten eindeutig identifizieren können.«

Angela Riegert straffte ihre Schultern und starrte Colin Friendly direkt an. »Ja«, antwortete sie. »Ich weiß, daß er es war.«

»Ach, übrigens, Miss Riegert«, fragte der Verteidiger, als wäre ihm die Frage noch nachträglich eingefallen, »tragen Sie eigentlich eine Brille?«

»Manchmal.«

»Haben Sie an dem Abend eine getragen?«

»Nein.«

»Ich danke Ihnen. Ich habe keine weiteren Fragen.« Der Anwalt kehrte mit schnellem Schritt zu seinem Platz zurück.

»Gut gemacht«, bemerkte Jo Lynn, und ich mußte ihr zustimmen. In weniger als einer Minute hatte Colin Friendlys Anwalt Angela Riegerts Aussage erschüttert und mindestens ein Quentchen berechtigten Zweifels hervorgerufen.

»Sie können gehen«, sagte Richter Kellner zu der Zeugin. Angela Riegert holte einmal tief Luft, dann verließ sie den Zeugenstand. Jo Lynn warf ihr einen giftigen Blick zu, als sie an uns vorbei aus dem Saal ging.

»Erbärmlich«, erklärte Jo Lynn, und dann wurde die nächste Zeugin aufgerufen.

»Der Staat ruft Marcia Layton in den Zeugenstand.«

Ich blickte im selben Moment zum Mittelgang wie Colin Friendly. Flüchtig trafen sich unsere Blicke. Er zwinkerte mir frech zu, dann sah er weg.

6

Es war fast halb fünf, als wir endlich die Wohnung unserer Mutter am Palm Beach Lakes Boulevard, mehrere Meilen westlich vom Interstate 95 erreichten.

»Warum hast du's so eilig?« fragte Jo Lynn, die auf ihren bleistiftdünnen Absätzen hinter mir hertrippelte, als ich über den Parkplatz zu dem großen gelben Gebäude rannte, das eine starke Ähnlichkeit mit einem riesigen Zitronenkuchen hatte. »Sie läuft uns doch nicht weg.«

»Ich hab Mrs. Winchell gesagt, daß wir spätestens um vier hier sind«, erinnerte ich sie. »Sie muß um fünf schon wieder weg.«

»Und wessen Schuld ist es, daß wir zu spät dran sind?«

Ich sagte nichts. Jo Lynn hatte ja recht. Allein meine Schuld war es, daß wir uns um fast eine halbe Stunde verspätet hatten. Meine und Roberts.

Er hatte auf mich gewartet, als wir nach der Verhandlung aus dem Gerichtssaal gekommen waren. »Schade, daß ich dich in der Mittagspause verpaßt habe«, sagte er sogleich, während ich mich bemühte, nicht wahrzunehmen, wie klar seine lichtbraunen Augen waren. »Ich mußte zu einer Besprechung.«

»Wie geht es dir? Was tust du hier?« fragte ich mit einer Stimme, die ungefähr eine Oktave höher war als normal. Ich war froh, daß Jo Lynn nicht da war, um meine Regression zum Backfisch zu bemerken. Sie stand immer noch an der Tür zum Gerichtssaal und wartete auf eine Chance, sich an einen von Colin Friendlys Anwälten heranzumachen, nachdem sie den größten Teil der Mittagspause damit zugebracht hatte, einen Brief an das Ungeheuer zu schreiben. Die Telefonnummer allein, fand sie, wäre nicht genug Unterstützung. Colin Friendly müsse wissen, warum sie von seiner Unschuld überzeugt sei, erklärte sie mir. Ich entgegnete ihr darauf, sie gehöre ins Irrenhaus.

»Was ich in Palm Beach tue oder was ich hier bei Gericht tue?« Die Lachfältchen um Robert Crowes Augen kräuselten sich auf eine Weise, die mir verriet, daß er sich seiner Wirkung auf mich wohl bewußt war, genau wie früher, und daß es ihn amüsierte, vielleicht sogar ein wenig rührte. »Das gleiche könnte ich dich fragen.«

»Ich lebe hier. In Palm Beach. Genauer gesagt in Palm Beach Gardens. Wir sind vor ungefähr sieben Jahren hierhergezogen.« Hatte er das wirklich so genau wissen wollen? »Und du?«

»Meine Eltern sind gleich, nachdem ich mit der High-School fertig war, nach Tampa gezogen«, antwortete er. »Ich hab dann in Yale studiert, bin nach dem Studium nach Florida zu meinen Eltern zurückgekehrt, hab ein Mädchen kennengelernt, hab geheiratet, bin nach Boca gezogen, hab mich scheiden lassen, bin nach Delray gezogen, hab wieder geheiratet, bin nach Palm Beach gezogen.«

»Du bist also verheiratet«, sagte ich und wünschte sofort, die Waage der Gerechtigkeit würde krachend auf meinen Kopf herabsausen.

Er lächelte. »Vier Kinder. Und du?«

»Zwei Töchter.«

»Und einen Ehemann?«

»Ach so, ja, natürlich. Larry Sinclair. Ich hab ihn während des Studiums kennengelernt. Ich glaube nicht, daß du ihn kennst«, babbelte ich und hatte das Gefühl, jemand müßte mir einen Knebel in den Mund schieben. Mein Leben lang hatte ich eine rätselhafte Frau sein wollen, eine dieser Frauen, die immer nur geheimnisvoll lächeln und kaum etwas sagen, wahrscheinlich weil sie nichts zu sagen haben, aber deshalb von jedermann für tief und unergründlich gehalten werden. Wie dem auch sei, Rätselhaftigkeit war nie meine starke Seite. Meine Mutter sagt immer, man könne mir alles vom Gesicht ablesen.

Robert Crowe schüttelte den Kopf, und ich entdeckte einige graue Härchen an seinen Schläfen. Dadurch wirkte er auf mich nur noch distinguierter.

»Nur ein Ehemann?« fragte er.

»Ziemlich langweilig, hm?« versetzte ich.

»Eher erstaunlich«, entgegnete er. »Und was hast du hier bei Gericht zu tun?«

Ich warf einen Blick zu meiner Schwester hinüber, die immer noch ungeduldig und aufgeregt an der Tür stand. »Ehrlich gesagt, das weiß ich selbst nicht genau. Und warum bist du hier? Bist du Journalist?«

»Nicht direkt. Ich habe einen Rundfunksender, WKEY.«

»Ach so.« Ich hoffte, man merkte mir nicht an, wie beeindruckt ich war.

»Normalerweise wäre ich nicht hier. Wir haben selbstverständlich unsere Reporter, die den Prozeß verfolgen …«

»Ja, natürlich«, stimmte ich zu.

»Aber ich hatte in der Nähe eine Verabredung zum Lunch, und da dachte ich …« Er brach ab. »Du bist sehr schön«, sagte er.

Ich lachte laut. Wahrscheinlich, um nicht in Ohnmacht zu fallen.

»Warum lachst du? Glaubst du mir nicht?«

Ich spürte, wie mir die Röte ins Gesicht schoß, meine Knie zittrig wurden, meine Körpertemperatur in die Höhe schoß. Na wunderbar, dachte ich, das ist genau der richtige Moment, um mich in einen knallroten, schwitzenden Wackelpudding zu verwandeln. Das wird ihn bestimmt tief beeindrucken.

»Es ist einfach lange her, seit jemand mir gesagt hat, ich sei schön«, hörte ich mich sagen.

»Larry sagt dir nicht, wie schön du bist?« Seine Lippen kräuselten sich um den Vornamen meines Mannes, und er sah mich lächelnd an. Er spielt mit mir, dachte ich.

An der Tür gab es Bewegung. Colin Friendlys Anwälte waren im Begriff, den Gerichtssaal zu verlassen.

»Mr. Amstrong«, hörte ich meine Schwester rufen und sah, wie sie den Brief, den sie in der Mittagspause verfaßt hatte, dem Anwalt im grauseidenen Anzug hinstreckte, »ich wäre Ihnen dankbar, wenn Sie dafür sorgen könnten, daß Colin das bekommt. Es ist sehr wichtig.«

»Gräßlich«, bemerkte Robert.

»Was ist gräßlich?«

»Diese Gerichtsgroupies. Die gibt's bei jedem Prozeß. Je grausiger das Verbrechen, desto begeisterter die Fans.« Er schüttelte den Kopf. »Da fragt man sich wirklich.«

»Was? Was fragt man sich?«

»Was für ein Leben diese armen Irren eigentlich führen. Ich meine, sieh dir doch diese Frau mal an. Sie sieht gar nicht übel aus; sie würde wahrscheinlich ohne Probleme einen Mann finden, trotzdem rennt sie einem Kerl hinterher, der sich damit stimuliert, daß er Frauen umbringt und verstümmelt. Ich versteh das nicht. Du?«

Ich schüttelte den Kopf, obwohl ich kaum noch etwas mitbekommen hatte, nachdem er gesagt hatte, »Sie sieht nicht übel aus«. Eben hatte er mir gesagt, ich sei schön. Jo Lynn sah für ihn bloß »nicht übel« aus. In meiner Eitelkeit geschmeichelt, kriegte ich das gar nicht mehr aus dem Kopf.

»Und was treibt Larrys Frau, wenn sie nicht gerade Sensationsprozesse besucht?« fragte er.

Die Erwähnung meines Ehemanns ernüchterte mich. »Ich bin Therapeutin.«

»Ja, richtig, ich erinnere mich, daß du dich immer schon für diese Dinge interessiert hast.« Er schaffte es, den Eindruck zu erwecken, als hätte er sich tatsächlich für irgend etwas interessiert, was ich vor dreißig Jahren erzählt hatte. »Die kleine Kate Latimer hat sich also zu der Frau entwickelt, die sie immer werden wollte.«

Hatte ich das wirklich? fragte ich mich. Wenn ja, weshalb war sie mir dann so fremd?

»Tja, Kate Latimer, es war sehr nett, dich nach so vielen Jahren wiederzusehen.« Sein Gesicht näherte sich dem meinen. Wollte er mich küssen? Würde ich es ihm erlauben? War ich eigentlich eine komplette Idiotin?

»Jetzt Kate Sinclair«, erinnerte ich uns beide.

Er sah mir tief in die Augen, neigte den Kopf leicht zur Seite, nahm meine Hand und hob sie langsam zu seinem Mund. Seine

Lippen streiften meinen Handrücken. Ich will gar nicht beschreiben, was für eine Wirkung das auf mich hatte, zumal ich sowieso schon Mühe hatte, mich nicht in Wohlgefallen aufzulösen.

»Oh – oh!« sagte er plötzlich.

Ich erstarrte. »Was ist los?«

»Diese Frau aus dem Colin-Friendly-Fanclub kommt direkt auf uns zu.«

»Okay, wir können gehen«, verkündete Jo Lynn, als sie neben mich trat. Ihr Blick wanderte zwischen mir und Robert Crowe hin und her.

»Jo Lynn«, sagte ich, »darf ich dir Robert Crowe vorstellen. Robert, das ist meine Schwester, Jo Lynn Baker.«

»Du darfst mich auf der Stelle erschießen«, sagte Robert, und ich lachte. Es tat gut, die Kontrolle wiederzuhaben.

»Hab ich irgendwas verpaßt?« fragte Jo Lynn. Ihre Stimme klang heiter, doch aus ihren Augen sprachen Zorn und Verletztheit, ein Ausdruck, den ich nur zu gut kannte. Sie haßte es, sich ausgeschlossen zu fühlen. Und sie haßte es, wenn man sich über sie lustig machte.

»Ihre Schwester und ich kennen einander aus der High-School«, sagte Robert, als wäre das Erklärung genug.

Aus irgendeinem Grunde schien ihr das zu reichen. »Ach tatsächlich? Dann können Sie sich bei mir für dieses Miniklassentreffen bedanken. Ich hab sie nämlich hierher geschleppt, und ich kann Ihnen sagen, das war nicht einfach.« Sie beugte sich vor, um ihm die Hand zu geben, und es war ein Wunder, daß ihr Busen nicht aus dem tiefen Ausschnitt ihres Kleides quoll.

»Ja, ich kann mich erinnern, daß es ziemlich schwierig ist, Kate zu etwas zu überreden, was sie nicht will.« Roberts Lächeln bekam etwas Spitzbübisches. Während unserer High-School-Zeit hatte er sechs Monate lang versucht, mich zu verführen, und mich wie die sprichwörtliche heiße Kartoffel fallengelassen, als sich zeigte, daß das bei mir verlorene Liebesmühe war.

»Wir sollten jetzt wirklich gehen«, sagte Jo Lynn und neigte sich mit einem kleinen Verschwörerlächeln zu Robert. »Unsere

Mutter terrorisiert die Bewohner des Seniorenheims, in dem sie lebt. Wir haben dort eine Besprechung.«

»Interessante Familie«, bemerkte Robert Crowe, als Jo Lynn mich mit sich fortzog.

»Und, hast du mit ihm geschlafen?« fragte sie auf der Fahrt zum Palm Beach Lakes Seniorenheim.

»Nein, natürlich nicht.«

»Aber du wolltest gern«, hakte sie nach.

»Ich war siebzehn; ich wußte überhaupt nicht, was ich wollte.«

»Du wolltest gern mit ihm schlafen, aber du warst so ein Tugendschaf, daß du's nicht getan hast, und du hast es ewig bedauert.«

»Herrgott noch mal, Jo Lynn, ich habe seit Jahren nicht mehr an den Mann gedacht.«

Da ich mich weigerte, mehr über ihn zu sagen, stürzte sich Jo Lynn in eine Rekapitulation des vergangenen Prozeßtages. Angela Riegert sei als Zeugin eine Katastrophe, erklärte sie; ihre Aussage habe der Verteidigung mehr geholfen als der Anklage. Es spiele überhaupt keine Rolle, daß sie die Verbindung zwischen dem Angeklagten und dem Opfer kurz vor seinem Verschwinden hergestellt hatte; sämtliche Geschworenen würden sich lediglich daran erinnern, daß Angela Riegert trank, kiffte und halb blind war.

Marcia Layton wurde auf ähnliche Weise in Stücke gerissen und abserviert, ebenso die restlichen Zeugen des Tages, die sämtlich eine direkte Verbindung zwischen Colin Friendly und den ermordeten Frauen zur Zeit ihres Verschwindens hergestellt hatten.

»Überhaupt nicht schlüssig«, behauptete Jo Lynn starrköpfig. »Augenzeugen sind bekanntermaßen unzuverlässig.«

Es hatte keinen Sinn, sich mit ihr zu streiten. Jo Lynn glaubte immer genau das, was sie glauben wollte. Sie sah, was sie sehen wollte. Wenn sie Colin Friendly ansah, sah sie einen einsamen kleinen Jungen mit einem traurigen Lächeln und hielt ihn für absolut unschuldig, so sehr Opfer wie jede der Frauen, deren Tod ihm zur Last gelegt wurde.

Genauso war es mit Andrew, Daniel und Peter gewesen. Andrew, den sie mit achtzehn heiratete, brach ihr erst den einen Arm, dann den anderen; Daniel, den sie sechs Jahre später heiratete, stahl ihr Geld und brach ihr die Rippen; Peter, den sie kurz nach ihrem zweiunddreißigsten Geburtstag heiratete, um sich kurz vor ihrem dreiunddreißigsten von ihm scheiden zu lassen, warf sie in der Hochzeitsnacht eine Treppe hinunter. Doch es waren Andrew, Daniel und Peter, die sie verließen, nicht umgekehrt. Ich versuchte sie zu überreden, in eine Therapie zu gehen, aber davon wollte sie nichts wissen. »Es ist alles Mamas Schuld«, pflegte sie scherzhaft zu sagen. (»Sie scherzt mit der Wahrheit«, sagte unsere Mutter und beugte den Nacken, die Verantwortung auf sich nehmend.)

»Kannst du nicht ein bißchen langsamer gehen«, nörgelte Jo Lynn, als wir die Eingangstür des Heims erreichten.

»Warum mußt du so hohe Absätze tragen?« fragte ich, meinen Ärger über sie auf ihre fuchsienroten Pumps übertragend.

»Gefallen dir meine Schuhe nicht?«

Das Foyer war groß und freundlich, weiße Wände, grüne Bäume, Sesselbezüge in kühlen Blumenmustern. Mindestens ein Dutzend alte Herrschaften saßen in Reih und Glied in weißen Rattanschaukelstühlen und blickten so gespannt durch das große Fenster hinaus, als wären sie im Kino. Schütteres Haar, Altersflecken, gekrümmte Rücken und eingefallene Gesichter, ein alter Mann, der sich an seinem Hosenschlitz zu schaffen machte, eine alte Frau, die ihre Zahnprothese zurechtrückte – ich sah sie alle an und erblickte die Zukunft. Sie erschreckte mich zu Tode.

Unsere Mutter erwartete uns vor Mrs. Winchells Büro. »Wo bist du so lange gewesen? Du kommst doch sonst nie zu spät.« Sie blickte von mir zu Jo Lynn.

»Du brauchst mich gar nicht so anzusehen«, sagte Jo Lynn heftig, sofort in Abwehrstellung.

»Ich freu mich doch, dich zu sehen«, sagte unsere Mutter.

Jo Lynn gab ein Geräusch von sich, das halb Lachen, halb verächtliches Prusten war, und wandte sich ab.

»Tut mir leid, Mama«, sagte ich. »Es ist meine Schuld. Ich habe zufällig einen alten Freund aus der High-School getroffen.«

»Mit dem sie gern geschlafen hätte, es aber nicht getan hat«, warf Jo Lynn ein.

»Was?« sagte meine Mutter.

»Jo Lynn ...«

»Es ist wahr«, sagte Jo Lynn und sah unsere Mutter lächelnd an. »Hat sie dir erzählt, daß ich heirate?«

Bei der nachfolgenden Besprechung gab sich Mrs. Winchell, deren tomatenrotes Kostüm ihre samtschwarze Haut vorteilhaft zur Geltung brachte, sich jedoch mit dem Rest ihres vorherrschend kanariengelben Büros biß, keine Mühe, wiederholte Blikke zu ihrer Uhr zu verbergen. Sie habe nicht viel Zeit, erklärte sie zur Eröffnung der Besprechung; wir hätten uns ja beinahe vierzig Minuten verspätet, und bedauerlicherweise habe sie eine Verabredung zum Abendessen in Boca.

»Hab ein Mädchen kennengelernt, hab geheiratet. Bin nach Boca gezogen. Hab mich scheiden lassen. Bin nach Delray gezogen.«

»Vielleicht könnten Sie Ihren Töchtern erklären, was Sie gegen Mr. Ormsby vorzubringen haben«, begann Mrs. Winchell.

Unsere Mutter sah sie an, zuerst überrascht, dann verwirrt. Offensichtlich hatte sie keine Ahnung, wovon Mrs. Winchell sprach.

»Haben Sie mir nicht gesagt, daß Mr. Ormsby Sie belästigt?« sagte Mrs. Winchell. »Fred Ormsby ist einer unserer Hausmeister«, erklärte sie mit einem Blick auf die Uhr.

»Ein sehr netter Mann«, fügte unsere Mutter hinzu.

»Hat er Sie nicht mit nächtlichen Anrufen belästigt?«

»Weshalb sollte er das tun?«

Jetzt war es Mrs. Winchell, die verwirrt aussah. »Richtig, weshalb. Er hat es nicht getan. Ich wiederhole nur, was Sie mir erzählt haben.«

»Nein«, entgegnete meine Mutter. »Fred Ormsby ist ein ausgesprochen netter Mann. Er würde niemals so was tun. Sie müssen das mißverstanden haben.«

»Dann gibt es also kein Problem?« fragte meine Schwester und sprang schon auf.

»Anscheinend nicht.« Mrs. Winchell lächelte, unverhohlen erleichtert, daß die Besprechung ein so überraschend schnelles und befriedigendes Ende gefunden hatte. Wenn ihr noch etwas anderes auf dem Herzen lag, so war sie nicht geneigt, darauf jetzt einzugehen.

»Was sagst du dazu?« fragte ich meine Schwester, als wir mit unserer Mutter im Aufzug in die vierte Etage hinauffuhren.

Jo Lynn zuckte die Achseln. »Mrs. Winchell hat offensichtlich ihre Schützlinge verwechselt.«

»Ich trau dieser Frau nicht über den Weg«, bemerkte unsere Mutter.

Jo Lynn lachte. »Du magst sie nur nicht, weil sie schwarz ist.«

»Jo Lynn!« rief ich.

»Mrs. Winchell ist schwarz?« fragte unsere Mutter.

»Wieso weiß sie nicht, daß die Frau schwarz ist?« flüsterte ich, als wir aus dem Aufzug stiegen und den pfirsichfarbenen Korridor entlanggingen. »Glaubst du, sie hat was mit den Augen?«

»Sie hat es einfach nicht bemerkt.«

»Wie kann man so was nicht bemerken?«

»Hat euch noch nie jemand gesagt, daß es unhöflich ist, in Gegenwart anderer zu tuscheln?« fragte unsere Mutter spitz. Sie blieb vor der Tür ihres Apartments stehen, machte aber keine Anstalten, sie aufzusperren.

»Worauf wartest du?« fragte Jo Lynn. »Es ist niemand zu Hause.«

Meine Mutter griff in ihre Tasche, um ihre Schlüssel herauszuholen. Sie war elegant gekleidet in ein zartrosa Wollensemble und trug eine Perlenkette um den Hals. »Ich habe gerade überlegt.«

»Was denn?« fragte ich.

»Ich hab überlegt, warum Mrs. Winchell mich nicht mag.« Ihre Stimme verhieß Tränen.

»Sie mag dich nicht, weil du Jüdin bist«, sagte Jo Lynn.

»Ich bin Jüdin?« fragte unsere Mutter.

»Sie macht nur Spaß, Mama«, erklärte ich hastig mit einem zornigen Blick zu Jo Lynn. Ich kam mir vor wie Alice beim Fünf-Uhr-Tee mit dem verrückten Hutmacher.

»Ich auch«, versetzte unsere Mutter mit einem spitzbübischen Lächeln, als wir in ihr kleines Einzimmer-Apartment traten. »Wo ist dein Humor geblieben, Kate?«

Den habe ich im Gerichtssaal gelassen, dachte ich, während ich mich mit einem raschem Blick im Zimmer umsah. Die Sitzecke bestand aus einem zweisitzigen Sofa, einem passenden Sessel und einem dazwischengequetschten niedrigen Glastisch. In der Ecke stand eine Stehlampe. Fotos von mir, meinen Töchtern und Jo Lynn standen auf sämtlichen verfügbaren Flächen; durch das Fenster sah man zum Parkplatz hinaus.

»Es ist ja wie in einem Backofen hier drinnen. Wie hoch hast du die Heizung aufgedreht?« Jo Lynn trat zum Thermostaten. »Er steht auf siebenundzwanzig Grad! Wie hältst du das aus?«

»Alte Menschen sind kälteempfindlicher«, antwortete unsere Mutter.

Ich zog meine Jacke aus und warf sie über die Rückenlehne des beigefarbenen Sessels.

»Was tust du?« fragte Jo Lynn, nahm die Jacke und gab sie mir wieder. »Wir bleiben nicht.«

»Wieso? Wir können doch ein paar Minuten bleiben.«

»Natürlich bleibt ihr«, sagte unsere Mutter. »Wir essen ein Stück Kuchen zusammen.«

»Bestimmt nicht«, entgegnete Jo Lynn. »Willst du uns vergiften wie den armen alten Mr. Emerson?«

Unsere Mutter war schon auf dem Weg in die kleine Kochnische, öffnete den Kühlschrank und nahm einen etwas schief geratenen Sandkuchen heraus. »Ach, Jo Lynn«, rief sie. »Du immer mit deinen Scherzen!«

»Was ist denn das?« Ich war hinter sie getreten und entdeckte eine große Flasche Geschirrspülmittel im obersten Kühlschrankfach. »Mama, was hat das denn im Kühlschrank zu suchen?«

Jo Lynn war mit ein paar schnellen Schritten bei uns. »Du lieber Gott, Mama, kochst du damit etwa?«

»Natürlich nicht«, gab unsere Mutter mit einem wegwerfenden Lachen zurück, nahm das Spülmittel aus dem Kühlschrank und stellte es neben die Spüle. »Machst du nie einen Fehler?«

»Irgend etwas stimmt da überhaupt nicht«, sagte ich, als wir nach Hause fuhren. »Sie ist ja völlig daneben.«

Jo Lynn wedelte wegwerfend mit einer Hand. »Sie ist nur ein bißchen durcheinander.«

Ich lud Jo Lynn ein, mit uns zu essen, und war froh, als sie ablehnte. Sie wolle abschalten und früh zu Bett gehen, sagte sie, damit sie morgen frisch aussehe. Es sei wichtig, daß Colin attraktive Menschen um sich herum sehe, zur moralischen Stärkung. Außerdem könne es sein, daß seine Anwälte versuchen würden, mit ihr Kontakt aufzunehmen, und sie wolle den Anruf keinesfalls verpassen.

»Wie du meinst«, sagte ich und setzte sie vor dem Mietshaus am Blue Heron Drive ab. Ich wartete, bis sie im Haus war, ehe ich abfuhr. Meine Schwester himmelte einen Massenmörder an, und meine Mutter bewahrte das Geschirrspülmittel im Kühlschrank auf. Wirklich eine interessante Familie, dachte ich, mich an Roberts Worte erinnernd und lenkte den Wagen wieder Richtung I-95.

Ich muß an dieser Stelle sagen, daß ich ganz anders bin als meine Schwester. Ich bin eine reife Persönlichkeit, vernünftig, keine Neigung zum Abheben. Im Gegenteil, ich bin eher ein wenig zu fest in der Realität verwurzelt. Ich weiß über meine Stärken und Schwächen genau Bescheid; ich habe mich mit meinen kleinen Unzulänglichkeiten und Unsicherheiten gründlich auseinandergesetzt. Ich bin entschieden unsentimental; ich bin absolut keine Romantikerin. Was also hatte es da zu bedeuten, daß ich plötzlich ein völlig unerklärliches und überwältigendes Verlangen nach einem Mann verspürte, den ich seit über dreißig Jahren nicht mehr gesehen hatte, einem eitlen Gockel, der mich umworben und dann fallengelassen hatte, als er bei mir nicht zum

Ziel gekommen war? Warum konnte ich sein hinterhältiges Lächeln nicht vergessen? »Du bist sehr schön«, hatte er gesagt, und dieser leicht dahingesagte Satz ging mir ständig im Kopf herum und vermischte sich mit Dwight Yokums schleppender Südstaatenstimme. Radiosender WKEY, merkte ich plötzlich und fragte mich, wann ich den eingestellt hatte.

Tatsächlich bedarf es keiner tiefschürfenden Seelenerkundung, um meinen Gemütszustand auszuloten: Ich wurde älter, mein Leben mit Larry verlief in ruhigen, eingespielten Bahnen; ich hatte meine eigene Sterblichkeit im Gesicht meiner Mutter aufblitzen sehen; meine Schwester machte mich verrückt. Robert Crowe war eine Erinnerung an meine Jugend, meine Unschuld, an eine Zeit, als mein ganzes Leben noch vor mir gelegen hatte. Und außerdem war er natürlich ein Symbol all dessen, was begehrenswert, aber unerreichbar war.

Jo Lynn hatte recht. Ich hatte mich, als ich siebzehn war, heftig danach gesehnt, mit ihm zu schlafen. Mehr als einmal war ich ernstlich in Versuchung gewesen, alle Vorsicht und moralischen Grundsätze fahren zu lassen. Ich weiß nicht genau, was mich davon abgehalten hat, außer der Gewißheit, daß er, wenn ich einmal nachgegeben hatte, das Interesse verlieren und sich der nächsten zuwenden würde. Nun, er hatte auch so das Interesse verloren und sich der nächsten zugewendet. Bald danach war er weggezogen, und mir war nicht einmal die Möglichkeit geblieben, es mir anders zu überlegen.

Ich hatte Jo Lynn belogen, als ich behauptet hatte, ich hätte seit Jahren nicht mehr an Robert gedacht. Tatsache war, daß ich häufiger an ihn gedacht hatte, als ich mir selbst eingestehen wollte, häufiger, als mir selbst bewußt gewesen war. Sein Gesicht mochte verblaßt, ein verschwommener Schatten geworden sein, aber er war immer da, immer irgendwo im Hintergrund, ein Symbol einfacherer Zeiten, jugendlicher Leidenschaft, verpaßter Gelegenheiten.

Das Abendessen stand schon auf dem Tisch, als ich nach Hause kam. Ich war Larry dankbar. Er kochte besser als ich, wahrscheinlich weil es ihm Spaß machte und mir nicht. Wie dem auch sei, er hatte irgendein Hühnergericht gemacht, von dem Michelle nichts aß, weil es, wie sie behauptete, zu stark gewürzt war, und Sara nichts nahm, weil sie ihrer Meinung nach zu dick wurde. Ich schlang die ganze Portion auf meinem Teller heißhungrig hinunter und verschluckte mich an einem Stück Hühnchen.

»Geht's wieder?« fragte Larry und klopfte mir den Rücken.

»Soll ich's mal mit dem Heimlich-Handgriff probieren?« Michelle war schon aufgesprungen. Sie hatte im vergangenen Sommer im St. Johns Krankenhaus einen Erste-Hilfe-Kurs gemacht und fragte dauernd, ob sie's einmal mit dem Heimlich-Handgriff probieren sollte.

»Tut mir leid, Schatz, nicht nötig«, antwortete ich.

Sara und Michelle standen auf, während Larry und ich noch beim Essen waren, Michelle, um ihre Hausaufgaben zu machen, Sara, um noch einmal in die Schule zu fahren. Sie wollten für eine geplante Modenschau proben, bei der sie vorführen sollte. Sie könne auf keinen Fall zu spät kommen, erklärte sie. Interessant, dachte ich, da Sara sich sonst keinen Pfifferling darum scherte, ob sie pünktlich war oder nicht.

Larry und ich plauderten ein wenig über die Ereignisse des Tages, dann kehrte Schweigen ein. Ich ertappte mich dabei, wie ich ihn beim Essen musterte; er war ein sympathisch aussehender Mann, mittelgroß und kompakt, das Haar schon ein wenig schütter, aber er trug es mit Anstand, die Augen graublau, der Teint hell, Arme und Beine eher mager. Was er im Lauf der Jahre an Gewicht zugelegt hatte, hatte sich rund um seinen Bauch angesetzt. Er war im vergangenen Juli fünfzig geworden, ohne Wirbel und ohne Depression. Als ich ihn gefragt hatte, wie man sich mit fünfzig fühle, hatte er gelächelt und gesagt: »Es ist auf jeden Fall besser als die Alternative.« Wie würde Robert auf eine ähnliche Frage antworten? überlegte ich und versuchte die Erinnerung an ihn abzuschütteln, während ich den Tisch abdeckte. Aber es half nichts. Robert verfolgte mich in die Küche, während ich saubermachte, drängte sich zwischen Larry und mich, während wir vor dem Fernseher saßen, folgte mir ins Schlafzimmer, nachdem ich es aufgegeben hatte, auf Saras Heimkehr zu warten.

Larry war schon im Bett. Die vierzehn Kissen, die tagsüber den elfenbeinfarbenen Bettüberwurf zieren, lagen wild verstreut im ganzen Zimmer. Larry haßt die Kissen. Sie sind nur lästiger Ballast, behauptet er und hat völlig recht damit. Aber es macht mir einfach Freude, sie morgens in gefälligen kleinen Reihen auf dem Bett zu drapieren, und es macht mir auch nichts aus, sie abends herunterzunehmen und säuberlich zu stapeln. Wahrscheinlich gibt es mir die Illusion, alles unter Kontrolle zu haben. Larry hat keine solchen Illusionen. Er wirft sie einfach vom Bett runter.

Ich zog mich aus und schlüpfte zu meinem Mann ins Bett. Im Dunklen berührte ich ihn. Er seufzte, drehte sich um und nahm mich in die Arme, erfreut über meine Berührung. »Hallo, Funny Face«, flüsterte er, als ich seinen Hals küßte und meine Finger in Schnörkeln durch sein krauses Brusthaar langsam abwärts wandern ließ. Er stöhnte ein wenig, als ich noch tiefer griff und sein Geschlecht mit meiner Hand umschloß.

Ich weiß nicht, warum ich immer ein bißchen gekränkt bin, wenn Larry nicht schon bis zum äußersten erregt ist, sobald ich ihn berühre, aber es ist so. Ich weiß, daß es irrational ist, daß Männer, wenn sie älter werden, länger brauchen, daß gewisse Körperteile nicht mehr gleich beim leisesten Hauch von Sex in Habachtstellung gehen, daß sanftes Beharren sich am Ende lohnt. Dennoch enttäuscht es mich, macht es mich, wenn ich ganz ehrlich bin, sogar wütend, daß meine bloße Anwesenheit neben ihm im Bett nicht mehr ausreicht. Ich weiß, daß wir fast fünfundzwanzig Jahre verheiratet sind; ich weiß, daß mein Körper nicht mehr so ist wie damals, als wir geheiratet haben; ich weiß, daß vieles zur Gewohnheit geworden ist; ich weiß, daß Romantik erarbeitet sein will. Habe ich nicht schon gesagt, daß ich keine Romantikerin bin? Aber ich liebe meinen Mann sehr. Und ich habe niemals, nicht einen Moment, an seiner Liebe zu mir gezweifelt.

Ich bemühte mich deshalb, die Kränkung zu vergessen, und konzentrierte mich ganz darauf, ihn geduldig zu streicheln und zu liebkosen, bis ich mit Befriedigung wahrnahm, wie er unter meinen Zärtlichkeiten anschwoll. Dann saß ich auf, begann langsam, steigerte den Rhythmus, ritt ihn mit ständiger wachsender Dringlichkeit, als jagte mich jemand, und vielleicht war es ja auch so.

Während Larry neben mir einschlief, sah ich Robert, der in einem der beiden elfenbeinfarbenen Sessel am Fenster saß. Sein hinterhältiges Lächeln schimmerte durch die Schatten. Sein Bild schwebte mir entgegen, flüsterte mir ins Ohr. Angenehme Träume, sagte er.

7

Wenn ich jetzt versuche, mir über Saras Rolle in der ganzen Geschichte klar zu werden, frage ich mich, ob ich irgend etwas hätte anders machen und so das folgende Chaos und Unglück hätte verhindert können. An Fingerzeigen mangelte es zweifelsohne nicht. Die Teilchen zu dem Puzzle, das meine ältere Tochter ist, waren alle vorhanden. Ich brauchte sie nur richtig anzuordnen. Oder hätten vielleicht doch immer ein oder zwei Teilchen gefehlt? Und hätte es etwas geholfen, wenn ich sie gefunden hätte?

Als Sara an diesem Abend wegging, angeblich zur Probe für eine bevorstehende Modenschau in der Schule, hatte ich keine Ahnung, daß sie log. Oder vielleicht ahnte ich es doch. Die Erfahrung hatte mich gelehrt, alles, was Sara sagte, mit Argwohn zu betrachten. Doch genau wie eine Frau, die sich entschlossen hat, bei ihrem untreuen Ehemann zu bleiben, hatte ich ganz bewußt die Entscheidung getroffen, zu glauben, was sie mir sagte, solange mir nicht ein schlüssiger Beweis für das Gegenteil geliefert wurde. Und da Sara Sara war, dauerte es im allgemeinen nicht lange.

Das erste Mal ertappte ich Sara bei einer Lüge, als sie gerade fünfzehn geworden war. Wir waren zum Essen ausgewesen, es regnete, und Sara ließ auf dem Parkplatz, als wir zum Auto rannten, ihre Handtasche fallen. Ungefähr zehn leere Zigarettenschachteln fielen aus der vollgestopften Ledertasche auf den nassen Asphalt.

»Die gehören nicht mir«, beteuerte sie, während sie sie unter meinem mißbilligenden Schweigen hastig aufsammelte und wieder in ihre Tasche stopfte.

»Aha, sie gehören nicht dir«, wiederholte ich.

»Sie gehören einer Freundin. Die sammelt Zigarettenschachteln.«

Die meisten Leute hätten das natürlich sofort als lächerliche Ausrede abgetan, die es ja auch war, und reinen Tisch gemacht. Aber wenn einem das eigene Kind so ein Märchen erzählt, ist das etwas ganz anderes.

»Deine Freundin sammelte *leere* Zigarettenschachteln?«

»Ja, und ihre Mutter würde einen Anfall kriegen, wenn sie es merkt, drum hat sie mich gebeten, sie für sie aufzuheben.« Die durchweichten Zigarettenschachteln waren in ihrer Tasche, und Sara richtete sich wieder auf. »Ich rauche nicht«, behauptete sie. »Die gehören nicht mir.«

Ich gab mir größte Mühe, ihr zu glauben. Die Leute sammeln ja die verrücktesten Dinge, sagte ich mir. Warum also nicht auch leere Zigarettenschachteln? Und wenn Saras Freundin fürchten mußte, daß ihre Mutter sich darüber aufregen würde, nun, dann war es ganz logisch, daß sie Sara gebeten hatte, sie für sie aufzubewahren. Ich versuchte allen Ernstes, mir das einzureden. Aber dann gewann doch die Vernunft die Oberhand, und die Therapeutin schaltete sich ein.

»Du sagst, daß du nicht rauchst, und ich würde dir sehr gern glauben«, begann ich. »Du weißt, wie gefährlich Zigaretten sind, und *ich* weiß, daß ich dich nicht vierundzwanzig Stunden am Tag überwachen kann. Wenn du also rauchen willst, dann wirst du auch rauchen. Ich hoffe nur, wenn du tatsächlich rauchst, bist du gescheit genug aufzuhören, bevor du abhängig wirst.«

Dabei ließ ich es bewenden. Natürlich rauchte sie, natürlich war sie nicht klug genug aufzuhören, bevor sie abhängig wurde. Wieso überraschte mich das?

Den zehn leeren Zigarettenpackungen folgten fünf Flaschen Bier, die ich in ihrem Kleiderschrank fand, als ich nach der weißen Bluse suchte, die zu bügeln sie mich gebeten hatte. Wie ich dazu käme, in ihrem Schrank herumzuschnüffeln! brüllte sie mich später an, als hätte ich wissen müssen, daß ihre weiße Bluse zusammen mit dem größten Teil ihrer übrigen irdischen Besitztümer in einem wüsten Haufen auf dem Boden lag. Und natürlich gehörte das Bier nicht ihr – sie hatte es nur für eine Freundin in Verwahrung genommen.

Es folgte der Tag, an dem sie die Schule schwänzte, um in Fort Lauderdale einkaufen zu gehen; das Wochenende, an dem sie heimlich nach Miami fuhr, um die *Grateful Dead* zu sehen. Ich bin sicher, ich war nicht die einzige Mutter, die das Hinscheiden Jerry Garcias ohne Trauer zur Kenntnis nahm, so sehr mir seine Musik in meiner Jugend gefallen hatte.

Pullover verschwanden aus meinen Schubladen. Die Hälfte unserer CDs ging verloren. Sara stahl Geld aus meinem Portemonnaie und leugnete es. Aus dem anhänglichen kleinen Wesen, das mich einst mit beinahe andächtiger Bewunderung betrachtet hatte, war ein Geschöpf geworden, das mich mit solcher Verachtung anfunkelte, daß es mich bis ins Innerste erschütterte. Ich sagte mir, daß diese Veränderung nur Ausdruck einer Übergangsphase sei, das Mittel, das Sara unbewußt gewählt hatte, um sich von mir zu lösen und ein eigenständiger Mensch zu werden. Aber es tat dennoch weh. Eben darauf bereiten die psychologischen Lehrbücher einen nicht vor – wie schmerzhaft das ist.

Tatsächlich schmerzen die Lügen mehr als alles andere, weil sie das Vertrauen zerstören und es schrecklich weh tut, dem Menschen, den man liebt, nicht vertrauen zu können.

Die Wahrheit war allerdings nicht tröstlicher. Wenige Wochen nach ihrem sechzehnten Geburtstag teilte Sara mir unbekümmert mit, daß sie nicht mehr unschuldig war. Ich wußte, daß sie keinen festen Freund hatte, und war deshalb, gelinde gesagt, ziemlich erschüttert. Ich murmelte etwas davon, daß ich hoffe, es sei eine erfreuliche Erfahrung für sie gewesen, und hielt ihr dann einen Vortrag über die Gefahren des Geschlechtsverkehrs ohne Schutz in der heutigen Gesellschaft, wahrscheinlich weil ich Angst hatte, wenn ich zu reden aufhörte, würde sie mir noch irgend etwas erzählen, was ich nicht hören wollte. Sie versicherte mir, sie wisse alles über Aids und die Notwendigkeit von Kondomen, und erklärte mit Nachdruck, sie sei schließlich kein Kind mehr. Dann bat sie mich, sie zum Schallplattengeschäft zu fahren.

Etwa um die gleiche Zeit gestand sie, mit Drogen experimentiert zu haben. Nur ein bißchen Gras und Acid, sagte sie mit einem Achselzucken. Nicht der Rede wert; wir müßten uns deswegen nicht unsere altmodischen Köpfe zerbrechen. Sie erinnerte uns daran, daß ja unsere Generation praktisch die Halluzinogene erfunden habe; worauf ich sie daran erinnerte, daß sie noch immer verboten seien, daß sie mit dem Feuer spiele und wir sie hinauswerfen würden, sollten wir jemals Drogen im Haus finden.

»Das hab ich nun von meiner Ehrlichkeit«, erhielt ich als Antwort.

Sie ließ sich nachts anrufen, ganz gleich, wie spät es war. Da wir nur einen Telefonanschluß haben, weckte das Läuten jedesmal das ganze Haus. Ich sagte ihr, das müsse aufhören; sie sagte, wir könnten ihr nicht etwas zum Vorwurf machen, worüber sie keine Kontrolle hätte. Ich erklärte, es sei ihre Aufgabe, ihren Freunden zu sagen, daß sie nach elf Uhr abends nicht mehr anrufen sollten. Sie erklärte, ich sollte mich um meine eigenen Angelegenheiten kümmern. Der Streit endete damit, daß Larry in ihr Zimmer rannte und buchstäblich ihr Telefon aus der Wand riß. Damit war dieses Problem so gut wie erledigt.

Durch einen Telefonanruf erfuhren wir, daß Sara in Wirklichkeit gar nicht in die Schule gefahren war, um für die bevorstehende Modenschau zu proben. Eine Freundin, hörbar beschwipst, rief um zwei Uhr morgens an, um uns mitzuteilen, daß Sara ihre Handtasche bei ihr liegengelassen hatte, ob wir ihr sagen könnten, sie brauche sich keine Sorgen zu machen. Wir sagten, es wäre uns ein Vergnügen.

Wie sich zeigte, hatte Sara bereits bemerkt, daß sie ihre Tasche vergessen hatte, und war zurückgefahren, um sie zu holen. Sie wußte daher von dem Anruf und war bei ihrer Rückkehr bestens gewappnet. Wir sollten uns das mal vorstellen, begann sie schon zu klagen, ehe sie richtig durch die Tür war – sie hatte die ganze weite Fahrt zur Schule gemacht, nur um dann hören zu müssen, daß die Probe abgesagt worden war. Ein paar Freunde von ihr, die wußten, wie wichtig diese Modenschau war – der Erlös sollte einer wohltätigen Einrichtung zugute kommen – und sie zu einem echten Hit machen wollten, hätten daraufhin beschlossen, die Probe bei irgend jemandem zu Hause unter eigener Regie abzuhalten. Es hätte überhaupt keine Party stattgefunden. Sie hätten den ganzen Abend geschuftet wie die Sklaven und erst vor einer Stunde Schluß gemacht, als sie absolut sicher gewesen wären, daß dies die beste Modenschau überhaupt werden würde. Und wenn wir ihr nicht glaubten, schloß sie mit trotziger Gebärde, dann sei das unser Problem, und wir könnten ihr nur leid tun. Als sie endlich fertig war, hatte sie sich in einen selbstgerechten Zorn von fast biblischen Ausmaßen hineingesteigert. Wieso wir ihr nicht vertrauten? Was wir doch für erbärmliche Eltern seien! Und wie wir überhaupt dazu kämen, ihre Freunde auszuhorchen?

Sie erhielt zwei Wochen Hausarrest.

»Ach, ihr könnt mich mal!« schrie sie und stürmte aus dem Zimmer.

»Nimm dich in acht!« warnte ich.

»Nimm dich selber in acht, Frau Therapeutin!« Sie knallte ihre Zimmertür zu.

»Dafür gibt's eine Woche extra«, rief Larry ihr nach. Ihre Reaktion war ein krachender Tritt gegen die noch zitternde Zimmertür.

Sekunden später kam Michelle auf Zehenspitzen aus ihrem

Zimmer geschlichen und fixierte Larry und mich mit vorwurfsvollem Blick. »Ihr wißt doch, daß Hausarrest gar nichts bringt«, sagte sie mit strengem Tadel, der durch das Teddybärnachthemd, das sie anhatte, etwas an Gewicht verlor. »So was macht Kinder nur wütend.«

Sie hat recht, dachte ich. »Geh wieder in dein Bett«, sagte ich.

Aber natürlich war Sara nicht nur ein Satansbraten, der uns das Leben zur Hölle machte. Sie ist nicht nur ein sehr kreativer junger Mensch, wie sich das in vielen ihrer Tiraden offenbarte, sondern sie ist auch weich und verletzlich, im Grunde sehr warmherzig. Sara ist ein Kind, das in einem Frauenkörper eingeschlossen ist. Sie ist einfach noch nicht bereit, erwachsen zu werden.

Ich erinnere mich an den Tag, als sie ihre erste Periode hatte. Sie war fünfzehn Jahre alt, das ist ziemlich spät, und sie hatte das Mutter-Tochter-Gespräch, das wir über diese Dinge einmal geführt hatten, längst vergessen. Sie nahm die Binden, die ich ihr gab und trottete so trotzig aus dem Zimmer, als hätte ich ihr diese Pest an den Hals gewünscht. Am nächsten Morgen fragte ich, ob die Binden sie beim Schlafen gestört hätten.

Sie sah mich entsetzt an. »Heißt das, daß man die auch nachts tragen muß?«

Darüber kann ich noch heute lachen, ebenso bei der Erinnerung an ihren Abscheu vier Tage später. »Wie lange dauert das eigentlich?« fragte sie entrüstet. Ich brachte es nicht übers Herz, ihr zu sagen, daß sie weitere fünfunddreißig Jahre damit rechnen müsse.

Eines Abends half Sara mir widerwillig dabei, das Geschirr in die Spülmaschine zu räumen. Ich hatte alle Gläser auf einer Seite aufgereiht. Eines, das in der Reihe keinen Platz mehr gehabt hatte, stellte ich auf die andere Seite des Spülers. Sara nahm sofort ein Glas aus meiner akkuraten Reihe und stellte es neben das einzelne. »Sonst fühlt es sich ja ganz einsam«, erklärte sie.

Ich war gerührt. Ich drückte sie an mich und sagte ihr, daß ich sie liebhabe. Sara ließ meine Umarmung über sich ergehen, brummelte irgend etwas davon, daß sie mich auch liebhabe, und verschwand.

Wie soll man nun dieses liebevolle, unschuldige Geschöpf, das sich über die Gefühle schmutzigen Geschirrs Gedanken macht, mit dem wütenden Schreihals in Einklang bringen, der nicht zu begreifen scheint, daß auch Menschen Gefühle haben?

»Der Apfel fällt nicht weit vom Stamm«, sage ich zu meinen Klienten, wenn ich versuche, sie – und zweifellos auch mich selbst – zu beruhigen und davon zu überzeugen, daß das Leben früher oder später wieder normal wird, daß Teenager wie Sara wieder menschliche Wesen werden. Vorausgesetzt, sie leben lange genug.

Ist es wahr, daß wir die Kinder bekommen, die wir brauchen?

Es würde mich interessieren, was meine Mutter dazu sagen würde.

Nun also, um meine eigene Frage zu beantworten, ich weiß nicht, ob ich irgend etwas von dem, was später geschah, hätte verhindern können, wenn ich mich gleich zu Beginn anders verhalten hätte. Hinterher ist man ja immer schlauer, wie es so schön heißt. Man tut eben sein Bestes. Manchmal reicht es. Manchmal nicht.

Alle Bitten Jo Lynns, sie auch am kommenden Mittwoch wieder zum Gericht zu begleiten, lehnte ich eisern ab, mit der Begründung, daß weder Colin Friendly noch ihre Absichten bezüglich seiner Person mich auch nur im geringsten interessierten. In Wahrheit jedoch hatte ich begonnen, den Fall sowohl in der Zeitung als auch im Fernsehen sehr genau zu verfolgen. In der vergangenen Woche hatte der Staatsanwalt eine Reihe von Zeugen aufgerufen, mit deren Hilfe er nachgewiesen hatte, daß zwischen Colin Friendly und mindestens acht der ermordeten Frauen eine direkte Verbindung bestanden hatte. Ein älterer Mann sagte aus, er habe beobachtet, wie eine der Frauen am Tag ihres Verschwindens Colin Friendly, der sie nach einer Straße gefragt hatte, Auskunft gegeben hatte; eine Frau, der die Tränen aus den Augen liefen, bezeugte, sie habe ihn auf einer Bank im Park sitzen sehen, in dem ihre Freundin regelmäßig ihren Hund spazierenführte. Der

Hund war später von ein paar Kindern gefunden worden, als er, seine Leine hinter sich herziehend, ziellos durch die Straßen in der Nähe geirrt war. Seine Eigentümerin – besser gesagt, das, was von ihr übrig war – war vier Monate später von Campern in der Nähe vom Okeechobee-See gefunden worden. Der Pathologe hatte festgestellt, daß sie vergewaltigt und geschlagen und dann mit nicht weniger als sechsundachtzig Messerstichen getötet worden war.

Bis zum Mittwoch war der Gerichtsmediziner bereits zwei volle Tage gehört worden. In detaillierter Ausführlichkeit hatte er die Verletzungen eines jeden Opfers beschrieben und erläutert, wie sie zustande gekommen waren. Er trug seine Erkenntnisse in sachlichem Ton vor, leidenschaftslos und ohne Emotionen. Opfer Nummer eins, Marie Postelwaite, fünfundzwanzig Jahre alt, Krankenschwester im J. F. Kennedy Memorialkrankenhaus, war vergewaltigt, geschlagen, durch zahlreiche Messerstiche verletzt und mit ihrer eigenen weißen Strumpfhose erdrosselt worden; die Strumpfhose war so fest um ihren Hals geschnürt, daß sie beinahe enthauptet worden war. Opfer Nummer zwei, Christine McDermott, fünfunddreißig Jahre alt, Grundschullehrerin und Mutter von zwei Kindern, war vergewaltigt, geschlagen, durch zahlreiche Stichwunden verletzt und mehrfach gebissen worden. Opfer Nummer drei, Tammy Fisher, sechzehn Jahre alt, Schülerin, war vergewaltigt, geschlagen und durch zahlreiche Messerstiche verletzt worden, ehe ihr der Mörder die Kehle durchgeschnitten hatte. Und so ging es weiter bis zu Opfer Nummer dreizehn, Maureen Elfer, siebenundzwanzig Jahre alt, jung verheiratet, vergewaltigt, geschlagen, durch Messerstiche verletzt und im wahrsten Sinne des Wortes ausgeweidet. Kleine Variationen zum selben grausigen Thema.

Mir diese grauenhaften Details auch noch anhören zu müssen, sei das letzte, was ich wollte, hatte ich meiner Schwester erklärt, als sie mich am Dienstagabend angerufen hatte. Es reichte mir vollauf, von diesen Greueln in der Zeitung zu lesen. Ob sie denn noch immer nicht genug hätte, fragte ich.

»Was soll das heißen? Das ist doch erst der Anfang.« Die gerichtsmedizinischen Beweise seien höchst suspekt, wahrscheinlich nicht einmal objektiv, erklärte sie, als wäre sie eine Expertin. Es sei doch bekannt, daß DNA-Tests nicht absolut zuverlässig seien. Der Gerichtsmediziner arbeite Hand in Hand mit dem Staatsanwalt. Ich solle nur warten, bis die Verteidigung ihn auseinandernehme.

Mir fiel mein Besuch in dem häßlichen alten Gebäude in der Gun Club Road ein. Ich hatte meiner Schwester davon erzählt, in der Hoffnung, sie damit zur Vernunft zu bringen. Es war mir nicht gelungen.

»Colin wird freigesprochen werden. Du wirst schon sehen«, behauptete sie, weiterhin treu zu ihm stehend, obwohl er auf ihren Brief nicht reagiert hatte. Nun, wenigstens war hier einer bei klarem Verstand, dachte ich erleichtert.

»Ich möchte bloß wissen, ob sie ihm meinen Brief wirklich gegeben haben«, sagte sie an diesem zweiten Mittwoch im Gerichtssaal, als ich mich gerade auf meinem Platz herumdrehte und nach rückwärts blickte, zur Gruppe der Pressevertreter.

War ich deshalb hierhergekommen? Hatte ich etwa gehofft, Robert wiederzusehen? War das der Grund, weshalb ich schließlich doch nachgegeben und eingewilligt hatte, einen weiteren Tag im Gerichtssaal zu verbringen?

O Gott, dachte ich schaudernd, ich bin ja genauso schlimm wie meine Schwester.

»Glaubst du, das würden sie tun?« fragte Jo Lynn gerade.

»Was?«

»Ihm meinen Brief unterschlagen.«

»Ich weiß es nicht«, antwortete ich zerstreut.

»Meiner Ansicht nach wäre es gesetzeswidrig«, fuhr sie fort, »jemandem seine Post nicht auszuhändigen. Ich meine, ich habe ihm einen Brief geschrieben, den ich ihnen anvertraut habe, und ich denke doch, daß es ihre gesetzliche Pflicht ist, dafür zu sorgen, daß er ihn bekommt. Meinst du nicht auch?«

»Ich habe keine Ahnung.« Mein Ton war ungeduldig. Ich hörte es. Jo Lynn auch.

»Was ist eigentlich los mit dir? Du bist wohl enttäuscht, daß dein Freund nicht da ist?«

Ich fuhr herum, wütend, puterrot im Gesicht. »Mußt du eigentlich immer so albernes Zeug reden?«

»Aha, ich hab wohl einen Nerv getroffen, was?«

Die Tür vorn im Saal wurde geöffnet, der Gefangene wurde hereingeführt. Er sah sich um, nahm mit einem Blick den ganzen Gerichtssaal auf. Jo Lynn winkte, ein leichtes Klimpern der Finger, und warf ihm verstohlen einen Handkuß zu. Colin Friendly verzog den Mund zu einem leichten Lächeln, als er die Hand hob, um den unsichtbaren Kuß aufzufangen, und seine Finger sich um ihn schlossen wie um den Hals eines jungen Mädchens. Er trug denselben blauen Anzug wie am vergangenen Mittwoch, diesmal jedoch war das Hemd weiß und die Krawatte dunkelblau, und ich überlegte, ob er jeden Tag ein frisches Hemd und eine frische Krawatte bekäme, und wenn ja, wer ihm die Sachen zur Verfügung stellte. Ich dachte daran, Jo Lynn danach zu fragen, ließ es dann aber lieber sein. Sie hätte es wahrscheinlich zum Anlaß genommen, eine Bemerkung über meine eigenen Kleider zu machen. Die Tatsache, daß ich ein leichtes, geblümtes Kleid trug, das eigentlich für förmlichere Anlässe gedacht war, hätte sie zweifellos als Zeichen dafür interpretiert, daß ich gehofft hatte, Robert zu treffen.

Jo Lynn selbst hatte einen tief ausgeschnittenen weißen Pulli und einen Minirock aus schwarzem Leder an. Ihr Haar war frisch gewaschen und fiel ihr in einer blondgelockten Mähne auf die Schultern. Mehr als einmal sah ich, wie die Leute die Hälse nach ihr reckten. Jo Lynn, allem Anschein nach ganz auf den Angeklagten konzentriert, schien es nicht zu bemerken, aber ich wußte, daß sie sich der Aufmerksamkeit, die sie erregte, wohl bewußt war. Und daran, wie sie den Kopf warf und sich immer wieder das Haar aus dem Gesicht schnippte, sah ich, daß sie sie genoß.

Sie genoß hier, im Gerichtssaal 11a, eine gewisse Berühmtheit. Immer wieder sprachen die Leute sie an, fragten sie nach ihrer

Meinung zum Lauf der Verhandlung in den vergangenen Tagen. Sie wollten wissen, ob sie glaube, daß Colin Friendly selbst in den Zeugenstand treten würde, und ob sie das für ratsam hielte. Es erstaunte mich, in welch bestimmtem Ton sie Antwort gab, wieviel Gewicht ihrer Meinung beigemessen wurde. Sie hatte sich immer darüber beschwert, daß ich sie nicht ernst genug nähme, und vielleicht hatte sie damit recht.

Der Pathologe nahm wieder seinen Platz im Zeugenstand ein. Er war ein kompakter kleiner Mann, nicht größer als einen Meter sechzig, mit dunklem Haar und einem länglichen Gesicht, das den Eindruck machte, als wäre es zwischen die Türen eines Busses geraten. Seine Züge wirkten zur Mitte des Gesichts hin zusammengepreßt, die Nickelbrille ritt ungeschickt auf dem schmalen Rücken seiner Nase. Er hieß Ronald Loring und war ungefähr fündundvierzig. Jünger als ich, dachte ich.

»Wir haben heute nicht mehr allzu viele Fragen an Sie, Dr. Loring«, begann der Staatsanwalt, während er den obersten Knopf seines braunen Nadelstreifenjacketts schloß und an den Zeugenstand herantrat.

Dr. Loring nickte.

»Sie haben ausgesagt, daß die Opfer alle vergewaltigt worden waren, ist das richtig?«

»Ja, das ist richtig.«

»Wurde bei den Opfern Sperma gefunden?«

»Ja, bei den Leichnamen, die noch hinreichend erhalten waren, haben wir Sperma gefunden.« Er zählte die Namen der Frauen auf.

»Und stimmten die sichergestellten Spermaproben mit einer Colin Friendly entnommenen Probe überein?«

»Ja, in vielen signifikanten Merkmalen.«

Ich warf einen Blick auf Jo Lynn. Sie warf ihren Kopf in den Nacken, schlenkerte mit ihren Locken, tat so, als merkte sie nicht, daß ich sie ansah.

Es folgte eine längere Diskussion der Methoden zur Analyse und Identifizierung von Sperma. Es hatte etwas mit Körpersekreten, Blutgruppen und anderen Variablen, an die ich mich nicht mehr erinnern kann, zu tun. Diesen Variablen entsprechend bestand eine siebzigprozentige Wahrscheinlichkeit, daß Colin Friendly der Mann war, der diese Frauen vergewaltigt hatte.

»Siebzig Prozent!« wiederholte Jo Lynn wegwerfend.

Ähnlich verhielt es sich mit den Gebißabdrücken, die bei mehreren der Opfer gefunden waren. Man hatte einen Abdruck von Colin Friendlys Gebiß genommen. Er stimmte im wesentlichen – aber nicht eindeutig – mit den Malen an den Körpern der toten Frauen überein. Speichelspuren, die in den Verletzungen zurückgeblieben waren, wiesen auf den Angeklagten hin – jedoch wiederum nicht eindeutig. Dennoch, erklärte Dr. Ronald Loring, gebe es für ihn keinen Zweifel daran, daß Colin Friendly den toten Frauen die Bißverletzungen beigebracht hatte.

Wie es denn mit jenen Toten stünde, die sich zum Zeitpunkt ihrer Auffindung bereits in einem Zustand der Verwesung befunden hätten, der sie völlig unkenntlich gemacht habe, von denen im wesentlichen nur noch ein Bündel Knochen vorhanden gewesen sei, fragte der Staatsanwalt. Wie der Arzt denn hätte feststellen können, daß diese Unglücklichen ermordet worden waren; wie er hätte bestimmen können, daß sie von Colin Friendly ermordet worden waren.

Dr. Loring ließ sich darauf hin recht ausführlich über die Wunder der modernen forensischen Medizin aus, erklärte, daß die wissenschaftlichen Methoden mittlerweile so hoch entwickelt seien, daß man mit ihrer Hilfe häufig den genauen Zeitpunkt und die Todesursache präzise bestimmen könne. Er erläuterte detailliert die Methoden, die seine Abteilung angewendet hatte. Seine Stimme war ruhig, sein Vortrag trocken und sachlich. Ich sah, daß einige der Geschworenen das Interesse verloren. Ihre Augen wirkten glasig, einem Mann fielen die Augen ganz zu.

»Nichts als Hokuspokus«, murmelte Jo Lynn.

Abgesehen davon, fuhr Dr. Loring fort, hätten sich bei der Untersuchung der Verletzungen bestimmte Muster gezeigt, die den Angeklagten mit jedem einzelnen seiner Opfer verknüpften. Die

Geschworenen und das Publikum horchten plötzlich wieder auf. Die Frauen waren ausnahmslos brutal geschlagen worden, jede hatte ein gebrochenes Nasenbein. Die Brüste der Opfer waren von zahlreichen Messerstichen in Form einer horizontalen 8 umgeben; der Mörder hatte den Frauen die Bäuche aufgeschlitzt; er hatte sie wiederholt direkt ins Herz gestochen.

Die dreizehn Frauen, deren Tod Colin Friendly zur Last gelegt wurde, waren von ein und derselben Person ermordet worden, schloß der Gerichtsmediziner. Und dieser Mann sei Colin Friendly.

»So ein Quatsch«, bemerkte Jo Lynn.

Ich konnte mich nicht zurückhalten. Wie ein ausgehungerter Fisch schnappte ich nach dem Köder. »Wie kannst du so was sagen? Hast du eigentlich überhaupt nichts von dem gehört, was Dr. Loring gerade erklärt hat?«

»Ich hab gehört, daß er von siebzig Prozent sprach und nicht von hundert«, schnauzte sie zurück. »Ich habe ›wesentliche Übereinstimmung‹ gehört, aber nicht ›genaue Übereinstimmung‹. Das hat überhaupt nichts zu sagen«, schloß sie. »Warte nur, bis Mr. Armstrong sich den Burschen vorgeknöpft hat.«

Ich war froh, daß der Richter die Verhandlung bis nach der Mittagspause vertagte. Colin Friendly stand auf, tauschte einige Worte mit seinen Anwälten und sah lächelnd zu Jo Lynn herüber, als man ihn aus dem Saal führte.

»Laß dich nicht unterkriegen, Colin«, sagte Jo Lynn und unterstrich ihren Glauben an ihn mit einem Nicken.

»Ich glaube, ich hab genug für heute«, sagte ich. »Wollen wir nicht Schluß machen?«

Sie sah mich empört an. »Was ist los mit dir? Willst du nur, weil dein Freund nicht erschienen ist, deine Sachen packen und heimfahren?«

»Sei nicht albern.«

»Das ist heute schon das zweite Mal, daß du mich albern nennst. Ich bin nicht albern. Die Alberne bist du, einem Kerl nachzuschmachten, der dich vor dreißig Jahren abserviert hat.«

Es kostete mich meine ganze Selbstbeherrschung, sie nicht anzubrüllen. Statt dessen atmete ich ein paarmal tief durch und nahm meine Handtasche, zum Zeichen, daß ich zu gehen beabsichtigte. Jo Lynn ließ mich vorbei, und ich trat in den Gang hinaus.

»Entschuldigen Sie, Miss Baker.«

Der muskulöse, blonde Verteidiger näherte sich meiner Schwester. Er neigte sich zu ihr hinunter, flüsterte ihr etwas ins Ohr und ging dann wieder.

Augenblicklich waren wir von Reportern umringt. Das Klikken ihrer Fotoapparate klang wie wildes Hühnergegacker. Ich senkte den Kopf und drängte mich zur Tür durch. Jo Lynn folgte mir, aber so gemächlich, daß die Reporter leicht mit ihr Schritt halten konnten.

»Was hat Jake Armstrong zu Ihnen gesagt?« fragte einer von ihnen.

»Das ist leider vertraulich«, antwortete meine Schwester mit einem liebenswürdigen Lächeln und einem Augenaufschlag. Die ewige Kokette.

»Welcher Art ist Ihre Verbindung zu Colin Friendly?«

»Ich bin lediglich eine Freundin, die von seiner Unschuld überzeugt ist.«

»Auch noch angesichts der Aussagen von heute morgen?«

»Ich bin der Meinung, daß Beweise falsch sein können und Laborproben unsauber. Das gerichtsmedizinische Institut von Palm Beach County ist sehr alt und heruntergekommen«, erklärte sie, sich prompt zunutze machend, was ich ihr erzählt hatte. »Die Geräte dort sind wohl kaum auf dem neuesten Stand der Technik.«

Geschieht mir recht, dachte ich, warum muß ich ihr alles erzählen?

»Ist Colin Friendly Ihr Freund?«

»Also wirklich, das wird jetzt zu persönlich.«

»Sagen Sie uns, was Jake Armstrong Ihnen mitgeteilt hat.«

Jo Lynn blieb stehen, lächelte jeden der Reporter an, die sich um sie scharten, und befeuchtete ihre dunkelroten Lippen für die Kameras. »Hört mal, Jungs«, sagte sie, als wären diese Fremden ihre besten Freunde, »ihr wißt, ich würd es euch sagen, wenn ich könnte. Bitte, habt Verständnis.«

Damit packte sie mich am Arm und stieß mich in den Korridor hinaus.

»Herrgott noch mal« flüsterte ich, »was soll denn das alles?«

»Ich war nur höflich. Wie Mama es uns beigebracht hat.« Sie schob mich in eine Ecke und lächelte herausfordernd. »Möchtest du nicht wissen, was Jake Armstrong zu mir gesagt hat?«

»Nein«, antwortete ich.

»Lügnerin«, sagte sie. »Komm schon, frag mich.«

Ich hätte mich gern in Schweigen gehüllt, aber ich schaffte es nicht. In Wahrheit wollte ich unbedingt wissen, was Armstrong gesagt hatte, und das wußte Jo Lynn so gut wie ich. »Also, was hat er gesagt?«

Jo Lynn lachte strahlend. »Es kommt ins Laufen«, sagte sie triumphierend, während mir eiskalt war. »Colin Friendly möchte mich sehen.«

8

»Sagen Sie mir doch erst einmal, was Sie hierhergeführt hat.«

Die dunkelhaarige Frau mittleren Alters warf einen nervösen Blick auf ihren Mann, der beharrlich auf seine braunen Gucci-Schuhe starrte, dann sah sie wieder mich an. »Ich weiß nicht, wo ich anfangen soll.« Wieder blickte sie ängstlich zu ihrem Mann.

»Mich brauchst du nicht anzusehen«, sagte er, ohne den Blick zu heben. »*Ich* wollte nicht hierherkommen.«

»Sie wollten nicht kommen?« wiederholte ich.

»Nein, es war ihre Idee.« Wegwerfend wies er mit dem Kopf auf seine Frau.

Lois und Arthur McKay saßen mir gegenüber, beide Sessel

schräg nach außen gedreht, so daß sie einander sozusagen die kalte Schulter zeigten. Sie waren ein schönes Paar – groß, gepflegt, beinahe majestätisch in der Haltung. In ihrer Jugend waren sie wahrscheinlich atemberaubend gewesen, er der Footballheld der Universität, und sie das begehrteste Mädchen auf dem Campus. Sie waren seit fast dreißig Jahren verheiratet und hatten drei erwachsene Kinder. Dies war ihr erster Besuch bei mir.

»Warum, glauben Sie, wollte Ihre Frau hierherkommen?«

Er zuckte die Achseln. »Das müssen Sie sie schon selbst fragen.«

Ich nickte. »Lois?«

Sie zögerte, sah sich unruhig um, senkte den Blick schließlich zu Boden. »Ich habe es einfach satt, ignoriert zu werden.«

»Du willst dich beschweren, weil ich ein paarmal in der Woche Golf und Bridge spiele?«

»Golf spielst du jeden Tag, und Bridge dreimal in der Woche.«

»Ich bin im Ruhestand. Deswegen sind wir nach Florida gezogen.«

»Ich dachte, wir wären hierhergezogen, um mehr Zeit füreinander zu haben.« Lois McKay schluckte einmal, griff nach einem Papiertuch und sagte ein paar Sekunden lang nichts. »Es ist ja nicht nur das Bridge«, sagte sie schließlich. »Es ist nicht nur das Golfspiel.«

»Was ist es denn?« fragte ich.

»Vor ungefähr einem Jahr«, begann Lois McKay, ohne daß ich sie weiter drängen mußte, »bin ich wie immer zur jährlichen Vorsorgeuntersuchung gegangen. Die Ärztin fand in meiner rechten Brust einen Knoten. Sie schickte mich zur Mammographie. Um es kurz zu machen, es wurde Krebs festgestellt, und eine Brust mußte amputiert werden. Fragen Sie meinen Mann, was er getrieben hat, während ich auf dem Operationstisch lag.«

»Das ist nicht fair«, protestierte ihr Mann. »Du hast selbst gesagt, daß du mich nicht brauchst, daß ich im Krankenhaus sowieso nichts tun könnte.«

»Wollten Sie ihn denn dabeihaben?« fragte ich.

Lois McKay schloß die Augen. »Natürlich.«

»Hast du gesagt, ich soll Golf spielen gehen oder nicht?«

»Ja, das hab ich gesagt.«

»Aber Sie haben es nicht gemeint«, bemerkte ich behutsam.

»Nein.«

»Warum haben Sie Ihrem Mann nicht gesagt, daß Sie ihn in Ihrer Nähe haben wollten?«

Sie schüttelte den Kopf. Jetzt weinte sie. »So was sollte ich ihm nicht sagen müssen.«

»Erwartest du, daß ich deine Gedanken lese?«

»Ich habe mir gewünscht, daß er bei mir sein *wollte*«, flüsterte Lois McKay.

»Und es hat Sie verletzt, als es nicht so war.«

Sie nickte.

»Ja, Herrgott noch mal, ich bin doch kein Gedankenleser«, wiederholte ihr Mann.

»Nein, aber du könntest für mich dasein. Es könnte dir vielleicht wichtig sein, ob ich lebe oder sterbe. Du könntest wenigstens den menschlichen Anstand haben, mich im Krankenhaus zu besuchen!«

»Sie haben Ihre Frau nicht besucht, als sie im Krankenhaus lag?« sagte ich.

»Sie weiß genau, wie es mir mit Krankenhäusern geht. Ich hasse die verdammten Dinger. Da krieg ich jedesmal eine Gänsehaut.«

»Fragen Sie ihn, wann er mich das letzte Mal angerührt hat. Fragen Sie ihn, wann wir das letzte Mal miteinander geschlafen haben.« Sie fuhr ohne Pause fort. »Wir haben seit vor meiner Operation nicht mehr miteinander geschlafen. Er ist überhaupt nicht mehr in meine Nähe gekommen, nicht ein einziges Mal.«

»Du warst doch krank, verdammt noch mal! Erst die Operation, dann die Bestrahlung. Du warst völlig erschöpft. Sex war das letzte, was dich interessiert hat.«

»Aber ich bin nicht mehr krank. Und ich bin auch nicht mehr erschöpft. Ich hab es nur restlos satt, ignoriert zu werden.« Sie begann zu schluchzen. »Es ist so, als ob ich überhaupt nicht existiere, als wäre mit meiner Brust gleich meine ganze Person verschwunden.«

Sekundenlang war die einzige Bewegung im Raum das lautlose Zucken ihrer Schultern. Ich wandte mich Arthur McKay zu. Er saß wie erstarrt, das Gesicht so still und angespannt, daß es wie eine Totenmaske wirkte.

»Hatten Sie Angst, als Sie erfahren haben, daß Ihre Frau Krebs hat?« fragte ich.

Er warf mir einen zornigen Blick zu. »Weshalb sollte ich Angst gehabt haben?«

»Weil Krebs etwas Beängstigendes ist.«

»Mit Krebs hab ich genug Erfahrung. Meine Mutter ist an Krebs gestorben, als ich noch klein war.«

»Hatten Sie Angst, daß Ihre Frau sterben könnte?« fragte ich.

Seine Augen blitzten ärgerlich, seine Hände ballten sich wie von selbst zu Fäusten. Er sagte nichts.

»Haben Sie mit Ihrer Frau darüber gesprochen, wie Ihnen zumute war?«

»Das hat sie gar nicht interessiert, wie mir zumute war.«

»Das ist nicht wahr. Ich hab immer wieder versucht, mit dir zu reden.«

»Mein Gott, was spielt das jetzt noch für eine Rolle?« entgegnete er. »Das ist alles Schnee von gestern. Nicht mehr zu ändern.«

»Wie ist es jetzt?«

»Jetzt?«

»Haben Sie jetzt Angst?«

Arthur McKay öffnete den Mund, als wollte er sprechen, schloß ihn wieder und sagte nichts.

»Eine Brustamputation ist in vieler Hinsicht schwerwiegender als viele andere Operationen. Sie ist von großer Tragweite für beide Partner. Wie empfanden Sie die Operation Ihrer Frau? Wie empfinden Sie jetzt?« korrigierte ich mich sofort.

»Ich weiß nicht«, antwortete Arthur McKay ungeduldig.

»Aber ich«, sagte Lois McKay und wischte sich mit einem frischen Tuch die Tränen ab. »Er findet sie abstoßend. Er findet mich abstoßend.«

»Ist das wahr?« fragte ich. »Fühlen Sie sich abgestoßen?«

Einen langen schrecklichen Moment lang sagte Arthur McKay gar nichts, dann antwortete er: »Wie soll ich mich denn fühlen?«

»Du könntest ja vielleicht froh sein, daß ich noch lebe«, fuhr Lois ihn an.

»Ich *bin* froh, daß du noch lebst.«

»Du bist froh, aber ich stoße dich ab.«

Wieder Schweigen. Arthur McKay stand auf und begann vor dem Fenster hin und her zu gehen wie ein Tiger im Käfig. »Das find ich ja wirklich großartig. Jetzt bin ich also ein noch mieseres Schwein als vorher. Man sollte es kaum für möglich halten, was? Daß man noch tiefer sinken kann als einer, der Golf spielt, während seine Frau auf dem Operationstisch liegt, und sie dann nicht mal im Krankenhaus besucht. Aber das war ja nur der Anfang! Dieser Kerl fühlt sich von der Operation seiner Frau tatsächlich abgestoßen. Und er weiß, daß sich daran nichts ändern wird. Er kann nichts für seine Gefühle. Und er hat es restlos satt, dauernd mit schlechtem Gewissen rumzulaufen.«

»Ich bin dieselbe Frau, die ich vor der Operation war«, sagte Lois McKay, die wieder zu weinen begonnen hatte. »Aber du bist nicht mehr derselbe Mann.«

Einen Moment lang stand Arthur McKay ganz still. Dann ging er zur Tür, öffnete sie und trat in den Korridor hinaus. Die Tür fiel hinter ihm zu.

Ich sprang auf.

»Lassen Sie ihn«, sagte Lois leise.

»Wir können das durcharbeiten«, versetzte ich. Ich wußte, daß ein paar Worte genügen würden, um ihren Mann ins Zimmer zurückzuholen.

Sie schüttelte den Kopf. »Nein. Es ist zu spät. Im Grunde genommen ist es eine Erleichterung, daß endlich mal alles rauskommt.«

»Er hat eine Todesangst, Sie zu verlieren«, erklärte ich, so sonderbar diese Worte im Licht dessen, was ihr Mann gerade gesagt hatte, klingen mußten.

»Ja, da haben Sie wahrscheinlich sogar recht«, stimmte sie zu, was mich überraschte. »Aber ich glaube, das spielt jetzt keine Rolle mehr.«

»Er kann sich fangen.«

»So viel Zeit hab ich nicht«, entgegnete Lois McKay ruhig. »Außerdem hat er recht – er kann nichts für seine Gefühle.«

»Wie fühlen Sie sich denn?«

Sie atmete einmal tief durch. »Verletzt. Wütend. Und ich habe Angst.«

»Angst wovor?«

»Vor der Zukunft.« Sie zuckte die Achseln. »Immer vorausgesetzt, ich hab überhaupt eine.«

»Oh, Sie haben eine.«

»Eine fünfundfünfzigjährige Frau mit einer Brust?« Sie lächelte, aber das Lächeln war voller Traurigkeit. Bevor sie ging, vereinbarte sie eine Reihe weiterer Termine mit mir. Nur für sich, betonte sie. Sie würde allein kommen.

Kaum war sie weg, vertauschte ich mein graues Kostüm mit meinem Trainingsanzug und begann meinen mittäglichen Marsch auf der Tretmühle. Ich versuchte mir vorzustellen, wie mir zumute wäre, wenn mir eine Brustamputation bevorstünde. Ich fragte mich, ob Larry so reagieren würde wie Arthur McKay.

Ich wußte die Antwort, jedenfalls was Larry betraf. Eine Brustoperation würde an seinen Gefühlen genauso wenig ändern, wie wenn ich zwanzig Pfund zunehmen oder über Nacht alle Haare verlieren würde. Wir hatten uns während des Studiums kennengelernt. Gemeinsame Freunde hatten uns miteinander verkuppelt. Ich hatte der Verabredung nur widerstrebend zugestimmt – ich hatte mit Männern zu der Zeit nicht viel am Hut. Ich war fast einundzwanzig und hatte noch nie mit einem Mann geschlafen, allerdings war das weniger meiner eigenen Entscheidung zuzuschreiben als den Umständen. Ich war seit Ewigkeiten mit keinem Mann mehr ausgegangen. Tagsüber saß ich in Seminaren, abends in der Bibliothek. Zu Hause hielt ich mich nur auf, wenn es überhaupt keine andere Möglichkeit gab. Wenn ich mich abends hinlegte, hörte ich meinen Stiefvater toben; wenn ich morgens aufwachte, hörte ich meine Mutter schluchzen. Ich glaube, das war der Grund, weshalb ich schließlich einwilligte, mit Larry auszugehen; nur um aus dem Haus zu kommen.

Wir gingen zusammen zum Essen, in einem kleinen italienischen Restaurant ganz in der Nähe der Universität. Später sagte er mir, er habe sich gleich an diesem ersten Abend in mich verliebt. »Warum?« fragte ich und erwartete einen Schwall von Komplimenten über meine Augen, meinen Mund, meine beeindruckende Intelligenz.

»Weil du alles aufgegessen hast, was auf deinem Teller lag«, antwortete er.

Wie konnte ich ihn da nicht lieben?

Es gab keine Spielchen und keine Verstellung. Seine guten Augen spiegelten unverschleiert sein großes Herz. Bei ihm fühlte ich mich geborgen. Ich wußte, er würde gut zu mir sein, mich niemals absichtlich verletzen. Nachdem, was ich zu Hause an Verletzungen mitangesehen hatte, war mir das das Wichtigste. Larry war ein von Grund auf anständiger und rechtschaffener Mann. Ich wußte, er würde mich lieben, ganz gleich was geschah.

Ich war noch auf der ungeliebten Tretmühle, als das Telefon läutete. Normalerweise ging ich da nicht an den Apparat – wofür hatte ich einen Anrufbeantworter? Ich weiß nicht, warum ich von meinem Laufgerät sprang und den Hörer abnahm. Wahrscheinlich dachte ich, es sei Jo Lynn, die sich angewöhnt hatte, mich täglich anzurufen, um mir einen Bericht der Tagesereignisse zu geben. Der Staatsanwalt hatte den größten Teil der vergangenen Woche seinen Bemühungen gewidmet, die Geschworenen von der Genauigkeit und Zuverlässigkeit der DNA-Untersuchungen zu überzeugen, hatte einen Zeugen nach dem anderen aufgerufen, um die komplizierten und häufig langwierigen Verfahren, die diese Untersuchungen ausmachten, zu schildern und zu erläutern. Die Verteidigung hatte ebensoviel Zeit darauf verwandt, die Glaubwürdigkeit dieser Aussagen zu erschüttern. Jo Lynn begann kribbelig zu werden. Es war noch immer nicht zu einem Zusammentreffen mit Colin Friendly gekommen, sie war inzwischen überzeugt davon, es sei eine Verschwörung im Gange, um es zu verhindern.

»Familientherapeutische Praxis«, sagte ich ins Telefon.

»Ich hätte gern Kate Sinclair gesprochen.«

»Ich bin selbst am Apparat.«

»Kate Sinclair, Robert Crowe hier.«

Sofort begann mein Herz zu rasen, und mein Atem ging in Stößen, als befände ich mich wieder auf der Tretmühle.

»Hallo? Kate, bist du noch da?«

»Ja«, antwortete ich hastig, beschämt und wütend über die prompte Reaktion meines Körpers auf den Klang seiner Stimme. Hatte ich nicht gerade ein Loblied auf die moralische Stärke und Integrität meines Ehemanns gesungen? Was war mit meiner eigenen?

»Wie geht es dir?«

»Bestens. Ich hab dich heute morgen bei Gericht vermißt.«

»Du warst dort?«

»Ja. Und du nicht.«

»Ich kann immer nur mittwochs.«

»Werd ich mir merken. Ich hab deine Schwester gesehen.«

»Sie ist ja kaum zu übersehen.«

»Sie ist ja neulich sogar in der Zeitung erwähnt worden. ›Friendlys neue Freundin‹. Das geht ins Ohr. Was steckt in Wirklichkeit dahinter?«

»Gar nichts.« War das der Grund seines Anrufs? Wollte er Insiderinformationen?

»Na ja, du hast heute nichts verpaßt. Der Richter hat die Verhandlung auf die nächste Woche vertagt.«

»Ach was? Warum denn?«

»Colin hat anscheinend eine kleine Grippe. Der arme Junge hat sich nicht wohl gefühlt, da haben seine Anwälte eine Vertagung beantragt. Wer weiß? Vielleicht braucht er mal eine Pause.«

»Wir können alle eine Pause gebrauchen.« Ich hoffte, Colin Friendly würde Lungenentzündung bekommen und sterben.

»Genau deswegen rufe ich an«, sagte Robert, und ich fragte mich flüchtig, ob ich einen Teil des Gesprächs nicht mitbekommen hatte. »Ich würde dich gern mal zum Mittagessen einladen.«

»Zum Mittagessen?«

»Wie wär's am nächsten Mittwoch? Natürlich nur, wenn du dich vom Gerichtssaal losreißen kannst.«

»Du willst mit mir mittagessen gehen?« wiederholte ich und hätte mir am liebsten auf die Zunge gebissen.

»Ich habe dir einen interessanten Vorschlag zu machen.«

»Was für einen Vorschlag?«

»Ich denke, er wird dir gefallen.«

»Willst du mir nicht sagen, worum es sich handelt?«

»Am Mittwoch. Wo wollen wir uns treffen?«

Wir einigten uns auf *Charley's Crab* am South Ocean Boulevard. Um zwölf Uhr. Ich legte auf und fragte mich, was zum Teufel in mich gefahren war. »O Gott«, murmelte ich, drauf und dran, Robert zurückzurufen und das Rendezvous abzublasen, aber, sagte ich mir, ein Rendezvous in dem Sinne war es ja gar nicht, es war lediglich ein gemeinsames Mittagessen. Bei dem mir ein interessanter Vorschlag unterbreitet werden sollte. Was hatte das zu bedeuten? »Na, das werd ich am Mittwoch schon noch erfahren«, sagte ich und wandte mich vom Telefon ab.

Augenblicklich begann es zu läuten.

»Es paßt doch nicht«, sagte ich sofort, als ich abgehoben hatte, überzeugt, Robert habe es sich anders überlegt.

»Was paßt doch nicht?« fragte Larry.

»Larry!«

»Kate, bist du's?«

Ich lachte, halb erleichtert, halb schuldbewußt. »Eine von meinen Patientinnen kann sich einfach nicht entscheiden, ob sie kommen soll oder nicht.«

»Sie kommt bestimmt. Wie kann dir jemand widerstehen?«

Ich versuchte zu lachen, hustete statt dessen.

»Alles in Ordnung?« Ich hörte die Besorgnis in seiner Stimme. »Bekommst du eine Erkältung?«

»Nein, nein, es geht mir gut«, entgegnete ich, obwohl ich mich scheußlich fühlte. »Warum rufst du an?«

»Ich wollte nur wissen, ob wir Freitag in acht Tagen schon was vorhaben.«

»Ich glaube nicht. Warum? Was gibt's denn?«

»Ein hochzufriedener Kunde hat uns zum Abendessen eingeladen.«

»Klingt gut.«

»Schön, ich werde ihm sagen, daß er mit uns rechnen kann.« Anstatt auf Wiedersehen zu sagen, sagte er: »Ich liebe dich, Funny Face.«

»Ich dich auch.«

Ich legte auf. »Okay, und jetzt rufst du sofort Robert Crowe an und sagst dieses Mittagessen ab. Schluß mit diesem Quatsch. Wenn er dir etwas Interessantes vorzuschlagen hat, kann er das auch am Telefon tun.«

Die Tür zu meinem Wartezimmer wurde geöffnet und wieder geschlossen. Ich warf einen Blick auf meine Uhr, dann auf meinen Terminkalender. Sally und Bill Peterson waren früh dran, und ich war in Verzug. Nicht die beste Kombination. Eilig wollte ich mein Sweatshirt ausziehen und verwurstelte mich irgendwie darin. »Geschieht dir recht«, murmelte ich. Gleichzeitig hörte ich, wie die Tür zu meinem Sprechzimmer geöffnet wurde, und zerrte mir mit Gewalt das Sweatshirt über den Kopf. Wie kamen diese Leute dazu, unangemeldet und unaufgefordert hereinzukommen?

»Mutter!« rief ich verblüfft.

Sie wich an die Wand zurück. Ihr Gesicht war so grau wie ihr ungekämmtes Haar, ihre Augen furchtsam aufgerissen.

»Mutter, was ist denn passiert? Was ist los?«

»Ich werde verfolgt.«

»Was?«

»Ich werde verfolgt«, wiederholte sie und sah sich dabei ängstlich im ganzen Zimmer um.

»Wer verfolgt dich denn? Was soll das heißen?«

»Ein Mann. Er verfolgt mich schon die ganze Zeit. Er ist mir hier ins Haus gefolgt.«

Im nächsten Moment war ich draußen im Korridor und blickte hastig nach rechts und links. Es war niemand da. Ich ging auf dem rosenholzfarbenen Teppich den Flur hinunter, am Aufzug vorbei, näherte mich vorsichtig dem Treppenhaus am hinteren Ende und riß mit einem Ruck die Tür auf. Auch hier war keine Menschenseele. Ich hörte, wie die Aufzugstür sich öffnete, sah eine attraktive junge Frau aussteigen. Sie warf mir einen argwöhnischen Blick zu, als sie an mir vorübereilte. Erst da wurde mir bewußt, daß ich nur meine Trainingshose und einen Büstenhalter anhatte. »Und ich bin Therapeutin«, sagte ich laut zu mir selbst.

»Da draußen ist niemand«, erklärte ich, als ich in mein Zimmer trat und nach meinem Sweatshirt griff, um es wieder überzuziehen. Ich sah mich um. Meine Mutter war nirgends zu sehen.

»Mutter?« Ich trat in den schmalen Flur. »Mutter, wo bist du?« Ich stieß die Tür zu meinem kleinen Büro auf, in der Erwartung, sie dort am Fenster stehen und die majestätischen Palmen am Royal Palm Way betrachten zu sehen. Aber sie war nicht da. »Mutter, wo bist du?« War sie überhaupt hier gewesen? Oder hatte mein schlechtes Gewissen ihr Bild heraufbeschworen, um mich zur Vernunft zu bringen?

Dann hörte ich plötzlich das Wimmern. Stockend, unterdrückt, als wollte es nicht gehört werden. Es waren Laute aus meiner Vergangenheit, an die ich mich trotz der vielen Jahre, die vergangen waren, nur zu gut erinnerte. Wie erstarrt blieb ich stehen.

»Mama?«

Ich fand sie hinter der Bürotür. Sie hockte in der Ecke wie ein Häufchen Elend, die Knie bis zum Kinn hochgezogen, das Gesicht tränennaß, die Augen schmale Schlitze, der Mund eine große offene Wunde. Ich rannte zu ihr, kniete neben ihr nieder, nahm sie in die Arme. Sie zitterte so heftig, daß ich nicht wußte, was ich tun sollte.

»Es ist ja gut, Mama. Es ist gut. Da draußen ist kein Mensch. Du bist ganz sicher. Es ist gut. Du bist in Sicherheit.«

»Aber er war da. Er ist mir gefolgt.«

»Wer denn, Mama? Weißt du, wer es war?«

Sie schüttelte heftig den Kopf.

»Jemand aus dem Heim?«

»Nein. Es war jemand, den ich noch nie zuvor gesehen hatte.«

»Und du bist sicher, daß er dir gefolgt ist? Vielleicht ist er nur zufällig in dieselbe Richtung gegangen.«

»Nein«, beharrte sie. »Er hat mich verfolgt. Jedesmal, wenn ich mich umgedreht habe, ist er stehengeblieben und hat so getan, als schaute er in ein Schaufenster. Wenn ich langsamer gegangen bin, ist er auch langsamer gegangen. Und wenn ich schneller gegangen bin, ist er auch schneller gegangen.«

Ich überlegte, ob ich die Polizei anrufen sollte. Weshalb sollte jemand meine Mutter verfolgen? »Warst du vielleicht grade auf der Bank?« fragte ich. Alte Frauen waren ja für Diebe und Räuber leichte Beute. Nur war ihre Bank ganz in der Nähe des Heims, das Meilen entfernt drüben, auf der anderen Seite der Brücke war. Sie hätte den ganzen Tag gebraucht, um zu Fuß hierherzukommen.

»Wie bist du eigentlich hierhergekommen?« fragte ich.

Sie sah mich mit leerem Blick an.

»Mama«, wiederholte ich und merkte, daß ich Angst bekam, obwohl ich selbst nicht recht wußte, warum. »Wie bist du hierhergekommen?«

Die dunklen Augen schweiften ängstlich durch das Zimmer.

»Mama, erinnerst du dich nicht mehr, wie du hierhergekommen bist?«

»Natürlich erinnere ich mich, wie ich hierhergekommen bin«, antwortete sie. Ihre Stimme klang plötzlich ruhig. Sie stand auf und glättete ihren Rock. »Ich hab ein Taxi zur Worth Avenue genommen. Da hab ich einen Schaufensterbummel gemacht, und dann ist mir eingefallen, daß ich mal bei dir vorbeischauen könnte. Unterwegs ist mir dann plötzlich ein Mann gefolgt.« Sie holte tief Atem und zupfte an ihrem Haar, um es einigermaßen in Ordnung zu bringen. »Wahrscheinlich wollte er mir nur die Handtasche klauen. Blöd von mir – so hysterisch zu reagieren. Tja, das ist eben das Alter. Nimm's mir nicht übel.«

Die Tür zu meinem Wartezimmer wurde geöffnet, dann geschlossen. Ich sah mißtrauisch hinüber, dann wandte ich mich wieder meiner Mutter zu.

»Es ist nur dein nächster Klient«, beruhigte sie mich und strich mir über die Wange. »Ich geh jetzt wieder. Ich will dich nicht von der Arbeit abhalten.«

Ich entschuldigte mich bei Sally und Bill Peterson und begleitete meine Mutter nach unten. Ich wartete, bis sie sicher in einem Taxi saß. »Mama«, sagte ich vorsichtig, bevor ich die Tür schloß, »vielleicht solltest du mal zu einem Arzt gehen.«

»Unsinn, Kind. Mir fehlt nichts.« Sie lächelte. »Aber du siehst ein bißchen schmal aus. Ich glaube, du arbeitest zuviel.« Sie gab mir einen Kuß auf die Wange. »Wir sprechen uns später«, sagte sie, und Sekunden später war sie fort.

9

»Definieren Sie den Begriff Soziopath.«

Der Mann im Zeugenstand – im dunkelblauen Anzug mit weißem Hemd und rot gestreifter Krawatte, sowohl distinguiert als auch patriotisch wirkend – ließ sich einen Moment Zeit, um sich die Antwort zu überlegen, obwohl er als Gutachter für die Anklage gewiß bestens vorbereitet war. »Ein Soziopath ist ein Mensch, der der Gesellschaft feindlich gegenübersteht«, begann er. »Normale menschliche Emotionen sind ihm fremd, außer Wut. Diese Wut, in Verbindung mit beinahe totaler Ichbezogenheit und einem völligen Mangel an Empathie, macht es ihm möglich, die schlimmsten Verbrechen zu verüben, ohne Schuld oder Reue zu empfinden.«

»Und was ist ein Sadist?«

Wieder eine Pause der Sammlung. »Ein Sadist verschafft sich sexuelle Befriedigung, indem er anderen Schmerz zufügt.«

»Gehen diese beiden Veranlagungen oder Einstellungen stets Hand in Hand?« Der Staatsanwalt zog seine braune Krawatte zurecht und sah zu den Geschworenen hinüber.

Ich folgte seinem Blick und stellte fest, daß er die ungeteilte Aufmerksamkeit der Jury hatte. Man brauchte eben nur »sexuell« zu sagen, dachte ich mit einem Blick auf Jo Lynn. Sie trug eine enge weiße Jeans und dazu ein weißes Top, in dessen Mitte ein pinkfarbenes Herz leuchtete.

»Ein Soziopath muß nicht unbedingt ein Sadist sein, aber ein Sadist ist fast immer ein Soziopath«, antwortete der Zeuge.

»Und ist Colin Friendly Ihrer Meinung nach ein Sadist, Dr. Pinsent?«

»Ja.«

»Ist er ein Soziopath?«

»Ganz entschieden.«

Wieder wanderte mein Blick zu Jo Lynn, deren Gesicht ruhig war, ja, heiter sogar. Hörte sie überhaupt, was dieser Mann sagte?

Der Staatsanwalt trat zum Verteidigertisch, blieb vor Colin Friendly stehen und starrte ihn an, als sähe er ihn zum erstenmal. Colin Friendly erwiderte den Blick mit einem freundlichen Lächeln. Er hatte sich von seinem Grippeanfall offensichtlich bestens erholt. Seine Augen waren klar; er hatte eine gesunde Gesichtsfarbe. Alles war wieder normal.

»Aber er sieht gar nicht anormal aus«, bemerkte Mr. Eaves, als hätte er meine Gedanken gelesen. »Im Gegenteil, Mr. Friendly wirkt so freundlich, wie sein Name das auszudrücken scheint – gutaussehend, höflich, intelligent.«

»Soziopathen sind häufig durchaus intelligent«, erklärte der Zeuge. »Und warum sollten sie nicht gutaussehend sein? Was die Höflichkeit angeht, so spiegelt er ihnen nur das vor, was Sie seiner Meinung nach zu sehen wünschen.«

Der Verteidiger sprang auf. »Ich beantrage, das zu streichen, Euer Ehren. Der Zeuge kann nicht für Mr. Friendly sprechen.«

»Stattgegeben.«

»Um es etwas allgemeiner auszudrücken, Dr. Pinsent«, fuhr der Staatsanwalt unerschüttert fort, »was meinen Sie, wenn Sie sagen, daß Soziopathen den anderen nur das vorspiegeln, was diese gern sehen möchten?«

»Soziopathen sind ausgesprochen manipulative Menschen. Ihre Gefühle sind sehr oberflächlich, und sie kreisen eigentlich nur um sich selbst. Aber sie können die Emotionen nachahmen, die sie bei anderen beobachten, und die angemessene Reaktion zeigen, wobei ich unter angemessener Reaktion diejenige verstehe, die unter den jeweils gegebenen Umständen als normal betrachtet werden würde. Sie nützen aus, daß die meisten Menschen an eine grundlegende Anständigkeit glauben. Und die Menschen schreiben ihnen Gefühle zu, die schlicht und einfach nicht vorhanden sind.« Er machte eine Pause und sah Colin Friendly direkt an. »Soziopathen sind häufig sehr redegewandt, sehr charmant und schlagfertig. Sie verstehen es, einen zum Lachen zu bringen, und dann stoßen sie einem das Messer mitten ins Herz.«

»Kann man denn überhaupt irgend etwas glauben, was sie sagen?«

»O ja. Sie können durchaus aufrichtig sein, man darf dabei nur nicht vergesssen, daß ihre Version der Wahrheit immer selbstsüchtig ist.«

»Wie wird ein Mensch zum Soziopathen, Dr. Pinsent?«

Walter Pinsent rieb sich mit den Fingern über das Kinn und lächelte. »Tja, das ist ein wenig so, als fragte man, was war zuerst da, das Ei oder die Henne? Es ist die ewige Streitfrage – werden Killer geboren oder werden sie gemacht?« Er schüttelte den Kopf. »Es ist unmöglich, das definitiv zu sagen. Es gibt natürlich sehr viele Theorien, die sich jedoch immer wieder ändern, je nach Zeitgeist und politischem Klima. Manchmal wird der genetischen Theorie mehr Gewicht beigemessen, zu anderen Zeiten wieder der Theorie vom Milieu. Wir setzen überzählige Y-Chromosomen und Störungen im hormonalen Gleichgewicht voraus. Aber viele Menschen leiden an Störungen des hormonalen Gleichgewichts; das macht sie noch nicht zu Mördern. Und viele Menschen haben ein überzähliges Y-Chromosom und kommen dennoch nicht auf den Gedanken, ihre Mitmenschen umzubringen.«

»Leidet Colin Friendly an einer Störung des hormonalen Gleichgewichts, oder hat er ein überzähliges Y-Chromosom?«

»Nein, weder das eine noch das andere.«

»Und wie steht es mit der Theorie, daß das Milieu entscheidend sei?«

Walter Pinsent räusperte sich, straffte die Schultern, zupfte an seiner Krawatte. »Ohne Frage ist unsere Kindheit entscheidend für unsere gesamte Entwicklung. Die Keime für den Menschen, zu dem jemand heranwächst, werden in der Kindheit gelegt. Fast alle Serienmörder hatten eine entsetzliche Kindheit. Sie sind vernachlässigt, geschlagen, mißhandelt, mißbraucht, verlassen worden, sie haben das Schlimmste hinter sich, was man sich vorstellen kann.«

»Trifft das auch auf Colin Friendly zu?«

»Ja.«

Jo Lynn neigte sich zu mir. »Der arme Junge«, flüsterte sie.

»Gibt es irgendwelche Merkmale, die allen Soziopathen gemeinsam sind?« fragte der Staatsanwalt.

»Die Forschung hat gezeigt, daß praktisch alle Kinder, die später Serienmörder wurden, drei Auffälligkeiten gemeinsam haben: Grausamkeit gegenüber kleinen Tieren, Bettnässen über das normale Alter hinaus und einen Hang zur Brandstiftung.«

»Zeigte Colin Friendly diese Auffälligkeiten in seiner Kindheit?«

»Ja.«

»Gibt es für Sie heute, da Sie den Angeklagten kennengelernt, sich mit seiner Geschichte und den zahlreichen psychiatrischen Gutachten über ihn befaßt haben, noch einen Zweifel daran, daß Colin Friendly ein Sadist und Soziopath ist und der Verbrechen schuldig, derer er angeklagt wird?«

»Keinen.«

»Ich danke Ihnen, Dr. Pinsent. Ihr Zeuge, Mr. Armstrong.«

Eaves setzte sich und knöpfte sein Jackett wieder auf; Armstrong stand auf und knöpfte das seine zu.

»Dr. Pinsent, sind Sie Psychiater?«

»Nein.«

»Mediziner?«

»Nein.«

»Dann vielleicht Doktor der Psychologie?«

»Nein. Ich bin promovierter Pädagoge.«

»Ich verstehe.« Jake Armstrong schüttelte wie verwirrt den Kopf, als könne er nicht ganz begreifen, was Dr. Pinsent bei diesem Prozeß als Gutachter zu suchen habe. Es war reine Effekthascherei. Die Geschworenen hatten bereits gehört, daß Walter Pinsent der National Academy des Federal Bureau of Investigation in Quantico, Virginia, angehörte und dort in einer Sonderabteilung arbeitete, die darauf spezialisiert war, die Persönlichkeit von Serienmördern zu erforschen.

»Wie oft haben Sie mit dem Angeklagten gesprochen?«

»Zweimal.«

»Zweimal!« Wieder schüttelte Jake Armstrong den Kopf und schaffte es, verblüfft auszusehen. Sehr clever, dachte ich. »Und wie lang haben diese Gespräche gedauert?«

»Jede Sitzung hat mehrere Stunden gedauert.«

»Jede Sitzung mehrere Stunden«, wiederholte der Verteidiger, mehrmals nickend diesmal. »Und diese Zeit hat Ihnen gereicht, um zu der Erkenntnis zu gelangen, daß Colin Friendly ein gefährlicher Psychotiker ist?«

»Soziopath«, korrigierte Dr. Pinsent.

Jake Armstrong lachte mit leisem Spott. Jo Lynn ebenfalls.

»Nach einem etwa vierstündigen Gespräch mit meinem Mandanten sind Sie zu der Erkenntnis gekommen, daß er ein gefährlicher Soziopath und ein Sadist ist?«

»Ja.«

»Sagen Sie, hätten Sie diese Erkenntnis auch gewonnen, wenn Sie Mr. Friendly in anderem Zusammenhang begegnet wären?«

»Ich verstehe die Frage nicht ganz.«

»Nehmen wir an, Sie begegneten Mr. Friendly auf einer Party oder lernten ihn zufällig im Urlaub kennen und unterhielten sich ein paar Stunden lang mit ihm. Hätten Sie danach auch den Eindruck gehabt, er sei ein gefährlicher Soziopath und ein Sadist?«

Zum erstenmal, seit er in den Zeugenstand gerufen worden war, wirkte Walter Pinsent nicht absolut sicher. »Wahrscheinlich nicht. Wie ich bereits gesagt habe, sind Soziopathen sehr häufig ausgesprochen charmante Menschen.«

»Sie betrachten Colin Friendly als charmant?«

»Er wirkt sehr umgänglich, ja.«

»Ist das ein Verbrechen?«

Der Staatsanwalt hob die Hand. »Einspruch.«

»Stattgegeben.«

»Ist es möglich, Dr. Pinsent«, fuhr der Verteidiger fort, »daß Sie bei Ihrer Einschätzung Mr. Friendlys von der Tatsache beeinflußt waren, daß er bereits verhaftet war, daß Ihre Gespräche mit ihm im Gefängnis stattfanden?«

»Ich wurde von den Dingen beeinflußt, die er mir gesagt hat.«

»Ich verstehe. Hat Colin Friendly Ihnen gesagt, er sei schuldig?«

»Nein.«

»Hat er nicht im Gegenteil wiederholt seine Unschuld beteuert?«

»Doch. Aber das ist typisch für so eine Persönlichkeit.«

»Interessant. Mit anderen Worten, wenn er seine Schuld gesteht, so heißt das, daß er schuldig ist, und wenn er seine Unschuld beteuert, nun, dann heißt das ebenfalls, daß er schuldig ist. Mich erinnert das ein bißchen an die Hexenjagd in Salem.«

Der Staatsanwalt sprang auf. »Euer Ehren, ich beantrage, das zu streichen. Stellt Mr. Armstrong eine Frage, oder hält er hier einen Vortrag?«

»Stattgegeben.«

»Gut, ich formuliere das neu«, versetzte Jake Armstrong hörbar beschwingt. »Sehen Sie unter jedem Bett einen Serienmörder, Dr. Pinsent?«

Eaves hatte kaum Zeit, sich auf seinem breiten Gesäß niederzulassen. Schon war er wieder auf den Füßen. »Einspruch!«

»Ich ziehe die Frage zurück«, sagte Jake Armstrong schnell. »Ich habe keine weiteren Fragen an den Zeugen.«

»Der Zeuge kann gehen.«

Der Richter verfügte eine Pause von zehn Minuten.

»Du hast dich davon hoffentlich nicht täuschen lassen«, sagte ich zu Jo Lynn, während um uns herum die Leute aufstanden und sich streckten.

»Täuschen wovon?« Sie sah mit zusammengekniffenen Augen in ihren Taschenspiegel und zog ihre Lippen nach.

»Von diesem Versuch der Verteidigung, die Aussage zu verwässern.«

»Was soll das heißen?« Sie hob den Spiegel ein wenig höher und griff zur Wimperntusche.

»Das soll heißen, daß Dr. Pinsent ein hervorragender Fachmann ist«, begann ich.

Sie unterbrach mich. »Er ist kein Psychiater. Er ist nicht einmal Mediziner.«

»Er ist ein Spezialist beim FBI.«

»Seit wann bist du ein Fan vom FBI?«

»Ich sage nur, daß er weiß, wovon er redet.«

»Er vertritt nur eine Meinung.«

»Es ist die Meinung eines Experten«, erinnerte ich sie.

»Du bist zu expertengläubig«, entgegnete sie. »Wenn einer studiert hat, heißt das noch lange nicht, daß er alles weiß.«

Ich faßte das als Spitze gegen mich auf. Jo Lynn vertrat stets lauthals den einem Universitätsstudium überlegenen Wert praktischer Erfahrung.

Werd jetzt nicht gleich bissig, sagte ich mir, entschlossen, freundlich zu bleiben. »Und, gibt's sonst was Neues?« fragte ich, um das Thema zu wechseln.

»Was zum Beispiel?«

Ich zuckte die Achseln. »Hast du auf die Bewerbungen, die du rausgeschickt hast, schon Antworten bekommen?«

Sie klappte ihren Taschenspiegel zu. »Du weißt genau, daß ich keine bekommen hab.«

Ohrfeige nummer eins, dachte ich.

»Hast du mit Mutter gesprochen?«

Sie steckte den Spiegel in ihre Handtasche. »Weshalb sollte ich?«

Ohrfeige Nummer zwei.

»Hast du am Wochenende was vor?«

Sie schloß ihre Handtasche. »Ich habe am Freitag eine Verabredung.« Mit einem herausfordernden Lächeln wandte sie sich mir zu.

»Ist ja prima. Jemand Neues?«

»Gewissermaßen.«

»Kenne ich ihn?«

»Du *glaubst*, ihn zu kennen.«

»Was willst du damit sagen?«

»Damit will ich sagen, daß du glaubst, ihn zu kennen, aber in Wirklichkeit keine Ahnung hast. Damit will ich sagen, daß du ihn völlig falsch einschätzt. Damit will ich sagen, daß du ihn überhaupt nicht kennst. Damit will ich sagen, daß du den ganzen Morgen sein Profil angestarrt hast.«

Ohrfeige Nummer drei.

Der Saal um mich herum wurde plötzlich dunkel. Stühlerücken und Stimmengewirr wichen einem lauten Sausen in meinen Ohren. Mir war schwindlig, ich fühlte mich zittrig. Ich hielt mich an dem Stuhl fest, auf dem ich saß, preßte meine Finger in das harte Holz.

»Sag mir, daß das ein Witz ist.«

Jo Lynn zog an ihrem weißen Top, bis das große pinkfarbene Herz wieder richtig in der Mitte ihres großen Busen saß. »Glaubst du, ich würde über etwas, das mir so wichtig ist, Witze machen?«

Bleib ruhig, mahnte ich mich. »Wann ist denn das zustande gekommen?«

»Colins Anwalt hat gestern abend mit mir telefoniert. Ich hätte dich gleich angerufen, aber es war schon zu spät, und ich weiß, daß ihr spätestens um zehn schlaft wie die Murmeltiere.«

»Ich versteh das nicht«, stammelte ich. »Wo soll dieses Zusammentreffen denn stattfinden?«

»Das weiß ich noch nicht. In irgendeinem Besucherraum wahrscheinlich. Sie geben mir noch Bescheid.«

»Jo Lynn, bitte«, sagte ich, unfähig den Mund zu halten. »Findest du nicht, daß du jetzt weit genug gegangen bist? Es ist noch nicht zu spät, die ganze Sache wieder abzublasen. Du mußt da nicht hingehen.«

»Wovon redest du eigentlich?« Ihr Ton war entrüstet. »Weshalb sollte ich nicht hingehen?«

»Weil der Mann, von dem wir reden, ein kaltblütiger Mörder ist.«

»Da bin ich anderer Meinung.«

»Die Beweise sind doch überwältigend.«

»Da bin ich anderer Meinung.«

»Du bist anderer Meinung«, wiederholte ich.

»Genau, und ich bin überzeugt, die Geschworenen stimmen mit mir überein. Und jetzt«, sagte sie, einem der Reporter zuwinkend, »will ich nicht mehr darüber reden. Warum mußt du eigentlich immer alles miesmachen?«

»Ich versuche nur, ein bißchen Vernunft walten zu lassen.«

Jo Lynn sah mich an. »Dir hat's immer schon an Phantasie gefehlt«, sagte sie.

Er war schon da, als ich um zwanzig nach zwölf im *Charley's Crab* ankam. »Tut mir leid, daß ich mich verspätet habe«, sagte ich und setzte mich auf den Stuhl, den der Kellner mir zurechtgerückt hatte. Einen Moment lang sah ich mich in dem großen Lokal um, das aus einer Reihe ineinander übergehender Räume bestand, betrachtete die gerahmten Fotografien preisgekrönter Fische an der einen Wand, die große ausgestopfte Raubmöwe an der anderen, musterte die dichtbesetzte Bar, die gutbetuchten Gäste, aufgetakelte Blondinen und starr lächelnde Männer. Kurz, ich betrachtete alles, um nur ja nicht den Mann ansehen zu müssen, der mir gegenübersaß.

»Wenn man bedenkt, daß die Sitzung immer erst um zwölf schließt«, sagte er gerade, »hast du's in Rekordzeit geschafft.«

»Ich bin früher gegangen.« Ich winkte dem Kellner. Anderthalb Stunden früher, hätte ich beinahe gesagt, tat es aber nicht. Ich hatte nach Jo Lynns erschreckender Mitteilung das Weite gesucht. Seitdem war ich ziellos mit dem Auto herumgefahren und hatte versucht zu begreifen, was meine Schwester damit beweisen wollte, daß sie sich einem sadistischen Soziopathen an den Hals warf, der höchstwahrscheinlich auf dem elektrischen Stuhl sterben würde. Wenn sie damit unsere Mutter treffen wollte, so funktionierte das nicht. Unsere Mutter hatte alle provokativen Bemerkungen Jo Lynns ignoriert und so getan, als gäbe es am Verhalten ihrer jüngeren Tochter nichts Ungewöhnliches oder Besorgniserregendes. Wenn andererseits ich diejenige war, die Jo Lynn aus der Fassung bringen wollte, so war ihr das zugegebenermaßen glänzend gelungen.

Der Kellner trat an unseren Tisch.

»Ich hätte gern ein Glas Weißwein«, sagte ich.

»Oh«, gab der Kellner verwirrt zurück. »Schmeckt Ihnen der Wein nicht, den der Herr bestellt hat?«

Zum erstenmal sah ich den Mann an, der mir am Tisch gegenübersaß. Robert Crowe, gepflegt, kultiviert, einfach blendend aussehend, hielt eine Flasche kalifornischen Chardonnay hoch, die in einem Kühler auf dem Tisch gestanden hatte.

»Danke«, sagte ich zu dem Kellner und kam mir vor wie eine Vollidiotin. »Der ist völlig in Ordnung.«

Robert sagte nichts, goß mir schweigend ein, berührte dann mit seinem Glas das meine. »Auf die Vergangenheit«, sagte er.

»Auf die Vergangenheit.« Das klang ja nicht weiter gefährlich.

»Und auf die Zukunft.«

Ich kippte die Hälfte meines Weins hinunter.

»Da ist jemand entweder sehr durstig oder sehr angespannt«, bemerkte er.

»Der Morgen war nicht ganz einfach.«

»Möchtest du darüber reden?«

»Über alles, aber darüber bestimmt nicht.«

»Dann sag mir, warum du mich partout nicht ansehen willst.«

Ich lachte, so ein peinliches Blaffen der Verlegenheit, das einem auf den Lippen erstirbt. »Ich sehe dich doch an.«

»Du siehst mein linkes Ohr an«, versetzte er.

»Ein sehr hübsches Ohr.« Ich lachte wieder und sah ihm direkt in die warmen hellbraunen Augen. Du lieber Gott, dachte ich, während ich krampfhafte Anstrengungen machte, den Blickkontakt zu halten, nicht als erste zu zwinkern oder wegzusehen, was soll dieses alberne Teenagergetue?

Ich hätte nicht herkommen sollen. Ich hätte meinem Instinkt folgen und vom Gericht aus direkt nach Hause fahren sollen. Statt dessen war ich eine Stunde lang ziellos herumgegondelt und war dann mit Vollgas den I-95 hinuntergebraust. Ich war fast in Pompano, als ich sah, daß es auf zwölf Uhr zuging. Ich machte kehrt, versuchte mir einzureden, ich wollte nach Hause fahren, wußte jedoch ganz genau, daß ich auf dem Weg zu *Charley's Crab* war.

Charley's Crab und Robert Crowe, dachte ich und lächelte wohl, denn er hakte sofort ein.

»Das ist viel besser«, sagte er. »Du hast ein sehr schönes Lächeln.«

»Ein schiefes Lächeln«, versetzte ich.

»Genau darum ist es so schön.«

Ich zwinkerte und sah weg.

Wir bestellten – gegrillten Lachs für ihn, Schwertfisch für mich. »Und Gazpacho«, sagte ich. Mit viel Knoblauch, dachte ich.

»Tja, dann erzähl mir mal was vom Therapiegeschäft«, sagte er.

Ich zuckte die Achseln. »Was gibt's da schon zu erzählen? Viele Leute, viele Probleme.«

»Was für Probleme?«

»Mit Eltern, mit Kindern, Eheprobleme, außereheliche ...« Ich brach ab, trank wieder von meinem Wein.

»Und du löst diese Probleme?«

»Ich bemühe mich.«

»Wie lange praktizierst du schon?«

»Über zwanzig Jahre«, antwortete ich. Ich fühlte mich sicherer jetzt, da wir uns auf festem, professionellem Boden befanden. »Ich hab als Sozialarbeiterin bei der Schulbehörde in Pittsburgh angefangen. Nach einer Weile hab ich da aufgehört und mit ein paar anderen Frauen zusammen eine familientherapeutische Praxis aufgemacht. Als wir nach Florida gezogen sind, hab ich meine eigene Praxis eröffnet.«

»Du liebst den Wechsel, hm?«

Ich mußte an meine Schwester denken, die ihr Leben lang von einem aussichtslosen Job zum anderen gewechselt hatte, von einer aussichtslosen Beziehung zur anderen.

»Hoppla«, bemerkte Robert. »Gewitterwolken am Horizont. Woran denkst du?«

Ich wollte jetzt wirklich nicht über Jo Lynn sprechen. Die hatte schon genug von meinem Tag in Anspruch genommen. »Ach, ich hab nur darüber nachgedacht, wie schnell die Zeit vergeht«, log ich. Es war einfacher so. »Und was hast du so getrieben? Wie bist du zu deinem eigenen Rundfunksender gekommen?«

»Ich hab ihn geheiratet«, antwortete er rundheraus.

Ich wußte nicht, was ich sagen sollte, also sagte ich gar nichts.

»Brandis Vater gehören mehrere Sender im Land.« Er lächelte. »Vor Frauen mit Getränkenamen sollte man sich hüten.«

»Ich werd's mir merken.«

»Eigentlich heißt sie Brenda. Nach Brenda Marshall, einer Schauspielerin der vierziger Jahre. Mein Schwiegervater hat sie anscheinend sehr verehrt.«

»Sie war mit William Holden verheiratet«, sagte ich.

Robert warf mir einen erheiterten Blick zu. »Woher weißt du denn das?«

Ich schüttelte den Kopf. »Das Gedächtnis ist ein merkwürdiges Ding. Ich kann mir mit Müh und Not meine eigene Telefonnummer merken, aber ich weiß, daß Brenda Marshall einmal mit William Holden verheiratet war.«

»Du bist eine interessante Frau, Kate Latimer«, sagte er.

Ich wollte ihn korrigieren, ließ es dann aber sein. Er wußte, wie ich hieß. Und ich auch. »Und was tut deine Frau?«

»Sie kauft ein, trifft sich zum Mittagessen mit Bekannten, geht ins Fitneßstudio.«

»Und kümmert sich um die Kinder«, fügte ich hinzu. »Vier, wenn ich mich nicht irre.«

»Zwischen zwölf und neunzehn, ja. Zwei Jungen und zwei Mädchen.«

»Da hat sie bestimmt alle Hände voll zu tun.«

»Der Älteste studiert außerhalb. Die anderen sind den ganzen Tag in der Schule. Wir haben zwei Haushälterinnen. Du kannst mir's glauben, Brandi ist nicht überfordert.«

»Probleme?« fragte ich, obwohl ich es gar nicht wollte.

»Die üblichen, denke ich.«

»Ist das der Grund, warum du dich mit mir zum Mittagessen treffen wolltest?«

Er lächelte einen Moment vor sich hin, während er mit einem Finger um den Rand seines Glases strich. »Nein. Wenn ich eine Therapie gewollt hätte, wär ich zu dir in die Praxis gekommen. Ich habe etwas anderes mit dir vor.«

»Das klingt ja interessant.«

»Ja, ich hoffe, daß du es interessant findest.«

Der Kellner brachte unser Mittagessen und füllte unsere Gläser auf. Ein paar Minuten lang widmeten wir uns schweigend unserem Essen.

»Also«, begann ich, von meinem zweiten Glas Wein gestärkt, »was hast du denn nun für mich geplant?«

»Eine eigene Radiosendung«, antwortete er.

Mir fiel die Gabel aus der Hand. Sie sprang mir vom Schoß auf den Boden. Ein vorüberkommender Kellner brachte mir sofort eine neue. »Das verstehe ich nicht.«

»Ich hab das noch nicht gründlich durchdacht«, fuhr Robert

fort. »Der Gedanke kam mir eigentlich erst, als ich dich bei Gericht traf und du mir erzählt hast, was du machst.«

»Was hast du noch nicht gründlich durchdacht?«

»Das Konzept. Mir schwebt so eine Art Beratungssendung vor.«

»Du meinst wie *Frasier*? Wo die Leute mit ihren Problemen anrufen können?«

»Ich weiß nicht. Wie ich schon sagte, ich habe es noch nicht richtig durchdacht. Das ist einer der Gründe, warum ich mich mit dir treffen wollte. Ich wollte deine Ideen dazu hören.«

»Aber ich habe überhaupt keine Rundfunkerfahrung.«

»Du kannst reden. Du kannst beraten. Und du hast eine sehr angenehme Stimme.«

»Aber ich habe gar nicht die Zeit. Ich habe meine Arbeit, und ich habe meine Familie.«

»Es müßte ja keine tägliche Sendung sein. Ein- oder zweimal die Woche vielleicht. Und es müßte auch nicht abends sein wie *Frasier.* Wir könnten sie am Tag machen. Zum Beispiel am Mittwoch.« Er lächelte. »An deinem freien Tag.«

»Und was müßte ich tun?«

»Einfach du selbst sein. Fragen beantworten. Den Leuten helfen, ihre Probleme zu lösen.«

»Warum ausgerechnet ich?«

»Warum nicht du? Du bist eine gescheite Frau. Du bist schön. Du lebst hier am Ort. Hör mal, ich weiß, daß das sehr überraschend für dich kommt. Laß es dir doch einfach mal durch den Kopf gehen, wälz es ein bißchen hin und her, dann fällt dir sicher etwas dazu ein. Überleg dir, was für eine Art von Sendung dich interessieren könnte, mit welchem Konzept du dich wohl fühlen würdest. Ich werde mich in der Zwischenzeit einmal mit einigen unserer Produzenten unterhalten und hören, was die für Vorstellungen haben. Überleg es dir. Das ist alles, worum ich dich bitte.«

»Gut, ich werd's mir überlegen«, hörte ich mich sagen.

»Wunderbar.« Er hob sein Glas. »Auf interessante Angebote«, sagte er.

10

Der Freitag begann eigentlich ganz normal. Sara war noch im Bett, als Larry, Michelle und ich aus dem Haus gingen. Ich hatte gar nicht erst versucht, sie zu wecken. Rechtzeitig zur Schule zu kommen war schließlich ihre eigene Angelegenheit.

Ich wußte, daß ich wegen Saras Säumigkeit mit einem Anruf der Schule zu rechnen hatte, und war deshalb nicht überrascht, als ich in der Fünfminutenpause zwischen zwei Sitzungen beim Abhören meines Anrufbeantworters hörte, daß die Schule in der Tat angerufen hatte. Ich hielt es für überflüssig, sofort zurückzurufen; man hatte mir ja, glaubte ich, nichts zu sagen, was ich nicht schon wußte. Statt dessen rief ich zu Hause an, und als sich dort niemand meldete, interpretierte ich das als Zeichen dafür, daß Sara inzwischen brav im Unterricht saß. Oder zumindest auf dem Weg zur Schule war. Oder immer noch schlief wie ein Murmeltier. Ich brachte sie zum Schweigen, wie man ein kleines Kind zum Schweigen bringt, und bat meinen nächsten Klienten herein. Äußerlich war ich gelassen, innerlich tobte ich.

Ich war aber nicht die einzige. Sämtliche Klienten, die an diesem Tag kamen, waren in Aufruhr. Keiner sprach leise. Keiner bemühte sich, die Fassung zu bewahren. Alle brüllten – entweder schrien sie sich gegenseitig an oder sich selbst oder mich. Vielleicht war es ein schlichter Fall von Übertragung, daß meine Stimmung sich durch sie ausdrückte; aber eher war es wohl die buchstäblich atemberaubende Schwüle, die sich in den letzten vierundzwanzig Stunden wie eine riesige Zeltbahn über Palm Beach gesenkt hatte und jeden zu ersticken drohte, der sich ins Freie wagte. Oder vielleicht war es auch einfach ein verflixter Tag.

Wie dem auch sei, abends um sechs war ich restlos fertig. Ich wollte nur noch nach Hause und ins Bett, aber ich wußte, daß das nicht ging. Larry hatte uns ja zu einem Abendessen mit »zufriedenen Kunden« angesagt. Ich lächelte. Es tat gut zu wissen, daß irgend jemand irgendwo mit irgend etwas zufrieden war.

Ehe ich aus der Praxis ging, hörte ich noch einmal meinen Anrufbeantworter ab und entdeckte mit Bestürzung, daß man noch zweimal aus Saras Schule angerufen hatte: Einmal kurz nach Mittag, um mir mitzuteilen, daß Sara noch immer nicht zum Unterricht erschienen war, und das zweite Mal am Ende des Schultags mit der Meldung, daß Sara sämtliche Unterrichtsstunden versäumt hatte und ihr zeitweiliger Unterrichtsausschluß drohe. Ich sah auf meine Uhr, es war zu spät, um noch in der Schule anzurufen. Und was hätte ich denn schon sagen können? Vielleicht war eine Suspendierung genau das, was Sara brauchte, so nach dem Motto, wer nicht hören will, muß fühlen, aber überzeugt davon war ich nicht. Sie würde den Schulausschluß genauso abschütteln wie alles andere. Nur mir würde man das Leben damit schwermachen, nicht ihr.

Während ich auf dem I-95 nach Norden fuhr, mich ungeduldig durch das Freitagabendgewühl schlängelte, nahm ich mir fest vor, bei dem Gespräch mit Sara absolut ruhig zu bleiben. Ich würde ihr einfach mitteilen, daß die Schule wiederholt wegen ihres Schwänzens angerufen hatte und daß eine Erklärung von ihr weder erwünscht noch notwendig war. Man würde sich am Montag in der Schule mit ihr auseinandersetzen. Bis dahin hätte sie Stubenarrest. Ich wußte, daß Sara schreien, schimpfen, Türen knallen und all das übliche tun würde, um mich in einen Streit zu verwickeln. Sie kann tun, was sie will, sagte ich mir, als ich vom Highway nach Westen abbog, ich werde meine Stimme nicht erheben. Ich werde ruhig bleiben.

»Was soll das heißen, sie ist nicht da?« schrie ich keine zwei Sekunden, nachdem ich das Haus betreten hatte, meine jüngere Tochter an.

»Was schreist du mich an?« fragte Michelle. Sie stand mitten im Zimmer, rechts vom großen Glastisch und zwischen den beiden beigefarbenen Sofas, in der Hand ein Kirscheis am Stiel, das ihre Lippen blutrot gefärbt hatte.

Sie sieht aus wie eine hübsche kleine Porzellanpuppe, dachte ich, sprach es aber nicht aus. Vielmehr sagte ich: »Könntest du mit dem Ding da vom Teppich verschwinden?« und ging ohne Aufenthalt weiter in mein Zimmer. Sie folgte mir.

»Du hast wohl einen schweren Tag gehabt?«

Ich lächelte. Sara hätte mich angeschrien; Michelle sorgte sich um mich. »Das kann man wohl sagen.« Ich registrierte plötzlich, daß in der Dusche Wasser rauschte, und sah zur geschlossenen Tür des Badezimmers, das sich an unser Schlafzimmer anschloß. »Wann ist Daddy denn nach Hause gekommen?«

»Vor ein paar Minuten. Er hat hundert geschafft.«

»Hundert was?«

»Beim Golf. Er hat's mit hundert Schlägen geschafft. Das ist angeblich gut«, erklärte sie mir, warf einen Blick auf den hellen Teppich unter ihren Füßen und stopfte rasch den Rest ihres Eises in den Mund. Ein feiner Faden roter Flüssigkeit rann zu ihrem Kinn hinunter. Es sah aus, als hätte sie sich beim Rasieren geschnitten.

Ich sagte: »Na, wenigstens hat einer einen guten Tag gehabt.«

»Er hat gesagt, es war furchtbar heiß, aber es hätte ihm geholfen, sich zu konzentrieren.«

Ich öffnete die oberen Knöpfe meiner weißen Bluse, streifte meine Schuhe ab, und ließ mich aufs Bett, in das Heer bunter Kissen fallen. »Hat er was von Sara gesagt?«

»Was denn?«

Zum Beispiel, wo sie sich den ganzen Tag herumgetrieben hat, hätte ich am liebsten geschrien, tat es aber nicht. Ruhe, mahnte ich mich stillschweigend. Hier hilft nur Ruhe. »Hat sie angerufen?« fragte ich statt dessen.

»Wieso machst du immer so einen Wirbel um Sara?« Michelle machte ein gekränktes Gesicht. »Immer fragst du nach Sara. Willst du nicht wissen, was ich für einen Tag gehabt habe?«

»Was du für einen Tag gehabt hast?«

»Ja. Ich bin auch ein Mensch, genau wie Sara, und ich habe auch meine guten und meine schlechten Tage. Genau wie jeder andere.«

Augenblicklich hellhörig, richtete ich mich in den Kissen auf.

Ich war auf eine Szene mit Sara vorbereitet gewesen, nicht mit Michelle. »Aber ja, natürlich.«

»Mich fragt nie jemand, wie es war«, fuhr sie fort. Sie erinnerte mich an ein Aufziehspielzeug, das jemand überdreht hatte und das jetzt, außer Kontrolle geraten, nicht mehr aufhören konnte, sich zu drehen. »Ich hab Daddy gefragt, was er für einen Tag gehabt hat; ich hab dich gefragt, ob du einen schweren Tag gehabt hast; ich frage immer jeden, aber will vielleicht mal jemand wissen, wie's bei mir war?«

»Michelle ...«

»Nein. Du sagst mir nur, ich soll mit meinem Eis vom Teppich runtergehen ...«

»Michelle ...«

»Du fragst nach Sara ...«

»Schatz, bitte ...«

»Interessiert es hier vielleicht jemanden, daß ich in meinem Mathetest fünfundachtzig Punkte bekommen hab? Daß ich die Beste in der Klasse war? Nein! Keinen Menschen interessiert das!« Sie rannte aus dem Zimmer.

Ich sprang auf. »Michelle, warte doch! Natürlich interessiert es uns.« Ich stolperte über meine Schuhe, stieß mir die große Zehe an, humpelte hinter ihr her. Sie schlug mir die Tür zu ihrem Zimmer vor der Nase zu.

»Schatz, laß mich rein, bitte.« Ich klopfte leicht an die Tür, dann etwas lauter. »Michelle, bitte laß mich rein.«

Langsam öffnete sich die Tür. Michelle stand weinend auf der anderen Seite. Ich ging mit ausgebreiteten Armen auf sie zu.

»Nicht«, sagte sie leise, und ich schwankte einen Moment auf Zehenspitzen, ehe ich auf die Fersen zurücksank und mein Gleichgewicht wiederfand.

»Du hast in deinem Mathetest fünfundachtzig Punkte bekommen?« wiederholte ich und merkte, wie mir die Tränen in die Augen traten. »Das ist wirklich toll.«

Sie sah mich nicht an. »Ich war die Beste.«

»Darauf kannst du sehr stolz sein.«

Sie wich ins Zimmer zurück und ließ sich auf ihr Bett fallen, ohne mich anzusehen. Im Gegensatz zu Saras Zimmer, dessen Dekoration vornehmlich aus unterschiedlichen Abstufungen von Chaos bestand, war Michelles vorwiegend in Rosa und Weiß gehalten, blitzsauber und aufgeräumt. Ihr Bett war ordentlich gemacht, die rosa Kissen mit dem weißen Streublumenmuster lagen hübsch angeordnet auf dem farblich passenden Bettüberwurf; ihre Kleider hingen im Schrank und waren nicht wie bei Sara achtlos über den ganzen Boden verstreut. Ich zuckte innerlich zusammen. Selbst hier, in Michelles Zimmer, schaffte es Sara, sich in den Vordergrund zu spielen und ihre jüngere Schwester an die Wand zu drücken.

Vorsichtig näherte ich mich dem Bett. Ich setzte mich erst, nachdem ich ein entsprechendes Zeichen erhalten hatte, Michelle mir durch ein kurzes Nicken zu verstehen gegeben hatte, daß sie nichts dagegen hatte. »Es tut mir wirklich leid.«

Das Nicken wurde stärker, eine zitternde Lippe verschwand unter der anderen. Sie wandte sich ab.

»Manchmal verstricken sich Erwachsene so in ihrer eigenen kleinen Welt, daß sie die anderen um sich herum ganz vergessen«, begann ich. »Besonders wenn die um sie herum tüchtig und vernünftig sind wie du.« Ich strich ihr behutsam über das wellige braune Haar, das ihr auf die Schultern fiel. Sie entzog sich nicht, und dafür war ich dankbar. »Wir neigen dazu, unsere ganze Kraft denen zu widmen, die es uns am schwersten machen, und das ist nicht gerecht, weil du mehr verdienst. Viel mehr. Es tut mir leid, Michelle. Wirklich. Ich hab dich so schrecklich lieb. Darf ich dich mal in den Arm nehmen?« flüsterte ich.

Stumm sank sie an mich. Ich drückte mein Gesicht in ihr weiches braunes Haar; ihr Geruch war so süß wie der eines neugeborenen Kindes. Die Wärme ihres schmalen Körpers strömte in mich hinein und schweißte uns zusammen. »Ich hab dich lieb«, wiederholte ich und küßte sie auf den Scheitel, einmal, zweimal, so oft, wie sie es mir erlaubte.

Michelle wischte sich ein paar Tränen aus dem Gesicht, machte aber keine Anstalten, sich von mir zu lösen. »Ich hab dich auch lieb.«

So saßen wir eine Weile und genossen die Nähe und hatten beide nicht den Wunsch, uns voneinander zu trennen. Zum erstenmal an diesem Tag war ich wirklich ruhig.

Larrys Stimme störte den Frieden. »Kate?« rief er. »Kate, wo bist du?«

»Ist schon wieder gut«, sagte Michelle. Sie wand sich aus meinen Armen und nahm alle Ruhe und Gelassenheit mit. Augenblicklich kehrte mein Zorn zurück. Was fiel Larry ein, ausgerechnet jetzt herumzuschreien? Warum mußten wir heute abend ausgehen, wo ich doch nur den einen Wunsch hatte, zu Hause zu bleiben? Wo war Sara? Was hatte sie diesmal wieder angestellt?

»Was ist denn?« fragte ich statt einer Begrüßung, als Larry an der Tür zu Michelles Zimmer erschien. Er hatte sich ein großes beigefarbenes Badetuch um die Hüften gewickelt und war dabei, sich mit einem zweiten Handtuch das feuchte Haar zu trocknen.

»Gar nichts.« Seine tiefe Stimme füllte den Raum zwischen uns. »Hat Michelle dir erzählt, daß ich unter hundert geblieben bin?«

»Ja.«

»Das war vielleicht eine Hitze da draußen, sag ich dir«, fuhr er enthusiastisch fort und folgte mir wie ein reichlich groß geratenes Hündchen in unser Schlafzimmer. »Aber ich weiß auch nicht, dieses schwüle Wetter war anscheinend gerade das Richtige für mich. Ich hab mich jedenfalls konzentriert wie noch nie. Na ja, ganz gleich, was es war, es hat funktioniert. Ich hab nur achtundneunzig Schläge gebraucht. Und ich wär noch besser gewesen, wenn ich nicht bei den letzten beiden Löchern Mist gebaut hätte.« Er lachte. »Tja, so ist das wohl beim Golf. Wenn meine Oma Flügel hätt, wär sie'n Engel. Wie war dein Tag?«

»Zum Kotzen. Müssen wir heute abend ausgehen?«

Er sah auf seine Uhr. »Aber ja. Wir müssen in ungefähr zehn Minuten los.«

»In zehn Minuten? Ich muß noch duschen und Michelle was zu essen machen.«

»Du hast keine Zeit mehr zu duschen, und Michelle kann sich eine Pizza bestellen.«

»Ohne Dusche geh ich nicht aus dem Haus«, erklärte ich störrisch. »Und was ist mit Sara?«

»Du kannst nach dem Essen ein langes Bad nehmen. Und wieso fragst du nach Sara?«

»Weißt du, wo sie ist?«

»Sollte ich?«

»Na ja, irgend jemand sollte es wissen«, gab ich gereizt zurück und war mir bewußt, daß ich unfair war. »Sie ist anscheinend heute überhaupt nicht in der Schule erschienen.«

Larrys Heiterkeit trübte sich sofort. »Hast du den Anrufbeantworter abgehört? Vielleicht hat sie sich ja gemeldet«, sagte er.

Ich ging um das Bett herum zu dem weißen Telefon auf dem großen Nachttisch und tippte schnell die Nummer, um meinen Anrufbeantworter abzuhören. Nur eine Nachricht wartete auf mich. Sie war von Jo Lynn. »Ruf mich an«, lautete sie.

Meine Schwester anzurufen war nun wirklich das letzte, wonach mir zumute war. Heute war ja der Tag, an dem die Schöne mit dem Tier zusammentreffen sollte, und ich verspürte nicht das geringste Verlangen, mir den Verlauf dieser Zusammenkunft haarklein schildern zu lassen. Ich wußte sowieso schon mehr, als ich wirklich wissen wollte: Das Zusammentreffen sollte in der Strafanstalt von Palm Beach County in der Gun Club Road stattfinden, sobald das Gericht sich für das Wochenende vertagt hatte. Romeo und Julia würden durch eine Glaswand voneinander getrennt sein und sich über Telefon unterhalten. Genau wie im Kino, dachte ich und schüttelte den Kopf. Ich schloß die Augen und wollte mir nicht vorstellen, wie meine Schwester und Colin Friendly ihre Hände auf dem Glas, das zwischen ihnen stand, aneinanderdrückten.

»Und?« fragte Larry.

»Kein Anruf«, sagte ich. Es war einfach so.

»Mach dich jetzt lieber fertig«, meinte er, schon halb angekleidet.

»Wir können doch nicht ausgehen, ohne zu wissen, wo sie ist.«

»Doch, können wir.« Er schlüpfte in ein blauweiß gestreiftes Hemd. »Wir gehen einfach. Ich laß mir doch von dieser Göre nicht den Abend verderben. Wir knöpfen sie uns vor, wenn wir zurückkommen.«

Er hatte recht, ich wußte es, aber zu vernünftiger Überlegung war ich im Moment nicht fähig. »Aber wir wissen doch nicht mal, wo sie ist.«

»Selbst wenn wir es wüßten«, entgegnete Larry, »haben wir jetzt keine Zeit, uns mit ihr zu befassen. Also, mach dich einfach fertig. Das Essen ist in Jupiter, und du weißt, wie es auf den Straßen um diese Zeit zugeht.«

»Jupiter?!«

»Jupiter«, wiederholte er lächelnd. »Nicht auf dem Mars. Wir brauchen nur zwanzig Minuten.«

»Dann hab ich doch noch Zeit zu duschen«, sagte ich, schon auf dem Weg ins Badezimmer. Ich schlüpfte im Gehen aus meinen Sachen und ließ sie einfach liegen, wo sie hinfielen. Genau wie Sara, dachte ich. Dann sperrte ich die Tür hinter mir ab, drehte die Dusche auf und stellte mich aufatmend unter das heiße Wasser.

»Entschuldigen Sie, darf ich bei Ihnen einmal telefonieren?« fragte ich, sobald wir das nagelneue, direkt am Golfplatz gelegene Haus unseres Gastgebers betreten hatten.

»Aber natürlich.« Die verblüffte Gastgeberin, eine rundliche Brünette in Piratenhose, wies mir den Weg durch das riesige Wohnzimmer zur Küche. Larry und den Ausdruck, der sich, wie ich wußte, jetzt auf seinem Gesicht breitmachte, bewußt ignorierend, ging ich rasch über den marmorgefliesten Boden, nickte der Handvoll Gäste, die sich um den Flügel scharte, flüchtig zu und eilte um die breite Wendeltreppe herum zur Küche aus Stahl und Marmor im hinteren Teil des Hauses. Zwei Mädchen in schwarzen Kleidern und weißen Schürzen, die gerade dabei waren, Kanapees zu belegen, starrten mich erstaunt an. Ebenso erstaunt war Michelle, als sie meine Stimme hörte.

»Sara ist nicht da«, erklärte sie mir ungeduldig. Ich hatte sie von der Glotze weggeholt, wo gerade die hundertste Wiederholung von *Roseanne* lief. »Mach dir doch keine Sorgen um sie, Mama«, riet sie mir, bevor sie auflegte. »Ihr ist bestimmt nichts passiert. Laß dir von ihr nicht den Abend verderben.«

Er ist schon verdorben, hätte ich beinahe gesagt. Dann reichte ich den Hörer einem der Mädchen, das mit ausgestreckter Hand wartete und ihn auflegte, als wäre mir nicht zuzutrauen, daß ich das selbst fertigbrächte. Und vielleicht war ich ja auch wirklich unfähig dazu, dachte ich, als ich mein Bild in der blitzenden Stahlumrandung des zweistöckigen Backrohrs erblickte. Ich sah aus wie eine Geistesgestörte, das Gesicht ärgerlich verzerrt, das Haar noch feucht von der Dusche und ohne Fasson. Wer ist denn das? fragte ich mich.

Larry hatte wie ein ungeduldiger Vater neben mir gestanden und immer wieder auf die Uhr gesehen, während ich mich geschminkt und mit dem Reißverschluß meines schwarzen Cocktailkleides gekämpft hatte. »Die Haare trocknen doch im Wagen«, hatte er erklärt, als ich zum Fön gegriffen hatte. Er hatte ihn mir einfach aus der Hand genommen und wieder in die Schublade gelegt, ohne auf meine Proteste zu achten. »Du siehst gut aus«, versicherte er mir wiederholt, als wir im Wagen saßen. »Gut«, ein Wort, das ich nicht sonderlich ermutigend fand.

Jedenfalls lang nicht in dem Maß wie das Wort »schön«, dachte ich, in Gedanken bei Robert. Ich wußte, daß er sich überhaupt nichts dabei denken würde, zu einem Abendessen mit einer kleinen Verspätung einzutreffen. Er hätte mir bestimmt die Zeit gelassen, die ich brauchte, um mich fertigzumachen, wahrscheinlich wäre er sogar zu mir unter die Dusche gekommen und hätte mit Vergnügen eine größere Verspätung in Kauf genommen. Oder vielleicht wären wir auch gar nicht zu dem Essen gegangen, träumte ich vor mich hin, als ich widerstrebend zu Larry zurückkehrte, um mich mit den anderen Gästen bekanntmachen zu lassen, um die obligate Besichtigungstour durch das Haus anzutreten, das Larry gebaut hatte. »Wunderschön«, sagte ich. Und dann wieder: »Schön. Wirklich schön.«

Wir hatten auf der Hinfahrt gestritten, und wir stritten auf der Rückfahrt. »Ich verstehe überhaupt nicht, wie du so unhöflich sein konntest«, sagte er, als wir die Donald Ross Road entlangrasten.

»Ich war nicht unhöflich«, widersprach ich.

»Du findest es nicht unhöflich, wenn man sich alle zehn Minuten davonmacht, um zu telefonieren?«

»Ich hab genau dreimal telefoniert.«

»Viermal.«

»Also gut, viermal. Ich habe viermal telefoniert. Schuldig im Sinne der Anklage.« Sofort dachte ich an Colin Friendly und Jo Lynn. Michelle hatte mir erzählt, daß meine Schwester ein zweites Mal angerufen hatte. Ich wußte, ich würde sie am Morgen zurückrufen müssen, um mir die gruseligen Einzelheiten ihres Knastrendezvous anzuhören, ob ich wollte oder nicht.

»Und was hast du damit erreicht?« beharrte Larry. »Nichts. Sara ist immer noch nicht zu Hause. Und soll ich dir mal was sagen? Sie wird auch nicht zu Hause sein, wenn wir kommen, und das ist wahrscheinlich gut so, denn sonst würde ich ihr eigenhändig den Hals umdrehen.«

»Ich verstehe nicht, wie du so gleichgültig sein kannst«, entgegnete ich, Larrys Worte absichtlich falsch interpretierend. Aber ich war wütend, und es war einfacher, einen Streit mit Larry vom Zaun zu brechen – bei dem ich die Chance hatte zu gewinnen –, als zu warten und den Kampf mit Sara auszufechten, wo ich überhaupt keine Chance hatte.

Aber er ließ sich nicht ködern. Ganz gleich, wie gemein ich wurde, und ich wurde ziemlich gemein, beschuldigte ihn sogar einmal, mehr Interesse für seine Kunden aufzubringen als für seine Tochter, er biß nicht an. Er machte einfach nicht mit. Je weiter er sich zurückzog, desto härter stieß ich nach. Je fester er mit den Händen das Lenkrad umfaßte, desto loser wurde meine Zunge. Ich schrie, ich kreischte, ich tobte. Er sagte nichts.

Das, was ich natürlich erhoffte, war, daß er anhalten und mich in die Arme nehmen würde. Daß er einfach an den Straßenrand fahren, anhalten und mich an sich ziehen würde, um mir zu sagen, daß ich eine wunderbare Mutter sei, Sara gegenüber nicht versagt habe, daß alles wieder gutgehen würde, daß ich schön sei. Aber er tat natürlich nichts dergleichen. Es ist schwer für einen Mann, einer Frau zu sagen, sie sei schön, wenn sie ihn beleidigt, ihn in seiner Männlichkeit, seiner beruflichen Arbeit und seiner Tauglichkeit als Vater angreift.

Zu Hause angekommen, ging Larry schnurstracks ins Schlafzimmer, ohne überhaupt nach Sara zu sehen. Er wußte, daß sie nicht zu Hause war, und ich wußte es auch, obwohl ich dennoch in ihrem Zimmer nachsah.

»Sie hat nicht angerufen«, sagte Michelle, die schon im Bett war. Es war fast Mitternacht, und ihre Stimme klang schläfrig.

Ich trat zu ihr ans Bett, beugte mich über sie und küßte sie auf die Stirn. Sie seufzte, als ich ihr das Haar aus dem Gesicht strich, und drehte sich um. »Schlaf schön«, flüsterte ich und schloß die Tür hinter mir, als ich aus dem Zimmer ging. Wenn es später ein Donnerwetter geben sollte, sollte Michelle nicht gestört werden.

Larry war schon im Bett und tat so, als schliefe er. Meine Wut war verraucht; eine Depression machte sich breit. »Entschuldige, es tut mir leid«, sagte ich. Es war die Wahrheit, und er wußte es, aber ein großer Trost war es nicht. Was ändert es schon, daß man die verletzenden Worte, die man gesagt hat, nicht so gemeint hat? Es ist nun mal eine Tatsache, daß ein anderer sie gehört hat. Und Worte verletzen tiefer als Stöcke und Steine. Sie tun noch weh, wenn andere Wunden längst verheilt sind.

Ich legte mich neben Larry ins Bett, ohne mich auszuziehen, um bereit zu sein, wenn Sara nach Hause kam. Die Konfrontation sollte auf gleicher Ebene stattfinden. Da Sara ja schon die Jugend auf ihrer Seite hatte, wollte ich nicht noch mehr ins Hintertreffen geraten, indem ich im Nachthemd vor sie hintrat.

Wir hatten mit Sara vereinbart, daß sie niemals nach zwei nach Hause kommen würde. Ich weiß allerdings nicht, warum ich erwartete, daß sie pünktlich sein würde. Schert sich jemand, der den ganzen Tag den Unterricht geschwänzt hat, noch darum, ob er ein paar Minuten oder Stunden zu spät nach Hause kommt? Kam Sara eigentlich jemals auf die Idee, sich die Konsequenzen ihres Handelns zu überlegen?

Ernsthafte Sorgen machte ich mir zunächst nicht. Ich war wütend, niedergeschlagen und enttäuscht, aber nicht wirklich beunruhigt. Es war schließlich nicht das erste Mal, daß sie sich so etwas herausnahm.

Als es zwei Uhr wurde, ohne daß sie kam, stand ich auf und ging in ihr Zimmer hinüber. Durch die Dunkelheit starrte ich auf ihr ungemachtes Bett. »Wo bist du?« flüsterte ich und kämpfte gegen die wachsende Beunruhigung an. Ich wollte auf keinen Fall an all die schlimmen Dinge denken, die ihr zugestoßen sein konnten. Ich wollte sie nicht blutend in einem Straßengraben liegen sehen, Opfer eines betrunkenen Autofahrers, der geflüchtet war; ich wollte sie nicht geschunden und geschlagen in irgendeiner dunklen Gasse liegen sehen, Opfer eines brutalen Räubers; ich wollte nicht ihre Schreie unter den grausamen Händen eines Sadisten hören, der ihr Gewalt antat. Ich wollte nicht ihr schönes Gesicht auf ein Foto gebannt sehen, aschgrau und leblos, auf einem kalten Stahltisch im Hinterzimmer des gerichtsmedizinischen Instituts. Ich wollte all diese Bilder nicht sehen, aber ich konnte sie nicht abwehren.

Ich legte mich auf ihr Bett. Der Geruch nach kaltem Zigarettenrauch umhüllte mich. Was war nur los mit ihr? Wußte sie denn nicht, wie viele Verrückte da draußen nur auf naive junge Mädchen warteten, die sich für unbesiegbar hielten? Männer wie Colin Friendly, dachte ich schaudernd und löschte sein Bild aus, indem ich mein Gesicht in die weiche Dunkelheit ihres Kopfkissens drückte.

Erstaunlicherweise schlief ich ein. Ich träumte von einem Mädchen, das ich in der High-School gekannt hatte. Sie war vor einem Jahr im Urlaub nach Florida gekommen, und ich hatte sie zufällig im Gardens Einkaufszentrum getroffen. Ich sah sie zum erstenmal seit unserer Abschlußfeier, aber sie sah immer noch unglaublich jung aus. Voller Schwung und Energie und stolzer Berichte über ihre Familie. Sechs Wochen später hörte ich, daß sie kurz nach ihrer Rückkehr nach Pittsburgh bei einem Verkehrsunfall ums Leben gekommen war. Offenbar hatte sie auf einem vereisten Straßenabschnitt die Kontrolle über ihren Wagen verloren und war gegen die Leitplanke geprallt. Der Wagen hatte sich überschlagen; sie war auf der Stelle tot gewesen. Im meinem Traum stand sie in der Tiefkühlkostabteilung von Publix und winkte mir zu. Ich hatte meinen Einkaufszettel verloren, und sie lachte und sagte, ich solle mich nicht aufregen, es würde schon alles gut werden.

Als ich aufwachte, saß Larry auf der Bettkante und blickte zu mir herunter. »Ich denke, wir sollten die Polizei anrufen«, sagte er.

11

Wir beschlossen, zuerst Saras Freunde anzurufen.

Aber so einfach war das nicht. Saras Freunde wechselten. Jedes neue Schuljahr brachte neue Namen. Alte Gesichter verschwanden; neue Gesichter tauchten auf. Dauerhafte Freundschaften schien es nicht zu geben.

Dieses Muster hatte sich schon sehr früh in Saras Leben gezeigt. Ich weiß noch, daß ihre Kindergärtnerin mich ansprach und sagte, sie habe noch nie ein Kind erlebt, das sich anderen gegenüber so verhalten habe wie Sara. Offenbar pflegte Sara jeden Nachmittag, wenn sie aus dem kleinen gelben Bus stieg, mit dem sie zum Kindergarten gebracht wurde, lauthals zu verkünden, »Heute spiele ich mit Soundso.« Jeden Tag wählte sie sich einen neuen Spielgefährten aus, und jeden Tag gelang es ihr, das betreffende Kind zu erobern. Am folgenden Tag wechselte sie zum nächsten Kind. Sara band sich niemals dauerhaft an einen bestimmten Menschen, mochten diese flüchtigen Freundschaften auch noch so intensiv und tief empfunden sein. Schon am nächsten Tag wandte sie sich, ohne zurückzublicken, neuen Menschen zu.

Der Umzug von Pittsburgh nach Palm Beach hatte bei ihr keine wahrnehmbare Wirkung hinterlassen. Sara hatte im Gegensatz zu Michelle keine Freunde zurücklassen müssen. Mehrere Klassenkameradinnen schrieben ihr; Sara antwortete nie. Sie stürzte sich mit dem für sie typischen Enthusiasmus und Überschwang in ihr neues Leben, fand schnell eine neue Clique und flatterte ohne die unnötigen Belastungen, die dauerhafte Freundschaft häufig mit sich bringt, von einem Jahr ins nächste.

Darum war es schwierig, überhaupt herauszufinden, bei wem Sara sein könnte. »Jennifer«, sagte ich, einen Namen nennend, den ich von Zeit zu Zeit von Sara gehört hatte.

»Jennifer wer?« fragte Larry durchaus vernünftig.

Ich schüttelte den Kopf. Ich hatte keine Ahnung. Und ebenso wenig Ahnung hatte ich, welche Nachnamen zu Carrie, Brooke und Matt gehörten.

»Aber Carries Nachnamen weiß ich«, erklärte ich und rief mir das Bild eines jungen Mädchens mit taillenlangem blondem Haar und schwarzen Jeans, die über einem breiten Gesäß spannten, ins Gedächtnis. »Sie war vor ein paar Wochen mal hier. Du hast sie auch gesehen, Carrie ... Carrie ... Carrie Rogers oder Rollins oder so ähnlich. Irgend etwas mit R.«

Die Tatsache, daß ich mich nicht an einen einzigen Nachnamen der sogenannten Freunde unserer Tochter erinnern konnte, beschämte mich. Wie können Sie sich eine gute Mutter nennen, hörte ich schon die Polizei sagen, wenn Sie nicht einmal wissen, wer die Freunde Ihrer Tochter sind?

»Hat sie denn kein Adreßbuch?« fragte Larry schließlich, und wir begannen, in Saras überall verstreuten Sachen zu wühlen wie Ausgebombte, die nach einem Restchen Habe suchen. Wir sammelten Kleider vom Boden auf, einige schmutzig, einige frisch gewaschen, hoben liegengelassene Kassetten auf, klappten offene Bücher zu. Wir fanden Bleistifte und Münzen und Papierfetzen, ganz zu schweigen von einem angebissenen Brötchen unter dem Bett.

»Schau mal«, sagte ich und hörte, wie eine seltsame Wehmut sich in meine Stimme schlich, als ich vier leere Zigarettenschachteln hochhob. »Sie sammelt immer noch.«

»Hier ist es!« Larry zog ein zerfleddertes schwarzes, in Leder gebundenes Büchlein unter mehreren Tuben Make-up hervor. Er schlug es auf, und Puderreste rieselten auf den Teppich wie Schnee. »Unter R steht nichts«, sagte er.

»Versuch's bei C«, schlug ich vor.

Na bitte, da stand es, in Grün quer über die Seite gekritzelt, »Carrie«. Ein Nachname war nicht dabei. Vielleicht, dachte ich, wußte Sara ihn auch nicht.

Wir gingen in unser Schlafzimmer und riefen Carrie an. Die Stimme, die sich endlich meldete, klang schlaftrunken und verraucht. Erst hörten wir nur ein unverständliches Murmeln, dann einen längeren Seufzer, schließlich ein Hallo.

»Carrie?« sagte ich. Meine Stimme klang laut und fordernd, etwa so, als hätte ich meine Hände auf ihren Schultern und versuchte sie wachzurütteln. »Carrie, hier spricht Saras Mutter. Ist Sara bei dir?«

Eine lange Pause. Dann: »Was?«

»Ist Sara bei dir?«

»Wer?«

»Sara Sinclair«, rief ich ärgerlich. Das war offensichtlich reine Zeitverschwendung.

»Nein, sie ist nicht hier.«

»Weißt du, wo sie ist?«

»Wie spät ist es überhaupt?«

»Acht Uhr.«

»Morgens?«

Ich knallte den Hörer auf. »Sara ist nicht bei ihr.«

Wir versuchten es noch bei sechs weiteren Namen, ehe wir aufgaben. Ich hatte die Hand schon auf dem Hörer, um die Polizei anzurufen, als das Telefon läutete.

»Sara?« schrie ich beinahe.

»Jo Lynn«, antwortete meine Schwester.

Meine Schultern erschlafften; mein Kopf fiel nach vorn. Meine Schwester war die letzte, mit der ich jetzt reden wollte. »Jo Lynn, es tut mir leid, ich kann jetzt nicht sprechen. Sara ist gestern nacht nicht nach Hause gekommen ...«

»Nein, natürlich nicht«, unterbrach mich Jo Lynn. »Sie ist bei mir.«

»Was?« schrie ich. »Sara ist bei Jo Lynn«, berichtete ich Larry hastig. Er schüttelte den Kopf und ließ sich aufs Bett fallen.

»Das hättest du längst gewußt, wenn du dir die Mühe gemacht hättest, mich mal zurückzurufen.«

»Was?«

»Ich hab gestern abend zweimal bei euch angerufen.«

»Aber von Sara hast du kein Wort gesagt.«

»Ich hab angenommen, du würdest mich zurückrufen.«

Ich wollte protestieren, ließ es dann aber bleiben. Die Hauptsache war, daß wir jetzt wußten, wo Sara war und daß ihr nichts passiert war. Ich war so froh und erleichtert, daß ich beinahe vergessen hätte, daß Sara die Schule geschwänzt hatte. Wie lange war sie schon bei meiner Schwester? fragte ich mich, von einer anderen Furcht gepackt. »Was tut sie denn bei dir?« Die Worte kamen mir nur langsam, beinahe widerstrebend über die Lippen.

»Erst mußt du versprechen, daß du nicht böse wirst«, begann Jo Lynn, und sofort verkrampfte sich jeder Muskel in meinem Körper.

«Sag mir jetzt bloß nicht, daß sie den ganzen Tag bei dir war.«

»Es war sehr lehrreich für sie. Sie war noch nie vorher in einem Gerichtssaal gewesen. Das ist eigentlich eine Schande, wenn man sich's überlegt. Ich meine, sie wird schließlich demnächst achtzehn.«

Vorausgesetzt, sie lebt so lang, hätte ich beinahe gesagt, tat es aber nicht. Es war ja nicht Sara, es war Jo Lynn, der ich am liebsten den Kragen umgedreht hätte.

»Du hast sie zur Verhandlung mitgenommen?« sagte ich, während Larry ungläubig die Augen verdrehte.

»Na ja, du wolltest ja nicht mitkommen.«

Es war also meine Schuld. Beinahe hatte ich Angst, ein weiteres Wort zu sagen. »Hast du sie auch ins Gefängnis mitgenommen?«

»Natürlich hab ich sie mitgenommen. Was hast du denn erwartet? Hätte ich sie mutterseelenallein mitten auf dem North Dixie Highway stehen lassen sollen? Das ist nicht gerade die beste Gegend, wie du weißt.«

»Du hast sie zu deinem Rendezvous mit Colin Friendly mitgenommen?«

»Nein, das natürlich nicht. Sie hat draußen gewartet. Warte nur, bis ich dir alles erzähle, Kate. Es war unglaublich.«

»Du hast meine Tochter ins Gefängnis mitgenommen«, wiederholte ich wie betäubt.

»Du kannst dir nicht vorstellen, wie es da ist«, babbelte Jo Lynn, die offenbar keine Ahnung hatte, daß ich sie am liebsten umgebracht hätte. »Ich war richtig nervös, aber Sara war ganz toll. Sie hat mich zum Besucherparkplatz gelotst und hat mich beruhigt und hat mir gesagt, daß ich toll aussehe und so. Sie hat sich wie eine richtige Freundin verhalten.«

»Sara ist nicht deine Freundin«, erinnerte ich sie. »Sie ist deine Nichte und halb so alt wie du.«

»Was hat denn das Alter damit zu tun?« versetzte Jo Lynn gereizt. »Ehrlich, Kate, du hast einfach zu wenig Vertrauen zu deiner Tochter. Sie sagt, daß du sie ständig wie ein Kind behandelst, und damit hat sie recht.«

»Ich behandle sie wie ein Kind, weil sie sich wie ein Kind benimmt.«

»Du redest genau wie unsere Mutter.«

»Irgendeine muß sich ja hier wie eine Erwachsene verhalten.«

»Na jedenfalls«, fuhr Jo Lynn fort, »mußten wir erst über eine Brücke, um zu den Besucherräumen zu kommen. Es war wie ein

Burggraben, weißt du, so einer, der rund um eine Festung läuft. Eigentlich ist das Gebäude gar nicht so schlecht«, sprudelte sie weiter, als hätte sie Angst, ich könnte auflegen, wenn sie eine Pause machte, um Atem zu holen.

Genau daran hatte ich gedacht, und ich weiß nicht, warum ich es nicht tat. Ich versuchte mir einzureden, ich wartete darauf, mit Sara selbst zu sprechen, und mir bliebe daher gar nichts anderes übrig, als mir den Rest von Jo Lynns Geschichte anzuhören, aber ich bin nicht sicher, daß das die reine Wahrheit ist. Jo Lynn zuzuhören rief eine ähnliche Reaktion hervor wie der Anblick eines schweren Verkehrsunfalls, an dem man zufällig vorüberkommt. Selbst wenn man sich noch so sehr bemüht, nicht hinzusehen, man kann sich nicht abwenden.

»Gleich wenn man vorn reinkommt, stehen überall Schilder. ›Halt! Lesen Sie das Folgende aufmerksam! Folgende persönliche Gegenstände dürfen nicht ins Gebäude mitgenommen werden!‹ Du kannst dir nicht vorstellen, was für welche – Handys, Wickeltaschen, Hüte. Hüte!« kreischte sie lachend. »Dann kommt man zur Wache, und da stehen wieder Schilder, die üblichen, daß man nicht rauchen soll und so, aber eines war wirklich komisch. Da stand drauf: ›Das Mitbringen von Feuerwaffen, Munition und Waffen aller Art ist verboten.‹ Wir haben vielleicht gelacht! Ich meine, wer wär denn so blöd, ins Gefängnis eine Waffe mitzunehmen?«

Wahrscheinlich jemand, der blöd genug ist, seine siebzehnjährige Nichte mitzunehmen, dachte ich, sagte es aber nicht.

»Als ich ihnen meinen Namen gesagt und erklärt habe, wen ich besuchen will, haben die mich angeschaut wie – ach, ich weiß nicht genau, richtig respektvoll oder so, weil ich nicht nur jemanden besuchen wollte, der den Supermarkt um die Ecke überfallen hatte. Dann mußte ich mich eintragen, und dann haben wir uns in den Warteraum gesetzt. Gemütlich war der ja nicht gerade. Blaue Stühle, absolut unbequem, und der ganze Raum war in so einem widerlichen Grau gestrichen. Aber wenigstens waren ein paar Automaten da, und ich hab uns beiden eine Cola gekauft.

Ich konnte nur ein paar Schlucke trinken, bevor sie mich aufgerufen haben. Ich mußte die Cola stehenlassen, weil im Besucherraum Lebensmittel und Getränke nicht zugelassen sind. Nicht einmal Kaugummi. Stell dir das mal vor!«

»Du hast Sara also allein in dem Warteraum gelassen.«

»Es waren noch andere Leute da. Du brauchst nicht gleich so zu tun, als hätte ich sie im Stich gelassen. Sie hat sich nichts dabei gedacht. Ihr hat's gefallen.«

»Kann ich jetzt mal mit ihr sprechen?«

»Sie schläft noch.«

»Dann weck sie. Und bring sie nach Hause. Sofort.«

»Warum? Damit du sie anbrüllen kannst? Sie hat nichts Unrechtes getan.«

»Sie hat die Schule geschwänzt«, entgegnete ich. »Sie ist gestern nacht nicht nach Hause gekommen.«

»Sie war bei mir. Und ich hab versucht, euch zu erreichen. Mehrmals. Glaub mir, sie hat gestern mehr über das wirkliche Leben gelernt als in der Schule. Sie schreibt bestimmt einen Aufsatz darüber und bekommt ein A.«

»Du hattest kein Recht ...«

»Reg dich ab«, sagte Jo Lynn. »Es ist ja vorbei, und die Kleine hat eine Menge Spaß gehabt. Vermies ihr doch nicht immer alles.«

»Weck sie jetzt bitte auf und bring sie nach Hause«, sagte ich.

»Bald«, entgegnete Jo Lynn eigensinnig.

»Nicht bald. Jetzt.«

Statt einer Antwort legte Jo Lynn auf. Ich drehte mich nach Larry um. Er schüttelte nur den Kopf und ging aus dem Zimmer.

Es war fast vier Uhr, als ich Jo Lynns Wagen vorfahren hörte. Larry, der Angst hatte zu explodieren, wenn er auch nur eine Minute länger auf die Rückkehr Saras wartete, war um zwei Uhr zum Golfplatz gefahren. Ich hatte ihn dazu gedrängt. Ich war zu diesem Zeitpunkt über Zorn und Wut hinaus.

Michelle war mit ihren Freundinnen unterwegs, und ich war allein im Haus. Ich wanderte von Zimmer zu Zimmer, zerredete innerlich meinen Zorn, packte ihn weg, schaffte ihn mit Rationalisierungen aus der Welt. Sara war nichts passiert, sagte ich mir, und ich wußte, wo sie war. Ihr war kein Leid geschehen. Ein versäumter Schultag war schließlich nicht der Weltuntergang. Sie würde den Stoff leicht aufholen. Sie hatte die Nacht bei meiner Schwester verbracht, und meine Schwester hatte zweimal angerufen. Es war meine Schuld, daß ich nicht zurückgerufen hatte. Ich konnte den Zorn über die Unbesonnenheit meiner Schwester nicht an meiner Tochter auslassen. Und was half es, meinen Zorn an Jo Lynn auszulassen? Hatte das je etwas genützt?

Es wurde vier Uhr, und ich hatte mich in einen Zustand unnatürlicher Ruhe hineingeredet. Ich würde die beiden an der Tür begrüßen, meiner Schwester danken, daß sie Sara nach Hause gebracht hatte, sie so schnell wie möglich weiterschicken und das Gespräch mit Sara aufschieben, bis Larry nach Hause kam. Wir waren uns bereits vorher darüber einig geworden, daß es am besten sei, sie ohne das Donnerwetter zu empfangen, das sie bestimmt erwartete. Wir würden ihr keinen Anlaß zu Wutausbrüchen geben. Je weniger wir sagten, deso besser würde es sein. Sara war nicht dumm; sie wußte, was sie angestellt hatte. Ihr Handeln würde Folgen haben; Larry und ich mußten nur noch entscheiden, wie diese Folgen aussehen sollten.

Jo Lynn drängte sich an mir vorbei, sobald ich die Tür öffnete.

»Wo ist Sara?« fragte ich und sah zu dem alten Toyota hinüber, aus dem Öl auf den Asphalt meiner Auffahrt tropfte.

»Im Auto.«

Ich versuchte durch das schmutzige Glas der Windschutzscheibe zu sehen. »Wo? Ich sehe niemanden.«

»Sie versteckt sich.«

»Sie versteckt sich? Das ist ja lächerlich. Was erwartet sie denn von mir?« Ich machte Anstalten hinauszugehen.

»Geh lieber nicht raus«, warne Jo Lynn. Der Ton ließ mich innehalten. »Ich hab ihr versprochen, daß ich zuerst mit dir rede.«

»Ich finde, wir haben schon genug geredet«, entgegnete ich und merkte, wie die Ruhe ängstlicher Ungeduld wich.

Jo Lynn griff an mir vorbei und schloß die Haustür. »Ich hab's ihr versprochen«, wiederholte sie. »Du willst mich doch nicht zur Lügnerin machen, oder?«

Ich würde am liebsten Hackfleisch aus dir machen, hätte ich gern gesagt. Ich sah sie an in ihrem weißen T-Shirt und den weißen kurzen Shorts und hielt mich zurück. Ich brachte sogar ein Lächeln zustande.

»Du bist wütend«, konstatierte sie. Offensichtlich fehlte meinem Lächeln die Aufrichtigkeit. Außerdem hatte Jo Lynn immer schon ein Talent dafür gehabt, das Offenkundige festzustellen.

»Du hast dir die Haare schneiden lassen«, bemerkte ich.

Sie griff sich unter die blonden Locken und bauschte sie auf. »Ja, heut nachmittag. Gefällt's dir? Ich hab sie nur ein paar Zentimeter kürzen lassen.«

»Es sieht sehr hübsch aus.«

»Hör mal, ich weiß, ich hätte Sara nicht bitten sollen mitzukommen, ohne es erst mit dir zu klären«, sagte sie, ganz überraschend für mich. Es war nicht Jo Lynns Art, sich für ihre Fehler zu entschuldigen. »Aber ich war wirklich total nervös und wollte da nicht allein hinfahren. Ich hab wirklich moralische Unterstützung gebraucht, und ich wußte ja, daß du nicht mitkommen würdest ...«

»Soll das heißen, daß es meine Schuld ist?«

»Nein, natürlich ist es nicht deine Schuld. Niemand ist schuld. Ich sage nur, wenn du ein bißchen verständnisvoller gewesen wärst, ein bißchen mehr Teilnahme ...«

»... dann wäre ich mit dir gefahren, und du hättest meine Tochter nicht in diesen Dreck reinziehen müssen«, fiel ich ihr ins Wort. Das war mehr die Art von Entschuldigung, die ich von Jo Lynn gewöhnt war.

»Na ja«, sagte sie. »Ich hätte dich wirklich gebraucht. Aber du warst ja nicht für mich da.«

Ich nickte und holte tief Luft. Ich brannte innerlich. Der Schweiß brach mir auf Stirn und Oberlippe aus. Jo Lynn bemerkte es nicht.

»Es war so unglaublich, Kate«, babbelte sie weiter. »Es war einfach umwerfend, da im Gefängnis mit Colin zusammenzusein.«

Ich öffnete den Mund, um zu protestieren, besann mich aber sogleich eines Besseren. Je mehr ich protestierte, desto länger würde diese Szene dauern. Ich sagte also gar nichts, wischte mir den Schweiß von der Lippe und wartete darauf, daß sie zum Ende käme.

»Ich hatte mir extra ein neues weißes Kleid gekauft, was ganz Besonderes, weil ich dachte, das würde ihm gefallen. Und ich hab recht gehabt, er fand es ganz toll. Es ist sehr schick, nicht zu kurz und nicht zu tief ausgeschnitten. Dezent, weißt du.«

Ich nickte. Meine Definition von dezent und Jo Lynns Definition von dezent standen nicht im selben Lexikon.

»Kurz und gut, ich war den ganzen Nachmittag das reinste Nervenbündel. Aber Colin war wirklich wunderbar, im Gerichtssaal hat er immer wieder zu mir rübergeschaut und gelächelt, so als wollte er mir sagen, daß ich mir keine Sorgen machen soll, daß alles in Ordnung sei. Und Sara war so lieb. Sie hat meine Hand gehalten, und sie hat gesagt, daß Colin ihr gefällt, wie in der Geschichte von Robin Hood und Maid Marian. Sie hat mir richtig Mut gemacht, weißt du. Ich hab ihr gesagt, sie soll diese furchtbaren Sachen, die die Leute im Zeugenstand erzählt haben, einfach nicht glauben.«

»Und dann seid ihr ins Gefängnis gefahren«, sagte ich, um die Geschichte abzukürzen.

»Ja, wir sind ins Gefängnis gefahren, ich hab dir ja schon von dem Graben und den Schildern überall erzählt.«

»Ja, das hast du.«

»Ja, also, der Besuchsraum ist oben im ersten Stock. Ich kann dir sagen, das war der längste Marsch meines Lebens.« Sie kicherte. »Ich war wahnsinnig nervös. Schließlich kommt man in so einen langen Raum mit einer Trennwand aus Glas, die Besucher sitzen auf der einen Seite und die Gefangenen auf der anderen, und man muß sich über Telefone miteinander unterhalten. Es ist wirklich albern. Ich meine, wir mußten doch sowieso schon unsere Handys, unsere Wickeltaschen und unsere Hüte abgeben, warum müssen wir dann noch hinter Glas sitzen? Sie lassen nicht mal eine Berührung zu! Ich finde, das ist eine grausame Bestrafung, meinst du nicht?«

Ich sagte nichts. Ich empfand dieses Gespräch als eine grausame Bestrafung.

»Na schön, ich hab also hinter dieser Glaswand gewartet. Es waren auch noch ein paar andere Frauen da, zu Besuch bei ihren Männern oder Freunden oder sonst wem, aber als Colin reingebracht wurde, haben sie alle wie auf Kommando aufgehört zu reden und ihn angestarrt. Ich meine, er ist eine richtige Berühmtheit. Er hat eine Aura, weißt du.« Sie legte eine Pause ein. Ich vermutete, sie tat es um der Wirkung willen, und bemühte mich, ein angemessen beeindrucktes Gesicht zu machen. »Als der Beamte ihn zu seinem Platz geführt hat, hat er mich die ganze Zeit angeschaut und gelächelt, du weißt schon, dieses traurige kleine Lächeln, das so typisch für ihn ist. Ich war einfach hin und weg, ich kann's dir gar nicht beschreiben. Dann hat er sich gesetzt und seinen Hörer genommen, und ich hab meinen genommen, und wir haben angefangen miteinander zu reden, als hätten wir uns schon unser Leben lang gekannt. Er stottert ein kleines bißchen, aber das ist richtig süß. Er hat mir gesagt, wie dankbar er mir für meine Unterstützung ist und wie gut es ihm tut, mich jeden Tag im Gerichtssaal zu sehen und zu wissen, daß ich an seine Unschuld glaube. Er ist unglaublich höflich, Kate. Ein richtiger Gentleman. Und er hat Humor. Ich glaube, er würde dir gefallen.«

Ich mußte mich räuspern, um nicht laut herauszuschreien, und hielt den Blick starr zu Boden gerichtet.

»Er wollte alles über mich wissen, was ich mag, was ich gern tue und so. Ach, und er hat auch nach dir gefragt.«

»Was?« Mit einem Ruck, als hätte jemand an einer Schnur gezogen, riß ich meinen Kopf in die Höhe.

»Er kennt dich doch vom Gericht.« Ihr Ton klang plötzlich aggressiv.

»Und was hast du ihm über mich erzählt?«

»Daß du meine Schwester und Therapeutin bist. Darüber hat er gelacht. Er hat gesagt, er müßte dich gelegentlich mal kennenlernen.«

Mich schauderte. Ich spürte, wie mir kalt wurde.

»Und Sara fand er ganz hinreißend.«

»Guter Gott!«

»Er hat gesagt, daß ...«

»Nimm's mir nicht übel, aber es interessiert mich wirklich nicht, was dieses Ungeheuer sonst noch zu sagen hatte.« Ich trat zur Haustür, riß sie auf und schrie der schattenhaften Gestalt im Auto zu: »Sara, komm auf der Stelle herein.«

»Werd bloß nicht böse, wenn du siehst, was sie getan hat«, begann Jo Lynn. »Ich finde, es sieht einfach toll aus.«

»Was sieht toll aus? Wovon redest du?«

»Es war nicht meine Idee.«

Hätte ich nicht gewußt, daß es Sara war, hätte ich sie wahrscheinlich gar nicht erkannt. An der Frau, die aus dem roten Toyota stieg, waren mir nur die Körpergröße und die Fülle ihres Busens vertraut. Die vorher langen braunen Haare waren auf Schulterlänge geschnitten und aschblond gebleicht. Die indische Seidenbluse und die Blue jeans waren mit einem engen weißen T-Shirt und einem rotweiß karierten Miniröckchen vertauscht worden.

»Die Kleider sind von mir«, bemerkte Jo Lynn überflüssigerweise. »Diese Hippieklamotten passen nicht zu der neuen Frisur.«

Sie sieht aus wie eine Nutte, dachte ich, viel zu entsetzt, um etwas zu sagen. Ohne ein Wort ging Sara an mir vorbei direkt zu ihrem Zimmer. Sie sah aus wie Jo Lynn.

12

Wir bemühten uns, kein Aufhebens von Saras Frisur zu machen, da wir überzeugt waren, jede negative Bemerkung würde sie nur weiter in die Opposition treiben, und jedes positive Wort würde falsch ausgelegt werden. Ich wagte ein kleinlautes: »Und, was ist es für ein Gefühl, blond zu sein?« Larry brummte irgend etwas davon, daß jeder hin und wieder ein bißchen Abwechslung brauche. Es blieb wie üblich Michelle überlassen, rundheraus die Wahrheit zu sagen. »Mensch, was hast du denn mit deinen Haaren gemacht?« schrie sie, sobald sie ihre Schwester sah. »Das sieht ja scheußlich aus.«

Aber so scheußlich sah es gar nicht aus. Man mußte sich nur daran gewöhnen, und im Lauf der nächsten Wochen versuchten wir das aufrichtig. Aber Sara machte einem niemals etwas leicht, und sie war abwechselnd unzugänglich, unfreundlich, aggressiv und feindselig. Alles andere als reuig oder zerknirscht. Es fiel ihr nicht ein, sich dafür zu entschuldigen, daß sie uns eine Nacht voller Angst und Sorge bereitet hatte; es fiel ihr nicht ein, uns zu versprechen, daß sie so etwas nie wieder tun würde. Eine Zeitlang versuchte ich so zu tun, als wäre sie eine Figur in einem Theaterstück, die vorübergehend in unsere Welt eingeführt worden war, um für dringend notwendige Entspannung durch Komik zu sorgen. Aber auf die Dauer fiel es schwer, sie komisch zu finden. Interessanterweise schrieb sie tatsächlich, genau wie Jo Lynn vorausgesagt hatte, einen Aufsatz über ihren Tag bei Gericht. Und natürlich bekam sie ein A. Dies zu den Konsequenzen.

Etwa um diese Zeit begann Larrys allmählicher Rückzug aus der Familie. Anfangs mied er nur Sara. Je weniger Kontakt mit ihr, sagte er sich, desto geringer die Gefahr offenen Konflikts und neuen Kummers. Er sorgte also dafür, daß er nicht da war, wenn Sara zu Hause war. Seine Arbeitstage wurden länger, seine Verabredungen zum Golfspiel häufiger. Die Folge davon war natürlich, daß auch Michelle und ich ihn weit seltener zu Gesicht bekamen, doch in diesen Wochen vor Thanksgiving blieb diese langsame Abkehr von uns größtenteils unbemerkt. Ich hatte selbst ziemlich viel zu tun. Die Wochen vor den Weihnachtsfeiertagen sind nicht, wie man uns glauben machen will, eine Zeit des Friedens und der Freude. Ganz im Gegenteil. Das bezeugte mein Terminkalender in der Praxis, der bis zum Ende des Jahres voll war.

Hinzu kamen die Sorgen mit meiner Mutter und meiner Schwester, die in meinen Augen, jede auf ihre eigene Art, völlig verrückt geworden waren. Meine Schwester saß weiterhin jeden Tag zur moralischen Aufrüstung Colin Friendlys im Gerichtssaal und besuchte ihn so oft wie möglich im Gefängnis. Meine Mutter erweiterte ihre Beschwerdenliste: Wenn sie nicht gerade von fremden Männern verfolgt wurde, wurde sie zu nachtschlafender Zeit aus ihrem Bett getrommelt oder mit obszönen Anrufen belästigt; einige Frauen in ihrem Stockwerk hatten sich gegen sie verschworen und wollten sie aus dem Heim werfen lassen; sie bekam zu den Mahlzeiten kleinere Portionen als alle anderen Bewohner; Mrs. Winchell versuchte sie auszuhungern.

Sie rief mich mindestens fünfzehnmal am Tag an, sowohl in der Praxis als auch zu Hause. Ihr Anruf war der erste, den ich morgens entgegennahm, und der letzte, der mich abends erreichte. Einmal schrie und schimpfte sie; zwei Minuten später war sie die gute Laune selbst. Oft weinte sie.

Ich nahm es meinem Mann nicht übel, daß er mit meiner Mutter und meiner Schwester am liebsten nichts zu tun haben wollte. Sie waren schließlich nicht seine Familie. Seine eigenen Verwandten waren ruhige, angenehme Leute, die uns nie irgendwelche Schwierigkeiten gemacht hatten. Seine Mutter, seit zehn Jahren Witwe, lebte in South Carolina, nicht weit von seinem älteren Bruder entfernt, und hatte einen sympathischen Witwer zum Nachbarn, mit dem sie seit fünf Jahren eng befreundet war. Wir besuchten einander von Zeit zu Zeit, und stets waren diese Zusammenkünfte nett und harmonisch. Nein, es waren einzig meine Verwandten, die schon immer problematisch waren und zunehmend problematischer wurden. Wäre es mir möglich gewesen, ihnen zu entfliehen, ich hätte es getan. Hatte ich es nicht schon versucht?

Es machte mir also wirklich nichts aus, daß Larry in jenen Wochen selten zu Hause war. Auf eine perverse Art war ich wahrscheinlich sogar froh darüber. Ein Mensch weniger, um den ich mich zu sorgen brauchte.

Der Thanksgiving-Tag verlief überraschenderweise sehr friedlich. Die sprichwörtliche Ruhe vor dem Sturm. Wir feierten bei uns, und alle zeigten sich von ihrer besten Seite. Larry war ein vorbildlicher Gastgeber, tranchierte mit Könnerhand die Pute und unterhielt sich angeregt mit meiner Mutter, die heiter und gesprächig war und keine Spuren ihres jüngsten Verfolgungswahns zeigte. Jo Lynn erschien sehr konservativ gekleidet in weißer Seidenbluse und schwarzer Samthose und verkniff es sich den ganzen Abend, Colin Friendly oder den Prozeß, der gerade eine Woche ausgesetzt wurde, zu erwähnen. Sara, in deren aschblonde Mähne sich die ersten braunen Wurzeln hineinschoben, half in der Küche und widmete sich aufmerksam ihrer Großmutter. »Wer ist denn das niedliche kleine Ding?« flüsterte meine Mutter irgendwann am Abend, und ich lachte, weil ich glaubte, sie mache einen Scherz. Erst später wurde mir klar, daß sie es wirklich nicht gewußt hatte. Als die Feier zu Ende ging, erklärte Michelle den Abend zu einem durchschlagenden Erfolg. »Fast wie bei einer normalen Familie«, sagte sie, als sie mir ihre Wange zum Gutenachtkuß bot.

Was Robert anging, so hatten wir zwar über Anrufbeantworter ab und zu Kontakt, aber zu einem Gespräch kam es nie. Wenn er anrief, war ich gerade in einer Sitzung. Wenn ich zurückrief, war er gerade in einer Besprechung. Er denke an mich, hinterließ er mir auf dem Anrufbeantworter; ich denke über sein Angebot nach, hinterließ ich auf seinem.

Am Montag nach Thanksgiving wartete eine Nachricht, als ich in der Praxis ankam. »Schluß jetzt mit diesem Unsinn«, tönte Roberts Stimme. »Ich erwarte dich Mittwoch mittag in meinem

Büro. Ich führ dich herum, mach dich mit den Leuten hier bekannt, zeig dir, wie wir arbeiten, und dann gehen wir zusammen zum Mittagessen. Ich bin gespannt auf deine Ideen.« Er nannte die Adresse des Senders und beschrieb mir den Weg dorthin. Mit keinem Wort bat er mich, zurückzurufen und die Verabredung zu bestätigen. Da er wußte, daß der Mittwoch mein freier Tag war, setzte er einfach voraus, daß ich zur Verfügung stünde. Daß ich bereits andere Pläne haben könnte, kam offensichtlich überhaupt nicht in Betracht.

Zufällig hatte ich aber meiner Mutter versprochen, mit ihr am Mittwoch einkaufen zu gehen. Wir machen uns einen richtig schönen Tag, hatte ich nach dem Thanksgiving-Essen in meiner Erleichterung darüber, wie harmonisch der Abend verlaufen war, zu ihr gesagt. Erst würden wir Weihnachtseinkäufe machen, dann zusammen zu Mittag essen, hatte ich vorgeschlagen. Auf keinen Fall würde ich sie jetzt anrufen und absagen, weil ich ein besseres Angebot hatte. Wir waren schließlich nicht mehr in der High-School. Diese Verabredung hier allerdings war eine geschäftliche Angelegenheit, sagte ich mir, die Hand schon am Hörer. »Wir können ja immer noch morgens unsere Einkäufe machen«, sagte ich zu meiner Mutter.

»Das ist aber ein netter Gedanke«, meinte sie, als hätten wir nie darüber gesprochen.

Am Mittwochmorgen holte ich sie um zehn Uhr ab. Sie war schon unten im Foyer, stand allein an der Tür, ihre Handtasche fest an sich gedrückt, und sah sich mißtrauisch um. Ich winkte ihr. Sie machte ein verdutztes Gesicht, als wäre sie überrascht, mich zu sehen, dann eilte sie heraus.

»Alles in Ordnung?« fragte ich, als ich ihr ins Auto half und sah, daß sie ihre Handtasche immer noch fest an sich drückte, als müßte sie sie vor diebischen Händen bewahren. »Mutter?« fragte ich noch einmal, nachdem ich mich ans Steuer gesetzt hatte. »Ist irgendwas? Geht es dir gut?«

»Ich muß dir was zeigen«, flüsterte sie. Dann: »Fahr erst mal los.«

Langsam, widerstrebend, fuhr ich auf den Palm Beach Lakes Boulevard hinaus. »Was denn?« fragte ich. »Was willst du mir zeigen?«

»Ich zeig's dir, wenn wir dort sind.«

Ich wollte protestieren, aber da merkte ich, daß sie mir schon gar nicht mehr zuhörte. Ihre ganze Aufmerksamkeit war darauf konzentriert, die Straße vor uns zu beobachten. Mit einem schnellen Blick auf ihr Profil suchte ich nach äußeren Zeichen von Verwirrung, aber ihr graues Haar war frisch gewaschen und gepflegt, ihre dunkelbraunen Augen wirkten klar und zielgerichtet, um ihren kleinen Mund spielte ein Lächeln. Alles schien normal zu sein. Nur ihre Haltung, die Art, wie sich ihr Oberkörper schützend über ihre Handtasche krümmte, schien ungewöhnlich. Dann sah ich plötzlich ihre Hände.

»Was ist denn mit deinen Nägeln passiert?« fragte ich und starrte auf ihre dunkelroten Fingernägel.

Sie blickte auf ihre langen, von der Arthritis ein wenig knotigen Finger hinunter, dann zeigte sie sie mir stolz, wie verwundert über das, was sie sah. »Gefällt es dir? Die Verkäuferin bei Sak's hat behauptet, dieser Lack wäre der letzte Schrei.«

Ich griff zu ihr hinüber und rieb über einen ihrer Fingernägel. Der sogenannte Lack färbte ab. »Das ist kein Nagellack«, sagte ich und fragte mich, was diese Verkäuferin ihr da angedreht hatte.

»Es ist kein Nagellack?«

»Nein, das ist Lippenstift.« Ich rieb über ihre anderen Finger. »Du hast dir die Nägel mit Lippenstift gemalt.«

Sie schüttelte den Kopf. »Nein«, entgegnete sie sehr bestimmt. »Du täuschst dich. Und jetzt hast du alles verschmiert«, sagte sie, hörbar den Tränen nahe.

»Aber Mama«, begann ich und brach ab. Schweigend und tief besorgt fuhr ich weiter. Mit meiner Mutter stimmte etwas nicht, das war klar. Aber am Wochenende, versicherte ich mir selbst hastig, war sie doch ganz in Ordnung gewesen. Vielleicht war das Wochenende einfach zuviel für sie gewesen. Ältere Menschen vertrugen es oft nicht mehr so gut, wenn ihr täglicher Rhythmus gestört wurde. Aber war sie mit fünfundsiebzig wirklich so alt? Was ging mit ihr vor?

Wir sprachen nichts mehr, bis ich den Wagen auf dem Parkplatz des Einkaufszentrums am Military Trail anhielt. Kaum hatte ich den Motor abgestellt, drehte sich meine Mutter mit erregt blitzenden Augen und nervös flatternden Händen zu mir. »Warte, bis du das siehst.« Sie griff in ihre Handtasche und holte etwas heraus, das sie vorsichtig in ihrer geschlossenen Hand hielt.

»Was ist es denn?« Ich hörte die Nervosität in meiner Stimme.

Meine Mutter lächelte stolz, öffnete dann langsam ihre Hand und enthüllte ein kleines weißes Ei. »Hast du so etwas schon mal gesehen?« fragte sie ehrfürchtig. Mir war, als legte sich eine Klammer um mein Herz. Sie sah sich nervös um, als hätte sie Angst, es könnte jemand draußen am Fenster stehen und sie beobachten. »Sie hatten einige davon heute morgen auf dem Frühstückstisch«, fuhr sie fort, »und ich konnte mich gar nicht an ihnen satt sehen. Als dann niemand hergeschaut hat, habe ich heimlich eines in meine Handtasche gesteckt, um es dir zu zeigen. Sieh doch nur, wie vollkommen es geformt ist. Hast du so etwas schon mal gesehen?«

»Es ist ein Ei, Mama«, sagte ich behutsam, den Blick ungläubig auf ihre Hand gerichtet. »Weißt du das denn nicht?«

»Ein Ei?«

»Du ißt sie jeden Tag.«

Meine Mutter sah mich sekundenlang mit starrem Blick an. »Aber ja, natürlich«, sagte sie dann, ohne daß ihr Gesichtsausdruck sich veränderte. Sie steckte das Ei wieder in ihre Handtasche.

»Mama«, begann ich, ohne recht zu wissen, was ich sagen sollte, unfähig, das schreckliche Schweigen auszuhalten.

»Du siehst aber wirklich hübsch aus!« rief sie, als sähe sie mich zum erstenmal. »Ist das Kleid neu? Sehr schick, nur um darin einkaufen zu gehen.«

Ich strich mit automatischer Bewegung über die Falten meines neu gekauften rotweißen Kleides. »Ich habe eine Verabredung zum Mittagessen«, erinnerte ich sie. »Ich soll vielleicht eine Radiosendung bekommen. Erinnerst du dich, ich hab dir davon erzählt.«

»Natürlich erinnere ich mich«, erwiderte sie. »Hast du Michelles Wunschzettel dabei?«

Spätestens zu diesem Zeitpunkt hätte ich wohl erkennen müssen, daß meine Mutter ernstlich krank war. In der Rückschau scheint es mir unglaublich, daß ich die deutlichen Anzeichen der Alzheimerschen Krankheit nicht erkannte. Wäre sie die Mutter eines meiner Klienten gewesen, so hätte ich das zweifellos viel früher gesehen oder zumindest die Möglichkeit in Betracht gezogen, aber sie war ja *meine* Mutter, und sie war erst fünfundsiebzig Jahre alt. Außerdem benahm sie sich gewöhnlich ganz normal. Gewöhnlich stahl sie keine Eier vom Frühstückstisch und malte ihre Fingernägel nicht mit Lippenstift an. Gewöhnlich beschuldigte sie ihre Nachbarn nicht, sich gegen sie verschworen zu haben. Gewöhnlich backte sie nicht mit Geschirrspülmittel. Gewöhnlich war sie ganz in Ordnung, ein wenig vergeßlich vielleicht, aber sind wir das nicht alle? An die meisten Dinge erinnerte sie sich. Und war sie nicht das ganze Wochenende lang in Ordnung gewesen? Hatte sie nicht soeben Michelles Wunschzettel erwähnt?

»Den hab ich hier«, sagte ich und zog den Zettel aus meiner schwarzen Ledertasche.

»Sie ist so ein komisches Mädchen«, meinte meine Mutter, und ich lachte, obwohl ich nicht recht wußte, warum.

Michelles Weihnachtswunschzettel amüsierte mich jedes Jahr aufs neue. Jeder gewünschte Gegenstand war durch eine Zeichnung illustriert und mit genauen Angaben zu Größe, Preis und Geschäften, wo er zu kaufen war, versehen. Dazu gab es eine Präferenzlegende: Gelbe Unterstreichung hieß, das es schön wäre, diesen Wunsch erfüllt zu bekommen; ein Sternchen hieß, es wäre noch schöner, ein Pfeil bedeutete sehr schön, und Sternchen und Pfeil zusammen bedeuteten, eine Erfüllung dieses Wunsches wäre das Allerschönste.

Bei Michelle wußte man immer genau, woran man war, dachte ich, mich an den Wunschzettel klammernd wie an eine Rettungsleine.

Sara lehnte es natürlich ab, überhaupt eine Liste zu machen.

Der Vormittag entwickelte sich dann doch noch recht angenehm. Meine Mutter benahm sich normal; es gelang uns, mehrere der Dinge, die Michelle auf ihrer Liste hatte, ohne größere Schwierigkeiten zu finden; meine Nervosität über das bevorstehende Zusammentreffen mit Robert legte sich. Ich hatte sogar ein paar Ideen für die Sendung, die ich jetzt im stillen schon »Meine Radiosendung« nannte. Die Verabredung zum Mittagessen war also ganz legitim, sagte ich mir beschwichtigend, als ich mit meiner Mutter über den Parkplatz zu einem kleinen Geschäft ging, das auf Golfzubehör spezialisiert war.

Natürlich gab ich mich in bezug auf Robert den gleichen Selbsttäuschungen hin wie in bezug auf meine Mutter.

»Ich suche Golfschläger für meinen Mann«, sagte ich zu dem jungen Verkäufer, der uns seine Hilfe anbot. »Was würden Sie mir empfehlen? Ich möchte etwas wirklich Gutes.« Schlechtes Gewissen, sagte ich mir, hat nichts damit zu tun, daß ich meinem Mann die besten Schläger kaufen wollte, die gegenwärtig auf dem Markt waren.

»Tja, das kommt natürlich darauf an, was Sie brauchen«, sagte der junge Mann, während er uns voraus in den hinteren Teil des Ladens ging. »Aber wir haben hier etwas ganz Neues. Schauen Sie, diese Schläger sind einfach phantastisch.« Er zog einen langen Schläger mit einem harten hölzernen Kopf aus dem Köcher und begann mir von seinen besonderen Tugenden vorzuschwärmen, wobei er mit der Hand so zärtlich über die glatte Fläche strich, als handelte es sich um einen Frauenkörper. »Es ist eine perfekte Kombination aus Titan und Graphit. Für meine Begriffe«, schloß er, wobei er das Holz mit einem Eisen vertauschte, vermutlich in der Annahme, ich wüßte den Unterschied, »ist es das Beste, was derzeit auf dem Markt ist.«

»Und wieviel kostet so eine Garnitur Schläger?« fragte ich.

»Tja, lassen Sie mich rechnen«, begann er und ließ seinen Blick durch den Laden schweifen, als hätte er den Preis nicht schon im Kopf. Plötzlich riß er die Augen auf und schrie: »Um Gottes willen! Vorsicht!«

Ich hörte das Schwirren des Golfschlägers, bevor ich sah, was geschah, spürte den Luftzug, als der Schläger an mir vorbeisauste und um höchstens zehn Zentimeter meinen Kopf verfehlte. Mehrere junge Männer erschienen plötzlich wie aus dem Nichts. Sie packten meine Mutter, als wollten sie sie niederringen, und rissen ihr den Golfschläger, den sie wie einen Baseballschläger schwang, aus den Händen.

»Kate!« schrie sie entsetzt, als fremde Hände sie packten. »Hilf mir! Hilf mir doch!«

»Lassen Sie sie!« brüllte ich. »Sie ist meine Mutter.« Verdutzt ließen die jungen Männer meine Mutter los. »Es ist nichts«, erklärte ich, ebenso verwirrt wie alle rundherum. »Sie wollte mir nichts antun.«

»Dir etwas antun?« wimmerte meine Mutter, und ihr Kopf wackelte hin und her, als wäre er nur mit Drähten an ihrem Körper befestigt, so daß die lose Haut ihres Gesichts und ihres Halses zu schlottern begann. »Was redest du denn da? Ich würde dir doch niemals etwas antun. Ich wollte nur den Schläger ausprobieren. Weißt du, in der High-School war ich so eine gute Schlägerin. Die Beste im Team.«

»Es ist schon okay, es ist alles in Ordnung«, versicherte ich der kleinen Gruppe, die sich um uns versammelt hatte. »Sie ist manchmal nur ein bißchen verwirrt, das ist alles. Wie geht es dir? Alles in Ordnung?« fragte ich sie.

»Du weißt doch, daß ich dir niemals etwas antun würde«, beteuerte meine Mutter, als ich sie aus dem Geschäft führte.

»Natürlich weiß ich das«, versicherte ich ihr.

Erst als ich hinter dem Steuer meines Wagens saß, hörten meine Knie auf zu zittern. Und erst als ich sie in ihrer Wohnung abgesetzt hatte, konnte ich wieder atmen.

»Du siehst ein bißchen erhitzt aus«, bemerkte Robert und hob die Hand, um meine Wange zu berühren. »Brütest du etwas aus?«

Die Berührung seiner Hand an meiner Wange war beinahe mehr, als ich ertragen konnte. Ich schloß die Augen und stellte mir vor, wir lägen an einem schimmernden weißen Strand, weit weg von Müttern und Töchtern und Ehemännern und Ehefrauen. Und Schwestern, fügte ich im stillen hinzu und zwang mich dann, die Augen wieder zu öffnen und in die Wirklichkeit der luxuriösen Büroräume im Herzen von Delray zurückzufinden. »Meine Mutter hält sich für Babe Ruth«, sagte ich.

»Wieso hab ich den Eindruck, daß da eine interessante Geschichte lauert?« fragte er augenzwinkernd.

»Weil du Presse bist«, erwiderte ich. »Für dich steckt hinter allem eine Story.«

»Kann sein«, sagte er, »aber nicht immer eine interessante. Wie kommt es, daß ich alles an dir so interessant finde?«

»Weil du mich seit dreißig Jahren nicht mehr gesehen hast«, antwortete ich trocken. »Weil du mich nicht sehr gut kennst.«

»Das würde ich gern ändern.«

Zum zweitenmal an diesem Morgen wurde mir das Atmen schwer. Ich sah mich in seinem Büro um, versuchte, ganz bewußt jede Menge belangloser Details wahrzunehmen: Die Wände waren blaßblau, der dicke Teppich silbergrau, auf dem wuchtigen Schreibtisch mit der schwarzen Marmorplatte nahm ein Computer mit großem Bildschirm einen Teil des Platzes ein. Vor dem Schreibtisch standen zwei Besuchersessel in graublauem Wildleder, auf der anderen Seite des rechteckigen Raums lud eine dazu passende Couchgarnitur den Besucher zum Sitzen ein. Wir befanden uns in der obersten Etage eines elfstöckigen Gebäudes; Fenster nach Osten, die vom Boden bis zur Decke reichten, gewährten einen überwältigenden Blick auf den Ozean hinaus. Es war die spektakuläre Aussicht, die an meiner plötzlichen Atemnot schuld war, wollte ich mir einreden und hätte beinahe laut gelacht über diesen erbärmlichen Versuch der Selbsttäuschung.

Eine Reihe gerahmter Fotografien stand auf dem halbhohen

Eichenschrank hinter Roberts Schreibtisch. Ich trat näher und betrachtete die glückliche Familie, die mich da anstrahlte: eine dunkelhaarige, zierliche Frau, hübsch, ohne schön zu sein, mit etwas geweiteten Augen, was entweder auf Überraschung hindeutete oder auf eine kosmetische Operation; vier Kinder, zwei Jungen und zwei Mädchen, ihre Entwicklung von der Kindheit bis zum jungen Erwachsenenalter in einer Serie von Aufnahmen dokumentiert.

»Du hast wirklich eine nette Familie«, sagte ich, obwohl ich ohne Lesebrille Einzelheiten der Gesichter gar nicht erkennen konnte.

»Danke«, erwiderte er. »Hast du Bilder deiner Töchter da?«

Froh über die Ablenkung, kramte ich in meiner Tasche und sah sofort meine Mutter vor mir, wie sie in ihre Handtasche gegriffen und mir stolz ihre wunderbare Entdeckung gezeigt hatte. Ein Ei. Vielleicht hat sie recht, dachte ich. Ein Ei war ja tatsächlich etwas Wunderbares.

»Woran denkst du?« hörte ich Robert fragen. Ich sah, wie die Fältchen an seinen Augenwinkeln sich kräuselten, als er lächelte.

»An Eier«, antwortete ich und beugte mich hastig wieder über meine Handtasche.

»An Eier«, wiederholte er kopfschüttelnd. »Du bist mir ein Rätsel, Kate Latimer.«

Ich lächelte. Genau das hatte ich immer sein wollen. »Kate Sinclair«, verbesserte ich leise, halb hoffend, er würde es nicht hören, und fand endlich das kleine rote Lederetui mit den Fotos von Sara und Michelle. »Die sind mindestens ein Jahr alt«, sagte ich, als ich es ihm reichte. »Michelle hat sich nicht groß verändert, nur daß sie jetzt noch schmaler ist.«

»Sie ist entzückend.«

Ich betrachtete die kleine Fotografie meiner jüngeren Tochter: Ein herzförmiges Gesicht und große, tiefblaue Augen; schulterlanges, hellbraunes Haar und ein kleiner Mund, der eine Spur traurig wirkte. Sara war die Auffallendere, Michelle die eher im konventionellen Sinne Hübsche.

»Und das hier?«

»Das ist Sara«, sagte ich. »Sie trägt ihr Haar jetzt anders. Es ist kürzer und blond.«

»Und dir gefällt das nicht?«

Ich steckte das rote Lederetui wieder in meine Tasche. War ich so leicht zu lesen? »Doch, der Schnitt gefällt mir«, entgegnete ich. »Die Farbe ist weniger mein Geschmack.«

»Keine Bilder von deinem Mann?« Roberts hellbraune Augen blitzten spitzbübisch.

Ich trat zum Fenster und blickte auf den Ozean hinaus. Ich konnte nicht erkennen, wo der Himmel endete und das Wasser begann. Aber was spielte das schon für eine Rolle? Das breite Blau war wunderbar. »Nein«, antwortete ich und fragte mich gleichzeitig, was ich in Roberts Büro wirklich suchte. »Nein, keine Bilder von Larry.«

Die Sprechanlage auf seinem Schreibtisch summte, und seine Sekretärin teilte ihm mit, daß ein Mr. Jack Peterson aus New York am Apparat sei. Robert entschuldigte sich, um das Gespräch entgegenzunehmen, und ich entschuldigte mich, um die Toilette aufzusuchen.

Ich trat dicht vor den großen Spiegel. »Worauf läßt du dich da ein?« fragte ich mein Spiegelbild, während ich meine Wangen ein wenig rosiger tönte und mein Haar aufbauschte. Brauchst du denn so etwas gerade jetzt in deinem Leben? Selbst wenn es wirklich um eine Runkfunksendung gehen sollte, willst du das überhaupt?

In Wahrheit wollte ich nichts weiter, als daß alles wieder seinen normalen Gang gehen würde. Ich wollte eine Tochter mit braunem Haar und einem guten Zeugnis haben, eine Schwester mit einer festen Anstellung und ohne Liebesleben, eine Mutter, die sich nicht benahm, als käme sie von einem anderen Stern.

Wenigstens hatte ich sie überreden können, einen Arzt aufzusuchen. Das ist immerhin ein Trost, sagte ich mir, während ich mir die Lippen nachzog und sofort wieder an die magentaroten Lippenstiftflecken auf den Fingernägeln meiner Mutter dachte.

Zunächst hatte sie einen Arztbesuch abgelehnt, behauptete, sie sei oft genug zu Ärzten gelaufen; ich hatte deshalb so getan, als müßte ich selbst dringend einmal zu einer Untersuchung und wünschte mir dabei ihre moralische Unterstützung. »Aber natürlich, Kind«, hatte sie sogleich eingewilligt. Allerdings hatte ich erst in zwei Monaten einen Termin bekommen können.

Vielleicht hat sich das Problem, welcher Art auch immer es war, bis dahin selbst gelöst, sagte ich mir. In zwei Monaten hatte meine Tochter vielleicht wieder ihre natürliche Haarfarbe, Colin Friendly wäre auf dem Weg zum elektrischen Stuhl und meine Mutter wieder sie selbst.

Ich konnte nicht wissen, daß alles noch schlimmer werden würde.

Aber vielleicht hatte ich doch so eine Ahnung. Vielleicht war das der Grund, weshalb ich beschloß, auf den von Robert vorgeschlagenen Rundgang durch den Sender zu verzichten, das Mittagessen mit ihm sausen zu lassen, die unausgegorene Idee, ein Radiostar zu werden, ad acta zu legen. Ich klatschte mir eine Handvoll kaltes Wasser ins Gesicht, entschieden eine symbolische Geste der Reinigung, steckte mein Schminktäschchen wieder ein und marschierte wild entschlossen aus der Toilette.

Robert wartete vor den Aufzügen auf mich. »Tut mir leid, daß wir gestört worden sind«, sagte er, nahm mich beim Ellbogen und führte mich über den Flur zum Büro des leitenden Direktors des Senders. »Ich kann's kaum erwarten, mit dir anzugeben«, sagte er.

Ich ließ mich widerstandslos durch ein Labyrinth von Büros führen, die das ganze zwölfte Stockwerk einnahmen, schüttelte diversen Abteilungsleitern und Bürokräften die Hände, sah mir die Aufnahmestudios eine Etage tiefer an, lernte die Ansager und Produzenten kennen, all die Leute, die zusammenarbeiten müssen, um eine Sendung zu machen. Ich muß zugeben, ich genoß das alles, die Atmosphäre, die Menschen, den Jargon, die Betriebsamkeit. Am meisten genoß ich es, Roberts Hand an meinem Ellbogen zu fühlen, während er mich von einem Raum in den nächsten führte, von einer unvertrauten Situation zur anderen, von neuem Gesicht zu neuem Gesicht. Es war weniger die Berührung selbst als das, was sie symbolisierte: das Gefühl, sanft geführt zu werden, nur geschehen lassen zu müssen, das Wissen, daß ein anderer bestimmte, die Entscheidungen traf, führte. Daß ich nicht länger verantwortlich war.

So willigte ich also ein, mich verführen zu lassen, wie ja eine Verführung stets der inneren Zustimmung bedarf, und machte mir, als wir den Sender verließen, um zum Mittagessen zu gehen, immer noch vor, Roberts Interesse an mir sei rein professioneller Art, ebenso wie mein Interesse an ihm lediglich auf berufliche Erweiterung abziele.

Das war vor dem Mittagessen.

Selbsttäuschung, Rationalisierung, Verleugnung – sie haben ihre Grenzen.

13

»Jetzt verrat mir doch mal, was das Geheimnis einer glücklichen Ehe ist.«

Über den Tisch hinweg sah ich Robert Crowe an und suchte nach Anzeichen von Ironie in den wachen hellbraunen Augen. Ich fand keine. Ich versuchte zu lachen, aber unter der Intensität seines Blicks blieb mir das Lachen in der Kehle stecken. Nervös hob ich eine Hand zum Gesicht, senkte sie, griff über den Tisch, um mir noch ein Brötchen zu nehmen – mein drittes.

Er legte seine Hand auf die meine. »Du wirkst ein bißchen nervös.«

Spielte er mit mir? »Ich weiß nicht recht, wie weit ich dich ernst nehmen soll«, antwortete ich aufrichtig.

»Und das macht dich nervös?«

»Ich weiß gern, woran ich bin.«

»Dann nimm mich sehr ernst«, erwiderte er und zog seine Hand weg.

Ich war verwirrter denn je. Auf diese Art kryptischen Geplänkels hatte ich mich seit fünfundzwanzig Jahren nicht mehr eingelassen. Gerade das mochte ich an meinem Mann so sehr, daß ich bei ihm von Anfang an gewußt hatte, woran ich mit ihm war. Da hatte es kein ängstliches Warten auf seinen Anruf gegeben. Keine emotionalen Achterbahnfahrten. Wieso saß ich dann nicht mit meinem Mann hier, in diesem gemütlichen kleinen Restaurant in Delray Beach?

»Das Geheimnis einer glücklichen Ehe«, wiederholte ich und versuchte zu ignorieren, wie gut Robert in seinem dunkelgrünen Anzug aussah. »Da gibt es kein Geheimnis. Das weißt du genau.«

»Du bist seit beinahe einem Vierteljahrhundert verheiratet«, erinnerte er mich.

»Du bist selbst seit mehr als zwanzig Jahren verheiratet», entgegnete ich.

»Wer hat gesagt, daß ich glücklich bin?«

Ich schwieg. Ich sah mich in dem dämmrig erleuchteten Restaurant um, das in Tönen von Burgunderrot und Pink gehalten war, und fragte mich, wo unser Essen so lange blieb. Wir saßen seit fast einer halben Stunde an diesem Ecktisch. Wir hatten bereits eine ganze Reihe von Ideen für meine sogenannte Radiosendung durchgesprochen: Ob eine tägliche Sendung von einer Stunde Dauer einer wöchentlichen zweistündigen Sendung vorzuziehen sei. Ob ich Interviews mit verschiedenen Fachleuten einbauen oder die Sendung ganz allein bestreiten würde. Ob wir uns jeweils nur auf ein Thema beschränken oder die Telefonleitungen offenhalten sollten, um die Themen von den Anrufen bestimmen zu lassen. Ob es machbar wäre, Livesitzungen zu übertragen. Oder ob man die Sitzungen lieber von Schauspielern nachspielen lassen sollte. Ob es vielleicht möglich wäre, beides zu kombinieren.

Wir waren zu keinem festen Ergebnis gekommen. Ganz klar, daß das Konzept noch weiterer, gründlicher Erörterung bedurfte. Ganz klar, daß weitere solche Arbeitsessen notwendig werden würden.

»Du bist nicht glücklich?« Die Frage rutschte mir heraus, ehe ich es verhindern konnte.

»Ich bin nicht *un*glücklich«, spezifizierte er. »Meine Frau ist ein feiner Mensch; wir haben vier wohlgeratene Kinder, und ich verdanke ihr meinen beruflichen Erfolg. Ich schulde ihr sehr viel.«

»Liebst du sie?« Ich wußte, daß die Frage naiv klang, vielleicht sogar banal. Aber letztlich war das die einzige Frage, auf die es wirklich ankam.

»Definiere den Begriff Liebe.«

Ich schüttelte den Kopf. »Liebe ist für jeden etwas anderes. Ich würde mir nicht anmaßen, für dich zu sprechen.«

»Doch, sprich für mich«, forderte er mich auf. »Na komm schon – maß es dir an.«

Ich lächelte und ärgerte mich darüber, daß ich für seinen Charme so empfänglich war. Los, steh auf, sagte ich mir. Steh auf und sag ihm, daß du keinen Appetit hast, daß diese Idee mit der Rundfunksendung nichts als Quatsch ist, daß sein plötzliches Interesse an deinen therapeutischen Fähigkeiten dich nicht täuschen kann, daß du jetzt genauso wenig bereit bist, mit ihm zu schlafen, wie vor dreißig Jahren. Na los schon, sag es ihm. Statt dessen blieb ich sitzen und antwortete: »Ich kann dir nur sagen, was Liebe für mich ist.«

»Bitte.«

Ich schluckte. »Für mich setzt Liebe sich aus vielen Faktoren zusammen – Respekt und Toleranz und Akzeptanz des anderen, so wie er ist.« Ich mußte ihn ansehen, obwohl ich es nicht wollte. »Und natürlich gehört körperliche Anziehung dazu.«

»Und was geschieht, wenn der Respekt und die Toleranz und die Akzeptanz des anderen, so wie er ist, zwar da sind, aber die körperliche Anziehung nicht mehr?«

»Dann muß man daran arbeiten, sie zurückzugewinnen«, antwortete ich ziemlich zugeknöpft und war heilfroh, als der Kellner mit unserem Essen kam.

»Seien Sie vorsichtig«, warnte er prophetisch. »Es ist alles sehr heiß.«

Ich fiel über meine Spaghetti mit Meeresfrüchten her, als hätte ich seit Wochen nichts mehr zu essen bekommen. Ich verbrannte mir die Zunge und den Gaumen. Aber solange ich den Mund voll hatte, konnte ich mich nicht in Verlegenheit bringen, sagte ich mir und ließ mir kaum Zeit zum Atmen zwischen den Bissen. Meine Zunge wurde gefühllos. Das Essen verlor allen Geschmack. Ich schob dennoch eine Gabel nach der anderen hinein, während Robert mir lächelnd zusah, offensichtlich erheitert über mein Unbehagen.

»Soll ich vielleicht so tun als ob?« fragte er nach einer langen Pause.

»Warum nicht? Frauen tun das dauernd.«

»Sprichst du aus persönlicher Erfahrung?«

»Das hab ich nicht gesagt.«

»Du hast es aber auch nicht geleugnet.«

»Ich sag ja gar nicht, daß du irgend etwas vortäuschen solltest«, entgegnete ich.

»Na, Gott sei Dank, denn das ist nicht immer möglich. Mal rein körperlich betrachtet«, fügte er überflüssigerweise hinzu, während ich ohne Erfolg dagegen kämpfte, ihn mir im Bett vorzustellen. »Der männliche Körper gehorcht den guten Vorsätzen nicht immer.«

»Ich finde, wir sollten das lassen«, sagte ich schließlich schlukkend. Die Spaghetti lagen mir wie ein Klumpen im Magen.

»Was sollten wir lassen?« fragte er.

»Ach, ich weiß auch nicht.« Ich legte meine Gabel nieder und sah ihm direkt in die Augen. »Warum erzählst du mir das alles?«

»Wahrscheinlich hab ich gehofft, du hättest ein paar leichte Lösungen für mich parat«, sagte er und lachte traurig. »McDonalds Schule der Psychiatrie. Schnell und mühelos. Über acht Milliarden Geheilte.«

»McTherapy.« Ich lachte. »Das wär doch ein guter Name für die Radiosendung.«

Wir versanken beide in Schweigen. Ich aß den Rest meiner Spaghetti.

»Also, wie macht man es?« fragte er ruhig und trank einen Schluck Wein.

»Wie macht man was?«

»Wie hält man eine Beziehung – wie sagt man doch so schön? – lebendig?«

Ich seufzte, tiefer als beabsichtigt.

»Liebst du deinen Mann?« fragte er.

»Ja«, antwortete ich schnell.

»Ihr habt also die richtige Kombination von Respekt und Toleranz und Akzeptanz des anderen?«

»Ja.« Einsilbige Antworten waren so ziemlich das einzige, wozu ich im Moment fähig war.

»Und die körperliche Anziehungskraft ist auch noch da?«

»Mein Mann ist ein sehr gutaussehender Mann.«

»Und meine Frau ist eine sehr hübsche Frau. Danach habe ich nicht gefragt.«

»Ja, ich finde meinen Mann immer noch körperlich attraktiv.«

»Und er dich auch?«

»Sagt er jedenfalls.« Wirklich? fragte ich mich. Wann hatte er es denn das letzte Mal gesagt?

»Ihr schlaft noch zusammen?«

Ich griff nach meinem Wasser, trank lange, wohl in der Hoffnung, daß ich einen Erstickungsanfall bekommen würde und aus dem Restaurant hinausgetragen werden müßte. Ich sah mich suchend im Saal um, wünschte irgendeine Ablenkung herbei – einen stolpernden Kellner, der sein Tablett fallen ließ, einen lautstarken Krach an einem Nachbartisch, eine Mutter, die ihrer Tochter einen Golfschläger an den Schädel donnerte. »Also, das geht dich wirklich nichts an.«

»Nein, natürlich geht es mich nichts an«, stimmte er zu. »Ich frage trotzdem.«

Ich bemühte mich, nicht zu lächeln, spürte, wie meine Lippen sich dennoch verzogen. »Ja, wir schlafen noch miteinander«, antwortete ich.

»Wie oft?«

»Was?«

»Du hast mich genau verstanden.«

»Ja, stimmt, und ich habe nicht die Absicht, dir eine Antwort zu geben.«

»Nicht so oft wie früher, wette ich.«

»Nach fünfundzwanzig Jahren Ehe ist das eine ziemlich risikolose Wette.«

»Und du bist damit glücklich?«

»Ich bin nicht *un*glücklich damit«, erwiderte ich, seine frühere Bemerkung wiederholend. War das wahr?

Er lächelte.

Warum mußte er auch immer noch so attraktiv sein wie damals? Hätte er mit den Jahren nicht dick oder kahlköpfig oder langweilig werden können? Warum mußte er immer noch so verdammt – lebendig aussehen?

»Meine Frau und ich haben seit drei Jahren nicht mehr zusammen geschlafen«, sagte er.

»Was?«

»Du hast mich genau verstanden.«

»Ja, stimmt.« Hatten wir diesen Dialog nicht schon einmal gehabt? »Ich frage mich, was du von mir hören willst.«

»Was würdest du sagen, wenn ich dein Klient wäre?«

»Hast du nicht neulich gesagt, wenn du eine Therapie bei mir machen wolltest, würdest du dir einen Termin geben lassen«, entgegnete ich in dem Bemühen, das Gespräch in andere Bahnen zu lenken, auf eine sachliche Ebene zu verschieben, auf der ich mit sicherer beruflicher Distanz reagieren konnte.

»Meinst du, das sollte ich tun?« fragte er.

»Brauchst du es denn?« fragte ich zurück.

»Du bist doch die Therapeutin. Sag du es mir.«

»Ich denke, wenn du mit deiner Situation nicht glücklich bist, dann solltest du versuchen sie zu ändern.«

»Das versuche ich ja«, gab er herausfordernd zurück.

Ich schlug nervös ein Bein über das andere. »Du solltest mit deiner Frau darüber sprechen. Ihr sagen, wie du dich fühlst.«

»Ja glaubst du denn, ich hätte das nicht schon getan?«

»Ich habe keine Ahnung.«

»Meine Frau ist der festen Überzeugung, daß dieser Teil ihres Lebens vorbei ist. Sie hat ihren Beitrag für die Nachwelt geleistet. Sie hat vier Kinder zur Welt gebracht. Jetzt wünscht sie sich nur noch gute Kameradschaft und ungestörten Schlaf.«

»Vielleicht ist es eine körperliche Geschichte«, meinte ich. »Bei manchen Frauen läßt die Libido während des Klimakteriums nach.«

»Ist es bei dir so?«

»Wir sprechen nicht von mir.«

»Ich würde aber lieber von dir sprechen.«

»Hast du versucht, deine Frau ein bißchen zu umwerben? Mit ihr zum Abendessen auszugehen, zum Beispiel?« sagte ich. Oder zum Mittagessen, dachte ich, sagte es aber nicht. »Manchmal reichen ein paar liebevolle Worte. Versuch doch mal, ihr jeden Tag mindestens einmal etwas Nettes zu sagen. Du wirst sehen, das ändert alles.«

»Du hast mich damals fast wahnsinnig gemacht«, sagte er, meine guten Ratschläge überhörend, als hätte ich gar nicht gesprochen. »Jedesmal, wenn ich mit dir aus war, mußte ich hinterher schnurstracks unter die kalte Dusche.«

»Ich würde eher sagen, schnurstracks zu Sandra Lyons«, entgegnete ich. Ich erinnerte mich noch genau daran, wie verletzt ich gewesen war, als meine Freundin mir damals über seine Seitensprünge reinen Wein eingeschenkt hatte. Sogar jetzt tat es noch ein bißchen weh.

Er machte ein überraschtes Gesicht.

»Du dachtest wohl, ich hätte nichts von ihr gewußt?«

»Jeder wußte von Sandra«, sagte er ruhig. Wie rasch er sich gefangen hatte. »Sie war doch das Mädchen, das alle kannten.«

»Sie hat sich umgebracht, kurz nachdem du weggezogen bist.«

Beinahe wäre ihm sein Weinglas entglitten. »Was?«

Ich begann zu lachen, leise kichernd zuerst, dann laut und schallend. »Entschuldige«, sagte ich und lachte noch lauter.

»Da lachst du?«

»Das war frei erfunden. Entschuldige.«

»Was war frei erfunden?«

»Daß Sandra Lyons sich umgebracht hat. Es stimmt gar nicht.« Ich wollte jetzt gern aufhören zu lachen, aber ich konnte nicht. »Sie ist gesund und munter. Jedenfalls war sie es das letzte Mal, als ich sie gesehen habe. Ich weiß nicht – sie könnte natürlich inzwischen tot sein.« Mein Gelächter grenzte an Hysterie.

Er starrte mich entsetzt an. »Warum hast du gesagt, sie hätte sich umgebracht?«

»Ich weiß selbst nicht«, antwortete ich immer noch lachend, aber das war nur zum Teil wahr. Ich hatte ihn durcheinanderbringen wollen. Es war nicht fair, daß nur einer von uns wie ein zitterndes Nervenbündel hier saß.

Er schüttelte den Kopf. »Du bist eine merkwürdige Frau, Kate Latimer.«

»Sinclair«, korrigierte ich, und das Gelächter gefror mir plötzlich in der Kehle. Wie gehabt, dachte ich.

»Sinclair, richtig. Sag mal, bekommt dein Mann diese Seite von dir oft zu sehen?«

»Welche Seite meinst du?«

»Diese verrückte, ziemlich sadistische Seite, die ich aus irgendeinem perversen Grund ungeheuer attraktiv finde.«

Diesmal wollte ich gern lachen und konnte es nicht. »Er bekommt sie bestimmt öfter zu sehen, als ihm lieb ist.«

Robert trank seinen Wein aus, schenkte sich noch etwas ein und ließ mich die ganze Zeit dabei nicht aus den Augen. »Dein Mann ist der einzige Mann, mit dem du je zusammen warst, stimmt's?« sagte er.

Ich fühlte mich plötzlich nackt, als hätte er über den Tisch gegriffen, mein Kleid aufgeknöpft und mein Innerstes bloßgelegt. Wahrscheinlich hätte ich ihm eine Ohrfeige geben sollen. Ganz bestimmt hätte ich aufstehen und gehen sollen. Mindestens hätte ich ihm sagen sollen, er solle jetzt endlich den Mund halten. Statt dessen fragte ich: »Wie kommst du darauf?«

»Ich hab immer schon ein gutes Auge für Menschen gehabt.«

»Meine Mutter sagt immer, mein Gesicht sei ein offenes Buch.«

»Deine Mutter hat recht.«

»Wo steht geschrieben, daß mein Mann mein einziger Liebhaber war?«

Robert streckte den Arm über den Tisch und zeichnete mit dem Zeigefinger die Linie meiner Lippen nach. »Genau da«, sagte er. Mich durchzuckte ein Schauder so stark wie ein elektrischer Schlag. »Bist du nie neugierig«, fragte er, »wie es mit einem anderen wäre?«

O Gott, dachte ich, ich bin verloren. Wenn ich jetzt nicht einen Schlußpunkt setze, wenn ich ihm nicht sofort Einhalt gebiete, finde ich nie wieder zurück. »Nein«, log ich und schob meinen Stuhl ein wenig zurück, gerade so weit, daß er mich nicht mehr erreichen konnte. Seine Berührung lag noch auf meinen Lippen. Ich fühlte sie genau so, wie man angeblich das Vorhandensein eines kürzlich amputierten Gliedes fühlt. »Ich bin nicht neugierig.«

»Bist du nie in Versuchung gekommen?«

»Ich bin eine verheiratete Frau.«

»Spielt das denn eine Rolle?«

»Für mich schon.«

»War dein Mann dir mal untreu?«

»Nein.«

»Du scheinst sehr sicher zu sein.«

»Ich *bin* sehr sicher«, antwortete ich, und das stimmte. Es gab nicht mehr vieles, dessen ich sicher war, aber das wußte ich mit Gewißheit: Larry würde mich niemals betrügen. »Dieses Gespräch ist ziemlich gefährlich«, sagte ich schließlich.

»Was ist daran gefährlich?«

»Das hier. Was wir hier tun.«

»Wir tun doch gar nichts.«

»Doch.«

»Was tun wir denn?«

»Wir legen ein Fundament«, sagte ich, an Larry denkend.

»Ein Fundament wofür?«

»Das weißt du genau. Spiel nicht den Harmlosen.«

»Sag es mir doch.«

»Ich bin an einer Affäre nicht interessiert«, sagte ich und hoffte, es klänge überzeugend.

»An einer Affäre? Du glaubst, ich suche eine Affäre?«

»Ist es denn nicht so?« Hatte ich etwa alles falsch verstanden?

»Ich hab dich nie vergessen, Kate«, sagte er mit einer Stimme so weich wie eine Decke, die mich einhüllen wollte. »Ich brauche dich nur anzusehen und habe das gleiche Kribbeln wie damals, als ich noch ein pickeliger Halbstarker war.«

»Du hast überhaupt keine Pickel gehabt«, sagte ich.

»Darum geht's doch gar nicht.«

»Ich weiß.«

»Ich will dich, Kate«, sagte er. »Ich habe dich immer gewollt. Und ich glaube, daß du mich auch willst.«

»Ich will vieles. Das heißt noch lange nicht, daß ich es bekomme. Und es heißt noch lange nicht, daß es gut für mich ist.«

»Woher willst du das wissen, wenn du es nicht versuchst?«

»Wozu es versuchen?«

»Ich weiß es nicht.« Er wollte meine Hände fassen. Ich zog sie rasch weg und ließ sie auf meinen Schoß sinken. »Ich weiß nur, daß in meinem Leben etwas fehlt. Das ist schon sehr lange so. Ich dachte, ich hätte mich daran gewöhnt. Ich habe versucht, mir einzureden, daß ich ein reiches und erfülltes Leben habe, daß romantische Liebe etwas für Teenager sei – all das eben, was man sich sagt, um die Nacht zu überstehen. Aber an dem Tag, an dem ich dich im Gericht gesehen habe, war es wie weggeblasen. Plötzlich hast du wieder vor mir gestanden, genauso schön, wie ich dich in Erinnerung hatte. Und nicht nur schön, sondern witzig und gescheit und verdammt sexy. Es war ein Gefühl, als hätte ich meine Jugend wiedergefunden, nur noch besser. Wenn ich dich ansehe, habe ich das Gefühl, daß alles möglich ist. Es ist ein Gefühl, das ich völlig vergessen hatte. Und ich möchte es nicht wieder verlieren. Ich möchte *dich* nicht verlieren. Ich möchte mir dir zusammensein. Ist das so unrecht?«

»Du lieber Gott«, sagte ich abwehrend, um mich nur ja nicht überwältigen zu lassen. »Das war ja die reinste Hymne.«

»Es ist mein Ernst.«

»Ich weiß nicht, was ich sagen soll.«

»Du brauchst gar nichts zu sagen. Denk einfach darüber nach.«

»Es würde mir schwerfallen, es nicht zu tun«, erwiderte ich.

Er lächelte, runzelte die Stirn, lächelte wieder und zog seine Hände zurück. Plötzlich stand er auf und hob willkommenheißend die Arme. Ich merkte, daß wir nicht mehr allein waren, daß jemand zu uns an den Tisch getreten war.

»Was tust du denn hier?« Roberts Stimme klang, als wäre er hocherfreut über diese unerwartete Störung. Wie schnell er umschalten konnte! »Woher wußtest du, daß ich hier bin?«

Die Stimme, die ihm antwortete, war weich und eindeutig weiblich. »Ich hab im Büro angerufen; deine Sekretärin hat mir gesagt, du würdest wahrscheinlich hier sein. Ich hoffe, ich störe nicht allzusehr.«

Ich wußte natürlich, schon ehe ich mich umdrehte, daß es Roberts Frau war.

»Im Gegenteil, es ist genau der richtige Moment. Wir waren gerade fertig«, versicherte ich ihr mit einem flauen Gefühl, als Robert uns einander vorstellte.

Brandi Crowe war eine attraktive Frau, etwa in meinem Alter. Sie war relativ klein, vielleicht einen Meter achtundfünfzig, und sie war stark geschminkt, besonders um die Augen herum, die klein und grau und völlig faltenlos waren. Sie hatten diesen leicht überraschten Eindruck, der mir schon auf ihrer Fotografie aufgefallen war. Ich ertappte mich dabei, daß ich an ihrem Haaransatz nach Spuren einer kürzlichen Operation suchte, aber ihr Haar – eine Spur zu schwarz, eine Spur zu lang – verbarg eventuelle Linien. Ihr Chanel-Kostüm hatte den gleichen pinkfarbenen Ton wie das Tischtuch.

»Du kommst gerade richtig zum Nachtisch«, sagte Robert unbefangen. Er zog ihr einen Stuhl heraus und winkte dem Kellner.

»Ich trinke einen Kaffee mit euch, wenn ihr nichts dagegen habt.« Sie lächelte mich an. »Ich habe seit Jahren keinen Nachtisch mehr gegessen. Es ist wirklich nicht fair, nicht wahr? Ich meine, man braucht sich nur Robert anzusehen. Er ißt, was er will, und nimmt nie zu. Ich hingegen brauche nur ein Dessert anzusehen ...« Ihre Stimme verklang. »Ist das ein neuer Anzug?« fragte sie ihren Mann.

Er schüttelte den Kopf, aber die leichte Röte, die unerwartet sein Gesicht färbte, verriet ihn. Er hat sich also für unser Mittagessen einen neuen Anzug gekauft, dachte ich und drehte an einem Knopf meines neu gekauften rotweißen Kleides.

»Arbeiten Sie beim Sender?« fragte Brandi Crowe, nachdem der Kellner uns die Dessertkarten gebracht hatte.

»Kate ist Therapeutin«, erklärte Robert. »Ich versuche gerade, sie zu überreden, bei uns etwas zu machen.«

Brandi Crowe war verwundert. »Ach ja? Wie soll das denn aussehen?«

Wir bestellten Kaffee und Zitronencremekuchen, und Robert erklärte, was ihm vorschwebte. »McTherapy«, sagte er zum Abschluß, und ich mußte wider Willen lachen.

»Das klingt wirklich großartig«, sagte sie begeistert. »Ich würde da bestimmt zuhören.«

»Na ja, die Idee steckt noch in den Kinderschuhen«, meinte Robert.

»Es ist noch längst keine sichere Sache«, sagte ich.

Robert lächelte und sah weg.

Brandi Crowe lachte leise. Ihre Oberlippe war sehr voll, fiel mir auf, und während ich mich fragte, warum sie lachte, überlegte ich flüchtig, ob sie sich Collagen spritzen ließ.

»Wenn mein Mann sich etwas in den Kopf setzt, bekommt er es auch.« Sie lachte wieder, es ging mir zunehmend auf die Nerven. »Die Sache ist schon entschieden.« Sie neigte sich zu ihrem Mann hinüber und tätschelte seine Hand.

Ich senkte meinen Blick auf das Tischtuch aus pinkfarbenem Leinen und sah erst wieder auf, als der Duft frischen Kaffees mir in die Nase stieg. Der Kellner schob mir ein Stück Zitronencremekuchen unter die Nase. Es war hoch und gelb und mit einer Riesenladung Schlagsahne garniert.

»Sie sind schlank«, sagte Brandi Crowe. »Sie können das essen. Wenn ich das essen würde, würde es sich gleich auf meine Hüften setzen. Ich muß schuften wie eine Wilde, um die Pfunde unten zu halten.«

»Sie sehen phantastisch aus«, sagte ich, und es war mir ernst. Auch wenn die Medien es uns immer weismachen wollen, braucht nicht jede Frau einen Meter achtzig groß und fünfundfünfzig Kilo leicht zu sein. Sofort hatte ich Sara vor Augen und fragte mich, ob sie in der Schule war, was sie wohl gerade trieb. Schlimmer als das, was ihre Mutter trieb, konnte es kaum sein, sagte ich mir.

»Das sieht köstlich aus«, bemerkte Brandi mit einem sehnsüchtigen Blick auf den Kuchen ihres Mannes. »Laß mich mal einen Bissen probieren.«

»Und was ist mit deiner Diät?«

»Du hast ja recht. Morgen früh wäre ich wütend auf mich.« Sie lehnte sich auf ihrem Stuhl zurück und sah mir zu, wie ich den Kuchen verschlang. Innerhalb von Sekunden war das ganze Stück verschwunden. Brandi Crowe sah es leicht verblüfft. »Wie ist diese Idee eigentlich entstanden?« fragte sie. Der Ausdruck auf ihrem Gesicht verriet mir, daß sie anfing, an meinen Referenzen zu zweifeln.

»Tja, weißt du, ich kenne Kate aus der High-School«, antwortete Robert. Ich konnte nicht umhin, seine kühle Gelassenheit zu bewundern. Er trank seinen Kaffee und aß seinen Kuchen wie ein normaler Mensch.

»Ach wirklich? Aus Pittsburgh, meinst du?«

Ich hörte schweigend zu, während Robert von unserem zufälligen Zusammentreffen im Gericht erzählte, beobachtete die Reaktionen seiner Frau, suchte nach Zeichen der Intimität zwischen ihnen, nach verräterischen Hinweisen darauf, ob sie noch miteinander schliefen oder nicht, nach geheimen Blicken, verstohlenen Berührungen. Aber abgesehen von jenem ersten Handtätscheln war da nichts, was mir Aufschluß gegeben hätte. Es konnte sein, daß sie miteinander schliefen; es konnte sein, daß sie es nicht taten.

Und was macht das schon für einen Unterschied? fragte ich mich zornig, spülte meinen Kaffee in einem langen Zug hinunter und stand auf. »Tut mir leid, aber ich muß jetzt wirklich gehen. Ich bin mit meinem Mann verabredet«, log ich mit einem Blick auf meine Uhr, um die Lüge glaubhaft zu machen.

»Vielleicht könnten wir uns hier mal zum Abendessen treffen«, schlug Roberts Frau vor.

Ich murmelte irgend etwas, das offenbar nach Zustimmung klang, weil sie daraufhin sagte, sie würde anrufen, um etwas auszumachen. Dann ging ich und kaufte meinem Mann die teuerste Garnitur Golfschläger, die ich finden konnte.

14

In den folgenden Wochen begegnete man Colin Friendly überall – im Fernsehen, auf den Titelseiten der Zeitungen, auf den Umschlagseiten sowohl der regionalen als auch der nationalen Zeitschriften. Der Prozeß näherte sich seinem Ende, und es wurde viel darüber spekuliert, ob Colin Friendly zu seiner eigenen Verteidigung in den Zeugenstand treten würde. Die Gerüchte waren zahlreich und widersprüchlicher Natur. Die *Fort Lauderdale Sun Sentinel* behauptete, er würde ohne jeden Zweifel als Zeuge aussagen; im *Miami Herald* hieß es, seine Anwälte würden das niemals zulassen. Die *Palm Beach Post* lag mit ihrer Einschätzung genau dazwischen: Colin Friendly würde als Zeuge aussagen, jedoch gegen den Rat seiner Anwälte.

In einem Punkt jedoch waren sich fast alle einig – Colin Friendly würde schuldig gesprochen werden. Die einzige Frage war, wie lange die Geschworenen brauchen würden, um zu diesem

Spruch zu kommen. Meine Schwester war selbstverständlich unerschütterlich in ihrem Glauben, daß man Colin Friendly nicht nur nicht schuldig sprechen würde, sondern daß er tatsächlich nicht schuldig sei.

»Hast du heute morgen in der *Post* das Profil gelesen?« fragte sie, als sie mich anrief. Ihre Stimme war leise, klang, als wäre sie den Tränen nahe. Das Gericht war in die Mittagspause gegangen, und sie hatte mich zwischen zwei Klienten erwischt. »Da war so vieles falsch! Wirklich, die Hälfte von dem, was sie geschrieben haben, stimmt nicht. Es macht mich einfach wütend, weil sie sich einbilden, sie können sich alles erlauben, und das können sie natürlich auch, denn was kann Colin schon gegen sie unternehmen – soll er sie vielleicht verklagen?«

Ich sagte nichts. Ich wußte, daß eine Antwort nicht nötig war.

»Sie haben zum Beispiel geschrieben, er sei einsfünfundachtzig groß. Seit wann? In Wirklichkeit ist er nur knapp einsachtzig. Sie behaupten, er wiegt fünfundachtzig Kilo. Das hat er vielleicht gewogen, bevor er festgenommen wurde. Er hat in diesem entsetzlichen Gefängnis mindestens zehn Kilo abgenommen. Das Essen ist so schlecht. Aber die Zeitungen wollen ihn unbedingt als diesen bedrohlichen Riesenkerl hinstellen, drum geben sie einfach hier ein paar Zentimeter und dort ein paar Kilo dazu. Bald werden sie ihn zu King Kong gemacht haben. Aber du hast ihn ja gesehen, er sieht doch wirklich nicht bedrohlich aus.«

»Ich glaube nicht, daß seine Größe und sein Gewicht von entscheidender Bedeutung sind«, sagte ich.

»Die Zeitungen bauen ganz bewußt ein falsches Bild auf. Und ihre Artikel«, entgegnete sie, »sind typisch für die schlampige Berichterstattung, die heutzutage unter dem Namen Journalismus läuft. Sie haben zum Beispiel geschrieben, seine Mutter habe Ruth geheißen. Stimmt nicht. Sie hieß Ruta. Zuerst hab ich gedacht, es wär vielleicht ein Druckfehler, aber sie haben es immer wieder geschrieben, es war also offensichtlich einfach Schlamperei. Sie behaupten, er käme aus armen Verhältnissen, aber seine Urgroßeltern waren in Wirklichkeit reich. Sie haben zwar alles während der Depression verloren, aber trotzdem – das hätten sie doch in ihren Berichten wenigstens erwähnen können. Ich meine, wenn sie noch nicht einmal die simpelsten Tatsachen richtig hinkriegen, wie soll man sich dann auf irgendwas verlassen, was sie drucken? Da kann man doch gar nichts mehr ernst nehmen.«

»Ich dachte, die Reporter wären deine Freunde.«

»Na hör mal, denen kannst du erzählen was du willst, die schreiben immer was ganz anderes. Ständig zitieren sie einen falsch oder reißen Bemerkungen einfach aus dem Zusammenhang. Die drehen doch alles so hin, wie sie es brauchen.«

»Und was bezwecken sie damit?«

»Colin Friendly auf den elektrischen Stuhl zu bringen. Aber dazu wird's nicht kommen. Du wirst schon sehen. Er wird freigesprochen. Und wenn es soweit ist, bin ich da, um ihn zu erwarten.«

»Ich muß jetzt Schluß machen.« Ich wollte mir nicht schon wieder die alte Leier anhören müssen.

»Das einzige, wo sie sich wirklich an die Tatsachen gehalten haben«, fuhr sie fort, als hätte ich überhaupt nichts gesagt, »ist seine furchtbare Kindheit. Ich hab geweint, als ich das gelesen habe. Es war so traurig. Hast du nicht geweint?«

»Ich hab's nicht gelesen«, log ich. Ein Fehler. Jo Lynn fühlte sich sofort verpflichtet, mir sämtliche Details zu liefern, die ich vermeintlich verpaßt hatte.

»Seine Mutter war verrückt. Ich meine, wirklich verrückt. Ihre Eltern haben sie zu Hause rausgeschmissen, als sie fünfzehn war, mit sechzehn war sie schwanger, und als Colin zur Welt gekommen ist, war sie schon Alkoholikerin und drogenabhängig dazu. Sie hat sich vor seinen Augen ihre Spritzen gesetzt, hat dauernd andere Männer mit nach Hause gebracht und in Colins Beisein mit ihnen geschlafen. Sie wußte nicht mal mit Sicherheit, wer Colins Vater war.

Als er noch ganz klein war, hat sie ihn jedesmal, wenn sie weggegangen ist, in einen Schrank gesperrt. Manchmal war sie tagelang verschwunden, und dann hatte Colin keinen Bissen zu essen. Und wenn er mal mußte, na ja, dann mußte er eben in die Hose machen. Ist das nicht grauenvoll? Kein Wunder, daß er ins Bett gemacht hat, bis er elf war. Natürlich hat sie ihn jedesmal dafür bestraft, auf ganz fürchterliche Art und Weise. Sie hat ihm zum Beispiel die Nase reingedrückt, als wäre er ein Hund. Und sie ist dauernd umgezogen, dadurch hatte Colin überhaupt keine Möglichkeit Freundschaften zu schließen und war schrecklich schüchtern. Er fing an zu stottern, und dann hat seine Mutter ihn ausgelacht und geschlagen. Sie war wirklich grausam.«

»Kein Wunder, daß er Frauen haßt«, sagte ich.

»Aber das stimmt ja gar nicht!« rief Jo Lynn. »Er haßt Frauen nicht. Das ist wirklich erstaunlich, wenn man sich's mal überlegt. Er liebt Frauen.«

»Er liebt Frauen«, wiederholte ich tonlos.

»Er hatte eine ganz tolle Nachbarin, Rita Ketchum, die war wirklich nett zu ihm. Sie hat ihm beigebracht, daß die meisten Frauen nicht so sind wie seine Mutter.«

»Hast du nicht eben gesagt, sie wären dauernd umgezogen?«

»Das war später, als er schon ein Teenager war und in Brooksville gelebt hat. Allein.«

»Ich kann mich gar nicht erinnern, daß das in dem Artikel erwähnt wurde.«

»Du hast gesagt, du hättest ihn nicht gelesen.«

»Ich hab ihn überflogen«, sagte ich.

»Du hast jedes Wort gelesen. Warum gibst du's nicht zu?«

»Wie steht's mit den jungen Katzen, die er als Kind gequält hat? Was für eine Erklärung hat er dafür?«

»Colin hat nie ein Tier gequält. Das waren andere Kinder, die diese Katzen in die Mangel genommen haben. Colin hat sie nur aus ihrem Elend erlöst.«

»Und was ist mit den Zündeleien?«

»Das war doch Kinderkram. Da ist nie jemandem was passiert.«

Sie hatte auf alles eine Antwort. Es war sinnlos, mit ihr zu streiten. Was auch immer ihre Gründe sein mochten, in den Augen meiner Schwester war Colin Friendly nicht mehr als ein schrecklich mißverstandener junger Mann, und sie würde sich weder von logischen Argumenten noch Gegenbeweisen von ihrer Überzeugung abbringen lassen.

»Wird er als Zeuge aussagen?« fragte ich.

»Er möchte es gern, aber seine Anwälte halten es nicht für ratsam. Nicht weil sie glauben, daß er schuldig ist«, fügte sie hastig hinzu. »Sie sind dagegen, weil Colin zu stottern anfängt, wenn er nervös wird, und sie möchten ihm die Strapazen eines Kreuzverhörs ersparen.«

»Das ist wahrscheinlich gut so.«

»Ich finde das Stottern irgendwie rührend. Und ich glaube, es würde den Geschworenen zeigen, wie verletzlich er in Wirklichkeit ist, daß er ein Mensch ist und nicht dieses grauenvolle Ungeheuer, von dem ihnen ständig erzählt wird.«

»Du hast ihm also geraten, selbst auszusagen?«

»Ich habe ihm gesagt, daß ich ihn in jedem Fall unterstütze, ganz gleich, wie er sich entscheidet. Aber ich glaube, für ihn selbst ist es unheimlich wichtig, die Leute zur Einsicht zu bringen.«

»Zu welcher Einsicht?«

»Daß er diese Frauen nicht umgebracht hat.« Jo Lynns Stimme klang gereizt und erbittert. »Daß er diese schrecklichen Dinge, die man ihm vorwirft, niemals tun könnte.«

»Was glaubst du denn, wann der Prozeß zu Ende sein wird?« Noch viele solcher Gespräche, dachte ich, würde ich nicht ertragen können.

»In spätestens zwei Wochen. Die Staatsanwaltschaft ist morgen mit ihrer Beweisführung fertig, dann kommt die Verteidigung an die Reihe. Wenn alles nach Plan läuft, ist Colin zu Weihnachten schon wieder draußen.«

»Und wenn nicht?«

»Er kommt bestimmt raus.«

»Und dann?«

»Dann können wir endlich wieder anfangen zu leben.«

»Klingt ja wunderbar.«

»Kommst du am Mittwoch mit ins Gericht?«

»Nein. Ausgeschlossen.«

»Bitte! Es würde mir eine Menge bedeuten.«

»Wieso?« fragte ich. »Du weißt, ich teile deine hohe Meinung von dem Mann nicht.«

»Ich möchte, daß du mit eigenen Ohren hörst, was Colin zu sagen hat. Ich bin überzeugt, wenn du ihm zuhörst, ich meine, wirklich zuhörst, wie du das bei deinen Klienten tust, dann wirst du deine Meinung über ihn ändern.«

»Das bezweifle ich.«

»Es ist mir wirklich wichtig, Kate.«

»Warum ist es wichtig?«

Es blieb einen Moment still. »Weil ich ihn liebe.«

»Also komm ...«

»Doch, Kate. Ich liebe ihn wirklich.«

»Lieber Gott, du kennst ihn doch nicht einmal.«

»Das ist nicht wahr. Ich sitze seit fast zwei Monaten jeden Tag in diesem Gerichtssaal. Ich weiß alles über ihn.«

»Du weißt nichts.«

»Ich besuche ihn jede Woche.«

»Du sprichst durch eine Glaswand mit ihm.«

»Ja, das stimmt. Und er spricht mit mir. Und wir verstehen uns. Wirklich. Er sagt, daß ich ihn besser kenne als jeder andere.«

»Ja, weil er alle anderen umgebracht hat!« schrie ich völlig außer mir.

Wieder trat eine Pause ein, eine längere diesmal. »Das war deiner wirklich nicht würdig«, erklärte Jo Lynn. »Ich hätte gedacht, daß du bei deiner Ausbildung ein bißchen mehr Verständnis für andere hast.«

»Hör mir doch mal zu, Jo Lynn«, sagte ich, es von einer anderen Seite versuchend, »du bist die einzige, die mir in diesem Zusammenhang wichtig ist. Ich möchte nicht erleben, daß du wieder verletzt wirst.«

Ihre Stimme wurde weich. Ich konnte beinahe die Erleichterung in ihrem Gesicht sehen. »Aber deswegen brauchst du keine Angst zu haben. Es wird mich niemand verletzen. Er liebt mich, Kate. Er sagt, ich bin das Beste, was ihm je zugestoßen ist.«

»Ja, davon bin ich überzeugt«, stimmte ich zu.

»Weißt du, was er zu mir gesagt hat, als ich am Freitag bei ihm war?«

Ich schüttelte den Kopf, sagte nichts.

»Er hat gesagt, ich sähe so süß aus wie die erste Erdbeere im Frühjahr.«

Ich mußte lächeln, obwohl ich es nicht wollte.

»Du lächelst. Ich merke, daß du lächelst. Das ist doch wirklich nett, oder? Ich meine, wann hat Larry das letzte Mal so was zu dir gesagt?«

Das ist eine Weile her, dachte ich, äußerte mich aber nicht. Ich verspürte einen Anflug von Beklemmung, als meine Gedanken von Larry zu Robert wanderten.

»Du kannst also aufhören, dich meinetwegen zu sorgen. Mir passiert bestimmt nichts. Wenn Colin und ich diese Geschichte miteinander durchstehen können, dann können wir alles meistern. Ich möchte, daß du dich für uns freust, Kate. Und ich brauche dich. Kannst du nicht dieses eine Mal wenigstens noch mitkommen? Dann fahr ich auch mit dir zusammen am Wochenende zu Mama. Komm, sag ja.«

Ich schloß die Augen und drückte meine Stirn in meine Hand. »Okay, ich komme mit«, sagte ich leise.

»Danke, Kate«, erwiderte sie. »Es wird dir bestimmt nicht leid tun.«

Da täuschte sie sich, das wußte ich. Dennoch sagte ich: »Gut, wir sehen uns am Mittwoch.«

Einige interessante Fakten über das Gerichtsgebäude von Palm Beach County: Mit einer Gesamtfläche von nahezu 65.000 Quadratmetern ist es das größte derartige Bauwerk im Staat Florida und eines der größten seiner Art im ganzen Land; es wurde von den Architekten Michael A. Shiff & Associates und Hansen Lind

Meyer entworfen und vom George Hyman Bauunternehmen gebaut; der äußere Torbogen des Säulengangs ist fünfzehneinhalb Meter und der Wasserfall im Inneren zehn Meter hoch; die Kuppeldächer auf dem Gebäude korrespondieren mit den Doppeltürmen des Breakers Resort Hotel, die östlich davon zu sehen sind.

Ich entnahm diese Weisheiten einer Broschüre, die ich mir am Informationsschalter im Foyer holte, während ich am Mittwochmorgen auf die Öffnung des Sitzungssaals wartete. Ich erfuhr aus der Broschüre ferner, daß das Gerichtsgebäude vierundvierzig Verhandlungsräume beherbergt, daß die Kapazität auf sechzig erweitert werden kann, wenn zwei bisher leerstehende Stockwerke ausgebaut werden, und daß alle Verhandlungen in einem zentralen Aufnahmestudio mitgehört und auf Band aufgezeichnet werden. Wenn der Richter irgendeine Zeugenaussage, die während einer Verhandlung gemacht wurde, noch einmal überprüfen möchte, braucht er nur im Studio anzurufen und um eine Wiedergabe zu bitten. Toll, dachte ich und lächelte dem grauhaarigen alten Mann zu, der hinter dem Informationsschalter stand. Er zwinkerte mir zu. Ich kam mir uralt vor.

Einige weitere interessante Daten: Derzeit gibt es in Palm Beach County 3.780 praktizierende Anwälte; die Gerichte haben im vergangenen Jahr 311.072 Fälle bearbeitet, von denen zwei Drittel in den Verkehrsbereich fielen; an die fünf Kilometer Regale sind zur Unterbringung der 3,6 Millionen Aktenstücke nötig; es wurden neunzig Kilometer Telefonleitungen und fünfundsechzig Kilometer Computerleitungen verlegt; es gibt sechsundfünfzig Zellen für Häftlinge, denen gerade der Prozeß gemacht wird.

Der Broschüre zufolge werden die Häftlinge mit Gefängnisbussen, für die es eine eigene Garage gibt, in das Gebäude gebracht. Durch ein Labyrinth von Zellen, elektronisch gesicherten Türen, Aufzügen und Korridoren werden sie dann in den jeweiligen Gerichtssaal geführt. Das Wachpersonal ist mit Infrarotsensoren ausgestattet, die Alarm geben und automatisch eine

Zone abriegeln, wenn ein Wärter niedergeschlagen wird. Das Sicherheitssystem, das dem neuesten Stand der Technik entspricht, umfaßt unter anderem 274 Videokameras, mehr als 200 Infrarotdetektoren, 200 Sprechanlagen und mehr als 300 Türen, die nur mit Karte geöffnet werden können.

Um acht Uhr war an diesem Morgen Einlaß. Wir traten durch die große, schwere Glastür, passierten den Metalldetektor und wandten uns dann zu den Aufzügen zu unserer Rechten. Der Andrang war noch stärker als sonst, aber ich sah auch zahlreiche Gesichter, die mir von meinen früheren Besuchen bekannt waren. Eric brachte meiner Schwester immer noch getreulich ihren Morgenkaffee. Er hatte, wie Jo Lynn mir sagte, nicht einen Tag gefehlt. Sie zeigte mir noch andere, die wie er nicht einen einzigen Verhandlungstag versäumt hatten, und ich fragte mich, was diese Leute taten, wenn der Prozeß vorüber war. Hatten sie Arbeitsstellen, Familien, zu denen sie zurückkehren würden? Oder würden sie einfach zu einem anderen Prozeß gehen, einem anderen Angeklagten, auf den sie ihre Aufmerksamkeit richten konnten? In gewisser Weise ist so ein Prozeß wie eine Droge, dachte ich, als ich vom breiten Korridor aus in den großen Raum blickte, der ein wenig an eine Aula erinnerte, in dem potentielle Geschworene warteten, daß ihre Namen aufgerufen würden. Würden diese Gerichtsgroupies Entzugserscheinungen bekommen, wenn alles vorbei war? Würde vielleicht auch ich welche bekommen, fragte ich mich, als ich mir klarmachte, wieviel von meinem Leben dieser Prozeß in Anspruch genommen hatte.

Neben dem Geschworenenraum und gegenüber dem Gerichtsrestaurant war eine gut ausgestattete Fachbibliothek. Das Restaurant war von acht bis fünf geöffnet und roch immer nach Javex. Die beiden großen Aufzüge sausten auf gegenüberliegenden Seiten des Korridors hinauf und hinunter. Am Eingang von der Quadrille Street, der so stark bewacht war wie der Haupteingang, befand sich ein weiterer Metalldetektor. Ich weiß nicht, wann genau ich all diese Details wahrnahm. Vielleicht registrierte ich sie ganz automatisch, während ich auf den Aufzug wartete, der uns in die zehnte Etage hinaufbringen sollte. Doch derart überflüssige Fakten gehörten jetzt zu meinem Leben, und ich würde sie wahrscheinlich genauso behalten wie die Tatsache, daß Brenda Marshall einmal mit William Holden verheiratet gewesen war.

»Geht es dir auch so, daß du dir plötzlich über irgendwas Gedanken machst?« fragte Jo Lynn, als wir aus dem Aufzug traten und den langen Marsch zum Gerichtssaal am Ende des Korridors antraten.

»Gedanken worüber?« fragte ich.

»Ach, über irgendwelche albernen Geschichten, über die es sich eigentlich gar nicht lohnt nachzudenken.«

»Was denn zum Beispiel?«

»Ich weiß auch nicht.« Jo Lynn starrte durch die hohen Fenster nach draußen, während wir den Flur hinuntergingen. Die hohen Hacken ihrer braunen Sandalen schlugen knallend auf die grauen und schwarzen Quadrate des Marmorbodens. Sie trug einen weißen Pulli und einen langen, braunen, geknöpften Leinenrock, von dem nur die obersten Knöpfe geschlossen waren. Bei jedem Schritt blitzte etwas von ihren nackten braunen Beinen auf und verschwand wieder.

»Sag's mir doch«, bat ich sie wirklich interessiert. Es war so gar nicht Jo Lynns Art, die Introspektion zu pflegen.

»Ach, du hältst mich ja doch nur für verrückt.«

»Ich halte dich sowieso schon für verrückt.«

Sie schnitt ein Gesicht.

»Nun komm schon, worüber machst du dir Gedanken?« fragte ich.

Wir traten durch die hohe Flügeltür in den kleinen, düsteren Vorraum des Gerichtssaals 11a. »Hier zum Beispiel«, sagte sie und blieb plötzlich stehen. »Es ist doch düster. Ich mach mir manchmal Gedanken darüber, wie es wäre, wenn es immer so düster wäre. Manchmal mach ich meine Augen zu und stelle mir vor, ich wäre blind, du weißt schon, wie wir das als Kinder manchmal getan haben, und dann denk ich plötzlich, was passieren würde, wenn ich jetzt meine Augen aufmache und immer noch nichts sehen könnte. Das wär doch furchtbar, findest du nicht? Nichts sehen zu können, in der Dunkelheit gefangen zu sein.«

»Ja, es wäre furchtbar, nicht sehen zu können«, stimmte ich zu und fragte mich, wie sie auf solche Gedanken kam.

Als wir in den Gerichtssaal traten, empfing uns eine Flut hellen Sonnenlichts. Jo Lynn ging direkt zu unseren Plätzen, ohne auf die spektakuläre Aussicht zu achten.

»Worüber machst du dir sonst noch Gedanken?« fragte ich, nachdem ich mich neben sie gesetzt hatte.

»Ich hab Angst, daß ich Krebs kriege«, antwortete sie.

»Das ist eine ziemlich normale Befürchtung«, sagte ich.

»Einen Eierstocktumor, wie Gilda Radner«, sagte sie.

»In unserer Familie hat es nie Eierstockkrebs gegeben«, beruhigte ich sie.

»Der Krebs ist etwas so Heimtückisches, findest du nicht auch? Ich meine, denk doch mal an Gilda Radner, sie ist ein berühmter Fernsehstar, mit einem berühmten Filmschauspieler verheiratet, sie hat alles, was man sich nur wünschen kann, und eines Tages hat sie plötzlich Schmerzen und geht zum Arzt und hört, daß sie Eierstockkrebs hat, und ein paar Monate später ist sie tot. Oder diese Freundin von dir aus Pittsburgh, die bei dem Autounfall ums Leben gekommen ist. Da fuhr sie gemütlich in ihrem Auto, wahrscheinlich hat sie Radio gehört, vielleicht sogar mitgesungen, es geht ihr bestens, und in der nächsten Minute ist sie tot. Ich finde das grauenvoll. Einfach gräßlich.«

»Es ruft dir deine eigene Sterblichkeit ins Gedächtnis.«

»Was?«

»Wir alle machen uns hin und wieder über solche Dinge Gedanken«, sagte ich statt dessen.

»Aber ja, natürlich.«

Sie sah mich forschend an, unverkennbar mit dem Verdacht, ich machte mich über sie lustig. »Du machst nie den Eindruck, als würde dich etwas beunruhigen.«

»Ich mache mir genauso Sorgen wie jeder andere. Glaubst du denn, ich bin kein Mensch?«

Sie rutschte unbehaglich auf ihrem Stuhl hin und her. »Schon, aber du wirkst immer so, als hättest du alles total unter Kontrolle. Du weißt alles ...«

»Ich weiß bei weitem nicht alles.«

»Doch. Jedenfalls vermittelst du diesen Eindruck. Kate Sinclair, die Frau, die alles hat und alles weiß.«

Es lag keine Spur von Bitterkeit in ihrer Stimme. Sie konstatierte nur die Fakten, wie sie sie sah.

»Aber das stimmt nicht.«

»Doch. Kate, schau's dir doch mal an. Du bist unglaublich organisiert. Bei dir klappt alles. Du hast einen Mann, der dich anbetet, zwei phantastische Töchter, einen tollen Beruf, in dem du auch noch erfolgreich bist, ein schönes Haus, elegante Garderobe.«

Ich sah schuldbewußt an meinem Donna-Karan-Hosenanzug hinunter.

»Bei dir stimmt wirklich alles«, sagte sie. »Kein Wunder, daß es Sara so schwer hat.«

»Sara? Wovon redest du jetzt?«

»Du bist als Vorbild unerreichbar, Kate« erklärte sie. »Es ist schon schwer genug, deine Schwester zu sein.«

Ich hatte einige Mühe, diesem sprunghaften Gesprächsverlauf zu folgen. Hatten wir nicht zu Beginn von Jo Lynn gesprochen? Wie waren wir auf mich gekommen? Und was hatte Sara mit alledem zu tun?

»Wie meinst du das, daß Sara es schwer hat? Inwiefern hat sie es schwer?«

»Na ja, weil sie deine Tochter ist, weil sie weiß, was für hohe Erwartungen du an sie hast, weil sie weiß, daß sie denen niemals genügen kann.«

»Hat Sara dir das erzählt?«

»Nicht direkt, aber wir haben sehr viel über dich gesprochen. Ich verstehe sehr gut, was sie durchmacht.«

Angst durchzuckte mich wie ein Messerstich mitten ins Herz. »Das einzige, was ich von Sara erwarte, ist, daß sie regelmäßig zur Schule geht und sich halbwegs umgänglich benimmt.«

»Das ist nicht wahr. Sie soll genauso sein wie du.«

»Nein, das stimmt nicht.«

»Aber sie glaubt es.«

»Aber es ist nicht wahr. Ich möchte nur, daß sie ...«

»... glücklich ist?« sagte Jo Lynn mit der Stimme unserer Mutter. »Nein – sie soll dich glücklich machen. Michelle macht dich glücklich, weil sie genau wie du ist. Sie hat die gleiche Art wie du. Sie will die gleichen Dinge wie du. Aber Sara ist anders, und du mußt sie ihr eigenes Leben leben lassen.«

»Wieso sprechen wir eigentlich über Sara?« fragte ich gereizt.

Jo Lynn zuckte die Achseln und sah weg.

Der Gerichtssaal begann sich zu füllen. Es wurde langsam unangenehm warm. Ich öffnete die Knöpfe meiner Jacke und fächelte mein Gesicht mit der Broschüre, die ich am Informationsschalter im Foyer mitgenommen hatte.

»Also, worüber machst du dir Gedanken?« fragte Jo Lynn, als wollte sie mich herausfordern zu beweisen, daß auch ich ein Mensch war.

»Ich mache mir über die Kinder Gedanken«, antwortete ich ihr. »Und über Mutter.«

»Ach, die wird uns alle überleben«, versetzte Jo Lynn wegwerfend. »Außerdem ist das viel zu gewöhnlich. Sag mir irgendwas Verrücktes, worüber du dir Gedanken machst, irgendwas, das völlig blödsinnig ist.«

»Ich hab manchmal Angst, daß die Wörter plötzlich ihre Bedeutung verlieren könnten«, hörte ich mich sagen, überrascht, daß ich diese Gedanken laut aussprach. »Daß ich in einem Buch oder einer Zeitung lese und die Wörter keinen Sinn ergeben, so, als läse ich in einer Fremdsprache.«

»Ja, das ist ziemlich verrückt«, meinte Jo Lynn, offenbar befriedigt.

»Und ich habe Angst davor, daß eines Tages von mir selbst nichts mehr übrig sein wird«, fuhr ich fort, obwohl ich spürte, daß ihr Interesse schon abflaute, ihre Aufmerksamkeit abschweifte. »Daß ich hier gebe und dort gebe und am Ende des

Tages nichts mehr für mich selbst da ist, nichts mehr *von* mir selbst da ist.« Daß ich eines Morgens in den Spiegel blicken werde, fügte ich für mich hinzu, und kein Spiegelbild mich ansehen wird.

»O Gott! Da ist er«, sagte Jo Lynn. Sie sprang auf und winkte mit beiden Armen.

Wie ein Vampir, dachte ich noch, ehe ich aus meinen Gedanken gerissen wurde und meine Aufmerksamkeit auf den lebensechten Vampir richtete, der durch die Tür neben dem Richtertisch trat, ein gutaussehender Mann im konservativen blauen Anzug, meinem eigenen Ehemann nicht unähnlich, ein Mann, dessen größte Lust es war, wehrlosen Frauen und Mädchen das Lebensblut auszusaugen. Und dieser Mann lächelte meine Schwester an.

Der Gerichtsdiener kündigte das Erscheinen des Richters an, wir standen alle auf, der Richter nahm seinen Platz ein. »Ist die Verteidigung bereit?« fragte er.

Jake Armstrong hatte sich schon erhoben und knöpfte sein beigefarbenes Jackett zu. »Wir sind bereit, Euer Ehren.«

»Dann rufen Sie Ihren ersten Zeugen auf.«

Ein kollektives Luftholen ging durch die Reihen, da alle gespannt waren, wer dieser Zeuge sein würde.

Der Anwalt atmete seinerseits tief durch und sagte dann: »Die Verteidigung ruft Colin Friendly als Zeugen auf.«

15

»Bitte nennen Sie uns Ihren Namen.«

Der Angeklagte beugte sich zu dem schlanken schwarzen Mikrofon vor dem Zeugenstand und sprach mit leiser Stimme, während sein Blick einmal durch den Saal schweifte, bevor er bei den Geschworenen zur Ruhe kam.

»Colin Friendly.«

»Ist es richtig, daß Sie Ihren gewöhnlichen Wohnsitz in der 10. Straße Nummer 1500 in Lantana, Florida haben?«

»Ja, Sir. Ich hatte dort eine Wohnung, bevor ich festgenommen wurde.« Seine Stimme war angenehm, melodisch, ohne ausgeprägten Akzent. Er sprach langsam und achtete darauf, jedes Wort deutlich auszusprechen.

»Was für einen Beruf haben Sie, Mr. Friendly?«

»Ich habe in einer Firma für Imprägniermittel gearbeitet.«

»In welcher Position?«

»Ich war Vorarbeiter.«

»Wie viele Stunden haben Sie da täglich gearbeitet?«

»Das hing ganz vom Arbeitsanfall ab. Im allgemeinen von acht bis vier. Manchmal auch länger.«

»Fünf Tage die Woche?«

»Manchmal auch sieben«, sagte Colin Friendly. »Es kam, wie gesagt, ganz darauf an, wieviel wir zu tun hatten.«

»Wie alt sind Sie, Mr. Friendly?«

»Zweiunddreißig.«

»Was für eine Ausbildung haben Sie?«

»Ich war zwei Jahre auf dem College.«

»Auf welchem College?«

»Auf der Florida State University.«

»Sind Sie oder waren Sie verheiratet?«

»Noch nicht.« Er lächelte Jo Lynn direkt an.

Jo Lynn drückte mir die Hand. Mir drehte sich der Magen um.

»Mr. Friendly«, sagte der Anwalt, »Ihnen sind die Beschuldigungen gegen Sie bekannt?«

»Ja.«

»Ist irgend etwas an diesen Beschuldigungen wahr?«

»Nein.«

»Haben Sie Marie Postelwaite vergewaltigt und ermordet?«

»Nein, Sir.«

»Haben Sie Christine McDermott vergewaltigt und ermordet?«

»Nein, Sir.«

»Haben Sie Tammy Fisher vergewaltigt und ermordet?«

»Nein, Sir.«

»Haben Sie Cathy Doran vergewaltigt und ermordet?«

»Nein, Sir.«

»Haben Sie Janet McMillan vergewaltigt und ermordet?«

»Nein, Sir.«

Ich ertappte mich dabei, daß ich jeden einzelnen Namen an meinen Fingern abhakte, während mir immer kälter wurde.

»Haben Sie Susan Arnold vergewaltigt und ermordet?«

»Nein, Sir.«

»Haben Sie Marilyn Greenwood vergewaltigt und ermordet?«

»Nein, Sir.«

»Haben Sie Marni Smith vergewaltigt und ermordet?«

»Nein, Sir.«

»Haben Sie Judy Renquist vergewaltigt und ermordet?«

»Nein, Sir.«

Jo Lynn neigte sich zu mir herüber und flüsterte mir ins Ohr: »Schau dir seine Augen an. Da sieht man doch gleich, daß er die Wahrheit sagt.«

Ich sah mir seine Augen an, sah nur Böses.

»Haben Sie Tracey Secord vergewaltigt und ermordet?« fuhr Jake Armstrong fort.

»Nein, Sir.«

»Haben Sie Barbara Weston vergewaltigt und ermordet?«

»Nein, Sir.«

Ich starrte die Geschworenen an. Aller Augen waren auf den Angeklagten gerichtet, aller Ohren lauschten der schrecklichen Litanei aus dem Mund der Verteidigung. Konnte es unter diesen Leuten auch nur einen geben, der mit meiner Schwester übereinstimmte? Und wenn es einen gab, konnte es dann vielleicht auch mehrere geben? Bestand auch nur die geringste Chance, daß Colin Friendly freigesprochen werden würde, daß er diesen Gerichtssaal als freier Mann verlassen würde?

»Haben Sie Wendy Sabatello vergewaltigt und ermordet?« fragte der Verteidiger, nun fast am Ende seiner Liste.

»Nein, Sir.«

»Haben Sie Maureen Elfer vergewaltigt und ermordet?« schloß er, die letzte der dreizehn unglücklichen Frauen nennend.

»Nein, Sir«, lautete die automatische Antwort.

Haben Sie Amy Lokash vergewaltigt und ermordet? fragte ich im stillen. Haben Sie ihr die Nase zertrümmert, mit dem Messer auf sie eingestochen und sie schließlich halbtot in einem unwirtlichen Sumpf liegengelassen? Werden wir je erfahren, was ihr zugestoßen ist?

»Ich könnte niemals einem anderen etwas zuleide tun«, sagte Colin Friendly, als spräche er mich direkt an.

»Ich danke Ihnen, Mr. Friendly«, sagte sein Anwalt. »Keine weiteren Fragen.« Jake Armstrong kehrte zu seinem Platz zurück, knöpfte sein Jackett auf, nickte Howard Eaves zu, der sofort aufstand, seinerseits damit beschäftigt, sein Jackett zuzuknöpfen.

»Sie könnten also niemals einem anderen etwas zuleide tun«, wiederholte Eaves, noch ehe er ganz aufgestanden war.

»Nein, Sir.«

»Auch nicht Ihrer Mutter?«

»Meiner M-mutter?« Colin Friendly geriet kurz ins Stottern.

»Jetzt schau mal, was dieser gemeine Kerl gemacht hat«, flüsterte Jo Lynn. »Er hat ihn ganz nervös gemacht. Laß dich nicht aus der Ruhe bringen, mein Schatz«, tröstete sie. »Er kann dir nichts anhaben.«

»Haben Sie nicht Ihrer Mutter das Nasenbein gebrochen, so daß sie ins Krankenhaus gebracht werden mußte?«

»Einspruch, Euer Ehren«, rief der Verteidiger. »Das ist irrelevant und präjudizierend.«

Howard Eaves lächelte und strich sich über das schüttere Haar. »Colin Friendly selbst hat diese Fragen herausgefordert, als er soeben erklärte, er könne niemals einem anderen etwas zuleide tun. Der Staat kann den Gegenbeweis antreten. Es geht um die Glaubwürdigkeit, Euer Ehren.«

»Ich lasse die Frage zu«, erklärte Richter Kellner.

»Haben Sie also Ihrer Mutter das Nasenbein gebrochen, so daß sie ins Krankenhaus gebracht werden mußte?«

Colin Friendly senkte den Kopf. »Das ist so lange her, Sir. Ich wollte ihr nichts antun.«

»Ist es nicht richtig, daß Sie Ihre Mutter so heftig geschlagen haben, daß sie beinahe eine Woche im Krankenhaus bleiben mußte?«

Meine Schwester zischte entrüstet: »Diese alte Hexe. Sie hat nichts anderes verdient, nach dem, was sie Colin angetan hat.«

Colin Friendly wirkte betreten, ja, beschämt. »Ich weiß nicht, wie lange sie im Krankenhaus war. I-ich hab mich danach so schlecht gefühlt, daß ich von zu Hause weggegangen bin.«

»Wo ist Ihre Mutter jetzt, Mr. Friendly?«

»Das weiß ich nicht, Sir.«

»Ist es nicht richtig, daß sie vor ungefähr sechs Jahren verschwunden ist?«

»Meines Wissens nicht.«

»Gut, dann lassen Sie mich folgendes fragen: Wann haben Sie Ihre Mutter das letzte Mal gesehen?«

Colin Friendly schüttelte den Kopf und sagte langsam, gemessen: »Das ist sehr lange her.«

»Vor sechs Jahren?«

»Kann sein.«

»Hatten Sie mit ihrem Verschwinden zu tun?«

Wieder sprang Jake Armstrong auf. »Einspruch, Euer Ehren. Es gibt keinerlei Beweise dafür, daß Mr. Friendlys Mutter irgend etwas Widriges zugestoßen ist. Im übrigen steht er nicht ihres Verschwindens wegen hier vor Gericht.«

»Stattgegeben.«

»Gut gemacht«, sagte meine Schwester, als Jake Armstrong sich wieder setzte.

Howard Eaves ließ sich davon nicht erschüttern. Er wandte sich den Geschworenen zu, während er seine Fragen an den Angeklagten richtete. »Mr. Friendly, haben Sie irgendeine der ermordeten Frauen gekannt?«

»Nein, Sir.«

»Sie sind nie auch nur einer von ihnen begegnet?«

»Meines Wissens nicht. Ich ha-hab ziemlich viel gearbeitet«, fügte er hinzu und schluckte dann, als versuchte er, sein Stottern hinunterzuschlucken. »Wenn man den ganzen Tag in einer Fabrikhalle steht, lernt man nicht viele Frauen kennen.« Er blickte mit diesem kleinen traurigen Lächeln, das sein Markenzeichen war, zu den Geschworenen hinüber. Einige von ihnen antworteten mit einem ähnlichen kleinen Lächeln.

»Und was sagen Sie zu den Aussagen der Zeugen, die Sie mit den Opfern kurz vor ihrem Verschwinden gesehen haben?«

»Sie i-irren sich, Sir.«

»Sie waren also nie auf einer Party am Lake View Drive 426 in Boynton Beach?«

»Nein, Sir.«

»Sie haben nie mit einer jungen Frau namens Angela Riegert gesprochen?«

»Nein, Sir.«

»Und doch hat die Zeugin Sie eindeutig identifiziert.«

»Sie mu-muß mich mit jemand a-anderem verwechseln.«

»Es stimmt nicht, daß Sie die Party zusammen mit Wendy Sabatello verlassen haben?«

»Ich war gar nicht auf der Party, Sir«, antwortete Colin Friendly klar und deutlich. »Was hätte ich denn dort verloren gehabt? Ich bin v-viel älter als diese jungen Leute.«

»Was sagen Sie zu Marcia Layton, die ausgesagt hat, daß sie Sie mehrmals im Flagler Park gesehen hat?«

»Es ist m-möglich, daß sie mich gesehen hat«, bekannte er. »Manchmal, wenn ich außerhalb arbeite, g-gehe ich in der M-Mittagspause in einen Park in der Nähe.«

»Haben Sie Marni Smith in dem Park getroffen?«

»Nein, Sir.«

»Haben Sie mit Janet McMillan gesprochen und sie nach dem Weg gefragt?«

»Nein, Sir. Ich hab mein Leben lang in Florida gelebt. Ich kenn mich ziemlich gut aus.«

»Sie sagen also, daß Sie Ihres Wissens nach mit keiner der ermordeten Frauen zu irgendeiner Zeit Kontakt gehabt haben?«

»Das ist richtig, Sir.«

»Und alle Zeugen, die Sie eindeutig identifiziert haben, irren sich«, sagte Howard Eaves. Es klang mehr wie eine Feststellung, weniger wie eine Frage.

»Ja, Sir.«

»Das ist schon reichlich seltsam, finden Sie nicht? Daß so viele Menschen Sie fälschlich identifiziert haben.«

»V-viele Leute sehen so aus wie ich«, sagte Colin Friendly.

»Finden Sie?«

»An mir ist nichts Besonderes.«

»Das ist leider nur allzu wahr«, sagte der Staatsanwalt.

Jake Armstrong erhob sofort Einspruch, und Howard Eaves nahm seine Bemerkung zurück.

»Was für eine Erklärung haben Sie dafür, daß das Sperma, das in den Körpern mehrerer Opfer gefunden wurde, mit siebzigprozentiger Wahrscheinlichkeit von Ihnen stammt?«

Colin Friendly schüttelte den Kopf und verzog den Mund auf eine Weise, die grausam und geringschätzig zugleich wirkte. »Mit siebzig Prozent besteht man kaum eine Prüfung.«

»Bezweifeln Sie den Befund des Gerichtsmediziners?«

»Wenn er behauptet, es sei mein Sperma, dann liegt er falsch.«

»Und wie steht es mit den Bißwunden, die bei mehreren der Opfer festgestellt wurden? Wie erklären Sie es, daß diese Male fast deckungsgleich sind mit dem Abdruck Ihres Gebisses?«

»Fast zählt nicht«, versetzte Colin Friendly ohne die Spur eines Stotterns. Der Ausdruck der Geringschätzung um seinen Mund wurde zu einem höhnischen Lächeln. Frech zwinkerte er meiner Schwester zu, dann lehnte er sich in seinem Sessel zurück, als hätte er gerade die Oberhand gewonnen.

»Wie erklären Sie die weitgehende Übereinstimmung der Speichelproben?«

»Es ist nicht meine Aufgabe, irgendwas zu erklären, Mr. Eaves.«

»Aber wenn Sie eine Vermutung anstellten sollten ...«

»Dann würde ich sagen, daß da offensichtlich jemand einen Fehler gemacht hat.«

»Ich sage, diese Person sind Sie, Mr. Friendly.«

»Ich sage, diese Person sind Sie, Mr. Eaves«, gab Friendly prompt zurück.

Ein Raunen der Erregung lief durch den Gerichtssaal.

»Sie glauben, klüger zu sein als ich, nicht wahr, Mr. Friendly?«

»Über die Frage habe ich noch gar nicht nachgedacht, Mr. Eaves.«

»Sie halten sich für klüger als die meisten, ist das nicht richtig?«

»Die meisten sind auch nicht sehr klug«, antwortete Friendly, der offensichtlich begann, sich zu amüsieren.

»Und es macht Spaß, sie reinzulegen, nicht wahr?«

»Das müssen gerade Sie mir sagen, Mr. Eaves. Sie sind doch, wie mir scheint, derjenige, der hier jemanden reinlegen möchte.«

»Es ist ein großartiges Gefühl, die Macht über Leben und Tod eines anderen zu haben, nicht wahr, Mr. Friendly?«

»Sie sind hier derjenige, der solche Macht hat, Sir, nicht ich.«

»Nein. Diese Macht liegt bei den Geschworenen.«

»Dann kann ich nur hoffen, daß ihnen mehr an der Wahrheit liegt als Ihnen, Sir«, versetzte Friendly kühl.

»Und was ist die Wahrheit?«

»Daß ich nicht schuldig bin, Sir.«

Jo Lynn neigte sich zu mir. »Er ist sehr höflich, findest du nicht auch?«

»Ja, sehr höflich«, stimmte ich zu, viel zu benommen, um etwas anderes zu sagen.

Der Ankläger hielt Colin Friendly ein großes Farbfoto einer der toten Frauen unter die Nase. »Das haben Sie nicht getan?«

Jake Armstrong fuhr in die Höhe. »Einspruch, Euer Ehren. Das ist völlig überflüssig. Der Zeuge hat die Frage bereits beantwortet.«

»Abgelehnt.«

»Euer Ehren«, sagte Armstrong, »dürfen wir zu Ihnen kommen?«

Die beiden Widersacher traten zum Richtertisch.

»Dieser verdammte Eaves«, flüsterte Jo Lynn. »Der schreckt doch vor nichts zurück, nur um einen Schuldspruch zu erreichen.« Sie schlug erst das rechte Bein über das linke, dann das linke über das rechte, die Zipfel ihres Rocks fielen auseinander und enthüllten erst den einen Oberschenkel, dann den anderen.

»Aber ich glaube nicht, daß die Geschworenen sich davon beeindrucken lassen. Siehst du die Frau da, die in der Mitte in der zweiten Reihe, ich glaube, die ist auf unserer Seite.«

Ich richtete meinen Blick auf die Geschworene in der Mitte der zweiten Reihe. Sie war jünger als die anderen, vielleicht dreißig, mit heller Haut und ungepflegtem blonden Haar, das dem Durchschnittsgesicht auch keine besondere Note gab. Mir wurde bewußt, daß sie mir vorher noch nie aufgefallen war, und ich fragte mich, ob dieses Nicht-bemerkt-Werden etwas war, an das sie sich gewöhnt hatte. War sie der Typ Frau, der sich von einem Kerl wie Colin Friendly einwickeln ließ? Sah sie in diesem Prozeß ihre Chance, endlich einmal ins Rampenlicht zu treten, sich fünfzehn Minuten Ruhm zu sichern, die Aufmerksamkeit der ganzen Nation auf sich zu lenken, indem sie als einzige auf Freispruch bestand? Würde sie mit ihrer Hartnäckigkeit einen neuen Strafprozeß erzwingen?

Mich schauderte. An die Möglichkeit, daß die Geschworenen sich nicht auf einen Spruch einigen könnten, hatte ich bisher noch nicht gedacht. Mir war plotzlich sehr beklommen zumute. Warum hatten die forensischen Beweise nicht absolut eindeutig sein können? ›Fast zählt nicht‹, hörte ich Colin Friendlys Stimme. Ein einziges ›Nicht schuldig‹ genügte. Und was dann? Ein neuer Prozeß? Weitere Monate des Kummers und der Qual für die Angehörigen und Freunde der Opfer? Weitere Monate grausiger Presseberichte? Und meine Schwester weiterhin beständig zwischen Gerichtssaal und Gefängnisbesucherraum? Ich seufzte tief. Noch einmal würde ich das nicht durchstehen.

»Ist was?« fragte Jo Lynn und ließ ihren Blick kurz durch den Saal wandern.

»Es ist heiß hier drinnen.«

»Nein, überhaupt nicht. Dir ist nur heiß, weil dein Freund hier ist.«

»Was?« Ich fuhr herum. Robert lächelte mich von seinem Platz weiter hinten im Saal an. O Gott, dachte ich, als mir prompt der Schweiß auf die Stirn trat. Wann war er gekommen?

»Reg dich ab. Kein Mensch verrät dein kleines Geheimnis.«

»Ich hab keine Geheimnisse«, zischte ich zähneknirschend.

Jo Lynn lächelte. »Erzähl das dem Richter«, gab sie zurück.

»Der Einspruch wird abgelehnt«, sagte der Richter gerade und schickte die Anwälte zurück auf ihre Gefechtsstationen. »Der Zeuge möge die Frage beantworten.«

»Das ist also nicht Ihr Werk?« wiederholte Howard Eaves sofort, dem Angeklagten das Foto reichend.

»Nein, Sir.«

»Und das hier?« Der Ankläger drückte Colin Friendly einen Stapel Fotografien in die Hand. »Diese Bißwunden auf Christine McDermotts Gesäß stammen nicht von Ihnen? Sie haben der kleinen Tammy Fisher nicht die Kehle durchgeschnitten?«

»Nein, Sir.«

»Dennoch fällt mir auf, daß es Ihnen schwerfällt, die Fotografien anzusehen.«

»Einspruch, Euer Ehren«, protestierte Jake Armstrong.

»Stattgegeben.«

»Ich kö-könnte so was niemals tun.« Colin Friendly sah meine Schwester direkt an. »Du mußt mir glauben, Jo Lynn.«

»Ich glaube dir, Colin.« Sämtliche Köpfe im Saal drehten sich in unsere Richtung, als meine Schwester aufstand.

»Setzen Sie sich, junge Frau«, befahl der Richter mit Donnerstimme, während rund um uns herum erregt getuschelt wurde.

»Es spielt keine Rolle, was die anderen denken«, fuhr Colin fort, »Hauptsache, du glaubst an mich.«

Die Wellen der Erregung schlugen höher. Ich hielt unwillkürlich den Atem an. O Gott, dachte ich, laß das alles nur einen bösen Traum sein.

»Ich liebe dich, Jo Lynn«, sagte Colin Friendly laut, um den zunehmenden Lärm zu übertönen. »Ich möchte dich heiraten.«

»Ruhe im Saal«, donnerte Richter Kellner.

»Ich liebe dich auch«, rief meine Schwester. »Nichts wünsche ich mir mehr, als deine Frau zu werden.«

Jetzt brach die Hölle los, lautes Gelächter mischte sich mit Pfiffen und Geschrei, Reporter rannten zur Tür, alle waren plötzlich auf den Beinen.

»Setzen Sie sich endlich«, befahl der Richter meiner Schwester, »sonst lasse ich Sie wegen Mißachtung des Gerichts des Saals verweisen.«

»Auch das noch«, murmelte ich. Mir war übel.

Im nächsten Augenblick drängte ich mich an meiner Schwester vorbei in den Gang und rannte aus dem Saal.

»Wir machen eine halbe Stunde Pause«, hörte ich den Richter verkünden, als ich das düstere kleine Vorzimmer erreicht hatte.

»Komm, Kate«, rief mir jemand zu. »Hier entlang.« Eine Hand zog mich in den Korridor hinaus und führte mich in die Sicherheit eines leeren Raums nebenan.

»O Gott!« rief ich, so sehr außer mir, daß ich kaum atmen konnte. »Warst du drinnen? Hast du das gesehen?«

»Ja«, antwortete Robert.

»Hast du gesehen, was sie getan haben? Hast du gehört, was sie gesagt haben?«

Er nahm mich bei den Schultern. »Kate, beruhige dich doch.«

»Sie hat diesem Ungeheuer tatsächlich gesagt, daß sie ihn heiraten will. Mitten im Gerichtssaal ist meine Schwester aufgestanden und hat der ganzen Welt mitgeteilt, daß sie einen Verrückten liebt und ihn heiraten will.«

»Kate, das ist doch alles nicht so schlimm. Das wird schon wieder.«

Ich schluchzte jetzt. »Warum tut sie das, Robert? Was will sie denn beweisen? Geht es ihr um die Publicity? Will sie unbedingt der große Star sein? Will sie ihr Foto auf der Titelseite vom *National Enquirer* sehen? Was ist nur los mit ihr?«

Er nahm mich in die Arme. »Ich weiß nicht, was für ein Problem sie hat, aber du darfst dich davon nicht niedermachen lassen.«

»Du glaubst doch nicht, daß sie diesen grauenvollen Kerl wirklich heiraten wird? Ich meine, du glaubst doch nicht, daß die Geschworenen ihn freisprechen werden? Daß er womöglich auf freien Fuß gesetzt wird.«

»Meiner Ansicht nach besteht da nicht die geringste Chance.«

»Sterben soll er«, rief ich weinend. »Sterben soll er und endlich aus unserem Leben verschwinden.«

»Sch«, sagte Robert tröstend, als ich mein Gesicht an seine Brust drückte. »Reg dich nicht auf. Es ist ja bald vorbei.«

Er hielt mich fest an sich gedrückt und streichelte mir mit einer Hand übers Haar, als wäre ich ein kleines Kind, das sich das Knie aufgeschlagen hatte und getröstet werden mußte. Ich klammerte mich an ihn, als hätte ich Angst zu ertrinken, als könnte nur er mich über Wasser halten. Sein Mund berührte meine Wangen, er küßte meine Tränen weg, versicherte mir ohne Worte, daß alles gut werden würde, daß er da sei, um dafür zu sorgen, daß mir nie wieder etwas Schlimmes geschehen würde.

Und dann küßte er mich, küßte mich richtig, voll auf den Mund, und ich erwiderte seine Küsse mit einer Leidenschaft, die mich völlig überraschte. Plötzlich war ich wieder die Schülerin von damals und er der angehende Student, und unser Leben fing gerade erst an, und die Welt war heil und in Ordnung.

Nur stimmte das eben nicht. Wir waren nicht mehr in der Schule, wir hatten unser Leben zur Hälfte hinter uns, und meine Welt war dabei, aus den Fugen zu geraten.

»Das ist das letzte, was ich brauche«, sagte ich zu Robert und befreite mich aus seiner Umarmung.

Aber noch in dem Moment, als ich meine Fassung wiedergewann und aus dem Raum ging, vorbei an den Reportern, die sich im Korridor drängten und lärmend meine Schwester umringten, wußte ich, daß es zu spät war, daß meine Welt ihre alte Ordnung nie wiedergewinnen würde.

16

Ich versuchte, mich in meine Arbeit zu vergraben. Leicht war es nicht. Wo immer ich hinsah, überall begegnete ich meiner Schwester und ihrem »Verlobten«, wie sie ihn im Fernsehen und vor der Presse zu bezeichnen pflegte. Quälend starrten mich ihre Bilder von den Titelseiten sämtlicher Zeitungen und Boulevardblätter in der Stadt an; Jo Lynn gab mehrere Interviews und trat zweimal in der Sendung *Inside Edition* auf, wobei sie es zum Glück unterließ zu erwähnen, daß sie eine Schwester hatte. Daß wir anders lautende Nachnamen hatten – sie hatte den Namen ihres zweiten Mannes beibehalten, weil sie fand, er passe gut zu Jo Lynn –, stellte niemand eine Verbindung zwischen uns her. Da wir noch nie in denselben Kreisen verkehrt hatten, war ihre traurige Berühmtheit für mich weder in gesellschaftlicher noch in beruflicher Hinsicht ein Problem. Dennoch war mir die ganze Sache unglaublich peinlich – ich würde gern glauben, mehr um ihret- als um meinetwillen, aber wenn ich ehrlich bin, weiß ich es nicht –, und ich machte mir ernste Sorgen um den Geisteszustand und das Wohlbefinden meiner Schwester.

Sara fand die Situation natürlich »cool«; Larry ignorierte wie üblich die ganze Sache; Michelle fragte nur: »Tickt die eigentlich noch richtig?« Was meine Mutter anging, so schien sie von dem ganzen Wirbel um ihre jüngere Tochter nichts zu bemerken. Niemals machte sie auch nur die geringste Bemerkung über die vielen Artikel in den Zeitungen oder die Interviews im Fernsehen. Als ich sie fragte, ob sie Jo Lynns Bild auf der Titelseite der *Palm Beach Post* gesehen habe, sagte sie nur, ich solle ihr die Zeitung aufheben, und erwähnte dann nie wieder etwas davon. Dafür rief Mrs. Winchell an, um mir ihre Sorgen mitzuteilen, wobei ihre größte Angst war, daß all die Publicity unerfreuliche Auswirkungen auf den Ruf des Palm Beach Lakes Seniorenheims haben könnte, wenn bekannt werden sollte, daß Jo Lynns Mutter dort lebte. Vielleicht, meinte sie, könnten wir überlegen, ihr eine andere Unterkunft zu suchen. Sie hätte sich keine Sorgen machen müssen. Jo Lynn zeigte keinerlei Neigung, das Rampenlicht zu teilen.

Robert rief beinahe täglich an, aber ich hatte Angst, seine Anrufe zu erwidern. Mein Leben war auch ohne die Komplikationen einer außerehelichen Affäre schon chaotisch genug. Er erwähnte allerdings in keinem seiner Anrufe, was zwischen uns vorgefallen war. Er fragte nur, ob ich schon ein Konzept hätte, was die geplante Sendung betraf, und verlor kein Wort über den Kuß, der mit der Sendung entschieden nichts zu tun gehabt hatte. Tatsächlich hatte ich eine Idee für die Sendung, die ich recht gut fand, aber meine Furcht vor Robert und den Medien war mittlerweile so groß geworden, daß ich nicht mehr sicher war, ob ich mit dem einen oder dem anderen überhaupt noch etwas zu tun haben wollte. Außerdem würde, wenn ich wirklich eine eigene Sendung bekam, garantiert irgendwann irgendein ehrgeiziger Reporter die Verbindung zwischen mir und meiner Schwester entdecken. Ja, Jo Lynn würde wahrscheinlich meine erste Anruferin sein.

»Meine Schwester kritisiert dauernd an mir herum«, konnte ich sie schon jetzt sagen hören. »Ob es sich um meine Garderobe handelt oder um die Männer, in die ich mich verliebe, immer hat sie etwas auszusetzen. Sie hält mich für unfähig, eine reife Entscheidung zu treffen. Nur weil sie Therapeutin ist, bildet sie sich ein, alles zu wissen. Ständig schreibt sie mir vor, was ich tun soll, und ich habe allmählich die Nase voll davon. Was raten Sie mir?«

»Oh, entschuldigen Sie, was sagten Sie eben?« Es war fast sechs Uhr abends, Elli und Richard Lifeson, jungverheiratet, Ende Zwanzig, die um fünf zu ihrer Sitzung bei mir gekommen waren, blickten mich gespannt an, offensichtlich in der Erwartung, tiefe Weisheiten aus meinem Mund zu hören. Mir wurde plötzlich bewußt, daß ich keine Ahnung hatte, worüber wir gesprochen hatten, und im stillen verwünschte ich Jo Lynn, der ich die Schuld an meiner Zerstreutheit gab. Augenblicklich sah ich mich wieder im Gerichtssaal, erlebte wieder den Moment, als der des Serienmordes angeklagte Colin Friendly in aller Öffentlichkeit seine

Liebe zu meiner Schwester erklärt hatte. Was hatte Colin Friendly mit dieser Einlage beweisen wollen? Was hatte er dadurch gewinnen wollen? Teilnahme? Unterstützung? Was?

»Was?« fragte ich wieder, während Ellie und Richard Lifeson beunruhigte Blicke tauschten. »Entschuldigen Sie, aber könnten Sie noch einmal wiederholen, was Sie eben gesagt haben?«

»Sie schreibt mir ständig vor, was ich zu tun habe, und ich habe allmählich die Nase voll davon«, wiederholte Richard Lifeson.

»Das ist gar nicht wahr«, protestierte seine Frau.

Sie waren zwei sympathisch aussehende junge Leute mit frischen, offenen Gesichtern. Sie waren seit drei Jahren verheiratet; es war für beide die erste Ehe; sie hatten keine Kinder; sie dachten an Scheidung. Ich warf einen Blick in meine Notizen, um mir die Besonderheiten ihrer Situation zu vergegenwärtigen, dann auf meine Uhr, um festzustellen, wieviel von der Sitzung ich bereits verpaßt hatte.

»Von wegen!« rief Richard Lifeson. »Erzähl ihr doch mal, was los war, bevor wir hier ankamen.«

»Warum erzählen nicht *Sie* es mir«, schlug ich vor. Ich konzentrierte mich auf seine breite Stirn, sein kantiges Kinn, um jeden Gedanken an Colin Friendly auszublenden.

»Ich wollte einen Beutel Chips kaufen«, begann er, »und sofort sagt sie zu mir, ich soll die neuen fettarmen nehmen. Ich mag aber die fettarmen Chips nicht, die haben überhaupt keinen Geschmack, und ich verstehe nicht, warum sie sich überhaupt einmischt, sie mag sowieso keine Chips. Aber was hab ich gekauft? Raten Sie mal.«

»Ich habe nie gesagt, daß du sie kaufen mußt. Ich hab nur einen Vorschlag gemacht.«

»Du machst nie Vorschläge. Du erläßt königliche Befehle.«

»Da haben Sie's. Jetzt macht er mich schon wieder runter. Immer macht er mich runter. Ich kann nicht ein einziges Wort sagen, ohne daß er mir über den Mund fährt.«

»Ach ja?« fragte Richard Lifeson. »Wann fahr ich dir denn über den Mund?«

»Denk mal an gestern abend, als wir in der Ballettaufführung waren, wo meine Nichte mitgetanzt hat«, antwortete Ellie Lifeson, ehe ich mich einschalten konnte. »Hinterher hat er mich gefragt, welcher Tanz mir am besten gefallen hätte, und ich hab gesagt, der mit den Schwänen. Und was sagt er darauf: ›Das zeigt, wie wenig du von Ballett verstehst.‹ Natürlich gab's einen Riesenstreit, wir sind beide wütend zu Bett gegangen und haben natürlich nicht miteinander geschlafen. Wieder mal nicht«, fügte sie spitz hinzu.

»Willst du mir jetzt auch noch befehlen, mit dir zu schlafen?« fragte Richard Lifeson erregt.

»Okay, Moment, Moment«, sagte ich ruhig. »Wir haben es hier mit mehreren unterschiedlichen Fragen zu tun. Versuchen wir doch mal, eine nach der anderen genauer zu betrachten. Nehmen wir erst einmal die Sache mit den Kartoffelchips: Ellie, Sie sehen sich als hilfsbereit; Richard, Sie sehen Ihre Frau als diktatorisch. Das ist ein Geschlechterstreit. Frauen meinen, Vorschläge zu machen. Männer verstehen sie als Befehle.«

»Darf ich jetzt keine Vorschläge mehr machen?«

»Ich weiß, es wird nicht leicht werden, Ellie, aber Sie sollten wirklich versuchen, sich in dieser Richtung etwas zu bremsen. Und Sie, Richard, müssen lernen, Ihren Standpunkt zu vertreten. Wenn Sie keine fettarmen Kartoffelchips mögen, dann müssen Sie das sagen.«

»Damit es dann wieder einen Riesenstreit gibt?«

»Streit gibt es sowieso«, erwiderte ich. »Vielleicht nicht wegen der Kartoffelchips, aber diese ganze unterdrückte Wut wird irgendwo herauskommen.«

»Sie ist doch diejenige, die ständig wütend ist.«

»Ja, weil du mich immer runtermachst.«

»Versuchen Sie, Wörter wie ›immer‹ und ›nie‹ zu vermeiden. Sie tragen nicht zu einer Lösung des Problems bei und heizen nur die Atmosphäre auf. Und Ellie, denken Sie daran, daß niemand Sie heruntermachen kann, wenn Sie es nicht zulassen. Lassen Sie mich versuchen, Ihnen zu zeigen, wie das Gespräch nach dem

Ballett hätte verlaufen können. Ellie, ich bin jetzt einmal Sie; und Sie sind Richard. ›Welcher Tanz hat dir denn am besten gefallen, Richard?‹«, begann ich, meine Worte an Ellie richtend.

Ellie nahm automatisch eine tiefere Stimme an, als sie Richards Rolle übernahm. »›Mir hat der moderne Tanz am Ende am besten gefallen. Und dir?‹«

»›Mir der mit den Schwänen‹«, antwortete ich.

»›Das zeigt, wie wenig du von Ballett verstehst‹«, sagte Ellie verächtlich.

»›Hat er dir nicht gefallen?‹«

»›Ich fand ihn fürchterlich.‹«

»›Das ist interessant‹«, sagte ich. »›Mir hat der Tanz sehr gut gefallen. Wir haben anscheinend unterschiedliche Geschmäkker.‹«

Ellie und Richard sahen mich schweigend an.

»Sehen Sie?« sagte ich. »Niemand wird heruntergemacht; es gibt keinen Streit.«

»So einfach ist das?« fragte Richard.

»Nichts ist einfach«, sagte ich ihm. »Es ist eine andere Art, miteinander umzugehen, es ist ein ganz neues Vokabular. Es zu lernen, braucht Zeit, und die Übung wird noch mehr Zeit brauchen. Aber mit der Zeit wird es etwas einfacher.«

Sie machten beide skeptische Gesichter.

»Ich verspreche es«, sagte ich.

Zu Hause stritten Larry und ich, daß die Fetzen flogen.

»Saras Schule hat angerufen«, bemerkte ich eines Abends, als Larry gemütlich, die Beine hoch, vor dem Fernseher saß und sich ein Hockeyspiel anschaute. Die Mädchen waren in ihren Zimmern und machten Hausaufgaben.

»Und was hat die Lehrerin gesagt?«

»Wieso Lehrer*in*?«

»Entschuldige, ich hab's einfach angenommen.«

»Muß jeder Lehrer eine Frau sein?«

»Nein, natürlich nicht. Also, was hat dieser betreffende Lehrer nun gesagt?«

»Sie hat gesagt, daß Sara …«

»*Sie*?« unterbrach Larry. »Es ist also doch eine Lehrerin?«

»In diesem Fall, ja.«

»Es hat also eine Lehrer*in* angerufen.«

»Ja. Da brauchst du doch nicht gleich so einen Wirbel zu machen.«

»Du bist doch diejenige, die den Wirbel macht«, entgegnete er.

»Möchtest du jetzt wissen, was sie gesagt hat, oder nicht?«

»Aber ja, natürlich. Das weißt du doch.«

»Woher soll ich das wissen?«

»Du brauchst nur zuzuhören.«

»Soll das heißen, daß ich dir nicht zuhöre?«

»Jetzt sag mir einfach, was Saras Lehrerin wollte«, rief er ungeduldig.

»Sie hat gesagt, daß Sara sich in letzter Zeit sehr merkwürdig benimmt.«

»Und das ist ihr jetzt erst aufgefallen?« Er lächelte.

Ich schlug die Chance zurückzulächeln aus. »Noch seltsamer als sonst«, erklärte ich.

»Inwiefern?«

»Sie konnte es nicht genau definieren.«

»Na, das ist ja sehr hilfreich.«

»Willst du eigentlich dieses ganze Gespräch ins Lächerliche ziehen?«

»Ich werde mich deswegen bestimmt nicht aufregen.«

»Nein, du regst dich ja nie auf.«

»Was soll das jetzt wieder heißen?«

»Das soll heißen, daß ich mir allmählich wie eine alleinerziehende Mutter vorkomme.«

»Wie bitte? Würdest du das bitte etwas näher erklären?«

»Das heißt, daß du nie zu Hause bist.«

»Ich bin *nie* zu Hause?«

»Du bist ständig auf dem Golfplatz.«

»Ich bin *ständig* auf dem Golfplatz?«

»Wenn du nicht gerade arbeitest«, schränkte ich ein.

»Ach so, ab und zu arbeite ich auch. Nett, daß du das bemerkst.«

»Macht es dir eigentlich wirklich nichts aus, daß unsere Tochter in der Schule versagt?«

»Sie versagt?«

»In den letzten beiden englischen Klassenarbeiten hat sie völlig versagt.«

»Und hast du mit ihr darüber gesprochen?«

»Warum soll ich immer diejenige sein, die mit ihr über alles spricht?«

»Na schön. Soll ich mit ihr reden?«

»Und was genau willst du sagen?«

Er war schon aufgestanden. »Keine Ahnung. Mir wird schon was einfallen.«

»Ich finde, du solltest sie nicht in die Defensive drängen.«

»Ich hatte nicht vor, sie in die Defensive zu drängen.«

»Sag ihr einfach, daß ihre Lehrerin angerufen hat und über ihr Verhalten ziemlich beunruhigt ist.«

»Wenn du mir vorschreiben willst, was ich ihr sagen soll, warum redest du dann nicht selbst mit ihr?«

»Weil ich jedesmal mit ihr rede und es satt habe, immer diejenige zu sein, die sich um jedermanns Probleme kümmert. Das tu ich den ganzen Tag in der Praxis, und es wäre schön, wenn zu Hause mal jemand anders ein bißchen Verantwortung übernehmen würde. Ist das zuviel verlangt?«

»Anscheinend, da du es mir ja nicht erlaubst.«

»Ich versuche nur, dir zu helfen. Hast du so wenig Selbstbewußtsein, daß du's nicht aushalten kannst, wenn jemand dir einen einfachen Vorschlag macht?«

»Hältst du dich für so grandios, daß du dir nicht vorstellen kannst, daß ich deine Vorschläge vielleicht gar nicht brauche?«

»Manchmal bist du wirklich unglaublich mies!«

Er schaltete den Fernsehapparat aus und ging.

»Wohin gehst du?«

»Schlafen.«

»Ich dachte, wir reden miteinander.«

»Das Gespräch ist beendet.«

»Wieso? Weil du es sagst?«

»Ganz recht.«

Ich folgte ihm ins Schlafzimmer. »Du benimmst dich ja sehr erwachsen.«

»Einer muß es ja tun.«

»Was soll das heißen?«

Er trat zum Bett und begann, die Kissen in die Luft zu schleudern. »Ich hab keine Lust, mit dir zu streiten, Kate. Ich bin hundemüde. Du drangsalierst mich schon die ganze Woche.«

»Ich drangsaliere dich?«

»Ja.«

»Wie kann ich dich drangsalieren, wenn du nie zu Hause bist?«

»Ich weiß es nicht, aber du schaffst es.« Er fegte die restlichen Kissen zu Boden. Eines landete dicht vor meinen Füßen.

»Hey, paß auf!« schrie ich, als hätte mich ein Stein getroffen.

Er sah mich verdutzt an. »Was ist denn?«

»Du hättest mich beinahe getroffen.«

»Was redest du da? Das Ding ist doch nicht mal in deiner Nähe.« Er zog den Überwurf vom Bett und begann, sich auszuziehen.

»Untersteh dich, jetzt zu schlafen«, sagte ich.

»Kate, ich hab einen langen Tag gehabt. Du bist offensichtlich völlig aus dem Häuschen über irgendwas, und ich glaube nicht, daß es auch nur das Geringste mit Sara oder mir zu tun hat.«

»Ach, wirklich? Ich wußte gar nicht, daß du so ein großartiger Psychologe bist.«

»Komm, hören wir auf, bevor wir etwas sagen, das uns hinterher leid tut.«

»Aber ich will nicht aufhören. Ich möchte wissen, worüber ich deiner Meinung nach so aus dem Häuschen sein soll.«

»Das weiß ich nicht. Vielleicht wegen deiner Schwester, vielleicht wegen deiner Mutter, vielleicht wegen irgendwas, das mit deiner Arbeit zu tun hat.«

»Oder vielleicht deinetwegen!« schoß ich zurück.

»Ja, vielleicht«, stimmte er zu. »Vielleicht hast du recht, und ich bin das Problem. Ich akzeptiere es. Du hast gesiegt. Ich bin ein verkommenes Subjekt.«

»Ich hab nie gesagt, daß du ein verkommenenes Subjekt bist.«

»Aber es lag dir schon auf der Zunge.«

»Dreh mir nicht das Wort im Mund herum.«

»Ich würd dir am liebsten einen Knebel reinstopfen.«

»Was?« rief ich. »Willst du mir vielleicht drohen?«

Sein Gesicht war rot vor Zorn. »Ich schlage vor, daß wir jetzt beide den Mund halten und versuchen zu schlafen.«

»Du willst mir befehlen, den Mund zu halten?«

»Ich schlage vor, daß wir jetzt schlafen.«

»Ich will aber nicht schlafen.«

»Dann halt endlich die Klappe, verdammt noch mal!« schrie er und legte sich ins Bett.

Und dann sagte er kein einziges Wort mehr. Ganz gleich, was ich sagte oder tat, welches Mittel ich anwandte, um ihn zu provozieren und wieder in den Streit hineinzuziehen, er reagierte nicht. Statt dessen zog er sich zurück, vergrub sich unter der Decke wie in einem Kokon. Je mehr ich versuchte ihn zu reizen, desto mehr entfernte er sich.

Ich beschuldigte ihn, ein erbärmlicher Ehemann, ein schlechter Vater, ein gleichgültiger Sohn zu sein.

Er seufzte und drehte sich um.

Ich beschuldigte ihn, für sein Golfspiel mehr übrig zu haben als für seine Familie.

Er klappte sich das Kissen über die Ohren.

Ich sagte, er wäre egoistisch, kindisch und gemein.

Er zog sich die Decke über den Kopf.

Ich sagte, er wäre eine einzige passive Aggression.

Er täuschte Schlaf vor.

Ich sagte, er solle zur Hölle fahren.

Er begann zu schnarchen.

Ich stürmte aus dem Zimmer.

Wir sprachen drei Tage lang nicht miteinander.

Es half überhaupt nichts, daß ich wußte, daß Larry recht hatte. Er war nicht das Problem. Es hätte mich vielleicht gefreut, wenn er an den Wochenenden mehr zu Hause gewesen wäre, aber ich kann mit aller Aufrichtigkeit sagen, daß ich ihm sein Golfspiel nicht mißgönnte. Vielleicht war ich sogar ein bißchen neidisch. Larry hatte wenigstens eine Zuflucht, einen Ort, an den er vor dem Wahnsinn fliehen konnte, der rund um uns herum zu toben schien. Ich hatte nichts dergleichen. Die Arbeit half mir nicht – sie verstärkte nur mein inneres Chaos. Ich war so beschäftigt damit, in der Praxis ständig beherrscht zu sein, daß ich zu Hause oft jede Beherrschung verlor. Larry war mein Sündenbock, und eine Zeitlang schien er dafür Verständnis zu haben, aber kein Mensch kann ewig verständnisvoll sein.

In Wirklichkeit wünschte ich mir, Larry würde mich in die Arme nehmen, wie Robert an jenem Morgen bei Gericht, und mir sagen, daß alles gut werden würde: Sara würde die High-School mit Erfolg abschließen und ein Studium an der Universität ihrer Wahl beginnen; meine Mutter würde sich in die Frau zurückverwandeln, die ich mein Leben lang gekannt und geliebt hatte; meine Schwester würde endlich aus den Schlagzeilen verschwinden und wieder zur Vernunft kommen; Colin Friendly würde sterben, und wir könnten wieder ein normales Leben führen. War das zuviel verlangt?

Aber selbst als Larry genau das tat, was ich mir wünschte, reichte es nicht.

»Es ist ja gut«, sagte er eines Abends, als ich mich an seiner Schulter ausweinte. Der Prozeß war an diesem Nachmittag abgeschlossen worden, und obwohl alle glaubten, daß es zu einer schnellen Entscheidung käme, berieten die Geschworenen jetzt schon seit mehr als fünf Stunden. Die Reporter spekulierten bereits darüber, ob man die Geschworenen über das Wochenende entlassen würde, wenn sie nicht innerhalb der nächsten Stunde zu einem Spruch gelangten.

»Wieso brauchen sie nur so lang?« fragte ich.

»Ich denke mir, sie gehen noch einmal das gesamte Beweismaterial durch. Am Montag um diese Zeit ist bestimmt alles vorbei«, meinte Larry. Er wußte, daß ich das brauchte. »Colin Friendly wird im Todestrakt sitzen; und deine Schwester wird wieder normal werden. Na ja, normal ist ziemlich relativ, was deine Schwester angeht«, sagte er, und ich lachte dankbar. Und dann küßten wir einander, leicht und zärtlich zunächst, dann feuriger.

Es war Wochen her, seit wir das letztemal miteinander geschlafen hatten. Und das letzte Mal, als ein Mann mich so geküßt hatte, war es nicht Larry gewesen, sondern Robert. »O Gott«, sagte ich schuldbewußt.

Larry hielt mein Schuldbewußtsein natürlich für Leidenschaft und meinte, wir sollten ins Schlafzimmer gehen. Es war Freitagabend, und die Mädchen waren beide ausgegangen.

»Hältst du das für eine gute Idee?« fragte ich zwischen Küssen, als er mich in unser Zimmer führte und wir neben dem Bett stehenblieben.

»Die beste Idee, die ich seit Wochen gehabt habe«, erwiderte er und fegte die vierzehn Dekokissen mit einer Armbewegung zu Boden.

»Und wenn die Kinder heimkommen?«

»Die kommen nicht heim.«

»Und wenn doch?«

»Ich mach die Tür zu«, sagte er und entfernte sich einen Moment von mir, um die Tür zu schließen. Schon im nächsten Augenblick war er zurück, sein Mund lag auf dem meinen, seine Hände suchten meinen Busen und knöpften meine Bluse auf. »Du hast mir gefehlt«, sagte er, als er mir die Bluse von den Schultern streifte und auf den Teppich fallen ließ.

»Du mir auch«, antwortete ich, während er durch die Spitze meines Büstenhalters meine Brüste streichelte. »Das kitzelt«, sagte ich mit einem Gefühl leichter Irritation.

Seine Finger machten sich an den Haken meines Büstenhalters zu schaffen.

»Laß mich, ich mach das schon«, sagte ich.

»Nein, laß es mich machen«, drängte er leise. »Ich bin nur ein bißchen aus der Übung.« Ein paar Sekunden mühte er sich vergeblich, dann verlor ich die Geduld, und ich griff hinter mich, um die widerspenstigen Haken zu öffnen.

»Das wollte ich doch tun«, sagte er.

Komm, jetzt beschwer dich nicht, wollte ich sagen, aber er verschloß meinen Mund mit Küssen und drückte mich auf das Bett hinunter. Seine Lippen wanderten zu meinen Brüsten und saugten sich dort fest.

Sonst hatte ich das immer genossen. Jetzt reizte es mich auf unangenehme Weise. Ich merkte, wie ich immer ärgerlicher wurde. »Das kitzelt«, sagte ich wieder und entzog mich seinem saugenden Mund.

Seine Hände glitten abwärts. Er öffnete den Reißverschluß meiner grauen Hose und schob sie mir über die Hüften hinunter.

»Behandle sie ein bißchen achtsam«, mahnte ich, als er sie vom Bett warf. Mit den Fingern zeichnete er das Muster meines Spitzenhöschens nach, während seine Lippen zu meinen Brüsten zurückkehrten. Ich fühlte gar nichts, keine Spur sexueller Erregung. Nur wachsende Gereiztheit. Ich versuchte zu phantasieren – ich war eine junge Sklavin, die auf einer Auktion verkauft wurde. Es waren vielleicht ein Dutzend Männer da, die meinen Rock hochhoben, um die Ware zu inspizieren, mich mit gierigen Augen betrachteten ...

Es passierte gar nichts. Ich versuchte es mit einer anderen Phantasie. Ich war eine Studentin, die ihr Professor gerade hatte durchfallen lassen. Was ich denn tun könne? flehte ich ihn an. Ich hätte meinen Eltern schon erzählt, daß ich zu den Besten meines Semesters gehörte. Er sagte, ich könne ja nach dem Unterricht mit nichts als Strapsen und Strümpfen zu ihm kommen ...

Ich schüttelte den Kopf, schob Larrys Kopf von meiner Brust weg. Nichts funktionierte.

Larry zog mir das Höschen hinunter, vergrub seinen Kopf zwischen meinen Schenkeln. Ich wartete auf ein Gefühl des Loslassens, empfand aber nichts als Frustration.

»Das tut weh«, sagte ich nach einigen Minuten.

»Entspann dich«, versetzte er. »Du bist so verkrampft.«

»Ich bin verkrampft, weil du mir weh tust.«

»Wo tu ich dir denn weh?«

»Es ist so viel Druck.«

Er verlagerte sein Gewicht, legte sich anders. »Wie ist es jetzt? Besser?«

»Du bist nicht an der richtigen Stelle«, sagte ich und hörte, wie gereizt meine Stimme klang.

»Zeig es mir.«

»Ich will's dir nicht zeigen.«

Er richtete sich auf. »Was ist denn, Liebes?«

»Du bist nicht an der richtigen Stelle«, wiederholte ich störrisch, obwohl ich genau wußte, wie unfair ich war, daß es an diesem Abend keine richtige Stelle gab. »Vergessen wir's einfach. Das wird heute nichts mehr.«

»Laß es mich noch einmal versuchen«, sagte er.

»Nein«, entgegnete ich laut. Ich zog meine Beine zusammen und starrte zum Fenster. Ich brauchte sein Gesicht nicht zu sehen, um zu wissen, wie verletzt er war.

Das Telefon läutete.

»Geh nicht ran«, bat Larry leise.

Froh über die Unterbrechung griff ich hinüber und drückte den Hörer an mein Ohr. »Hallo«, sagte ich, und Larry wandte sich ab.

»Kate, o Gott, Kate!« Es war Jo Lynn. Sie schluchzte.

»Was ist denn? Was ist passiert?«

»Die Geschworenen haben eben ihr Urteil verkündet.«

Ich hielt den Atem an. Schluchzte sie aus Enttäuschung oder Erleichterung?

»Ich kann es einfach nicht fassen, Kate. Sie haben ihn schuldig gesprochen. Schuldig!«

Ich schloß die Augen. Gott sei Dank! Neben mir glitt Larry aus dem Bett.

»Ich kann es nicht fassen«, wiederholte Jo Lynn. »Wie konnten sie das tun! Wo er es doch gar nicht war! Es ist so ungerecht.«

»Willst du herkommen?« fragte ich, als Larry aus dem Zimmer ging.

Ich konnte beinahe sehen, wie sie den Kopf schüttelte. »Nein. Ich weiß nicht, was ich tun soll.«

»Ich finde, du solltest nach Hause fahren, dich einmal richtig ausschlafen ...«

»Sie haben ihn schuldig gesprochen!« rief sie weinend, ohne auf mich zu hören. »Er ist mein ganzes Leben. O Gott, Kate, was soll ich jetzt nur tun?«

17

Zwei Tage vor Weihnachten verschwand meine Mutter.

Ich stritt mich gerade mit Sara, als das Telefon läutete.

»Könntest du da mal rangehen?« sagte ich. Wir waren im Wohnzimmer. Ich lag auf den Knien, um die letzten Weihnachtsgeschenke unter der großen, prächtig geschmückten Tanne zu verteilen.

Sara blieb, wo sie war, mitten im Zimmer, die langen Beine leicht gespreizt, die Hände herausfordernd in die schmalen Hüften gestemmt. Sie trug schwarze Lastexleggings, ein kirschrotes, zu kurzes und zu enges Hemdchen und hochhackige Stiefeletten, die ihre bereits beachtliche Größe noch betonten. Ihr Haar war, wie Pergament, gelb geworden unter dem ständigen Einfluß der Sonne, und das nachgewachsene Stück dunkler Wurzeln umrahmte ihr ovales Gesicht wie ein breites Stirnband. Sie war eine imposante, um nicht zu sagen beängstigende Gegnerin.

»Soll doch der Anrufbeantworter drangehen«, sagte sie, ohne sich zu rühren. »Warum willst du mir kein Geld geben?«

»Weil ich keine Lust habe, dieses Jahr wieder für meine Weihnachtsgeschenke zu bezahlen«, antwortete ich, erleichtert, als das Telefon zu läuten aufhörte. »Ich finde, du bist inzwischen alt genug, um Geschenke mit deinem eigenen Geld zu kaufen.«

»Mit welchem Geld?«

»Mit dem Geld, das du hättest sparen können. Weihnachten kommt ja nicht gerade überraschend. Du hast massenhaft Zeit gehabt, dich darauf einzustellen. Michelle spart ihr Geld schon seit Monaten.« Ich wußte sofort, daß es ein Fehler gewesen war, das zu sagen.

»Na klar, vergleich mich nur mit Michelle!« Sara warf mit einer Bewegung, die zugleich bedrohlich und resignativ war, die Arme hoch.

»Ich wollte dich nicht mit Michelle vergleichen.«

»Ach was, du vergleichst uns doch ständig. Michelle, das Tugendschaf, das immer alles richtig macht. Diese blöde Ziege«, rief sie höhnisch.

»Sara! Hör auf damit! Sofort! Laß deine Schwester aus dem Spiel.«

»Du bist doch diejenige, die sie reingezogen hat.«

»Ja, und es tut mir leid.«

»Na schön, dann kriegt eben dieses Jahr niemand etwas von mir zu Weihnachten, weil ich kein Geld hab«, sagte sie wieder.

Ich zuckte die Schultern. »Schade.«

»Ja, du bist todtraurig darüber. Das hört man dir an.«

Das Telefon begann wieder zu läuten.

»Du willst unbedingt, daß ich an Weihnachten richtig blöd dasteh, stimmt's?« fuhr Sara, es mit einer anderen Taktik versuchend, fort. »Du willst mich dafür bestrafen, daß ich nicht so ordentlich bin wie Michelle. Nur weil ich anders bin als ihr.«

Herr, hilf mir, dachte ich, während ich aufsprang und zum Telefon rannte. »Hallo!«

»Mrs. Sinclair?«

»Ja.«

»Gott sei Dank. Ich habe es vor ein paar Minuten schon einmal versucht und nur Ihren Anrufbeantworter erreicht.«

»Mrs. Winchell?« fragte ich, das Gesicht mit der gehetzten Stimme am anderen Ende der Leitung verbindend. »Was ist passiert? Ist etwas mit meiner Mutter?«

Es folgte ein unheilschwangeres Schweigen. »Sie ist also nicht bei Ihnen?«

»Wenn ich Michelle wäre, würdest du mir das Geld bestimmt geben!« schrie Sara wütend, während sie drohend vor mir hin und her rannte.

»Was meinen Sie?« fragte ich Mrs. Winchell.

»Ich meine, wenn ich Michelle wäre, gäbe es überhaupt kein Problem«, schimpfte Sara weiter.

»Wir können Ihre Mutter nicht finden«, sagte Mrs. Winchell.

»Was soll das heißen, Sie können meine Mutter nicht finden?« fragte ich scharf. »Wirst du wohl endlich aufhören damit!« schrie ich meine Tochter an, die daraufhin abrupt stehenblieb.

»Wie bitte?« fragte Mrs. Winchell pikiert.

»Schrei mich nicht an«, schnauzte Sara mich an.

»Bitte sagen Sie mir, was geschehen ist«, drängte ich Mrs. Winchell.

Mrs. Winchell räusperte sich, setzte zum Sprechen an, brach ab, räusperte sich noch einmal. »Ihre Mutter ist heute morgen nicht zum Frühstück heruntergekommen, und als wir hinaufgingen, um nach ihr zu sehen, entdeckten wir, daß sie nicht in der Wohnung war. Ihr Bett war unberührt. Ich hoffte, sie wäre bei Ihnen und Sie hätten nur vergessen, uns zu informieren ...«

»Nein, hier ist sie nicht.« Mein Blick flog ziellos durch das Zimmer, als hielte sich meine Mutter irgendwo versteckt.

»Ist es möglich, daß sie bei Ihrer Schwester ist?«

»Ganz sicher nicht«, antwortete ich, versprach aber, Jo Lynn auf jeden Fall anzurufen. »Haben Sie das Gebäude durchsucht?«

»Wer ist denn verschwunden?« fragte Sara. »Ist Großmama verschwunden?«

»Wir sind gerade dabei.«

»Ich komme, sobald ich kann.«

»Wir werden sie sicher bald finden«, versicherte Mrs. Winchell, doch das Zittern in ihrer Stimme verriet mir, daß sie davon nicht wirklich überzeugt war. »Wenn sie sich auf Wanderschaft gemacht hat, kann sie nicht weit gekommen sein.«

Wenn sie die ganze Nacht marschiert ist, kann sie inzwischen schon fast in Georgia sein, dachte ich, während ich die Nummer meiner Schwester wählte, und sah meine Mutter, wie sie auf der Mittellinie des Highways entlangmarschierte, wie sie von einer Brücke in den Küstenkanal stürzte, wie sie komplett angezogen in den Ozean hineinwatete.

»Jo Lynn, ist Mama bei dir?« fragte ich, sobald ich die Stimme meiner Schwester hörte.

»Soll das ein Witz sein?« fragte sie zurück.

»Sie ist verschwunden. Ich hol dich in fünf Minuten ab«, sagte ich und legte auf, ehe sie Einwände erheben konnte. Ich nahm meine Handtasche und rannte zur Tür.

»Ich komme mit«, sagte Sara.

Ich lehnte das Angebot nicht ab. Ich war froh und dankbar für ihre Begleitung.

»Haben Sie sie gefunden?« fragte ich sofort, als ich mit meiner Schwester und meiner Tochter zusammen in Mrs. Winchells Büro stürzte. Ich glaube, wir boten einen ziemlich wilden Anblick – meine amazonenhafte Tochter mit den dunkelgeränderten gelben Haaren und dem Superbusen, meine ähnlich üppig ausgestattete Schwester in ihrem weißen Minikleid, das ihr kaum über den Po reichte, und ich, ungeschminkt, in alten Jeans, halb wahnsinnig vor Angst. Mrs. Winchell jedenfalls sprang auf und wich instinktiv einige Schritte zurück, als wir in ihr Büro stürmten.

»Noch nicht«, antwortete sie. Das dunkle Gesicht verriet ihre Sorge. »Aber ich bin sicher, wir werden sie finden.«

»Wie können Sie sicher sein«, rief Jo Lynn, »wenn Sie keine Ahnung haben, wo sie sein kann?«

»Haben Sie die Polizei informiert?« fragte ich.

»Natürlich. Sie halten nach ihr Ausschau. Bis jetzt haben sie allerdings …«

»… keine Leiche gefunden«, sagte Jo Lynn.

»… niemanden gefunden, der ihrer Beschreibung entspricht«, korrigierte Mrs. Winchell.

»Halb Florida entspricht ihrer Beschreibung«, entgegnete meine Schwester.

»Und was geschieht in der Zwischenzeit?« unterbrach ich.

»Wir haben alle Gemeinschaftsräume durchsucht, außerdem die Küche und die Garage. Ohne Erfolg bis jetzt. Im Augenblick werden sämtliche Stockwerke durchsucht.«

»Ich verstehe das nicht. Wie konnte das passieren?« Ich wußte, daß diese Frage sinnlos war, aber ich stellte sie dennoch.

»Es ist unmöglich, jeden einzelnen hier im Haus vierundzwanzig Stunden im Auge zu behalten. Dies ist kein Krankenhaus. Dies ist ein betreutes Wohnheim«, erinnerte Mrs. Winchell mich. »Die Bewohner können kommen und gehen, wie es ihnen beliebt. Wir sehen selbstverständlich jeden Morgen nach ihnen. Wenn jemand nicht zum Frühstück herunterkommt und uns vorher nicht darüber informiert hat, dann, nun ja ...« Ihre Stimme verklang. »Ich bin sicher, sie wird wieder auftauchen.«

»Unkraut vergeht nicht«, sagte Jo Lynn mit gedämpfter Stimme.

Ich hätte beinahe gelächelt. Trotz der Umstände tat es gut zu wissen, daß meine Schwester sich gefangen zu haben schien und ihre gewohnt spöttische Art wiedergefunden hatte. Unsere Mutter hatte es immer geschafft, gerade diese Seite in ihr anzusprechen, dachte ich und fragte mich, wo um alles in der Welt sie sein konnte.

Es dauerte noch beinahe zwei Stunden, ehe sie sie fanden.

Einer der Hausmeister entdeckte sie im Heizraum, wo sie sich hinter einer Klimaanlage verkrochen hatte. Irgendwie hatte sie es geschafft, sich zwischen die Anlage und die Wand zu zwängen, eine beachtliche Leistung angesichts des winzigen Raums. Drei Männer brauchten fast eine halbe Stunde, um sie herauszuziehen. Als sie sie schließlich in Mrs. Winchells Büro brachten, war sie ein wimmerndes Bündel mit blauen Flecken an Armen und Beinen und zerrissenem, minzgrünem Kleid.

Ich rannte sofort zu ihr und nahm sie in die Arme. »Alles in Ordnung?«

»Hallo, Kind«, sagte sie. »Was tust du denn hier?«

»Was ist passiert, Großmama?« fragte Sara und legte ihrer Großmutter behutsam die Hand auf den Rücken. »Warum hast du dich da unten hinter der Klimaanlage versteckt?«

»Die waren hinter mir her«, vertraute meine Mutter uns mit einem Augenzwinkern an. »Aber ich habe sie überlistet.«

»Warst du die ganze Nacht da unten?« fragte ich.

»Ich weiß es nicht«, antwortete sie und rieb sich die Arme. »Kann schon sein. Ich bin ein bißchen steif und verkrampft.«

»Sie sind sicher hungrig«, sagte Mrs. Winchell. »Ich lasse Ihnen das Frühstück in Ihr Apartment bringen. Und selbstverständlich schicke ich Ihnen einen Arzt hinauf.«

»Wer war denn hinter dir her?« fragte Sara.

»Das weiß ich nicht.« Mit unsicherer Hand strich meine Mutter Sara über das Haar. »Sie sind ja wirklich ein hübsches Ding«, sagte sie. »Sind Sie neu hier?«

Ich sah, wie Saras Gesicht sich verzog, als wollte sie weinen, und ihre Augen gleichzeitig riesengroß wurden. »Erkennst du mich nicht, Großmama?« fragte sie mit Kinderstimme. »Ich bin's, Sara. Ich bin deine Enkelin.«

»Sara?«

»Ich hab mir die Haare gefärbt«, erklärte Sara.

»Stimmt, ja«, sagte meine Mutter und lächelte. »Ich glaube, ich würde mich jetzt gern ein bißchen hinlegen.« Mit wäßrigem Blick sah sie sich im Zimmer um. »Hättet ihr was dagegen? Ich bin sehr müde.«

»Aber natürlich nicht«, antwortete ich ihr. »Ruh dich eine Weile aus. Wir sehen später nach dir.«

»Es ist nur die Haarfarbe«, sagte Sara, als wir über den Parkplatz zu meinem Wagen gingen. »Darum hat sie mich nicht erkannt. Wegen meiner Haare.«

»Du solltest dir mal die Wurzeln nachfärben lassen, Schatz«, sagte meine Schwester.

»Meine Mutter gibt mir kein Geld.«

Ich sperrte die Wagentür auf. Wir stiegen ein, Sara setzte sich neben mich, Jo Lynn nach hinten. Sie streckte den Arm über die Lehne und wedelte mit fünf Zwanzigdollarnoten. »Hier. Ich lad dich ein. Weihnachten ist dieses Jahr einen Tag früher.«

»Wau! Das ist echt cool.«

»Du bist ja großartiger Stimmung«, bemerkte ich, entschlossen, mich über Jo Lynns Einmischung nicht zu ärgern.

»Meine Mutter ist gesund und munter«, sagte sie sarkastisch und ließ sich in ihren Sitz zurückfallen. »Da ist die Welt wieder in Ordnung.«

»Was glaubst du, wer hinter ihr her war?« fragte Sara.

»Ihr Gewissen«, sagte Jo Lynn.

»Ihr Gewissen?« wiederholte Sara.

»Was soll das denn heißen?« fragte ich.

»Das heißt, daß ich jetzt einen Riesenhunger hab«, sagte Jo Lynn. »Wir fahren irgendwo mittagessen. Ich lad euch ein.«

»Ich hab keine Zeit«, begann ich.

»Zum Essen hat jeder Zeit«, behauptete Jo Lynn. »Was gibst du deiner Tochter überhaupt für ein Beispiel? Möchtest du vielleicht, daß sie eine von diesen magersüchtigen Kleiderständern wird?«

Ich hielt das für unwahrscheinlich, aber ich willigte ein, mit den beiden zum Mittagessen zu fahren.

»Wir fahren ins Einkaufszentrum«, sagte Jo Lynn, als ich auf den I-95 hinausfuhr. »Da haben wir alles zusammen. Wir können essen, Sara kann sich die Haare nachfärben lassen, und wir können noch ein paar Weihnachtseinkäufe machen.«

»Ich nicht«, erklärte Sara. »Mama gibt mir kein Geld für Geschenke.«

»So was Gemeines«, sagte Jo Lynn und lachte. »Denk dir nichts, Schatz, ich hab genug Geld. Du kannst kaufen, was du willst.«

»Und woher hast du das viele Geld?« fragte ich. »Hast du eine Arbeit?«

Jo Lynn hustete spöttisch. »Ich glaube, das willst du lieber nicht wissen«, sagte sie.

Wahrscheinlich hatte sie recht. Ich fragte also nicht weiter nach.

Sara jedoch ließ nicht locker. »Woher hast du das Geld?« fragte sie.

Einen weiteren Anstoß brauchte Jo Lynn nicht. Sie beugte sich vor, legte die Arme auf die Rückenlehne des vorderen Sitzes, senkte den Kopf auf ihre Hände. »Ich hab dem *Enquirer* eine Exklusivstory versprochen. Sie haben mir die Hälfte des Geldes im voraus bezahlt.«

»Eine Exklusivstory worüber?« fragte Sara, während ich versuchte, die Ohren vor dem Unvermeidlichen zu verschließen.

Ich spürte förmlich Jo Lynns Lächeln. Es brannte mir ein Loch in den Nacken. »Eine Exklusivstory über meine Hochzeit«, sagte sie.

»Was ist eigentlich nötig, um dich davon zu überzeugen, daß der Mann, den du heiraten willst, ein vielfacher Mörder ist?« fragte ich Jo Lynn, sobald Sara zum Friseur gegangen war.

Wir saßen im vollbesetzten Restaurant der *Gardens Mall*, Jo Lynn bei einem Stück Apfelkuchen, ich bei meiner vierten Tasse Kaffee.

»Gar nichts, du kannst dir also deine Worte sparen.«

»Ist dir denn nicht klar, daß dieser Mann imstande ist, dich jederzeit umzubringen?«

»Ist *dir* denn nicht klar, daß ich auf solche Kommentare wirklich keinen Wert lege?«

»Und *ich* lege keinen Wert darauf, daß du meine Autorität untergräbst.«

»Autorität? Bist du etwa die Richterin?«

»Ich spreche nicht von Colin Friendly. Ich spreche von Sara.«

»Moment mal!« Jo Lynn machte eine ausholende Gebärde mit ihren Händen. Ihre blutroten Fingernägel flatterten vor meinem Gesicht. »Wann hat dieser Themenwechsel denn stattgefunden?«

»Ich habe Sara gesagt, daß ich ihr diesmal kein Geld gebe ...«

»Du schaffst es wirklich, dem Kind kein Geld zu geben, um Weihnachtsgeschenke zu kaufen?« unterbrach mich Jo Lynn.

»Das ist nicht der springende Punkt.«

»Der springende Punkt ist, daß es mein Geld ist«, unterbrach Jo Lynn, »und wenn ich meiner Nichte etwas davon geben will, damit sie zu Weihnachten nicht mit leeren Händen dasteht, dann tu ich das auch. Sei nicht so ein Miesepeter. Sie kauft dir wahrscheinlich was ganz Tolles.«

»Ich brauch nichts Tolles.«

»Aber irgendwas brauchst du, das ist klar.«

»Eine halbwegs vernünftige Familie wär ganz schön.«

Jo Lynn schob sich ein Stück Kuchen in den Mund. »Was denkst du denn, was mit Mutter los ist?«

»Ich hab keine Ahnung.«

»Was vermutet die sachkundige Therapeutin denn?«

So wie sie ›sachkundige Therapeutin‹ sagte, klang es beinahe beleidigend. Ich schloß die Augen, atmete einmal tief ein und ließ die Luft langsam wieder heraus. Als ich die Augen öffnete, bemerkte ich mehrere halbwüchsige Jungen, die uns anstarrten und hinter vorgehaltenen Händen kicherten.

»Meinst du, es könnte Alzheimer sein?« fragte Jo Lynn.

Ich hatte diese Möglichkeit bisher weit von mir gewiesen, und selbst jetzt zog ich sie nur höchst widerstrebend in Betracht.

»Die Symptome sind alle da«, fuhr Jo Lynn fort. »Sie ist verwirrt; sie leidet an Verfolgungswahn; sie ist vergeßlich.«

»Das heißt noch lange nicht ...«

»Du hast selbst gesagt, sie sei völlig daneben, als wir das Geschirrspülmittel im Kühlschrank fanden.«

»Trotzdem ...«

»Sie hat Sara nicht erkannt.«

»Das lag an Saras Haar.«

»Nein, das lag nicht an ihrem Haar.«

»Ich weiß«, sagte ich, mich geschlagen gebend.

»Du glaubst also, daß es Alzheimer ist?«

»Ich denke, es spricht einiges dafür.«

»Verdammt noch mal!« schimpfte Jo Lynn und schob den Teller mit dem Rest ihres Apfelkuchens mit einer zornigen Bewegung halb über den Tisch. »So ein Mist! Das macht mich richtig wütend.«

Ihre heftige Reaktion überraschte mich. Ich hatte erwartet, Jo Lynn würde auf diese Wendung der Dinge mit dem gleichen Desinteresse reagieren wie auf alles, was unsere Mutter betraf.

»Es hat keinen Sinn, sich darüber aufzuregen«, sagte ich zu ihr. »Wenn es wirklich Alzheimer ist, können wir leider nicht viel tun. Wir können uns nur bemühen, es ihr so angenehm wie möglich zu machen.«

»Weshalb sollte ich das tun?«

Jetzt war ich wirklich konfus. »Du willst es ihr nicht angenehm machen?«

»Ich möchte, daß sie genau das bekommt, was sie verdient.«

»Was soll das heißen?«

»Warum konnte sie nicht Krebs kriegen wie alle anderen?«

»Jo Lynn!«

»Ein bißchen leiden tut der Seele gut. Ist es nicht so?«

»Du möchtest, daß sie leidet?«

»Warum sollte sie nicht leiden? Ist sie vielleicht so was Besonderes, daß sie ungeschoren davonkommen soll?«

»Sie ist unsere Mutter.«

»Und? Was heißt das? Daß ich einfach vergeben und vergessen soll? Soll ich vielleicht so tun, als wäre nichts gewesen, nur weil sie sich nicht mehr daran erinnern kann?«

»Woran soll sie sich denn erinnern? Ich versteh dich nicht.«

»Nein, natürlich nicht.« Jo Lynn schüttelte den Kopf, Tränen des Zorns in den Augen. »Du hast ja nie was verstanden.«

»Ich würde es aber gerne versuchen«, sagte ich aufrichtig.

Jo Lynn sprang auf. »Ach, was soll der Quatsch! Du hast's ja selbst gesagt. Wir können nichts ändern.«

»Das ist nicht wahr. Manches kann man sehr wohl ändern.«

»Auch die Vergangenheit?«

»Nein, die Vergangenheit nicht.«

Jo Lynn nickte mehrmals mit Nachdruck. »Genau. Also kommt sie ungeschoren davon.«

»Was heißt das, sie kommt ungeschoren davon? Wovon redest du?«

»Entschuldigen Sie, Miss«, sagte plötzlich jemand neben uns, und als wir beide die Köpfe drehten, sahen wir einen braunhaarigen Jungen von etwa fünfzehn Jahren in abgeschnittenen Jeans, die ihm ungefähr vier Nummern zu groß waren, und einer Baseballmütze, die er mit dem Schirm nach hinten auf dem Kopf hatte. »Sind Sie nicht Jo Lynn Baker?«

»Doch.« Jo Lynn wischte sich die Tränen mit dem Handrücken aus den Augen und verzog den Mund zu einem Lächeln.

Der Junge drehte sich nach seinen Freunden um. »Sie ist es«, rief er aufgeregt. »Ich hab's euch ja gesagt.« Er griff nach einer Papierserviette, die auf unserem Tisch lag, und hielt sie ihr hin. »Können Sie mir vielleicht ein Autogramm geben? Ich hab aber keinen Stift dabei.«

Jo Lynn kramte in ihrer Tasche nach einem Stift und kritzelte dann rasch ihre Unterschrift auf die zerknitterte Serviette. »Fröhliche Weihnachten«, rief sie ihm nach. Ihr Lächeln war jetzt strahlend und echt. »War das nicht süß?«

»Was meinst du damit, wenn du sagst, sie kommt ungeschoren davon?« wiederholte ich.

Aber Jo Lynn schlängelte sich schon zwischen den Tischen des Restaurants hindurch zum Aufzug. »Vergiß es«, rief sie zurück. »Alle anderen haben's auch vergessen.«

Es war fast Mitternacht, als ich endlich ins Bett kam, und ich brauchte Stunden, um einzuschlafen. Die Ereignisse des Tages rumorten in meinem Hirn wie ein ganzes Rudel böser Kobolde. Endlich war ich in einen Zustand gnädiger Leere gesunken, als ich spürte, wie etwas über mein Gesicht streifte, weich und sachte, wie ein Chiffonschal. Träge, die Augen noch fest geschlossen, hob ich die Hand, um es wegzuwischen. Sekunden später geschah es wieder, nur fühlte es sich diesmal eher wie ein Klopfen auf meiner Haut an, als tropfte Wasser aus einem undichten Hahn. Mit den Fingern wedelte ich durch die Luft vor meinem Gesicht und fand nichts. Ich drehte mich auf die Seite. Ich wollte jetzt aufwachen. Da kitzelte mich etwas im Nacken. Ich schlug danach, spürte den Schlag, als meine Hand meinen Nacken traf, und war mit einem Schlag hellwach. Widerstrebend öffnete ich die Augen, setzte mich auf, spähte ungeduldig in die Dunkelheit, sah nichts. »Großartig«, murmelte ich mit einem Blick zu Larry hinüber, der in seine Decken eingewickelt den Schlaf des Gerechten schlief. Er hatte mich seit dem letzten Desaster nicht mehr angerührt. Er wartete natürlich darauf, daß ich die Initiative ergreifen würde, ihn in die Arme nehmen und versuchen würde, seine Leidenschaft zu schüren, aber irgendwie fehlte es mir am nötigen Enthusiasmus. Ich legte mich wieder hin, atmete einmal tief durch und schloß die Augen.

Beinahe augenblicklich tänzelte irgend etwas leichtfüßig über meine geschlossenen Lider. Eine Spinne? fragte ich mich und schüttelte den Kopf, um das Ding zu verscheuchen. Wahrscheinlich eine Mücke, dachte ich, als ich mich widerstrebend zwang, die Augen wieder zu öffnen.

Er stand über mich gebeugt, ich konnte sein Lächeln in der Dunkelheit sehen, das Messer, das die Luft rund um mein Gesicht bewegte, schien in seinen Fingern zu tanzen. Ich öffnete den Mund, um zu schreien, aber er schüttelte warnend den Kopf, und der Schrei erstarb mir in der Kehle.

»Ich dachte, wir sollten ein bißchen besser miteinander bekannt werden«, sagte Colin Friendly. »Da wir ja bald zu einer Familie gehören.«

»Wie sind Sie aus dem Gefängnis rausgekommen?« hörte ich mich fragen, erstaunt, daß ich überhaupt sprechen konnte.

Sein Lächeln erhellte gespenstisch sein Gesicht. »Glaubst du im Ernst, daß ein paar Videokameras und Infrarotsensoren mich zurückhalten können?«

»Ich verstehe nicht, was Sie wollen. Was wollen Sie von mir?«

Er legte mir das Messer an die Kinnspitze. »Ich hab dir ein kleines Weihnachtsgeschenk mitgebracht.« Er packte meine Hand und führte sie zu seiner Hose.

»Nein!« schrie ich und riß meine Hand weg, als er aufs Bett stieg. Hilflos sah ich zu Larry hinüber. Was war nur los mit ihm? Warum wachte er nicht auf?

»Der kann dir nicht helfen«, sagte Colin Friendly, und der Blick seiner blauen Augen schnitt durch die Dunkelheit, so tödlich wie das Messer in seiner Hand.

»Was meinen Sie?«

»Schau ihn dir an«, sagte Colin Friendly. Mit der freien Hand griff er über das Bett, um die Decke von meinem schlafenden Mann wegzureißen. Ich sah Larrys offene Augen, seine geöffneten Lippen, die tiefrote Linie, die sich quer über seinen Hals zog.

»Nein!« schrie ich wieder, als Colin Friendly sich auf mich warf. »Nein!«

Ich fuhr im Bett hoch. Meine Schreie hallten durch das ganze Zimmer. Es war ein Wunder, daß Larry nicht erwachte.

»Es war ein Traum«, sagte ich laut zu mir selbst und drückte die Hände auf mein Herz, als könnte ich es so zur Ruhe bringen.

Larry bewegte sich, stöhnte, erwachte aber nicht.

»Ich seh mal nach den Mädchen«, sagte ich in die Dunkelheit hinein und stieg aus dem Bett.

Das Haus war finster und still. Ich lief zu den Zimmern meiner Töchter, obwohl ich wußte, daß das albern war, aber ich mußte mich vergewissern, daß sie gesund und wohlbehalten in ihren Betten schliefen. Du kannst sie nicht bis in alle Ewigkeit beschützen, sagte ich mir, als ich mich über Michelle beugte und behutsam ihre warme Stirn küßte. Im Schlaf hob sie die Hand, um meinen Kuß wegzuwischen. Genauso, wie ich es eben in meinem Alptraum getan hatte, wurde mir schaudernd bewußt. Dann stieß ich die Tür zu Saras Zimmer auf, ging auf Zehenspitzen zu ihrem Bett und beugte mich hinunter, um ihre Wange zu berühren.

Ich brauchte einen Moment, um zu erkennen, daß Saras Bett leer war. »Sara?« rief ich und lief ins Badezimmer. »Sara?« Ich knipste Licht an. Ihr Bett war unberührt.

Ich rannte in unser Schlafzimmer zurück, wollte eben Larry

wecken, als ich auf der hinteren Terrasse einen schwachen Lichtschein sah und glaubte Stimmen zu hören. Ich blieb stehen, war ganz still und lauschte dem gedämpften Klang der Stimmen, der ins Zimmer wehte.

»Sara?« Ich rannte zur Schiebetür des Wohnzimmers, schob sie auf und trat ins Freie.

Sara saß in den Kleidern, die sie den ganzen Tag über angehabt hatte, in einem der beide Liegestühle, eine brennende Zigarette in der Hand. Sie starrte mich trotzig an, als wollte sie mich herausfordern, ihr die Leviten zu lesen.

»Was tust du hier draußen?« fragte ich statt dessen.

»Was meinst du wohl?«

»Ich versteh das nicht. Es ist spät. Du weißt genau, daß du hier nicht rauchen sollst.«

»Mensch, gib dem Mädchen doch mal eine Chance«, sagte meine Schwester aus dem anderen Liegestuhl.

»Jo Lynn! Was geht hier eigentlich vor?«

»Du hast es noch nicht gehört?«

Ich schüttelte den Kopf, zu verwirrt, um etwas zu sagen.

»Eine Frau, die bei Colins Prozeß eine der Geschworenen war, hat gestanden, daß sie mit einem Mitarbeiter der Staatsanwaltschaft schon seit einiger Zeit ein Verhältnis hat. Der ganze Prozeß ist geplatzt, das Verfahren als unzulässig zurückgewiesen worden. Colin ist ein freier Mann.«

»Was?!«

»Frag nicht so dumm! Du hast mich genau verstanden. Morgen früh kommt er raus. Ich bin hergekommen, um zu feiern.« Sie hob ein Champagnerglas. »Ich hoffe, es stört dich nicht«, sagte sie. »Ich habe mich gleich selbst bedient.«

Ich wankte ins Haus zurück. »Nein, das kann nicht sein. Das kann einfach nicht sein.« Ich rannte ins Schlafzimmer. »Larry, wach auf! Es ist was Entsetzliches geschehen.« Ich packte ihn bei der Schulter und schüttelte ihn. »Larry, bitte wach auf. Colin Friendly ist frei. Er kommt morgen aus dem Gefängnis.«

Larry drehte sich unter der Decke herum. Er atmete tief, schob die Decke weg, setzte sich im Bett auf. »Gott, bist du süß! Wie die erste Erdbeere im Frühjahr«, sagte Colin Friendly, und seine Hand griff nach meiner Kehle.

Ich schrie. Oder zumindest glaubte ich, es zu tun. Wahrscheinlich war es ein lautloser Schrei, denn Larry erwachte nicht. Friedlich lag er da und schlief ungestört weiter, während ich weinend neben ihm saß und schweißnaß am ganzen Körper keuchend um Atem rang. Verzweifelt versuchte ich, zwischen den Alpträumen meines nächtlichen Schlafs und denen meiner täglichen Existenz zu unterscheiden.

»Larry, bist du wach?« flüsterte ich. Ich brauchte jetzt den Trost seiner Umarmung.

Aber entweder hörte er mich nicht, oder er gab vor, mich nicht zu hören. Ich legte mich wieder hin, so kalt und allein, als läge ich in meinem Grab und wartete auf den Morgen.

18

»Jetzt erklär mir noch mal, wer diese Leute sind und warum wir mit ihnen zum Essen gehen«, sagte Larry, als wir auf den großen Parkplatz fuhren, der zu *Prezzo's* gehörte, einem italienischen Schickeria-Restaurant. Der Parkplatz war voll, und in der Nähe des Restaurants gab es keine Lücken. Wir fuhren langsam an den geparkten Autos entlang und hielten nach einem freien Platz Ausschau. Es regnete leicht.

»Robert und Brandi Crowe«, sagte ich. »Ich kenne ihn noch aus Pittsburgh.«

»Richtig.« Larry nickte, doch sein Ton war uninteressiert. »Und du hast ihn zufällig im Gericht wiedergetroffen.«

»Richtig«, bestätigte ich. »Da ist einer.« Ich wies auf ein Auto, das gerade ausparkte.

»Und was ist der Anlaß zu diesem Essen?«

»Muß es denn einen Anlaß geben?«

Larry parkte ein und schaltete den Motor aus. Der Regen hatte sich mittlerweile verstärkt. Wir hatten keinen Schirm mitgenommen.

»Ich hätte dich wahrscheinlich besser vor dem Restaurant aussteigen lassen sollen«, sagte er.

»Zu spät.«

»Ich kann ja zurückfahren.« Er ließ den Motor wieder an.

»Sei nicht albern«, sagte ich. »Ein bißchen Regen bringt mich nicht um.«

»Wenn du meinst«, sagte er.

»Ja, ich meine.«

Fast alle unsere Gespräche waren in den letzten Wochen so verlaufen. Die lächerlichsten, belanglosesten Dinge wurden mit übertriebener, unnatürlicher Höflichkeit behandelt. Beiderseitiges vorsichtiges Wassertreten. Man sagte gerade so viel, daß man verstanden wurde, und vermied peinlich jedes Wort, das falsch aufgefaßt werden konnte.

»Wir sollten vielleicht ein bißchen warten«, meinte er.

»Ja.« Ich starrte durch die Windschutzscheibe in den Regen hinaus. Er würde nicht lang dauern. Wenn es in Florida regnete, goß es meistens in Strömen, aber die Wolkenbrüche waren schnell vorbei. Genau wie ein Liebesabenteuer, das von vornherein zum Scheitern verurteilt ist, dachte ich in Gedanken an Robert, und die Frage schoß mir durch den Kopf, ob er und seine Frau sich ähnlich gefangen fühlten, ob auch sie wortlos in ihrem Auto saßen und durch die Windschutzscheibe starrten, während sie auf das Nachlassen des Regens warteten, um der Enge ihres Wagens, ihres gemeinsamen Lebens entfliehen zu können.

Nirgends fühlt man sich einsamer als in einer unglücklichen Ehe, dachte ich und fragte mich dann, wann ich angefangen hatte, meine Ehe als unglücklich zu empfinden. Ich warf einen Blick auf meinen Mann, in der Hoffnung, den Schimmer eines Lächelns in seinem Gesicht zu sehen, ein Zeichen des Trosts, einen Hoffnungsstrahl, der unsere Zukunft erleuchtete, aber er hatte den Kopf zurückgelehnt und die Augen geschlossen.

Wir haben schon früher schwierige Zeiten durchgestanden, sagte ich mir: die Monate nach Saras Geburt, als das Kind uns mit seinen Koliken nächtelang wach gehalten hatte (und wir zu erschöpft und zu verwirrt waren, um miteinander zu schlafen); die Monate vor unserem Umzug nach Palm Beach, als wir uns bemühten, unsere Familien und uns selbst von der Richtigkeit unserer Entscheidung zu überzeugen (und wir zu erschöpft und zu verwirrt waren, um miteinander zu schlafen); die Wochen, die dem Umzug erst meiner Mutter und dann meiner Schwester nach Florida folgten, als wir uns damit abrackerten, ihnen zu helfen, hier Fuß zu fassen (und wir zu erschöpft und zu verwirrt waren, um miteinander zu schlafen). Gab es da ein Muster? Und schliefen wir nur deshalb nicht miteinander, weil wir zu erschöpft und zu verwirrt waren, oder hatten Erschöpfung und Verwirrung von uns Besitz ergriffen, weil wir aufgehört hatten, miteinander zu schlafen? Lief denn letztendlich alles auf Sex hinaus? Ganz gleich, wie alt wir waren?

Im Grunde ändert sich nie etwas, dachte ich. Wir sind die, die wir waren. Unsere Vergangenheit ist ein Teil von uns, unsere Persönlichkeit hängt uns an wie eine chronische Krankheit. Wir brauchen gar nicht über die Schulter zu sehen. Die Vergangenheit ist direkt vor unseren Augen, errichtet Straßensperren, blockiert den Weg zu einer glücklichen Zukunft.

Meine Gedanken eilten mehr als dreißig Jahre zurück. Zu einem anderen Auto, das im Regen stand. Auf einem verlassenen Stück Landstraße, nicht an einem zugeparkten Straßenrand. Robert und ich auf dem vorderen Sitz des schwarzen Buicks seines Vaters, seine Lippen auf den meinen, seine Zunge tief in meinem Mund, seine Hände auf der Suche nach meinen Brüsten. »Sag ja«, flüsterte er, und nochmals, drängender: »Bitte, sag ja.«

Und ich hätte ja sagen können. Ich war so nahe dran. Warum nicht? schrie ich mein Gewissen lautlos an. Robert war der Junge, den alle Mädchen anschwärmten, und er war in mich verliebt. Ich hatte die Gerüchte über Sandra Lyons gehört, das Mädchen, mit dem er sich manchmal traf, nachdem er mich nach Hause gefahren hatte. Trieb ich ihn ihr in die Arme? Wollte ich ihn verlieren? Alle meine Freundinnen taten es doch. Was konnte daran so schlecht sein?

Ich ließ es zu, daß seine Hand höher kroch. Ich hielt den Atem an. Es war so ein wunderbares Gefühl. Ich war so nahe daran. »Sag ja«, sagte er wieder.

Und dann plötzlich dieses erschreckende Klopfen am Fenster. Der Strahl einer Taschenlampe, die in unsere Gesichter leuchtete, zwei fremde Gesichter, die hereinspähten. Wir fuhren auseinander, zogen unsere Kleider zurecht, versuchten, unsere Fassung wiederzuerlangen. Wir hatten genug Gruselgeschichten von jungen Liebespaaren gehört, die überfallen worden waren. Von Dieben, von Mördern, von Ungeheuern mit todbringenden Haken anstelle von Händen.

»Alles in Ordnung?« fragte mich ein uniformierter Polizeibeamter, als Robert das Autofenster herunterkurbelte.

Ich nickte, zu erschrocken, um einen Ton herauszubringen.

»Sollen wir Sie nach Hause fahren, Miss?«

Ich schüttelte den Kopf.

»Das ist hier kein sehr sicherer Ort«, sagte der zweite Polizeibeamte zu Robert.

»Nein, Sir«, stimmte Robert zu.

»Ich würde diese junge Dame nach Hause fahren, wenn ich Sie wäre.«

»Sofort«, sagte Robert und ließ den Motor an.

»Fahren Sie vorsichtig«, riet uns der Beamte noch und schlug mit der flachen Hand auf das Verdeck des Wagens, als wir losfuhren.

»Was meinst du?« fragte Larry jetzt, und seine Stimme holte mich in die Gegenwart zurück.

»Bitte?«

»Ich sagte, es sieht nicht so aus, als ob es so schnell aufhören wird.«

Ich starrte in den Regen hinaus, der auf die Windschutzscheibe prasselte, und wurde mir gleichzeitig des hämmernden Schlags meines Herzens bewußt. Er hatte recht. Es regnete noch genauso stark wie vorher. Ich sah auf meine Uhr. Es war zehn nach acht.

»Sollen wir einfach losrennen?«

»Warten wir noch ein paar Sekunden«, sagte ich. Was taten wir hier überhaupt? ›Das ist hier kein sehr sicherer Ort.‹ Welcher Teufel hat mich eigentlich geritten, als ich zu diesem Abendessen mit meinem möglichen Liebhaber und seiner Frau zugesagt hatte? Hatte ich überhaupt eine Wahl gehabt? »Sagen Sie einen Tag, irgendeinen Tag«, hatte Brandi in der vergangenen Woche am Telefon gesagt. Was hätte ich darauf erwidern können? Und wann hatte ich angefangen, an Robert als meinen möglichen Liebhaber zu denken?

Wahrscheinlich zur selben Zeit, als ich zu dem Schluß gekommen war, meine Ehe sei unglücklich, dachte ich bei mir. Das letzte Mal, als ich nahe daran gewesen war, mit Robert zu weit zu gehen, hatte die Polizei eingegriffen, diesmal würde wohl kaum die Kavallerie eingreifen, um mich vor einem Fehltritt zu bewahren.

Larry ließ den Motor an. »Ich setz dich jetzt vor dem Restaurant ab.«

»Aber dann verlieren wir unseren Parkplatz.«

»Vielleicht finden wir einen, der näher ist.«

So war es. Wir fanden direkt vor dem Restaurant einen freien Platz.

»Jetzt sag mir noch mal, wie diese Leute heißen«, bat Larry, als wir die schwere Glastür des Restaurants aufstießen.

»Robert und Brandi Crowe.« Mein Blick huschte nervös durch den lauten, menschengefüllten Raum.

»Und du kennst sie aus der High-School.«

»Ich kenne *ihn*«, rief ich, um den Lärm zu übertönen. Dann entdeckte ich Robert in einer Nische auf der anderen Seite des Saals. Er war aufgestanden und winkte. »Da sind sie.«

Wir bahnten uns einen Weg durch die Leute vor der Bar, die normalerweise den Mittelpunkt des großen, gut erleuchteten Raums bildete, heute abend jedoch fast verschwunden war hinter der Menge wohlgepflegter, wohlgebräunter Menschen, die sich davor drängten und einander an Witzigkeit und Spritzigkeit zu übertreffen suchten. Ich bemerkte drei Blondinen in beinahe gleichen knallengen roten Kleidern, eine Brünette in einem smaragdgrünen Pulli, eine Rothaarige in Schwarz, mit tiefem Ausschnitt und weißen Overknee-Stiefeln. Die Männer trugen teuren goldenen Schmuck unter Seidenhemden in unterschiedlichsten Farben und schwarze Hosen, als wären sie alle Schüler derselben exklusiven Privatschule. »Wer hat dir erlaubt, mich mit so einem Lächeln anzusehen?« hörte ich einen Mann fragen, als ich vorüberging, aber ich drehte mich nicht nach ihm um. Ich wußte, daß er nicht mich gemeint hatte.

Robert erwartete uns, die Hand zum Gruß ausgestreckt. Hinter ihm war ein großes rotes Poster mit weißen Nudeln, die sich geschmeidig um eine Gabel schlangen. »Sie müssen Larry sein. Ich freue mich sehr, Sie kennenzulernen. Kate ist ein großer Fan von Ihnen«, sagte er. Er mußte fast brüllen, um sich Gehör zu verschaffen.

Larry lächelte, schüttelte Robert die Hand und brüllte zurück: »Sie hat mir erzählt, daß Sie einander aus der High-School kennen.«

»Das ist richtig.«

Larry und ich rutschten auf die in Grün und Beige gepolsterte Bank, Robert und Brandi gegenüber.

»Larry, das ist meine Frau Brandi.«

»Es freut mich, Sie kennenzulernen«, sagte Larry.

»Ganz meinerseits«, erwiderte Brandi und sah dann mich an. »Das ist ja die reinste Sintflut da draußen.«

Im ersten Moment glaubte ich, sie spräche von der Menschenmenge, dann begriff ich, daß sie das Wetter meinte, und strich mir über das Haar, um die letzten Regentropfen wegzuwischen.

»Wir haben im Auto gewartet, weil wir hofften, es würde aufhören.«

»Ich glaube nicht, daß das vor morgen früh aufhört«, meinte Brandi.

Wir unterhalten uns tatsächlich über das Wetter, dachte ich und mied Roberts Blick, indem ich mich auf seine Frau konzentrierte. Ein gelbes Valentino-Modell statt des pinkfarbenen Chanelkostüms, die Augen jedoch wie beim Mittagessen mit blauem Lidschatten getönt, offensichtlich ihre persönliche Note. Das schwarze Haar war aus dem Gesicht gebürstet und wurde von einem schwarzen, perlenbestickten Reif zurückgehalten. Sie versuchte, zehn Jahre jünger auszusehen, als sie war, und sah als Folge davon zehn Jahre älter aus. Traurig, dachte ich und hoffte, ich beging nicht den gleichen Fehler.

»Du siehst blendend aus«, sagte Robert, als hätte er meine Gedanken gelesen. Ich neigte mich über die Speisekarte und dankte ihm, ohne aufzusehen. Ich hatte bereits jede Einzelheit seiner Erscheinung registriert, als ich ihn von der Tür aus gesehen hatte: die braune Hose, das helle, beigefarbene Hemd, das Haar, das ihm lässig in die Stirn fiel, das wunderbare Lächeln. »Wer hat dir erlaubt, mich mit so einem Lächeln anzusehen?«

In diesem Moment wurde mir klar, daß ich keine Ahnung hatte, wie mein Mann gekleidet war. Schuldbewußt warf ich einen Blick auf ihn. Larry trug ein altes, dunkelgrünes, geblümtes Hemd, das mir immer sehr gut gefallen hatte, jetzt aber eher trist wirkte, sogar eine Spur schäbig. Sein lichter werdendes Haar schien schütterer als sonst, und seine Stirn war rot und schälte sich an einigen Stellen, Folge von zuviel Golf und zuwenig Sonnenschutzmittel. Dennoch war er ein gutaussehender Mann. Ich wünschte, er würde mich ansehen und lächeln, mir ein Zeichen geben, daß er auf meiner Seite war und nicht zulassen würde, daß ich eine Dummheit machte.

War er denn dafür verantwortlich, wenn ich Dummheiten machte?

Ich hätte ihm sagen sollen, wie gut er aussieht, bevor wir gegangen sind, dachte ich. »Sagen Sie Ihrem Partner jeden Tag etwas Nettes«, riet ich stets meinen Klienten. »Das wird Ihr Leben verändern.« Aber ich war zu sehr damit beschäftigt, mir zu überlegen, wie ich mein Leben auf andere Weise ändern konnte.

»Du siehst toll aus in Schwarz«, fuhr Robert fort.

»Danke«, murmelte ich, und dann kam auch schon der Kellner, um unsere Getränkebestellungen entgegenzunehmen.

»Ganz schön was los hier, nicht wahr?« Brandi Crowe wies mit dem Kopf zur Bar. »Sie hätten mal erleben sollen, wie es war, kurz bevor Sie kamen. Da war ein junger Mann mit einem kleinen Mädchen hier. Sie war vielleicht drei Jahre alt, und ich hörte, wie er zwei Frauen erzählte, er sei ihr Onkel, und die beiden machten natürlich sofort einen Riesenwirbel um die Kleine ...«

»Um gleich zu zeigen, was für gute Mütter sie sind«, meinte Robert scherzhaft.

»Und prompt hatte er die Telefonnummern der beiden Frauen, und die kümmerten sich um seine Nichte, während er angeblich zur Toilette wollte. In Wirklichkeit verzog er sich klammheimlich mit der dritten Schönen. Es war erstaunlich.«

»Ja, es war eine tolle Vorstellung«, stimmte Robert zu.

»Die Kleine ist wahrscheinlich nicht einmal seine Nichte.« Brandi lachte. »Er leiht sie sich vermutlich von den Nachbarn aus, um Frauen kennenzulernen.«

»So was könnte ich auch getan haben«, bemerkte Robert.

»Ich bezweifle, daß das nötig gewesen wäre«, hörte ich mich sagen und hätte mir am liebsten auf die Zunge gebissen.

Brandi tätschelte ihrem Mann die Hand, und mein ganzer Körper geriet in Aufruhr bei dieser zärtlichen Geste. »Ja, ich hab schon gehört, daß mein Mann in seiner Jugend ein richtiger Ladykiller war. Sie müssen uns alles über ihn erzählen.«

»So gut hab ich Ihren Mann leider nicht gekannt«, log ich, da ich mir ziemlich sicher war, daß Robert seiner Frau Näheres über unsere frühere Beziehung erzählt hatte.

»Na, Sie haben offensichtlich einen starken Eindruck bei ihm hinterlassen, wenn er sich nach dreißig Jahren noch an Sie erinnert hat.«

»Ich hab mich an *ihn* erinnert«, erwiderte ich.

»Ein toller Zufall eigentlich, daß ihr euch da bei Gericht begegnet seid«, meinte Brandi.

»Und was sagt ihr dazu, daß der Kerl auf den elektrischen Stuhl geschickt wird?« fragte Robert, geschickt das Thema wechselnd.

»Mich freut's«, antwortete ich aufrichtig.

»Wie hat deine Schwester es aufgenommen?«

»Wie zu erwarten.«

»Ihre Schwester?« fragte Brandi.

»Jo Lynn Baker«, antwortete ich in der Annahme, das wäre Erklärung genug.

So war es auch. »Oh, mein Gott«, flüsterte sie, dann warf sie ihrem Mann einen vorwurfsvollen Blick zu. »Das hast du mir gar nicht erzählt.«

Der Kellner kam mit unseren Getränken und der Speisekarte, das Gespräch wandte sich wieder dem Wetter zu, dann dem Sport und den Freuden des Lebens in Südflorida. Ich heuchelte Interesse an dem Geplänkel, trug wahrscheinlich sogar meinen Teil dazu bei, aber in Gedanken war ich ganz woanders. Ich war in Jo Lynns unordentlicher kleiner Wohnung, in der ich den größten Teil des Morgens damit zugebracht hatte, mir ihr hysterisches Wüten über ein Rechtssystem anzuhören, das auf so herzlose Weise einen Menschen für Verbrechen, die er nicht begangen hatte, zum Tode verurteilen konnte.

»Wie konnten sie nur?« rief sie immer wieder schluchzend, und die Wimperntusche verschmierte ihr verquollenes, ungewaschenes Gesicht. Sie hatte praktisch ununterbrochen geweint, seit am vergangenen Nachmittag das Urteil verkündet worden war und der Richter Colin Friendly in das Staatsgefängnis in Starke überstellt hatte, wo er bis zu seiner Hinrichtung bleiben sollte. »Natürlich gehen seine Anwälte in die Berufung.«

Ich hielt sie in den Armen, während sie weinte, sprach wenig. Ich war nicht gekommen, um mich an ihrem Schmerz zu weiden. Colin Friendly war schuldig gesprochen und zum Tode verurteilt worden, und meine Schwester, wahrscheinlich der einzige Mensch auf der Welt, der auf diese Möglichkeit nicht vorbereitet gewesen war, litt Qualen. Warum sie sich in diese Lage gebracht hatte, wie es ihr möglich war, einen solchen Mann zu lieben, warum sie sich zu diesen Verrücktheiten hinreißen ließ, die sie immer wieder beging, all das war jetzt irrelevant. Aus den Augen, aus dem Sinn, heißt es, und Beharrlichkeit war noch nie die Stärke meiner Schwester gewesen. Sie würde um ihn weinen, vielleicht sogar ein- oder zweimal nach Starke fahren, um ihn zu besuchen, aber früher oder später würde sie der langen Fahrt und des noch längeren Wartens müde werden, sich wieder ein normales Leben wünschen. Früher oder später würde sie das Unvermeidliche akzeptieren und den Mann im Todestrakt vergessen.

Colin Friendly, sagte ich mir, mich wieder dem Gespräch am Tisch zuwendend, war endlich aus unserem Leben verschwunden.

»Ich finde die Straßennamen hier alle so faszinierend«, sagte Robert gerade. »Military Trail, Gun Club Road ...«

»Prosperity Farms«, stimmte ich ein.

»Genau«, sagte Robert.

»Ich finde nichts besonders Faszinierendes an diesen Namen«, sagte Brandi Crowe. »Der Military Trail war wahrscheinlich vor langer Zeit einmal tatsächlich eine Marschroute der Soldaten; und die Gun Club Road führte zum Schützenverein oder so was. Dieser Teil Palm Beachs war früher rein landwirtschaftliches Gebiet, mit vielen Bauernhöfen. Der größte und reichste hieß wahrschein-lich ...«

»... Prosperity Farms«, schloß Robert mit einem Kopfschütteln. »Du hast recht. So faszinierend ist das eigentlich gar nicht.«

Brandi Crowe legte ihrem Mann lachend den Arm um die Schultern, und ich ballte die Hände im Schoß zu Fäusten. »Für den Fall, daß Sie es noch nicht bemerkt haben sollten, mein Mann ist der letzte Romantiker.« Sie lachte wieder, zog ihren Arm zurück. Meine Hände entspannten sich. »Und was halten Sie davon, daß Ihre Frau bald ein großer Radiostar wird?« fragte sie Larry.

»Ein großer Radiostar?« wiederholte Larry.

»Hat Sie's Ihnen denn noch nicht erzählt?«

»Anscheinend nicht.« Larry wandte sich mir zu, wartete offensichtlich auf eine Erklärung.

»Na ja, es ist ja noch nichts entschieden«, stammelte ich.

»Ich dachte, ihr wärt euch schon ganz einig«, sagte Brandi zu ihrem Mann.

»Ich habe Ihrer Frau ein Angebot gemacht«, sagte Robert zu Larry. »Ich glaube, sie möchte es schwarz auf weiß sehen, ehe sie irgendwelche Vorankündigungen macht.«

»Was für ein Angebot?«

»Eine Radiosendung zu moderieren, zu der sich die Leute über Telefon zuschalten können«, erklärte Brandi Crowe.

»Meine Frau ist Therapeutin«, sagte Larry.

»Eben«, versetzte Robert. »Sie würde Ratschläge und Tips geben.«

»Wie bei *Frasier*?« fragte Larry.

»Wie wir es gestalten wollen, ist noch nicht entschieden«, sagte Robert.

»Ich hab schon eine Idee, die ich ganz gut finde.« Zum erstenmal an diesem Abend lächelte ich völlig ungekünstelt.

»Und was für eine Idee ist das?« Roberts Lächeln war beinahe so strahlend wie meines.

»Eine wöchentliche Sendung von ungefähr zwei Stunden, bei der wir Liebeslieder mit Ratschlägen für die Hörer verbinden würden, die an der Liebe leiden.« Ich sprach hastig, mit einer nervösen Unsicherheit in der Stimme. Bis zu diesem Moment war ich mir gar nicht bewußt gewesen, wie aufregend ich die Idee fand, wie versessen ich darauf war, etwas Neues auszuprobieren.

»Wir geben jede Woche ein anderes Thema vor und suchen dazu passende Lieder aus, die wir zwischen den Anrufen der Leute, die mich um Rat fragen, spielen. Die Musik kann dazu dienen, einen bestimmten Aspekt zu illustrieren oder zu unterstreichen, oder das Lied kann auch gleich der Rat sein, wie zum Beispiel *Stand by Your Man* oder *Take This Job and Shove It,* je nachdem, worum es in der Sendung geht. Die Themenliste ist endlos – Alkoholsucht, Einsamkeit, Ehe, Untreue …« Ich brach ab und hustete hinter vorgehaltener Hand. »Was meint ihr?«

Larry zuckte die Achseln. »Mal was anderes.«

Brandi lächelte. »Interessant.«

»Großartig«, sagte Robert.

»Wann hast du denn Zeit, so was zu machen?« Larrys Frage wirkte wie eine kalte Dusche und dämpfte unsere Begeisterung.

»Nun, wir würden uns natürlich nach Kates Terminkalender richten müssen«, begann Robert.

»Du hast so was doch noch nie gemacht«, sagte Larry.

»Darum geht's ja gerade«, entgegnete ich. »Es wäre eine Herausforderung.«

»Hast du in deinem jetzigen Leben nicht Herausforderung genug?«

Ich schwieg. Was war nur los mit ihm? War er schon immer so ein Spielverderber gewesen?

»Es dauert Monate, bis solche Ideen wirklich ausgereift sind«, sagte Robert. »Wir stehen noch ganz am Anfang. Wir haben noch nicht einmal mit den Vertragsverhandlungen begonnen.«

»Soll ich mir einen Agenten nehmen?« scherzte ich.

»Oho!« sagte Brandi und lachte. Wieder legte sie ihrem Mann den Arm um die Schultern. »Ich hab so das Gefühl, daß du dir da ganz schön was aufgeladen hast.«

»Geh bloß nicht mit dem Kerl ins Bett«, sagte Larry. Sein Ton war ruhig und gemessen, sein Zorn direkt und gezügelt.

»Was? Was redest du da?«

»Das möcht ich gern von dir wissen«, versetzte Larry, als wir in den Wagen stiegen. Der strömende Regen hatte nachgelassen, aber es nieselte immer noch leicht.

»Ich weiß nicht, wovon du sprichst.«

»Schläfst du mit ihm?«

»Was?«

»Du hast mich genau verstanden.«

»Das kann nicht dein Ernst sein.«

»Hört sich's etwa an, als ob ich Witze mache?«

»Du glaubst im Ernst, daß ich mit Robert Crowe schlafe?«

»Und? Tust du's?«

»Nein, natürlich nicht. Wie kommst du denn darauf?«

»Das mußt schon du mir sagen.«

»Es gibt nichts zu sagen.«

»Das ist also nur irgendein Kerl, den du zufällig von der High-School kennst«, sagte Larry.

»Ja.«

»Dem du ganz zufällig eines Tages bei Gericht begegnet bist.«

»Ja.«

»Und dem ganz zufällig ein Radiosender gehört.«

»Der Sender gehört dem Vater seiner Frau ...«

»Und der dir sofort eine eigene Sendung anbietet. Einfach so. Aus heiterem Himmel«, fuhr er fort, überhaupt nicht interessiert an meinen Erklärungen.

»Mehr oder weniger.«

»Wieviel mehr?«

»Was?«

»Was für einen Grund kann er haben, dir eine eigene Sendung anzubieten? Du hast keine Erfahrung. Er hat dich seit dreißig Jahren nicht mehr gesehen. Worauf hat der Kerl es wirklich abgesehen?«

»Du bist beleidigend«, sagte ich und war tatsächlich beleidigt.

»Ich bin jedenfalls kein Idiot«, versetzte Larry.

»Dann hör auf, dich wie einer zu benehmen.« Meine Stimme zitterte. Ich hätte allerdings nicht sagen können, ob aus Entrüstung oder Schuldgefühl. War ich wirklich so durchsichtig? Und machte es mich schon schuldig, nur an eine Affäre gedacht zu haben? Vielleicht gehörte ich ins Staatsgefängnis nach Starke wie Colin Friendly.

Larry ließ den Motor an, und wir fuhren nach Hause, ohne ein Wort miteinander zu reden. Ich schaltete das Radio ein, versuchte, mich von allen Gedanken freizumachen und ganz in der Musik zu verlieren. »Hier ist ein schöner alter Hit«, hörte ich plötzlich meine Stimme durch das atmosphärische Rauschen des Radios. »*Your Cheatin' Heart* von Hank Williams. Die Telefonleitungen sind jetzt geschaltet. Scheuen Sie sich nicht, uns Ihre Fragen zu stellen.«

19

Ungefähr um diese Zeit hatte ich das erste Mal diese Träume. Es waren zwei, die immer wiederkehrten, unterschiedlich im Inhalt, aber gleichermaßen beunruhigend. Im ersten Traum liege ich bäuchlings in meinem Schlafzimmer auf dem Boden. Meine Hände sind auf dem Rücken gebunden. Meine Schwester hockt rittlings auf mir, auf und nieder wippend, als ritte sie ein Pony, während ein gesichtsloser Fremder alle meine Schubladen ausräumt und ein, wie es scheint, endloses Sortiment an Büstenhaltern und Höschen in die Luft schleudert, ohne sich darum zu kümmern, wo sie niederfallen.

In meinem zweiten Traum gehe ich auf einem sonnigen Bürgersteig. Ich fühle mich ungewöhnlich beschwingt, beinahe so, als wäre ich leichter als Luft. Und im nächsten Augenblick bin ich absolut überzeugt davon, daß es nur einer kleinen Anstrengung bedarf, um mich tatsächlich in die Lüfte zu erheben. Ich beginne also, wie wild mit den Armen zu flattern, strecke mich, Kinn voraus, weit nach vorn, als setzte ich zum Sprung von einer Schanze an. Und plötzlich heben sich meine Füße vom Boden, und ich hänge in der Luft, vielleicht einen halben Meter über der Erde, und schlage noch heftiger mit den Armen auf und nieder, um den Schwung beizubehalten, um die Geschwindigkeit zu vergrößern, höher hinaufzukommen, durch die Luft zu fliegen. Ich bin so nahe daran. »Laß mich!« rufe ich und spüre doch schon, daß meine Füße zum Boden zurückkehren, mein Flug mißlungen ist, meine Kraft verbraucht.

Es ist nicht allzu schwierig dahinterzukommen, was diese

Träume bedeuten: der wahrgenommene Kontrollverlust, die äußeren Kräfte, die mich fesseln, mein Bestreben, mich zu befreien, aus meinem Leben abzuheben, die verschleierten Bezüge auf Larry und Robert, der gar nicht verschleierte Bezug auf meine Schwester. Selbst meine Träume sind durchsichtig, so scheint es.

Die Träume wurden mir zu ständigen Begleitern, wechselten sich nächtlich ab, traten zuweilen unmittelbar hintereinander auf wie ein Doppelprogramm im Kino. Sie störten meinen Schlaf, weckten mich um drei Uhr morgens und ließen mich nicht mehr los, bis es Zeit zum Aufstehen war. Hin und wieder erwachte ich schweißgebadet aus einem dieser Träume, kalt und klamm in den feuchten Laken. Ich vergaß, wie es war, eine Nacht durchzuschlafen.

Interessanterweise begannen genau um diese Zeit Larry und ich wieder miteinander zu schlafen. Ich erwachte eines Nachts verschwitzt und keuchend von meinen Bemühungen zu fliegen, und er saß aufrecht im Bett neben mir. Meine Unruhe hätte ihn geweckt, sagte er sachlich, und ich entschuldigte mich, worauf er sagte, das sei nicht nötig. Ich lächelte dankbar und sagte, daß ich ihn liebe. Er nahm mich in die Arme und sagte, er liebe mich auch, es täte ihm leid, daß er zu der Mißstimmung zwischen uns beigetragen habe. Ich entschuldigte mich für meinen Teil daran, und dann liebten wir uns. Es war schön und vertraut und tröstlich, und ich hoffte, es würde den Träumen ein Ende machen, aber das tat es nicht.

Das Unterbewußtsein läßt sich offenbar nicht so leicht täuschen, und die Wahrheit war, daß ich keine Umarmungen wollte, die schön und vertraut und tröstlich waren. Ich wollte Umarmungen, die wild und fremd und aufregend waren. Umarmungen, die einen in Ekstase versetzen, glauben lassen, daß alles möglich ist; Umarmungen, die einem das Leben retten können. Oder es zerstören.

Ich wollte Robert.

»Geh bloß nicht mit dem Kerl ins Bett«, hörte ich Larry sagen, während ich mich im Geist täglich in keuchender Umarmung mit ihm wälzte. Robert war ständig bei mir, seine Stimme war in meinem Ohr und gab mir die Worte ein, die ich sagen sollte, seine Augen waren hinter meinen und zeigten mir, wohin ich blicken sollte, was ich sehen sollte, seine Hände waren an meiner Brust und diktierten den Schlag meines Herzens. Ich umarmte meinen Mann, aber Robert war es, der nachts in mir schlief, der mir morgens beim Duschen die Hände führte, und wenn ich versuchte, ihn wegzuwaschen, was ich nur selten tat, haftete er unlösbar an mir, überzog meinen Körper wie ein Seifenfilm, der sich nicht entfernen ließ.

Was den realen Robert anging, so war er zum Glück unerreichbar; er nahm zunächst an einer Medienkonferenz in Las Vegas teil, dann widerstrebend an einer Kreuzfahrt, die zugunsten irgendeiner wohltätigen Vereinigung, die seine Frau unterstützte, organisiert worden war. Er würde etwas länger als drei Wochen weg sein, sagte er am Telefon, bevor er abreiste. Er würde anrufen, sobald er zurück sei. Und bis dahin, versicherte ich mir in der Zwischenzeit wiederholt, würde ich wieder zur Vernunft gekommen sein.

Ich gab die Hoffnung nicht auf, daß dieser Moment der Besinnung auch bei Jo Lynn eintreten würde, die im Januar wöchentlich nach Starke fuhr. Freitags fuhr sie hin, übernachtete in einem Motel nicht weit vom Gefängnis entfernt, verbrachte dann am Samstag die erlaubten sechs Stunden mit ihrem »Verlobten«, ehe sie die fünfstündige Heimfahrt antrat. Über die Regeln, die im Staatsgefängnis herrschten, hatte sie kaum ein freundliches Wort zu sagen. Was es denn schaden könne, fragte sie empört, wenn man den Häftlingen Besuche sowohl am Samstag als auch am Sonntag erlauben und sie nicht zwingen würde, den einen oder den anderen Tag zu wählen? Und ob wir wüßten, daß der Staat Florida Ehepaaren nicht einmal den ehelichen Verkehr erlaubte? Ob das nicht grausam und gemein wäre? Aber das würde sie selbstverständlich nicht an der Ausführung ihrer Heiratspläne hindern, erklärte sie unerschütterlich.

Wahrscheinlich war es dieses blinde, hartnäckige Beharren, das mich zum Handeln trieb, obwohl ich keine Ahnung hatte, was ich zu erreichen hoffte. Eines Nachmittags griff ich einfach zum Telefon und wählte die Auskunft.

»Southern Bell«, meldete sich eine Stimme. »Für welche Stadt bitte?«

»Brooksville«, sagte ich.

»Der Name des Teilnehmers?«

»Ketchum«, antwortete ich und buchstabierte den Namen von Colin Friendlys Nachbarin, der Frau, die versucht hatte, ihm zu helfen, die ihm angeblich gezeigt hatte, daß nicht alle Frauen so waren wie seine Mutter. »Rita Ketchum.« Warum wollte ich mit ihr sprechen? Was glaubte ich denn, daß ein Gespräch mit ihr bringen würde?

Ein paar Sekunden später meldete sich die Stimme wieder. »Tut mir leid, eine Rita Ketchum kann ich nicht finden«, sagte die Frau. »Haben Sie die Adresse?«

»Nein, aber wie groß ist Brooksville denn? Da kann es doch nicht viele Ketchums geben.«

»Ich habe einen Thomas Ketchum in der Clifford Road.«

»Gut«, sagte ich.

Über Band wurde die Nummer durchgegeben und direkte Durchwahl angeboten. Ich nahm an. Ich war so aufgeregt, daß ich meinen Fingern nicht traute.

Das Telefon klingelte einmal, zweimal. Angenommen, es war die richtige Nummer, was wollte ich zu Rita Ketchum sagen? Hallo, ich habe gehört, daß Sie Colin Friendly alles beigebracht haben, was er über die Liebe weiß?

Beim vierten Läuten meldete sich jemand. »Hallo«, sagte eine junge Frau. Im Hintergrund hörte ich ein Baby schreien.

»Spreche ich mit Rita Ketchum?« fragte ich.

Die Stimme wurde mit einem Schlag mißtrauisch. »Wer spricht denn da?«

»Mein Name ist Kate Sinclair. Ich rufe aus Palm Beach an. Ich würde gern mit Rita Ketchum sprechen.« Es blieb still. Nur das Baby im Hintergrund weinte weiter. »Hallo? Sind Sie noch da?«

»Meine Schwiegermutter ist nicht hier. Darf ich fragen, worum es geht?«

»Ich möchte sie gern etwas fragen«, antwortete ich mit wachsendem Unbehagen.

»Sind Sie von der Polizei?«

»Von der Polizei? Nein.«

»Was möchten Sie denn fragen?«

»Darüber würde ich gern mit Mrs. Ketchum selbst sprechen.«

»Das ist leider nicht möglich.«

»Warum nicht?«

»Weil seit zwölf Jahren kein Mensch mehr etwas von ihr gehört hat.« Das Baby im Hintergrund begann lauter zu schreien.

»Sie ist verschwunden?«

»Ja, im Mai werden es zwölf Jahre. Entschuldigen Sie, ich muß jetzt aufhören. Wenn Sie heute abend noch einmal anrufen möchten, können Sie mit meinem Mann sprechen.«

»Vielen Dank«, sagte ich völlig verdattert. »Das wird nicht nötig sein.«

»Und was willst du damit sagen?« fragte Jo Lynn ärgerlich, als ich sie wenige Minuten später anrief. »Nur weil irgendeine Frau von zu Hause abgehauen ist, willst du gleich behaupten, daß Colin was damit zu tun hat.«

»Herrgott noch mal, Jo Lynn, was braucht es denn noch, um dich zur Vernunft zu bringen?« entgegnete ich aufgebracht. »Die Frau ist nicht einfach von zu Hause abgehauen. Sie ist verschwunden. Natürlich hatte Colin damit etwas zu tun.«

»Colin würde Mrs. Ketchum niemals etwas antun. Er hat sie geliebt.«

»Dieser Mann ist unfähig zu lieben. Er kennt keine differenzierten Gefühle, er macht keine Unterschiede zwischen Menschen. Wenn er es fertiggebracht hat, die Frau zu töten, die versucht hat, ihm zu helfen, wieso bildest du dir dann ein, daß es bei dir anders sein wird?«

Statt einer Antwort legte sie auf. Und ich weinte.

Am fünften Februar fuhr ich mit meiner Mutter zu der Ärztin, bei der wir vor Wochen einen Termin vereinbart hatten. Dr. Cafferys Praxis, in der Brazilian Avenue im Zentrum von Palm Beach, bestand aus mehreren kleineren Untersuchungsräumen und einem großen Wartezimmer in den unterschiedlichsten Pink-Schattierungen. Wie eine Gebärmutter, dachte ich, als ich meine Mutter hineinführte und zur Anmeldung schob.

»Hallo, ich bin Kate Sinclair«, sagte ich. »Das ist meine Mutter, Helen Latimer.«

»Hallo, mein Kind«, sagte meine Mutter zu der Sprechstundenhilfe, die ungefähr fünfundzwanzig Jahre alt war. Sie hatte kurzes schwarzes Haar, schräg geschnitten, und in jedem Ohr ein halbes Dutzend goldene Ringe und Stecker. Auf ihrem Namensschildchen stand Becky Sokoloff.

»Wir haben einen Termin«, sagte ich.

»Waren Sie schon einmal bei uns?« fragte Becky.

»Nein, wir sind das erste Mal hier.«

»Dann füllen Sie mir bitte diese Formulare aus.« Becky schob mehrere Bogen Papier über ihren hellen Schreibtisch. »Setzen Sie sich doch einen Moment. Dr. Caffery ist heute ein bißchen spät dran.«

Ich nahm die Formulare und ging mit meiner Mutter zu der Reihe pinkfarbener Stühle, die an der blaßrosa Wand standen. Dort saßen bereits mehrere Frauen, eine von ihnen sah von ihrer Zeitschrift auf und lächelte mit resigniertem Blick, der uns wohl sagen sollte, daß die Ärztin mehr als nur *ein wenig* spät dran war.

»Möchtest du dir eine Zeitschrift ansehen, Mutter?« Ich wartete gar nicht auf ihre Antwort, sondern nahm einen Packen Zeitschriften von dem langen rechteckigen Tisch in der Mitte des Raums und legte ihn ihr in den Schoß.

Meine Mutter legte prompt ihre gefalteten Hände auf den Stapel, als wollte sie ihn beschweren, und machte keinerlei Anstalten, eines der Hefte zu öffnen. Ich musterte sie kurz und fand, sie sähe gut aus. Ihr Gesicht hatte eine gesunde Farbe, ihre dunklen Augen hatten Glanz, ihr graues Haar wirkte gepflegt. Sie schien in guter Stimmung zu sein. Niemand war dabei, Verschwörungen gegen sie anzuzetteln, niemand verfolgte sie, alles sei ganz »prächtig«, hatte sie auf der Fahrt in die Stadt verkündet und dann nichts weiter von sich gegeben als die Frage, wie es den Mädchen gehe. Die allerdings hatte sie mindestens fünfmal wiederholt.

»Mama, willst du dir nicht eine von den Zeitschriften ansehen?« Ich griff unter ihre Hände, zog die jüngste Ausgabe der *Elle* heraus und schlug sie auf. Ein Sortiment nackter Busen in einer höchst erstaunlichen Vielfalt an Größen und Formen sprang uns förmlich entgegen.

»Ach, du lieber Gott«, sagten meine Mutter und ich fast wie aus einem Mund. Ich blätterte gleich weiter. Noch mehr weibliche Brüste. Einige notdürftig verhüllt, andere schlicht nackt. Und so ging es weiter. Brüste hier und Brüste dort, nichts als Brüste immerfort, sang ich lautlos vor mich hin, während ich rasch die ganze Zeitschrift durchblätterte. Ein schier unerschöpfliches Reservoir, wie es schien.

Was die elegante Frau heute trägt, dachte ich und wandte meine Aufmerksamkeit den Formularen zu, die die Sprechstundenhilfe uns mitgegeben hatte. Ich begann sie auszufüllen. Name, Adresse, Telefonnummer, Geburtsort und Geburtsdatum. »Mama, wann bist du geboren?« fragte ich, ohne zu überlegen, und hätte die Frage am liebsten sofort wieder zurückgerufen. Sie hatte Mühe, sich zu erinnern, was sie zum Frühstück gegessen hatte, wie sollte sie da ihr Geburtsjahr im Kopf haben?

»Am achtzehnten Mai neunzehnhunderteinundzwanzig«, sagte sie mühelos.

Es machte mich richtig glücklich, daß meine Mutter sich an ihr Geburtsdatum erinnerte. Vielleicht stand es doch nicht so schlimm um sie, versuchte ich mich zu trösten, obwohl ich wußte, daß Menschen, die an der Alzheimerschen Krankheit leiden, sich häufig ohne Probleme selbst an kleinste Details aus ihrer fernen Vergangenheit erinnern. Es war das Kurzzeitgedächtnis, das sie verließ. Ach was, sagte ich mir, dem Kurzzeitgedächtnis wird viel zuviel Bedeutung beigemessen, und versuchte es mit einer nächsten Frage. »Bist du gegen irgendwelche Medikamente allergisch?«

»Nein, aber gegen Heftpflaster bin ich allergisch.«

»Gegen Heftpflaster?«

Sie neigte sich zu mir, als beabsichtige sie, mich in ein Geheimnis einzuweihen. »Es kam erst nach Jo Lynns Geburt heraus, nach dem Kaiserschnitt.« Sie lachte. »Der Arzt hat mir den Bauch mit ganz normalem Heftpflaster verklebt, damit die Naht nicht wieder aufplatzen konnte. Niemand hat sich was dabei gedacht, bis ich ein paar Tage später einen fürchterlichen Juckreiz hatte. Als sie das Pflaster abnahmen, entdeckten sie, daß mein ganzer Bauch rot entzündet war. Es war wirklich schrecklich. Ich hab gedacht, ich muß sterben, so hat es gejuckt. Und die Ärzte konnten auch nicht viel dagegen tun, außer daß sie mir die Haut mit Cortisoncreme eingeschmiert haben. Es hat Monate gedauert, bis die Entzündung verschwunden war. Ich hab so häßlich ausgesehen, mit dieser Riesennarbe und den dicken roten Striemen überall. Dein Vater fand es abstoßend.«

Seit Monaten hatte ich meine Mutter nicht mehr so viel reden hören, und ich konnte trotz der Erwähnung meines Stiefvaters nicht umhin zu lächeln. »Denkst du viel an ihn?« fragte ich.

»Ich denke immer an ihn«, antwortete sie. Ich war überrascht, wenn ich auch nicht weiß, warum. Sie war vierzehn Jahre lang mit diesem Mann verheiratet gewesen, hatte ein Kind mit ihm gehabt, war regelmäßig von ihm halb zu Tode geprügelt worden, war es da ein Wunder, daß er noch immer in ihren Gedanken war? Hatte ich nicht dreißig Jahre lang an meinen Erinnerungen an Robert festgehalten?

»Er war ein sehr gutaussehender Mann«, fuhr sie ohne Aufforderung fort. »Groß und auffallend und unglaublich komisch. Deinen Humor hast du von ihm, Kate.«

Erst da merkte ich, daß sie von *meinem* Vater sprach und nicht von Jo Lynns. »Erzähl mir von ihm«, sagte ich, zum Teil, weil ich sehen wollte, woran sie sich noch erinnerte, vor allem aber weil ich plötzlich danach lechzte, etwas von ihm zu hören, gerade so als wäre ich ein kleines Mädchen, das von seinem schönen und tapferen Vater hören wollte, der ausgezogen war, um in einem fernen Krieg zu kämpfen.

»Wir haben uns gegen Ende des Zweiten Weltkriegs kennengelernt«, begann sie, eine Geschichte wiederholend, die ich schon viele Male gehört hatte. »Mein Vater hat ihm eine Anstellung in seiner Textilfabrik gegeben, und Martin hat sich sehr schnell hochgearbeitet. Er war so gescheit und ehrgeizig, er hätte es weit gebracht, auch wenn er nicht die Tochter des Chefs geheiratet hätte.« Ihr Blick trübte sich plötzlich. »Aber dann hat mein Vater die Firma verloren, und meine Eltern mußten ihr Haus verkaufen, und meine Mutter hat ihm das nie verziehen. Erinnerst du dich an deine Großmutter?« fragte sie.

Das Bild einer korpulenten alten Frau mit Haaren wie Stroh und dicken Beinen blitzte vor mir auf. »Vage«, antwortete ich. Ich war erst fünf Jahre alt gewesen, als sie gestorben war.

»Deine Großmutter war eine sehr starke Frau. Bei ihr gab es keine Zwischentöne, sondern nur Schwarz und Weiß. Nur Recht oder Unrecht. Wie man sich bettet, so liegt man, sagte sie immer.«

»Das kann für dich nicht leicht gewesen sein.« Ich hörte die Therapeutin in meiner Antwort.

»Wir haben gelernt, es zu akzeptieren. Wenn man einen Fehler machte, mußte man die Konsequenzen tragen. Man konnte nicht einfach seine Sachen packen und davonlaufen.«

»Ist das der Grund, warum du bei meinem Stiefvater geblieben bist, obwohl er dich immer wieder geschlagen hat?« Ich wußte, daß die Frage so einfach nicht zu beantworten war, aber ich stellte sie dennoch.

»Dein Vater hat mich nie geschlagen«, antwortete sie.

»Mein Stiefvater«, wiederholte ich.

»Dein Vater war ein wunderbarer Mensch. Er war Vorarbeiter in der Textilfabrik meines Vaters, bis mein Vater die Firma aufgeben mußte. Danach hat er sich eine Stellung bei General Motors gesucht. Da hat er tagsüber gearbeitet und abends hat er studiert. Jura. Er wollte immer Anwalt werden. Ist das nicht interessant? Wir hatten vorher noch nie einen Juristen in der Familie. Aber er ist gestorben, ehe er mit dem Studium fertig war.« Sie sah mit einem traurigen Lächeln zu der Sprechstundenhilfe hinüber.

»Es wird nicht mehr allzu lange dauern«, sagte Becky Sokoloff automatisch.

»Wir waren gerade mit dem Abendessen fertig«, fuhr meine Mutter fort, und ich sah die Szene in Gedanken vor mir. »Du warst in deinem Zimmer und hast dich ausgezogen, um ins Bett zu gehen. Dein Vater und ich haben noch am Eßtisch gesessen und in aller Ruhe unseren Nachtisch gegessen. Es kam so selten vor, weißt du, daß wir einen ganzen Abend miteinander verbringen konnten, deshalb haben wir uns viel Zeit gelassen. Wir haben einfach nur miteinander geredet und gelacht. Und dann ist dein Vater aufgestanden, um sich ein Glas Milch zu holen, und plötzlich sagte er, er bekäme auf einmal höllische Kopfschmerzen. Das waren seine genauen Worte, ›Ich bekomme auf einmal höllische Kopfschmerzen‹. Ich erinnere mich wie heute daran. Der Moment ist mir wie eingebrannt. Ich wollte gerade sagen, er solle ein Aspirin nehmen, obwohl er normalerweise nie Tabletten nahm, aber ich kam nicht mehr dazu. Er stand auf, machte zwei Schritte und brach zusammen.«

Ich sagte nichts, beobachtete sie nur schweigend, während sich in ihren Augen lang vergangene Gefühle spiegelten.

»Und weißt du, was ich getan habe?« fragte sie und sagte, ohne meine Antwort abzuwarten: »Ich habe gelacht.«

»Gelacht?«

»Ich dachte, es wäre ein Scherz. Sogar nachdem ich den Krankenwagen angerufen hatte, sogar auf der Fahrt zum Krankenhaus habe ich dauernd erwartet, daß er plötzlich die Augen aufmacht. Aber er hat es nicht getan. Der Arzt hat mir später gesagt, daß er schon tot war, ehe er den Boden berührte.«

Ich nahm sie in den Arm und drückte sie, spürte ihre Knochen unter der weichen Baumwolle ihres blauen Kleides. Wann war sie so dünn und gebrechlich geworden? Und wie lange noch, ehe diese Erinnerungen, die jetzt noch so lebendig waren, verblassen und schließlich ganz verschwinden würden?

Die Vergangenheit wird also einfach ausgelöscht? Hatte Jo Lynn am Tag vor Weihnachten gefragt, als wir zusammen zu Mittag gegessen hatten. Sie wird sich nicht daran erinnern, also kann ich auch gleich so tun, als wäre es nie geschehen.

So tun, als wäre was nie geschehen?

Sie kommt ungeschoren davon.

Womit? fragte ich mich, wie ich mich das seit jenem Nachmittag immer wieder gefragt hatte.

»Mama«, begann ich.

»Ja, Kind.«

»Kann ich dich mal was fragen?«

»Du kannst mich alles fragen, Kind.«

Ich hielt inne, unsicher, wie ich die Frage formulieren sollte. Schließlich sagte ich mir, daß der direkte Weg wahrscheinlich der beste sei. »Was ist eigentlich zwischen dir und Jo Lynn geschehen?«

»Jo Lynn ist etwas geschehen?« Ihr Blick war augenblicklich voller Besorgnis.

»Nein, nein, es geht ihr gut.«

»Oh, da bin ich aber beruhigt.«

»Ich meine, was ist früher zwischen euch beiden gewesen?«

»Ich verstehe nicht.« Der Blick meiner Mutter wurde unruhig, flog nervös durch den Raum.

»Ihr beide seid doch nie gut miteinander zurechtgekommen«, begann ich von neuem.

»Sie war immer ein eigensinniges kleines Ding. Sie hat sich einfach nichts sagen lassen.«

»Erzähl mir ein bißchen von ihr.«

»Oh, wenn ich da einmal anfange!« Meine Mutter lachte. Die Furcht in ihren Augen verschwand so schnell, wie sie gekommen war.

»Sie ist mit Kaiserschnitt zur Welt gekommen«, drängte ich vorsichtig.

»Ja, das stimmt«, sagte meine Mutter. »Mir ging es ziemlich schlecht nach ihrer Geburt, weil ich auf das Pflaster, mit dem sie mir den Bauch verklebt hatten, allergisch reagierte.«

»Und sie war eigensinnig und ließ sich nie etwas sagen ...«

»O ja, sie hatte ihren eigenen Kopf, das steht fest. Meinst du wohl, ich hätte sie dazu bewegen können, ein Kleid anzuziehen? Immer wieder hab ich ihr diese hübschen gesmokten Kleidchen gekauft, die du immer so gern hattest, aber sie hat sie sofort wieder ausgezogen und wollte partout nichts davon wissen. Nein, sie wollte nur Hosen tragen. Gott, war sie schwierig. Ganz anders als du. Du warst so ein braves Kind. Du warst glücklich mit deinen kleinen Kleidchen, aber Jo Lynn hat sie gehaßt. Nein, sie hatte in der Familie die Hosen an.« Wieder lachte sie. »Das hat dein Vater jedenfalls immer gesagt.«

»Mein Stiefvater«, korrigierte ich.

»Bei ihm konnte Jo Lynn tun, was sie wollte, er fand es immer richtig. Er hat ihr alles durchgehen lassen. Jeden Wunsch hat er ihr erfüllt, ganz gleich, wie verrückt er war. Er hat sie schrecklich verwöhnt. Und wenn es Streit gab, hat er immer ihre Partei ergriffen.« Sie schüttelte den Kopf. »Sie hat mir nie verziehen, daß ich ihn verlassen habe. Ich weiß, daß sie mir an seinem Tod die Schuld gibt.«

»Er ist an Bauchspeicheldrüsenkrebs gestorben. Wie kann sie dir daran die Schuld geben?«

»Sie gibt mir an allem die Schuld.«

Ich warf einen Blick auf die Sprechstundenhilfe, dann auf die beiden Frauen, die auf den Stühlen uns gegenüber saßen. »Woran gibt sie dir denn noch die Schuld?« fragte ich.

Meine Mutter lächelte und sagte nichts. Ihr Blick wanderte hinunter zu den barbusigen Frauen auf dem Titelblatt der *Elle.* »Ach, du lieber Gott«, sagte sie.

»Was hat sie gesagt?« kreischte Jo Lynn später am Nachmittag ins Telefon.

»Sie hat gesagt, daß du ihr die Schuld an seinem Tod gibst.«

»Natürlich, das ist typisch.«

»Und – gibst du ihr die Schuld daran?«

»Er ist an Krebs gestorben.«

»Darum geht's doch nicht.«

»Ach, dieses ganze Gespräch ist doch blödsinnig. Was hat die Ärztin gesagt?«

»Nicht viel. Sie macht erst mal eine Reihe von Untersuchungen. Anscheinend gehört Alzheimer zu den Krankheiten, die vor allem auf dem Weg der Eliminierung festgestellt werden.«

»Was für Untersuchungen?«

»EKG, CT, Mammographie und so weiter.«

»Mammographie? Wieso das?«

»Dr. Caffery ist der Meinung, wir sollten einmal alles komplett durchchecken. Mir hat sie auch einen Termin gegeben«, fügte ich hinzu.

»Dir? Warum das? Fühlst du dich nicht wohl?«

»Sie meint, daß bei mir das Klimakterium anfängt«, gestand ich.

»Was?«

»Das ist doch nichts Besonderes«, log ich.

»Also, fährst du kommendes Wochenende mit nach Starke?« fragte sie mit trügerischer Beiläufigkeit, so als hätten wir das Thema schon eine ganze Weile besprochen und wollten es jetzt nur noch zum Abschluß bringen.

»Soll das ein Witz sein?« antwortete ich.

»Ich dachte, du würdest es vielleicht interessant finden.«

»Keine Chance.« Unangenehmes Schweigen. »Aber du könntest mir einen Gefallen tun«, sagte ich, mich selbst überraschend.

Sie wartete, ohne etwas zu sagen. Dennoch glaubte ich fast, ihre Spannung zu spüren.

»Du könntest deinen Freund fragen, was er mit Rita Ketchum angestellt hat.«

Wieder trat eine Pause ein. »Weißt du was?« sagte Jo Lynn schließlich kalt und schneidend. »Wenn du von meinem *Verlobten* etwas wissen willst, dann frag ihn doch selbst.«

20

Und das mag oder mag nicht erklären, wieso ich am folgenden Freitagabend neben meiner Schwester saß, als sie ihren klapprigen alten Toyota den Florida Turnpike hinaufjagte nach Starke, zur staatlichen Strafvollzugsanstalt.

»Meinst du nicht, du solltest ein bißchen langsamer fahren?« Ich war nervös und spähte immer wieder durch die Dunkelheit nach Polizei am Straßenrand. »Soviel ich weiß, wird hier ziemlich stark kontrolliert.«

»Mich halten sie nie an«, erklärte Jo Lynn selbstherrlich, als wäre sie von einer Aura der Unbesiegbarkeit umgeben. »Außerdem fahr ich nicht besonders schnell.«

»Du fährst fast hundertvierzig.«

»Das nennst du schnell?«

»Ich finde, du solltest langsamer fahren.«

»Und ich finde, du solltest dich einfach entspannen. Ich bin die Fahrerin.« Sie nahm beide Hände vom Lenkrad und streckte sich.

»Halt das Steuer fest«, sagte ich.

»Würdest du dich bitte abregen. Du machst mich noch so nervös, daß ich einen Unfall baue.«

»Schau mal, du fährst jetzt seit fast drei Stunden.« Angesichts des Tachos, der weiterhin steigende Geschwindigkeit anzeigte, versuchte ich es mit einer anderen Taktik. »Warum läßt du mich nicht eine Weile fahren?«

Sie zuckte die Achseln. »In Ordnung. Wenn wir das nächste Mal tanken, wechseln wir.«

Ich schaute durch die Windschutzscheibe hinaus in den tintenblauen Himmel über der flachen, schnurgeraden Straße, an der mit schöner Regelmäßigkeit ganze Batterien von Schildern auftauchten. Die meisten kündeten von der bevorstehenden Ankunft in Disneyworld, das ungefähr fünfunddreißig Kilometer südwestlich von Orlando am Rand Kissimmees lag.

»Hast du Lust, da mal hinzufahren?« fragte Jo Lynn.

»Wohin?«

»Nach Disneyworld. Wir könnten am Sonntag hinfahren.«

Ich schüttelte ungläubig den Kopf. Am Samstag das Gefängnis, am Sonntag Disneyworld.

»Oder wir könnten die Universal Studios besichtigen. Da wollte ich immer schon mal hin. Die sind auch hier irgendwo in der Nähe.«

»Danke nein.«

»Wie wär's mit Busch Gardens? Das soll ganz toll sein.«

»Da waren wir doch erst vor fünf Jahren«, erinnerte ich sie. »Weißt du noch? Du hast mit den Mädchen eine Bootsfahrt gemacht, und ihr wart hinterher klatschnaß.«

Jo Lynn juchzte vor Vergnügen. »Stimmt! Die Stromschnellenfahrt. Klar weiß ich das noch. Da gab's die vielen Tiere. Das war echt Klasse. Komm, da fahren wir hin.« Sie drehte den Kopf und sah mich sehnsüchtig bittend an.

»Würdest du bitte auf die Straße schauen.«

»Spielverderberin.« Sie richtete ihren Blick wieder auf den Highway, der sich eintönig vor uns in die Ferne dehnte. »Oder wir könnten zu so einer Alligatorfarm fahren. Du weißt schon, wo immer irgendein armes Kind von der Brücke fällt und aufgefressen wird.«

»Das kann doch nicht dein Ernst sein.«

»Natürlich ist es mein Ernst. Solche Sachen liebe ich.«

»Ich kann nicht«, sagte ich und sah, wie aller Enthusiasmus in ihrem Gesicht erlosch. »Ich hab Larry versprochen, daß ich morgen abend wieder zu Hause bin.«

Tatsächlich hatte ich ihm nichts dergleichen versprochen. Im Gegenteil, Larry hatte mich gedrängt, die lange Rückfahrt erst am Sonntag zu machen. Aber ich wußte, daß ich meiner Schwester gegenüber nur über begrenzte Toleranzen verfügte.

»Mensch, bist du fad!« sagte Jo Lynn verdrossen.

»Immerhin bin ich ja hier, oder nicht?«

Sie lachte geringschätzig. »Colin hat keine Ahnung, was mit Rita Ketchum passiert ist. Du wirst schon sehen.«

Und wie steht's mit Amy Lokash? dachte ich, sagte es aber nicht. Wie steht es mit den zahllosen anderen Frauen, die seine Wege gekreuzt haben und verschwunden sind?

»Wo ist das Gefängnis eigentlich genau?«

»Kommt ganz drauf an, mit wem man redet. Die einen sagen, es ist in Raiford, die anderen sagen, es ist in Starke«, erklärte Jo Lynn. »Es liegt auf jeden Fall zwischen Gainesville und Jacksonville. Wir müßten in ungefähr zwei Stunden im Motel sein.«

»Ich glaube, in Bradford County war ich noch nie«, sagte ich.

»Na ja, es ist einer der kleinsten Landkreise im Staat«, erklärte Jo Lynn mit der Autorität einer Reiseleiterin. »Die ersten Siedler waren Bauern aus South Carolina oder Georgia. Die Haupterwerbszweige sind Tabak, Holz und Vieh. Zu den größten privaten Arbeitgebern gehören Hersteller von Arbeitskleidung, Holzerzeugnissen und Mineralsand. Bradford County hat eine Bevölkerung von ungefähr dreiundzwanzigtausend Menschen, von denen viertausend in Starke leben, das auch Kreishauptstadt ist. Raiford ist noch kleiner.«

»Mein Gott, woher weißt du denn das alles?«

»Bist du beeindruckt?«

»Ja«, antwortete ich aufrichtig.

»Wärst du auch beeindruckt, wenn ich dir sagte, daß ich mir das alles ausgedacht habe?«

»Du hast es dir ausgedacht?«

»Nein«, gab sie widerstrebend zu. »Aber ich wollte, ich hätte es mir ausgedacht. Der Manager von dem Motel, in dem ich immer wohne, hat mir das alles erzählt.«

»Was weißt du sonst noch?«

»Über dieses Gebiet hier?«

Ich nickte, obwohl mich meine Schwester viel mehr faszinierte als die Fakten, die sie mir vortrug.

»Starke ist knapp vierzig Kilometer vom nächsten Flughafen entfernt, der sich in Gainesville befindet, und es gibt im Umkreis von neunzig Kilometern drei Universitäten, drei Volkshochschulen und zwei Berufsschulen.«

»Ganz zu schweigen von der staatlichen Strafvollzugsanstalt«, fügte ich hinzu.

»Es gibt fünf Strafvollzugsanstalten zwischen Starke und Raiford«, sagte sie in belehrendem Ton. »Erstens, das North Florida Reception Center für neu eingetroffene Häftlinge aus dem Norden; zweitens, das Central Florida Reception Center; drittens, das South Florida Reception Center; viertens, das Gefängnis in Union, das liegt gleich gegenüber vom staatlichen Gefängnis, auf der anderen Seite des Flusses. Wenn da ein Platz frei wird, wird Colin wahrscheinlich dort hinverlegt werden.«

»Ich dachte, er sei im Todestrakt.«

Obwohl Jo Lynn mich nicht ansah, spürte ich ihren Zorn. »Es gibt in beiden Anstalten Todestrakte«, sagte sie langsam und bitter. »Aber die Hinrichtungen finden im staatlichen Gefängnis statt. Wenn Colin hingerichtet werden sollte, und das wird bestimmt nicht der Fall sein, dann müßte er wieder zurückverlegt werden.«

»Was ist denn mit seiner Berufung?« Der Oberste Gerichtshof von Florida, der automatisch alle Todesfälle prüft, hatte Colin Friendlys Urteil bereits bestätigt.

»Die Anwälte gehen mit ihrer Berufung vor den Obersten Gerichtshof der Vereinigten Staaten.«

»Und wenn die Berufung abgelehnt wird?«

»Dann besteht die Möglichkeit einer Anhörung vor dem Gouverneur und seinem Kabinett. Wenn diese Anhörung abgelehnt und das Todesurteil vom Gouverneur unterschrieben wird, wenden wir uns mit einem zweiten Antrag an den Obersten Gerichtshof von Florida, mit der Begründung, daß neues Beweismaterial vorliegt.«

»Auch wenn das nicht stimmt?«

»Wenn dieser Antrag abgelehnt wird«, fuhr Jo Lynn fort, ohne auf meine Frage einzugehen, »werden die Anwälte behaupten, daß dem Angeklagten kein gerechter Prozeß gemacht worden sei und daß er das Recht auf ein neues Verfahren habe. Wenn das schiefgeht, wenden wir uns ein drittes Mal an den Obersten Gerichtshof von Florida und stellen einen Antrag auf Hinrichtungsaufschub.«

»Und wenn das fehlschlägt?«

»Sehr ermutigend bist du nicht gerade.« Jo Lynn straffte die Schultern und umfaßte das Lenkrad fester. »Wenn das fehlschlägt, gehen wir vors Berufungsgericht und erklären dort, daß der Angeklagte einen Hinrichtungsaufschub verdient oder daß das Urteil ungerecht ist. Wenn das Berufungsgericht sich weigert, etwas zu unternehmen, wenden wir uns an die nächsthöhere Instanz in Atlanta und beantragen dort Exekutionsaufschub. Und wenn das auch nicht klappt«, sagte sie leise, »bleibt noch die Möglichkeit einer letzten Beschwerde beim Obersten Gerichtshof. Wenn das nichts hilft, kommt Colin auf den elektrischen Stuhl. Soll ich dir darüber auch was erzählen?« fragte sie und fuhr zu sprechen fort, ehe ich etwas dagegen einwenden konnte.

»In Florida wurde der elektrische Stuhl zum erstenmal neunzehnhundertvierundzwanzig eingesetzt. Vorher wurden die Leute gehängt. Zwischen neunzehnhundertvierundzwanzig und neunzehnhundertvierundsechzig, als die Hinrichtungen vorübergehend eingestellt wurden, weil die Verfassungsmäßigkeit der Todesstrafe angezweifelt wurde, wurden in Florida hundertsechsundneunzig Menschen auf dem elektrischen Stuhl hingerichtet. Der Älteste war neunundfünfzig; die jüngsten drei waren sechzehn Jahre alt. Zwei Drittel der Hingerichteten waren Schwarze. Im September neunzehnhundertsiebenundsiebzig wurde die Vollstreckung der Todesurteile wiederaufgenommen, und heute sitzen mehr als dreihundertvierzig Häftlinge im Todestrakt.

Der Henker, ein Mensch, dessen Identität niemals preisgegeben wird, wird aus einer ganzen Schar von Bewerbern ausgewählt. Er trägt eine Maske, wenn er auf den Knopf drückt, und erhält die fürstliche Summe von einhundertfünfzig Dollar pro Hinrichtung.

Der Hinrichtungsraum selbst ist eine ziemlich primitive Angelegenheit. Er ist ungefähr zwanzig Quadratmeter groß, und das gesamte Mobiliar besteht aus einem massiven Eichenstuhl, der auf einer Gummimatte steht und mit Schrauben im Boden verankert ist. Die Stromquelle für den Stuhl ist ein Dieselgenerator, der eine Stromstärke von dreitausend Volt und zwanzig Ampere erzeugen kann. Ich muß allerdings sagen, daß ich die Unterscheidung nicht verstehe. Aber es ist sowieso belanglos, weil ein Transformator hinter dem Stuhl diese dreitausend Volt und zwanzig Ampere in vierzigtausend Watt umwandelt, und das reicht aus, um die Körpertemperatur der Person auf dem Stuhl mit einem Schlag auf fünfundsechzig Grad zu erhöhen.«

»Mein Gott!«

»Wenn der Verurteilte auf dem Stuhl sitzt, blickt er auf eine Glaswand, hinter der sich ein kleiner Raum mit zweiundzwanzig Sitzplätzen befindet. Zwölf davon sind für amtliche Zeugen bestimmt, die vom Gefängnisdirektor ausgesucht werden, die restlichen für Reporter. Unmittelbar vor der Hinrichtung wird der Häftling in den sogenannten Vorbereitungsraum gebracht, wo sein Kopf und sein rechtes Bein rasiert werden, damit die Stromleitungen angelegt werden können, wie sie es auch im Film immer zeigen. Im Kino wird allerdings nicht gezeigt, daß der Kopf des Häftlings außerdem mit Salzwasser befeuchtet wird, damit ein guter Kontakt zustande kommen kann. Wenn er auf dem Stuhl sitzt, hat er natürlich eine Gummihaube über dem Kopf. Angeblich zurren sie ihm auch ein Gummiband um den Penis und stopfen ihm Watte in den Hintern. Ach, und hinter dem Stuhl sind noch zwei Telefone, eins mit einer internen Anstaltsleitung, das andere mit einer Leitung zum Gouverneur, für den Fall, daß er sich's in letzter Minute anders überlegen sollte.«

»Unglaublich«, sagte ich, während ich versuchte, die drastischen Bilder loszuwerden, die sich mir aufdrängten.

»Keine vier Minuten nach Betreten der Todeszelle ist der Gefangene tot. Die Leiche wird in einen schwarzen Sack gesteckt und begraben. Mangelnde Effizienz kann man dem Staat Florida bestimmt nicht vorwerfen.«

»Ich glaub's nicht«, sagte ich.

»Meinst du vielleicht, ich hab mir das alles ausgedacht«, sagte sie.

»Davon spreche ich nicht.«

»Wovon sprichst du dann?«

»Ich bin ganz überwältigt von dir«, sagte ich.

»Was soll das denn heißen?«

»Ich bin überwältigt davon, was du alles weißt.«

Sie zuckte die Achseln. »Ich hab ein bißchen was gelesen, das ist alles. Ich *kann* lesen, falls du das nicht wissen solltest.«

»Aber du erinnerst dich an jedes Detail. Das ist das Erstaunliche.«

»Was ist daran so erstaunlich? Ich habe ein fotografisches Gedächtnis. Das ist doch nichts Besonderes. Außerdem hab ich gewissermaßen ein persönliches Interesse an dieser Thematik.«

»Hast du mal dran gedacht, noch mal ein Studium anzufangen und Juristin zu werden?« Der Einfall kam mir, während ich sprach.

»Spinnst du?«

»Nein, das ist mein Ernst«, versicherte ich, mich für die Idee erwärmend. »Ich bin sicher, du würdest eine ausgezeichnete Juristin werden. Du bist intelligent. Du hast ein großartiges Gedächtnis. Du hattest all diese Fakten und Zahlen eben auf Anhieb parat. Und argumentieren kannst du absolut erstklassig. Du hättest überhaupt keine Mühe, die Geschworenen von deinem Standpunkt zu überzeugen.«

»Ich bin damals rausgeschmissen worden, weißt du das nicht mehr?«

»Aber doch nur, weil du dich überhaupt nicht bemüht hast. Du könntest noch mal anfangen und deinen Abschluß machen.«

»Ein Studium ist nicht alles«, entgegnete sie abwehrend.

»Nein, natürlich nicht«, stimmte ich hastig zu. »Aber du bist ein Naturtalent. Ich meine, du hättest dich eben hören sollen. Du hast das wirklich raus. Ich wette, du wärst große Klasse. Du könntest noch mal anfangen zu studieren, deinen Abschluß als Juristin machen und dann selbst Colin verteidigen. Wenn jemand ihn vor dem elektrischen Stuhl retten kann, dann du.« Meine Schwester, die Anwältin, dachte ich. Mein Schwager, der Serienmörder.

Ein zögerndes Lächeln breitete sich auf Jo Lynns Gesicht aus. »Ja, wahrscheinlich wär ich wirklich eine gute Anwältin.«

»Bestimmt.«

Sie holte tief Luft und hielt das Lächeln noch einen Moment fest, ehe sie es fallen ließ. »Nein«, sagte sie leise. »Es ist zu spät.«

»Unsinn, es ist nie zu spät«, widersprach ich, obwohl ich wußte, daß das nicht stimmte. »Wenn wir wieder zu Hause sind, können wir uns doch auf jeden Fall mal erkundigen, welche Voraussetzungen du erfüllen müßtest und was das Studium kosten würde. Larry und ich könnten dir das Geld leihen. Und du zahlst es uns zurück, sobald du die dicken Honorare kassierst.« Die dicken Honorare? fragte ich mich, wohl wissend, daß ich mich aus dem Reich der Vernunft in Phantasieregionen begeben hatte.

»Oh, ich wette, Mama würde mir das Geld geben«, sagte Jo Lynn zu meiner Verwunderung. Ich hatte ihr versprechen müssen, auf der Fahrt nicht über unsere Mutter zu reden, und hatte widerstrebend eingewilligt. Jetzt hatte sie selbst das verbotene Thema angeschnitten. Hieß das, daß sie eine Tür öffnen und mir den Eintritt gestatten wollte?

»Ja, das würde sie sicher mit Freuden tun.«

»Sie schuldet mir einiges«, sagte Jo Lynn. »Oh, da ist eine Tankstelle.« Schnell wechselte sie die Spur und fuhr vom Highway ab.

An der hell erleuchteten Raststätte gab es eine Tankstelle und ein Burger King. »Ich tank schon mal voll, wenn du uns inzwischen was zu essen holst«, sagte Jo Lynn, als wir beide die Türen öffneten und ausstiegen.

Ich dehnte und streckte mich. »Oh, das tut gut.«

»Du blöder Idiot«, kreischte eine Frauenstimme, und im ersten Moment glaubte ich, es sei Jo Lynn und die Beleidigung sei an mich gerichtet. Aber als ich über das Wagendach zu Jo Lynn hinübersah, bemerkte ich, daß ihre Aufmerksamkeit auf ein junges Pärchen gerichtet war, das im nächsten Gang stand, neben einem blauen Firebird.

Das Mädchen war höchstens sechzehn, der Junge auch nicht viel älter. Beide waren blaß, blond und erschreckend mager, wenn auch der Junge Arme wie ein Gewichtheber hatte. Sein Gesicht war rot vor Zorn; die Hände waren zu Fäusten geballt. »Wer ist ein Idiot?« fragte er wütend.

»Was glaubst du wohl?« schrie das Mädchen herausfordernd, mutig geworden vielleicht durch die Anwesenheit der umstehenden Leute, die den Streit beobachteten.

»Mir reicht's jetzt mit dem Scheiß«, sagte der Junge und öffnete die Wagentür. »Los, steig endlich ein, verdammt noch mal. Wir fahren.«

»Nein.«

»Soll ich dich hierlassen? Bitte schön. Das kannst du haben. Wenn du jetzt nicht sofort einsteigst, hau ich ab, und du kannst sehen, wie du weiterkommst.«

Ich überlegte gerade, ob ich nicht irgend etwas tun oder sagen könnte, um die Situation zu entschärfen, als meine Schwester hinter mich trat und mir ins Ohr flüsterte: »Halt dich da raus.«

»Vielleicht sollten wir die Polizei rufen«, sagte ich mit einem Blick auf die Arme des jungen Mädchens, die von blauen Flecken übersät waren.

»Vielleicht sollten wir uns um unsere eigenen Angelegenheiten kümmern«, entgegnete sie und wies mit dem Kopf zu dem Burger King Imbiß. »Ich nehm einen Cheeseburger, eine große Portion Pommes und eine große Cola.«

Ich ging in die Toilette, wusch mir die Hände, starrte im Spiegel mein müdes Gesicht an, die hängenden Tränensäcke unter meinen Augen. »Wie ein altes Weib«, flüsterte ich.

An der Burger King Ausgabe war eine Schlange, und ich mußte fast zehn Minuten warten, ehe ich bekam, was ich bestellt hatte.

»Wo bist du so lang gewesen?« fragte Jo Lynn, als ich ihr den Cheeseburger, die Pommes und das Cola reichte. Sie stieg auf der Beifahrerseite ein, während ich um das Auto herum zur Fahrerseite ging. Wenn ich die dünnen Strähnen aschblonden Haars hinten im Wagen bemerkte, so weigerte sich mein Bewußtsein, die flüchtige Beobachtung zur Kenntnis zu nehmen.

»Wo ist dein Essen?« fragte Jo Lynn, als ich losfuhr und sie ihren Cheeseburger auspackte.

»Ich hab mir nichts mitgenommen.«

»Möchtest du was?«

Ich schüttelte den Kopf. »Ich hab keinen großen Hunger.«

»Ich hab nicht dich gemeint«, sagte sie, und ich schrie auf, als von hinten eine magere Hand über die Rückenlehne schoß.

Mit einem Ruck drehte ich mich herum. Das junge Mädchen mit den Armen voller blauer Flecken starrte mich mit großen blaßgrünen Augen ängstlich an.

»Mensch, paß doch auf, wohin du fährst!« rief Jo Lynn. »Willst du uns vielleicht umbringen?«

Ich umfaßte das Lenkrad fest mit beiden Händen, weniger aus Gründen der Sicherheit als aus Gründen der Selbstbeherrschung. Am liebsten hätte ich meiner Schwester eine Ohrfeige gegeben. Hatte sie mir nicht eben erst geraten, mich um meine eigenen Angelegenheiten zu kümmern? Wie kam sie dazu, dieses fremde Mädchen in unseren Wagen zu holen? Wußte sie nicht, wie gefährlich es war, Anhalter mitzunehmen?

»Das ist Patsy«, erklärte Jo Lynn. »Patsy, das ist meine Schwester Kate.«

»Hallo, Kate«, sagte das Mädchen, ehe es einen Riesenbiß vom Cheeseburger meiner Schwester nahm und ihm einen tiefen Zug aus dem Colabecher folgen ließ. »Danke, daß ihr mich mitgenommen habt.«

»Wohin willst du denn?« fragte ich einigermaßen höflich, während ich innerlich zusammenzuckte, als meine Schwester den Strohhalm in ihren Mund schob, aus dem eben die junge Fremde getrunken hatte.

»Irgendwohin«, antwortete Patsy brummig. »Es ist ziemlich egal.«

»Patsys Freund ist ohne sie abgehauen«, erläuterte Jo Lynn.

»Der Idiot«, sagte Patsy.

»Wo wohnst du?« fragte ich.

Sie zuckte die Achseln. »Weiß ich selber nicht«, antwortete sie. »Nirgends wahrscheinlich.«

Ich fand diese Antwort ziemlich unbefriedigend. »Und woher kommst du?«

»Fort Worth.«

»Fort Worth? Fort Worth, Texas?«

»Da bist du wohl tief beeindruckt, was, Katy«, sagte meine Schwester. »Gib dem Mädchen doch gleich 'ne Goldmedaille.«

»Wie bist du bis hierher gekommen?« fragte ich, bemüht, zu meinem normalen Ton zurückzufinden.

»Mit dem Auto«, lautete die gleichgültige Antwort. Patsy griff über den Sitz und grapschte eine Handvoll Pommes frites aus dem Pappbehälter, den meine Schwester ihr hinhielt.

Im Rückspiegel sah ich, wie sie sich in den Sitz zurückfallen ließ, die Pommes frites in den Mund stopfte und dann die Augen schloß, die dick mit schwarzem Kajalstift umrandet waren.

»Zusammen mit deinem Freund?« fragte ich trotz des Blicks meiner Schwester, der mir zu schweigen gebot.

»Ja, mit diesem blöden Idioten.«

»Und was ist mit deinen Eltern?«

»Kate, das geht dich doch nichts an«, warf Jo Lynn ein.

»Wissen deine Eltern, wo du bist?« beharrte ich.

»Das ist denen doch egal.«

»Weißt du das so genau?«

Patsy lachte, aber ihr Lachen klang hohl, schmerzlich, fand ich. »Ich hab meinen Vater nicht mehr gesehen, seit ich ein kleines Kind war, und meine Mutter hat inzwischen einen neuen Freund und ein Baby. Die hat wahrscheinlich noch gar nicht gemerkt, daß ich weg bin.«

»Wann bist du denn weg?«

»Vor zwei Wochen.«

Ich mußte sofort an Amy Lokash denken, sah ihre Mutter Donna vor mir, wie sie bei ihrem ersten Besuch in Tränen aufgelöst in der Tür meiner Praxis gestanden hatte. »Hast du sie wenigstens angerufen? Weiß sie, daß dir nichts passiert ist?« Auch ohne Patsy anzusehen, sah ich den Widerstreit der Gefühle – Trotz, Verlassenheit, eigensinniger Stolz –, der sich in ihrem Inneren abspielte.

»Nein, ich hab sie nicht angerufen.«

Findest du nicht, daß du das tun solltest? hätte ich am liebsten geschrien, tat es aber nicht, da ich wußte, daß ich damit nur eine Abwehrhaltung hervorrufen würde. »Möchtest du es denn?« fragte ich statt dessen.

Patsy schwieg ein paar Sekunden lang. »Ich weiß nicht.« Sie drehte sich zur Seite und drückte ihre Stirn an das Fensterglas.

»Warum gehst du nicht einfach zum nächsten Telefon, rufst zu Hause an und sagst deiner Mutter, daß du gesund bist und es dir gut geht?« fragte ich.

»Wozu denn?« entgegnete Patsy mürrisch. »Sie schreit mich ja doch nur an und erklärt, daß sie mit Tyler von Anfang an recht gehabt hat.«

»Und deshalb rufst du nicht an?«

»Ich will das nicht schon wieder hören.«

»*Hatte* sie denn recht mit Tyler?«

»Ja«, kam es kaum hörbar und widerstrebend vom Rücksitz.

»Und deswegen läßt du dich jetzt total von Tyler beherrschen oder was?« fragte ich nach einer kurzen Pause.

»Tyler ist doch der Idiot, stimmt's?« fragte Jo Lynn, und ich lächelte, dankbar für ihre Unterstützung.

»Na ja, vielleicht ruf ich sie ja an«, meinte Patsy und nahm sich noch ein paar Pommes frites. »Ich werd's mir überlegen.«

»Brauchst ja nur anzurufen und zu sagen, daß dir nichts passiert ist«, fuhr ich fort, in Gedanken wieder bei Donna Lokash, und wünschte aus tiefstem Herzen, daß Amy nur eine ähnliche Dummheit gemacht hatte wie Patsy, daß sie in diesem Moment irgendwo durch die Gegend trampte, ohne an den Schmerz und die Angst zu denken, die sie ihrer Mutter verursachte. Aber am Leben.

Ich mußte aufsteigende Tränen zurückdrängen, als ich darüber nachdachte, wie fremd unsere Kinder uns wurden. E. T., zu Hause anrufen, dachte ich.

Schweigend fuhren wir weiter. Jo Lynn schlürfte ihre Cola zu den Rhythmen von Garth Brooks und Shania Twain, reichte schließlich den Becher und das, was von ihrem Cheeseburger und den Fritten noch übrig war, nach hinten. Der Essensgeruch durchzog das Auto, setzte sich in die Polster und erinnerte mich daran, daß ich seit dem Mittagessen nichts mehr zu mir genommen hatte. Ich hätte mir an der Tankstelle doch etwas mitnehmen sollen. Wir würden erst kurz vor Mitternacht unser Motel in Starke erreichen.

»Hey!« rief Patsy plötzlich hochschnellend. Sie beugte sich zu uns nach vorn und wies aufgeregt zum Straßenrand. »Bei der nächsten Ausfahrt geht's nach Disneyworld.«

»Wir fahren aber nicht nach Disneyworld«, sagte ich.

»Wohin fahren Sie denn?« Sie war offensichtlich überhaupt nicht auf den Gedanken gekommen, daß es andere Möglichkeiten geben könnte.

»Wir fahren nach Starke«, antwortete ich.

»Starke? Wo ist denn das?«

»In Bradford County, zwischen Gainesville und Jacksonville«, erklärte meine Schwester.

»Ich will aber nicht nach Starke«, sagte Patsy, die in diesem Moment große Ähnlichkeit mit Sara hatte. »Ich will nach Disneyworld. Da wollten Tyler und ich hin, bevor wir diesen blöden Streit hatten.«

»Warum fährst du nicht lieber mit uns weiter?« meinte ich. »Dann kannst du deine Mutter vom Motel aus anrufen ...«

»Nein, ich will nach Disneyworld«, beharrte Patsy. »Das ist der einzige Grund, warum ich überhaupt nach Florida gekommen bin. Halten Sie einfach irgendwo da vorn an und lassen Sie mich raus. Das letzte Stück kann ich trampen.«

»Weißt du nicht, wie gefährlich es ist, per Anhalter zu fahren?« begann ich und hielt inne. Hatte es irgendeinen Sinn, mir ihr zu diskutieren, zu versuchen, vernünftig mit ihr zu reden und sie umzustimmen? Ich setzte den Blinker, fuhr den Wagen an den Straßenrand und hielt an.

»Ich finde das nicht gut«, sagte Jo Lynn plötzlich. »Auf den Straßen wimmelt's doch von Irren, die nur darauf warten, junge Mädchen aufzugabeln.« Ich weiß nicht, ob Jo Lynn sich bewußt war, wie merkwürdig diese Warnung gerade aus ihrem Mund klang.

»Ach, mir passiert schon nichts«, erklärte Patsy mit der ganzen Arroganz der Jugend. »Vielen Dank noch mal, daß ihr mich mitgenommen habt, und für das Essen und so.« Sie öffnete die Tür und stieg aus. »Ich ruf meine Mutter an, wenn ich in Disneyworld bin.«

»Ja, vergiß es nicht«, sagte ich und sah im Rückspiegel, wie Patsy bereits ihren Daumen in die Luft streckte. Ich fuhr los, ehe jemand anhielt, um sie mitzunehmen.

»Wieso hast du sie einfach aussteigen lassen?« fragte meine Schwester ärgerlich, ganz unerwartet den Part mütterlicher Fürsorge übernehmend, der normalerweise der meine war. »Wieso hast du sie nicht aufgehalten?«

»Hätt ich sie denn gegen ihren Willen festhalten sollen? Soviel ich weiß, erfüllt das den Tatbestand der Entführung.«

»Sie ist minderjährig, Herrgott noch mal. Wie konntest du sie einfach so gehen lassen? Hast du denn keine Angst, daß ihr was passiert?«

Ich dachte an Amy Lokash, an Sara, Michelle, meine Mutter, ja, auch an Jo Lynn. Die Frauen in meinem Leben zogen an meinem geistigen Auge vorüber. »Man kann eben nicht jeden retten«, sagte ich.

21

Punkt halb neun verließen wir am nächsten Morgen das Motel, um ins Gefängnis zu fahren. Besuchszeit war von neun bis drei, und Jo Lynn wollte nicht eine Minute dieser sechs Stunden versäumen. Das Zuchthaus lag nur achtzehn Kilometer westlich von Starke an der Staatsstraße 16, aber sie wußte aus Erfahrung, daß wir ungefähr zwanzig Minuten brauchen würden, um sämtliche Tore zu passieren und die verschiedenen Überprüfungen und Durchsuchungen zu überstehen. Deshalb war es absolut notwendig, spätestens um halb neun loszufahren.

Als Jo Lynn mich an diesem Morgen um halb acht weckte, war sie bereits fix und fertig, geduscht, geschminkt, die blonde Haarpracht zu ungebärdiger Fülle gefönt, weiß gekleidet in Minirock und knappes Oberteil. Ich wankte verschlafen durch das Zimmer mit den schweren roten Vorhängen und den purpurfarbenen Bettüberwürfen und konnte es kaum fassen, daß ich so gut geschlafen hatte. Zum erstenmal seit Monaten hatte ich die Nacht durchgeschlafen – keine Träume, keine lästigen Gänge zur Toilette. Kam es daher, daß ich von der langen Fahrt so erschöpft gewesen war, sowohl seelisch als auch körperlich? Oder kam es daher, daß ich mich fürchtete, diesem neuen Tag in die Augen zu schauen? Ich ging unter die Dusche und ließ mich von der wohltuenden Wärme des Wassers einhüllen.

»Beeil dich«, drängte Jo Lynn etwas später, als ich den Reißverschluß meiner dunkelblauen Hose zuzog und eine orangefarbene Bluse aus meiner Reisetasche holte. »Das willst du anziehen?« fragte sie und lachte.

»Ja, wieso, ist das nicht in Ordnung?«

»Doch, doch, perfekt.« Sie lachte wieder und wartete mit Ungeduld, während ich die Bluse zuknöpfte und mir dann rasch mit der Bürste durch die Haare fuhr. Ich dachte daran, noch etwas Rouge aufzulegen und mir die Lippen nachzuziehen, ließ es dann aber sein. Jo Lynn hatte es eilig, und außerdem gab es niemanden, den ich beeindrucken wollte. »Wir kaufen uns irgendwo unterwegs ein Muffin.« Sie nahm die Kühltasche mit den verschiedenen Käsesorten und den Geflügelsalatsandwiches – Colins Lieblingsessen –, die sie selbst gemacht hatte, und schob mich durch die Moteltür hinaus zum Wagen.

Wahrscheinlich weil es dunkel gewesen war, war mir nicht aufgefallen, wie drastisch sich die Landschaft verändert hatte, nachdem wir vom Turnpike auf den Highway 301 gewechselt waren. Jetzt sah ich, daß hier, im Herzen des ländlichen Nordens von Florida, Gemüsegärtnereien und struppige Kiefern die Orangenhaine und majestätischen Palmen der Südostküste verdrängt hatten.

»Ich wußte gar nicht, daß das hier eine so arme Gegend ist«, sagte ich vielleicht nicht ganz ehrlich.

»Ja, erinnert ein bißchen an die abgelegenen ländlichen Gegenden von Georgia«, stimmte Jo Lynn zu, und ich fragte mich, wann sie zuletzt in den abgelegenen ländlichen Gegenden Georgias gewesen war.

»Es ist wahnsinnig heiß«, stöhnte ich, während ich versuchte, einen Sender zu finden, der etwas anderes brachte als die neuesten landwirtschaftlichen Nachrichten. Die Luft im Wagen war drükkend und schwül. Hinter mir hörte ich plötzlich ein gewaltiges Donnern und fuhr herum. Ein riesiger Sattelschlepper war dicht an uns herangefahren und scherte jetzt aus, um uns zu überholen.

Jo Lynn sah auf und winkte den Männern oben in der Fahrerkabine, die beide aus dem Fenster auf der rechten Seite hingen, um sich den Blick auf die nackten Beine meiner Schwester nicht entgehen zu lassen.

»Die sollen ruhig auch mal was Schönes sehen«, bemerkte sie, als das Fahrzeug an uns vorbeizog.

»Findest du das nicht ein bißchen riskant?« fragte ich, ohne wirklich eine Antwort zu erwarten.

Die Straße führte durch eine weite Ebene. Rechts und links weideten Kühe, manche standen, manche lagen im Gras.

»Kann sein, daß es Regen gibt«, bemerkte Jo Lynn.

Ich blickte durch die Windschutzscheibe zum wolkenlosen blauen Himmel hinauf.

»Regen?«

»Wenn alle Kühe stehen, heißt das, daß es sonnig wird. Wenn sie alle liegen, gibt's Regen. Wenn ein paar stehen und ein paar liegen, dann ist das Wetter veränderlich.«

»Hat dir das auch der Motelmanager erzählt?« fragte ich.

»Nein«, antwortete sie. »Das hab ich von Daddy.«

Ich bemühte mich, meine Überraschung über das plötzliche Auftauchen meines Stiefvaters in unserem Gespräch nicht zu zeigen.

»Er ist manchmal mit mir aufs Land gefahren, und dann haben wir auch Kühe weiden sehen, genau wie hier, und er hat jedesmal gesagt, wenn die Kühe alle stünden, würde es schön werden, und wenn sie alle lägen, na ja, du weißt schon. Die Rinder hier gehören übrigens dem Gefängnis.«

»Sind das dort Häftlinge?« fragte ich, erst jetzt auf die kleinen Gruppen von Männern aufmerksam werdend, die unter der Aufsicht uniformierter und mit Gewehren bewaffneter Männer an der Straße arbeiteten.

»Wir sind hier nicht in Oz«, sagte Jo Lynn und lachte über mein Unbehagen.

Dann erschien plötzlich das Gefängnis vor uns, nein, zwei Gefängnisse waren es, eines auf jeder Seite des Flusses namens New River, der die Landkreise Union und Bradford trennte. Das Union Correctional lag rechts, das Florida State links, jeweils erkennbar an den riesigen Schildern vor den doppelreihigen Maschendrahtzäunen, die mit Stacheldraht gekrönt waren.

Jo Lynn fuhr den Wagen auf den ausgeschilderten Parkplatz, schaltete den Motor aus und ließ die Schlüssel in ihre Strohtasche fallen. »Wir sind angekommen«, verkündete sie feierlich und stieß ihre Tür auf.

Ich folgte ihr zum Haupttor. Wir gingen schnell, um den lästigen Insektenschwärmen zu entkommen, und ohne einen Moment den Posten zu vergessen, der uns, mit dem Gewehr in der

Hand, vom Wachturm hoch über unseren Köpfen beobachtete. Als wir uns dem Tor näherten, öffnete es sich, und wir gingen hindurch. Sofort schloß es sich wieder hinter uns, und mir wurde ziemlich mulmig. Ein weiteres Tor öffnete sich geräuschvoll und lockte uns weiter ins Innere. Wir sind auf dem Weg in die Hölle, dachte ich, als ich das zweite Tor hinter uns zuschlagen hörte und meiner Schwester auf dem betonierten Gehweg zum Gefängnis selbst folgte.

Ich kann mich weder erinnern, die Tür aufgestoßen zu haben, noch über die Schwelle getreten zu sein. Das einzige, woran ich mich erinnere, ist, daß ich in einem kleinen Warteraum stand und einen Mann anstarrte, der groß und kräftig in einer verglasten Zelle vor einer verwirrenden Schalttafel saß und Jo Lynn entgegenlächelte, als sie zielstrebig auf ihn zuging. »Hallo Tom«, sagte sie unbefangen.

»Hallo, Jo Lynn, wie geht's denn heute?«

»Gut, danke, Tom«, antwortete Jo Lynn. »Ich möchte Sie mit meiner Schwester Kate bekanntmachen.«

»Hallo, Kate«, sagte Tom.

»Hallo, Tom«, erwiderte ich die Begrüßung.

»Sie kennen ja den Ablauf«, sagte Tom zu Jo Lynn.

»Na klar«, bestätigte Jo Lynn und überreichte ihm ihre Handtasche und die Kühltasche.

Die nächsten zehn Minuten brachte Tom damit zu, jeden einzelnen Gegenstand in unseren diversen Taschen zu begutachten. Er inspizierte den Inhalt der Kühltasche, packte die Käsestücke aus und zerbrach sie in kleinere Teile, klappte die Geflügelsalatsandwiches auf und prüfte den Belag, ehe er sich unsere Handtaschen vornahm, unsere Führerscheine studierte, als müsse er jede Einzelheit auswendig lernen, unsere Gesichter gewissenhaft mit denen auf den Fotos verglich, obwohl er meine Schwester ja offensichtlich von früheren Besuchen kannte.

»So macht er das jede Woche«, flüsterte Jo Lynn mir zu, während im Hintergrund ständig das klirrende Krachen von Türen zu hören war.

»War nett, Sie wiederzusehen«, sagte Tom zu meiner Schwester und winkte uns weiter zu einem dritten abgesperrten Tor und einem Metalldetektor. »Hat mich gefreut, Sie kennenzulernen, Kate.«

Wir mußten unsere Schuhe, unsere Gürtel und unsere Sonnenbrillen ablegen, Schlüssel, Stifte und Kleingeld abgeben, und nachdem wir den Metalldetektor passiert hatten, begleitete uns ein Wärter durch ein weiteres klirrendes Tor und dann einen langen beigefarbenen Korridor mit glänzendem Linoleumbelag hinunter. »Die Häftlinge müssen den Boden jeden Tag bohnern«, erzählte mir Jo Lynn.

Es folgte eine kurze Treppe, dann ein weiteres Tor, das von einem Posten in einer Glaszelle bewacht wurde, und plötzlich befanden wir uns im Herzen der Anstalt, einer Stelle, an der sich vier Korridore kreuzten und die allgemein »Grand Central« genannt wurde. Zu unserer Rechten befand sich ein Gitter vom Boden bis zur Decke, hinter dem die Zellentrakte waren.

»Da drüben steht der elektrische Stuhl.« Jo Lynn wies durch das Gitter zu einer geschlossenen Tür am hintersten Ende des langen, breiten Korridors.

Mehrere Häftlinge in blauen Arbeitshosen und blauen Hemden gingen auf ihrem Weg zur Arbeit in der Anstaltswäscherei an uns vorüber. »Wir gehen da entlang.« Jo Lynn zeigte es mir mit einer Handbewegung, und wir folgten einem Wärter in den Besucherraum, der am Hauptkorridor gelegen war.

Küchengerüche zogen an meiner Nase vorbei.

»In diesem Flügel sind auch die Küche und die Kantine«, erklärte Jo Lynn. »Der jetzige Besucherraum war früher die Kantine. Du wirst sehen, da sieht es aus wie in einer Schulkantine.«

Sie hatte recht. Der Raum war groß und unansehnlich, dreißig oder vierzig Stahltische mit Stühlen standen darin. Das einzige, was ihn von einer Schulkantine unterschied, war die Tatsache, daß die Tische und Stühle am Boden festgeschraubt waren.

»Siehst du den Wasserkühler da drüben?« Jo Lynn wies auf einen großen Wasserkühler aus Glas in einer Ecke des Raums.

Ich nickte.

»Behalt den mal im Auge«, riet sie mir.

»Warum? Macht er Kunststücke?«

»Warte, bis die Häftlinge reinkommen. Dann wirst du schon sehen.« Sie sah auf ihre Uhr und zeigte nach links. »Sie müssen sie jeden Moment reinbringen. Ich muß mal schnell auf die Toilette«, sagte sie abrupt, stellte die Kühltasche auf einen der Tische und lief davon.

Ich sah mich um, tat so, als wollte ich mich ganz nebenbei mit meiner Umgebung vertraut machen, richtete jedoch meine Aufmerksamkeit vor allem auf die anderen Männer und Frauen, die hier auf ihre Freunde oder Verwandten warteten. Es waren vielleicht ein Dutzend Leute, ungefähr zwei Drittel Frauen und ein Drittel Männer, etwa zwei Drittel Schwarze und ein Drittel Weiße. Die jüngeren Frauen trugen alle Röcke, keine allerdings war so auffallend gekleidet wie meine Schwester. Eine ältere Schwarze, die von Kopf bis Fuß in Schwarz war, so daß man kaum erkennen konnte, was Haut und was Kleidung war, weinte leise, den Kopf an der Schulter ihres Mannes; eine andere Frau, mit kleinen Goldringen in den Lippen und tintenblauen Tätowierungen auf beiden Armen, ging nervös hinter einem Tisch in der Nähe auf und ab.

»Alles in Ordnung?« fragte ich meine Schwester, als sie mit leicht erhitztem Gesicht zurückkehrte.

»O ja, keine Sorge.«

»Du bist so schnell weggelaufen, daß ich schon Angst hatte, es wäre was passiert.«

Sie fegte meine Besorgnis mit einer leichten Handbewegung zur Seite. »Ich mußte nur was holen.«

»Was holen?«

Sie ließ sich auf einem der Stühle nieder und stützte beide Ellbogen auf den Stahltisch. Mit einer Kopfbewegung bedeutete sie mir, mich auf den Stuhl gegenüber zu setzen. »Ich hab Colin ein kleines Geschenk mitgebracht«, zischte sie halblaut, ohne den Posten an der Tür aus den Augen zu lassen.

»Ein Geschenk?«

»Pscht! Nicht so laut.«

»Was für ein Geschenk?« Ich sah sofort in Büstenhaltern geschmuggelte Pistolen, in Torten versteckte Messer, obwohl ich wußte, daß das völlig absurd war. Wir hatten zwei Metalldetektoren passiert, und in Jo Lynns Kühltasche befand sich nichts als Käse und belegte Brote. Ich hatte auch kein Geschenk bemerkt, als Tom ihre Handtasche durchsucht hatte.

»Was für ein Geschenk?« fragte ich noch einmal.

Sie schob eine Hand in ihre Strohtasche und holte etwas heraus, wobei sie sorgfältig darauf achtete, daß der Wärter es nicht sehen konnte. Als sie sicher war, daß niemand zu uns herübersah, öffnete sie ihre Hand und zeigte mir sechs selbstgedrehte Zigaretten.

»Marihuana?!«

»Pscht!« Sofort ließ sie den Behälter wieder in ihre Tasche fallen. »Mußt du denn so laut schreien?«

»Bist du verrückt geworden?« fragte ich scharf. »So was mit hierherzunehmen.«

»Hör endlich auf, so zu brüllen, und benimm dich nicht wie ein hysterisches Schulmädchen. Das tun doch alle hier.«

Ich sah mich nervös um, warf einen Blick auf die Schwarze, die immer noch an die Seite ihres Mannes gelehnt weinte, auf das Mädchen mit den Lippenringen und den Tätowierungen, das nervös hinter dem nächsten Tisch auf und ab ging. »Aber wie hast du das denn reingeschmuggelt? Tom hat unsere Taschen doch mit der Lupe durchsucht.«

»In meiner Muschi«, antwortete sie und kicherte. »Mach den Mund zu! Es kommen Fliegen rein.«

»In deiner Scheide?«

»In meiner Scheide«, äffte sie mich nach und verzog dabei verächtlich den Mund. »Mein Gott, Kate, du mußt so ziemlich die einzige sein, die heutzutage noch Wörter wie Scheide benutzt.«

»Ich glaube das nicht.«

»Du würdest dich wundern, wenn du wüßtest, was hier alles los ist.«

»Und wie bringt Colin die in seine Zelle?«

»Das willst du bestimmt lieber nicht wissen.«

»Ich glaube, mir wird schlecht.«

»Dir darf jetzt nicht schlecht werden. Jetzt kommen sie. Vergiß nicht, den Wasserkühler im Auge zu behalten.«

Ich blickte schnell von der Tür zum Wasserkühler und wieder zurück zur Tür, wo jetzt mehrere Gefängniswärter – große, bullige, vage bedrohlich aussehende Männer – ungefähr zehn Männer in den Raum führten. Alle trugen sie die blaue Gefängniskleidung, bis auf eine Ausnahme – Colin Friendly. Er trug wie ich eine blaue Hose und ein organgefarbenes Hemd.

Jetzt verstand ich, warum Jo Lynn über meine Kleiderwahl gelacht hatte. An den orangefarbenen T-Shirts erkannte man hier in der Anstalt die Häftlinge, die im Todestrakt saßen.

Peinlich berührt griff ich an den Kragen meiner orangefarbenen Bluse, während ich beobachtete, wie meine Schwester von ihrem Stuhl aufsprang, um den zum Tode verurteilten Serienmörder zu umarmen; wie seine Hände ihren Rücken hinunterglitten, um ihr Gesäß zu umfassen, wie er den Saum ihres kurzen Röckchens hochzog und flüchtig ihre nackten Gesäßbacken entblößte. In diesem Moment begriff ich, daß Jo Lynn draußen in der Toilette nicht nur das geschmuggelte Marihuana aus seinem Versteck geholt hatte, sondern auch ihr Höschen ausgezogen hatte. »Mein Gott«, stöhnte ich leise, als die beiden sich aus ihrer Umarmung lösten und auf mich zukamen.

Colin Friendly erschien mir größer, als ich ihn in Erinnerung hatte, und wenn er auch etwas dünner wirkte, so war er doch entschieden muskulöser als noch vor wenigen Wochen. Wahrscheinlich trainiert er, dachte ich, als ich unsicher aufstand und überlegte, wie ich reagieren sollte, wenn er mir zum Gruß die Hand reichen würde.

Er tat es nicht.

»Colin«, sagte Jo Lynn, an seinem Arm hängend, »ich möchte dich mit meiner Schwester Kate bekanntmachen. Kate, das ist Colin, die Liebe meines Lebens.«

»Freut mich, Sie kennenzulernen, Kate«, sagte er ungezwungen. »Ihre Schwester erzählt viel von Ihnen.«

Oder jedenfalls etwas in dieser Richtung. Ich weiß wirklich nicht mehr genau, was an diesem Morgen oder überhaupt während unseres Besuchs gesprochen wurde. Die Stunden stolpern in Fetzen durch mein Gedächtnis, so erschreckend und grausam wie ein heimtückischer Überfall. Ich erinnere mich nur an Bruchstücke unseres Gesprächs, einige unvergeßliche Worte, ein oder zwei beklemmende Sätze, während ein Gesprächsthema ins andere überging, eine Stunde in der nächsten verschwand.

»Ihr seht nicht aus wie Schwestern«, sagte Colin Friendly, als wir uns wieder setzten, Jo Lynn neben Colin, Hand in Hand mit ihm, obwohl eigentlich jede Berührung verboten war. Den Häftlingen waren Umarmungen zur Begrüßung und zum Abschied gestattet, mehr nicht, aber die drei Aufseher, die zugegen waren, drückten meist beide Augen zu bei den vielen Regelverstößen aller Art, die kaum zu übersehen waren.

»Verschiedene Väter«, sagte ich.

»Ja, das hat Jo Lynn mir erzählt.«

»Ist er nicht der tollste Mann, der dir je begegnet ist?« sagte Jo Lynn und kicherte wie eine Vierzehnjährige. Sie neigte sich zu ihm hinüber, so daß ihr Busen seinen Arm berührte, und strich ihm eine dunkle Locke aus der hohen Stirn.

Er lachte mit ihr. »Du bist jedenfalls die tollste Frau, die mir je begegnet ist, das steht fest«, sagte er ohne eine Spur von Verlegenheit, als wäre ich nicht Zeugin ihres Gesprächs, als wären sie die beiden einzigen in diesem Raum. »Du hast keine Ahnung, wie eifersüchtig im Trakt alle auf mich sind. Die wissen, daß jeden Samstag die schönste und erotischste Frau der Welt auf mich wartet.«

»Ich hab auch extra deine Lieblingsunterwäsche angezogen«, sagte sie zu ihm, und ich hielt die Luft an, als ich sah, wie seine Hand unter ihren kurzen Rock kroch und ein Lachen in seinen kalten blauen Augen aufblitzte.

»Sie müssen gut auf ihre kleine Schwester aufpassen«, sagte er, ohne mich anzusehen, »bis ich hier raus bin.«

Ich erwiderte nichts, versuchte wegzusehen, bemerkte ähnliches Grapschen und Tatschen an den anderen Tischen.

»Sie müssen dafür sorgen, daß sie richtig ißt, viel an die frische Luft kommt und genug Schlaf kriegt.«

»Du solltest dir über mich wirklich keine Sorgen machen«, sagte Jo Lynn. »Du hast doch hier drinnen mit diesen ganzen Perversen weiß Gott schon Sorgen genug.«

Er lachte. »Ja, hier drinnen ist so ziemlich alles vertreten, Schwule, Päderasten, Nekrophile, Sodomiten. Hier gibt's sogar Kerle, die trinken ihren eigenen Urin und fressen ihre eigene Scheiße. Einer schmiert sich das Zeug mit Vorliebe über den ganzen Körper. Der widerlichste Kerl, der mir je untergekommen ist. Ich halt mich so weit wie möglich von ihm fern, das kann ich euch sagen.«

»Colin ist jetzt im R-Trakt«, bemerkte Jo Lynn mit einem kurzen Blick in meine Richtung, »aber als er hier ankam, haben sie ihn zuerst in den Q-Trakt gesteckt, wo sie die Irren alle unterbringen. Da haben ihn aber seine Anwälte sehr schnell rausgeholt.«

»Ja, das war zum Fürchten«, stimmte Colin kopfschüttelnd zu. Seine Hand kroch tiefer unter den Rock meiner Schwester. »Hier lassen sie mich im großen und ganzen in Ruhe.«

»Colin läßt sie in dem Glauben, daß er schuldig ist«, erklärte meine Schwester.

»Sehr clever«, murmelte ich.

»Ein Vorteil im Todestrakt ist, daß jeder seine eigene Zelle hat.«

»Sie sind wirklich ein Glückspilz«, sagte ich.

Langsam drehte Colin den Kopf zu mir und sah mich mit stechendem Blick an. »Ihre Schwester hat mir schon erzählt, daß Sie einen Hang zum Sarkasmus haben. Ich verstehe jetzt, was sie meint.«

Ich schwieg, überrascht und bestürzt, daß meine Schwester tatsächlich mit diesem Menschen über mich gesprochen hatte.

»Sie können mich nicht akzeptieren, stimmt's?« fragte er etwas später, und ich brauchte einen Moment, um zu begreifen, daß es ihm ernst war.

»Wundert Sie das?« fragte ich zurück.

»Es enttäuscht mich«, antwortete er.

»Sie sind ein verurteilter Mörder«, erinnerte ich ihn.

»Er ist unschuldig«, behauptete Jo Lynn.

»Ich bin unschuldig«, wiederholte er zwinkernd.

Ich nickte und schwieg.

»Ich hab dir was mitgebracht«, sagte Jo Lynn, als wir unsere Sandwiches aßen. Sie wies mit einer Kopfbewegung auf ihre Handtasche.

»Ich hab dir auch was mitgebracht«, sagte Colin. Er griff in die Tasche seiner blauen Hose.

Jo Lynn kreischte vor Vergnügen, als er eine Handvoll Briefe herauszog. »Ach, prima, Fanpost«, quiekte sie und öffnete lachend den ersten Brief. »›Lieber Colin‹«, las sie vor, »›Sie sind der schönste Mann, den ich je gesehen habe. Ihre Augen sind wie Saphire, Ihr Gesicht wie das Antlitz eines griechischen Gottes.‹ Antlitz? Das könnte ein Wort von dir sein, Kate.« Sie lachte wieder. »Ist das nicht einfach herrlich?« Sie nahm sich den nächsten Brief vor. »›Lieber Colin, geben Sie die Hoffnung nicht auf. Wenn Sie Jesus annehmen und in Ihr Herz lassen, wird Gott Ihnen Ihre Sünden und Übeltaten vergeben.‹ So eine dumme Kuh«, sagte Jo Lynn. »Colin hat keine Übeltaten verübt.« Sie öffnete einen weiteren Brief, las ein paar Sekunden lang lautlos. »Oh, das ist der beste überhaupt. Hör dir das an, Kate. Damit kannst du dich bestimmt identifizieren. ›Lieber Colin, ich bin fünfzig Jahre alt. Ich habe braunes Haar und hellbraune Augen, und meine Freunde sagen mir, daß ich immer noch eine gute Figur habe.‹« Sie warf einen vielsagenden Blick in meine Richtung. »›Ich bin eine verheiratete Frau und habe einen Mann, der mich liebt, aber der einzige Mann, den ich begehre, sind Sie. Ich denke Tag und Nacht an Sie. Ich möchte Sie an meine Brust drücken, in meinen Armen wiegen und Ihnen die Liebe geben, die Ihre Mutter Ihnen verwehrt hat.‹ Na, was meinst du, Kate?«

»Ich meine, diese Frau braucht einen Säugling, aber keinen Mann«, antwortete ich, die Röte der Verlegenheit im Gesicht.

Jo Lynn gab Colin die Briefe wieder zurück. »Danke, daß du mir die gezeigt hast, Süßer.«

»Du weißt doch, daß ich keine Geheimnisse vor dir habe«, sagte Colin.

»Laß dir nur nicht einfallen, einer von diesen Verrückten zurückzuschreiben«, warnte Jo Lynn.

»Meinetwegen brauchst du dir wirklich keine Sorgen zu machen, Baby«, versicherte er. »Das weißt du doch.«

»Ich weiß, daß ich dich liebe.«

»Nicht halb so sehr wie ich dich.«

»Jetzt!« zischte Jo Lynn mir plötzlich über den Tisch hinweg zu und wies mit dem Kinn zu dem Wasserkühler in der anderen Ecke des Raums. Ich sah, wie einer der Häftlinge mit seiner Frau dahinter verschwand, während ein anderer Häftling und seine Frau sich vor dem Kühler aufstellten, vielleicht um den Blick zu versperren, vielleicht um Wache zu stehen, vielleicht auch nur um zu warten, bis sie an der Reihe waren. Sekunden später begann der Kühler heftig zu wackeln. Das Wasser in seinem Inneren schwappte wild, wie die Wellen eines aufgewühlten Meeres, von einer Seite zur anderen.

»Was passiert, wenn sie erwischt werden?« fragte ich.

»Du denkst immer nur an die Konsequenzen«, sagte Jo Lynn. »Außerdem ist der Staat selbst daran schuld. Er bräuchte nur den ehelichen Beischlaf zu gestatten.«

»Ein Mann muß tun, was er tun muß«, erklärte Colin Friendly und drückte den Oberschenkel meiner Schwester.

»Ihr habt doch nicht ...« begann ich und brach ab. Ich wollte es lieber nicht wissen.

»Am Wasserkühler getrunken?« neckte Jo Lynn. »Nein. Jedenfalls bis jetzt noch nicht.«

»Das heben wir uns für unsere Hochzeitsnacht auf«, sagte Colin, und sie lachten.

Ich sprang auf, obwohl ich gar nicht wußte, was ich tun wollte.

Einer der Posten sah herüber, die Augen zusammengekniffen. Ich lächelte, tat so, als wollte ich mich nur strecken, setzte mich wieder. »Habt ihr das Datum schon festgesetzt?«

»Noch nicht. Zuvor müssen noch eine Menge Dinge erledigt werden. Bluttests und solcher Quatsch. Aber es wird nicht mehr lang dauern«, versicherte Jo Lynn mir.

»Heiraten wäre so einfach, und sie machen es so kompliziert.« Colin Friendly schüttelte ärgerlich den Kopf. »Hast du deine Schwester schon gefragt?«

»Was soll sie mich gefragt haben?«

»Ich wollte dich bitten, meine Trauzeugin zu sein«, sagte Jo Lynn hoffnungsfroh.

Ich schluckte, sah weg, hätte am liebsten losgeheult. Das kann doch nicht ihr Ernst sein, dachte ich, obwohl ich wußte, daß es sehr wohl ihr Ernst war. »Ich glaube nicht, daß das gut wäre.«

»Lassen Sie sich einfach ein bißchen Zeit zum Überlegen«, riet Colin. Sein Blick durchbohrte mich fast. »Wir wären Ihnen jedenfalls dankbar für Ihre Unterstützung.«

»Ich wäre jedenfalls dankbar, wenn ich wüßte, was Amy Lokash zugestoßen ist«, entgegnete ich, nicht nur meine Schwester und ihren sogenannten Verlobten schockierend, sondern ebenso sehr mich selbst. Ich hatte vorgehabt, ihn nach Rita Ketchum zu fragen, nicht nach Amy. Mein Unbewußtes hatte offensichtlich andere Pläne.

»Amy L-Lokash?« Zum erstenmal an diesem Tag stotterte Colin.

Jo Lynn verdrehte angewidert die Augen. »Was soll der Quatsch, Kate. Wer zum Teufel ist Amy Lokash?«

»Sie ist ein siebzehnjähriges Mädchen, das vor ungefähr einem Jahr verschwunden ist. Ich dachte, Sie wüßten vielleicht etwas darüber.«

»Das ist ja lächerlich«, wütete meine Schwester. »Colin, du brauchst ihre blöden Fragen nicht zu beantworten.« Im nächsten Moment war Jo Lynn aufgesprungen und auf dem Weg zur Toilette. Im Gehen zog sie ihren Rock über ihr Gesäß herunter.

»Ist das nicht das Appetitlichste, was man je gesehen hat?« meinte Colin, Jo Lynn mit Blicken folgend.

»Warum lassen Sie meine Schwester nicht einfach in Frieden.«

»Sagen Sie ›bitte‹«, versetzte er lässig.

»Was?« Vielleicht hatte ich ihn nicht richtig verstanden.

Er wandte sich mir zu. »Sie haben mich genau gehört. Sagen Sie ›bitte‹.« Ein höhnisches Lächeln spielte um seine Lippen. »Oder besser noch, ›bitte, bitte‹.«

Ich sagte nichts.

»Wenn Sie wollen, daß ich Ihre Schwester in Frieden lasse, müssen Sie was dafür tun. Also, sagen Sie ›bitte, bitte‹. Na los, sagen Sie's schon.«

»Sie können mich mal«, sagte ich statt dessen.

Er lachte und fuhr sich mit der Zunge über die Oberlippe. »Vielleicht irgendwann mal.«

Mir wurde eiskalt, und meine früheren Alpträume fielen mir wieder ein. Mein Herz hämmerte wie wild, sein rasender Schlag pulsierte so laut in meinen Ohren, daß ich kaum den Klang meiner eigenen Stimme hören konnte. »Das alles ist für Sie doch nur ein krankes Spiel, stimmt's?«

»Ich mache keine Spielchen. Ich geh immer aufs Ganze.«

»Haben Sie Amy Lokash getötet?« fragte ich, bemüht, die Kontrolle wiederzugewinnen.

Colin Friendly beugte sich zu mir herüber und stützte seine Ellbogen auf den Tisch. »Ein niedliches kleines Ding, mit Grübchen und einer roten Plastikspange im Haar?«

Ich umklammerte die Tischkante, spürte sie kalt an meinen Händen. »O Gott.« Ich dachte an Donna Lokash, fragte mich, ob ich den Mut finden würde, ihr Gewißheit über das Schicksal ihrer Tochter zu geben. »Sie war noch ein Kind! Wie konnten Sie sich an ihr vergreifen!«

»Na, Sie wissen doch, was man sagt«, gab Colin Friendly lässig zurück. »Wenn sie alt genug sind, um zu bluten, sind sie auch alt genug, um geschlachtet zu werden.« Er machte eine Pause von mehreren Sekunden, um diese Obszönität wirken zu lassen.

»Kennen Sie den John Prince Park?« fragte er dann.

Ich schüttelte den Kopf. Sprechen konnte ich nicht.

»Ein sehr schöner Park. Gleich östlich vom Kongreß, zwischen der Lake Worth und Lantana Road. Sie sollten da bei Gelegenheit mal hingehen. Da gibt's Picknickplätze und einen Fahrradweg, sogar einen Spielplatz. Wirklich nett. Direkt am Osborne-See. Kennen Sie den Osborne-See?«

»Nein.«

»Schade. Es ist ein wirklich schöner See, so ein langes, gewundenes Ding. Mit zwei oder drei kleinen Brücken. Richtig malerisch. An den Ufern sind immer viele Angler. Mann kann sich auch Boote mieten. Das sollten Sie mal ausprobieren, Kate. Mieten Sie sich ein Boot und fahren Sie raus, bis zur Mitte des Sees ungefähr, da, wo er am tiefsten ist.«

»Was wollen Sie damit sagen?«

»Ihren Töchtern würde es bestimmt gefallen«, sagte er mit einem breiten Lächeln. »Sie haben doch eine Tochter in Amys Alter, richtig? Ein echt schönes Mädchen, wenn ich mich recht erinnere.«

Ich hielt den Atem an.

»Und eine kleinere haben Sie auch noch. Michelle, Stimmt's? Vielleicht können wir eines Tages alle zusammen was unternehmen, Sie, ich, Sara und Michelle. Das wär bestimmt nett. So eine Mutter-Tochter-Nummer wär was ganz Neues für mich.«

»Schwein«, murmelte ich.

»Ja, das sagen alle.«

»Ich hoffe, Sie schmoren in der Hölle.«

Er lächelte. »Heißt das, daß Sie nicht zur Hochzeit kommen?«

Ich weiß nicht mehr, was ich darauf sagte, ob ich überhaupt etwas sagte. Ich wollte nur zuschlagen, dieses höhnische Grinsen von seinem Gesicht wischen, ihn bis zur Leblosigkeit prügeln. Statt dessen floh ich, so wehrlos wie seine Opfer, und rannte weinend zum Parkplatz hinaus. Insektenschwärme überfielen mich, Möwen kreischten über mir, es begann leicht zu regnen. Als Jo Lynn kurz nach drei endlich kam, war ich klatschnaß, meine orangefarbene Bluse klebte wie Frischhaltefolie an meinem Körper, das Haar hing mir in Strähnen vom Kopf, wie Seetang.

»Die Kühe hatten recht«, sagte meine Schwester, als sie die Wagentür aufsperrte.

Auf der langen Fahrt nach Hause sprach keine von uns ein weiteres Wort.

22

Vier Tage später stand ich am Ufer des Osborne-Sees und beobachtete, wie die Polizei von kleinen, flachen Booten aus das Wasser absuchte. Ein Tauchterteam, mit Atemgeräten ausgerüstet, befand sich bereits seit Stunden im Wasser.

»Was suchen die denn?« fragte eine Frau und stellte sich neben mich.

»Ich weiß es nicht«, antwortete ich wahrheitsgemäß. Amy Lokash war seit fast einem Jahr verschwunden. Was hoffte die Polizei zu finden, wenn ihre Leiche tatsächlich in diesem See versenkt worden war?

Wenn Colin Friendly sie nicht beschwert oder einbetoniert hatte, wäre sie ein paar Tage später, nachdem er sie ins Wasser geworfen hatte, an die Oberfläche getrieben. Aber es war keine Leiche gefunden worden, wie man mir bei der Polizei sogleich versicherte, als ich von meinem Gespräch mit dem Serienmörder berichtet hatte.

»Er hält Sie zum Narren«, hatte ein Polizeibeamter zu mir gesagt. Dennoch erklärten sie sich bereit, den See abzusuchen.

Im allgemeinen werden Zuschauer bei einem solchen Unternehmen nicht zugelassen, aber der John Prince Park ist sehr weitläufig und von vielen Stellen aus leicht zugänglich. Es ist unmöglich, das ganze Areal abzusperren. Im übrigen wäre es auch gar nicht nötig gewesen. Es war an einem Mittwoch mitten im Februar. Es waren nur wenige Menschen im Park: eine junge Mutter, die auf einer Schaukel in der Nähe ihr kleines Kind hin- und herschwang und für nichts sonst Augen hatte; zwei Männer, die Arm in Arm spazierengingen und das Weite suchten, sobald die Polizei erschien; ein Penner mit einer Flasche, der schon viel zu betrunken war, um sich darum zu kümmern, ob er gesehen wurde; ein paar Jogger, die kurz anhielten, um sich zu erkundigen, was los sei, und dann weiterliefen.

Ich hätte nicht sagen können, warum ich hergekommen war. Vielleicht hoffte ich, es würde sich irgendein konkretes Beweisstück finden, das ich meiner Schwester unter die Nase halten konnte, ehe es zu spät war. Vielleicht erhoffte ich endgültige Gewißheit für Donna Lokash. Oder vielleicht wollte ich auch nur eine Weile meinen Alltag verdrängen, der heute von mir verlangte, meine Mutter abzuholen, um mit ihr in die Röntgenpraxis zu fahren, wo wir zur Mammographie angemeldet waren.

Als es Mittag wurde, waren alle Taucher mit verneinendem Kopfschütteln in die Boote zurückgekehrt, und es war klar, daß die Polizei ihre Suche beenden würde, nachdem nichts weiter als ein alter Autoreifen und mehrere einzelne Schuhe gefunden worden waren. Colin Friendly hatte Amy Lokash vielleicht getötet, aber er hatte ihre Leiche nicht in den Osborne-See geworfen. Der Polizeibeamte hatte recht gehabt – er hatte mich zum Narren gehalten.

Eine Stunde später stand ich mit nacktem Oberkörper in einem klinisch kühlen Raum und sah zu, wie die Röntgenassistentin routiniert und gleichgültig erst meine rechte Brust, dann meine linke zwischen zwei kalte Platten schob und plattdrückte. Gleich kommt das Vögelchen, dachte ich, während ich dem Summen des großen Röntgenapparats lauschte.

»Okay, wir sind fertig«, sagte die junge Frau und gab meine Brust wieder frei. »Nehmen Sie einen Moment im Wartezimmer Platz. Bitte ziehen Sie sich erst wieder an, wenn ich Ihnen Bescheid gesagt habe, daß die Aufnahmen in Ordnung sind.«

Ich schob meine Arme in die Ärmel des blauen Kittels, der mir um die Taille hing, und ging durch den Korridor ins Wartezimmer, wo zusammen mit vier anderen Frauen in blauen Kitteln meine Mutter saß.

»Wie fühlst du dich, Mama?« Ich setzte mich auf den Stuhl neben sie, lehnte den Kopf an die kühle blaue Wand und atmete tief.

Sie lächelte freundlich, den Blick zerstreut auf den Matisse-Druck gerichtet, der an der Wand gegenüber hing. »Glänzend.«

»Du hast doch schon mal eine Mammographie machen lassen, nicht?« Es war mehr eine Feststellung als eine Frage.

»Natürlich«, antwortete sie.

»Du mußt es der Röntgenassistentin sofort sagen, wenn sie dir weh tut.«

»Natürlich, Kind.«

»Aber normalerweise tut's nicht weh.«

»Natürlich nicht.«

So verliefen dieser Tage alle Unterhaltungen mit meiner Mutter. Immerhin, es war mehr, als meine Schwester seit unserer Rückkehr aus Raiford mit mir gesprochen hatte. Ich hatte ihr erzählt, was sich abgespielt hatte, während sie in der Toilette gewesen war, hatte sorgsam jedes einzelne Wort wiederholt, das Colin Friendly gesagt hatte. Aber für sie war das nur ein Anlaß gewesen, ihn mit Zähnen und Klauen zu verteidigen. Ich hätte ihn provoziert, absichtlich mißverstanden, ihm das Wort im Mund umgedreht. Ich sagte, sie sei verrückt; sie sagte, ich sei eifersüchtig. Seitdem hatten wir kein Wort mehr miteinander gesprochen.

Die Röntgenassistentin kam mit einem Hefter in der Hand ins Wartezimmer. Sie war groß und mager, mit langem, strähnigem rotem Haar, das mit einem Gummiband zusammengehalten war, und sie sah nicht älter aus als Sara. Mir wurde bewußt, daß ich sie zuvor kaum wahrgenommen hatte. Für mich war sie nicht mehr als ein Paar Hände, so wie ich für sie zweifellos nicht mehr war als ein Paar Brüste. Jeder nahm vom anderen nur das wahr, was er brauchte, nicht mehr und nicht weniger. So einfach ist es, dachte ich, den Teil vom Ganzen zu trennen.

»Mrs. Latimer?« Die junge Frau sah sich im Wartezimmer um,

das klein und fensterlos war, aber nicht ungemütlich. Meine Mutter antwortete nicht. Sie starrte träumerisch ins Leere.

»Mrs. Latimer« wiederholte die Röntgenassistentin.

»Mama!« Ich stieß sie an. »Sie hat dich aufgerufen.«

»Natürlich.« Meine Mutter stand hastig auf und rührte sich dann nicht von der Stelle.

»Bitte folgen Sie mir«, sagte die Röntgenassistentin zu ihr. Dann sah sie mich an. »Sie können sich jetzt wieder anziehen, Mrs. Sinclair.«

»Das Ergebnis ist negativ?« fragte ich hoffnungsvoll.

»Die Ärztin wird Ihnen die Ergebnisse mitteilen«, antwortete sie, wie ich erwartet hatte. »Aber die Aufnahmen sind in Ordnung. Ich muß sie nicht noch mal machen.«

Gott sei Dank, dachte ich, als meine Mutter der jungen Frau zur Tür folgte.

»Ich warte hier auf dich, Mama«, sagte ich.

»Natürlich, Kind«, antwortete sie.

Ich kleidete mich wieder an – weißer Baumwollpulli, graue Hose –, fuhr mir durchs Haar, zog meine Lippen nach, kehrte auf meinen Platz im Wartezimmer zurück und schloß die Augen. Sofort sah ich Colin Friendlys höhnisches Lächeln vor mir und machte die Augen wieder auf. Ich griff nach der neuesten *Cosmopolitan*-Ausgabe und konzentrierte meine ganze Aufmerksamkeit auf das derzeitige Cosmo-Girl. Sie stand lässig in einem königsblauen Negligé vor einem königsblauen Hintergrund; ihr Haar war lang und dunkel, ihre Augen waren braun und schwül, ihr Ausschnitt war tief, der Busen üppig.

Mir fiel ein, wie ich Sara, als sie ungefähr zehn Jahre alt gewesen war, einmal im Badezimmer überrascht hatte, wo sie vor dem Spiegel gestanden und ihre nackte Brust gemustert hatte. »Wenn ich groß bin«, hatte sie ernsthaft gefragt, »krieg ich dann einen großen Busen oder so einen schönen kleinen wie du?«

Ich sagte, sie würde wahrscheinlich einen kleinen bekommen. Es war nicht das letzte Mal, daß ich meine älteste Tochter falsch eingeschätzt habe.

Als meine Mutter wieder ins Wartezimmer kam, ging sie sofort daran, sich des blauen Kittels zu entledigen. Die Frauen im Raum waren peinlich berührt. Sie sahen weg, taten so, als müßten sie husten, beugten die Köpfe über ihre Lektüre.

»Warte, Mama«, rief ich und lief zu ihr. Ich zog ihr den Kittel wieder über die Schultern. »Hat die Röntgenassistentin dir nicht gesagt, du sollst mit dem Anziehen warten, bis sie weiß, ob die Aufnahmen in Ordnung sind?«

Meine Mutter lächelte. »Doch, ja, ich glaube schon.«

»Na also. Dann setzen wir uns jetzt noch ein paar Minuten.« Ich führte sie zu der Reihe blaugepolsterter Stühle. »Wie war's denn?«

»Besonders gefallen hat's mir nicht«, sagte sie, und ich lachte.

»Hat es weh getan?«

»Besonders gefallen hat's mir nicht«, wiederholte sie, und ich lachte wieder, weil sie es zu erwarten schien.

»Besonders gefallen hat's mir nicht«, wiederholte sie ein drittes Mal, dann schwiegen wir beide, bis die Röntgenassistentin kam und meiner Mutter mitteilte, die Aufnahmen seien in Ordnung, sie könne sich jetzt anziehen.

»Du kannst dich wieder anziehen, Mama«, wiederholte ich, als meine Mutter nicht reagierte.

Sofort zog sie sich den Kittel von den Schultern.

»Nicht hier, Mama. In der Kabine.«

»Natürlich, Kind.«

Ich führte sie zu dem kleinen Umkleideraum. Ein drückender Kloß saß mir in der Brust, als hätte ich mich an irgend etwas verschluckt, das nicht tiefer rutschen wollte. Ich wußte, was vorging. Mittlerweile hatte ich einiges über die Alzheimersche Krankheit gelesen, und daher wußte ich ziemlich genau, was ich zu erwarten hatte. Letztendlich lief es darauf hinaus, daß meine Mutter zu meinem Kind werden würde. Sie würde regredieren, immer mehr Teile ihrer selbst verlieren, ihre Identität abwerfen wie eine Schlange ihre alte Haut. Bald würde von der Frau, die sie einmal gewesen war, nichts mehr übrig sein. Sie würde alles verlernen –

das Lesen, das Schreiben, das Sprechen. Ihre Kinder würden ihr fremd werden, sie würde sich selbst fremd werden. Eines Tages würde ihr Gehirn einfach vergessen, ihrer Lunge den Befehl zum Atmen zu geben, und sie würde sterben.

Damals schien mir, der Verfall meiner Mutter wäre sehr plötzlich eingetreten, aber in der Rückschau sehe ich, daß er sich jahrelang angekündigt hatte. Sie wirkte oft zerstreut und unbestimmt, manchmal verwirrt, Unterhaltungen mit ihr waren freundlich, aber im wesentlichen leer. Sie vergaß vieles, sprach einzelne Wörter falsch aus, gelegentlich konnte sie sich an gar nichts erinnern.

Geht uns das nicht allen so? hatte ich mir gesagt, ohne diese Anzeichen besonders zu beachten. Und wenn man sich im Gespräch mit ihr manchmal vorkam, als unterhielte man sich mit der Frau vom Wetterdienst – na wenn schon. Das Wetter, das Essen, die Verdauungsbeschwerden – das waren in einem Seniorenheim wahrscheinlich heiße Themen. Sie hatte in ihrem Leben Aufregung genug gehabt. Wenn sie jetzt endlos über das Wetter spekulieren wollte, so sollte ihr das vergönnt sein.

Und selbstverständlich gab es Zeiten, da war sie ganz da, witzig und schlagfertig, scheinbar normal; da zeigten sich Funken ihres alten Selbst, um uns daran zu erinnern, daß sie noch nicht ganz verschwunden war, daß ein Teil von ihr noch Widerstand leistete und um die Oberhand kämpfte. Ein Stück von ihr hier, ein Stück von ihr da. Sie warf sie mir zu wie Brotkrumen einem hungrigen Vogel. Vielleicht versuchte sie wie Hänsel und Gretel eine Spur zu legen, einen Weg, auf dem sie nach Hause finden konnte, zurück zu dem Selbst, das sie verloren hatte.

»Bist du fertig?« fragte ich nach ein paar Minuten und klopfte an die Tür der Umkleidekabine.

Sie antwortete nicht. Ich klopfte noch einmal und öffnete vorsichtig die Tür. Sie stand splitternackt in dem kleinen Raum, die Arme schützend über ihren hängenden Brüsten. Ihre Rippen traten unter der Haut hervor, die bläulich schimmerte wie entrahmte Milch.

»Mir ist so kalt«, sagte sie und sah mich an, als wäre es meine Schuld.

»Ach Gott, Mama. Komm, ich helfe dir.« Ich trat in die Kabine, schloß die Tür hinter mir und bückte mich, um ihre Kleider vom Boden aufzuheben.

»Was tust du da?« Ihre Stimme war ängstlich. Sie schien am Rand einer Panik zu sein.

»Ich suche deine Unterwäsche.«

»Was tust du mit mir?« fragte sie wieder.

»Beruhige dich, Mama«, sagte ich. »Es ist alles in Ordnung. Ich will dir nur helfen.«

»Wo sind meine Sachen?« schrie sie. Heftig fuhr sie herum und stieß mich gegen die Wand.

»Sie sind hier, Mama. Komm, versuch dich zu beruhigen. Hier ist dein Schlüpfer.« Ich hielt ihr den rosafarbenen Schlüpfer hin. Sie starrte ihn an, als hätte sie so etwas noch nie gesehen. »Du mußt hineinsteigen«, sagte ich und half ihr erst mit dem einen Fuß, dann mit dem anderen in den Schlüpfer, um ihn schließlich hochzuziehen.

Ihr den Büstenhalter anzuziehen nahm noch einmal fünf Minuten in Anspruch, ebenso der Kampf mit ihrem cremefarbenen Kleid. Als wir endlich aus der engen Kabine traten, war ich in Schweiß gebadet und völlig außer Atem.

»Alles in Ordnung, Kind?« fragte meine Mutter, als wir auf die Straße hinaustraten. »Du siehst ein bißchen mitgenommen aus.«

Ich lachte. Was hätte ich sonst tun sollen?

»Du siehst ein bißchen mitgenommen aus«, wiederholte sie und wartete darauf, daß ich wieder lachen würde. Ich tat ihr den Gefallen, wenn auch alle Erheiterung verflogen war.

»Jo Lynn hat mich gestern abend angerufen«, bemerkte meine Mutter auf der Rückfahrt zu ihrer Wohnung.

Ich bemühte mich, keine Überraschung zu zeigen. Meine Mutter hatte jedes Zeitgefühl verloren. Gestern abend konnte alles mögliche heißen – gestern abend, letzte Woche, letztes Jahr.

»Ach ja?«

»Sie hat gesagt, daß sie nächste Woche heiratet.«

»Was?« Diesmal konnte ich meine Überraschung nicht verbergen. So wenig wie meine Bestürzung.

»Ich dachte, sie ist schon verheiratet.«

»Sie ist geschieden.«

»Ach, ja natürlich, sie ist geschieden. Wie konnte ich das vergessen.«

»Jo Lynn war dreimal verheiratet«, sagte ich. »Es ist schwierig, da auf dem laufenden zu bleiben.«

»Natürlich, ja.«

»Und sie hat dir erzählt, daß sie nächste Woche heiratet?«

»Ich glaube, ja. Daniel Baker, sagte sie. Ein netter Junge.«

Meine Schultern fielen herab. Ich faßte das Lenkrad fester.

»Dan Baker war ihr zweiter Mann, Mama.«

»Heiratet sie ihn noch einmal?«

»Bist du sicher, daß sie gesagt hat, sie wird ihn nächste Woche heiraten?« drängte ich.

»Na ja, vielleicht doch nicht. Ich dachte, das hätte sie gesagt, aber jetzt bin ich nicht mehr sicher. Was ist denn aus Daniel geworden?«

»Sie haben sich scheiden lassen.«

»Aber warum denn? Er war doch so ein netter Junge.«

»Er hat sie geschlagen, Mama.«

»Er hat sie geschlagen?«

»Ja.«

Meiner Mutter traten Tränen in die Augen. »Wir haben zugelassen, daß er sie schlägt?«

»Wir hatten keine Wahl. Wir haben sie gedrängt, ihn zu verlassen. Aber sie wollte nicht.«

»Ich kann mich nicht erinnern.« Meine Mutter schlug offensichtlich frustriert mit beiden Fäusten auf ihre Schenkel. »Wieso kann ich mich nicht erinnern?«

»Es ist vorbei, Mama. Es ist lange her. Sie sind inzwischen geschieden. Es geht ihr gut.«

Meine Mutter starrte mit verängstigtem Gesicht zum Fenster

hinaus. Ihre Hände krampften sich in den Stoff ihres Kleides. »Was ist mit mir los?« fragte sie. Ihre Stimme klang dünn und hoch wie die eines Vogels. »Was passiert mit mir?«

Ich schluckte. Ich wußte nicht, was ich sagen sollte. Dr. Caffery hatte die verschiedenen Möglichkeiten mit ihr besprochen, auch die Alzheimersche Krankheit, aber meine Mutter schien dieses Gespräch vergessen zu haben. Hatte es Sinn, das alles noch einmal zu wiederholen?

»Wir wissen es nicht mit Sicherheit, Mama«, sagte ich. »Deshalb werden jetzt erst mal diese vielen Untersuchungen gemacht. Es kann was Organisches sein, ein Verschluß irgendwo vielleicht, oder ein gutartiger Tumor, den man entfernen kann, oder vielleicht wirst du einfach vergeßlich. Das geht den meisten Menschen so, wenn sie älter werden. Das heißt nicht unbedingt, daß es Alzheimer ist«, erklärte ich, mehr um meinet- als um ihretwillen. »Ich kann mir vorstellen, wie frustrierend es für dich sein muß, aber wir kommen den Dingen bestimmt bald auf den Grund, und es wird hoffentlich Möglichkeiten geben, etwas dagegen zu tun. Du weißt doch, wie das mit der Medizin ist. Es werden jeden Tag neue Heilmittel entdeckt.«

Meine Mutter lächelte, und ich tätschelte ihr tröstend die Hand. Sie schloß die Augen und nickte ein. Den Rest des Wegs fuhr ich schweigend, nur in Gesellschaft meiner Gedanken. Meine Mutter würde wieder gesund werden, versicherte ich mir. Es war nur ein vorübergehendes Problem, zweifellos etwas, das zu beheben war. Eine dieser vielen Röntgenaufnahmen würde bestimmt etwas zeigen, und es würde klein und gut behandelbar sein, und meine Mutter würde wieder die alte werden, ganz und heil.

Ich fuhr auf den Parkplatz des Seniorenheims, zog den Zündschlüssel ab und weckte meine Mutter behutsam. Sie öffnete die Augen und lächelte liebevoll. »Jo Lynn hat mich gestern abend angerufen. Sie heiratet nächste Woche.«

»Jetzt reg dich mal nicht gleich auf«, sagte Larry, während ich nervös in der Küche hin und her lief.

»Bitte, sag du mir nicht, daß ich mich nicht aufregen soll.«

»Mrs. Winchell wird sich das bestimmt noch einmal überlegen.«

»Nein, ganz sicher nicht.«

»Kate, beruhige dich! Komm, setzen wir uns und reden darüber.«

»Was gibt's da noch zu reden?« Ich ließ mich im Wohnzimmer aufs Sofa fallen, sprang sofort wieder auf und begann von neuem auf und ab zu gehen, diesmal vor dem Fernsehapparat. »Du hast sie nicht gesehen. Du hast sie nicht gehört. Sie war eisern. Sie sagte, sie hätte den anderen Bewohnern gegenüber eine Verantwortung, das ganze Haus hätte abbrennen können.«

»Sie übertreibt.«

»Der Meinung ist sie nicht. Sie sagt, wenn der alte Mr. Emerson nicht den Brandgeruch bemerkt hätte, dann hätte niemand den Topf entdeckt, den Mutter auf dem Brenner stehenlassen hatte, und das ganze Haus wäre in Flammen aufgegangen.«

»Jeder vergißt mal, das Gas auszudrehen.« Genau das gleiche hatte ich früher am Nachmittag zu Mrs. Winchell gesagt.

»Das Palm Beach Lakes Seniorenheim ist eine betreute Wohngemeinschaft«, sagte ich, Mrs. Winchell wörtlich wiederholend. »Es ist kein Pflegeheim. Es ist nicht dafür eingerichtet, sich um Alzheimer-Patienten zu kümmern.«

»Großmama hat Alzheimer?« fragte Sara, die gerade in die Küche kam.

»Das wissen wir noch nicht«, antwortete Larry.

»Was tust du da?« fragte ich.

»Ich mach mein Zimmer sauber.«

»Du machst dein Zimmer sauber?«

»Es ist ein einziger Saustall. Ich hab nirgends Platz zu lernen.«

»Du willst lernen?«

»Wir haben in ein paar Wochen eine wichtige Prüfung.«

»Du lernst für eine Prüfung?«

»Ich hab mir gedacht, ich versuch's mal«. Sara lächelte. »Wird Großmama wieder gesund?«

»Ich hoffe es«, sagte ich. »Aber jetzt muß ich ihr erst mal eine neue Bleibe suchen.«

Zu meinem Erstaunen trat Sara plötzlich zu mir und nahm mich liebevoll in die Arme. »Es wird bestimmt alles gut, Mama«, tröstete sie mich, wie ich zuvor meine Mutter getröstet hatte. Ich drückte sie fest an mich und genoß es, ihre Haut an der meinen zu spüren, als ich mein Gesicht in die schön geschwungene Beuge ihres Halses drückte. Wann hatte sie mir das letzte Mal erlaubt, sie so zu halten? Als ich mir diese Frage stellte, wurde mir bewußt, wie sehr ich ihre Umarmung vermißt hatte.

»Ich hab dich lieb«, flüsterte ich.

»Ich dich auch«, sagte sie.

Ein paar Minuten lang schien es, als würde alles gut werden.

23

Am Mittwoch morgen genoß ich in aller Ruhe meine zweite Tasse Kaffee und freute mich auf einen Tag, an dem ich mich nach Strich und Faden verwöhnen würde; um zehn eine langersehnte Massage, und halb zwölf eine Kosmetikbehandlung, gefolgt von einem Termin beim Friseur sowie Hand- und Fußpflege. Ich mußte an meine Mutter denken, die Lippenstift auf ihre Fingernägel aufgetragen hatte, und schob den Gedanken schnell weg. Der Mittwoch war *mein* Tag, meine Oase in der Wüste, mein Tag der Entspannung und inneren Neuordnung. Ich hatte seit Ewigkeiten keinen solchen Tag mehr gehabt.

Das Telefon läutete. Ich überlegte, ob ich hingehen sollte und gab aber nach dem dritten Läuten nach. »Hallo?« Hoffentlich nicht die Masseuse, dachte ich, um den Termin abzusagen.

»Ich wollte Ihnen nur sagen, wie nett es neulich war, Sie zu sehen.« Es war eine Männerstimme.

»Wer spricht da?« Die Muskeln an meinem Hals verkrampften sich. Ich wußte schon, wer es war.

»Wie war's am O-osborne-See?« fragte Colin Friendly.

Ich sagte nichts. Mein Blick schoß automatisch zu den Fenstern, zur Schiebetür aus Glas.

»Und wie geht es meinen hübschen zukünftigen Nichten?«

Ich knallte den Hörer auf. Meine Hände zitterten. »Hol dich der Teufel!« schrie ich. »Laß meine Kinder aus dem Spiel, du mit deinen dreckigen Phantasien.«

Ich rannte herum, bis mir der Kopf schwamm und meine Knie weich wurden. »Laß dich doch von dem nicht fertigmachen«, sagte ich laut zu mir selbst. Ich sank auf einen Stuhl, wütend, daß er solche Macht über mich hatte. »Von dir lasse ich mich bestimmt nicht fertigmachen«, sagte ich und griff nach dem Telefon, um die Anstaltsleitung in Starke anzurufen. Aber da klingelte das Telefon schon wieder.

Ich starrte den Apparat an, ohne mich zu rühren. Dann nahm ich langsam den Hörer ab, hob ihn zögernd an mein Ohr, wappnete mich gegen das Stottern, und sagte nichts.

»Hallo?« rief eine Frau. »Hallo, ist da jemand?«

»Hallo?« fragte ich zurück. »Mrs. Winchell?«

»Ja. Mrs. Sinclair, sind Sie das?«

Einen Augenblick lang spielte ich mit dem Gedanken, ihr zu sagen, ich sei die Zugehfrau, Mrs. Sinclair sei leider nicht zu Hause und würde auch vor dem Abend nicht zurückkommen. »Ja«, sagte ich statt dessen. »Was gibt es denn?«

»Ich wollte nur fragen, ob Sie inzwischen eine andere Unterkunft für Ihre Mutter gefunden haben«, begann sie ohne Umschweife.

Ich teilte ihr höflich mit, daß ich mich bei mehreren guten Pflegeheimen in der Umgebung erkundigt hatte, daß jedoch im Moment leider keine Plätze frei seien. Mit teilnahmsvoller, jedoch fester Stimme sagte Mrs. Winchell, dann müsse ich eben in weiterem Umkreis suchen, und empfahl mir mehrere Pflegeheime, bei denen ich es noch nicht versucht hatte, eines in Boca, ein zweites in Delray. Boca, erklärte ich ihr sofort, sei zu weit weg. Aber das Heim in Delray würde ich mir eventuell ansehen.

»Bitte tun Sie das«, versetzte sie. Sie brauchte nicht hinzuzufügen, »so bald wie möglich«. Ihr Ton war klar.

Ich schenkte mir eine frische Tasse ein und verscheuchte alle Gedanken an Mrs. Winchell und Colin Friendly. Danach machte ich das Bett, gruppierte die vierzehn Dekokisssen darauf, probierte ein neues Arrangement aus, dann noch eines und kehrte schließlich zur ursprünglichen Anordnung zurück. Als kein Kaffee mehr zu trinken, keine Kissen mehr zu ordnen, nichts mehr aufzuräumen war, rief ich in dem Pflegeheim in Delray an und bekam zu meinem größten Verdruß einen sofortigen Termin. Damit ist der Tag gelaufen, dachte ich, während ich widerwillig meine diversen Termine absagte. Warum traf es immer mich? haderte ich. Warum konnte nicht Jo Lynn wenigstens einen Teil der Verantwortung für unsere Mutter übernehmen? Hatte sie etwa Wichtigeres zu tun? Wenn sie jedes Wochenende Zeit hatte, nach Nord-Florida und zurück zu fahren, dann würde sie doch wohl eine halbe Stunde für eine Fahrt zu einem Pflegeheim in Delray erübrigen können. Und ihrem psychotischen Freund konnte sie sagen, daß er mich und meine Töchter gefälligst in Ruhe lassen solle.

Impulsiv griff ich zum Telefon und rief meine Schwester an, mit der ich seit unserem mißlungenen Ausflug ins Gefängnis nicht mehr gesprochen hatte.

»Dein Verlobter hat mich heute morgen angerufen«, sagte ich statt einer Begrüßung.

»Ja, ich weiß.«

»Ach, du weißt es.«

»Ja, er hat mir gesagt, daß er sich entschuldigen möchte, falls es Mißverständnisse gegeben hat.«

»Mißverständnisse?« wiederholte ich ungläubig.

»Ich hab ihm gleich gesagt, daß es nur Zeitverschwendung ist.«

»Wenn er mich noch einmal anruft, beschwere ich mich beim Gefängnisdirektor. Dann lassen sie ihn überhaupt nicht mehr telefonieren«, warnte ich. Wie leicht es doch war, die Verletzlichen einzuschüchtern.

»Danke für deinen Anruf«, sagte Jo Lynn eisig.

»Ich bin noch nicht fertig.«

Sie wartete. Ich konnte förmlich sehen, wie sie angewidert die Augen verdrehte.

»Mrs. Winchell hat mir mitgeteilt, daß Mama nicht in Palm Beach Lakes bleiben kann.«

»Und?«

»Deshalb müssen wir ihr etwas anderes suchen.«

Schweigen.

»Ich hab einen Termin bei einem Pflegeheim in Delray ausgemacht.«

»Gut.«

»Der Termin ist heute vormittag um elf. Ich bin der Meinung, du solltest dabeisein.«

»Das seh ich nicht so.«

»Ich dachte, du würdest vielleicht sehen wollen, wie Mama in Zukunft leben wird«, beharrte ich.

»Meinetwegen kann sie zum Teufel gehen.«

»Jo Lynn!«

»Und du auch.« Sie legte auf.

»Jo Lynn!« Ich knallte den Hörer heftig auf. »Verdammt noch mal! Warum kann ich keine normale Schwester haben?« brüllte ich wütend.

Und brüllte immer noch, als ich schon im Auto saß und nach Delray fuhr. Brüllte und donnerte mit Vollgas den Highway hinunter, was mir prompt einen Strafzettel einbrachte. »Haben Sie eine Ahnung, wie schnell Sie gefahren sind?« fragte der Polizist, der mich an den Straßenrand gewinkt hatte. Nicht schnell genug, dachte ich.

Mrs. Sullivan war eine mondgesichtige Frau von etwa sechzig Jahren mit einer angenehmen Stimme. Sie hatte braunes Haar, braune Augen und unnatürlich dünne Beine unter einem kompakten Körper. Freundlich führte sie mich zuerst durch den kleinen Park, der gut gepflegt und hübsch gestaltet war, und dann durch das Haus selbst, ein relativ neues Gebäude, flach und weiß;

es erinnerte mich an Häuser am Mittelmeer. Wie ein Pflegeheim sehe es nicht aus, versuchte ich mir einzureden und ignorierte beharrlich den leicht medizinischen Geruch, der in den Korridoren hing, die gedämpften Jammerlaute, die hinter einigen der geschlossenen Türen zu hören waren, die leeren Blicke und halboffenen Münder der Bewohner, die in Rollstühlen an den Wänden aufgereiht saßen.

»Hallo, Mr. Perpich«, sagte Mrs. Sullivan heiter und erhielt keine Antwort von dem weißhaarigen, zahnlosen Mann, dessen Körper so krumm und knorrig war wie der Stamm eines lang abgestorbenen Baums.

Und ich sollte meine Mutter in so ein Heim abschieben? Wie gejagt rannte ich zu meinem Wagen. »Sei nicht albern«, sagte ich laut, während ich den Zündschlüssel einschob. »An dem Heim gibt's überhaupt nichts auszusetzen. Es ist völlig in Ordnung, viel angenehmer als die Heime, die du dir in Palm Beach angesehen hast.« Was sagte ich immer meinen Klienten, die sich in einer ähnlichen Lage befanden? Sie müssen an sich selbst denken. Ihre Mutter wird dort glücklicher sein. Dort hat sie Menschen, die sich um sie kümmern. Sie brauchen keine Angst mehr zu haben, daß sie die Treppe hinunterstürzt oder nicht genug ißt. Sie können ihr normales Leben wiederaufnehmen.

Natürlich. Leicht gesagt.

Wic konnte ich mein normales Leben weiterführen, wenn die Frau, die mir dieses Leben gegeben hatte, im Begriff war, das ihre zu verlieren? Wie sollte ich es fertigbringen, sie in eine völlig fremde Umgebung abzuschieben, wo die Korridore zwar sauber und hell, aber steril waren, wo sie stundenlang irgendwo in einem Rollstuhl sitzen und ins Leere starren würde, in eine Vergangenheit, zu der sie keinen Zugang mehr hatte, in eine Zukunft ohne Hoffnung. Jahrelang konnte sie noch so dahinvegetieren, nicht mehr lebendig und doch auch noch nicht tot. Ich konnte mein Leben nicht auf unbestimmte Zeit aussetzen. Aber sie war meine Mutter, und ich liebte sie, ganz gleich, wie stark ihr Verfall war. Ich konnte sie noch nicht loslassen.

Dennoch, daran, daß sie dort, wo sie jetzt war, nicht länger bleiben konnte, gab es nichts zu rütteln. Wenn ich nicht bereit war, sie in ein Pflegeheim zu geben, blieb nur eine Alternative. »Was würdest du dazu sagen, wenn meine Mutter eine Weile zu uns ziehen würde?« übte ich vor dem Rückspiegel und sah, wie mein Mann erschrocken die Augen aufriß. »Es wäre ja nur vorübergehend. Ein paar Wochen, vielleicht ein paar Monate. Bestimmt nicht länger, das verspreche ich.«

»Aber du bist doch den ganzen Tag weg. Wer soll sich um sie kümmern, wenn du in der Praxis bist?«

»Wir könnten doch eine Pflegerin einstellen. Bitte, würdest du es für mich tun?«

Ich wußte, daß er es tun würde. Mochte er noch so große Vorbehalte haben, Larry würde alles tun, um mich glücklich zu machen, das wußte ich.

Also, was soll ich tun? fragte ich mich wiederholt, während ich ziellos durch die Straßen von Delray fuhr. Das elfstöckige Bürogebäude, in dem der Radiosender WKEY seine Räume hatte, tauchte plötzlich vor mir auf wie eine Fata Morgana in der Wüste. War das die ganze Zeit schon mein Ziel gewesen?

»Das ist aber eine nette Überraschung«, sagte Robert, als ich in sein Büro trat, und schloß die Tür hinter mir.

Ich drehte mich herum und ließ mich von ihm in die Arme nehmen. Sein Gesicht verschwamm, als er mich küßte, mein Körper drängte sich mit einer Begierde, von der ich nichts geahnt hatte, an ihn. »Ich kann nicht glauben, daß ich das tue«, hörte ich mich sagen, doch die Worte kamen nicht über meine Lippen.

Er trat zurück, nur einen kleinen Schritt, und zog mich mit sich wie ein Magnet.

»Warum hast du mir nicht gesagt, daß du kommst?«

»Ich hab's selbst nicht gewußt.«

»Ich hab gleich eine Verabredung zum Mittagessen.«

»Ich kann nicht bleiben.«

Er küßte mich auf den Mundwinkel, auf die Nasenspitze. »Ich hätte mir die Zeit freigehalten.«

»Das nächste Mal.«

»Wann?«

»Was?«

»Wann ist das nächste Mal?«

Er küßte meine Stirn, meine Wangen, meinen Hals. »Wann?« wiederholte er.

»Ich weiß nicht. Mein Leben ist im Moment völlig durcheinander.«

»Es scheint dir aber gut zu tun. Du siehst unglaublich sexy aus.«

Ich sagte nichts.

»Du machst mich ganz verrückt, weißt du das?«

Dann küßte er mich wieder, diesmal voll auf die Lippen, unsere Münder waren geöffnet, unsere Zungen spielten miteinander, und plötzlich war ich wieder siebzehn, und er drückte mich an die harte Backsteinmauer der Schule, sein Knie schob meine Beine auseinander, während seine Hand sich unter meine Bluse stahl.

»Nein, ich kann nicht«, sagte ich und wich zurück, schlug mir dabei den Kopf am Fenster seines Luxusbüros an und wurde auf diese Weise unsanft in die Gegenwart zurückgeholt. »Du bist zum Mittagessen verabredet«, sagte ich schnell, während ich mich bemühte, wieder zu Atem zu kommen, und meine Bluse in meinen Rock stopfte. »Und ich muß los.«

»Wir haben noch ein paar Minuten.« Er drängte mich gegen das Glas. »Sag mir, was du willst«, flüsterte er.

»Ich weiß nicht, was ich will.«

»Ich glaube doch.«

»Dann sag du es mir.«

Er küßte mich. Es war einer dieser tiefen, sehnsuchtsvollen Küsse, bei denen einem ganz schwach wird. »Nein, sag du es mir. Sag mir, was du gern hast.«

»Ich mag es, wenn du mich küßt«, sagte ich.

Mit der Zunge streifte er über meine Lippen. »Was magst du noch?« Seine Zunge wurde drängender, stieß zwischen meine Zähne vor. »Sag mir, was du noch magst.«

»Ich weiß es nicht.«

»Sag mir, was ich tun soll. Was du gern hast.«

»Ich weiß nicht.«

»Sag mir, wann wir zusammensein können.«

»Ich weiß nicht.«

»Wie wäre es nächste Woche? Ich nehme mir den nächsten Mittwoch frei. Wir fahren irgendwohin und lieben uns den ganzen Tag.«

»Nächsten Mittwoch kann ich nicht.«

»Doch, du kannst.«

»Nein, ich kann nicht. Ich habe einen Arzttermin.«

»Sag ihn ab.«

»Das geht nicht. Es war die einzige Möglichkeit, meine Mutter zu bewegen mitzukommen.« Seine Lippen dämpften meine letzten Worte.

»Wann dann?«

»Ich weiß es nicht.«

Abrupt löste er sich von mir, und einen Moment lang hatte ich dasselbe Gefühl wie bei der Mammographie, als würde ein Teil meines Fleisches aus meinem Körper gerissen. Er zog seine Krawatte gerade und lächelte traurig. »Wir sind keine Teenager mehr, Kate«, sagte er. »Jedes Spiel hat seine Grenzen.«

»Ich spiele nicht.«

»Was tust du dann?«

»Mir geht einfach alles ein bißchen zu schnell.«

»Nach dreißig Jahren?« entgegnete er, und ich lächelte. »Hör zu.« Er ging zu seinem Schreibtisch mit der schwarzen Marmorplatte zurück und lehnte sich dagegen. »Ich möchte dich nicht zu irgend etwas drängen, das du nicht willst ...«

»Ich weiß nicht, was ich will«, unterbrach ich.

»Ich glaube, du weißt es doch.« Die Sprechanlage auf seinem Schreibtisch summte. Er beugte sich vor und drückte auf einen Knopf. »Ja?«

Die Stimme seiner Sekretärin schallte durch das Zimmer und prallte von den Glaswänden ab. »Melanie Rogers ist hier.«

»Schicken Sie sie herein«, sagte er unbefangen, ohne mich aus den Augen zu lassen. »Den nächsten Schritt mußt du tun, Kate.« Die Tür seines Büros wurde geöffnet. Eine auffallend schöne Frau mit dunklem roten Haar und einem großen, vollen Mund kam herein. »Melanie«, sagte er und küßte sie auf beide Wangen, wie er es kurz vorher bei mir getan hatte.

Ich hob meine Hand zu meinem Gesicht und strich über die Stelle, die seine Lippen berührt hatten.

»Es tut mir leid, daß ich mich verspätet habe.« Ihre weiche Stimme hatte etwas Hypnotisches.

»Das macht doch nichts. Es paßt wunderbar. Darf ich dich mit einer alten Freundin bekanntmachen? Melanie Rogers – das ist Kate Sinclair. Wir kennen uns schon sehr lange.«

An Melanies Antwort kann ich mich nicht erinnern. Ich weiß nur noch, daß ich meinte, noch nie so tiefgrüne Augen gesehen zu haben, und daß ich mich fragte, was ihr Mittagessen mit Robert zu bedeuten hatte.

Ich murmelte irgend etwas wie, »dann will ich dich nicht länger aufhalten«, und steuerte auf die Tür zu.

»Ich hoffe sehr, du meldest dich bald wieder«, sagte Robert, als ich zum Korridor hinaustrat. Dann schloß sich die Tür seines Büros hinter mir.

Meine Mutter zog am Freitag abend zu uns.

Sie hatte einen weiteren Zusammenstoß mit dem armen Mr. Emerson gehabt; diesmal hatte sie ihn mit seinem eigenen Spazierstock angegriffen und ihm einen so kräftigen Schlag auf den Kopf verpaßt, daß er gestürzt war. Sowohl Mr. Emersons Angehörige als auch Mrs. Winchell verlangten nun den sofortigen Auszug meiner Mutter aus dem Palm Beach Lakes Seniorenheim. Mr. Emersons Angehörige drohten sogar mit einer Anzeige für den Fall, daß wir der Forderung nicht nachkommen sollten.

Es war gar keine Frage, wohin wir sie bringen sollten. Wir hatten keine Wahl. Sie mußte zu uns ziehen.

»Sie kann über das Wochenende mein Zimmer haben«, bot Sara an, die vorhatte, bei einer Freundin zu übernachten, um mit ihr zusammen für die bevorstehende Geschichtsarbeit zu pauken. Ohne daß ich erst darum bitten mußte, gab sie mir sogar Namen, Adresse und Telefonnummer der Freundin und erlaubte mir, die Mutter des Mädchens anzurufen.

»Was meinst du, wie lange das anhalten wird?« meinte Larry staunend und verwundert.

»Ich nehme, was ich kriegen kann«, antwortete ich.

Meine Mutter schien verwirrt durch den Umzug. Sie fragte immer wieder, wann es Zeit sei, nach Hause zu fahren. Ich erklärte ihr, daß sie einige Zeit bei uns wohnen würde. Sie sagte: »Das ist schön, Kind«, und fragte fünf Minuten später wieder, wann es Zeit sei, nach Hause zu fahren.

»Sie wird dich wahnsinnig machen«, flüsterte Larry, mit seinen neuen Golfschlägern auf dem Weg zur Haustür.

»Wer ist das?« fragte meine Mutter, sich nach ihm umdrehend.

»Das ist Larry, Mama. Mein Mann.«

»Wo will er hin?«

»Er geht nicht weg, Mutter«, antwortete er. »Ich stelle nur die Sachen für morgen zusammen.«

»Das finde ich gut«, sagte sie, obwohl ihr leerer Blick verriet, daß sie keine Ahnung hatte, wovon die Rede war, geschweige denn, ob es gut oder schlecht war. »Ist es schon Zeit, nach Haus zu fahren?«

Gegen zehn brachte ich sie in Saras Bett, und sie schlief beinahe augenblicklich ein. »Schlaf schön«, sagte ich zu ihr, wie ich es immer zu Sara sagte.

»Glaubst du, sie wird durchschlafen?« fragte Larry, als ich zu ihm ins Bett kroch.

»Ich hoffe es.«

»Hast du Mrs. Sperling angerufen?«

»Ja. Ich hab gesagt, ich wollte mich nur vergewissern, daß sie mit Saras Besuch einverstanden sei, und sie sagte, es sei eine Freude, Sara da zu haben.«

»Bist du sicher, daß du die richtige Nummer angerufen hast?«

Ich lachte, kuschelte mich in seinen Arm und machte die Augen zu.

Um halb vier erwachte ich von den Geräuschen, die meine durch das Haus irrende Mutter verursachte. Ich brachte sie wieder zu Bett und kehrte in mein eigenes zurück. Das wiederholte sich jede Stunde, bis ich um halb sieben aufgab und mich anzog. Um sieben fuhr Larry zum Golfplatz. Meine Mutter fragte, wer der nette Mann sei und wohin er fahre.

Als Michelle aufstand, erbot sie sich, mit meiner Mutter einen Spaziergang zu machen, und sie gingen Hand in Hand aus dem Haus. Ich machte mein Bett und ging dann in Saras Zimmer hinüber. Sara hatte wirklich toll aufgeräumt. Man sieht sogar den Fußboden, dachte ich staunend, als ich den Morgenrock meiner Mutter aufhob, um ihn in den kleinen Wandschrank zu hängen.

Beinahe hätte ich die Bücher nicht gesehen. Sie waren hinter irgendwelchen Kleidern in der hinteren Ecke versteckt, und ich wollte den Schrank schon wieder zumachen, als ich sie bemerkte. Ich weiß nicht, was mich veranlaßte, sie mir näher anzusehen. Vielleicht fand ich es einfach seltsam, daß Bücher in einem Kleiderschrank lagen; vielleicht trieb mich schlichtes Mißtrauen gegen Sara. Wie dem auch sei, ich nahm die Bücher hoch, und als ich sie aufschlug, sah ich bestätigt, was ich bereits wußte: Es waren ein Geschichtsbuch und ein Weltatlas. Brauchte Sara diese Bücher denn nicht für die bevorstehende Klassenarbeit?

Ich lief in die Küche und rief bei den Sperlings an. Die Leitung war besetzt. Ich legte auf und versuchte es noch einmal. Immer noch besetzt; ebenso fünf Minuten später, als ich mein Glück ein drittes Mal versuchte. Mach dich nicht lächerlich, sagte ich mir. Ihre Freundin hat die Bücher auch; sie brauchen sie zum Lernen doch nicht in doppelter Ausführung. Aber noch während ich versuchte, mich selbst zu beschwichtigen, wählte ich von neuem die Nummer der Sperlings. »Ach, verdammt«, sagte ich und gab auf, als ich die Haustür hörte.

»Ist was?« fragte Michelle vom Flur aus.

»Ich muß schnell mal weg«, sagte ich, kehrte in Saras Zimmer zurück und holte die Geschichtsbücher. Wenn sie sie nicht brauchte, gut, dann war alles in Ordnung, sagte ich mir und bat Michelle, sich um meine Mutter zu kümmern. Ich würde gleich wieder zurück sein, versicherte ich.

Du benimmst dich wirklich albern, sagte ich mir von neuem, als ich im Auto saß. Das ist doch was anderes als leere Zigarettenschachteln. Es ist was ganz anderes als versteckte Bierflaschen. Sara hat keinen Grund, dich zu belügen. Sie hat sich geändert. Und wenn sie es nicht getan hatte? Ach was, du hast doch selbst mit Mrs. Sperling gesprochen. Sie hat Sara erwartet. Es ist eine Freude, Sara da zu haben, weißt du nicht mehr?

Die Sperlings wohnten in Admiral's Cove, einem Villenviertel, das für den Durchgangsverkehr gesperrt war. Ich hielt meinen Wagen vor der Haustür an und nannte dem Wächter im Wachhäuschen meinen Namen. Er warf einen Blick in eine Liste. »Tut mir leid, Ihr Name steht nicht auf der Liste.«

»Mrs. Sperling erwartet mich nicht. Aber meine Tochter ist über das Wochenende bei der Familie zu Besuch, und sie hat ihre Bücher vergessen.« Ich wies auf die Bücher auf dem Sitz neben mir.

»Einen Moment bitte.« Der Wächter zog sich in sein Häuschen zurück und griff zum Telefon. »Tut mir leid, da ist im Moment besetzt. Wenn Sie Ihren Wagen da drüben hinstellen und ein paar Minuten warten möchten, kann ich es noch mal versuchen.«

Ich fuhr den Wagen an die bezeichnete Stelle und wartete. Wer konnte da so lang telefonieren, fragte ich mich. Aus einer Minute wurden fünf Minuten, dann zehn. »Das ist doch blödsinnig. Fahr einfach nach Hause«, sagte ich laut. »Sara braucht die Bücher offensichtlich nicht. Was willst du also?« Sie wird nur glauben, daß du sie kontrollieren willst, fuhr ich in lautlosem Monolog fort, und das wird sie wütend machen. Willst du das? Gerade jetzt, wo alles so gut läuft? »Wo es doch so eine Freude ist, sie da zu haben«, sagte ich laut, ein perverses Vergnügen an den Worten findend. Also, das ist wirklich blöd. Ich schaute zu dem Wachmann hinüber, der jetzt am Telefon sprach. »Wenn sie nicht hier ist, willst du es dann wirklich wissen?«

Nein, sagte ich mir und wollte dem Wachmann gerade Zeichen geben, daß ich wieder fahren würde, als er den Hörer auflegte und aus seinem Häuschen trat.

»Mrs. Sperling hat gesagt, daß Ihre Tochter nicht hier ist«, rief er, als er sich meinem Wagen näherte.

»Das verstehe ich nicht«, sagte Mrs. Sperling Sekunden später zu mir, als ich vom Wachhäuschen aus mit ihr telefonierte. »Kurz nachdem Sara gekommen war, bekam sie einen Anruf. Sie sagte, Sie hätten sie gebeten, nach Hause zu kommen, weil irgendwas mit ihrer Großmutter nicht in Ordnung sei. Sie sagte, Sie würden sie draußen am Tor abholen.«

Ich hörte mir das alles schweigend an. Ich war wie vor den Kopf geschlagen.

»Es tut mir sehr leid. Ich weiß nicht, was ich sagen soll«, fuhr Mrs. Sperling fort. »Sie glauben doch nicht, daß ihr etwas zugestoßen ist?«

»Nein, ich bin sicher, daß ihr nichts passiert ist«, sagte ich. Meine Stimme war so ausdruckslos, als hätte jemand sie plattgedrückt und alles Leben aus ihr herausgepreßt.

»Haben Sie eine Ahnung, wo sie sein kann?«

»Ich weiß genau, wo sie ist«, antwortete ich. »Sie ist auf einer Hochzeit.«

24

Die Szene läuft vor meinen Augen ab, als wäre sie Teil eines Alptraums – in abgerissenen Bildfetzen, die in helles Licht getaucht werden und sich gleich wieder verdunkeln, ohne ein Ereignis mit dem nächsten zu verbinden oder einen Zusammenhang herzustellen. Ich sehe meine Schwester in einem kurzen, jedoch überraschend konventionellen, weißen Hochzeitskleid mit schulterlangem Schleier, der ihr strahlendes Lächeln verhüllt, aber nicht verbirgt. Ich sehe Colin Friendly in blauer Arbeitshose und dem orangefarbenen T-Shirt des Todeskandidaten, der lachend an der Seite meiner Schwester geht, während sein Blick an ihr vorbei zu dem schönen jungen Mädchen schweift, das folgt. Das Mädchen trägt Schwarz-weiß, hell und dunkel wie ihr Haar, dessen braune Wurzeln sich immer weiter in die blonden Locken schieben. Ihre grünen Augen sind groß und neugierig; ihr Mund verzieht sich unsicher zu einem Lächeln.

Großaufnahmen einzelner Körperteile: Augen, Münder, Brüste, Hände, Fäuste, Zähne.

Männer in der blauen Gefängniskleidung stehen zu beiden Seiten des Gefängnisgeistlichen, der eine Brille trägt und in seinen ruhigen Händen die Bibel hält.

Weitere Großaufnahmen – Tische und Stühle aus rostfreiem Stahl, deren Beine auf dem Linoleumboden verschraubt sind. Die Beine von Menschen – weiße hochhackige Pumps, schwarze Doc Martens, braune Slipper, abgestoßene Turnschuhe.

Ohnmächtig sehe ich zu. Der Geistliche öffnet den Mund, um zu sprechen.

Nimmst du diese Frau?

Kann denn niemand das aufhalten?

Nimmst du diesen Mann?

Lauf! Lauf, solange du noch kannst.

Wenn jemand berechtigten Grund hat, Einspruch zu erheben …

Sind denn alle verrückt geworden? Warum bin ich die einzige, die Einspruch erhebt?

… so soll er jetzt sprechen oder auf ewig schweigen.

Ich schreie doch. Warum hört mich keiner?

Er hört mich. Colin Friendly hört mich.

Die Hände an den Seiten der blauen Arbeitshose ballen sich zu Fäusten. Stechende blaue Augen verengen sich haßerfüllt.

Lange manikürte Finger mit rosa lackierten Nägeln recken sich in die Luft. Fäuste entspannen sich, eine Hand schiebt einen schmalen goldenen Reif auf den vierten Finger der ausgestreckten Hand. Die Hand zeigt stolz den Ring, so daß alle ihn sehen können.

Geräusche: Allgemeines Oh und Ah, Gelächter. Jemand stimmt ein Lied an. *She'll Be Coming Round the Mountain.*

Hiermit erkläre ich euch …

Tu's nicht! Noch ist Zeit, noch kannst du entkommen.

… zu Mann und Frau.

Eine Uhr tickt lautlos an der Wand hinter ihnen. Sie hat kein Zifferblatt.

Colin, Sie dürfen die Braut jetzt küssen.

Lippen begegnen einander, Körper verschmelzen.

Neuerliches Gelächter, Jubelrufe, Glückwünsche von allen Seiten.

Hurra! ruft Colin Friendly, und Jo Lynn lacht und nimmt Sara glücklich in die Arme.

Tja, jetzt sind wir wohl eine Familie, sagt Colin Friendly zu Sara und winkt sie näher.

So wird's wohl sein, sagt Sara, während grobe Arme sie umschließen. Ich presse beide Hände gegen meine Schläfen und versuche diese Bilder aus meinem Hirn zu quetschen.

Natürlich weiß ich nicht genau, was sich an diesem Nachmittag abspielte, weil ich nicht dabei war und niemals nach Einzelheiten gefragt habe. Ich weiß nur, daß meine Schwester den Mann ihrer Träume und meiner Alpträume heiratete, daß meine Tochter ihre Trauzeugin war, daß mehrere Häftlinge dabei waren, daß einer ein Lied anstimmte, daß alles absolut legal war, daß meine Schwester wieder einmal in den heiligen Stand der Ehe trat.

Die Boulevardzeitungen machten einen Riesenwirbel um die Hochzeit. Ein Bild von Jo Lynn in ihrem Hochzeitskleid zierte die Titelseite des *Enquirer.* Ein weiteres Foto auf der Innenseite zeigte sie, wie sie stolz ihren Trauring zeigte, den sie selbst gekauft und bezahlt hatte. »Sobald Colin rauskommt«, wurde sie zitiert, »kauft er mir einen Memoire-Ring mit lauter Brillanten. Diese Ehe«, fügte sie hinzu, »ist für die Ewigkeit geschlossen.«

Bis daß der Tod uns scheidet.

Zum Glück war den Reportern nicht erlaubt worden, im Gefängnis zu fotografieren, so daß es keine Bilder von Sara gab; es wurde jedoch berichtet, daß Jo Lynns Nichte als Trauzeugin zugegen gewesen war, ein Hinweis darauf, vermuteten die Zeitungen, daß ihre Familie zu ihr stehe.

»Es war genauso, wie ich mir eine Hochzeit immer gewünscht habe«, babbelte meine Schwester. »Dezent und wunderschön. Es war soviel Liebe in diesem Raum.«

Die Zeitung ging dann kurz auf Jo Lynns drei frühere Ehen ein und brachte sogar ein Interview mit Andrew MacInnes, Ehemann Nummer eins, der aller Welt mitteilte, daß Jo Lynn immer schon ihren eigenen Kopf gehabt hätte und für jeden Mann eine Herausforderung sei. Er erwähnte nicht, daß er der Herausforderung begegnet war, indem er sie bis zur Besinnungslosigkeit verprügelt hatte.

Die Liebesgeschichte zwischen meiner Schwester und Colin Friendly wurde breit ausgewalzt, man sprach von ihrer unerschütterlichen Treue, ihrem felsenfesten Glauben an seine Unschuld. Hätte man nicht gewußt, daß der Mann ein verurteilter Serienmörder war, der dreizehn Frauen und Mädchen gequält und grausam ermordet hatte und in Verdacht stand, am Verschwinden zahlloser weiterer Frauen schuld zu sein, man hätte meinen können, man habe es hier mit Romeo und Julia aus Palm Beach zu tun, einem hingebungsvoll liebenden Paar, dessen böswillige Feinde alles daransetzten, das Zusammenkommen der beiden zu verhindern.

Wobei man allerdings Colin Friendlys Geschichte keineswegs unter den Tisch fallen ließ. Schauerliche Einzelheiten seiner mörderischen Taten füllten Seite um Seite. Neben einem Profil Jo Lynns fand sich ein ausführlicher Hinweis auf Colin Friendlys Hang, seinen Opfern die Nase zu brechen, was, wie die Psychologen beim Prozeß ausgesagt hatten, auf seine Kindheit zurückzuführen sei, weil seine Mutter ihm wiederholt die Nase in seine eigenen Exkremente gestoßen hatte. Dieselben Psychologen stellten nun Spekulationen darüber an, was Colin Friendly dazu veranlaßt hatte, meine Schwester zu heiraten, und was sie ihrerseits veranlaßt hatte, ihn zum Mann zu nehmen. Die Suche nach Zuverlässigkeit und Freundschaft sowie Imagepflege seien Colin Friendlys Triebfedern gewesen, erklärten sie. Bei Jo Lynn tippten sie auf Publicitysucht, Einsamkeit und einen Märtyrerkomplex. Zu der Frage, ob die Ehe halten würde oder nicht, äußerten sie unterschiedliche Meinungen. »Sie hat die gleiche Chance wie jede andere Ehe«, meinte einer.

An dem Samstag nachmittag, als ich dahinterkam, daß Sara nicht bei den Sperlings war, rief ich im Gefängnis an, weil ich hoffte, die Trauung noch verhindern zu können. Aber es war bereits alles vorbei. Meine Schwester war abgefahren. Colin Friendly saß wieder in seiner Zelle.

Ich war die ganze Nacht wach und wartete auf Sara, obwohl ich wußte, daß sie erst am folgenden Tag heimkommen würde. Sie war ja bei den Sperlings und paukte eifrig für eine Klassenarbeit. Sie war vor Sonntag abend nicht zurückzuerwarten.

»Komm ins Bett«, drängte Larry immer wieder. »Du warst schon gestern die ganze Nacht wach. Du brauchst Schlaf.«

»Ich kann nicht schlafen.«

»Du könntest es wenigstens versuchen.«

»Es kann sein, daß sie doch heimkommt.«

»Bestimmt nicht.«

»Doch, vielleicht.«

»Und was willst du zu ihr sagen, wenn sie kommt?«

»Das weiß ich noch nicht.«

Das zumindest war die Wahrheit. Ich hatte keinen Schimmer, was ich zu meiner Tochter sagen wollte. Hatte es denn den geringsten Sinn, ihr zum hundertstenmal zu sagen, daß Lügen jedes Vertrauen zerstört und daß ich sie, auch wenn ich sie immer lieben würde, mit jeder Lüge weniger mochte? Würde es sie überhaupt interessieren, daß sie es uns immer schwerer machte, ihr irgend etwas zu glauben, daß sie systematisch alle Glaubwürdigkeit, die sie sich erworben hatte, vernichtete?

Hatte es irgendeinen Sinn, sie zu fragen, warum sie diese Dinge tat, warum sie ganz bewußt gegen unsere ausdrückliche Anweisung, sich von meiner Schwester und Colin Friendly fernzuhalten, verstoßen hatte? Hatte sie aus dem letzten Zwischenfall nicht mehr gelernt, als sich raffiniertere Lügen auszudenken?

Mich schauderte, wenn ich daran dachte, daß sie mich wochenlang an der Nase herumgeführt hatte, indem sie ihr Zimmer aufgeräumt, im Haushalt geholfen, ihre Hausaufgaben gewissenhaft gemacht hatte und die meiste Zeit tatsächlich nett und umgänglich gewesen war. Ich erinnerte mich an ihre Umarmung, als sie mich wegen meiner Mutter getröstet hatte, erinnerte mich der überwältigenden Zärtlichkeit, die ich empfunden hatte. Tagelang hatte ich von diesem Gefühl gezehrt. Ich habe mein kleines Mädchen wieder, hatte ich mir gesagt.

Aber es war alles nur Mittel zum Zweck gewesen; um mich weich zu machen, all meine Vorbehalte zu zerstreuen, Mißtrauen gar nicht erst aufkommen zu lassen. Aber natürlich kannst du das Wochenende bei deiner Freundin verbringen. Ich weiß, wie fleißig du für diese Arbeit gelernt hast. Ich weiß, wieviel dir daran liegt, gut abzuschneiden. Paß gut auf dich auf, mein Schatz. Übertreib es nicht mit dem Lernen.

Ich hörte es rascheln und drehte mich um. Michelle kam schlaftrunken ins Zimmer. »Geht's dir nicht gut?« fragte sie.

»Doch, doch, Schatz. Ich kann nur nicht schlafen.«

»Machst du dir Sorgen um Großmutter?«

»Ein bißchen, ja.«

»Ich hab gerade nach ihr geschaut. Sie schläft ganz fest.«

»Danke, Liebes.«

»Ihre Decke hat auf dem Boden gelegen. Ich hab sie aufgehoben.«

»Du bist ein gutes Kind.«

Sie setzte sich neben mich aufs Sofa und kuschelte sich an mich. »Ich glaube, ich weiß jetzt, was ich werden will, wenn ich mal groß bin«, sagte sie, als wäre es das Selbstverständlichste von der Welt, so etwas morgens um drei Uhr zu besprechen.

»Tatsächlich? Was denn?«

»Schriftstellerin«, antwortete sie.

»Schriftstellerin? Wirklich? Was willst du denn schreiben?«

»Romane. Vielleicht auch Theaterstücke.«

»Das find ich gut«, sagte ich. »Ich glaube, du wärst eine großartige Schriftstellerin.«

»Ja? Wieso?«

»Weil du sensibel und aufmerksam und schön bist.«

Sie murrte. »Um Schriftstellerin zu werden, muß man doch nicht schön sein.«

»Du hast eine schöne Seele«, sagte ich.

»Natürlich würde ich erst meine Ausbildung fertig machen«, beruhigte sie mich.

»Ja, das ist klug.«

»Ich hab mir gedacht, ich studier vielleicht an der Brown Universität oder sogar in Yale. Glaubst du, die würden mich da nehmen?«

»Ich denke, die können froh sein, wenn du zu ihnen kommst.«

Ich strich ihr ein paar Härchen aus der Stirn, gab ihr einen Kuß auf die Nase und starrte die Haustür an. Wie konnte man zwei so unterschiedliche Kinder haben? Wie konnten zwei Kinder, die im selben Haus von denselben Eltern auf dieselbe Weise großgezogen worden waren, so völlig verschieden sein?

Aber so war es von Anfang an gewesen. Sara war ein schwieriger Säugling gewesen und hatte meine volle Aufmerksamkeit gefordert. Michelle hingegen war leicht zu haben gewesen, glücklich und zufrieden damit dazuzugehören. Sara hatte alle paar Stunden gefüttert werden wollen; Michelle hatte geduldig gewartet, bis ich bereit gewesen war. Sara hatte allen Bemühungen, sie sauber zu bekommen, widerstanden und mit sechs Jahren noch in die Hose gemacht; Michelle war mit dreizehn Monaten sauber gewesen, wie von selbst. Nichts hatte sich geändert.

»Du denkst an Sara, nicht?« fragte Michelle.

Ich schloß die Augen und schüttelte den Kopf. Selbst im Dunklen war ich durchschaubar. »Tut mir leid, Schatz.«

»Mach dir ihretwegen keine Sorgen. Ihr passiert schon nichts.« Ich tätschelte ihre Hand. »Wahrscheinlich hast du recht.«

»Sie ist gar nicht bei Robin, stimmt's?«

»Stimmt.«

»Das hab ich mir gleich gedacht.«

»Wieso? Hat sie dir gesagt, wohin sie wollte?«

Michelle schüttelte den Kopf. »Nein, sie hat nur gefragt, ob ich ihr mein schwarzweißes Top leihe, du weißt schon, das mit der passenden Jacke.«

»Was will sie denn damit? Das ist ihr doch viel zu klein.«

»Aber sie mag es so.«

»Und was hast du gesagt?«

»Ich hab nein gesagt. Ich hab gefragt, wozu sie mein Top braucht, wenn sie nur lernen will.«

»Und was hat sie darauf gesagt?«

»Blöde Kuh.«

»Was?«

»Ach, das macht nichts. Ich bin's gewöhnt.«

»Was bist du gewöhnt?«

»Daß sie immer blöde Kuh zu mir sagt. Und manchmal schon Schlimmeres.«

»Warum hast du mir das nicht schon früher erzählt?«

»Weil ich lernen muß, mit diesen Dingen selbst fertigzuwerden. Das sagst du mir doch immer. Hättest du mir nicht gesagt, daß meine Schwester mich tief drinnen in Wirklichkeit sehr lieb hat und daß ich ein gescheites Kind bin und schon darauf kommen würde, wie ich mit diesen Geschichten am besten umgehe?«

Ich lächelte traurig. Ja, genau das hätte ich ihr gesagt. Aber damals war meine Tochter auch noch nicht heimlich durchgebrannt, um bei der Hochzeit meiner Schwester mit einem Serienmörder dabeizusein. Jetzt hatte ich keinerlei Gewißheiten mehr. »Das tut mir leid, Kind. So was verdienst du nicht. Sie hat kein Recht, dich zu beschimpfen.«

»Sie hatte auch kein Recht, mein Top mit der Jacke zu nehmen, aber sie hat's trotzdem getan.«

»Sie hat die Sachen genommen, obwohl du nein gesagt hattest?«

»Ich hab überall gesucht. Sie sind weg. Und außerdem drei von meinen Kassetten.«

»Deine Kassetten auch?«

»Ja. *Nine-inch Nails, Alanis Morissette, Mariah Carey.*«

»Das ist wirklich gemein.«

»Sie gibt mir die Sachen bestimmt wieder zurück. Aber die Kassetten sind dann garantiert hin, und die Kleider sind ausgeleiert und stinken nach Zigaretten.«

»Ich kauf dir was Neues«, versprach ich ihr.

»Ich will nichts Neues. Ich will nur, daß sie nicht dauernd meine Sachen nimmt.«

»Ich rede mit ihr.«

»Das nützt doch nichts.«

»Vielleicht doch.«

»Hat es denn schon mal was genützt?«

»Ich weiß nicht, was ich sonst tun soll«, gestand ich nach einer Pause.

»Kann ich ein Schloß an meinen Schrank machen?«

Ich starrte sie in der Dunkelheit an. Wie pragmatisch meine Kleine war. »Ja, wir lassen ein Schloß anbringen.«

»Gut.«

»Woher bist du nur so gescheit?«

Michelle lächelte. »Kann ich dir was ganz Schlimmes sagen?« fragte sie.

Ich hielt den Atem an. »Wie schlimm?«

»Ziemlich schlimm.«

»Über Sara?«

»Über mich.«

Ich verspürte Furcht und Erleichterung zugleich. Was konnte Michelle mir schon sagen, das so schlimm war? Und wenn es etwas wirklich Schlimmes über sie zu wissen gab, wollte ich es dann überhaupt erfahren? Und gerade jetzt? »Was ist es denn?« fragte ich.

Einen Moment lang schwieg sie, als überlegte sie, ob sie fortfahren sollte oder nicht.

»Du brauchst es mir nicht zu sagen«, sagte ich.

»Manchmal hasse ich sie«, gestand sie.

»Was?«

»Sara«, erläuterte Michelle. »Manchmal hasse ich sie.«

Das ist alles? dachte ich mit großer Erleichterung. Das war das »ganz Schlimme«? »Du haßt deine Schwester?«

»Manchmal. Bin ich deswegen ein schlechter Mensch?«

»Aber nein. Du bist ganz normal.«

»Es ist normal, wenn man seine Schwester haßt?«

»Es ist normal, auf jemanden wütend zu sein, der einem die eigenen Sachen wegnimmt und einen beschimpft«, erklärte ich.

»Es ist aber mehr. Manchmal hasse ich sie richtig.«

»Ich hasse sie manchmal auch«, sagte ich.

Michelle schlang ihre Arme um mich und drückte mich fest. Zwei verletzte Kameraden, dachte ich, als ich sie auf den Scheitel küßte.

»Darf ich dir noch was sagen?« fragte sie. Ich hörte die Tränen in ihrer Stimme.

»Du darfst mir alles sagen.«

»Weißt du noch, als ich in der fünften Klasse war?« fragte sie.

Ich nickte. »Ja.«

»Und Mr. Fisher mir die Schmetterlingspuppe mit nach Hause gegeben hat, damit ich über die Weihnachtsferien auf sie aufpasse?«

»Ja, ich erinnere mich.«

Michelle hatte ein Einmachglas mit nach Hause gebracht, in dem sich eine Schmetterlingspuppe, die an einem kleinen Stöckchen klebte, befand. Jeden Tag sah sie nach dem Glas, beobachtete die Puppe, hielt nach Zeichen von Wachstum Ausschau, sorgte sich um das Ding wie eine Mutter um ihr neugeborenes Kind. »Ich glaube, da stimmt was nicht«, rief sie eines Tages. »Ich glaube, die Puppe müßte höher sitzen.«

»Ich glaube, du solltest sie einfach in Ruhe lassen«, meinte Sara.

»Ich glaube, sie müßte höher sitzen.« Michelle griff in das Glas und zog die Puppe mit den Fingern höher. »So ist es besser.«

Als Michelle das Glas stolz in die Schule zurückbrachte, sagte ihr der Lehrer, daß die Puppe durch irgend etwas von ihrer Unterlage gelöst worden sei und der Schmetterling darin gestorben sei. »So was kommt vor«, tröstete er sie. »Mach dir deswegen keine Vorwürfe.«

»Es war meine Schuld«, sagte Michelle jetzt, leise weinend. »Ich hab die Puppe weggezogen, und da ist der Schmetterling gestorben. Sara hatte recht.«

»Ach, mein Liebes.«

»Sie hat gesagt, ich soll die Puppe in Ruhe lassen. Aber ich hab nicht auf sie gehört.«

»Und all die Jahre hat dich das bedrückt?«

»Ich hab Mr. Fisher nie gesagt, daß ich die Puppe verschoben habe.«

Ich wiegte sie in meinen Armen wie früher, als sie klein gewesen war. »Es wäre wunderbar, wenn wir die Zeit zurückdrehen und die Dinge ändern könnten, wenn wir alle unsere Fehler wiedergutmachen und alles in Ordnung bringen könnten.«

Michelle schniefte laut. »Aber das können wir nicht.«

»Nein. Wenn wir es könnten, hätten wir soviel damit zu tun, die Vergangenheit neu zu schreiben, daß uns für die Gegenwart keine Zeit mehr bliebe.«

»Was mußt *du* neu schreiben?« fragte sie.

»Ach, du lieber Gott. Das ist eine viel zu große Frage für heute nacht«, antwortete ich. »Außerdem quält man sich selbst, wenn man anfängt, solche Fragen zu stellen. Wir alle machen Fehler. Es kommt einfach darauf an, sein Bestes zu tun.«

»Ich finde, du hast alles sehr gut gemacht«, sagte Michelle großzügig.

»Danke dir, Schatz. Hab ich dir eigentlich schon gesagt, daß ich, wenn ich mal groß bin, genauso sein möchte wie du?«

Sie lachte unter Tränen, schniefte noch einmal kräftig und umarmte mich fester.

Wir hörten Schritte, drehten uns gleichzeitig herum und sahen meine Mutter in einem weißen Flanellnachthemd aus den Schatten treten. Das dämmrige Licht der Mondsichel spielte auf ihrem Gesicht.

»Hallo, Kind«, sagte sie und setzte sich an meine andere Seite. »Ist es schon Zeit zum Aufstehen?«

»Es ist drei Uhr morgens, Großmama«, sagte Michelle.

»Aber ja, natürlich«, erwiderte meine Mutter.

»Wir gehören alle ins Bett.«

»Wo ist dein Vater?« fragte meine Mutter, sich umsehend.

»Er schläft«, antwortete Michelle.

»Wo ist dein Vater?« wiederholte meine Mutter, und ich begriff, daß sie mich meinte.

»Er ist tot«, antwortete ich vorsichtig.

»Ach ja«, sagte sie und nickte mit ihrem grauen Kopf. »Daran erinnere ich mich. Wir saßen eines Abends beim Essen, wir waren beim Nachtisch, und da ist er aufgestanden, um sich ein Glas Milch zu holen. Er sagte, er bekäme auf einmal höllische Kopfschmerzen. Das waren seine genauen Worte – höllische Kopfschmerzen. Ich erinnere mich ganz genau, weil er nie solche schlimmen Wörter gesagt hat.«

»Höllisch ist doch kein schlimmes Wort« bemerkte Michelle.

»Nein?«

»Nein. Heutzutage nicht.«

»Aber damals war es schlimm«, erklärte meine Mutter mit einer Gewißheit, die mich überraschte.

Wir schwiegen, drei Generationen von Frauen, Vergangenheit, Gegenwart und Zukunft zusammen in der Dunkelheit vor Tagesanbruch. Ich erinnere mich, daß ich meinte, mich nie zuvor so hilflos gefühlt zu haben.

Gott, gib mir die Gelassenheit, die Dinge zu akzeptieren, die ich nicht ändern kann, betete ich unwillkürlich, die Kraft, die Dinge zu ändern, die ich ändern kann, und die Weisheit, den Unterschied zu erkennen.

25

Unnötig zu sagen, daß ich die ganze Nacht kein Auge zutat. Als Larry am nächsten Morgen um acht aufstand, saß ich immer noch auf dem Sofa im Wohnzimmer, den glasigen Blick starr auf die Haustür gerichtet. Ich war allein. Ich erinnerte mich vage, daß Michelle meine Mutter irgendwann in der Nacht wieder in Saras Zimmer gebracht hatte, dann kurz zurückgekommen war und mir einen Kuß auf die Stirn gegeben hatte, ehe sie sich in ihr eigenes Zimmer zurückzog. Sonst erinnerte ich mich an kaum etwas. Mein Hirn war wie betäubt.

Eine Stunde war nahtlos in die nächste übergegangen. Der Himmel war von Schwarz über Grau zu Blau geworden, ohne daß ich etwas dazu getan hatte. Ich war am Leben, bereit, einem neuen Tag ins Gesicht zu sehen.

»Warst du die ganze Nacht wach, Funny Face?« fragte Larry und setzte sich neben mich. Das Sofapolster gab unter seinem Gewicht nach, der Frottéstoff seines Bademantels berührte rauh meinen bloßen Arm.

Ich wandte mich ab, als könnte ich mich so dem Klang seiner Stimme entziehen. Die Last seiner Besorgnis fiel schwer in meinen Schoß, wie ein unerwünschtes Kind.

»Sara geht es bestimmt prächtig«, fuhr er fort. »Du kannst dich darauf verlassen, daß *sie* ausreichend geschlafen hat.«

»Das weiß ich.«

»Warum legst du dich jetzt nicht ein paar Stunden hin? Du wirst dich vielleicht selbst überraschen und einschlafen.«

»Ich mag keine Überraschungen«, entgegnete ich stur.

»Ach, du weißt genau, was ich meine.«

Ich nickte, ohne mich von der Stelle zu rühren.

»Wie kannst du überhaupt daran denken, dich auf eine Auseinandersetzung mit Sara einzulassen, wenn du zwei Nächte nicht geschlafen hast?«

»Keine Sorge, mir geht's gut.«

»Bist du dir denn nun im klaren, wie du sie anpacken willst?«

»Du meinst, außer ihr den Kragen umzudrehen?« fragte ich, und er lächelte.

»Kragenumdrehen ist gut«, sagte er. Nun war es an mir zu lächeln. »Ich habe mir auch ein paar Gedanken gemacht«, fuhr er fort. »Wenn sie dich interessieren«, fügte er abwartend hinzu.

»Können wir darüber später sprechen?«

»Kannst du mir versprechen, daß du nichts unternimmst, bevor ich wieder zu Hause bin?«

»Wohin willst du?«

»Ich bin doch zum Golf verabredet. Punkt neun Uhr einundzwanzig muß ich am Abschlag sein.«

»Neun Uhr *ein*undzwanzig?«

»Ja, die Abschlagzeiten sind im Sieben-Minuten-Takt eingeteilt.«

Ich schüttelte wie verwundert den Kopf, obwohl es mir in Wirklichkeit völlig egal war. Aber es war einfacher – und weit weniger gefährlich –, über Golf zu sprechen als über unsere große Tochter.

»Ich *muß* nicht hin«, sagte Larry.

»Warum solltest du nicht zum Golf gehen?«

»Wenn du mich lieber zu Hause hättest …«

»Aber nein, wozu?«

»Es könnte ja sein, daß du Gesellschaft möchtest. Daß du nicht allein sein möchtest.«

»Ich bin nicht allein.«

»Daß du *mich* hier haben möchtest«, spezifizierte Larry.

Ich wandte mich ihm zu und versuchte zu lächeln. »Ich komm schon zurecht. Geh du nur. Sieh zu, daß du unter hundert bleibst.«

Er stand auf, ein wenig schwankend, als drückte sein Körper seine innere Unschlüssigkeit aus. »Ich müßte spätestens um zwei zurück sein. Vielleicht könnten wir dann ins Kino gehen.«

»Vielleicht«, sagte ich.

Er ging hinaus, um sich anzuziehen. Ich ging in die Küche und machte eine große Kanne Kaffee. Eine Stunde später war ich bei meiner vierten Tasse, und Larry war auf dem Weg zum Golfplatz. Ich sah nach meiner Mutter und Michelle und stellte mit Erleichterung fest, daß beide noch fest schliefen. Vielleicht hat Larry recht, sagte ich mir und ging in mein Bett. Ich streckte mich aus und zog die Decke bis zum Kinn hinauf. Vielleicht würden einige Stunden Schlaf reichen, um die Relationen wiederherzustellen, auch wenn sie gewiß nicht mein Vertrauen wiederherstellen würden.

Aber die vier Tassen Kaffee taten ihre Wirkung. An Schlaf war überhaupt nicht zu denken. Nachdem ich mich eine halbe Stunde lang hin und her gewälzt, jede erdenkliche Lage ausprobiert und riesige Schafherden gezählt hatte, gab ich auf und ging unter die Dusche, die zwar äußere, aber nicht innere Reinigung brachte.

Larry kam kurz nach zwei nach Hause – mit einem Ergebnis von enttäuschenden 104 Schlägen – und fand mich an derselben Stelle vor, an der er mich zurückgelassen hatte.

»Ich weiß, daß du mal aufgestanden sein mußt, weil du was anderes anhast«, sagte er mit einem bedrückten Lächeln. »Hast du mal in der Zeitung nachgesehen?«

»Wieso? Was?«

»Na, was für Filme laufen.«

»Ich kann jetzt nicht ins Kino gehen.«

»Warum nicht?«

»Was soll ich mit Michelle und meiner Mutter tun?«

»Die kommen mit.«

»Und Sara?«

»Sie ist nicht eingeladen. Nun komm schon«, redete er mir zu. »Wir schauen uns einen Film an, und danach gehen wir ins *Chili's* und essen *frajitas*. Du weißt doch, wie gern Michelle ins *Chili's* geht.«

»Und wenn Sara nach Hause kommt, während wir weg sind?«

»Dann wartet sie zur Abwechslung mal auf uns.«

»Ich halte das nicht für gut.«

»Was ist nicht gut?« fragte Michelle, die gerade ins Zimmer kam. Sie ließ sich auf das Sofa gegenüber plumpsen.

»Ich hab mir gedacht, wir gehen nachher ins Kino, so gegen vier, und hinterher zum Essen.«

»Zu *Chili's*?« rief Michelle erwartungsfroh.

»Zu *Chili's*«, bestätigte Larry. »Schau du inzwischen mal in die Zeitung und sprich mit Großmama. Überlegt euch, was für einen Film ihr euch ansehen wollt.«

Michelle sprang sofort auf. »Großmama«, rief sie laut, schon auf dem Weg zu Saras Zimmer. »Wir gehen nachher ins Kino.«

»Ich kann nicht«, sagte ich zu Larry.

»Natürlich kannst du!«

»Na schön, ich *will* nicht.«

»Willst du etwa den ganzen Nachmittag hier rumsitzen und dich verrückt machen?«

»Ich brauch Zeit zum Nachdenken.«

»Du tust seit vierundzwanzig Stunden nichts anderes als nachdenken. Hat es was gebracht?«

»Darum geht es nicht.«

»Worum geht es dann?«

»Es geht darum, daß ich andere Prioritäten habe, als ins Kino zu gehen.«

»Vielleicht solltest du deine Prioritäten mal überprüfen.«

»Was?«

»Du hast mich genau gehört.«

»Unsere Tochter belügt und betrügt uns, und du verlangst von mir, daß ich mir irgendeinen blöden Film ansehe, anstatt hier auf sie zu warten? Sind das deine Prioritäten?«

»Du hast später noch Zeit genug, dich mit Sara auseinanderzusetzen. Im Moment bist du so angespannt ...«

»Ich bin nicht angespannt. Bitte, sag mir nicht, daß ich angespannt bin. Du hast keine Ahnung, wie mir zumute ist.«

»Dann sag's mir.« Er setzte sich zu mir. Augenblicklich sprang ich auf.

»Ich bin total frustriert«, rief ich, und die Worte flogen wie

Speichel aus meinem Mund. »Ich bin frustriert und wütend und verletzt.« Ich begann zwischen den beiden Sofas hin und her zu rennen. »Ich hab ihr vertraut, verdammt noch mal! Ich hab ihr geglaubt. Ich bin auf all ihre Lügen reingefallen. Sie hat mich reingelegt – schon wieder! Bin ich eigentlich völlig blöd? Sie braucht mich nur freundlich anzulächeln, und schon kauf ich ihr den ganzen Laden.«

»Du bist ihre Mutter«, sagte Larry.

»Ich bin eine Idiotin«, wütete ich. »Und sie ist eine gemeine Lügnerin.«

»Und du findest, daß du in der richtigen Verfassung bist, um mit ihr zu reden?« fragte Larry vernünftig.

»Ach, wär's dir vielleicht lieber, ich würde überhaupt nicht mit ihr reden?«

»Das hab ich nicht gesagt.«

»Was sagst du dann?«

»Ich sage, daß du eine Atempause brauchst. Du hast den ganzen Tag hier rumgesessen und in deinem eigenen Saft geschmort. Du mußt mal ein paar Stunden raus und auf andere Gedanken kommen. Wenn du so aufgebracht bist, wirst du bei Sara gar nichts erreichen.«

»Und weiter?« fragte ich zornig. »Was passiert nach dem Kino und den *frajitas*?«

»Dann fahren wir nach Hause. Und wenn wir Glück haben, ist Sara dann schon da. Wir hören uns an, was sie zu sagen hat …«

»Das sind doch wieder nur Lügen.«

»… und dann entscheiden wir – in aller Ruhe –, was wir tun werden.«

»Zum Beispiel?«

Es blieb einen Moment still. Die Angst wand sich um mein Herz wie eine Schlange.

»Ich denke, Sara muß endlich mal den Ernst der Lage begreifen«, begann Larry. »Sie muß begreifen, daß wir dieses Verhalten nicht mehr dulden können.«

Ich schüttelte den Kopf. Hatten wir das nicht alles schon einmal gehabt? Sara wußte genau, was sie tat. Larry und ich waren es, die endlich etwas begreifen mußten; die Grenzen ziehen mußten.

»Ich bin dafür, ihr sämtliche Vergünstigungen für den Rest des Schuljahrs zu streichen«, fuhr Larry fort. »Dazu gehören auch ihr Taschengeld und alle außerschulischen Aktivitäten. Wenn sie nicht in der Schule ist, bleibt sie zu Hause, so einfach ist das.«

»Und du glaubst im Ernst, daß sie das akzeptieren wird?«

»Wenn sie es nicht tut, muß sie sich eine andere Bleibe suchen.«

Mir verschlug es einen Moment den Atem. »Was?«

Larry stand auf, kam zu mir, legte seine Hände auf meine Arme und zwang mich, ihn anzusehen. »Was haben wir denn letztlich für eine Wahl?« fragte er.

»Du willst unsere Tochter rausschmeißen?«

»Ich will ihr die Wahl lassen – entweder entscheidet sie sich dafür, nach den Regeln dieser Familie zu leben, oder sie entscheidet sich dafür, woanders zu leben. So einfach ist das.«

»Hör auf damit!« schrie ich. Ich schüttelte seine Hände ab und begann von neuem zornig auf und ab zu laufen. »Nichts ist einfach, wenn es um Sara geht.«

»Dann müssen wir wenigstens versuchen, es für *uns* einfacher zu machen.« Er sah einen Moment zur Zimmerdecke hinauf, dann blickte er mich wieder an. »Wer hat hier das Sagen, Kate? Wer setzt die Grenzen? Du bist doch die Therapeutin. Du weißt, daß du genau das einem Klienten raten würdest.«

»Aber wir reden hier von unserer siebzehnjährigen Tochter. Du verlangst von mir, daß ich sie kurzerhand auf die Straße setze?« Ich sah Sara zitternd zusammengekauert vor einem offenen Feuer an irgend einer verlassenen Straßenecke.

»Das stimmt doch gar nicht.«

»Du weißt doch, was sie tun wird, wenn wir sie rauswerfen. Sie wird einfach zu Jo Lynn ziehen. Ja, genau das wird sie tun. O Gott, ist das heiß hier drinnen.« Ich rupfte am Kragen meines hellen Baumwollpullis.

»Hast du gesagt, daß Jo Lynn zu uns zieht?« fragte meine Mutter von der Tür her, als sie mit Michelle ins Zimmer trat.

»Lieber Gott«, murmelte ich.

»Wir haben uns einen Film ausgesucht«, verkündete Michelle. »Er fängt um zehn vor vier an.«

»Ich glaube, ich halte das nicht mehr aus.« Meine Stimme klang wie das Kratzen von Fingernägeln auf einer Schiefertafel.

»Mama, was ist denn?«

»Ist etwas nicht in Ordnung, Kind?« fragte meine Mutter.

»Es ist alles in Ordnung«, fuhr ich sie an. Die Hitze raste mit der ungezügelten Wut eines Buschfeuers durch meinen Körper. »Es ist nur so verdammt heiß hier!« Ich zog meinen Pulli aus, schleuderte ihn zornig zu Boden, trampelte auf ihm herum, ehe ich ihn mit dem Fuß quer durchs Zimmer feuerte. Als ich aufblickte, sah ich, daß mein Mann, meine Mutter und meine Tochter mich anstarrten, als wäre ich verrückt geworden.

»Es ist wirklich ein bißchen warm hier«, sagte meine Mutter.

»Mama, was ist denn nur?« rief Michelle erschrocken.

»Wißt ihr was«, sagte Larry, offensichtlich in seiner Ruhe erschüttert angesichts meines Ausbruchs, »ich finde, wir sollten hier verschwinden und deiner Mutter ein bißchen Ruhe lassen.«

»Na großartig«, rief ich. »Die Ratten verlassen das sinkende Schiff.«

Larry hob hilflos die Hände und ließ sie leblos herabsinken. »Ich dachte, das wolltest du«, sagte er.

»Hier gibt's Ratten?« fragte meine Mutter, und ihr Blick huschte mißtrauisch über den Fliesenboden.

»Ja, natürlich, das hast du immer schon am besten gekonnt, stimmt's?« sagte ich und sah meinem Mann direkt in die Augen.

»Wovon redest du?« fragte Larry.

»Wenn's schwierig wird, geht man zum Golfspielen. Oder ins Kino. Richtig?«

Larry wandte sich meiner Mutter und Michelle zu. »Michelle, Schatz, wir haben noch ein bißchen Zeit, bevor wir fahren müssen. Magst du nicht mit deiner Großmutter eine Runde spazierengehen?«

Michelles Blick bewegte sich zwischen mir und ihrem Vater

hin und her, als sähe sie bei einem Tennismatch zu. »Komm, Großmama«, sagte sie dann und führte meine Mutter zur Haustür.

»Gehen wir ins Kino?« hörte ich meine Mutter fragen, ehe die Tür hinter ihnen zufiel.

»Möchtest du mir etwas sagen?« fragte Larry, als sie weg waren.

Ich hob meinen Pulli vom Boden auf und wischte mit ihm den Schweiß zwischen meinen Brüsten weg. »Hast du denn Zeit? Ich meine, du möchtest doch sicher nicht zu spät ins Kino kommen.«

»Wenn du etwas zu sagen hast, dann sag es.«

»Für dich ist es ja auch kinderleicht.«

»Was ist für mich kinderleicht?«

»Einfach abzuhauen.«

»Ich gehe ins Kino, Kate. Nun mach doch keinen solchen Wirbel.«

»Aber nein, wozu um unsere Tochter Wirbel machen? Viel wichtiger ist ja, daß man beim Golfen unter hundert bleibt.«

»Okay, das reicht jetzt«, warnte Larry.

»Hast du nicht eben gesagt, wenn ich was zu sagen hätte, soll ich's sagen?«

»Ich hab's mir anders überlegt.«

»Zu spät.«

»Ja, wenn du jetzt nicht sofort aufhörst, ist es wirklich zu spät.«

»Was denn – willst du mir drohen? Wenn ich mich nicht nach den Regeln dieser Familie richte, dann setzt du mich wohl auch an die Luft, was?«

»Kate, das ist doch verrückt. Hör dir doch mal selbst zu.«

»Nein, du hörst zu. In den letzten Monaten geht in meinem Leben so ziemlich alles zu Bruch. Und wo bist du? Auf dem Golfplatz!«

»Das ist unfair.«

»Kann schon sein, aber es ist wahr. Ich muß mich mit meiner Mutter rumschlagen, mit meiner Schwester, mit den Kindern, mit diesen gottverdammten Hitzewellen«, fuhr ich fort, »und du machst dich nur immer rarer. Sicher, sicher, du sagst das Richtige, du zeigst angemessene Teilnahme, aber wenn ich dich brauche, bist du nie da.«

»Jetzt bin ich da«, sagte er ruhig.

»Nur, um zu duschen und dich umzuziehen. Dann geht's ab ins Kino und zu *Chili's*.«

»Was willst du von mir, Kate?« fragte er. »Was soll ich deiner Meinung nach tun? Sag es mir, denn ich bin wirklich ratlos. Ich hab das Gefühl, es ist ganz gleich, was ich sage oder tue, es ist immer das Falsche. Ich komme mir vor, als ginge ich auf Eiern. Ich hab Angst, den Mund aufzumachen, denn ich könnte ja das Falsche sagen; ich hab Angst, dich zu berühren, denn es könnte ja sein, daß ich die falsche Stelle erwische und du mir den Kopf abreißt. Du sagst, ich sei nie zu Hause. Vielleicht stimmt das. Vielleicht ist das meine Art, mit allem, was hier dauernd los ist, fertigzuwerden. Bringen Konfrontationen denn wirklich soviel?«

»Ich weiß es nicht«, gab ich zu. Ich drückte meinen Pulli an mich, als mir der kühle Hauch der Klimaanlage über die bloßen Arme kroch. »Ich weiß überhaupt nichts mehr.«

»Aber du weißt doch, daß ich Sara nicht einfach rauswerfen will«, fuhr Larry ruhig fort.

»Ja, das weiß ich.«

»Ich hätte nur gern ein bißchen Ruhe. Es ist weiß Gott lange her, seit sie uns mal Freude gemacht hat.«

»Sie ist nicht hier, um uns Freude zu machen«, entgegnete ich.

»Nein, das gehört nicht zu ihren Aufgaben«, stimmte Larry traurig zu. Dann: »Komm mit ins Kino, Kate. Bitte. Das wird uns allen gut tun.«

»Ich kann nicht«, hörte ich mich sagen und begann zu weinen. »Ich kann einfach nicht. Aber geht ihr. Wirklich. Es ist in Ordnung. Geht ihr ruhig.«

Ich ließ ihn stehen und rannte ins Bad. Ich wusch mir das Gesicht und zog meinen Pulli wieder an. Ich starrte im Spiegel mein Gesicht an und musterte die feinen Linien unter meinen Augen.

Wie die Linien von Flüssen auf einer Landkarte, dachte ich und blieb so stehen, bis ich hörte, wie die Haustür geöffnet und dann zugeschlagen wurde. Als ich ins Wohnzimmer zurückkehrte, war Larry weg und ich war allein. Ich setzte mich wieder aufs Sofa und wartete auf Sara.

Um genau drei Minuten nach sechs kam sie zur Tür herein, ihren abgeschabten braunen Lederrucksack lässig über einer Schulter. Sie trug dieselbe enge Jeans und dasselbe knappe, quergestreifte T-Shirt, in denen sie vor zwei Tagen aus dem Haus gegangen war. Das Haar hing ihr in mehreren Schattierungen von Blond lose um das Gesicht.

»Oh! Hallo!« Sie blieb stehen, als sie mich sah, und ein Hauch von Röte flog über ihr Gesicht. »Du hast mir einen Schrecken eingejagt. Ich hab dich gar nicht gesehen. Warum machst du kein Licht?«

»Ich habe auf dich gewartet.« Meine Stimme war überraschend – gespenstisch – ruhig.

Sie sah langsam von einer Seite zur anderen. »Ist alles in Ordnung? Großmama ...«

»Es geht ihr gut.«

»Gott sei Dank.« Sie kam näher.

»Hast du Michelles Pullis wieder mitgebracht?«

»Was?«

»Und ihre Kassetten?«

»Ich hab keine Kassetten von Michelle. Und was soll ich mit ihren Pullis? Die passen mir doch gar nicht.« Sara zeigte genau das richtige Maß an Entrüstung. Eine Sekunde lang glaubte ich, Michelle hätte sich vielleicht geirrt.

»Dann macht es dir sicher nichts aus, mir zu zeigen, was in deinem Rucksack ist«, sagte ich.

»Und ob mir das was ausmacht. Ich hab gesagt, daß ich Michelles Sachen nicht habe. Reicht das nicht? Glaubst du mir vielleicht nicht?«

»Offensichtlich nicht.«

Sie schüttelte den Kopf, als wäre mein Mißtrauen unfaßbar, als wäre ich das letzte. »Tja, das ist dann wohl dein Problem.«

Sie ist wirklich gut, dachte ich und stand auf. »Nein, es ist *dein* Problem.«

»In meinem Rucksack ist nichts als ein Haufen Bücher«, beteuerte sie.

»Geschichtsbücher?«

»Ich schreibe morgen eine Arbeit. Oder hast du das vergessen?«

»Keineswegs.«

»Und ich muß mir noch ein paar Sachen ansehen. Wenn du also nichts dagegen hast, gehe ich jetzt ...«

»Findest du nicht, du hast schon genug gelernt? Ich meine, du hast doch das ganze Wochenende über den Büchern gesessen.« Mein Ton war freundlich und versöhnlich.

»Ich möchte einfach noch mal alles durchgehen.« Sara unterstrich ihre Lüge mit einem bescheidenen kleinen Lachen, um ihr mehr Glaubwürdigkeit zu geben, und machte Anstalten, in ihr Zimmer zu gehen.

»Wann hörst du endlich auf, mich zu belügen, Sara?«

Bei der Frage blieb sie wie angewurzelt stehen. Ihr Rücken wölbte sich, wurde steif wie der einer Katze, wenn sie sich bedroht fühlt. »Ich hab Michelles blöden Pulli nicht. Und ihre Kassetten auch nicht«, erklärte sie langsam und artikuliert, als wäre jedes Wort eine Anstrengung. Immer noch kehrte sie mir den Rücken zu.

»Und du warst das ganze Wochenende bei den Sperlings und hast gelernt.«

»Das weißt du doch. Du hast doch mit Mrs. Sperling gesprochen.«

»Ja, mehrmals sogar.«

Langsam drehte sich Sara herum. Als sie stillstand, konnte ich ihrem Gesicht ansehen, daß sie noch dabei war, diese Eröffnung zu verarbeiten und sich auf sie einzustellen. »Wann hast du mit ihr gesprochen?«

»Gestern nachmittag.«

»Du hast mich kontrolliert?«

Ich lachte. Ihre Entrüstung war einfach grotesk.

»Lach nicht über mich«, warnte sie.

»Und lüg du mich nicht an«, versetzte ich.

»Ich lüge nicht. Ich war bei den Sperlings.«

»Ja, aber du bist nicht sehr lange geblieben, nicht wahr?«

Eine Pause, aber nur eine kurze. »Ich konnte nicht. Es ist was passiert.«

»Ja, ich weiß«, sagte ich in teilnahmsvollem Ton. »Es war etwas mit deiner Großmutter. Du mußtest dringend nach Hause.«

Sara verdrehte die Augen. Ich hatte den Eindruck, sie suchte nach einer überzeugenden Ausrede. »Es ist was passiert«, wiederholte sie. »Es war wichtig.«

»O ja, das glaub ich. Warum erzählst du mir nicht, was es war?«

Sara trat von einem Fuß auf den anderen. »Ich kann nicht«, antwortete sie.

»Warum nicht?«

»Es wäre ein Vertrauensbruch.«

Wieder hätte ich beinahe gelacht, aber diesmal gelang es mir, mich zu beherrschen. »Ach, das wäre ein Vertrauensbruch! Aber mein Vertrauen kannst du getrost mißbrauchen.«

»Ich wollte dein Vertrauen nicht mißbrauchen.«

»Ach, es war dir doch einfach egal.«

»Das ist nicht wahr!«

»Wo warst du?« fragte ich.

Sara senkte den Kopf und blickte zu Boden. Als sie sich wieder aufrichtete und mich ansah, konnte ich selbst im schwindenden Licht die Tränen in ihren Augen erkennen. Sie leidet, dachte ich und hätte sie am liebsten auf der Stelle in die Arme genommen. Trotz allem, was geschehen war, gelang es mir nur mit größter Anstrengung, still sitzen zu bleiben und nicht die Arme auszubreiten.

»Einer Freundin von mir ging es furchtbar schlecht«, begann sie. Sofort war all mein Verlangen, sie zu trösten, wie weggeblasen. Meine Hände krampften sich zu Fäusten zusammen. Noch mehr Lügen, dachte ich. Wie ein Krebsgeschwür breitete sich blinde Wut in meinem Hirn aus.

»Weißt du, sie ist mit einem Jungen befreundet, den ihre Eltern absolut nicht leiden können. Sie verlangen von ihr, daß sie mit ihm Schluß macht, und sie möchte es ja auch, aber sie hat Angst, daß sie schwanger ist.« Pause. Schlucken. Neue Tränen. »Sie brauchte dringend jemanden, mit dem sie reden konnte. Was hätte ich denn tun sollen, Mama? Es war wirklich schlimm. Sie hat mir so leid getan. Ich hatte Angst, sie bringt sich um. Sie hat sich an mich gewandt, weil sie weiß, daß du Therapeutin bist. Wahrscheinlich hat sie geglaubt, ich hätte was von deinem Wissen mitbekommen und könnte ihr helfen.«

Ich war sprachlos vor soviel Kreativität. Unglaublich, mit welcher Geschwindigkeit sie sich diese raffinierten Märchen ausdachte, mit welch müheloser Leichtigkeit sie es schaffte, mich in ihre Lügengespinste zu verwickeln und mir durch Schmeichelei zu verstehen zu geben, daß ich zumindest mitverantwortlich sei. Denn wenn ich nicht ausgerechnet Therapeutin gewesen wäre, dann wäre das alles ja nicht passiert. Wäre nicht meine berufliche Tätigkeit gewesen, mein *Wissen*, dann wäre Sara gar nicht erst in diese Sache hineingeschlittert, dann hätte sie nicht unter einem Vorwand bei den Sperlings verschwinden, dann hätte sie nicht lügen müssen.

»Und konntest du ihr helfen?« fragte ich, auf die Farce eingehend.

»Ich glaube schon.« Sie lächelte, ihres Sieges schon gewiß. »Es tut mir wirklich leid, daß ich lügen mußte. Aber ein bißchen lernen konnte ich trotzdem. Ich glaube, ich bin gut vorbereitet für die Arbeit morgen.«

»Du hast gelernt?« fragte ich. »Ohne Bücher?«

»Was soll das heißen, ohne Bücher? Ich hatte meine Bücher dabei.« Sie klopfte auf ihren Rucksack.

»Deine Bücher sind in deinem Zimmer«, entgegnete ich, des Theaters müde.

»Was?«

»Deine Bücher liegen in deinem Zimmer. Soll ich sie holen?«

»Nein, du sollst sie nicht holen«, fuhr Sara mir über den Mund. »Wer hat dir überhaupt erlaubt, in mein Zimmer zu gehen?«

»Deine Großmutter hat in dem Zimmer geschlafen«, begann ich, aber sie ließ mich nicht zu Ende sprechen.

»Wie kommst du dazu, in meinen Sachen rumzuschnüffeln?«

»Ich habe nicht geschnüffelt.«

»Wie kannst du nur erwarten, daß ich dich respektiere, wenn du nicht mal meine Privatsphäre respektierst?«

»Ich denke, ich habe deine Privatsphäre immer respektiert.«

»Ach ja? Indem du dich heimlich in mein Zimmer schleichst und in meinen Sachen rumschnüffelst?«

»Ich habe mich nicht heimlich in dein Zimmer geschlichen, und ich habe auch nicht in deinen Sachen herumgeschnüffelt.«

»Was hattest du in meinem Kleiderschrank zu suchen?«

»Es geht hier nicht um mich«, entgegnete ich, um zu versuchen, die Zügel wieder in die Hand zu bekommen.

»Kaum bin ich aus dem Haus, rennst du in mein Zimmer, kramst in meinen Sachen, rufst die Sperlings an, spionierst mir nach. Und das nennst du Vertrauen? Das nennst du Ehrlichkeit? Du bist vielleicht eine Heuchlerin.«

»Vorsicht!« warnte ich.

»Was willst du eigentlich von mir?« fragte sie, wie Stunden zuvor Larry gefragt hatte. »Ich hab dir die Wahrheit gesagt. Ich wollte es nicht tun. Es war ein Vertrauensbruch, aber ich hab dir's trotzdem gesagt.«

»Du hast mir gar nichts gesagt.«

»Ich war bei meiner Freundin.«

»Bei derselben Freundin, die leere Zigarettenschachteln sammelt?«

»Was? Wovon redest du?« Plötzliche Besorgnis verwischte die Linien des Zorns um ihre Augen und ihren Mund. »Mama, ist mit dir alles in Ordnung?«

»Ich weiß, wo du warst, Sara«, sagte ich, und in meiner Stimme war soviel Wut und Enttäuschung, daß sie zitterte. »Ich weiß, daß du nicht bei einer schwangeren Freundin mit Selbstmordgedanken warst. Ich weiß, daß du bei Jo Lynn warst. Ich weiß, daß du auf ihrer gottverdammten Hochzeit warst.«

Plötzlich war es totenstill im Zimmer. Wenn ich Tränen, Bitten um Verzeihung und Entschuldigungen erwartet hatte, so hatte ich mich verrechnet. Sara starrte mich mit unverhohlener Verachtung an.

»Wenn du die ganze Zeit gewußt hast, wo ich war«, sagte sie mit leiser Stimme und überhaupt nicht verzeihungheischend, »warum dann dieses ganze blöde Theater? Wer ist denn hier die Lügnerin, hm, Frau Therapeutin?«

»Untersteh dich, so mit mir zu reden!«

»Dann hör endlich auf mit diesen blöden Spielchen.«

Frustration lähmte mir die Zunge. Sie lag dick und schwer in meinem Mund. Ich hätte auf Larry hören, mit ihm ins Kino gehen und später mit ihm gemeinsam dieses Gespräch mit Sara führen sollen. Ich war zu ausgepumpt, um allein mit ihr fertigzuwerden; Sara war eine viel zu gerissene Gegnerin. Larry hatte in jeder Hinsicht recht gehabt.

»Ich geh jetzt in mein Zimmer«, sagte Sara.

»Du schläfst im Arbeitszimmer«, entgegnete ich, uns beide überraschend.

»Was?«

»Großmama hat dein Zimmer. Ich möchte sie nicht schon wieder in ein anderes Zimmer bugsieren. Sie ist verwirrt genug.« Das war wahrscheinlich wahr, obwohl ich mir das vorher gar nicht überlegt hatte.

»In Ordnung«, sagte Sara und wandte sich zum Gehen.

»Und solange du da drüben bist«, fuhr ich fort, trotz bester Vorsätze, trotz jahrelanger beruflicher Erfahrung, trotz besseren *Wissens* unfähig, mich zu zügeln, »kannst du vielleicht mal darüber nachdenken, ob du überhaupt noch zu dieser Familie gehören möchtest.«

»Was?« Saras Gesicht verriet mir, daß sie glaubte, ich hätte den Verstand verloren. »Was soll das jetzt wieder heißen?«

»Ab jetzt sind alle Vergünstigungen aufgehoben.«

»Was?«

»Du hast mich genau gehört. Keinerlei Vergünstigungen mehr.«

»Was heißt hier Vergüngstigungen?« schnauzte Sara. »Jeder Mensch hat gewisse Rechte.«

Und wir haben auch Rechte, hörte ich Larry sagen.

»Kein Taschengeld mehr«, fuhr ich fort, angestachelt von ihrem Protest. »Kein Ausgang an den Wochenenden. Bis zum Ende des Schuljahrs bist du entweder in der Schule oder zu Hause«, sagte ich, Larrys Worte wiederholend.

»Ach, fahr zur Hölle!« sagte Sara.

»Nein«, entgegnete ich, »du bist diejenige, die sich nach einer neuen Bleibe umschauen wird. Entweder richtest du dich nach den Regeln in dieser Familie oder du suchst dir eine andere Unterkunft. So einfach ist das.«

Sara sah mir direkt in die Augen. »Du kannst mich mal.«

Ich sah mich, wie ich buchstäblich durch das Zimmer flog, die Füße in der Luft, die Arme lang ausgestreckt. Im nächsten Moment landete ich auf Sara, und meine Fäuste schlugen wie Hämmer auf ihren Hinterkopf, ihren Nacken, ihre Schultern, jeden Teil ihres Körpers, den sie erreichen konnten. Sara schrie, hob die Hände, um sich vor meinen Schlägen zu schützen, versuchte zu fliehen. Wir schrien und weinten beide, während ich sie unablässig mit beiden Fäusten bearbeitete.

»Hör auf, Mama!« schrie sie. »Hör doch auf!«

Entsetzt sprang ich zurück und starrte Sara in das erschrockene, tränennasse Gesicht. »Sara, es tut mir so leid«, begann ich.

»Du blöde Kuh!« sagte sie.

Ohne zu überlegen, holte ich aus und schlug ihr ins Gesicht, so heftig, daß meine Handfläche brannte und das Geräusch des Schlags durch das ganze Haus schallte. Ich sah, wie ein Tränenstrom der Wut die Jahre von Saras Gesicht spülte. Aus dem Teenager wurde das Kind, dann der Säugling an meiner Brust. Ach, mein Baby, dachte ich, als sie sich zu ihrer vollen Amazonengröße aufrichtete und zurückschlug.

Fassungslos starrte ich meine große Tochter an. Meine Wange brannte, mein Inneres stand in Flammen. »Wenn du mich noch einmal schlägst«, sagte ich langsam und überraschend ruhig, »hast du hier nichts mehr zu suchen.«

»Du hast mich zuerst geschlagen«, protestierte sie.

»Wenn *ich* dich noch einmal schlage«, fuhr ich ohne einen Moment des Zögerns fort, »hast du hier nichts mehr zu suchen.«

»Was? Das ist ungerecht.«

»Vielleicht, aber es ist *mein* Haus.«

»Du bist ja verrückt«, schrie Sara. »Ist dir das klar? Du bist verrückt.«

Etwa um diese Zeit kam Larry mit meiner Mutter und Michelle nach Hause.

»Sie ist verrückt geworden«, schrie Sara, als Michelle meine Mutter ins Vestibül schob. »Ich ruf die Polizei an. Ich ruf den Kinderschutzbund an.«

»Was ist denn passiert?« fragte Michelle und ließ meine Mutter stehen, um mir zu Hilfe zu kommen.

»Ach, natürlich, da ist sie ja schon«, rief Sara spöttisch. »Unser kleines Tugendschaf.«

Irgendwie schaffte Larry es, uns alle in unsere Zimmer zu verfrachten, ganz wie der Ringrichter, der die Kontrahenten in ihre Ecken verweist. Er beruhigte meine Mutter, beschwichtigte Michelle, kümmerte sich um Sara, vergewisserte sich, daß alle normal atmeten. Nach einer Weile wurde es still im Haus und dunkel.

»Geht's dir besser?« fragte Larry, als er später neben mir im Bett lag.

Ich lag auf der Seite und starrte in den diffusen Mondschein, der durch die Vorhänge sickerte. »Nein«, sagte ich.

So einfach war das.

26

»Du brauchst keine Schuldgefühle zu haben«, sagte Larry in den folgenden Tagen häufig zu mir.

Aber natürlich hatte ich Schuldgefühle. Wie wäre es anders möglich gewesen? Ich hatte mein eigenes Kind geschlagen, nicht einmal, sondern mehrmals. Ich hatte mit den Fäusten auf ihren Rücken und ihre Schultern eingeschlagen, ich hatte ihr mit offener Hand ins Gesicht geschlagen. In dieses schöne Gesicht, dachte ich. Wie hatte ich das tun können?

»Sie hat dich provoziert. Sie hatte es verdient«, sagte Larry.

Sie hatte mich wirklich provoziert; sie hatte es verdient.

Aber davon wurde es nicht wieder gut.

»Du hast ihr gezeigt, daß sie sich nicht alles erlauben kann«, sagte Larry.

»Ich habe ihr nur gezeigt, daß ich mich nicht beherrschen kann.«

»Geh doch nicht so hart mir dir ins Gericht, Kate.«

»Ich bin schließlich die Erwachsene«, sagte ich.

»Sie ist siebzehn«, entgegnete er. »Sie ist einsachtzig.«

»Ich bin ihre Mutter.«

»Man sagt nicht blöde Kuh zu seiner Mutter.«

»Ich habe sie geschlagen.«

»Sie hat zurückgeschlagen.«

Sonderbarerweise machte mir von allem, was an diesem Abend geschehen war, die Tatsache, daß Sara mich geohrfeigt hatte, am wenigsten aus. Vielleicht weil ich immer schon der Meinung war, daß man, wenn man jemanden schlägt, darauf gefaßt sein muß, wiedergeschlagen zu werden.

Meine Mutter hatte nie zurückgeschlagen.

Eine Flut unterdrückter Erinnerungen überschwemmte mich. Ich hörte, wie die Haustür meiner Kindheit geöffnet wurde, sah meinen Stiefvater ins Haus kommen. ›Hallo, Darling‹ begrüßte meine Mutter ihn. ›Du kommst spät.‹

›Beschwerst du dich?‹

›Aber nein. Ich habe mir nur Sorgen gemacht. Das Essen war schon vor einer Stunde fertig.‹

›Essen gibt's, wenn ich heimkomme.‹

›Es steht schon auf dem Tisch.‹

›Es ist kalt.‹

›Ich wärme es auf.‹

›Du weißt, ich hasse aufgewärmtes Essen. Ich schufte doch nicht den ganzen Tag und zahle einen Haufen Geld für Fleisch, damit ich es dann aufgewärmt vorgesetzt kriege.‹

›Bitte reg dich nicht auf. Ich mach was anderes.‹

›Glaubst du, ich hab Lust, den ganzen Abend zu warten, bis du was anderes gemacht hast?‹

›Es dauert nicht lang.‹

›Du glaubst wohl, ich verdiene keine anständige Mahlzeit, wenn ich nach Hause komme?‹

›Aber nein, natürlich nicht. Ich versuche doch immer, es schön für dich zu machen.‹

›Warum ist es dann nicht schön?‹

›Na ja, du bist doch erst so spät gekommen …«

›Willst du jetzt vielleicht mir die Schuld geben?‹

›Nein, nein. So was kommt vor. Das versteh ich doch.‹

›Du verstehst einen Scheiß.‹

›Es tut mir leid, Mike. Es war nicht meine Absicht …‹

›Dir tut immer alles leid. Es ist nie deine Absicht. Du denkst einfach nicht, das ist dein Problem. Warum bist du nur so?‹

›Bitte, Mike, beruhige dich. Du machst den Kindern angst.«

›Zum Teufel mit den Kindern.‹

›Bitte, fang jetzt nicht an zu fluchen, Mike.‹

›Willst du mir den Mund verbieten? Ach ja, richtig, dein erster Mann, dieser beschissene Heilige, hat nie geflucht. Und was willst du tun? Mir den Mund mit Seife auswaschen? Hä?‹

›Bitte, Mike!‹

›Hey, das ist eine prima Idee. Genau das werd ich mit dir tun. Ich werd dir den Mund mit Seife auswaschen. Dann überlegst du's dir beim nächsten Mal vielleicht zweimal, eh du deinem Mann frech kommst.‹

›Nein, bitte nicht!‹

›Was ist los? Schmeckt's dir nicht? Ich wette, es schmeckt besser als das Scheißzeug, das du mir heute abend hinstellen wolltest, du blöde Kröte.‹

Ich schloß die Augen. Ich wollte die Blutergüsse, die meine Mutter am nächsten Morgen rund um den Mund gehabt hatte, nicht sehen und auch nicht die roten Male an ihrem Hals und ihren Armen, den rot entzündeten Kratzer an ihrem Kinn.

›Was hast du mit meiner Mutter gemacht?‹ fragte ich einmal bei so einem Anlaß.

›Pscht, Kate‹, warnte meine Mutter. ›Es ist nichts.‹

›Wovon redest du? Ich hab deine Mutter nie angerührt. Was für Lügen hast du dem Mädchen erzählt, Helen?‹

›Ich hab ihr gar nichts erzählt. Es ist okay, Kate. Ich bin auf dem Teppich ausgerutscht. Ich bin gegen die Tür gefallen.‹

›Trampel‹, sagte mein Stiefvater.

›Sie ist kein Trampel‹, rief ich. ›Du bist der Trampel.‹

Selbst jetzt noch kann ich den harten Schlag auf meinem Hinterkopf spüren. Ich werde das niemals tun, gelobte ich mir in diesem Moment. Ich werde meine Kinder niemals schlagen.

»Ich bin nicht besser als er«, sagte ich zu Larry.

»Hör doch auf, dich deswegen fertigzumachen«, sagte er.

»Ich bin Therapeutin, Herrgott noch mal!«

»Ja, du bist Therapeutin«, wiederholte er. »Und keine Heilige. Ist denn je etwas Ähnliches vorgekommen? Nein. Es ist ein einziges Mal passiert. Sie hat dich provoziert, und du hast die Beherrschung verloren.«

›Er ist nicht immer so‹, konnte ich meine Mutter unter Tränen beteuern hören. ›Oft ist er lieb und aufmerksam und lustig. So was passiert nur manchmal, wenn er unter großem Streß steht. Oder wenn ich ihn provoziere und er einfach die Beherrschung verliert.‹

»Das ist keine Entschuldigung«, sagte ich zu Larry, wie ich zu ihr gesagt hatte.

War Gewalt übertragbar? Wurde sie von einer Generation an die nächste weitergegeben wie eine Erbkrankheit? Gab es kein Entkommen?

Ich sagte für die nächsten beiden Tage alle Termine ab und blieb die meiste Zeit im Bett. Sara tat, als existierte ich nicht. Sie ging zur Schule, kam nach Hause, blieb bis zum Abendessen im Arbeitszimmer, aß schweigend und ging nach dem Abendessen wieder ins Arbeitszimmer. Ich war die Unsichtbare, eine Rolle, die mir nicht ganz fremd war, nur war es diesmal etwas anders, da mir die Unsichtbarkeit absichtlich übergestülpt wurde.

»Kann ich mit dir reden?« fragte ich ein paar Tage später abends an der Tür zum Arbeitszimmer.

»Nein«, antwortete Sara. Sie schlug ein Buch auf und tat, als läse sie.

»Ich finde es wichtig, daß wir über das sprechen, was passiert ist.«

»Du hast mich geschlagen, das ist passiert.«

»Ich habe dich nicht geschlagen«, begann ich und brach ab. »Es tut mir so leid.«

»Ich will nicht drüber reden.«

»Laß sie«, sagte Larry, der hinter mich getreten war, leise und führte mich weg. »Du brauchst dich für nichts zu entschuldigen.«

»Die redet schon wieder mit dir. Sobald sie was haben will«, sagte Michelle.

»Ist es Zeit, nach Hause zu fahren?« fragte meine Mutter.

»Ich bin noch auf der Suche nach einer schönen Wohnung für dich, Mama«, sagte ich. Mir war klar, daß ich etwas unternehmen mußte. Es wurde immer offenkundiger, daß sie hier auf Dauer nicht bleiben konnte. »Aber vorher müssen wir noch zum Arzt. Wir haben morgen einen Termin, weißt du noch?«

Natürlich wußte sie es nicht mehr. Sie vergaß alles von einer Minute zur anderen. Sie hatte keine Ahnung, warum ich sie am folgenden Morgen so früh weckte; sie hatte keine Ahnung, wohin wir wollten, als ich auf der Suche nach der Praxis von Dr. Wong den Dixie Highway in südlicher Richtung hinunterfuhr.

»Wie fühlst du dich?« fragte ich.

»Prächtig«, antwortete sie. »Wo fahren wir hin?«

»Zur Gynäkologin. Es ist nur eine Routineuntersuchung.«

»Gut, Kind.«

Aber so gut war es gar nicht, wie sich dann zeigte. Bei dieser Untersuchung nämlich entdeckte Dr. Wong die beiden Polypen in meinem Körper und entfernte sie. »Ich bin sicher, Sie brauchen sich keine Sorgen zu machen, aber ich schicke sie auf jeden Fall ein«, sagte sie, als ich mich wieder hochrappelte. »Am besten fragen Sie in zwei Wochen mal nach. Bis dahin müßten wir das Ergebnis haben.«

Ich nickte und öffnete die Tür zum Wartezimmer. Meine Mutter blätterte in der Morgenzeitung. Auf der Titelseite war ein Foto von Jo Lynn, die stolz ihren selbstgekauften Trauring vor die Kamera hielt. Mir wurde übel. Ich drückte beide Hände auf meinen Bauch.

»Ich gebe Ihnen ein paar Tabletten gegen die Krämpfe mit«, sagte Dr. Wong. »Und eine Woche lang keinen Geschlechtsverkehr«, sagte sie, als wir gingen.

Kein Problem, dachte ich. In Gedanken war ich bei Robert, als meine Mutter und ich langsam zum Parkplatz gingen. Am liebsten hätte ich mich auf dem warmen grauen Asphalt wie ein Fötus zusammengerollt. Ein Glück, daß Robert und ich keine Pläne für heute nachmittag gemacht hatten. Ich hätte beinahe gelacht, bei dem Gedanken.

»Wie geht es dir, Mama?« fragte ich, als ich ihr den Sicherheitsgurt umlegte.

»Prächtig. Und dir, Kind?«

»Ich hab mich schon besser gefühlt«, bekannte ich.

Sie lächelte. »Das ist gut, Kind.«

Zu Hause setzte ich meine Mutter im Wohnzimmer vor den Fernsehapparat und kroch ins Bett. Innerhalb von Minuten war ich eingeschlafen, und Träume von Sara umkreisten mich wie Flugzeuge, die auf Landeerlaubnis warten. Zum Glück kann ich mich an Einzelheiten nicht erinnern. Ich weiß nur, daß wir an einer Stelle in einen schrecklichen Streit gerieten und begannen, uns zu schlagen. Saras Faust traf mich voll in den Unterleib. Ich fuhr mit mörderischen Schmerzen im Bauch aus dem Schlaf und rannte ins Bad. Blut tropfte in die Toilette. »Reizend«, sagte ich, schluckte noch eine Tablette und flüchtete mich wieder ins Bett.

Das Telefon läutete. Es war Larry. »Wie war es?« fragte er, und ich erzählte es ihm. »Warum hast du mich nicht angerufen? Ich hätte dich doch abholen können.«

»Das war nicht nötig.«

»Du mußt nicht alles allein machen, Kate.«

»Eine Woche lang keinen Sex«, sagte ich.

Er seufzte. Sonst was Neues? schien der Seufzer zu sagen.

»Ich werd versuchen, früher nach Hause zu kommen«, bot er an.

»Nicht nötig.«

»Schließ mich nicht aus, Kate.«

»Das tue ich doch gar nicht.« Aber ich tat es.

Ich legte den Hörer auf, streckte mich wieder aus und dachte an Robert. Wir waren in einem der jüngst renovierten Zimmer im Breakers Hotel, einem großen, sonnendurchfluteten Raum mit Blick auf den Ozean. Die Wellen schwappten sanft plätschernd durch die hohen Fenster zu dem breiten französischen Bett, auf dem wir lagen und einander zärtlich küßten und liebkosten. Weiter entwickelte sich die Phantasie nicht; vielleicht wegen der Krämpfe, die mich plagten, vielleicht weil Sara sich dauernd ins Hotelzimmer drängte und Robert schließlich aus dem großen Bett warf und in eines der anderen Zimmer vorn im Hotel verbannte. Ihre Stimme übertönte das sanfte Plätschern des Meeres.

Ich ließ den Auftritt mit Sara noch einmal ablaufen und durchlebte wieder alles, was geschehen war, den heftigen Wortwechsel, den Sarkasmus, die Schläge; dann spielte ich die Szene von neuem durch, diesmal mit einem anderen Drehbuch. In dieser bearbeiteten Version blieb ich kühl und gelassen, ließ mich nicht provozieren, zeigte mich eisern beherrscht. Jedesmal, wenn Sara versuchte, mich zu ködern oder in einen Streit zu verwickeln, trat ich einfach zurück. Ich erklärte ruhig, wir wüßten doch beide, wo sie wirklich gewesen war, und hielt ihr die Folgen ihrer Lügen vor Augen. Und am Ende sah Sara ein, daß sie falsch gehandelt hatte, und übernahm die Verantwortung für ihr Handeln. Wir beendeten die Auseinandersetzung mit einer tränenreichen Umarmung.

Na, ist das nicht eine hübsche Phantasie?

Um drei Uhr läutete es an der Tür. Ich quälte mich aus dem Bett und ging hinaus. Ich dachte, es wäre Larry, obwohl es mich wunderte, daß er seinen Schlüssel nicht mithatte. Aber es war nicht Larry. Es war Jo Lynn. Bitte, laß das auch nur einen Traum sein, flehte ich, während ich ihren konservativen dunkelblauen Hosenanzug und das zurückgebundene Haar registrierte.

»Ich bin inkognito«, erklärte sie, meinen Blick bemerkend. »Die Reporter machen mich wahnsinnig.«

»Na so was«, sagte ich und wünschte sogleich, ich hätte es nicht getan. Ich hatte meiner Schwester nichts zu sagen. Was wollte sie hier?

»Du siehst schlecht aus«, stellte sie fest und trat ein, ehe ich sie daran hindern konnte. »Bist du krank?«

»Ich hatte heute morgen eine kleine unerwartete Operation«, antwortete ich. Was zum Teufel war los mit mir? Konnte ich denn nie den Mund halten?

»Eine Operation? Was denn für eine?«

»Nur was Kleines.«

»Igitt«, sagte sie, an Einzelheiten nicht interessiert.

»Was willst du hier, Jo Lynn?«

»Oh, oh, du bist sauer. Ich hör's an deiner Stimme.«

»Wie scharfsichtig von dir.«

»Wie sarkastisch von dir. Komm schon, Kate. Du kannst doch nicht überrascht sein. Ich hab dir seit Monaten von meinen Heiratsplänen erzählt.«

»Wie konntest du nur?« fragte ich vorwurfsvoll.

»Ich liebe Colin. Ich bin überzeugt, daß er unschuldig ist.«

»Ich rede nicht von deinem unmöglichen Ehemann«, schrie ich sie an. »Ich spreche von meiner Tochter.«

Schweigen. »Colin ist nicht unmöglich«, sagte Jo Lynn dann.

Ich stöhnte nur.

»Wie findest du meinen neuen Namen? Jo Lynn Friendly. Klingt doch gut, nicht?«

Ich sagte nichts.

»Ach – redest du nicht mehr mit mir?«

»Die Lust dazu ist mir vergangen.«

»Mensch, sei doch nicht so verbissen, Kate. Ich hab eine Trauzeugin gebraucht. Du hast abgelehnt, also hab ich Sara gefragt, und sie war so nett, ja zu sagen. Es war doch ein erfreulicher Anlaß. Eine Hochzeit!«

»Eine Hochzeit hinter Gittern.«

»Sei nicht so melodramatisch.«

»Du hast dich einfach über meine Wünsche hinweggesetzt.«

»Nun mach nicht gleich aus einer Mücke einen Elefanten.«

Ich holte tief Atem. Das letzte, was ich jetzt brauchte, war ein Streit mit meiner Schwester. »Was willst du hier, Jo Lynn?« fragte ich wieder.

»Ich suche Mutter.«

Ich sah ins Wohnzimmer hinüber. Unsere Mutter saß noch genauso da, wie ich sie vor ein paar Stunden hingesetzt hatte. Sie hatte sich nicht gerührt, nicht einmal beim Klang von Jo Lynns Stimme. »Mama?« rief ich und ging rasch auf sie zu.

Auf dem Bildschirm stritten sich gerade zwei unglaublich gutaussehende junge Leute über die bevorstehende Wiederheirat ihres Vaters. Unsere Mutter schien die Vorgänge aufmerksam zu verfolgen. Die Hände im Schoß gefaltet, die Füße fest auf dem Boden, saß sie ganz still da. Ihre Augen waren offen. Ein kleiner Speichelfaden zog sich zu ihrem Kinn hinunter.

»Ist sie tot?« fragte Jo Lynn von hinten, als ich mich zu unserer Mutter hinunterbeugte.

»Mama?« sagte ich und berührte vorsichtig ihre Schulter.

Ihre Augen zwinkerten kurz, dann fielen sie zu. Ich atmete erleichtert auf. Behutsam wischte ich ihr den Speichel vom Kinn, dann trat ich zurück und stieß gegen Jo Lynn. Hastig wich ich seitlich aus. »Sie schläft.«

»Sie schläft mit offenen Augen?«

»Sie dämmert wahrscheinlich.«

»Gruslig.«

Ich griff nach der Fernbedienung, um den Fernsehapparat auszuschalten.

»Nicht!« quietschte Jo Lynn. »Das sind Reese und Antonia. Ihr Vater will seine zweite Frau wieder heiraten, die sie immer gehaßt haben, weil sie früher mal Stripperin war und sie umbringen wollte. Sie hat ihnen das Haus angezündet. Aber jetzt ist sie okay. Sie hat noch mal studiert und ist Psychiaterin geworden. Hast du Kaffee?«

Ich schaltete den Fernseher aus. »Nein.«

»Dann mach welchen.« Jo Lynn machte es sich in einem der Korbstühle in der Frühstücksnische gemütlich. »Du kannst bestimmt eine Tasse gebrauchen.«

Sie hatte recht. Ich ging in die Küche und tat brav, was sie verlangt hatte.

»Es ist unglaublich, was sich in manchen von diesen Seifenopern abspielt«, bemerkte Jo Lynn ohne eine Spur von Ironie. Sie wies mit dem Kopf zu unserer Mutter. »Also, wie lautet die Prognose?«

»Bis jetzt haben die Ärzte nichts Organisches gefunden«, antwortete ich, zu müde, um etwas anderes zu tun, als diesen Besuch über mich ergehen zu lassen. »Woher wußtest du überhaupt, daß sie hier ist?«

»Ich hab versucht, sie anzurufen, und hörte, daß der Anschluß nicht mehr besteht. Daraufhin hab ich bei Mrs. Winchell nachgefragt.«

»Woher das plötzliche Interesse an Mutter?«

»Darf ich nicht interessiert sein?«

Ich zuckte die Achseln und sah schweigend zu, wie der Kaffee langsam in die Glaskanne tropfte.

»Na, willst du mich nicht fragen, wie's hinter dem Wasserkühler war?« erkundigte sich Jo Lynn ungeduldig.

»Nein.«

»Ach, tu doch nicht so. Du platzt doch vor Neugier.«

»Nein, du platzt vor Mitteilungsbedürfnis. Das ist ein Unterschied.«

»Es war der reine Wahnsinn«, sagte sie. »Na ja, nicht im technischen Sinn. Ich meine, es war ziemlich eng da hinten, und wir mußten uns beeilen, aber das hat's irgendwie um so aufregender gemacht. Unter normalen Umständen ist Colin ein toller Liebhaber, das hat man sofort gemerkt.«

Warum brauchte der Kaffee so lang, um durchzulaufen? Ich fixierte die Maschine, als könnte ich dadurch den Vorgang beschleunigen.

»Meinst du nicht, wir sollten Mutter wecken?« fragte Jo Lynn.

»Wozu?«

»Ich möchte mit ihr reden.«

»Wozu?«

»Brauch ich deine Genehmigung, um mit meiner Mutter zu reden?«

»Nein, natürlich nicht. Aber alles, was man zu ihr sagt, geht zum einen Ohr hinein und durch das andere sofort wieder hinaus.«

»Vielleicht«, meinte Jo Lynn.

»Nicht vielleicht. Es ist so. Ich bin schließlich die ganze Zeit mit ihr zusammen. Ich bin diejenige, die mit ihr spricht.«

»Vielleicht hast du nichts Interessantes zu sagen.«

Ich schüttelte seufzend den Kopf. Sie hatte wahrscheinlich recht. »Darf ich fragen, worüber du mit ihr sprechen willst?«

Jo Lynn spitzte die Lippen und schien über das Für und Wider einer offenen Antwort nachzudenken. »Na ja, ich kann's dir ja sagen, da es ursprünglich sowieso deine Idee war.«

»Meine Idee?«

»Das mit dem Jurastudium.«

»Was?«

»Ich hab darüber nachgedacht. Vielleicht ist der Gedanke gar nicht so blöd.«

»Es ist dir ernst?«

»Oh. Gelegentlich höre ich sogar auf das, was du sagst«, erwiderte sie. »Falls du es nicht wissen solltest.«

»Und du willst anfangen Jura zu studieren?« sagte ich verdattert. Dieses Gespräch konnte noch nicht Wirklichkeit sein. Bestimmt lag ich in meinem Bett, die Decke hochgezogen, während meine Innereien wütend gegen die überraschende Beschneidung inneren Wildwuchses protestierten. Am Samstag hatte meine Schwester einen Serienmörder geehelicht; heute wollte sie ein Jurastudium beginnen. Phantasien waren Halluzinationen gewichen. Ich war so verrückt wie der Rest meiner Familie.

»Ich glaube, daß du recht hast«, sagte Jo Lynn gerade. »Es ist für mich der einzige Weg, Colin wirklich zu helfen und ihn aus dieser gräßlichen Anstalt herauszuholen.«

»Das wird nicht leicht werden«, warnte ich.

»Das ist mir klar. Erst muß ich mal das Studium erfolgreich abschließen.«

»Erst mußt du sehen, ob du überhaupt genommen wirst.«

»Das weiß ich«, versetzte sie ungeduldig. »Aber ich bin fest entschlossen, und du kennst mich ja, wenn ich was wirklich will, dann krieg ich's auch.«

»Das heißt mindestens fünf Jahre Studium.«

»Hab ich denn was Besseres zu tun?«

»Nein, wahrscheinlich nicht.«

»Hast du ein Problem damit?« fragte sie. »*Du* hast es doch vorgeschlagen. *Du* hast so getan, als wäre es eine super Idee.«

»Es ist auch eine super Idee.«

»Ich hab gedacht, du würdest dich freuen.«

»Das tu ich ja auch. Es ist nur ...«

»Du hast immer noch eine Wut auf mich wegen Sara.«

»Du läßt einem gar keine Zeit, zu Atem zu kommen.«

»Das ist Teil meines Charmes.« Jo Lynn richtete ihren Blick auf unsere Mutter. »Meinst du, sie rückt die Kohle raus?«

Ich griff in den Schrank, nahm zwei Becher und füllte sie mit dem frisch gebrauten Kaffee. »Die Kohle wofür?«

»Na, für die Studiengebühren und so.«

Ich reichte Jo Lynn einen Becher und trank vorsichtig einen ersten Schluck.

»Was ist? Glaubst du nicht, daß sie mir das Geld gibt?«

»Es ist die Frage, ob sie überhaupt Geld hat, das sie dir geben könnte.«

Jo Lynn sprang auf. Heißer Kaffee schwappte aus ihrem Becher über ihre Hand. Sie schien es gar nicht zu merken. »Was soll das heißen? Natürlich hat sie Geld.«

»Das meiste ist verbraucht«, versuchte ich zu erklären. »Den Rest werden wahrscheinlich die Arztkosten auffressen.«

»Das ist wieder typisch. Warum konnte sie nicht einfach sterben?«

»Jo Lynn!«

Sie begann hin und her zu laufen, drehte kleine Kreise zwischen dem Tisch und der Anrichte. »Ach, verschon mich mit deiner moralischen Entrüstung. Du kannst mir nicht vormachen, daß du den Gedanken nicht auch schon gehabt hast.«

Ich wollte protestieren und tat es nicht. In den letzten Wochen hatte es tatsächlich immer wieder Momente gegeben, in denen ich gedacht hatte, der Tod wäre das freundlichere Schicksal für uns alle gewesen.

»Was ist mit dir und Larry?«

»Bitte?«

»Du hast gesagt, ihr würdet mir das Geld leihen und ich könnte es später zurückzahlen, wenn ich verdiene. War das ernst gemeint?«

Ich zögerte.

Sie ging sofort auf mich los. »Ah ja, es war nur so dahingesagt, damit du dir hilfreich und gut vorkommen kannst, aber du denkst überhaupt nicht daran, es wirklich zu tun.«

»Das ist nicht wahr.«

»Also, leihst du mir das Geld? Ja oder nein?«

»Moment mal!« sagte ich. »Müssen wir das so überstürzen? Warum hast du es plötzlich so eilig?«

»Warum nicht? Ich möchte loslegen.«

»Mir kommt das alles so unüberlegt vor«, entgegnete ich.

»Ich verstehe nicht, was es da groß zu überlegen gibt. *Du* hast doch den Vorschlag gemacht, daß ich Jura studieren soll. Und jetzt setze ich ihn um. Ich dachte, du würdest dich freuen. Endlich fang ich mal was Richtiges an. Oder liegt da vielleicht der Hund begraben? Hast du dich in deiner Rolle als die allmächtige ältere Schwester so gemütlich eingenistet, daß du gar nicht willst, daß ich auch mal was gut mache?«

Ich kippte den Rest meines Kaffees hinunter und verbrannte mir die Kehle. Wieso sprachen wir plötzlich von mir? »Hör mal«, begann ich, »du hast mich kalt erwischt. Es ist jetzt kein besonders günstiger Moment, mich um einen Gefallen zu bitten. Laß mir ein paar Tage Zeit. Ich werd mit Larry reden, sobald sich die richtige Gelegenheit bietet.«

»Ach, was soll der Quatsch? Du weißt doch genau, daß sich die richtige Gelegenheit nie bieten wird.« Im nächsten Moment war Jo Lynn auf dem Weg zur Haustür. »Ich versteh das nicht«, sagte sie, hilflos mit den Armen wedelnd. »Ich meine, was willst du denn eigentlich von mir?«

Sie knallte die Tür zu.

27

»Ich fahre vielleicht nächste Woche nach South Carolina«, sagte Larry, als wir Seite an Seite im Bett lagen, ohne einander zu berühren, die Hände auf unseren Bäuchen gefaltet, den Blick zum Ventilator erhoben, der sich leise surrend über uns drehte.

»Um deine Mutter zu besuchen?«

»Ja, und um Golf zu spielen. Mein Bruder hat angerufen und mich, das heißt *uns*, für ein paar Tage eingeladen.«

»Ich kann nicht fahren«, sagte ich rasch.

»Ich habe ihm schon gesagt, daß du wahrscheinlich nicht kannst.«

»Der Zeitpunkt ist schlecht«, erklärte ich. »Es ist einfach zuviel los.«

»Ja, das hab ich ihm auch gesagt.«

Ich hörte die Enttäuschung in seiner Stimme, ging aber nicht darauf ein. »Aber fahr du ruhig. Du hast deine Familie ja lange nicht gesehen. Und deine Mutter freut sich bestimmt.«

»Ja, ich denke, ich werde fahren«, sagte er nach einer Pause.

»Es tut dir bestimmt gut«, meinte ich. »Hast du mal über Jo Lynns Bitte nachgedacht?«

»Nein.«

»Und wirst du's dir überlegen?«

»Nein.«

»Findest du das nicht ein bißchen kurzsichtig?«

»Nein.«

Ich holte tief Atem und ließ die Luft langsam wieder entweichen, lauter als notwendig.

»Hör zu, Kate. Nach dem letzten Stückchen, das sich deine Schwester da erlaubt hat, denke ich überhaupt nicht daran, ihr so einen Geldbetrag zu geben.«

»Es ist doch kein Geschenk. Es ist ein Darlehen.«

»Na klar. Als ob sie allen Ernstes ein fünfjähriges Studium durchziehen würde! Als ob ich mein Geld wiedersehen würde!«

»Natürlich wäre es ein Risiko«, stimmte ich zu, »und im ersten Moment hab ich den Gedanken auch lächerlich gefunden, aber dann hab ich ein bißchen eingehender darüber nachgedacht und bin zu dem Schluß gekommen, daß es vielleicht doch nicht so absurd ist. Vielleicht hält sie diesmal wirklich durch. Außerdem hab *ich* ja den Vorschlag gemacht. *Ich* hab ihr die Idee in den Kopf gesetzt und sie überredet, es zu versuchen.«

»Deswegen bist du noch lange nicht verantwortlich, Kate«, entgegnete Larry. »Du bist nicht die Hüterin deiner Schwester.«

»Ich denke nur, es ist vielleicht ihre letzte Chance.«

»Wenn sie wirklich studieren will, dann soll sie jobben und ihr Studium aus eigener Tasche bezahlen. So wie tausend andere auch.«

»Ja, sicher, aber ...«

»Ach, Kate, ich weiß, sie ist deine Schwester und du möchtest ihr gern helfen. Daran will ich dich gar nicht hindern. Ich meine, wenn du das Geld hast und es ihr geben möchtest, ist das deine Sache, aber verlange nicht von mir, daß ich da mitmache. Ich kann nicht und ich will nicht.«

»In Ordnung«, sagte ich. Aber es war nicht in Ordnung.

»Weißt du, was ich nicht verstehe?«

Die Frage war rein rhetorisch. Sie verlangte keine Antwort.

»Ich verstehe nicht, daß du dich so leicht einwickeln läßt. Sie schafft das jedesmal bei dir. Erst bist du stocksauer auf sie und willst sie nie wiedersehen; und im nächsten Moment bist du bereit, ihr dein letztes Hemd zu geben.«

»Sie ist meine Schwester.«

»Sie ist ein hoffnungsloser Fall. Das war sie schon immer. Aber jetzt ist sie außerdem noch *gefährlich.*«

»Gefährlich?«

»Ja, gefährlich. Frauen, die sich mit Serienmördern einlassen, sind leichtsinnig; Frauen, die Serienmörder heiraten, sind verrückt; Frauen, die ihre minderjährigen Nichten in ihren Wahnsinn hineinziehen, sind gefährlich.«

»Ich hab nur gedacht, wenn ich ihr irgendwie helfen könnte ...«

»Ihr ist nicht zu helfen.« Er setzte sich auf und beugte sich, auf einen Ellbogen gestützt, über mich. »Kate, du weißt doch so gut wie ich, daß man Menschen wie Jo Lynn nicht aus dem Dreck ziehen kann. Sie können einen höchstens zu sich hinunterziehen.«

Er senkte den Kopf, um mich zu küssen. Ich drehte mich auf die Seite, das Gesicht zum Fenster.

»In einer Woche bist du mich los«, sagte er traurig und legte sich wieder hin. »Dann hast du ein paar Tage für dich und kannst dir in Ruhe überlegen, was du tun willst.«

Er sagte nicht, in welcher Hinsicht. Er brauchte es gar nicht. Wir wußten beide, wovon er sprach.

Am nächsten Tag rief ich Robert an und berichtete ihm von Larrys Plänen. Wir verabredeten uns für den folgenden Samstag. Im Breakers. Wir würden ein Zimmer mit Blick aufs Meer nehmen.

Der Brief kam wenige Minuten, nachdem Larry zum Flughafen gefahren war. Ich betrachtete ihn ein paar Sekunden lang, ohne ihn zu öffnen, wunderte mich über die fremde Hanschrift, das Fehlen eines Absenders. Ich nahm ihn in die Küche und schnitt mich an dem scharfen Papier, als ich den Umschlag aufriß. Ein wenig Blut tropfte auf das Papier.

»Jetzt ist es amtlich, liebe Katie«, begann der Brief. »Wir sind eine Familie.«

Mein Blick flog zum unteren Teil des weißen Blatts. Meine Hände zitterten, mein Herz raste. »Alles Liebe, Colin«, stand da widerlich klar und deutlich.

»Nein!« rief ich laut, während ich »Jetzt ist es amtlich. Wir sind eine Familie« ein zweites Mal las und mich zwang weiterzulesen. »Ich muß sagen, ich finde das großartig. Wie dem auch sei, ich wollte Sie nur wissen lassen, wie leid es mir getan hat, daß Sie zur Hochzeit nicht kommen konnten. Aber Sara hat Ihnen alle Ehre gemacht. Sie haben wirklich eine hinreißende Tochter. Man könnte sagen, sie ist so süß wie die erste Erdbeere im Frühling.«

Tränen der Wut traten mir in die Augen. Ich wischte sie weg und las weiter.

»Ich weiß, Sie haben nicht gerade einen Narren an mir gefressen, Kate. Aber ich dafür an Ihnen. Ich hoffe, ich kann es Ihnen eines Tages beweisen. Inzwischen muß ich mich damit begnügen, an Sie zu denken. Alles Liebe, Colin.«

»Nein! Nein! Nein!« schrie ich immer lauter und zerriß den Brief in tausend Fetzen, die wie Konfetti zu Boden fielen. Zu spät wurde mir bewußt, wie dumm es war, und ich versuchte, die Schnipsel wieder einzusammeln. Doch dieses Unterfangen gab ich gleich wieder auf. »Das hast du wirklich toll gemacht«, beschimpfte ich mich. »Das war echt clever.« Ich atmete einmal tief durch. Dieses Beweisstück hatte ich vernichtet. Völlig sinnlos, die Polizei anzurufen. Statt dessen rief ich meine Schwester an.

»Du hast ihm einfach unsere Adresse gegeben?« rief ich, sobald ich ihre Stimme hörte.

»Er hat gesagt, er wollte noch mal versuchen, sich mit dir zu versöhnen«, erklärte Jo Lynn. »Was ist nur los mit dir, Kate? Er gibt sich solche Mühe. Kannst du ihm nicht wenigstens eine Chance geben?«

Ich legte auf. Sie rief sofort zurück.

»Weißt du inzwischen, ob du mir das Geld für das Studium leihst?« fragte sie.

»Ich hab noch nicht mit Larry gesprochen«, log ich.

»Warum nicht?«

Was war das für ein Gespräch? »Er mußte für ein paar Tage verreisen. Er kommt Montag zurück, dann rede ich mit ihm.«

»Montag ist es zu spät.«

»Zu spät? Wieso?«

Diesmal legte sie auf.

»Typisch«, sagte ich laut. Ein Blick auf die Uhr zeigte mir, daß ich losfahren mußte, wenn ich rechtzeitig in der Praxis sein sollte, um Mrs. Black, eine neue Klientin, die sich für ein Uhr angemeldet hatte, zu empfangen. Meine Vormittagssitzungen hatte ich abgesagt, um Larry zum Flughafen fahren zu können, doch er hatte mein Angebot abgelehnt. Er habe bereits einen Wagen bestellt, sagte er. Die Golfschläger, die ich ihm zu Weihnachten geschenkt hatte, standen wie ein stummer Vorwurf im Vestibül an der Wand. Er hatte seine alten Schläger mitgenommen. »Die bringen mir mehr Glück«, hatte er gesagt, ohne mir einen Abschiedskuß zu geben.

Konnte ich es ihm übelnehmen? Ich war seit Monaten eiskalt zu ihm, schottete mich ab, wies ihn ständig zurück. »Du wirst ein paar Tage für dich haben und kannst dir überlegen, was du tun willst«, hatte er gesagt.

Würden ein paar Tage reichen?

Du hättest mit ihm fahren sollen, sagte ich mir, als ich die Praxistür aufsperrte. Ich versuchte, die unerwünschten Bilder von Colin Friendly zu vertreiben, indem ich mir vorstellte, wie Mrs. Black aussehen, was für Probleme sie haben mochte. So viele Probleme, dachte ich. Und so wenig Lösungen.

Einen Augenblick später hörte ich draußen die Tür gehen. Ich stand auf und ging hinaus, um Mrs. Black zu begrüßen.

Sie stand in der Mitte des Wartezimmers, und mein Hirn brauchte einen Moment, um zu schalten, obwohl ich sie sofort erkannte. Sie wissen, wie das ist, wenn man einem Menschen in einem bestimmten Kontext begegnet und nicht erwartet, ihn in einem ganz anderen wiederzusehen. So erging es mir angesichts der Frau, die jetzt vor mir stand und mich unter blau getönten Lidern hervor lächelnd ansah. Sie trug ein pfirsichfarbenes Kostüm mit farblich passenden Strümpfen und Schuhen. Die Wirkung war leicht grotesk. Ich mußte an eine überreife Frucht denken.

»Hallo, Kate«, sagte sie.

»Brandi!« sagte ich und hatte das Gefühl, neben mir zu stehen, während ich mich bemühte, einen normalen Tonfall zu bewahren. Was um alles in der Welt wollte sie hier? »Wie geht es Ihnen?«

»Nicht so toll.«

»Oh – das tut mir leid.« Tatsächlich hätte ich am liebsten überhaupt nichts von ihr gehört. Brandi Crowe war die letzte, die ich jetzt zu sehen wünschte. Hatte ich nicht vor, übermorgen mit ihrem Ehemann zu schlafen?

Sie lächelte, schob nervös ihre Hände ineinander, ließ sie dann an ihren Seiten herabsinken. Was wollte sie? Hatte Robert ihr von unseren Plänen erzählt? Hatte vielleicht jemand vom Breakers bei ihr angerufen und ihr einen Tip gegeben?

»Sind Sie aus einem bestimmten Grund hier?« fragte ich widerstrebend.

»Ich muß mit Ihnen sprechen.«

»Mit mir?«

»Als Therapeutin«, erklärte sie.

»Ach, das tut mir wirklich leid«, entgegnete ich schnell. »Ich bin heute nachmittag komplett ausgebucht.« War ich je so froh gewesen, viel zu tun zu haben?

»Ich habe einen Termin.«

»Sie haben einen Termin?« Ich war verblüfft. Ich konnte doch nicht so daneben sein, daß mir der Name der Ehefrau meines zukünftigen Liebhabers in meinem Terminkalender nicht aufgefallen wäre.

»Mrs. Black«, sagte sie mit einem Lächeln der Entschuldigung. »Nicht besonders originell, ich weiß.«

Natürlich. Die neue Klientin. »Originell genug, um mich zu täuschen«, hörte ich mich sagen.

»Ich hatte Angst, Sie würden ablehnen, wenn ich Ihnen meinen wahren Namen gesagt hätte. Und ich wollte nicht, daß Robert etwas von diesem Termin erfährt.«

Ich wartete mit angehaltenem Atem.

»Bitte entschuldigen Sie das Versteckspiel.«

»Kein Problem.« Ich führte sie in mein Zimmer und versuchte dabei krampfhaft, einen klaren Kopf zu bekommen. Sie mußte schon vor Wochen diesen Termin vereinbart haben, lange bevor ich mich mit ihrem Mann zum heimlichen Stelldichein verabredet hatte. Sie konnte nichts von unseren Plänen für den Samstag wissen. Ich hätte beinahe gelacht vor Erleichterung.

»Nehmen Sie doch Platz.«

Sie ließ sich in einem der Besuchersessel nieder und schlug die pfirsichfarbenen Beine übereinander. »Ich bin ein bißchen verlegen.«

»Sind Sie sicher, daß Sie gerade mit mir sprechen wollen?«

»Ja«, antwortete sie rasch. »Mir ist aufgefallen, daß Sie gut zuhören können. Und Robert schätzt Sie sehr.«

Wie, fragte ich mich im stillen, stand es um die ethische Vertretbarkeit einer Beratung der Ehefrau meines Liebhabers? Er war natürlich noch nicht mein Liebhaber, und ich hatte ja auch noch nicht zugesagt, seine Frau als Klientin anzunehmen. Brandis Besuch würde sich hoffentlich als einmaliges Ereignis erweisen.

»Ich meine nur, daß Sie sich vielleicht wohler fühlen würden, wenn Sie mit jemandem sprächen, den Sie nicht kennen«, bemerkte ich. Mir jedenfalls wäre das weit angenehmer gewesen.

»Nein, nein, ich möchte wirklich gern mit Ihnen sprechen.«

»Gut.« Ich zwang mich zu einem beruhigenden Lächeln, nahm meinen Block und meinen Stift. »Was kann ich für Sie tun?« Anscheinend würde mir nichts anderes übrig bleiben, als sie anzuhören. Danach konnte ich ihr immer noch einen anderen Therapeuten empfehlen, tröstete ich mich.

Brandi Crowe sah sich ratlos im Zimmer um. »Ich weiß nicht, wo ich anfangen soll.«

»Beginnen Sie doch einfach mit dem, was Sie bewogen hat, hierherzukommen.«

Sie lachte, aber in ihren Augen sammelten sich schon Tränen. Lange sprach sie kein Wort, schluckte nur mehrmals. »O Gott, ist das peinlich. Es ist so ein Klischee.«

»Irgend jemand hat mal gesagt, daß ein Klischee etwas ist, was allzu häufig wahr ist. Es braucht Ihnen nicht peinlich zu sein.«

»Danke.« Sie lächelte, schluckte wieder. »Ich weiß nicht mehr, wer ich bin.« Sie zuckte hilflos die Achseln. Tränen tropften auf den Kragen ihrer Pfirsichjacke.

Ich nahm ein Papiertuch aus der Schachtel und reichte es ihr. Sie tupfte sich die Augen, vorsichtig, um ihr Make-up nicht zu verwischen.

»Warum erzählen Sie mir nicht zu Beginn ein wenig darüber, wer Sie *waren*«, sagte ich.

»Sie meinen, über meine Kindheit?«

»Ich weiß, daß Ihrem Vater eine ganze Reihe Rundfunksender gehören«, sagte ich, sie ermutigend.

Sie nickte bestätigend. »Er hat vierzehn Sender.«

»Und Ihre Mutter?«

»Sie ist gestorben, als ich einundzwanzig war. Sie hat Selbstmord begangen.«

»O Gott, wie schrecklich.«

»Wir standen einander nicht nahe, aber ja, es war schrecklich.«

»Haben Sie Geschwister?«

»Zwei Schwestern. Beide älter. Die eine lebt in Maui, die andere in Neuseeland.«

»Das ist sehr weit weg.«

Sie lachte. »Das kann man wohl sagen.«

»Da sehen Sie sie sicher nicht oft.«

»Fast nie.«

»Und wie ist das für Sie?«

»Ach, ganz in Ordnung, wir haben nicht viel gemeinsam.«

»Wie hat Ihre Mutter sich das Leben genommen?« fragte ich aufrichtig interessiert.

»Sie hat sich im Büro meines Vaters erhängt.« Brandi Crowes Ton war distanziert, leidenschaftslos, als spräche sie von einer Fremden, nicht von ihrer Mutter. »Ich glaube, sie wollte endlich einmal seine Aufmerksamkeit gewinnen.« Sie schüttelte den Kopf. »Es ist ihr nicht gelungen. Er ist an dem Tag gar nicht ins Büro gegangen. Jemand vom Reinigungspersonal hat sie gefunden.«

»Die Ehe war offenbar nicht glücklich«, bemerkte ich.

»Oh, mein Vater war durchaus glücklich. Er hatte seine Sender, eine Familie und seine Frauen.«

»Seine Frauen?« Der Stift in meiner Hand zitterte. Ich legte ihn nieder.

»Mein Vater ist so einer von diesen Titanentypen, wie man sie oft im Kino sieht. Groß und mächtig, unheimlich selbstbewußt und fordernd. Er ist schwer zufriedenzustellen. Na ja, in den letzten Jahren ist er ein bißchen ruhiger geworden. Er ist älter und nicht mehr ganz so beweglich. Aber es reicht immer noch.«

»Und Ihre Mutter wußte, daß er ihr untreu war?«

»Das wußten wir alle. Er hat sich gar nicht bemüht, seine Affären zu verheimlichen.«

»Und wie haben Sie sich dabei gefühlt?«

Brandi Crowe drehte den Kopf und starrte zum Fenster hinaus. »Herabgesetzt«, antwortete sie schließlich.

Eine interessante Wortwahl, dachte ich. »In welcher Hinsicht?«

»Ich weiß nicht, ob ich das erklären kann. Ich vermute, ich habe seinen Betrug persönlich genommen, als würde er nicht nur meine Mutter betrügen, sondern auch mich. Es hat mir das Gefühl gegeben, überhaupt nicht wichtig zu sein.«

»Haben Sie einmal mit ihm darüber gesprochen?«

Sie lachte bitter. »Mein Vater ist ein vielbeschäftigter Mann. Außerdem interessiert es ihn nicht, was ich zu sagen habe. Das war schon immer so.«

»Hat er wieder geheiratet?«

»Mehrmals. Im Augenblick befindet er sich im Interregnum, wie er gern sagt.«

»Er scheint ein sehr selbstsüchtiger Mann zu sein.«

»Das ist er. Das ist ein Teil seines Charmes.« Sie schüttelte den Kopf. »Es ist schon komisch.«

»Was?«

»Ich habe mir geschworen, ich würde mich niemals mit einem Mann einlassen, der auch nur die geringste Ähnlichkeit mit ihm hat. Und was habe ich getan?«

»Was haben Sie denn getan?« fragte ich, obwohl ich es überhaupt nicht wissen wollte.

»Ich habe Robert geheiratet«, antwortete sie.

»Hat Robert Ähnlichkeit mit ihrem Vater?«

»Er ist genau wie mein Vater.«

Jetzt mußte ich erst einmal schlucken. »Inwiefern?«

»Er sieht blendend aus, er ist intelligent, hat Charme, ist absolut selbstsüchtig und egozentrisch und arrogant dazu. Arroganz wirkt bei einem Mann sehr erotisch, finden Sie nicht?«

»Es besteht ein Unterschied zwischen Arroganz und Selbstbewußtsein«, sagte ich, vor der Bemerkung über die Erotik zurückschreckend.

»Robert ist beides, arrogant und selbstbewußt. Finden Sie nicht auch?«

»Dazu kenne ich ihn nicht gut genug«, wich ich aus.

»Aber Sie haben ihn doch in der Schule gekannt«, entgegnete Brandi. »Wie war er damals?«

»Er sah blendend aus, war intelligent, hatte Charme, war selbstsüchtig und egozentrisch«, antwortete ich, ihre Worte wiederholend. »Und arrogant«, fügte ich wahrheitsgemäß hinzu.

Sie lächelte. »Und sexy, stimmt's?«

»Und sexy«, gab ich zu, da ich einsah, daß es sinnlos war zu lügen.

»Ich habe ihn auf eine Meile Entfernung gesehen«, fuhr Brandi fort. »Bleib dem bloß aus dem Weg, hab ich mir gesagt. Der ist gefährlich. Aber das war natürlich gerade das Verlockende an ihm. Ich kannte seinen Ruf. Ach was, ich kannte schon im ersten Moment, als ich ihn sah, seine Frauengeschichten. Er war runtergerissen mein Vater. Und obwohl ich genau wußte, daß ich ihn niemals ändern würde, muß ich irgendwie tief im Innern geglaubt haben, ich würde es doch schaffen. Irgendwas in meinem Innern muß mich gedrängt haben zu beweisen, daß ich nicht meine Mutter bin, daß ich der Geschichte ein Happy-End geben könnte.« Sie lachte. »Sie sehen, ich habe sämtliche Selbsthilfebücher gelesen. Ich bin mir über meine eigenen Motive ziemlich im klaren.«

»Sie wollen sagen, daß Sie glauben, Robert betrügt Sie?«

»Ich *weiß*, daß er mich betrügt.«

»Woher wissen Sie das?«

»Er betrügt mich seit fast zwanzig Jahren«, sagte sie.

Mein Stift rollte mir vom Schoß und fiel zu Boden. Ich bückte mich ungeschickt, um ihn aufzuheben.

»Es fing knapp ein Jahr nach unserer Hochzeit an. Ich glaube, es war seine Sekretärin. Das ging ungefähr sechs Monate, dann war Schluß.«

»Er hat Ihnen von ihr erzählt?«

»O nein! Ich habe gesagt, daß er arrogant ist. Aber dumm ist er nicht.«

»Wie sind Sie dahintergekommen?«

»Ich bin auch nicht dumm«, erklärte sie schlicht.

»Haben Sie ihn damit konfrontiert?«

Sie schüttelte den Kopf. »Eine Konfrontation hätte Konsequenzen verlangt. Dazu war ich nicht bereit.«

»Und jetzt?«

»Ich liebe meinen Mann, Kate. Ich will ihn nicht verlieren.«

»Was glauben Sie denn, wie ich Ihnen helfen kann?« fragte ich schließlich.

»Sagen Sie mir, was ich tun soll.«

»Das kann ich nicht.«

»Ich wußte, daß Sie das sagen würden.« Sie versuchte zu lachen, doch der Laut, der aus ihrem Mund drang, zersplitterte in der Luft. »Aber mir gehen einfach die Ideen aus. Ich habe wirklich alles versucht, ich habe mich völlig verbogen, um ihm zu gefallen.« Sie zupfte an ihrem allzu schwarzen, gelackten Haar. »Ich trage mein Haar so, weil Robert lange Haare mag. Er haßt graues Haar, also lasse ich es alle drei Wochen nachfärben. Ich besitze sämtliche Anti-Faltencremes, die auf dem Markt sind, und gehe dreimal in der Woche zum Fitneßtraining. Aber das bringt die Jugend auch nicht zurück. Ich bin sechsundvierzig Jahre alt, ich habe vier Kinder geboren. Mein Muskeltonus wird nie wieder so werden, wie er mal war.« Sie hob die rechte Hand und schob das Haar von ihrem Ohr zurück. »Vor vier Jahren habe ich mich liften lassen. Ich weiß nicht, ob Sie die Narben sehen können.«

»Nein«, sagte ich und sah dann doch widerwillig hin, weil klar war, daß sie ihr Haar erst wieder herunterfallen lassen würde, wenn ich geschaut hatte. »Es ist sehr gut gemacht«, murmelte ich.

»Aber ich hatte höllische Schmerzen, das kann ich Ihnen sagen. Ich habe mich gefühlt, als wäre ich von einem Lastwagen überfahren worden. Mein Gesicht und mein Hals waren monatelang voller Blutergüsse. Das sagen sie einem vorher nicht. Es werde eine Weile etwas unangenehm sein, und man müsse mit ein paar kleinen Schwellungen rechnen, sagen sie. Vielleicht ein, zwei Wochen lang. Ha! Ich war monatelang total fertig. Aber das war alles nichts gegen die Bauchoperation im letzten Frühjahr.«

»Sie haben sich den Bauch operieren lassen?«

»Ich habe alles machen lassen, was man überhaupt machen lassen kann. Das Gesicht, den Bauch, die Schenkel, den Busen.«

»Sie haben sich die Brust vergrößern lassen?«

»Nach vier Kindern war mein Busen nicht mehr so knackig wie früher, und Robert – Sie haben ihn ja gesehen, er sieht noch genauso gut aus wie vor dreißig Jahren. Er hat diesen schlanken, athletischen Körper, der kein Gramm Fett ansetzt, und ich – ich habe ausgesehen wie eine Frau, die vier Kinder geboren hat und in die Jahre gekommen ist. Ich konnte es ihm nicht verübeln, daß er sich anderswo umgeschaut hat.«

»War es einfacher für Sie, sich selbst die Schuld daran zu geben?«

»Ja, wahrscheinlich. Da hatte ich wenigstens das Gefühl, es läge an mir, ich könnte etwas tun, um zu erreichen, daß Robert mich wieder so ansieht, wie er mich früher angesehen hat. Aber wissen Sie, was ich inzwischen begriffen habe?« Sie wartete.

»Was denn?«

»Daß mein Mann ganz einfach die Abwechslung mag. Ja, genau das ist der springende Punkt. Es geht überhaupt nicht darum, daß ich jünger aussehe oder auch besser. Einige der Frauen, mit denen Robert mich im Lauf der Jahre betrogen hat, waren älter als ich. Und einige waren nicht einmal besonders attraktiv. Das, was ihn an diesen Frauen gereizt hat, war das Neue, das Ungewohnte. Sie müssen gar nicht jung sein, Hauptsache, er fühlt sich jung mit ihnen.«

Ich senkte meinen Blick und zählte lautlos bis zehn. »Und wie ist es sexuell zwischen Ihnen?«

Meine Frau und ich haben seit drei Jahren nicht mehr miteinander geschlafen, hörte ich Robert sagen.

»Gut.«

»Gut? Was heißt das?«

»Gut eben. Sexuell haben wir uns immer gut verstanden.«

Ich zog am obersten Knopf meiner Bluse. »Sie schlafen also noch miteinander.«

»O ja, da hatten wir nie Probleme. Sie sehen überrascht aus?«

»Nein.« Ich bemühte mich heftig, keine Miene zu verziehen. »Nein«, sagte ich wieder und wurde mir bewußt, daß es wahr war. »Ich bin nicht überrascht.«

»Wissen Sie, das Niederschmetternde ist, daß ich ernstlich geglaubt hatte, wir hätten endlich alle Hürden gemeistert. Die Kinder werden älter. Sie sind selbständiger. Wir haben uns in letzter Zeit so gut verstanden wie lange nicht mehr. Seine letzte Affäre liegt anderthalb Jahre zurück. Und jetzt das.«

»Das?«

»Es geht wieder los. Er hat ein Verhältnis. Oder fängt gerade eins an.«

»Woher wissen Sie das?«

»Ich kenne doch die Anzeichen. Glauben Sie mir, ich weiß es.«

»Wissen Sie, wer die Frau ist?« Ich wartete mit angehaltenem Atem.

»Es spielt keine Rolle, wer die Frau ist«, antwortete sie wegwerfend.

»Was spielt denn dann eine Rolle?«

»Ich glaube nicht, daß ich das alles noch einmal durchstehen kann. Die Lügen, den Verrat, die Mißachtung meiner Gefühle. Ich glaube nicht, daß ich es schaffe, gute Miene zum bösen Spiel zu machen und so zu tun, als wäre alles in bester Ordnung. Das macht mir angst. Ich bin so lange Mrs. Robert Crowe, daß ich gar nicht weiß, ob ich als eigene Person überhaupt noch existiere. Ich habe alles getan, was in meiner Macht stand, um meinen Mann glücklich zu machen. Ich habe mich verbogen bis zur Selbstverleugnung, um ihm zu gefallen. Ich habe so oft an meinem Körper herumdoktern lassen, daß ich mich an manchen Tagen selbst nicht erkenne, wenn ich in den Spiegel sehe. Es ist, als wäre von mir überhaupt nichts mehr übrig.« Sie stand auf, ging langsam zum Fenster und blickte auf die Straße hinunter. »Was sagt das über mich, daß ich mir all die Jahre seine Untreue habe gefallen lassen?« Sie wartete nicht auf meine Antwort. »Soll ich Ihnen sagen, was wirklich erschreckend ist?«

»Was denn?«

»Ich bin genau wie meine Mutter.«

Auf diese Antwort war ich nicht gefaßt gewesen. »Wie kommen Sie darauf?«

»Meine Mutter hat Selbstmord begangen«, sagte sie. Ihre Augen waren klar und trocken. »Und ich habe auf meine Art das gleiche getan. Ich habe nur ein bißchen länger gebraucht zum Sterben.«

28

»Du Schwein!« schrie ich, als ich in meinem Auto saß und den I-95 hinunterfuhr. Ich schlug mit der Faust auf das Lenkrad. »Du verlogenes Schwein! ›Meine Frau und ich haben seit drei Jahren nicht mehr miteinander geschlafen.‹ Na klar. Und du hast ihm geglaubt.« Ich klatschte mit der Hand auf den Rückspiegel, sah, wie mein Bild kippte und verschwand. »Du blöde Gans.«

Wie hatte ich nur so dumm sein können? War ich denn, wenn es um Robert ging, immer noch so hoffnungslos naiv wie vor dreißig Jahren? Aber so naiv war ich damals gar nicht gewesen; ich hatte gewußt, daß ich nicht die einzige war. Ich hatte alles über seine Besuche bei Sandra Lyons gewußt. Und hatte so getan, als wüßte ich nichts. Genau wie seine Frau das jahrelang getan hatte. Wir hatten uns etwas vorgemacht und uns dabei selbst verloren.

Wenigstens weiß sie nicht, daß du die Frau bist, dachte ich und fragte mich schon im selben Moment erschrocken, oder vielleicht doch? Vielleicht war ihr Besuch bei mir lang geplant gewesen und dann mit der Finesse ausgeführt worden, die man von jemandem, der in solchen Angelegenheiten so viel Erfahrung hatte, erwarten konnte.

»Ich bin auch nicht dumm«, hörte ich Brandi sagen und sah wieder ihre traurigen grauen Augen vor mir, spürte die Berührung ihrer Hand, als wir uns voneinander verabschiedet hatten. »Ich glaube nicht, daß ich noch einmal wiederzukommen brauche«, hatte sie gesagt, als sie gegangen war.

»Vor Frauen mit Getränkenamen sollte man sich hüten«, hat Robert gesagt. Aber er hatte vieles gesagt. Was davon war wahr?

»Meine Frau und ich haben seit drei Jahren nicht mehr miteinander geschlafen.«

Vielleicht stimmte das ja. Vielleicht war es Brandi, die log, und nicht Robert. Vielleicht war Robert all die Jahre ein guter und treuer Ehemann gewesen, obwohl seine Frau kalt und lieblos war.

»Glaubst du das im Ernst?« fragte ich mich laut.

In dem Auto neben meinem saß eine Frau, die ebenfalls Selbstgespräche zu führen schien. Wahrscheinlich hat sie ein Telefon mit Lautsprecheranlage, dachte ich und sagte mir, daß sie wahrscheinlich das gleiche von mir dachte. Alle diese verrückten Frauen, die auf Amerikas Highways herumsausten und Selbstgespräche führten. Ich lachte. Sie auch.

Lachte auch Brandi? Hatte sie sich, als sie bei mir weggegangen war, ins Fäustchen gelacht, weil sie wußte, daß sie ihr Ziel erreicht, die Rivalin übertölpelt, die mögliche Geliebte ihres Mannes ins Stolpern gebracht hatte? War es möglich, daß alles, was sie gesagt hatte, gelogen war, daß sie sich die ganze Geschichte von A bis Z ausgedacht hatte, von den Seitensprüngen ihres Vaters bis zu den Affären ihres Mannes, ja, sogar den Selbstmord ihrer Mutter?

Wer lügt hier, Frau Therapeutin?

Ich wechselte die Spur, ohne Zeichen zu geben, was mir ein wütendes Hupen und einen hochgestreckten Mittelfinger vom Fahrer hinter mir eintrug. Du brauchst jetzt nicht gleich eine Entscheidung zu treffen, sagte ich mir. Du hast bis zum Samstag Zeit, um dir darüber klarzuwerden, wie du die Geschichte mit Robert handhaben willst. »Deine Frau war bei mir in der Praxis«, begann ich im Geist, scheute jedoch davor zurück, mehr zu sagen. Alles weitere war wahrscheinlich sowieso überflüssig.

Den Rest der Fahrt konzentrierte ich mich darauf, an nichts zu denken. Jedesmal, wenn ein Gedanke kam, schob ich ihn weg. Jedesmal, wenn ein Bild erschien, wischte ich es fort. Als ich ungefähr fünfzehn Minuten später zu Hause ankam, war ich total erschöpft von dem vielen Schieben und Wischen und hatte einen ersten Anflug starker Kopfschmerzen. Ich wollte nur in einen heißen Jacuzzi und dann ins Bett.

Das klapprige rote Auto stand mitten in unserer Auffahrt, so daß ich weder rechts noch links vorbei kam. »Das hat mir gerade noch gefehlt.« Ich setzte zurück und suchte mir einen Parkplatz auf der Straße. »Was willst du hier, Jo Lynn?« fragte ich die dichter werdende Dunkelheit.

Die Haustür wurde geöffnet, als ich mich dem Haus näherte. Michelle trat heraus. Sie zog die Tür hinter sich zu und kam mir entgegen. »Ich wollte dich vorwarnen«, sagte sie.

»Was gibt's denn?«

»Jo Lynn ist hier.«

»Das seh ich. Wo ist Großmama?«

»Sie schläft.«

»Und was tut Jo Lynn?«

»Sie kocht das Abendessen.«

»Sie kocht das Abendessen?«

Michelle zuckte die Achseln.

»Wann ist sie gekommen?«

»Vor einer Stunde ungefähr.«

Ich sah auf meine Uhr. Es war fast sieben. »Ist Sara zu Hause?«

»Sie hilft Jo Lynn.«

»Sie hilft?«

»Ich koste dein Essen vor«, sagte Michelle.

Ich lachte, wenn auch mit einer gewissen Bitterkeit. »Ich glaube, das ist nicht nötig.« Ich gab ihr einen Kuß auf die Wange. »Aber danke für das Angebot.«

»Weißt du, die Hauptsache ist, daß wir ruhig bleiben«, sagte Michelle, als wir zum Haus gingen. »Ganz gleich, was passiert.«

»Es wird nichts passieren«, versetzte ich. Versuchte meine Tochter mich oder sich zu beruhigen?

»Du weißt doch, wie Jo Lynn ist. Sie macht bestimmt irgendeine Bemerkung, die dich ärgert. Laß dich nicht provozieren.«

Ich konnte nur staunen über meine kleine Tochter. Woher hatte sie diese Weisheit. Gleichzeitig war ich traurig. Meine vierzehnjährige Tochter wollte mich beschützen. Das war nicht ihre Aufgabe. Es war meine Aufgabe, *sie* zu beschützen.

»Mach dir um mich keine Sorgen, Schatz«, sagte ich und öffnete die Tür.

»Jo Lynn?« Ich trat ins Vestibül.

»Ich mach das Abendessen«, rief sie aus der Küche. In ihrer Stimme schwangen Töne von Wärme und Intimität. Wozu sind Familien da? schien sie zu fragen.

»Riecht gut.« Ich straffte die Schultern und zwang mich weiterzugehen. Michelle war direkt hinter mir.

Jo Lynn stand vor dem Herd und rührte in einer großen Kasserolle mit Gemüse und kleinen Hühnerstücken. Sie hatte eine weiße Jeans an und einen losen, schwarzen Pulli mit V-Ausschnitt. Sara, in Blue Jeans und einem knappen Jeanshemd, stand neben ihr und achtete auf den Reis, der in einem anderen Topf kochte. Sobald sie mich sah, knallte sie den Deckel auf den Topf, drehte sich um und ging aus der Küche.

»Du hast den Tisch noch nicht gedeckt«, rief Jo Lynn ihr nach.

»Das mach ich später.«

»Nein, jetzt bitte«, entgegnete Jo Lynn.

Zu meinem Erstaunen machte Sara kehrt und kam zurück. Jo Lynn sah mich mit einem Lächeln an. Siehst du, wie leicht das geht, schien das Lächeln zu sagen.

»Larry ist verreist, richtig?« fragte Jo Lynn.

»Bis Montag, ja.« War sie deshalb hier – um meine Geschichte zu überprüfen?

»Soll ich sonst noch was tun?« fragte Sara ihre Tante, als wäre ich überhaupt nicht vorhanden.

»Im Moment nicht, danke.«

»Dann kann ich jetzt gehen?«

»Klar. Ich ruf dich, wenn das Essen fertig ist.«

Sara vermied es, mich anzusehen, als sie hinausging.

»Warum hast du Sara aus ihrem Zimmer rausgeworfen?« fragte Jo Lynn sofort. »Du hättest Mutter doch ins Arbeitszimmer legen können.«

Mein Magen krampfte sich zusammen. Ich sah zu Michelle hinüber, die am Sofa im Wohnzimmer lehnte und die Szene beobachtete. »Lächeln«, sagte sie lautlos und schob ihre Lippen mit den Fingern hoch, als wollte sie das Wort unterstreichen.

»Es ist doch nicht für lange«, sagte ich.

»Das eigene Zimmer ist für jedes junge Mädchen ein Heiligtum«, fuhr Jo Lynn fort. Sie sprach in einem Ton mit mir, als wäre ich nie ein junges Mädchen gewesen. »Du mußt lernen, die Privatsphäre eines Kindes zu respektieren, wenn du von dem Kind Respekt vor dir erwartest.«

»Ach, tatsächlich?«

Michelle räusperte sich. Das künstliche Lächeln auf ihren Lippen wurde noch angestrengter.

»Ich wollte damit nur sagen, daß ich noch gut weiß, wie aufgebracht ich immer war, wenn jemand in mein Zimmer gegangen ist«, erklärte Jo Lynn. Dann sagte sie: »Der Hühnereintopf wird klasse. Du wirst staunen. Ich hab mich zu einer richtigen Köchin entwickelt.«

»Wie schön.«

»Man braucht nur ein bißchen Übung. Ich meine, jeder, der lesen kann, kann auch kochen. Wenigstens hat Mama das immer gesagt.«

»Seit wann beherzigst du etwas, was Mama gesagt hat?«

»Ich habe in letzter Zeit einen Haufen Rezepte ausprobiert«, fuhr sie fort, als hätte ich nichts gesagt. »Damit ich Colin was bieten kann, wenn er rauskommt.«

»Wie schön«, sagte ich wieder, weil es mir am unverfänglichsten erschien.

Aber da hatte ich mich getäuscht. »Warum sagst du dauernd ›wie schön‹? Das ist doch die reine Ironie. Ich weiß ganz genau, daß es dir am liebsten wäre, wenn Colin niemals rauskäme.«

»Es ist schön, daß dir das Kochen soviel Spaß macht«, sagte ich.

»Ich hab nicht gesagt, daß es mir Spaß macht.«

Wieder sah ich zu Michelle hinüber. Sie schob mit dem Handrücken ihr Kinn hoch, und ich folgte ihrer stillschweigenden Anweisung und schob mein Kinn vor.

»Ist was mit deinem Hals?« fragte Jo Lynn.

»Er ist ein bißchen steif«, antwortete ich schnell.

»Das kommt daher, daß du dich nicht entspannen kannst. Du mußt lernen, alles ein bißchen lockerer zu nehmen. Versuch doch nicht ständig, perfekt zu sein.«

»Ich versuche gar nicht, perfekt zu sein.«

»Weißt du, was dein Problem ist?« Jo Lynn legte die Gabel aus der Hand, mit der sie immer wieder das Gemüse rührte. »Du bringst deine Arbeit mit nach Hause.«

»Das stimmt wahrscheinlich«, gab ich zu.

»Du bist es so gewöhnt, anderen zu sagen, wie sie ihr Leben führen sollen, und damit will ich gar nicht sagen, daß das nicht okay ist, mißversteh mich nicht, das gehört zu deiner täglichen Arbeit, aber darüber vergißt du natürlich, daß zu Hause niemanden deine Meinung interessiert.«

»Wie bitte?«

»Kann ich was helfen?« fragte Michelle hastig. »Soll ich schon mal die Getränke einschenken? Oder den Reis umrühren?«

»Du kannst deine Großmutter wecken«, sagte Jo Lynn. »Sag ihr, daß das Essen in fünf Minuten fertig ist.«

»Dann ist es doch besser, wenn ich sie erst in fünf Minuten wecke.« Michelle wollte uns beide offensichtlich nicht miteinander allein lassen.

»Nein, sie braucht bestimmt fünf Minuten, um aufzustehen, und ich laß das Essen ihretwegen nicht verkochen. Also, mach schon. Weck sie auf.«

»Ja, geh ruhig«, sagte ich zu ihr.

»Mein Gott, sie ist wirklich genau wie du«, bemerkte Jo Lynn, als Michelle hinausgegangen war. »Kein Wunder, daß sie dein Liebling ist.«

»Was soll das? Ich habe keinen Liebling.«

»Also hör mal!« Sie spießte ein paar Gemüsestückchen mit ihrer Gabel auf und blies, ehe sie sie kostete. »Mhm, köstlich. Reich mir doch mal eine Platte.«

»Hat Sara dir erzählt, daß ich Michelle bevorzuge?«

»Das braucht sie gar nicht. Die Platte ...?«

Ich holte eine große Platte aus dem Schrank und reichte sie meiner Schwester. Lieber hätte ich sie ihr an den Schädel geschlagen. »Was tust du eigentlich hier, Jo Lynn?«

»Ich mach das Abendessen.«

»Warum?«

»Na ja, das ist eben meine Art, mich zu entschuldigen.«

Ich hätte beinahe gelacht. Meine Schwester hatte eine seltsame Art, sich zu entschuldigen. »Und das ist der einzige Grund, weshalb du hier bist?«

Sie zuckte die Achseln, als wäre das, was folgte, gänzlich unwichtig. »Ich muß mit Mama reden.«

»Worüber?«

»Das Essen ist fertig!« rief Jo Lynn laut. Sie häufte Gemüse und Reis auf die Platte und stellte diese auf den Tisch in der Frühstücksnische. »Kommt und holt es euch.«

»Ich möchte nur nicht, daß du etwas zu ihr sagst, was sie aufregt«, bemerkte ich, ehe jemand von den anderen in die Küche kam.

»Ich finde, das geht dich nichts an.« Jo Lynn begleitete ihre Zurechtweisung mit einem freundlichen Lächeln.

Sara war die erste am Tisch. Sie bediente sich und hatte schon zu essen angefangen, ehe wir anderen dazu gekommen waren, uns zu setzen.

»Meinst du nicht, du solltest warten, bis alle da sind?« fragte ich.

»Iß ruhig«, sagte Jo Lynn, während sie Wasser in die Gläser füllte. »Seit wann geht's hier so förmlich zu? Du auch, Kate, nimm dir.«

»Ich warte auf die anderen.«

»Wie du willst. Aber heiß schmeckt's besser.« Jo Lynn lud sich ihren Teller voll.

»Was ist denn das?« fragte meine Mutter, als Michelle sie hereinführte. »Eine Party?«

Sie hatte ein blaßrosa Hemdblusenkleid an. Ihre grauen

Locken waren vom Schlaf etwas flach gedrückt. Sie sieht richtig wie meine Mutter aus, dachte ich.

»Ja, Mama«, antwortete Jo Lynn. »Die Party ist für dich. Du darfst weinen, wenn du willst.«

»Weinen?« fragte meine Mutter, die den Bezug auf den alten Lesley-Gore-Hit nicht verstand.

»Iß«, sagte meine Schwester.

»Es riecht herrlich.«

»Und es schmeckt noch besser«, bemerkte Sara, als Michelle meiner Mutter half, sich zu setzen.

»Ja, Kate ist eine großartige Köchin«, meinte meine Mutter. Jo Lynn klatschte meiner Mutter eine Riesenportion Eintopf auf den Teller. »*Ich* hab das Essen gemacht«, bemerkte sie.

»Ach, wirklich? Bravo.«

Jo Lynn hob ihr Glas Wasser. »Ich möchte einen Toast ausbringen.« Sie wartete. Ein Lächeln bildete sich auf ihren Lippen und gefror, während wir zu unseren Gläsern griffen. »Auf neue Anfänge.« Wir stießen alle miteinander an.

»Ist das eine Party?« fragte meine Mutter.

»Ja, Großmama«, antwortete Michelle. »Es ist eine Party.«

»Du darfst weinen, wenn du magst«, sagte Sara.

Meine Mutter probierte vorsichtig von ihrem Essen. »Du brauchst keine Angst zu haben«, sagte Jo Lynn. »Es beißt nicht.«

»Es ist köstlich«, erklärte unsere Mutter. »Kate ist eine großartige Köchin.«

»Jo Lynn hat das Essen gemacht, Großmama«, sagte Sara.

»Natürlich, Kind.«

Der Rest der Mahlzeit verging in gnädigem Schweigen. Hinterher lobte meine Mutter mich für das hervorragende Essen. »Es war eine wunderschöne Party.«

»Die Party ist noch nicht vorüber«, sagte Jo Lynn, während Sara und Michelle den Tisch abdeckten und das Geschirr in die Maschine räumten. »Wir haben noch was Geschäftliches zu besprechen.«

»Was Geschäftliches, Kind?«

»Jo Lynn, bitte!«

»Halt dich da raus, Kate. Das geht dich nichts an.«

»Möchtest du ein bißchen fernsehen, Großmama?« fragte Michelle aus der Küche.

Jo Lynns Augen blitzten zornig. »Pfeif die Hunde zurück, Kate.«

»Du weißt doch genau, daß sie kein Wort von dem versteht, was du sagst«, sagte ich.

»Na und?«

»Und selbst wenn sie was versteht, wird sie's gleich wieder vergessen.«

»Das kann sie ruhig. Und du brauchst nicht zu bleiben.«

»Und ob ich bleiben werde.«

»Na schön. Aber halt dich raus.« Jo Lynn drehte den Stuhl, auf dem unsere Mutter saß, so daß sie ihr ins Gesicht sehen konnte. »Mama, hör mal zu. Es ist keine große Sache. Ich brauche nur etwas Geld.«

»Geld?«

»Ja, du weißt schon, das üble grüne Zeug, das du seit Jahren hortest.«

»Jo Lynn, bitte ...«

»Halt die Klappe, Kate.«

»Sie hat kein Geld.«

Unsere Mutter sah mich verwirrt an. »Das war ein köstliches Essen, Kate.«

»*Ich* habe das Essen gemacht«, sagte Jo Lynn, beide Hände auf den Armlehnen des Stuhls, auf dem meine Mutter saß, ihr Gesicht dicht vor dem meiner Mutter. »Du mußt mir danken, nicht Kate.«

»Kate ist eine großartige Köchin.«

Tränen der Wut traten Jo Lynn in die Augen. »Kate ist überhaupt ganz großartig. Das wissen wir alle. Aber um Kate geht es jetzt nicht. Also, weißt du noch, was ich eben gesagt habe?«

»Natürlich, Kind.«

»Gut, das ist mir nämlich sehr wichtig. Ich habe mich entschlossen, noch einmal zu studieren und Juristin zu werden. Was sagst du dazu?«

»Das ist sehr schön, Kind.«

»Aber dafür brauche ich Geld. Leider habe ich selbst keines. Darum bitte ich dich, es mir zu leihen.«

Meine Mutter lächelte.

»Es ist nicht sehr viel Geld. Fürs erste reichen mir ein paar tausend Dollar.«

»Fürs erste?« fragte ich scharf.

»Ich hab dir gesagt, du sollst dich da raushalten, Kate«, warnte mich Jo Lynn.

»Aber wieso brauchst du jetzt sofort ein paar tausend Dollar? Du bist doch noch gar nirgends angenommen. Du hast dich noch nicht mal beworben.«

»Man muß der Bewerbung einen Scheck beilegen.«

»Aber nicht über ein paar tausend Dollar.«

»Die Zeiten haben sich seit deinem Studium geändert, Kate«, sagte sie.

»Aber nicht in dem Maß. Wozu brauchst du jetzt ein paar tausend Dollar?«

»Korrigiere mich, wenn ich mich irre«, sagte Jo Lynn, »aber ich gehe davon aus, daß dieses Gespräch zwischen Mama und mir stattfindet. Du bist doch von deinem Versprechen, mir das Geld zu leihen, bereits zurückgetreten.«

»Ich möchte jetzt wissen, was hier wirklich gespielt wird, Jo Lynn«, sagte ich.

»Das Essen war köstlich, Kate«, bemerkte meine Mutter, und ihr Blick huschte nervös von der einen ihrer Töchter zur anderen. »Ich würde jetzt gern in mein Zimmer gehen.«

»Aber natürlich, Mama«, sagte ich rasch. »Michelle, würdest du Großmama helfen ...«

»Michelle, du bleibst, wo du bist«, fuhr Jo Lynn dazwischen. »Großmama geht erst in ihr Zimmer, wenn das hier geklärt ist.«

»Herrgott noch mal, wozu das alles?« fragte ich. »Siehst du denn nicht, daß du sie nur aufregst?«

»*Du* regst sie auf. Ich bin sehr gut mit ihr zurechtgekommen.«

»Sie versteht nicht, was los ist.«

»Sie versteht eine ganze Menge. Stimmt's, Mama?«

»Natürlich, Kind.« Unsere Mutter rutschte unbehaglich auf ihrem Stuhl hin und her.

»Na bitte, du hast es gehört.«

»Das ist ihre Standardantwort«, versuchte ich zu erklären.

»Was ist los mit dir, Kate?« fuhr Jo Lynn mich gereizt an. »Hast du Angst, daß ich dir etwas von deinem Erbe wegnehme?«

»Erbe? Wovon redest du eigentlich? Es gibt nichts zu erben.«

»Ich brauche nur zweitausend Dollar, Mama. Die kannst du doch entbehren. Ich hab dich noch nie um etwas gebeten.«

»Das Essen war köstlich«, sagte meine Mutter mit dünner Stimme und bewegte unruhig ihre Hände im Schoß.

»Du erschreckst sie«, sagte ich.

»Hat Kate recht?« fragte Jo Lynn. »Erschrecke ich dich?«

»Ich würde jetzt gern in mein Zimmer gehen.«

»Du kannst gehen, wohin du willst, sobald wir das hier geklärt haben.«

»Herrgott noch mal, Jo Lynn, es reicht. Ich finde, du solltest jetzt nach Hause fahren.«

»Ist die Party vorbei?« fragte meine Mutter.

»Ja, Mama, die Party ist vorbei.«

»Die Party läuft auf vollen Touren«, erklärte Jo Lynn heftig, beinahe verzweifelt. »Ich glaube, keine von euch hat eine Ahnung, wie wichtig mir das ist. Es ist vielleicht meine letzte Chance. Die wollt ihr mir doch nicht nehmen, oder? Ich meine, denk doch mal, wie stolz du auf mich sein könntest, Mama. Du könntest allen deinen Freundinnen von deiner Tochter, der Rechtsanwältin, erzählen.«

»Natürlich, Kind.«

»Wenn du mir sagst, wo du dein Scheckbuch versteckt hast, hole ich es.«

»Mein Scheckbuch«, wiederholte meine Mutter und sah mich an.

»Du brauchst nicht Kate anzuschauen. Schau mich an. Sag mir, wo es ist, und ich hole es. Ich fülle alles aus. Du brauchst nur zu unterschreiben.«

»Natürlich, Kind.«

»Wo ist es? In deiner Handtasche?« Jo Lynn war schon aufgesprungen und auf dem Weg zu Saras Zimmer.

»Worum geht's hier eigentlich?« fragte Sara argwöhnisch. Es war das erste Mal, daß sie nach unserer Aueinandersetzung das Wort an mich richtete.

»Das weiß ich auch nicht«, antwortete ich.

Jo Lynn kehrte mit der Handtasche unserer Mutter zurück. »Ich kann dein Scheckbuch nicht finden. Wo hast du es?«

»Ich habe ihr Scheckbuch«, sagte ich und wappnete mich gegen den Wutausbruch, der unweigerlich folgen mußte.

»*Du* hast es? Wieso? Was tust *du* damit?«

»Es ist kein Geld da, Jo Lynn. Es ist völlig sinnlos, deswegen zu streiten.«

»Verdammt noch mal, wer hat dich denn zum Vormund bestellt?«

»Können wir uns nicht alle ein bißchen beruhigen« warf Michelle zaghaft ein.

»Halt die Klappe, Michelle. Das geht dich überhaupt nichts an.«

»Sag du ihr nicht, sie soll die Klappe halten«, fuhr Sara sie an.

Jo Lynn warf die Arme hoch. »Na wunderbar! Geht nur alle auf mich los.«

»Ich mach dir einen Vorschlag«, sagte ich. »Bring mir die Bewerbung. Ich schreib den Scheck für die Anmeldegebühr aus, und dann geht es Schritt für Schritt weiter.«

»Nein, das geht nicht.«

»Was soll das heißen, das geht nicht?«

»Hör auf, mich wie ein kleines Kind zu behandeln.«

»Wieso behandle ich dich wie ein kleines Kind?«

»Du willst die Bewerbung sehen; du willst den Scheck ausstellen. Immer mußt du über alles die Kontrolle haben.«

»Willst du das Geld oder willst du es nicht?«

Sie ignorierte mich und fiel vor unserer Mutter auf die Knie. »Bitte, Mama, es ist so furchtbar peinlich für mich. Kannst du mir nicht einfach das Geld leihen? Zwing mich nicht zu betteln.«

Meine Mutter begann zu weinen. »Das war eine schöne Party.«

»Hör auf, Mama«, sagte Jo Lynn. »Bitte hör auf.«

»Sie kann nichts dafür«, warf ich ein.

»Doch, sie *kann.*« Jo Lynn stand auf und begann, vor dem Stuhl unserer Mutter auf und ab zu gehen wie ein wütender Tiger in seinem Käfig, die Krallen schon ausgefahren, zum tödlichen Sprung bereit. »Das tust du mir nicht an, Mama. Diesmal kommst du damit nicht durch.«

»Was soll das heißen?« fragte ich. »Was hat sie dir denn je angetan?«

»Nichts!« schrie Jo Lynn. »Sie tut absolut nichts. Stimmt's, Mama? Hab ich recht? Du tust gar nichts!«

»Ich tu gar nichts«, wiederholte unsere Mutter, und ein schwacher Schimmer von Verständnis schien in ihren Augen aufzuleuchten.

»Du sitzt nur da und tust nichts. Genau wie immer.«

»Ich tu nichts«, stimmte unsere Mutter zu.

»Wenn dein Mann nach Hause kommt und dich anbrüllt, tust du nichts. Wenn er dich prügelt und dir den Mund mit Seife auswäscht, tust du nichts.«

»Nichts.«

»Wenn er deine Kinder terrorisiert, tust du nichts.«

»Ich tu nichts.«

»Jo Lynn, wozu das alles jetzt wieder aufwärmen?« flüsterte ich gequält. Es tat mir richtig weh zu sprechen.

»Weil sie nichts getan hat! Nie! In all den Jahren hat sie nie etwas getan.«

»Und sie hat dafür bezahlt. Sie hat weiß Gott teuer dafür bezahlt.«

»Nein – *ich* hab dafür bezahlt. *Ich*!« Jetzt begann auch Jo Lynn zu weinen.

»Was soll das heißen? Du warst sein Liebling. Er hat dich nie angerührt.« Kaum waren die Worte über meine Lippen, da wußte ich schon, daß sie nicht stimmten. »O nein«, sagte ich. »Bitte nein!«

»Willkommen im wirklichen Leben, Frau Therapeutin«, sagte meine Schwester.

»Ich habe nichts getan«, sagte unsere Mutter und stand langsam auf.

»Ganz recht, Mama. Du hast nichts getan.« Jo Lynn starrte auf das hintere Fenster, als wäre die Vergangenheit auf das Glas projiziert, wie ein Film auf eine Leinwand. »Du hast nichts getan, wenn er abends in mein Zimmer gekommen ist, um mir einen ›Gute-Nacht-Kuß‹ zu geben; wenn er nachts aus deinem Bett gestiegen und zu mir ins Bett gekommen ist; wenn er sonntags mit mir rausgefahren ist. ›Siehst du die Kühe da drüben?‹ hat er immer gesagt, wenn er mir die Hand zwischen die Beine geschoben hat. ›Wenn alle Kühe stehen, heißt das, daß es sonnig wird, und wenn alle Kühe liegen, dann gibt es Regen.‹«

»O Gott«, flüsterte ich schwach. Ich fühlte mich wie innerlich ausgehöhlt. »Ich hatte keine Ahnung.«

»Nein, aber *sie*!« Jo Lynn sah meine Mutter an, deren Blick auf das hintere Fenster gerichtet war, als sähe sie sich denselben alten Film an wie meine Schwester. »Und sie hat nichts getan.«

»Ich hab's nicht gewußt«, flüsterte unsere Mutter. »Ich hab's nicht gewußt.«

»Erzähl mir nicht, daß du nichts gewußt hast«, schrie meine Schwester. »Du hast es genau gewußt. Du hast nur so getan, als wüßtest du es nicht. Was hast du dir dabei gedacht? Hast du geglaubt, wenn du es ignorierst, dann geht's von selber vorbei? Ja, hast du das geglaubt?«

»Ich habe es nicht gewußt.«

»Wie konntest du das dulden? Wie konntest du zulassen, daß er mir diese furchtbaren Dinge antat. Du bist meine Mutter. Du hättest dich um mich kümmern müssen. Du hättest mich beschützen müssen.«

»Er war immer so lieb zu dir«, sagte unsere Mutter weinend. »So zärtlich.«

»O ja, so zärtlich!«

»Ich war neidisch. Ich hab oft gedacht, wenn er zu mir auch so lieb wäre, so sanft.«

»Du hast es gewußt«, beharrte Jo Lynn. »Versuch bloß nicht, mir weiszumachen, du hättest es nicht gewußt.«

»Erst als du dreizehn warst, ist mir der Verdacht gekommen, daß da was sein könnte.«

»Und was hat dich zum ersten Mal auf die Idee gebracht, Mama? Meine ständigen Alpträume, meine schlechten Noten, das Blut auf meinem Bettlaken?«

Einen Moment war Totenstille. Sara nahm Michelle in den Arm und zog sie an sich.

»Es war der Blick, mit dem er dich angesehen hat«, sagte unsere Mutter schließlich. »Du hast dich gebückt, weil du was aufheben wolltest. Ich hab den Blick in seinen Augen gesehen und mit einem Schlag alles gewußt. Am nächsten Tag hab ich ihn verlassen.«

»Da war es zu spät.« Jo Lynn wischte sich die Nase mit dem Handrücken. »Es war zu spät.«

Unsere Mutter sank auf ihrem Stuhl zusammen und nahm den Kopf in die Hände.

»Aber du hast ihn doch besucht«, erinnerte ich meine Schwester. »Als er krank wurde, hast du ihn im Krankenhaus besucht. Du hast geweint, als er gestorben ist.«

»Er war mein Vater«, sagte Jo Lynn.

Und dann sagte keine mehr ein Wort.

29

In dieser Nacht träumte ich, ich liefe über eine große weite Wiese. Der Himmel war dunkel, Regen drohte, das Gras war dürr und gelb. In der Ferne sang Jo Lynn: »Du kannst mich nicht fangen.« Ich rannte der Stimme entgegen und stolperte über eine große schwarz-weiße Kuh, die auf der Erde lag. Als ich mich aufrappelte, sah ich Sara auf dem Rücken einer anderen Kuh sitzen. Sie weinte. Ich wollte zu ihr laufen, aber da versperrten mir plötzlich zwei Reihen dicken Stacheldrahts den Weg zu ihr.

Colin Friendly stand mit einem langen Gewehr in den Händen, das auf den Kopf meiner Tochter gerichtet war, auf einem hohen Turm. »Keine Sorge«, sagte er zu mir. »Ich kümmere mich um sie.«

»Alle Kühe liegen«, sagte jemand hinter mir.

Ich fuhr herum. Mein Stiefvater stand dort, an den Stamm eines mächtigen Banyanbaums gelehnt. In einer Hand hielt er eine Bierflasche, mit der anderen hielt er Michelle.

»Das heißt, daß es Regen gibt«, sagte Michelle, als die Hand meines Stiefvaters, die auf ihrer Brust lag, fester zupackte.

Ich fuhr in meinem Bett in die Höhe. Das Herz schlug mir bis zum Hals, ich war schweißgebadet. Im nächsten Moment lag ich auf den Knien vor der Toilette im Badezimmer und übergab mich. »Du dreckiges Schwein«, flüsterte ich wütend. »Du gemeines, dreckiges Schwein.«

Wieso hatte ich nichts gemerkt? Wieso hatte ich nichts geahnt? Seit Jahren hatte meine Schwester immer wieder Andeutungen gemacht. Die Einzelteile waren alle vorhanden. Ich hätte sie nur sammeln und zu einem zusammenhängenden Ganzen anordnen müssen. War ich blind gewesen oder nur dumm? Und wie war das mit meiner Mutter? Hatte sie es die ganze Zeit gewußt, wie Jo Lynn ihr vorgeworfen hatte, oder war sie gegangen, sobald sie einen Verdacht hatte? Spielte das heute noch eine Rolle? Der Schaden war angerichtet.

Ich dachte daran, Larry anzurufen, entschied mich dann dagegen. Es war fast zwei Uhr morgens. Ich würde das ganze Haus wecken, seine Mutter zu Tode erschrecken. Und wozu? Damit ich ihm diese letzten Neuigkeiten über meine immer irrer werdende Familie mitteilen konnte?

Es hatte mehr als eine Stunde gedauert, ehe alle sich beruhigt hatten, nachdem Jo Lynn weinend aus dem Haus gestürzt war, so unsicher auf den Beinen, daß sie jeden Moment zu fallen drohte. »Bitte, bleib«, bat ich, neben ihrem Wagen stehend. »Du kannst in meinem Bett schlafen. Bitte, Jo Lynn, du solltest jetzt nicht Auto fahren. Es ist besser, wenn du jetzt nicht allein bist.«

Statt einer Antwort verriegelte sie die Wagentüren und raste im Rückwärtsgang hinaus auf die dunkle Straße, wo sie beinahe mein geparktes Auto gerammt hätte. Zehn Minuten später versuchte ich sie anzurufen, aber nur der Anrufbeantworter meldete sich. »Hallo, hier spricht Jo Lynn«, gurrte ihre Stimme. »Schütten Sie mir ruhig Ihr Herz aus.«

»Ich liebe dich«, sagte ich. »Bitte ruf mich an, sobald du zu Hause bist.«

Zehn Minuten später rief ich noch einmal an und hinterließ eine zweite Nachricht. Danach versuchte ich es alle zehn Minuten. Erst nach Mitternacht gab ich auf. Es war offensichtlich, daß sie nicht mit mir sprechen wollte. Was gab es auch noch zu sagen?

»Glaubst du, sie kommt zurecht?« fragte Michelle.

»Ich weiß es nicht«, antwortete ich.

»Glaubst du, Großmama hat's gewußt?«

»Ich weiß es nicht.«

»Warum hat Jo Lynn zu keinem Menschen je was gesagt?«

»Ich weiß es nicht.«

Wußte ich überhaupt irgend etwas?

»Warum hast du ihr nicht einfach das Geld gegeben?« fragte Sara. »Du hast es doch.«

»Darum geht es nicht«, entgegnete ich.

»Doch. Sie hat dich um Hilfe gebeten, und du hast sie ihr verweigert.«

»Ich habe versucht, ihr zu helfen.«

»Ja, eine schöne Therapeutin bist du.«

Ich widersprach nicht. Sie hatte ja recht.

Irgendwie schaffte ich es, meine Mutter in Saras Zimmer zu bugsieren, sie auszuziehen und ins Bett zu bringen. Ich neigte mich über sie und küßte ihre weiche, tränennasse Wange. »Alles in Ordnung, Mama?« fragte ich, aber sie antwortete nicht. Sie lag nur still da, mit offenen Augen, und die Tränen flossen weiter. Als ich eine halbe Stunde später nach ihr sah, hatte sie sich nicht gerührt.

Am nächsten Morgen fuhr ich zu Jo Lynns Wohnung.

»Können Sie mir die Wohnung aufmachen?« fragte ich den Hausmeister, einen großen Mann mit einem langen, kantigen Gesicht und dunklen, tiefliegenden Augen. »Sie war gestern Abend sehr aufgebracht. Ich möchte mich nur vergewissern, daß es ihr gutgeht.«

»Woher soll ich wissen, daß Sie wirklich ihre Schwester sind?« fragte er mit skeptischem Blick.

»Wer sollte ich sonst sein?«

»Eine Reporterin«, antwortete er. »Ihr Journalisten wimmelt hier doch seit der Hochzeit rum wie die Ameisen.«

»Ich bin nicht von der Presse.«

»Sie sehen ihr nicht ähnlich.«

»Hören Sie, ich hab Angst, daß sie sich vielleicht was angetan hat.« Ich brach ab, zu müde, um weiterzustreiten. Ich drehte mich um und wollte gehen.

»Warten Sie«, rief er mir nach. »Ich denke, ich kann Sie reinlassen.«

»Was hat Sie umgestimmt?« fragte ich, als er die Tür zur Wohnung meiner Schwester im ersten Stock aufsperrte.

»Wenn Sie von der Presse gewesen wären«, sagte er und trat zur Seite, um mich in die Wohnung zu lassen, »hätten Sie niemals so leicht aufgegeben.«

»Jo Lynn«, rief ich an der Tür und wartete ängstlich. »Jo Lynn, bist du da?« Ich setzte widerwillig einen Fuß vor den anderen, wagte kaum, mich umzuschauen vor Angst, ich könnte etwas entdecken, worauf ich nicht gefaßt war. »Jo Lynn«, rief ich wieder, während ich mit dem Hausmeister auf den Fersen weiter in die Wohnung hineinging.

Die Wohnung war, typisch Jo Lynn, sowohl ordentlich als auch chaotisch. Chaos mit Methode, dachte ich, während mein Blick über den abgetretenen blaugrünen Spannteppich flog, über das Sofa und den Sessel mit dem verblichenen geblümten Bezug, den Couchtisch, dessen Glasplatte unter Stapeln von Zeitungen verborgen war. Auch auf der schwarzen Resopalplatte der Frühstücksbar lagen Zeitungen herum. Über einem Barhocker hing ein schmutziger weißer Pulli, auf dem Boden lag ein Paar kirschroter Sandalen, einer davon mit gerissenem Riemchen.

»Scheint nicht hier zu sein.« Der Hausmeister spähte mir über die Schulter, als ich einen Blick in die Küche warf. Auch hier Zeitungen auf dem Tisch, eine große Schere daneben, ein aufgeschlagenes Album, ein leerer Leimtopf. Ich sah mir das Album mit den Zeitungsausschnitten an. Colin Friendly starrte mir entgegen, und ich wandte mich schnell ab. Mein Blick fiel auf eine Reihe alter Müslikartons, die auf der Arbeitsplatte standen. Das Bild eines kleinen Mädchens, das durch Zahnlücken lächelte, stand an einen der Kartons gelehnt. »Verschwunden« hieß es über dem lächelnden Gesicht. Ich rannte weinend aus der Küche.

»Ist Ihnen nicht gut?« fragte der Hausmeister.

Ich schüttelte den Kopf. Bilder Jo Lynns stürmten auf mich ein, eine Folge grausiger Fotografien aus dem Leichenhaus. Jo Lynn mit aufgeschnittenen Pulsadern in der Badewanne; Jo Lynn, die stranguliert an der Duschkabine hing; Jo Lynn aschfahl, mit offenem Mund und adrett gefalteten Händen auf ihrem Bett, gestorben an einer Überdosis Schlaftabletten.

»Würden Sie mir einen Gefallen tun?« fragte ich den Hausmeister. »Würden Sie für mich in den anderen Zimmern nachsehen?«

Er zögerte, schwankte, ging schließlich.

»Sie sollten besser mal hier rein schauen«, rief er Sekunden später.

Meine Knie zitterten so heftig, daß ich meinte, ich würde stürzen. »O Gott«, sagte ich und hielt mich an der Bar fest. »Ist sie ...?«

»Sie ist nicht hier«, antwortete der Hausmeister. »Sie hat gar nicht hier geschlafen, so wie's ausschaut.«

Ich lachte erleichtert auf, aber aus dem Lachen wurde schnell ein Schluchzen, das mir in der Kehle steckenblieb und erstarb, als ich an die Tür zum Schlafzimmer meiner Schwester trat. Das breite französische Bett war ordentlich gemacht und hatte einen blau-weiß karierten Überwurf, der in ein Kinderzimmer gepaßt hätte. Ein aprikosenfarbener Teddybär saß auf dem blauweiß karierten Rüschenkissen am Kopfende.

»Schaut aus wie das Zimmer meiner kleinen Tochter«, bemerkte der Hausmeister, meine eigenen Gedanken aussprechend. Der Spiegel über der Frisierkommode war rundherum mit Fotos von Colin Friendly bepflastert. Ganz gleich, wohin ich sah, er war da. Und lachte mich aus.

»Ihre Kleider sind weg«, sagte der Hausmeister.

»Was?«

Er wies zum Schrank. »Hat sie vielleicht gesagt, daß sie verreisen will?«

Ich schüttelte den Kopf. Der Schrank war leer, alle Schubladen waren ausgeräumt. Abgesehen von ein paar alten Blusen und Schals war nichts mehr da.

»Schaut ganz so aus, als wollte sie nicht zurückkommen«, sagte der Hausmeister, schon wieder die Gedanken aussprechend, die mir wie vom Wind getriebene Blätter durch den Kopf wirbelten.

Wohin konnte sie gefahren sein? Warum hatte sie alle ihre Sachen mitgenommen?

»Ihre Miete ist nächsten Mittwoch fällig«, sagte der Hausmeister.

»Bis dahin ist sie bestimmt zurück«, murmelte ich. Ich hatte es plötzlich eilig, hier wegzukommen. »Sie fährt ja jedes Wochenende weg«, erinnerte ich uns beide in dem Bemühen, dieses neueste Rätsel zu lösen, dahinterzukommen, was Jo Lynn vorhatte. Hatte sie sich vielleicht eine andere Wohnung genommen, die näher beim Gefängnis war? Zog sie dieses Wochenende um? Hatte sie darum alle ihre Kleider mitgenommen? Hatte sie dafür das Geld gebraucht? Zwei Monatsmieten plus Kaution, rechnete ich im stillen, als der Hausmeister mit mir zusammen Jo Lynns Wohnung verließ und die Tür hinter uns abschloß. Diese Dinge summieren sich, sagte ich mir. Es war teuer, ein neues Leben anzufangen.

»Wenn Sie meine Schwester sehen, würden Sie ihr bitte sagen, daß ich hier war und sie dringend sprechen muß?«

»Schaut nicht so aus, als würde sie zurückkommen«, wiederholte der Mann in unheilschwangerem Ton.

»Wo bist du, zum Teufel noch mal?« rief ich laut, als ich in meinem Wagen saß.

»Sie ist zu Colin Friendly gefahren«, versicherte Larry, als ich ihn in South Carolina anrief. »Hör auf, dich ihretwegen verrückt zu machen, Kate. Sie ist in Raiford, von bewaffneten Wärtern und Polizisten umgeben. Sie könnte nicht sicherer sein.«

»Glaubst du wirklich?«

»Ich weiß es.«

»Danke«, sagte ich. »Ich bin froh, daß ich dich angerufen habe.«

»Ich auch.«

»Wie geht's deiner Familie?«

»Bestens.«

»Und was macht das Golfspiel?«

»Läuft hervorragend.«

»Bestens«, wiederholte ich. »Hervorragend.«

»Die ganze Familie läßt dich grüßen.«

Da pfeif ich drauf, hörte ich Jo Lynn sagen. »Grüß sie auch von mir«, sagte ich statt dessen.

»Werd ich tun«, sagte er. Und dann: »Du fehlst mir. Ich liebe dich sehr. Das weißt du.«

»Das weiß ich«, antwortete ich. »Ich liebe dich auch.«

Und dann fuhr ich zu meinem Rendezvous mit Robert im Breakers.

Ich redete mir ein, ich führe nur hin, weil ich die Wahrheit wissen wolle; daß ich niemals mit Sicherheit wissen würde, ob die Dinge, die Brandi mir erzählt hatte, wahr waren, wenn ich Robert nicht damit konfrontierte, und daß ich dann den Rest meines Lebens in Ungewißheit und Bedauern verbringen würde. Mit Ungewißheit hatte ich mich schon lange genug zufriedengegeben, und im Moment sah es ganz so aus, als sollte sich mein Leben rapide in einen einzigen großen See des Bedauerns auflösen.

»Hast du was von Jo Lynn gehört?« fragte Sara, die in mein Badezimmer kam, als ich mir gerade mit meinem neu gekauften korallenroten Lippenstift den Mund anmalte.

Ich fuhr zusammen, der Lippenstift fiel herunter und hinterließ einen großen hellroten Fleck auf dem mandelfarbenen Marmor des Schminktischs. Orange wie die Hemden im Todestrakt, dachte ich und wischte hastig mit einem feuchten Tuch den Fleck weg. Dann warf ich den Lippenstift in meine Handtasche und bemühte mich, ruhig und sachlich zu erscheinen.

»Nein, sie hat sich nicht gemeldet.«

»Was willst du tun?«

»Was *kann* ich tun?«

Sara lehnte sich achselzuckend an die Wand. Sie trug abgeschnittene Jeans und eine der losen indischen Blusen, die sie früher mit Vorliebe angezogen hatte.

»Ich muß gleich weg«, sagte ich, entschlossen, den Rest des Nachmittags nicht an meine Schwester zu denken. Sie würde schon wieder auftauchen, wenn sie sich beruhigt hatte. Das war immer so gewesen.

»Du siehst gut aus.«

»Danke.« Ich versuchte, mir meine Überraschung über das Kompliment nicht anmerken zu lassen, und fragte mich im stillen, ob Sara irgendwie durch meinen beigefarbenen Armani-Hosenanzug und die helle Seidenbluse hindurch den Büstenhalter und das Höschen in zartrosa Spitze sehen konnte.

»Wohin gehst du?« fragte sie.

»Ich will mir ein paar Heime für Großmama ansehen«, log ich und verachtete mich dafür.

»Ich dachte, das wolltest du morgen tun.«

»Morgen auch«, sagte ich. Seit Monaten hatten wir nicht soviel miteinander gesprochen. Ich fragte mich, wieso dieses Gespräch ausgerechnet jetzt zustandekam.

»Glaubst du, daß du was findest?«

»Ich hoffe es.« Meine Absätze klapperten auf den Fliesen, als ich aus dem Badezimmer ging.

»Woher hast du die Schuhe?«

Lieber Himmel, ihr entging aber auch gar nichts. »Die habe ich mir vor ein paar Wochen gekauft. Wie findest du sie?«

»Sie sind ziemlich hoch«, sagte sie. »In so hohen Absätzen hab ich dich noch nie gesehen.«

»Ich wollt's einfach mal versuchen. Zur Abwechslung.«

»Wann kommst du zurück?« fragte sie.

»Bald. In zwei, drei Stunden. Vielleicht auch früher«, antwortete ich. Vielleicht auch später, dachte ich. »Warum?«

»Nur so.« Wieder zuckte sie die Achseln, aber sie ging nicht.

»Ist irgendwas?« fragte ich widerstrebend und mit schlechtem Gewissen. Unter normalen Umständen hätte ich mich auf diese Gelegenheit gestürzt, die Kommunikation mit meiner Tochter wiederaufzunehmen, zumal Sara diejenige war, die die Initiative ergriff. Aber warum mußte es gerade jetzt sein? »Möchtest du über irgend etwas mit mir reden?«

»Wieso?«

»Ich weiß nicht. Du wirkst irgendwie unschlüssig.«

»Was soll das denn heißen?« Sofort war sie in Abwehrstellung.

»Gar nichts.« Ich hatte jetzt nicht die Zeit und nicht die Geduld für dieses Gespräch. »Ich muß wirklich los.«

»Vielleicht könnten wir später ins Kino gehen.« Sara folgte mir zur Haustür.

»Du willst ins Kino gehen? Mit mir?«

»Na ja, ich hab ja kein Geld, und mit meinen Freunden darf ich auch nicht ausgehen«, erklärte sie ganz logisch.

»Richtig«, sagte ich, die Situation jetzt etwas besser begreifend. »Wir werden sehen, wenn ich zurückkomme.«

»Bleib nicht zu lange weg«, sagte sie, als ich in meinen Wagen stieg.

Zwanzig Minuten später tauchten die beiden Türme des *Breakers Golf and Beach Club* vor mir auf. Automatisch fiel mir das neue Gerichtsgebäude von Palm Beach ein, dessen Kuppeldächer diesen Türmen nachempfunden waren. Lieber Gott, warum mußte ich gerade jetzt daran denken? Das war doch nun wirklich nicht der Moment, an meine Schwester und ihre Vorliebe für kaputte Typen zu denken.

Ein unangenehmer kleiner Gedanke drängte sich mir auf, wie ein Regenwurm, der durch feuchte Erde stößt. So unterschiedlich waren meine Schwester und ich gar nicht. Wir schmachteten beide charakterlosen Männern nach. Meine Schwester war dabei, für einen von ihnen ihr Leben zu ruinieren. Und ich? War ich im Begriff, das gleiche zu tun?

Mach dich nicht lächerlich, sagte ich mir scharf, als ich den Wagen in die lange Auffahrt lenkte, die zum Breakers Hotel führte. Du hast nicht vor, dein Leben zu ruinieren. Du willst nur einiges loswerden, was dich belastet.

Wie zum Beispiel deinen schicken Spitzen-BH? spottete mein Spiegelbild, als ich in den Rückspiegel sah.

»Ach, halt die Klappe«, sagte ich laut und schob meinen Wagen in eine Lücke zwischen einem schwarzen Rolls Royce und einem schokoladenbraunen Mercedes.

Schnell ging ich die U-förmig angelegte Auffahrt hinauf, an dem großen Springbrunnen mit den steinernen Nymphen vorüber, zum Portal des vornehmen alten Hotels, einem Prachtbau alten Stils. Ich eilte vorbei an den Hoteldienern und Pagen mit ihren gestärkten weißen Hemden und den dunkelblauen Epauletten, an den vielen Gepäckwagen, den Golfsäcken, den Topfpalmen, die den Säulengang säumten. Auf dem roten Teppich ging ich zwischen den hohen ionischen Säulen hindurch, stieß die Glastür auf und trat in das riesige Foyer unter der gewölbten Decke mit den Freskomalereien und den gewaltigen Kristalleuchtern, deren Licht sich abends im Marmorboden spiegelte. Die Wände waren mit Gobelins geschmückt, auf hohen Marmorsockeln standen üppige Blumenarrangements zwischen bequemen Sitzgruppen. Es waren sogar kleine Tische da, an denen man Schach oder andere Brettspiele spielen konnte. Ich ging in meinen hochhackigen Schuhen, die meine Füße marterten, zum langen Empfangstisch.

Ich war früh dran, das wußte ich, ohne auf meine Uhr zu sehen. Robert würde noch nicht hier sein. Dennoch sah ich mich verstohlen um, sorgsam darauf bedacht, mit keinem der vielen anderen Hotelbesucher Blickkontakt aufzunehmen. Ich konnte mir die nächste halbe Stunde damit vertreiben, in den exklusiven Boutiquen herumzustöbern, die sich direkt an das Foyer anschlossen, oder in die Bar gehen und etwas trinken. Larry und ich hatten hier, in dem großen Speisesaal, einmal zu Abend gegessen, kurz nach unserem Umzug nach Palm Beach. Wir hatten gelegentlich davon gesprochen, uns einmal über ein Wochenende im Hotel einzumieten. Aber wir hatten es nie getan. Und jetzt wollte ich mich hier mit einem anderen Mann einmieten.

»Stimmt ja gar nicht«, murmelte ich vor mich hin, blieb kurz vor dem Empfang abrupt stehen und bog scharf ab. »Du bist nur hier, um mit dem Mann zu reden.«

Um der Wahrheit auf den Grund zu gehen, hm?

Ganz recht.

»Ach hör doch auf!« fuhr ich mich selbst an und setzte mich in einen Sessel, der halb hinter einer üppigen Hortensienstaude verborgen war. Die leuchtend rosafarbenen Blüten sprangen mir beinahe in den Schoß. Es sprach doch alles dafür, daß ich die Wahrheit bereits wußte. Aber das schien keine Rolle zu spielen. Ich war trotzdem hier. Das hieß, das es Konsequenzen geben würde. Wie würden die Konsequenzen einer Affäre mit Robert aussehen? Mußte es überhaupt welche geben?

Auf jede Aktion folgt eine Reaktion, deklamierte ich lautlos, wohlwissend, daß Konsequenzen niemals ausblieben.

Ich hörte Gelächter und drehte mich hastig herum. Die Spitze eines schmalen Blatts stach mich in den Augenwinkel. Keine zwei Meter entfernt von mir stand ein junges Paar, engumschlungen, Mund auf Mund, Körper an Körper, leise schwankend wie in einem imaginären Windhauch. Amüsierte Zuschauer gingen leise um das Paar herum. Soviel Leidenschaft wollte man nicht stören. Am Empfang stand ein etwa sechsjähriger Junge neben seiner Mutter und deutete lachend auf das Pärchen. Seine Mutter ermahnte ihn, nicht mit dem Finger zu zeigen, und sah weg. Doch Sekunden später schon sah sie wieder hin. Ihr Blick war traurig und sehnsüchtig.

Das ist es, was ich mir wünsche, dachte ich und wußte, daß sie das gleiche dachte. Jung und verliebt zu sein, so wahnsinnig verliebt, daß man meint, es ohne den anderen nicht aushalten zu können, sich beinahe schmerzhaft nach den Umarmungen und den Küssen des anderen zu sehnen, so heiß begehrt zu sein, so im Taumel der Gefühle, so entrückt dem Rest der Welt. Wieder siebzehn zu sein.

Dies war meine Phantasie: Robert und ich in leidenschaftlicher Umarmung. Seine Augen voll zärtlicher Liebe. Zart küßt er meine Mundwinkel, die Biegung meines Halses, meine flatternden Lider, meine Wangen, meine Nasenspitze. Seine Hände umschließen mein Gesicht, seine Finger spielen in meinem Haar, seine Zunge spielt mit meiner, unsere Küsse werden tiefer und leidenschaftlicher und doch weicher, immer weicher.

Die Realität würde anders sein. Das war immer so. Oh, wir würden vielleicht intensive, zärtliche Küsse tauschen, aber sie würden bloße Ouvertüre sein, eine Ouvertüre von begrenzter Dauer, da die Zeit knapp war. Auf mich wartete Sara zu Hause; Robert hatte zweifellos noch Pläne mit seiner Frau. Wir konnten nicht zu lange ausbleiben, ohne Verdacht zu erregen. Darum würden den Küssen bald drängendere Liebkosungen folgen. Kleidungsstücke würden geöffnet, abgelegt, weggeworfen werden. Glieder würden sich miteinander verschlingen, Körper einander begegnen. Ein anderer Körper als der, der mir vertraut war, eine andere Weise der Berührung. Und es würde wunderbar sein. Ich wußte, es würde wunderbar sein. Und wenn es vorüber war, würden wir beieinanderliegen und uns der verstreichenden Zeit bewußt sein und des feuchten Flecks unter uns.

Das war der Unterschied zwischen Phantasie und Realität. Bei einer Phantasie gab es keine Konsequenzen, kein emotionales Durcheinander. Wenn sie vorüber war, fühlte man sich großartig und nicht schuldig. Phantasien hinterließen keine feuchten Flekken.

Das war es, was ich mir wünschte. Ich wünschte die Phantasie.

Ich brauchte nicht noch mehr Realität. Davon hatte ich sowieso schon zuviel.

Ich sah Robert und mich, wie wir auf gegenüberliegenden Bettkanten saßen, ohne zu sprechen, ohne uns zu berühren, nur damit beschäftigt, uns wieder anzuziehen. Ich wußte, ich würde mich entsetzlich fühlen. Ich fühlte mich schon jetzt entsetzlich.

»Was tue ich hier?« flüsterte ich vor mich hin. Und im selben Moment sah ich ihn.

Selbstbewußt und sicher kam er durch die Tür, lässig die Arme schwingend. Er trug eine dunkelblaue Hose und ein weißes Polohemd, das seinen beeindruckend muskulösen Körper betonte. Das Haar fiel ihm jungenhaft in die Stirn. Die Lippen waren zu einem natürlichen Lächeln gekräuselt. Konnte ein Mensch schöner sein? War es möglich, einen Mann so heftig zu begehren und so wenig zu mögen?

Mir verschlug es einen Moment den Atem, als die Wahrheit dieses beiläufigen Gedankens mich wie ein Faustschlag in den Magen traf. Die Wahrheit war, daß ich Robert nicht sonderlich mochte, daß ich ihn nie gemocht hatte und eben dies der Grund war, weshalb ich vor dreißig Jahren nicht mit ihm geschlafen hatte. Und weshalb ich jetzt nicht mit ihm schlafen konnte.

Selbstsicher schritt Robert durch das Foyer, den Blick geradeaus gerichtet, weder nach rechts noch links schweifend. Er sah mich nicht. Es überraschte mich nicht. Ich war unsichtbar für Robert, war immer unsichtbar für ihn gewesen. Wie konnte man auch einen anderen sehen, wenn man beim Blick in die Augen des anderen immer nur das eigene herrliche Bild sah?

Das war die Wahrheit. Das war die Realität.

Ich beobachtete, wie Robert mit dem Mann am Empfang sprach und sich dann flüchtig in der großen Hotelhalle umsah. Steh auf, befahl ich mir. Steh auf und zeig dich, sag ihm, daß du es dir anders überlegt hast. Statt dessen kroch ich tiefer in den Sessel hinter der Topfpflanze, obwohl ich wußte, wie kindisch das war, daß ich ihm, auch wenn ich nicht mit ihm hinaufging, wenigstens die Höflichkeit einer Erklärung schuldete.

Aber irgend etwas hielt mich in meinem Sessel fest, als hätte ich dort Wurzeln geschlagen. Denn trotz meiner jüngsten Erleuchtung und neugefundenen Entschlossenheit wußte ich, wenn ich diesen Sessel verließ, wenn ich Robert gegenübertrat, dann wäre ich verloren. Ich hätte keine Chance gegen ihn. Darum blieb ich in dem Sessel hinter der üppigen Hortensie und beobachtete, wie der Mann, der nun niemals mein Liebhaber werden würde, die Anmeldung unterschrieb, den Zimmerschlüssel entgegennahm und mit einem selbstsicheren Lächeln zu den Aufzügen ging.

Und dann rannte ich zum Hoteleingang, als wäre der Teufel hinter mir her, als ginge es um Leben und Tod.

Und vielleicht war es ja auch so.

30

Sobald ich zu Hause war, rief ich bei Jo Lynn an. Immer noch meldete sich nur der Anrufbeantworter. Ich versuchte es in dem Motel in Starke, in dem sie gewöhnlich an den Wochenenden abstieg. Der Manager teilte mir mit, er habe Jo Lynn schon seit mehreren Wochen nicht mehr gesehen, und legte auf, ehe ich ihn nach

Namen anderer Motels in der Gegend fragen konnte. Ich überlegte, ob ich die Polizei anrufen sollte oder vielleicht im Gefängnis, aber ließ dann beides. Was wollte ich denn sagen? Was konnten sie schon tun?

»Sie hat wohl nicht angerufen?« fragte ich meine Töchter.

Sie schüttelten die Köpfe.

Ich dachte an Robert, fragte mich, ob er immer noch im Hotel saß und auf mich wartete, ob er vielleicht Champagner bestellt hatte, ob er langsam ungeduldig wurde, verdrießlich, ärgerlich. »Hat sonst jemand angerufen?« fragte ich.

»Wer denn zum Beispiel?« fragte Sara.

»Ich weiß auch nicht.« Mir fiel auf, daß sie sich die Haare gewaschen und sich umgezogen hatte. Sie trug eine überraschend schicke beige Hose und einen passenden Pulli dazu. »Hast du noch Lust ins Kino zu gehen?«

»Warum nicht?« Sie versuchte sehr, die Gleichgültige zu spielen, und es wäre ihr auch fast gelungen.

»Und du, Michelle? Hast du Lust auf Kino?«

»Ich kann nicht«, antwortete sie. »Ich geh doch zu Brooke.«

»Ach ja, richtig. Das hatte ich vergessen.« Ich sah mich um. »Wo ist Großmama? Schläft sie?«

»Sie ist in ihrem Zimmer«, sagte Sara. »Sie war irgendwie komisch.«

»Komisch? Wie meinst du das?«

»Hallo, Schatz«, sagte meine Mutter, als hätte sie in den Kulissen gestanden und nur auf das Stichwort für ihren Auftritt gewartet. Mit der Handtasche unter dem Arm kam sie in die Küche. »Hab ich richtig gehört, wir gehen ins Kino?«

Sara wählte einen sehr populären Film aus, und das Kino war fast voll, obwohl es die Nachmittagsvorstellung war und draußen die Sonne schien. Wir fanden ziemlich weit vorn noch drei Plätze.

»Ist dir das recht so, Mama?« fragte ich.

Sie sagte nichts. Sie hatte, seit wir das Haus verlassen hatten, nicht ein Wort gesprochen.

»War sie auch so still, während ich weg war?«

Sara nickte. »Nur ab und zu hat sie plötzlich geschrien.«

»Sie hat geschrien?«

»Ja, ab und zu.«

»Warum hast du mir das nicht vorher gesagt?«

»Hab ich doch.«

»Du hast gesagt, sie sei komisch gewesen. Von dem Schreien hast du nichts gesagt.«

»Sch!« zischte jemand, als es im Saal dunkel wurde.

Das erstemal schrie sie während der Vorschau. Es war ein durchdringendes Heulen, ähnlich dem einer Sirene, und es erschreckte mich fast zu Tode, ganz zu schweigen von den Leuten um uns herum, die alle von ihren Sitzen in die Höhe fuhren.

»Mama, was ist denn?«

»Ist alles in Ordnung?« fragte die Frau direkt vor uns.

»Mama, geht's dir gut?«

Sie starrte mit aufgerissenen Augen zur Leinwand und gab keine Antwort.

»Es ist schon in Ordnung«, versicherte ich den Leuten rundherum.

Das nächstemal schrie sie ungefähr zehn Minuten nach Beginn des Hauptfilms. Wieder sprangen die Leute um uns herum aus ihren Sitzen auf, während in den weiter entfernten Reihen gekichert und zornig gezischt wurde. Zwei Leute am Ende unserer Reihe standen auf und setzten sich woandershin.

»Bitte entschuldigen Sie«, flüsterte ich in die Dunkelheit. »Es tut mir wirklich leid. – Mama, was ist denn los? Tut dir was weh? Möchtest du gehen?«

»Sch!« zischte jemand laut.

Meine Mutter sagte nichts. Sie lehnte sich in ihrem Sitz zurück, scheinbar ganz ruhig, als wären die bösen Geister nun ausgetrieben. Ich versuchte, mich zu entspannen, auf das zu achten, was auf der Leinwand geschah, aber es gelang mir nicht. Ständig wartete ich auf den nächsten Schrei, innerlich darauf gefaßt, meine Mutter sofort aus dem Saal zu bringen, wenn es wieder losging.

Aber es wiederholte sich nicht. Sie nickte ein und erwachte erst, als der Abspann lief.

»Wie geht es dir?« fragte ich sie, als die Lichter angingen.

»Glänzend«, antwortete sie.

Wenigstens hatte sie mich von Robert abgelenkt. Das wurde mir klar, als wir zum Ausgang gingen. Ich überlegte, wie lange er wohl im Hotel gewartet hatte und ob er versucht hatte, mich anzurufen, um zu sehen, ob ich da sei, ob etwas passiert sei.

Draußen im Foyer ging ich sofort zum Münztelefon und fragte meinen Anrufbeantworter ab. Es hatte niemand angerufen.

Wir gingen in ein kleines italienisches Restaurant in der Nähe. Es war hell erleuchtet und in den italienischen Nationalfarben ausgestattet – Rot, Weiß und Grün. Wir bestellten eine große Pizza mit allem und dazu einen gemischten Salat mit Gorgonzolasoße.

»Und hast du ein Heim für Großmama gefunden?« fragte Sara, während wir auf unser Essen warteten.

»Was?« Ich starrte durch das Fenster hinaus zum Parkplatz und überlegte, wo Robert jetzt sein mochte, was er wohl tat. Im Grund wunderte es mich nicht, daß er nicht angerufen hatte. Und ich war auch nicht sonderlich enttäuscht darüber, wie ich mit Erleichterung feststellte.

»Ich hab gefragt, ob du was für Großmama gefunden hast.«

»Nein.« Ich sah die fremde Frau mir gegenüber an, die einmal meine Mutter gewesen war. Im grellen Licht des kleinen Raums war die Leere ihrer Augen unübersehbar, und die harten Schatten verliehen ihren Zügen etwas Gespenstisches. Sie sah beinahe unirdisch aus, wie ein fremdartiges Geschöpf, das irgendwie in unsere Mitte geraten war. Mir fiel der Werbeslogan eines alten Horrorfilms ein: »Erst holen sie eure Körper, dann kommen sie wieder und holen euren Geist.« Nur schien es in der Realität umgekehrt abzulaufen, in diesem Fall zumindest. Meiner Mutter war der Geist genommen worden, während ihr Körper noch einigermaßen intakt war. Nein, dachte ich, meinen Blick starr auf die Frau gerichtet, die mich vor fast einem halben Jahrhundert zur Welt gebracht hatte, nein, diese Frau war nicht meine Mutter. Dieses Wesen mit der Porzellanhaut und den leeren Augen hatte überhaupt keine Ähnlichkeit mit meiner Mutter.

Wir aßen schweigend, bedrängt von der lauten Stimme des Mannes am Nebentisch, der sich über den Film ausließ, den wir gerade gesehen hatten. Eine interessante Idee, aber ein mittelmäßiges Drehbuch, dozierte er, wahrscheinlich das Ergebnis zu vieler Köche, die den Brei verdorben hatten. Die Schauspieler seien ganz ordentlich gewesen, aber auch nicht mehr; der Regie habe es an Eindeutigkeit gemangelt. Die Kameraführung sei wenig originell gewesen. Entschieden ein bescheidenes Werk. Kaum der Erwähnung wert.

Sara schnitt ein Gesicht, biß von ihrem Stück Pizza ab. Käse und Tomatensoße tropften auf den Teller. »Wie hat dir der Film gefallen, Großmama?«

»Ich habe es nicht gewußt«, antwortete meine Mutter mit furchtsamem Blick.

»Du weißt nicht, ob dir der Film gefallen hat?«

»Ich habe es nicht gewußt«, wiederholte meine Mutter. Sie ließ ihre Pizza fallen und grapschte mit beiden Händen in die Luft.

Ich beugte mich über den Tisch, umfaßte die Hände meiner Mutter und zog sie herunter. »Es ist ja gut, Mama. Es ist alles gut jetzt.«

»Was ist denn los?« fragte Sara.

»Ich habe versucht, dich zu schützen«, sagte meine Mutter. »Ich habe immer versucht, dich zu schützen.« Sie stand halb von ihrem Stuhl auf.

»Das weiß ich, Mama.«

»Es ist die Aufgabe einer Mutter, ihr Kind zu beschützen.«

»Es ist ja gut, Mama. Es ist alles gut.«

»Niemals hätte ich zugelassen, daß jemand meinen Kindern was antut.«

»Das weiß ich, Mama. Bitte setz dich wieder. Komm, setz dich wieder hin.« Ich zog sie wieder auf ihren Stuhl.

»Ich hab einen Kaiserschnitt gehabt, weißt du«, sagte sie. »Ich hatte eine schlimme allergische Reaktion auf das Pflaster. Meine Haut ist sehr sensibel.«

»Ich weiß.«

Sie begann mit beiden Händen ihren Bauch zu kratzen. »Es juckt schrecklich. Aber ich darf eigentlich nicht kratzen.«

»Ich hab Angst«, sagte Sara.

»Du brauchst keine Angst zu haben, Schatz. Großmama ist nur ein bißchen durcheinander.«

»Du brauchst keine Angst zu haben, Jo Lynn«, flüsterte meine Mutter und hob die Hand, um Saras Wange zu streicheln. »Mami ist ja da. Ich beschütze dich.«

Nach dem Essen führten wir meine Mutter zum Wagen und setzten sie auf den Rücksitz. Sobald ich den Motor anließ, ging das Radio an und berieselte uns mit Country-Musik.

»Wie kannst du nur diesen Mist anhören?« fragte Sara und schaltete die einzelnen Sender durch, hier ein Trällern, dort ein Akkord, alles schon wieder verklungen, ehe ich es aufnehmen konnte. Ist ja egal, dachte ich und schnappte ein paar abgerissene Worte auf.

»Er entkam offenbar …«

Sara schaltete schon zum nächsten Sender. Heavy Metal Klänge donnerten gegen meine Ohren. Schnell schaltete sie weiter. *You can take my heart, my achy* … Sie schaltete weiter.

»Warte mal. Was war das?«

»Mama! Du willst dir doch nicht etwa Billy Ray Cyrus anhören?«

»Nein. Davor. Die Nachrichten.«

»Doch nicht die Nachrichten!«

»Sara …«

»Okay, okay.«

Es dauerte ein paar Sekunden, ehe wir die Nachrichtensendung wieder gefunden hatten, und da war der Sprecher schon beim Wetter angelangt. » … wieder ein herrlicher, sonniger Tag im Süden Floridas.«

»Such einen anderen Sender.«

»Worum geht's denn?« fragte Sara.

»Ich dachte, ich hätte da was gehört.«

»Was denn?«

»Jetzt schau doch, daß du eine Nachrichtensendung findest.«

Wir fanden sie und hörten uns sprachlos, wie vom Donner gerührt den ausführlichen Bericht an.

»Ein dramatischer Gefängnisausbruch ereignete sich heute in der staatlichen Strafvollzugsanstalt von Florida in Raiford. Colin Friendly, der wegen Mordes an dreizehn Frauen zum Tode verurteilt wurde und verdächtig ist, weitere Frauen getötet zu haben, gelang der Ausbruch, als er in die benachbarte Anstalt, das *Union Correctional Institution*, verlegt werden sollte.«

»O Gott!«

»Die zuständigen Behörden gaben sich auf Fragen über den genauen Ablauf der Ereignisse zugeknöpft, aber offenbar hat der berüchtigte Todeskandidat seinen dreisten Ausbruch am hellichten Tag mit Hilfe seiner Frau, der früheren Jo Lynn Baker aus Palm Beach, bewerkstelligt.«

»O Gott, das kann nicht wahr sein!«

»Jo Lynn hat ihm geholfen auszubrechen?« fragte Sara ungläubig.

»Offenbar gelang es Colin Friendly, einen seiner Wächter mit einem Messer zu überwältigen, das in das Gefängnis eingeschmuggelt worden war. Die Polizei hat die Großfahndung nach dem Fluchtwagen eingeleitet, einem roten 1987er Toyota mit dem Kennzeichen YZT 642, der der Ehefrau des Mörders gehört. Wenn Sie diesen Wagen sehen, sollten Sie sich sofort mit der nächsten Polizeidienststelle in Verbindung setzen. Keinesfalls sollten sie eigenmächtige Maßnahmen ergreifen. Colin Friendly ist bewaffnet und gilt als äußerst gefährlich.«

»Ich verstehe das nicht«, sagte Sara. »Weshalb sollte Jo Lynn so was tun?«

»Weil sie völlig wahnsinnig ist«, schrie ich und schlug mit der Faust aufs Lenkrad.

»Wir wiederholen: Colin Friendly ist aus der staatlichen Strafvollzugsanstalt in Raiford entflohen. Vermutlich befindet er sich in Begleitung seiner Frau, der früheren Jo Lynn Baker, die Friendly kürzlich im Gefängnis geheiratet hat. Sie sind im Auto der Ehefrau geflohen, einem roten Toyota, Baujahr 87, mit dem Kennzeichen YZT 642, und wurden zuletzt gesehen, als sie in nordwestlicher Richtung fuhren. Die Polizei hat im ganzen Staat Straßensperren errichtet und bittet um sofortige Benachrichtigung, falls das Fahrzeug irgendwo gesehen wird. Das Paar ist bewaffnet und gilt als äußerst gefährlich. Nähern Sie sich den beiden unter keinen Umständen. Und jetzt die weiteren Nachrichten ...«

»Was passiert jetzt?« fragte Sara.

»Ich weiß es nicht.«

»Glaubst du, daß sie deshalb unbedingt das Geld haben wollte? Weil sie es für die Flucht brauchte?«

»Es sieht so aus.«

»Und was glaubst du, wo sie jetzt hinfahren?«

»Ich hab keine Ahnung. Nach Nordwesten, hat der Sprecher gesagt. Vielleicht nach Alabama. Oder Georgia. Ich weiß es nicht.«

»Glaubst du, sie wird versuchen, sich mit uns in Verbindung zu setzen?«

»Ich weiß es nicht.« Herrgott noch mal, ich hatte es satt, immer wieder diese Worte sagen zu müssen.

»Du glaubst doch nicht, daß sie hierherkommen, oder?«

»Nein«, antwortete ich, weil ich wußte, daß sie das hören wollte.

Auf dem Rücksitz begann meine Mutter zu schreien.

Sobald wir zu Hause waren, rief ich bei Brooke an und verlangte Michelle. Ich wollte ihr sagen, sie solle ein Taxi nach Hause nehmen oder, noch besser, bei Brooke übernachten.

»Sie ist nicht hier«, erklärte Brookes Bruder näselnd und gelangweilt. Der Fernsehapparat im Hintergrund plärrte so laut, daß der Junge kaum zu verstehen war.

»Wieso ist sie nicht bei euch?«

»Sie sind weggegangen.«

»Weißt du, wohin?«

»Sie haben was von einer Party gesagt.«

»Und wo ist die Party? Bei wem?«

»Keine Ahnung.«

»Kann ich mal mit deiner Mutter sprechen?« Es klang scharf. Bleib ruhig, ermahnte ich mich. Es gibt keinen Grund zur Aufregung. Colin Friendly war auf dem Weg in den Nordwesten, nicht in den Südosten. Er war nicht so verrückt, nach Palm Beach zu fahren.

»Ich bin allein zu Hause«, sagte der Junge. Ich stellte ihn mir faul ausgestreckt auf dem Sofa im Wohnzimmer vor, mit einer großen Schüssel Kartoffelchips neben sich.

Ich legte auf, unschlüssig, was ich jetzt tun sollte.

»Mach dir keine Sorgen, Mama«, sagte Sara. »Du kennst doch Michelle. Sie kommt bestimmt pünktlich um Mitternacht nach Hause.«

Ich sah auf meine Uhr. Es war gerade acht. Noch fast vier Stunden bis Mitternacht. Ob ich es so lange aushalten konnte? Ich warf einen Blick auf meinen Anrufbeantworter; keine Nachrichten.

»Warum bist du so unruhig?« fragte Sara mit einem ersten Anflug von Furcht in den Augen.

»Ich würde mich einfach wohler fühlen, wenn ich wüßte, wo sie ist.«

Meine Mutter begann zu weinen. Sie schwankte unsicher von einer Seite zur anderen. »Ich möchte gern nach Hause«, sagte sie.

»Beruhige dich, Mama. Es ist alles in Ordnung.«

Ich bat Sara, ihre Großmutter zu Bett zu bringen und bei ihr zu bleiben, bis sie eingeschlafen war. Dann ging ich ins Schlafzimmer und rief die Polizei an.

»Mein Name ist Kate Sinclair«, sagte ich leise, um nicht von Sara gehört zu werden.

»Entschuldigen Sie«, antwortete der Beamte am Telefon, »würden Sie bitte etwas lauter sprechen.«

Ich wiederholte meinen Namen etwas lauter und buchstabierte ihn. »Meine Schwester ist Jo Lynn Baker«, fuhr ich fort. »Jo Lynn *Friendly*«, verbesserte ich mich sofort.

»Ihre Schwester ist Jo Lynn Friendly?« Unterdrücktes Gelächter in seiner Stimme verriet mir, daß er mir nicht glaubte.

»Ja, und ich habe Angst, daß Colin Friendly hierherkommt.«

»Und wo ist das?« Wieder dieser amüsierte Unterton.

Ich gab ihm meine Adresse.

»Und wie kommen Sie darauf, daß Colin Friendly nach Palm Beach kommen könnte?«

Ich berichtete ihm von Colins Anruf und Brief.

»Haben Sie das der Polizei erzählt?« fragte der Beamte.

»Nein. Es wäre wahrscheinlich gescheiter gewesen, ich ...«

»Haben Sie den Brief noch?«

»Den hab ich zerrissen«, bekannte ich verlegen.

»Können Sie einen Moment am Apparat bleiben?« Er klinkte sich aus, ehe ich Einwände erheben konnte.

Ich nahm die Fernbedienung und schaltete den Fernsehapparat ein. Prompt erschien Colin Friendlys Mördergesicht auf dem Bildschirm und wurde dann von Aufnahmen meiner Schwester im Gerichtssaal abgelöst. »Wo seid ihr?« zischte ich. »Wo zum Teufel seid ihr?«

Der Polizeibeamte meldete sich wieder. »Wir schicken Ihnen jemanden vorbei«, sagte er.

Um ein Uhr morgens saß ich immer noch vor dem Fernseher, starrte in Colin Friendlys mordlustig lächelndes Gesicht und hörte mir Berichte über seine Greueltaten an. Die Polizei war da gewesen und wieder gegangen. Und Michelle war immer noch nicht zu Hause.

Um halb zwei rannte ich rastlos im Wohnzimmer hin und her und überlegte, ob ich Larry anrufen sollte.

Um zwei war ich in Tränen aufgelöst und dachte daran, noch einmal bei der Polizei anzurufen. Sie hatten mir versprochen, die Umgebung zu überwachen, obwohl sie überzeugt waren, daß

Colin Friendly auf dem Weg in die entgegengesetzte Richtung war. Bisher hatte ich nicht einen Streifenwagen vorbeifahren sehen.

Um halb drei, als ich endlich Michelles Schlüssel in der Haustür hörte, war ich so fertig, daß ich nicht wußte, ob ich sie in die Arme schließen oder anschreien sollte. Ich tat beides.

Ich rannte ihr mit ausgestreckten Armen und völlig verheultem Gesicht entgegen. »Wo zum Teufel bist du so lange gewesen?« Ich drückte sie so fest an mich, daß sie nicht antworten konnte. »Ist dir klar, wie spät es ist?«

Sie begann sofort zu jammern. »Es tut mir so leid, Mama. Wir waren auf einer Party und ich mußte warten, bis mich jemand mitgenommen hat.«

»Du hättest ein Taxi nehmen können. Oder mich anrufen können. Ich hätte dich abgeholt.«

»Es war so spät. Ich dachte, du schläfst schon. Ich wollte dich nicht wecken.«

»Kannst du dir eigentlich vorstellen, was für Angst ich um dich gehabt habe?«

»Es tut mir leid, Mama. Wirklich.«

»Es ist halb drei Uhr morgens.«

»Es kommt bestimmt nie wieder vor.«

»Darauf kannst du dich verlassen, daß das nicht wieder vorkommt.«

»Was willst du tun?«

»Ich weiß nicht.« Ein bekannter Geruch stieg mir in die Nase. »Hast du geraucht?«

»Nein.« Sie wich vor mir zurück.

»Du stinkst nach Zigaretten.«

»Viele auf der Party haben geraucht.«

»Aber du nicht.«

»Nein. Ehrlich.«

Ich schloß die Augen und rieb mir die Stirn. Hatte ich völlig den Verstand verloren? Noch vor ein paar Minuten hatte ich Todesängste ausgestanden, daß ihr etwas zugestoßen sein könnte;

und jetzt regte ich mich darüber auf, daß sie vielleicht geraucht hatte. Ich bin einfach zu alt, dachte ich und sperrte die Haustür ab. Klimakterium und pubertierende Töchter – das ist zuviel.

»Geh zu Bett«, sagte ich. »Wir reden morgen.«

»Es tut mir wirklich leid, Mama.«

»Ich weiß.«

»Ich hab dich lieb.«

»Ich dich auch. Ich liebe dich mehr als alles auf der Welt.« Noch einmal drückte ich sie fest an mich. »So, und jetzt geh schlafen.«

Ich sah ihr nach, als sie davonging, dann holte ich mir ein Glas Eiswasser. Durch das Küchenfenster blickte ich hinaus zu den Sternen am dunklen Himmel, suchte den hellsten und sprach einen Wunsch aus. »Ich wünsche mir, daß alles wieder normal wird«, sagte ich und ging ins Wohnzimmer zurück, an der Frühstücksnische vorbei, die weniger als acht Stunden später in Blut schwimmen würde.

31

Ich zog mich aus, wusch mich, putzte mir die Zähne und kroch ins Bett. Erschöpfung senkte sich auf mich wie eine dicke Staubschicht. Sie verstopfte mir Nase und Mund, kroch in meine Poren, drängte sich unter meine Haut, ließ sich in meinen Eingeweiden nieder wie ein Bandwurm, der groß und dick wird, während sein Wirt verfällt und stirbt.

Überraschenderweise schlief ich sehr gut.

Nichts störte meinen Schlaf, keine Träume, keine nächtlichen Geräusche, kein blindes Erwachen, keine quälenden Gedanken über falsche Entscheidungen oder schlimme Erinnerungen. Ich dachte an nichts und niemanden – nicht an Larry, Robert oder Colin Friendly, nicht an Sara, Michelle oder Jo Lynn. Nicht an meine Mutter, meinen Vater oder meinen Stiefvater. An niemanden. Kaum hatte ich den Kopf auf das Kissen gelegt, waren alle Gedanken wie ausgelöscht.

Als ich am nächsten Morgen die Augen öffnete, war es acht Uhr, und die Sonne schien durch die Vorhänge. »Und wieder ein Tag im Paradies«, sagte ich, schwang die Beine aus dem Bett und ging ins Bad. Während ich duschte, mich ankleidete und mit meinem Haar herumexperimentierte, bis es nicht mehr wollte und nur noch strähnig herabhing, verdrängte ich erfolgreich alle düsteren Gedanken. Nur widerwillig verließ ich schließlich das schützende Gehäuse meines Schlafzimmers und trat in den Flur hinaus, die Hände über meiner Brust gekreuzt, als müßte ich mein Herz schützen.

Ich starrte die Haustür an. Auf der anderen Seite wartete die Morgenzeitung, von deren erster Seite mir zweifellos das Gesicht meiner Schwester entgegenblicken würde. Ich schloß die Augen und wandte mich von der Tür ab. »Nicht bevor ich einen Kaffee getrunken habe«, sagte ich laut und streckte die Arme aus, als könnte ich so die Realität auf Abstand halten.

Ich weiß nicht, was mir durch den Kopf ging, während ich den Kaffee machte. Wahrscheinlich bemühte ich mich nach Kräften, überhaupt nichts zu denken, aber das machte alles nur schlimmer. Hatte meine Schwester wirklich etwas mit Colin Friendlys Flucht zu tun? Wie weit war sie bereit zu gehen, um ihm zu helfen? Was würde mit ihr geschehen, wenn Colin Friendly gefaßt wurde, was zweifellos früher oder später der Fall sein würde? Würde man ein Verfahren gegen sie einleiten? Würde sie ins Gefängnis kommen? Oder würde der Richter sie für seelisch labil erklären und sie zwingen, sich in psychiatrische Behandlung zu begeben? Gab es irgendeine Möglichkeit, daß dieses Fiasko doch noch zu einem guten Ende kommen würde?

Ich sah zum Fernsehapparat hinüber. Vielleicht waren meine Schwester und Colin Friendly bereits geschnappt worden. Wie lange konnten sie sich versteckt halten? Sie waren nicht gerade das unauffälligste Paar und hätten auch Aufmerksamkeit erregt, wenn ihre Gesichter nicht monatelang die Titelblätter der Zeitungen und Boulevardblätter geziert hätten. Jo Lynns klappriger alter Toyota war kaum das ideale Fluchtfahrzeug. Bestimmt hatte inzwischen jemand sie gesehen. Aber ich schaltete den Fernseher nicht ein. Ganz egal welche Neuigkeiten es gäbe, sie würden nicht gut sein.

Statt dessen griff ich nach einer Kaffeetasse, nahm eine mit einem rosa Flamingo darauf, unter dem in schwarzer Schrift *Beautiful Palm Beach* stand, und goß mir von dem dampfenden Kaffee ein. Dann setzte ich mich im Wohnzimmer auf das Sofa und starrte durch das große Panoramafenster in den Garten hinaus. Wieder so ein zauberhafter Tag, dachte ich, an dem das Blau des Himmels so intensiv leuchtet, daß es beinahe blendet. »Stell dir einen Pulli in dieser Farbe vor«, hörte ich Jo Lynn sagen und merkte plötzlich, daß mir die Tasse zu entgleiten drohte.

Ich faßte den Henkel fester. So fest, daß ich ihn beinahe abgebrochen hätte. »Mensch, entspann dich«, sagte ich laut. »Der Tag hat doch noch gar nicht angefangen.«

»Mit wem redest du?« fragte jemand hinter mir, und ich fuhr zusammen. Der Kaffee schwappte aus der Tasse wie Lava aus einem Vulkan. Er verbrannte mir die Hände und drang heiß durch mein gelbes T-Shirt. Der braune Fleck, der zurückblieb, hatte eine unangenehme Ähnlichkeit mit getrocknetem Blut.

»Geht's dir nicht gut?« rief Sara und lief zu mir. Sie nahm mir die Tasse aus den Händen und stellte sie auf den Tisch. »Entschuldige. Ich wollte dich nicht erschrecken.«

»Macht nichts«, sagte ich. »Bringst du mir bitte was zum Abwischen?«

»Sofort.« Sara rannte in die Küche, holte einen feuchten Lappen und tupfte mein T-Shirt ab. »Es tut mir wirklich leid«, sagte sie wieder, und ich sah die Tränen, die sich in ihren Augen sammelten.

»Ist ja gut, Sara. Mir fehlt nichts.«

»Wirklich nicht?«

»Wirklich nicht.«

»Es tut mir so leid.«

Ich sah ihr in das schöne Gesicht. Ich wußte, daß sie sich für mehr entschuldigte als den vergossenen Kaffee.

»Ich weiß«, sagte ich. »Mir tut es auch leid.«

»Ich weiß nicht, was manchmal in mich fährt. Ich werde einfach so wütend.«

Ich sagte nichts.

»Ich hab dich lieb«, sagte sie.

»Ich dich auch.«

»Wirklich?« fragte sie.

»Wirklich.«

Sara biß sich auf die zitternde Unterlippe. »Wie kannst du mich liebhaben, wo ich doch so unmöglich bin?«

»Du bist nicht unmöglich, Sara.«

»Aber Michelle führt sich nie so auf wie ich.«

»Michelle ist eben anders.«

»Sie ist so klar. Sie weiß, wer sie ist. Sie weiß, was sie will.«

»Was willst du denn?«

»Das weiß ich nicht. Ich weiß gar nichts. Ich bin so doof.«

»Du bist alles andere als doof.«

»Ja, aber warum mach ich dann so doofe Geschichten?«

»Das weiß ich auch nicht«, antwortete ich aufrichtig. »Vielleicht wäre es sinnvoll, wenn du mal eine Therapie machst.«

»Du bist doch Therapeutin.«

»Ich bin auch deine Mutter. Und das eine scheint sich mit dem anderen nicht vereinbaren zu lassen.«

Sara versuchte zu lächeln, aber es gelang ihr nicht. »Gibt es was Neues von Jo Lynn?«

Ich schüttelte den Kopf. »Ich weiß es nicht. Ich habe Angst, es zu hören.«

Sara nahm die Fernbedienung vom Tisch und schaltete den Fernseher ein. Sie orgelte mehrere Sonntag-Morgen-Predigten durch, ehe sie auf eine Nachrichtensendung stieß. Ich hörte zerstreut zu, während ein jungenhaft hübscher Sprecher mir das Neueste aus der Weltpolitik erzählte. Mit einem Knopfdruck war er verschwunden, von einem anderen jungenhaft hübschen Sprecher verdrängt. Heftige spätwinterliche Stürme näherten sich dem Nordosten des Landes und brächten dichten Schneefall mit, verkündete er, während Bilder von rasenden Winden und Schneegestöber über den Bildschirm flimmerten.

Plötzlich löste sich der Schnee im strahlenden Sonnenschein Floridas auf, und ich starrte auf einen klapprigen alten roten Toyota, der vor einem schäbigen Motel stand und von Horden von Polizeibeamten umgeben war. »Mein Gott«, sagte ich atemlos und beugte mich vor.

»Wie die Polizei berichtet, wurde das Fahrzeug, von dem man glaubt, daß es bei der Flucht Colin Friendlys gestern nachmittag aus dem *Union Correctional Institution* in Florida benutzt wurde, inzwischen gefunden«, begann der Sprecher. »Ein roter Toyota, Baujahr 87, der vermutlich Jo Lynn Baker, der Ehefrau des verurteilten Serienmörders gehört, wurde in einem Waldstück in der Nähe des *Wayfarer's Motel* am Stadtrand von Jacksonville, Florida, heute morgen sichergestellt.«

»Jacksonville?« fragte Sara, meine Gedanken wiedergebend. »Sie sind nur bis Jacksonville gekommen?«

»Die Polizei macht keine Angaben dazu, ob das flüchtige Paar sich noch in der Gegend von Jacksonville aufhält«, fuhr der Sprecher fort, während Fotos von Colin Friendly und meiner Schwester auf dem Bildschirm erschienen. »Die Polizei erinnert noch einmal daran, daß Colin Friendly und seine Frau höchstwahrscheinlich bewaffnet und äußerst gefährlich sind. Wenn Sie sie sehen oder Informationen über ihren Aufenthaltsort haben, setzen Sie sich bitte unverzüglich mit der Polizei in Verbindung. Unter keinen Umständen sollten Sie sich den beiden Personen nähern.«

»Wie konnte sie das nur tun?« murmelte ich, ins Sofa zurücksinkend.

»Glaubst du, daß sie entkommen?«

»Nein.«

»Was passiert dann mit ihr?« fragte Sara.

»Ich weiß es nicht.«

»Soeben wird gemeldet«, fuhr der Sprecher fort, unfähig, seine

Erregung zu verbergen. Wahrscheinlich, dachte ich, hat er sein ganzes Leben darauf gewartet, nur einmal »soeben wird gemeldet« sagen zu dürfen. »Soeben wird gemeldet, daß die Polizei in dem Waldstück hinter dem *Wayfarer's Motel* in Jacksonville eine männliche Leiche gefunden hat. Es wird angenommen, daß es sich um Colin Friendly handelt.«

»Mein Gott.«

»Was ist mit Jo Lynn?« fragte Sara.

»Ich wiederhole: Die Polizei meldet, daß sie in einem Waldstück hinter dem *Wayfarer's Motel* am Stadtrand von Jacksonville eine männliche Leiche gefunden hat, bei der es sich wahrscheinlich um Colin Friendly handelt. Der Fundort befindet sich in der Nähe des Ortes, an dem heute morgen der rote Toyota entdeckt wurde, der der Ehefrau Colin Friendlys, vormals Jo Lynn Baker, gehört. Im Augenblick ist die Polizei nicht bereit, weitere Kommentare abzugeben, hat jedoch zu einem späteren Zeitpunkt eine Erklärung angekündigt. Wir werden weiter berichten. Nun zu den ...«

»Er ist tot?« fragte Sara. »Colin Friendly ist tot?«

»Ich kann es nicht glauben.«

»Glaubst du, Jo Lynn hat ihn getötet?«

»Jo Lynn könnte keiner Fliege was zuleide tun.«

»Wo ist sie dann? Was ist mit ihr?«

»Ich weiß es nicht.« Ich stand auf und setzte mich gleich wieder. »Ich weiß nicht, was ich tun soll.«

»Wieso?« rief Michelle, die sauber gekleidet in Shorts und T-Shirt ins Zimmer kam. »Was ist denn passiert?«

»Colin Friendly ist tot, und niemand weiß, was mit Jo Lynn ist«, berichtete ihr Sara.

»Was?«

»Vielleicht steht was in der Morgenzeitung«, meinte Sara. »Wo ist sie?«

»Sie ist noch draußen.«

»Ich hole sie.« Sara lief schon zur Haustür.

Das Telefon läutete. Michelle rannte in die Küche, um abzunehmen. Es war Larry.

»Du hast es gehört?« fragte er, nachdem Michelle mir den Hörer gereicht hatte.

»Eben, ja – in den Nachrichten.«

»Weiß man etwas über Jo Lynn?«

»Nichts.«

»Okay, hör zu, ich flieg jetzt sofort zurück. Ich bin auf dem Weg zum Flughafen. Ich komme, sobald ich kann. Versuch nicht, es mir auszureden.«

»Beeil dich«, sagte ich nur.

»Colin Friendly ist tot?« wiederholte Michelle.

»Anscheinend.«

»Gut.« Die Haustür wurde geöffnet und geschlossen. »Was steht in der Zeitung?« rief Michelle.

Sara antwortete nicht.

»Ist die Zeitung nicht gekommen?« fragte ich und bog um die Ecke zur Frühstücksnische.

Was ich dann sah, werde ich mein Leben lang nicht vergessen: Meine große Tochter, in weißem T-Shirt und schmuddeligen Shorts, die Zeitung in der schlaff herabhängenden Hand, die vom Weinen verquollenen Augen unter dem mehrfarbigen Haar weit aufgerissen und tränennaß, der Mund geöffnet, der Kopf weit zurückgebogen, an ihrem Hals ein langes Messer mit gezackter Klinge.

»Oh, die Zeitung ist schon gekommen«, sagte Colin Friendly. Sein lachendes Gesicht war an Saras tränenfeuchte Wange gedrückt. Einen Arm hatte er um ihre Taille gelegt, den anderen um ihren Hals geschlungen. Das Messer in seiner Hand lag genau an ihrer Halsschlagader. »Aber Sie wissen ja, wie das mit der Presse ist. Man kann sich wirklich nicht auf das verlassen, was sie melden.«

Einen Moment lang kam alles zum Stillstand – das Brummen des Kühlschranks, das Zwitschern der Vögel im Garten, das Blut, das durch meine Adern rann, sogar mein Atem. In der künstlichen Stille nahm ich Colin Friendlys auffallend blaue Augen wahr, sein welliges Haar und das höhnische Lächeln, das merkwürdig konservative blaue Hemd und die schwarze Leinenhose, die lose um seinen drahtigen Körper hing, die kräftigen Hände, die langen, schlanken Finger, die den schwarzen Griff des langen Messers hielten, dessen gezähnte Klinge an den zarten Hals meiner Tochter gedrückt war.

»Wer ist da?« fragte Michelle aus der Küche und kam in die Frühstücksnische. Beim Anblick des alptraumhaften Bildes erstarrte sie, aber nur einen Moment, dann stürzte sie zur Schiebetür, die vom Wohnzimmer in den Garten führte.

»Hier geblieben!« rief Colin Friendly. »Sonst schneid ich ihr jetzt gleich die Kehle durch.«

Michelle blieb abrupt stehen.

»Braves Mädchen«, sagte Friendly. »So, jetzt komm schön hierher. Geh zu deiner Mama. So ist's brav.«

Michelle kam langsam auf mich zu. Sie bewegte ihre Füße so schwerfällig, als watete sie durch Schlamm. Ich packte sie und zog sie an mich, sprechen konnte ich nicht, der Anblick meiner älteren Tochter mit einem Messer am Hals machte mich so hilflos, als wäre ich gefesselt und geknebelt. Wo war die Polizei? War es möglich, daß die Beamten im Streifenwagen Colin Friendly bemerkt hatten, als er sich im Gebüsch versteckt hatte, und vielleicht in diesem Moment Verstärkung anforderten?

»Wir haben gedacht, Sie wären tot«, sagte Michelle zu Colin Friendly.

Er lachte. »Tja, das hatte ich gehofft.«

Sara schrie auf. Neue Tränen schossen ihr aus den Augen.

»Bitte lassen Sie sie los«, sagte ich, endlich meine Stimme wiederfindend. Sie klang dünn und ängstlich.

»Sie loslassen?« fragte er ungläubig. »Kommt nicht in Frage. Sie ist einer der Gründe, warum ich hier bin.«

»Es tut mir leid, Mama«, sagte Sara weinend, doch ihre Lippen bewegten sich nicht.

Friendly packte sie fester um die Taille. »Ist das nicht süß? Wie die kleinen Mädchen immer nach der Mami weinen, wenn sie in der Patsche sitzen? Wendy Sabatello hat auch nach ihrer Mami geweint. Und Tammy Fisher genauso. Ach, und die Kleine, für die Sie sich so interessiert haben, Amy Lokash, die hat auch nach ihrer Mami geschrien. Das gibt mir immer einen ganz besonderen Kick, wissen Sie.«

»Sie sind ein Ungeheuer«, flüsterte ich.

»Tja, nun, das hast du doch von Anfang an gewußt, Mami, stimmt's?« sagte er. »Ein Glück für mich, daß Ihre Schwester Ihnen nie geglaubt hat.«

»Wo ist Jo Lynn?«

»Die ist noch in Jacksonville. Die Fahrt hierher war ihr zuviel.«

»Geht es ihr gut?«

Er grinste. »Ja, glauben Sie denn, ich würde der einzigen Frau, die zu mir gestanden hat, was antun? Der einzigen, die an mich geglaubt und mir bei der Flucht geholfen hat?«

»Mrs. Ketchum haben Sie auch getötet«, sagte ich, an die Nachbarin denkend, die versucht hatte, ihm zu helfen.

Aus dem Lächeln wurde ein Lachen. »Ach ja, stimmt.«

Sara versuchte sich aus der Umklammerung des Killers zu lösen.« Er preßte ihr das Messer noch fester an den Hals, bis ein Blutstropfen unter der Klinge hervorquoll.

»O Gott!« stöhnte ich.

»Ja, der gehört auch zu den bevorzugten Nothelfern«, sagte Friendly. »Dauernd hör ich seinen Namen. ›Gott‹ und ›Mami‹ – die liegen so ziemlich Kopf an Kopf.«

»Warum sind Sie hierhergekommen?« fragte Michelle. »Was wollen Sie von uns?«

»Ganz schön frech die Kleine, was?« Friendly zwinkerte mir zu und grinste breit. »Ich freu mich schon auf dich, Süße. Ich bin bestimmt dein erster«, fügte er hinzu, während ich gegen einen Brechreiz kämpfte. »Und dein letzter.« Er lachte, seine Macht über uns auskostend.

Er hat nicht ein einziges Mal gestottert, dachte ich.

»Deswegen bin ich hergekommen, Schätzchen«, fuhr er fort. »Jetzt weißt du, was ich von dir will. Von euch allen, sogar von der lieben Mami hier.« Seine Stimme war wie ein Lasso, das uns umfaßte, zusammenband, zu ihm hinzog. »Ich hab im Knast kaum an was andres gedacht. Ihr habt mich am Leben erhalten, könnte man sagen. Euretwegen hab ich nicht aufgegeben. Und natürlich, weil ich mein kleines Schatzkästlein wiederhaben wollte.«

»Ihr Schatzkästlein«, wiederholte ich, während ich mich fragte, ob die Polizei irgendwo in der Nähe war, und versuchte, Zeit zu gewinnen.

»Ja, die Schachtel mit meinen ganzen Andenken: Tammy Fishers Fußkettchen, Marie Postelwaites Schlüpfer, Amy Lokashs rote Plastikspange. Ein ganzer Haufen Souvenirs. Ich hab den Kasten im Hinterhof von meiner alten Wohnung in Lantana vergraben. Wird nicht schwierig sein, ihn zu holen, vor allem jetzt, wo die Bullen glauben, daß ich nach Norden unterwegs bin.«

»Wie sind Sie hierhergekommen?«

»Na, mit dem knallroten Schrotthaufen von Ihrer Schwester konnte ich nicht gut fahren, das werden Sie verstehen. Da hab ich mir ein Auto ausgeliehen. Der Fahrer hatte nichts dagegen. Wozu braucht 'ne Leiche auch ein Auto?« Er grinste breit. »Das ist der Kerl, den sie im Wald gefunden haben. Den sie mit mir verwechselt haben. Wahrscheinlich weil ich von seinem Gesicht nicht viel übrig gelassen hab. Er war so nett, mit mir die Kleider zu tauschen, ehe er abgekratzt ist.«

Sara sank wimmernd in Friendlys Arme zusammen.

»Hey, werd mir nicht ohnmächtig, Kleine«, sagte er. »Jetzt noch nicht.« Er zog das Messer bis zu ihrem Kinn hoch, als wollte er sie rasieren. Ein schwaches Geräusch, halb unterdrückter Schrei, halb Seufzen, entfloh Saras Mund. »Habt ihr das gehört?« fragte Friendly. »Diesen niedlichen kleinen Seufzer? Das scheint in der Familie zu liegen. Ihre Schwester hat genauso geseufzt«, sagte er zu mir. »Unmittelbar bevor ich ihr die Nase eingeschlagen habe.«

»Mein Gott!«

»Na bitte, da ist er schon wieder.«

»Sie haben meine Schwester getötet?« Tränen machten mich

einen Moment lang blind. Ich versuchte, sie wegzuwischen, aber der Raum um mich herum blieb verschwommen, ein Gegenstand verfloß mit dem anderen, wie Tinte auf einem nassen Stück Papier. Colin Friendlys welliges dunkles Haar verschwand in Saras dunklen Haarwurzeln, seine weiße Haut verschmolz mit ihrem weißen T-Shirt, das Messer vibrierte an ihrem Hals, so daß es aussah, als wären da viele Messer und viele Hälse. Das Zimmer geriet aus der Balance. Es drohte zu kippen, zusammenzubrechen, zu verschwinden.

»Hab ich gesagt, daß ich sie getötet hab?« fragte er lässig. »Ich hab nur gesagt, daß ich ihr die Nase gebrochen hab.«

»Was haben Sie mit ihr gemacht?«

»Es ist schon komisch, wie manche Leute reagieren, wenn sie wissen, daß sie gleich sterben«, sagte er, ohne auf meine Frage einzugehen. »Die einen kriegen eine Mordsangst und fangen an zu schreien und zu heulen und führen sich auf wie die Verrückten. Dann gibt's andere, die wollen diskutieren. Auf die geht man eine Weile ein und läßt sie glauben, daß sie einen vielleicht umstimmen können, und dann werden sie ein bißchen ruhiger und machen sich Hoffnungen, und dann kommt der irre Moment, wenn sie merken, daß man sie trotzdem umbringen wird. Da sieht man dann, wie die Hoffnung in ihren Augen untergeht wie ein Schiff im Ozean. Da fangen sie dann im allgemeinen zu betteln an.«

Er lachte das Lachen eines Wahnsinnigen; es durchschnitt die Luft wie eine Machete. »Ich glaube, das gefällt mir am allerbesten.« Er wiegte sich leise hin und her, mit träumerischem Blick, in Erinnerungen schwelgend. »Sie nennen dir alle möglichen Gründe, warum du sie nicht töten sollst – sie wollen leben, sie sind jung, sie haben noch ihr ganzes Leben vor sich, sie haben Kinder oder eine verwitwete Mutter, um die sie sich kümmern müssen. Lauter solchen Scheiß. Janet McMillan zum Beispiel, die hat wegen ihrer zwei kleinen Kinder gejammert, und Ihre Freundin, Amy Lokash, die hat sich um ihre Mutter Sorgen gemacht. Hey, wollen Sie immer noch wissen, wo sie ist?« fragte er unvermittelt und fuhr fort, ehe ich etwas erwidern konnte. »Erinnern Sie sich, ich hab Sie an den Osborne-See geschickt.«

Ich nickte.

»Da ist sie auch. Aber nicht im Wasser. Ich hab sie neben diesem Häuschen eingebuddelt. Im Sommer finden dort immer Ferienlager für Kinder statt. Sie haben es bestimmt gesehen.«

»Ja, ich hab es gesehen.« Ich hatte das kleine, von Bäumen umgebene Holzhäuschen sofort vor Augen.

»Ein, zwei Monate noch, dann tanzen die Kinder auf ihrem Grab.«

Wieder kamen mir die Tränen. Ich weinte um Amy, um ihre Mutter, um meine Töchter, mich selbst, Jo Lynn. »Haben Sie meine Schwester getötet?« fragte ich.

»Wenn ich's getan hab, dann hat sie's verdient. Die war wirklich zu nichts zu gebrauchen. Nicht einen Penny von dem Geld hat sie mitgebracht, das sie mir versprochen hatte. Aber Sie sind bestimmt so nett, mir das Geld zu geben, bevor ich hier abhaue.«

»Haben Sie meine Schwester getötet?« wiederholte ich.

»Ja, hab ich«, sagte er ganz locker. »Und soll ich Ihnen mal was sagen – sie hat nicht gebettelt oder rumdiskutiert oder versucht, es mir auszureden. Nichts dergleichen. Sie hat nur diesen niedlichen kleinen Seufzer von sich gegeben und mich mit ihren großen grünen Augen angeschaut, als hätte sie von Anfang an gewußt, daß das passieren würde. Es hat gar keinen echten Spaß gemacht, sie umzubringen. Aber bei euch wird das bestimmt anders.« Ohne die Umklammerung zu lockern, in der er Sara hielt, griff er in seine Hosentasche und zog den Trauring heraus, den meine Schwester sich gekauft und mit soviel stolzem Trotz getragen hatte. »Für mein Schatzkästlein«, sagte er.

Ich bemühte mich, meine wachsende Panik zu bändigen. Ich mußte überlegen, was ich tun konnte, um meine Töchter vor diesem Ungeheuer zu schützen. Es war mittlerweile klar, daß die Polizei uns nicht zu Hilfe kommen würde. Aber wir waren zu dritt, und er war allein. Und wenn er auch meiner Tochter ein Messer an die Kehle hielt, so waren wir doch nur Schritte von der Küche entfernt, in der es Messer auch für uns gab. Vielleicht gab es eine Möglichkeit, ihn abzulenken, ihn zu überwältigen, zu überraschen, ehe er reagieren und Sara das Messer in den Hals stoßen konnte.

In diesem Moment sah ich sie. Zuerst erschien sie in meinem Augenwinkel, wie ein Staubkörnchen, wurde größer, wie ein Schatten, nahm Form und Gestalt an. Die grauen Locken lagen unfrisiert und vom Schlaf plattgedrückt an ihrem Kopf, das Nachthemd fiel lose von ihren Schultern, ihre Füße in den Hausschuhen bewegten sich lautlos über die Fliesen hinter Colin Friendly, ihre braunen Augen waren klar und zielgerichtet.

»Großmama!« schrie Michelle unwillkürlich.

»Was?« Colin Friendly wirbelte herum.

Und dann explodierte alles.

Ich sah den Golfschläger in den Händen meiner Mutter erst, als er durch die Luft auf Colin Friendlys Kopf hinuntersauste. Er traf den Mann mit knochensplitternder Wucht, schob einen Wangenknochen in den anderen, rasierte ihm fast das Haar von der Kopfhaut. Ein Blutstrom ergoß sich aus Friendlys rechtem Ohr. Ich stürzte mich auf Sara und riß sie schreiend aus der Umklammerung des taumelnden Wahnsinnigen. Das Messer fiel ihm aus der Hand, als der Golfschläger ihn ein zweitesmal traf, an sein Kinn prallte und ihm den Kiefer zertrümmerte, so daß seine Zähne wie Maiskörner aus seinem Mund flogen und das Blut wie aus einem Springbrunnen über sein Kinn spritzte. Und schon traf ein dritter Schlag ihn, landete mit der Präzision eines Hammers mitten in seinem Gesicht und riß ihn zu Boden, wo er mit zerschmetterter Nase in einer Pfütze seines eigenen Bluts auf die Knie fiel. Er sah uns an, meine Töchter und mich, wie wir dicht aneinandergedrängt dastanden, und wollte lachen. Aber es kam kein Laut aus seinem Mund, nur Blut. Dann fiel er vornüber.

Ich rannte zu meiner Mutter, die den Golfschläger fallen ließ, und küßte sie, drückte sie fest an meine Brust. »Ich beschütze euch«, flüsterte sie, als Sara und Michelle zu uns eilten und uns umfingen. »Ich beschütze euch.«

Als endlich die Polizei eintraf, hatten ihre Augen sich verschleiert. Sie begrüßte die Beamten mit einem höflichen Lächeln und nickte an meiner Schulter ein, als ich mich bemühte, ihnen zu berichten, was geschehen war.

32

Die Medien ließen sich diesen Knüller nicht entgehen. In den folgenden Wochen wurden wir von Horden von Reportern aus aller Welt belagert. In unserem Vorgarten schlugen Fernsehkameras Wurzeln, verbreiteten sich wie Wildwuchs um das ganze Haus, eroberten jeden Winkel und jede Nische, spähten durch jedes Fenster. Überall verfolgte man uns mit Mikrofonen, Blitzlichter blendeten uns, Menschen tuschelten hinter unserem Rücken. Auf die zahllosen Fragen, die man uns stellte, gaben wir immer nur eine Antwort: Kein Kommentar. Das war einfacher, als erklären zu wollen, daß wir keine Antworten wußten.

Selbst heute, vier Monate später, fehlen mir die Antworten. Immer noch habe ich größte Mühe zu begreifen.

Das einzige, was ich mit Gewißheit weiß, ist, daß meine Schwester tot ist.

Anfangs versuchte ich es zu leugnen. Ich redete mir ein, Colin Friendly hätte gelogen, hätte mich wieder einmal zum Narren gehalten und sich an meiner Qual geweidet. In Wirklichkeit, sagte ich mir, sei Jo Lynn am Leben, es sei ihr nichts geschehen, sie sei mitten in der Nacht heimlich geflohen und halte sich in dem Waldstück hinter dem *Wayfarer's Motel* am Stadtrand von Jacksonville versteckt. Und selbst wenn Colin Friendly die Wahrheit gesagt haben sollte, rationalisierte ich weiter, so war Jo Lynn doch eine gesunde und kräftige Frau und hatte es irgendwie geschafft, seinen brutalen Angriff zu überstehen. Sie würde vielleicht ein paar Wochen im Krankenhaus bleiben müssen, um ihre Verletzungen auszuheilen, aber sie würde wieder gesund werden.

Selbst als die Polizei mitgeteilt hatte, daß man im Zimmer 16 des nunmehr berüchtigten Motels eine weibliche Leiche gefunden hatte, versuchte ich mir einzureden, es könne sich unmöglich um Jo Lynn handeln. Die Polizei hatte sich doch auch geirrt, als sie den Toten im Wald für Colin Friendly gehalten hatte. Und jetzt irrte sie sich eben wieder, das jedenfalls wollte ich glauben. Bis alle Selbsttäuschungen schließlich unmöglich wurden.

Ich fuhr ins gerichtsmedizinische Institut, aber man erlaubte mir nicht, die Leiche anzusehen; nicht einmal eine Fotografie wollte man mir zeigen. Die Tote habe schwere Verletzungen im Gesicht, erklärte mir der Polizeibeamte, obwohl ich schon nicht mehr zuhörte, da man mir das alles ja schon einmal erzählt hatte. Erinnerte man sich hier an mich, so wie ich mich an meinen Besuch mit Donna Lokash erinnerte? Als ich mir damals widerstrebend die Fotografie des jungen Mädchens angesehen hatte, das tot auf einem Stahltisch in einem hinteren Raum lag, hätte ich mir nicht träumen lassen, daß eines Tages meine Schwester auf demselben Stahltisch liegen würde. Oder belog ich mich auch hier wieder selbst? Hatte ich es vielleicht von Anfang an gewußt?

Was hatte ich noch von Anfang an gewußt? Das frage ich mich heute. Hatte ich tief im Innern nicht vielleicht doch gewußt, was damals, in unserer Kindheit, zwischen Jo Lynn und meinem Stiefvater vorgegangen war? Hinweise hatte es genug gegeben, all die fehlenden Teile des Puzzles, das meine Schwester gewesen war. Wenn ich heute zurückblicke, erscheint es mir undenkbar, daß ich sie übersehen haben konnte. Immer wieder hatte Jo Lynn Andeutungen gemacht. Ich hätte nur hinhören und sie zusammensetzen müssen. War es möglich, daß ich sie absichtlich ignoriert hatte?

Eine schöne Therapeutin bist du, hatte Sara mich angeschrien, und vielleicht hat sie damit recht. Als Therapeutin hätte ich es wissen müssen. Wäre Jo Lynn eine Klientin gewesen und nicht meine Schwester, so hätte ich die Wahrheit zumindest geargwöhnt. So aber war einfach der Abstand nicht da gewesen.

Letztlich wurde meine Schwester anhand ihrer Fingerabdrücke identifiziert. Ihre Leiche wurde eingeäschert. Asche zu Asche. Staub zu Staub. Eine Zeitlang war es, als hätte sie nie existiert, als hätte es dieses exotische Geschöpf namens Jo Lynn nie gegeben. Und vielleicht bin ich damit der Wahrheit näher, als ich ihr je kommen werde. Von dem Zeitpunkt an nämlich, als mein Stiefvater sich zum ersten Mal an ihr verging, hörte die wahre Jo Lynn, die Joanne Linda, als die sie zur Welt gekommen war, auf zu existieren. Sie wurde verdrängt von einer verstörten jungen Frau mit einem Hang zur Theatralik und ohne Selbstachtung, die von Kindheit an gelernt hatte, daß mißbraucht werden geliebt werden heißt.

Tatsache ist, daß Jo Lynn nie bei einem Mann Geborgenheit gefunden hatte. Nicht bei ihrem Vater und nicht bei ihren drei Ehemännern, die alle nur das bestätigten, was sie in der Kindheit gelernt hatte: daß es in Ordnung ist, die zu verletzen, die man liebt; daß gefährliche Männer häufig die attraktivsten sind; daß harte Fäuste überzeugender sind als gute Worte. Colin Friendly war lediglich die Steigerung seiner Vorgänger. Man könnte sagen, daß die Heirat meiner Schwester mit ihm der einzig logische Schritt war.

Aber reicht das als Erklärung dafür aus, daß sie bereit war, sich einem Mann auszuliefern, für den sie nur ein Objekt seiner Mordlust war? War sie, wie die Boulevardblätter behauptet haben, so gierig nach Aufmerksamkeit? Publicity? Liebe?

Ich glaube es nicht. Meiner Ansicht nach ist das eine zu simple Erklärung für ihr Verhalten.

Ich vermute, so seltsam das erscheinen mag, daß Colin Friendly für meine Schwester ein Mann war, von dem sie meinte, sie könne ihn beherrschen. Er saß ja schließlich hinter Gittern, zum Tode durch den elektrischen Stuhl verurteilt. Selbst wenn es ihm gelingen sollte, seiner Hinrichtung zu entgehen, würde er den Rest seines Lebens eingesperrt bleiben. Das machte diesen brutalen Serienmörder auf verrückte, aber sehr reale Weise zu einem der harmlosesten Männer, die meine Schwester je gekannt hatte.

Oder vielleicht glaubte sie auch, ihn retten zu können, wenn sie ihn nur stark genug liebte, fest genug an ihn glaubte und unbeirrbar zu ihm stand, und daß sie, indem sie ihn rettete, auch sich selbst retten könnte.

Hätte irgend etwas sie retten können? Hätte ich es gekonnt?

Ich denke nicht, aber das war immer schon mein Problem – ich denke zuviel. Was *fühle* ich aber? Ist das nicht die Frage, die ich stets meinen Klienten stelle – was *fühlen* Sie?

Ja, was fühle ich?

Ich würde am liebsten alles Geschirr aus den Schränken reißen und zertrümmern, zusehen, wie es in tausend Scherben zerspringt. Ich würde mich am liebsten mitten auf die Straße stellen und so laut schreien, wie ich nur kann. Ich würde am liebsten laufen so schnell ich kann und so weit ich kann, bis meine Beine mir den Dienst versagen und mein Körper um Gnade bettelt, und dann wieder schreien. Ich fühle mich ohnmächtig. Ich bin zornig. Ich bin frustriert. Und ich bin traurig. So traurig. Die Traurigkeit füllt meine Lunge wie Wasser. Ich habe das Gefühl zu ertrinken. Ich habe Angst. Jo Lynn hat mich im Stich gelassen. Sie war unbesonnen und widerspenstig und ein klein wenig verrückt. So lange sie das alles war, brauchte ich es nicht zu sein. Ich konnte auf Nummer sicher gehen, das brave Mädchen sein; meine Vernunft stand im Gegensatz zu ihrer Phantasie. Und jetzt ist sie tot, und ich fühle mich, als hätte ein wildes Tier einen riesigen Fetzen Fleisch aus meinem Körper gerissen. Ein Teil von mir fehlt.

Ich habe meiner Schwester nie gesagt, daß ich sie liebe. Und sie hat mir nie gesagt, daß sie mich liebt.

Wie konnten zwei Schwestern so viel voneinander wissen und so wenig von sich selbst?

Ich weiß die Antwort nicht. Die Frau, die immer auf alles eine Antwort weiß, ist ratlos. Was werden meine Klienten denken?

Aber im Moment habe ich sowieso keine Klienten. Ich habe beschlossen, eine Pause zu machen, vielleicht ein Jahr, vielleicht auch länger. Eine Denkpause, so nennt man das, glaube ich. Ich habe seit meinem Studienabschluß immer gearbeitet, und ich habe eine Pause dringend nötig; allerdings ist dieses Freisemester, wenn ich ganz ehrlich sein soll, mehr das Resultat äußerer Umstände als innerer Überzeugung. Innerhalb weniger Tage nach Bekanntwerden der ganzen Geschichte sagten die meisten meiner Klienten ihre Termine ab. Ich nehme es ihnen nicht übel. Wie kann man sein Leben einer Therapeutin anvertrauen, die ihr eigenes nicht im Griff hat?

Aus meiner großen Radiosendung ist natürlich nichts geworden. Robert rief an, um mir mitzuteilen, daß die maßgeblichen Leute des Senders sich dagegen entschieden hätten. Angesichts all der Publicity sei dies wahrscheinlich nicht der günstigste Zeitpunkt für mich, mit einer derart exponierten Arbeit zu beginnen. Er sprach davon, daß Glaubwürdigkeit in diesem Geschäft oberstes Gebot sei, ohne direkt zu sagen, daß die meine ernsthaft erschüttert sei. Über das, was im *Breakers* geschehen – oder, besser gesagt, nicht geschehen – war, verlor er kein Wort. Er wünschte mir alles Gute, ich ihm auch.

Gestern orgelte ich die Sender an meinem Autoradio durch und erwischte die letzten Takte von Faith Hills fader Wiedergabe von *Take Another Little Piece of My Heart,* gefolgt von einer hypnotischen, merkwürdig bekannt klingenden Stimme: »Unser Thema heute, hier bei WKEY's ›Rat und Hilfe‹, ist ›Herzenskummer‹. Die Telefonleitungen sind jetzt geschaltet. Wenn Sie mir etwas darüber erzählen möchten, wie Sie das letztemal Ihr Herz verloren haben, oder wenn Sie einen Rat brauchen, um es wiederzufinden, oder wenn Sie nur einen Schlager zum Thema hören möchten, dann rufen Sie jetzt an. Ich bin Melanie Rogers, und ich bin hier, um Ihnen zu helfen.«

Ich erinnerte mich der Rothaarigen mit der Honigstimme und den smaragdgrünen Augen, die mir in Roberts Büro begegnet war. »Darf ich dich mit einer alten Freundin bekannt machen?« hatte Robert gesagt. »Melanie Rogers – das ist Kate Sinclair. Wir kennen uns schon sehr lange.« Seit der High-School und Sandra Lyons, dachte ich und begriff, daß manche Dinge sich niemals ändern.

Es erscheint mir heute beinahe undenkbar, daß ich jemals

ernsthaft daran gedacht habe, meine Ehe mit Larry wegen eines Mannes wie Robert aufs Spiel zu setzen. Ich liebe meinen Mann, und ich habe ihn immer geliebt. Ich kann mir ein Leben ohne ihn nicht vorstellen. In letzter Zeit haben Larry und ich verschiedentlich davon gesprochen, aus Florida wegzugehen und nach Pittsburgh zurückzukehren. Wir haben hier nie richtige Freunde gefunden, und Larry sagt, ihm fehle der Wechsel der Jahreszeiten. Sein Golfspiel sei unter aller Kanone, behauptet er, außerdem kann er keinen Golfschläger mehr sehen, ohne an meine Mutter und Colin Friendly zu denken.

Ich kann es immer noch nicht fassen, daß Colin Friendly die Attacke überlebt hat, obwohl es mich eigentlich nicht wundern sollte. Leute wie Colin Friendly überleben immer. Es sind die Unschuldigen, die untergehen. Ich habe neulich in der Zeitung gelesen, daß das Oberste Gericht von Florida sein letztes Gesuch um Hinrichtungsaufschub abgelehnt hat. Wenn ich das, was Jo Lynn mir erklärt hat, noch richtig im Kopf habe, bleiben ihm jetzt noch das Berufungsgericht, die nächste Instanz in Atlanta und der Oberste Gerichtshof. Es ist ein langer Prozeß. Er wird sich vielleicht jahrelang hinziehen.

Meine Mutter ist jetzt in einem Pflegeheim und genießt dort ein gewisses Ansehen, obwohl sie nicht zu begreifen scheint, wieso. Seit dem Morgen, als sie Colin Friendly mit dem Golfschläger niedermetzelte, hat sie kein Wort mehr gesprochen, und ich bin ziemlich sicher, daß sie keinerlei Erinnerung an den Zwischenfall hat. Ich bin nicht einmal sicher, ob sie mich noch erkennt, obwohl sie sich immer freut, wenn ich sie besuche.

Sara und Michelle begleiten mich oft bei diesen Besuchen. Saras Haar hat wieder seine natürliche braune Färbung, in ihrer Kleidung bevorzugt sie eine exzentrische Mischung aus Nutte und Hippie. Michelle hat Schwarz entdeckt. Die beiden sind viel in meiner Nähe, was angesichts dessen, was wir gemeinsam durchgestanden haben, ganz normal ist. Ich koste jede Minute davon aus, zum Teil auch deshalb, weil ich weiß, daß es nicht mehr lange so bleiben wird. Mehrmals habe ich in letzter Zeit den

Geruch von Zigaretten in Michelles Atem wahrgenommen und einen Anflug von Ungeduld in Saras Stimme gehört. Ich weiß, daß sie auf dem Sprung in ihr eigenes Leben sind. Ich wappne mich innerlich, versuche, mich darauf vorzubereiten, da ich weiß, daß es so sein muß. Ich kann sie nicht ewig behüten. Ich kann ihnen nur sagen, wie sehr ich sie liebe.

Die Therapie hat geholfen. Manchmal gehen wir alle zusammen; manchmal geht jede allein. Jahrelang habe ich mir die Probleme anderer angehört, jetzt entdecke ich wieder, wie gut es tut, über sich selbst zu reden. Aber der Weg zurück ins normale Leben ist lang; er wird Zeit brauchen. Ich bin nur dankbar, daß wir diese Zeit haben. Für Menschen wie Donna Lokash ist diese Zeit für immer verloren.

Die Polizei hat die Überreste Amy Lokashs in einem Grab neben dem Jugendlagerhäuschen im John Prince Park gefunden, genau an der Stelle, die Colin Friendly beschrieben hat. Sie hat auch sein sogenanntes »Schatzkästlein« gefunden, voll mit kleinen Dingen, die seinen Opfern gehörten. Alle waren säuberlich etikettiert und mit Namen und Todestag des jeweiligen Opfers versehen. Neunzehn waren es insgesamt, darunter ein Lockenwickel, der Friendlys Mutter gehört hatte, und ein kleines silbernes Kreuz, das einst Rita Ketchum um den Hals getragen hatte.

Damit kann die Polizei nunmehr unwiderlegbar beweisen, daß Colin Friendly für das Verschwinden sechs weiterer Frauen verantwortlich ist. Sechs weitere Fälle abgeschlossen.

Übrigens, ich hörte eben in den Nachrichten, daß Millie Potton gefunden wurde, als sie im Unterrock, sonnenverbrannt und verwirrt, sonst jedoch wohlauf, am Strand von Riviera Beach entlanghumpelte. Ich bin froh. Ich hatte mir Sorgen um sie gemacht.

Ich denke, das ist alles. Ich werde wahrscheinlich noch einige persönliche Dinge herausstreichen, ehe ich diesen Bericht der Polizei übergebe. Ich bin mir nicht sicher, ob er ihren Erwartungen entspricht. Aber ich habe mich bemüht, Fakten, Zusammenhänge und Erklärungen zu liefern. Ich habe mein Gedächtnis erforscht und meine Seele bloßgelegt. Sicher gibt es immer noch

Lücken. Aber ich habe mein Bestes getan. Und ich hoffe, es wird von Nutzen sein.

Wie dem auch sei, es ist Zeit, Vergangenes ruhen zu lassen und nach vorn zu schauen.